태양을 삼킨 꽃

FEEL PREMIUM EDITION

태양을 삼킨 꽃꽂 2

해연 장편 소설

Contents

6.
해를 가리는 달그림자

　봄이 무르익고 있었다. 무수한 세월 동안 봄이라는 계절을 그저 한 음절의 단어로 치부하여 스쳐 보냈던 슈리아는 계절적 변화에 둔감해져 있는 상태였다. 그것은 아마르잔이 머물던 북대륙이 한여름에도 따스한 정도의 기운을 유지하는 정도의 온도 편차만을 가졌기 때문이기도 하다.

　그러나 이번에 찾아든 봄은 인상 깊은 계절이라고 느끼게 할 만큼, 특별한 구석이 있었다. 아마도 그것은 온갖 사건 사고를 겪었던 황태자궁에서 벗어난 탓인지도 모른다.

　벌써 한 달이 지났나.

　슈리아는 세월의 무상함을 실감하며 봄 장미가 활짝 핀 장미 정원을 거닐었다. 한낮에 쏟아지는 햇살을 받아, 환하게 빛을 머금은 흰 장미는 감상할 만한 모습이었다.

　피부 미용상 이런 시각에 양산 하나 들지 않고 나다니는 것은 귀족 영애로서는 지양해야 할 행동이긴 했지만, 슈리아는 아랑곳하지 않았다. 제 피부는 흰 도자기 표면처럼 매끄러운 데다가 창백하기까지 하니, 조금쯤 빛을 쐬어도 무방하리라.

사실 슈리아가 이곳에 나와 있는 것은 일종의 도피였다. 그리고 그 도피의 대상은 명확했다.

로이엄 백작부인.

슈리아가 로이엄 백작가에 본격적으로 머물기 시작한 이후, 백작부인은 하루가 멀다 하고 이 시골 소녀에게 제도의 문물을 보여 주지 못해 안달하고 있었다.

곧 있을 사교계 데뷔를 생각해 제도의 유행에 익숙해져야 한다는 명목이 백작부인의 모든 행위를 정당화했다.

매일같이 의상실에 데려가 드레스를 입혀 보고, 슈리아에게 어울리는 것이 있다 싶으면 바로 사다 안겨 주는 게, 백작가의 재정 관리는 잘 되고 있나 의문스러울 지경이다.

그러나 슈리아는 위켄하이저 공작이 준 돈을 잘 쓰고 있는 거겠지, 하고 단순히 넘겼다.

그렇다 쳐도, 백작가에 오래도록 신세 지게 된 슈리아의 존재를 백작부인은 마치 없는 딸이 솟아난 것처럼 여기는 듯했다.

물론 이전에도 과할 정도로 슈리아에게 잘해 주던 백작부인이었다. 그것이 요즘 들어 한층 더 심해졌다.

아마도 세일린의 등장에 애틋한 마음이 움터서 더 잘해 주는 것이거나 귀하게 자란 몸으로 황궁에서 고생하고 온 것이 안쓰러워서, 혹은 둘 모두일 수도 있었다.

슈리아는 의미 없는 분석을 그만두었다.

황궁에서는 입지 못했던 드레스를 맞춰 본다거나, 착용하는 게 금지되었던 호화로운 액세서리를 걸쳐 보는 건 처음에는 흥미로운 일이었다.

모든 장식을 제 몸에 완벽하게 소화해 낼 수 있는 아름다운 소녀라면 그렇게 느낄 수밖에 없다.

그러나 한 달 가까이 같은 종류의 일로 시달리다 보면, 누구나 질린 마음을 품게 되리라. 특히나 그건 끝이 나지 않는 일이었다.

슈리아는 어디까지나 한가롭고 평화로운 삶을 선호하는 부류였다. 아마르잔이던 시절에도 분초를 아껴 가며 몰두하는 열정과 모든 맹렬함은 오로지 마법을 익히는 것에만 쏟아부었고, 그 외에는 느긋하게 살았었다.

뭘 입어도 아름다우니 적당히 유명 의상실에 유행에 맞는 드레스를 주문해서 입으면 될 텐데 백작부인은 마치 완벽을 바라는 극성맞은 어머니처럼 슈리아를 끌고 다녔다.

그 와중에 진짜 부모에 가까운 양육자이자 보호자인 세일린이 무엇을 하고 있었느냐면, 그녀는 차양이 드리워진 테라스에 앉아서 조용히 책을 읽고 있었다.

그러나 슈리아는 세일린에게 불평을 할 수도, 구원을 요청할 수도 없었다. 왜냐하면 세일린이 저를 피하고 있었기 때문이다.

미망인의 몸으로 임신한 것이 낯부끄럽다는 이유로 냉철한 그녀답지 않게 세일린은 열흘 가까이 슈리아를 피해 다니고 있었다.

어린 조카에게 민망하고 면목이 없다고 백작부인에게 토로했다고 하던데, 황태자와 키스했다고 질타한 그녀의 입장에서는 자신이 부조리하게 느껴졌으리라.

다만 그것이 저를 외면하기까지 해야 할 일인지는 이해가 되지 않았다. 그저 언젠가는 부끄러움을 잊고 말을 걸겠거니 할 뿐이다.

새삼 드는 생각이지만, 그 배 속에 자신의 외사촌 동생이 자라나고 있다는 것은 참으로 신기한 일이었다.

아마르잔은 그야말로 혈통 모를 고아였고, 간혹 자기 자신이 버려진 왕자쯤 되는 것은 아닐까 생각해 보긴 했으나 어쨌거나 끝까지 제 근본을 알아낼 수 없었던 것이다.

그러니 아마르잔에게 혈연이 있을 리 없었지만 슈리아 아델트의 경우는 달랐다. 사촌 동생이라면 상당히 가까운 사이가 아닌가. 슈리아는 거기에 감상을 갖는 제가 이 소녀의 몸뚱이에 상당히 익숙해진 것 같다고 생각했다.

사실 불만이 없는 건 아니다. 세일린 배 속에 든 아기의 아버지 될 사람이긴 했지만 이 모든 일의 원인인 위켄하이저 공작이 매일 세일린을 만나고 있었던 것이다.

배 속에 자라고 있는 사촌 동생이라는 존재가 궁금해서 세일린의 몸을 살펴볼까 했던 소녀에게는 탐구심을 제한하는 불공평한 일이었다.

같은 저택에 살면서도 슈리아는 외떨어져 백작부인에게 끌려다니는 데 반해, 그는 어쨌든 세일린에게 가까이 갈 수는 있었던 것이다.

물론 그 둘의 관계는 순탄하지 않았다. 공작이 오면 세일린은 차가운 얼굴로 모른 척하기 일쑤였고, 공작이 다정하게 손을 잡아 오면 뿌리치고 짜증을 부리곤 했다.

그래, 짜증. 세일린에게는 정말로 드문 감정 표현 방식이었다. 냉철하고 이성적인 그녀도 임신한 몸 상태가 심리에 영향을 미치는 건가.

아니면, 그 예상치 못한 임신을 초래한 이에게 울분을 터뜨리는 것일 수도 있었다.

임신 사실을 알게 되었을 때 세일린은 심지어 공작을 세차게 밀치기까지 했었던 것이다. 공작은 그 모든 것을 담담한 얼굴로 받아들였다.

죽음의 위기를 극복하고 가까스로 상봉한 연인 사이가 다정하긴커녕, 왜 이리 살벌해졌느냐 하면 그 임신이 전적으로 한쪽의 의사로 이루어졌기 때문이다.

슈리아가 황궁으로 돌아간 그 일주일 사이에, 공작은 마법으로 피임하겠다는 안전선을 두고 세일린을 꼬드겨 잠자리에 들었었다.

십칠 년이나 떨어져 있었던 연인을 두고, 세일린 역시 임신 위험이 없다 하자 다소 감정적으로 그에게 응했다. 게다가 그녀는 험한 일을 당했으니 마음이 약해져 있기도 한 터였다.

그러나 그것이 바로 공작의 노림수였다. 이런 면에서 공작의 마법사다운 교활함이 빛을 발한 것이다. 그는 다분히 의도적으로 세일린을 임신시켰고, 세일린이 이 주 후 이상하게 속이 울렁거린다고 호소하자 바로 마법으로 몸을 진단하여 임신 사실을 확인시켜 주었다.

'임신이로군.'

그 한 마디에 백작가는 발칵 뒤집어졌다. 로이엄 백작 역시 이러한 사태에 당혹한 눈치였고, 졸지에 친구 집에서 관계를 치르고 혼인 전에 임신부터 한 세일린은 고개를 들 줄 몰랐다.

또한 로이엄 백작부인은 불같이 화내며 정신이 나간 거냐고 공작을 마구잡이로 비난했다.

그러나 그 와중에도 괴짜로 소문난 위켄하이저 공작은, 이왕 임신한 거 사생아로 만들지 않으려면 어서 혼인식을 치러야 하지 않겠느냐고 뻔뻔하게 제 목적한 바를 꺼내어 놓았다.

그 치밀함과 과감함에는 슈리아 역시 감탄을 금치 못할 정도였다. 그것은 사실상 위켄하이저 공작이 미망인인 세일린을 정식 부인으로 맞아들일 수 있는 가장 확실한 방법이기도 했으며, 서른다섯 살의 신부가 순탄한 출산이 가능하겠느냐는 문제에 시달릴 세일린을 보호할 구실이기도 했다.

물론 세일린은 건강한 몸이었으므로 후에라도 충분히 임신과 출산이 가능했지만, 그런 문제가 언급되는 것조차 귀족 여성에게는 수치스러울 것이었다.

비록 그 시점에서 청혼에 대한 승낙을 미루고 있었으나 세일린도 그와 맺어지겠다고 의사를 표명한 바 있으니, 머지않은 시일 내에 아이는 가졌을 것이다.

아이의 아버지로 두기도 싫은 남자와 관계를 맺지는 않았을 터이니 세일린에게도 나쁜 일은 아니었다. 오히려 모든 상황을 좋게 만드는 일이다. 그러한 공감 능력이 결여된 사고방식은 역시나 마법사 출신인 슈리아에게는 합리적으로 여겨졌다.

다만 공작의 말만 철석같이 믿고 있다가 다짜고짜 임신하고, 혼인까지 하게 된 세일린은 그 점에 있어 대단한 배신감을 느꼈던 모양이다.

심지어 위켄하이저 공작은, 정 싫다면 애를 지워 주겠다는 말을 함으로써 세일린을 격분시키는 데 성공했다. 차마 그에게 손을 휘두르지 못한 세일린은 즉시 위켄하이저 공작을 방 밖으로 내쫓고 일주일 동안 상대하지 않았다.

왜 일주일이냐면, 집요하게 찾아오는 위켄하이저 공작을 뿌리치는 것에 지쳤기 때문이다. 로이엄 백작부인의 축객령에도 불구하고 유능한 마법사답게 경비병을 뚫고 수시로 백작저를 드나들던 위켄하이저 공작은, 결국 백작과 면담을 가졌다.

아무리 실리주의자인 로이엄 백작이라도 공작이 제 저택에 무단으로 침입하는 것을 계속 용납하기는 어려웠던 것이다.

그리고 위켄하이저 공작은 높으신 분답게 백작과의 뒷거래를 통해 저택을 마음껏 드나들 수 있는 자격을 얻었다.

백작부인이 길길이 날뛸 것을 예상해 로이엄 백작은 아예 궁으로 들어가 버렸고, 세일린도 그 같은 작태에 결국 포기할 수밖에 없었다.

슈리아는 위켄하이저 공작이 의기양양한 얼굴로 등장했을 때, 그를 향해 한탄하듯 외치는 세일린의 음성을 들었다.

'도대체 당신의 그 비상식적인 머릿속에는 뭐가 들은 건지 모르겠어! 나이도 먹을 만큼 먹었는데 오히려 더 심해지기만 하다니!'

'세일린, 네가 없어서 그런 거야.'

기가 질릴 정도로 당당하게 말하는 위켄하이저 공작에게선 그가 왜 괴짜인지, 그리고 왜 마법사인지 실감케 해 주는 면이 엿보였다.

방문하는 세일린의 옛 학우마다 공작에게 지쳐서 떼어 버리려고 핀테른 남작과 혼인해 버린 줄 알았다고 하는 말에는, 일리가 있었던 것이다.

그리하여 위켄하이저 공작은 지금, 제 아이를 가진 임산부의 짜증을 한 몸으로 받는 신세였다. 그러나 충실한 친구인 로이엄 백작부인이나 제도에 사는 다른 친구들이 종종 찾아와 신경 써 주고 있으니, 세일린의 마음도 머지않아 달래지리라.

이미 혼인 날짜가 공표된 이상, 사교계에서는 무성한 뒷이야기가 오갈 것이나 위켄하이저 공작은 효과적으로 제 목적을 달성하게 되었으니 그 정도는 감수할 만했다.

"슈리아!"

저를 부르는 발랄한 음성에 슈리아는 발을 멈추었다. 그리고 눈매가 꿈틀거리며 거부 반응을 보였던 것과는 별개로, 금세 다정하고 평화로운 낯으로 소리가 들린 곳을 돌아보았다. 환한 금발에 연신 웃음을 보이고 있는 한 소녀가 슈리아의 앞으로 달려와 섰다.

"이런 곳에 있었구나!"

"데이지."

헤죽거리며 바짝 다가붙는 데이지의 행동은 늘 지나치게 친밀했다. 슈리아는 미소 짓는 얼굴과는 달리 데이지를 시큰둥하게 보았다.

원래라면 그 이름을 부르는 것이 아니라 시그오닐 대공녀라 호칭해야 옳았지만······.

그러나 벌레를 씹는 것 같은 불쾌감 속에서 처음 소녀에게 경어를 썼던 날, 데이지는 얼굴을 구기며 그렇게 거리감이 느껴지게 부르지 말라고 주장했다. 자신은 그저 데이지일 뿐이라고.

그래서 슈리아는 기다렸다는 듯이, 냉큼 호칭과 말투를 원래대로 되돌렸다. 다른 건 몰라도 데이지에게 공대하는 것은 슈리아를 참을 수 없게 만드는 요인 중 하나였다.

그러나 슈리아가 제게 선뜻 말을 놓음에 데이지는 감격한 듯이 눈물마저 글썽여 거북한 기분이 들게 만들었다.

후에 이야기를 들어 보니 형제라고는 열 살가량 어린 남동생밖에 없고, 워낙 지체 높은 대공녀이다 보니 에스토어 지방에서는 제 또래의 소녀들과 별로 어울리지 못했던 모양이다. 지방이기에 더 대귀족의 위엄이 드높아 쉬이 다가갈 수 없는 것도 영향을 미쳤으리라. 그래서 이토록이나 슈리아를 애호하고 찾아드는 것인가.

친구라는 존재에 단 한 번도 의미를 둔 적 없었던 슈리아로서는, 도무지 이해가 가지 않는 심리였다.

게다가 오늘은, 찾아온다는 기별도 없이 냅다 들이닥쳤다. 아무리 로이엄 백작이라도 제 주군의 외사촌을 제지하거나 소녀에게 함부로 예를 지적하기란 어려웠던 것 같다. 슈리아는 귀찮은 감정을 내색하지 않으며 데이지에게 걱정스럽게 물었다.

"오늘 방문을 할머님께서 허락해 주셨니?"

"아이참, 그럴 리가 없잖아. 할머님이 계셨다면 아마 난 오늘도 지루한 예법 교육이나 받고 있었어야 할 거야. 하지만 할머님은 오늘 전하를 알현하려 가셨다고! 그간 통 찾아뵙지 못했다고 하시면서. 나도 가고 싶었지만, 어린아이가 낄 자리는 아니라고 하시더라고. 칫, 전하와 나는 겨우 두 살 차이밖에 안 나는데!"

그 두 살 차이를 무색하게 할 만큼 황태자는 차갑고 무표정하여 나이 들어 보였고 그에 반해 데이지는 열 살짜리 아이라 해도 족할 정신 연령을 가지고 있었다.

그보다 황태자를 만나지 못해 차선으로 자신을 찾았단 말인가? 도대체 날 뭐라고 생각하는 거지.

하필 황태자의 대체품으로 전락한 슈리아는 기분이 저조해지는 것을 느꼈다. 하지만 데이지를 만날 때면 슈리아의 기상 상태는 거의 늘

흐림이었다. 화창한 푸른 하늘을 우중충한 먹구름이 순식간에 뒤덮는 기분이다.

"오늘 할 일 없으면 셀리네 집에 놀러 가자! 레이첼도 와 있을 거래."

눈을 빛내며 말하는 그것은 권유가 아니라 강요였다. 일정이 있으면 떼를 써서라도 취소시키고 슈리아를 데려갈 셈으로 이리 달려온 것이겠지.

깍쟁이 같지만 면전에서는 번듯하니 예의를 지키는 제도 귀족들과는 달리 데이지는 막무가내였고, 제멋대로 구는 것이 용인되는 배경과 신분을 지닌 터였다.

게다가 시녀 노릇도 때려치웠겠다, 곧 사교계 데뷔를 앞둔 들뜬 기분이 데이지를 흥분시키고 있었다. 그것을 그나마 통제하는 이가 바로 제도로 올라온 데이지의 할머니였는데, 그녀는 지금 황궁으로 떠나 있는 상태이니 더 말할 필요가 없다.

슈리아보다 며칠 앞서 궁을 떠난 데이지는 제도에 위치한 대공저에 머물고 있었다. 시그오닐 대공가쯤 되면 제도에 번듯한 저택을 소유하고 있는 게 당연했고, 쫓겨나다시피 한 데이지는 그곳에서 한동안 홀로 지루한 시간을 보냈다. 바빠서 제 궁으로도 되돌아오지 않았던 황태자이니 귀찮은 듯이 떠나보낸 데이지를 신경 써 줄 리 없다.

그리고 소식을 듣고 달려온 데이지의 할머니, 그러니까 전 시그오닐 대공비는, 오자마자 상의도 없이 마음대로 시녀 일을 그만두었다고 데이지를 혼쭐냈다. 거기에 더불어 황태자에게 무례하게 군 것까지도.

그리고 그녀 때문에, 데이지는 로이엄 백작가에 그간 다섯 번밖에 방문하지 못했다. 비록 그녀의 열렬한 편지에 매일같이 답장해야만 했지만, 슈리아는 적어도 데이지와 수시로 만나지 않아도 된다는 것을 백작부인에게 끌려다니는 동안에도 다행으로 생각했다.

지금도 보아하니 몰래 대공저를 빠져나온 모양인데, 나중에 할머니에게 야단맞고 찡찡댈 것이 틀림없다. 그 생각을 하니 슈리아는 머리가 아파졌다.

도대체 데이지의 호위기사들은 뭘 하는 건지. 그러나 생각해 보면 데이지의 호위를 맡은 것은, 황태자의 명을 받고 파견 나온 카일 경이었다.

비록 데이지에게 지목당해 오게 된 몸이지만 처음에는 그 역시 블레어와 떨어져 있어야 하는 것이 내키지 않는 눈치였다.

그러나 그는 데이지가 대공녀답게 위엄 있는 얼굴로 추가 수당을 언급하자 5초도 지나지 않아 빙글거리는 얼굴을 보였다. 그런 처지이니 어쨌든 그 역시 데이지의 편인 게 당연하다.

포기하면 편했다. 슈리아는 새삼 오래된 진리를 되새기며 반항하지 않고 데이지를 따랐다.

그러나 저택에서 자수나 놓는 정적인 취미를 즐기는 슈리아에게 백작부인에게 충분히 시달린 이 시점에서 외출이란 것은 심히 내키지 않는 종류의 일이다.

황궁에서 셸리와 돈독한 우정을 다졌으니 둘이 붙어 시시덕거리면 될 텐데, 꼭 귀찮게 저를 끼워 넣으려 든다. 그런 생각을 품은 슈리아는 싸늘하게 데이지의 뒤통수를 응시했다.

혹여 슈리아가 섭섭해하기라도 할까 봐 걱정이 되었는지, 셸리와 어울리려 할 때면 항상 자신을 불러 대곤 했다. 그것은 황궁에서부터 시작된 심각한 오해에서 기반한 일이었다.

하지만 슈리아는 '셸리하고 둘이 놀아. 난 정말 괜찮아', 따위의 말을 굳이 꺼내지 않았다.

그러면 자의적인 해석을 추구하는 데이지는 '에이, 슈리아 질투하는구나? 그래도 내 단짝은 너인걸!' 따위의 말을 해 댈 것이다.

거기에 슈리아가 반론이라도 제기한다 치면, '헤헤, 질투하지 마아— 친구들끼리 사이좋게 지내야지.' 그리고 '그게 아니라…….' 라고 반박하려 했다간 '슈리아, 애처럼 굴지 마! 늘 우리 둘만 놀 수는 없잖아, 다 같은 친구인걸.' 이라고 자랑스럽게 말할 것이다.

그 상상은 마치 하나의 각본처럼 완벽하게 현실적이었고, 놀랍도록 생생하게 이어져서 슈리아는 어느 순간 빈손을 꽉 틀어쥐고 있다.

그 사건으로 초래될 결과로, 이 브리오니아의 제도 히스는 그날로 잿더미만 남게 되리라. 소녀의 몸을 입은 대마법사의 참을 수 없는 분노로 인해서.

물론 그것이 높은 가능성을 가진 미래이긴 했다. 다만 가능성은 어디까지나 가능성이다. 다행히 슈리아의 인내는 나날이 강인해지고 있었고, 그 자신도 그런 상황이 다가오는 것을 피하려 노력하곤 했다.

하지만 데이지라는 괴생물체의 특수성상, 그 동글동글한 외양과 무관하게 슈리아를 뾰족하게 긁어 대곤 하는 그녀가 보유한 잠재성은 결코 간과할 수 없는 요소였다.

인정하기 싫지만 데이지는, 슈리아에게 있어서 세일린과는 다른 또 하나의 변화의 표상을 의미했다.

이전의 슈리아가 인간을 초월자와 그냥 인간으로 단순하게 양분하는 것에 불과했다면, 이제 그 대다수의 사람을 포괄하는 그냥 인간이라는 항목은 한 단계 더 세분된 하위분류를 가졌다. 데이지형 인간과 그냥 인간.

한 존재, 그것도 이백 년 넘게 살아온 위대한 대마법사가 세상을 분류하는 기준에 변화를 주었다는 것은 실로 놀라운 업적이었다.

그러니 데이지 그라임스 시그오닐은 그야말로 대단한 존재인 것이다.

자신의 전속 시녀로 지명된 켈리에게 외출한다고 전해 달라 말한 후 마차에 오른 슈리아는, 제게 연신 말을 거는 데이지에게 건성으로 대꾸를 건네며 창밖을 보았다.

무심한 남청색 눈동자가 짙어지며 소녀는 조금 전, 장미 정원에서 의미 깊게 가늠해 보았던 그 기간에 대해 다시금 떠올린다.

한 달.

그건 슈리아가 황궁을 떠난 뒤로 흐른 시간이기도 했으며, 동시에 부정할 수 없이 눈앞의 데이지를 연결 고리로 둔 황태자와 헤어져 있던 시간이기도 했다. 그동안의 그를 생각하면 신기하게도, 그간 황태자는 단 한 번도 찾아오지 않았다.

그 한 달 전의 황태자를 상기하자면 그것은 정말로 기이한 일이었다. 흑마법사와의 전투로 부상을 입고도 힘겹게 슈리아를 찾아왔던 그가 아니던가.

그랬던 황태자가 황궁과 로이엄 백작 저택 간의 거리가 그리 먼 것도 아닌데 단 한 번도 찾아들지 않다니!

그것은 비상식에 가까웠던 그의 지난 행동 양상과 동떨어진 모양새였다. 이렇게 평하자면 아쉽게 여기는 것으로 볼 수도 있겠지만, 그것은 소녀의 본심과는 완전히 어긋나는 것이다.

슈리아는 순수하게 궁금해하는 한편, 황태자가 보이는 예상 밖의 행태에 대해서 여러 사유를 분석하고 있었다.

시녀 일을 그만두는 시점에서 보기 힘들어지겠군, 하고 생각했던 것은 사실이다. 그리고 그 사실을 기껍게 여겼던 것 역시도 사실이었다.

그러니 그가 밤도둑같이 늦은 시각에 발코니를 타 넘지 않는 것은 슈리아에게 심적으로 바람직한 일이다.

그러나 다른 관점에서 보자면 황태자가 슈리아에게 그런 식으로 무관심한 태도를 견지하는 것은 옳지 않았다.

그는 소녀가 수중에 없는 것을 못 견뎌 안달 떨고, 탐내고, 그리워해야만 했다. 황태자의 그 뜬금없지만 열렬한 애정이 슈리아와 그 사이에 놓인 다리이기도 한 것이니.

이 시점에 와서는 약간 의심이 들었다.

그리고 그 의심은 곧 불신 어린 가정으로 치달았다.

만약 그간 충분히 거리를 두고 생각하고, 또 생각하여 그 감정이 옳지 않았다는 것을 깨달았다면?

오랫동안 떨어져 있던 것이 그 마음을 변하게 하는 데 영향을 주었다면?

자연의 풍경은 좀처럼 변화하지 않으나 어느 날 닥친 지진으로 온 산이 무너져 내린다면 그것은 돌이킬 수 없는 일이리라.

슈리아는 그에게 일종의 어마어마한 자연재해였고, 그런 만큼 산처럼 무심하기 짝이 없던 그가 제게 닥친 변화를 오래도록 간직하리라 여겼다. 그러한 만큼 그동안 황태자의 변심 가능성에 대해서 생각조차 않고 있었던 게 사실이다.

사실, 얼마 전까지만 해도 죽기를 바랐던 그가 마음이 변했다 한들 슈리아에게 손해인 건 아니었다. 양육자인 세일린은 곧 위켄하이저 공작부인이 될 예정이었고, 슈리아는 원한다면 길을 돌려 마법 아카데미에 입학할 수 있었다.

아직 기회는 무궁무진했고 슈리아는 다시 원래의 궤도로 돌아가 황태자비가 되는 것보다는 훨씬 평범하고 안정적인 삶의 길을 진주할 수도 있는 것이다.

비록 황태자의 고백과 뒤이은 청혼으로 인해 정신이 일순 해일에 휩쓸린 듯했지만, 실질적인 변동은 없었다. 그와의 관계는 소수만이 아는 은밀한 애정사에 불과했다.

그러나 그런 이성적인 사고를 떠나, 슈리아는 납득할 수 없었다. 그간 황태자가 식는 것이 불가능하게 느껴질 정도로 뜨거운 애정을 보였기 때문이 아니라, 그저 그가 그러는 것이 용납이 안 되었다.

자신이 그를 버리는 것은 상관없지만, 황태자가 자신을 버리는 일은 있어서는 안 되는 것이다. 시작은 멋대로 할 수 있었는지 몰라도, 그 끝은 일방적일 수 없음이니.

그 비이성적이고 하등 도움 될 것 없는 결론은 슈리아의 전 생애를 통틀어 처음으로 질투를 느끼게 한 황태자의 존재 앞에서, 아마르잔의 자존심과 같은 무게를 가졌다.

그제야 슈리아는 세일린을 일부분 이해할 수 있었다. 합리와 효용을 떠나 쉽사리 받아들일 수 없는 일도 있는 것이다.

어쨌든 슈리아는 탐욕적이었고, 제가 버렸으면 모르되 제가 쥔 것이 손아귀에서 빠져나가는 것은 용납할 수 없었다.

그러한 결의 속에서 슈리아는 훗날을 기약했다. 나중에 마음이 식었다거나 제 입으로 한 언약에 대해 딴소리를 한다면, 그 목을 날려줄 용의가 넘치도록 충만하다. 황태자를 연모한다고 에리히에게 떠벌리기까지 했던 슈리아에게는 그럴 만한 자격이 있었다.

그 와중에 어느덧 마차는 노이만 백작가의 저택 앞에 도달해 있었다. 마차에서 내려 안으로 들어서자 다람쥐처럼 자그마한 하녀 한 명이 쪼르르 달려 나와 그들을 안내했다.

대공저에 초청받아 가 본 적이 있었던 슈리아는, 장엄하기까지 한 그곳에 비해 하얗고 정갈한 멋이 있는 눈앞의 저택을 흥미롭게 감상했다.

하녀의 안내를 따라 응접실에 도착하자, 셸리와 똑 닮은 녹갈색 눈의 여인이 그들을 맞았다.

"어서들 오세요. 시그오닐 대공녀, 그리고 슈리아 아델트."

"데이지라고 불러 주세요!"

데이지가 붙임성 있게 외치며 셸리를 찾아 두리번거린다. 슈리아는 그녀가 까먹은 인사를 상기시키듯 우아하게 고개를 숙였다.

"처음 뵙겠습니다, 노이만 백작부인."

"이렇게 와 주어서 정말로 고맙지만, 지금 셸리가 상태가 좋지 않아서 만나 볼 수는 있을지 모르겠네요. 도대체 무슨 일이 있었던 건지, 자세하게는 말해 주질 않으니."

여인은 근심 서린 얼굴로 한숨을 폭 내쉬었다. 그러자 데이지가 불쑥 물었다.

"레이첼은 오지 않았나요!"

거의 소리치다 싶은 강렬한 질문에 셀리 못지않게 소심한 성격을 드러내듯 움찔거린 노이만 백작부인이 말했다.

"레이첼은……. 네, 오지 않았어요."

슈리아는 백작부인의 침묵에서 셀리가 그들을 만나 볼 수 없을 정도로 나쁜 상태에 빠진 원인을 알아챘다. 바로 그 레이첼과 무슨 문제가 있었음이 분명하다. 그때 한 하녀가 조심스러운 얼굴로 고개를 들이밀었다.

"저어……. 아가씨는 나오기 어려우시답니다."

"그러면 다음에……."

셀리의 마음은 안중에도 없이 슈리아는 발을 뺄 기회를 낚아채려 했다. 그러나 데이지가 즉각 반박한다.

"무슨 소리야, 슈리아! 원래 우울할 때는 친구가 힘이 되는 법이야!"

의기양양하게 소리친 데이지는 하녀를 앞장세우고 셀리의 방으로 향했다. 그 기세에 위축된 노이만 백작부인은 시그오닐 대공녀의 행보를 막지 못했다. 이미 포기하는 마음을 새겨 넣은 슈리아는 느릿느릿 내키지 않는 걸음으로 뒤따랐다.

"못 나간다고 했잖아."

문이 벌컥 열리자 셀리는 돌아보며 웅얼거렸다. 울긋불긋한 얼굴에 눈이 퉁퉁 부어 있었고 입꼬리가 아래로 내려가 한없이 우울해 보인다.

그 모습이 하도 가관이라, 슈리아는 치부를 엿본 듯한 내밀한 느낌에 눈살을 찌푸렸다. 그러나 데이지는 아랑곳하지 않고 달려가 셀리의 손을 붙들었다.

"셀리, 무슨 일이 있었던 거야? 왜 울었어!"

그러면서 저도 마음이 아픈 듯 눈물을 글썽이는 꼴이 진정한 소울메이트라고 해도 족할 정도였다. 소름이 돋을 지경이라 슈리아는 입을 꾹 다물었다.

그러면서도 제 시선을 의식해 화들짝 놀라 손을 떼다 다시 가져다 붙이는 데이지를 보며, 네 좋을 대로 하라고 속으로 사납게 되뇌었다. 별로 한 것도 없는데 급속도로 피곤해져 가는 느낌이다.

데이지의 열화와 같은 태도 앞에 셀리는 모든 진실을 털어놓았다.

그 내용은 이러했다.

알다시피 셀리와 레이첼은 어린 시절부터 단짝이었다. 다른 귀족 영애들과 어울리지 않는 것은 아니었지만, 거의 둘이 붙어 다니곤 했다.

사실 레이첼의 까다로운 성미를 참고 어울릴 수 있었던 영애가 온화하고 소심한 셀리밖에 없었다는 것이 진실과 가까우리라.

그런데 이번에 레이첼이 먼저 사교계 데뷔를 갖고, 황궁을 나와 사교계 생활을 하면서 그 친근한 관계에 균열이 일기 시작했다.

루트비아 백작가가 세가 높다지만, 황궁 무도회쯤 되면 오직 가문의 세만으로 스스로를 내세우기에는 부족한 감이 있었다.

비록 첫 데뷔에 그간의 도도한 행동거지로 인해 밉보인 다른 영애들에게 표적이 되었던 레이첼이었으나, 사교계의 꽃 오를레앙 공녀가 편들어 줌으로 인해서 호된 신고식에서 벗어난 터였다.

오히려 오를레앙 공녀와 친분을 다지면서 레이첼은 사교계에서 효과적으로 자리매김하게 되었다. 지금에 와서는 누구도 그녀를 얕볼 수 없게 된 것이다.

반면 소극적이고 조용하기 짝이 없는 셀리는, 그 가문의 세조차 레이첼만 못했기에 표적이 되기 쉬웠다. 레이첼의 절친한 친구라는 사실은, 차마 오를레앙 공녀와 사이가 돈독한 레이첼을 노리지 못하는 다른 영애들의 눈길을 끌었던 것이다.

무도회에서 몇 번 대화를 나누는 것만으로도 노련한 영애들은 이 초식 동물 같은 소녀가 쉬운 상대라는 것을 깨달았다. 레이첼은 애초에 누군가를 챙겨 주는 성정도 아니니, 거리낄 게 없다.

그들은 본격적으로 셀리를 괴롭히기 시작했다. 아주 사소하게, 티 파티에서 드레스 코드를 잘못 알려 주는 것을 포함해서 셀리가 실수라도 할라치면 시녀 일을 한 과거는 어김없이 트집 잡혔다.

셀리는 레이첼처럼 황태자궁에서 일했던 것도 아니니 그녀에게 무언가를 물어볼 필요도, 아쉬운 것도 없었다.

그리고 어제 결국 일이 터졌다.

언제나처럼 갖는 티타임에서 약속 시간을 잘못 알고 늦게 도착한 셀리에게 영애들은 하나같이 은근슬쩍 면박을 주었고 레이첼도 다르지 않았다.

후에 그녀에게 셀리가 섭섭함을 누르고 혼자만 시간을 잘못 들은 사실을 말하자, 레이첼은 위로는커녕 짜증을 내며 말했다.

"그랬어? 그러게 그렇게 소심하게 입 다물고 있지 말란 말이야! 니가 그러니까 다들 널 만만히 보잖아. 일부러 잘못 말해 준 영애랑 싸웠어야지! 내가 언제까지나 네 뒤치다꺼리를 해 줄 수 있는 것은 아니잖아?"

사교계의 생리상, 레이첼의 말이 전혀 일리가 없는 것은 아니었다. 셀리는 눈물이 날 뻔했지만 고개를 주억거렸다. 그리고 레이첼에게, 내일 저택으로 찾아오기로 한 약속에 대해 언급했다. 귀찮은 듯 눈을 찡그린 레이첼은 덤덤하게 말했다.

"어, 음, 미안한데, 오를레앙 공녀가 날 초청해서 말야. 이실로테 황녀 저하에게 날 소개해 주겠다고 하셨어! 이건 정말, 굉장한 기회잖아? 이해해 줘."

그것은 이해를 구한다기보다는 통보였다. 당연하다는 식으로 말하는 그녀에게, 셀리는 더는 참지 못하고 그간의 설움을 모두 터뜨렸다.

그때 한 번이 아니라, 종종 사교계에서의 입지를 빌미로 오를레앙 공녀와의 약속을 전적으로 우선시했던 레이첼이었다. 순한 셀리도 그간 조금씩 쌓아 가고 있었던 것이다.

항상 순하기만 했던 친구가 엉엉 울며 따지자 레이첼은 당황한 듯 성을 내며 돌아섰다. 그리고 어제부터 오늘까지 셀리는 줄곧 이런 상태에 빠져 있었다.

"레이첼, 배신자! 어떻게 네게 그럴 수 있어!"

다시 눈물을 자아내기 시작하는 셀리를 와락 끌어안으며 데이지가 레이첼에 대한 악담을 퍼부었다. 이제는 다행히 슈리아의 시선을 의식하는 것마저 잊은 것 같다.

슈리아는 그 모습을 물끄러미 바라보았다. 셀리는 그저 전반적인 사연을 이야기했을 뿐이지만, 그것은 슈리아 안에서 나름대로 재해석되었다. 간단히 요약하자면 이것이다.

제도의 영애들은 사소하게 지저분한 짓거리들을 하는군.

물론 아마르잔은 생 대부분을 가해자의 입장에서 살아왔으나 좀 더 광범위하고 공공연한 방식으로 피해자를 상대해 왔다. 상대를 은밀히 괴롭히는 정신적인 방식이라기보다는 대놓고 힘으로 짓밟고 무시하는 광포함이 그에게 걸맞았던 것이다.

셀리는 데이지처럼 시끄럽지도 않으며 조용하고 고분고분해 슈리아는 비교적 그녀를 괜찮게 생각하고 있던 터였다.

심지어 그녀는 아마르잔의 열렬한 팬이지 않은가. 그런 만큼 그녀가 당하기만 하는 것은, 곧 자신의 얼굴에 먹칠을 함이나 다름없다.

어쨌든 셀리는 슈리아와 한 무리로 엮여 있었다.

"나랑 슈리아도 곧 사교계에서 데뷔하니까, 그때까지만 참아! 그때가 되면 레이첼도 우리가 막 혼내 줄게!"

가까운 시일 내, 정확히는 일주일 후 열릴 봄 무도회에서 데뷔하게 될 슈리아와 데이지였다.

슈리아는 사실, 제 데뷔를 세일린의 혼인 이후로 생각했지만, 데이지가 단짝이라는 명목하에 저와 함께 봄 무도회에서 데뷔를 하자고 우겼다. 마침 전 시그오닐 대공비도 제도에 와 있는 참이었다.

그녀 역시 제 손녀와는 달리 그야말로 귀족 영애의 본보기 같은 슈리아를 마음에 들어하며 그렇게 하자고 권하자 거절할 도리가 없었다. 슈리아에게도 나쁜 일은 아니었다. 시그오닐 대공녀와 더불어 주목을 받을 기회이니.

데이지가 멋대로 저까지 엮으려 드는 것이 마음에 들지 않았지만, 슈리아도 가만히 고개를 끄덕였다.

어떻게 보면 사교계 역시 전장이라 하니 결코 순탄하지만은 않을지도 모른다. 특히 몰락 귀족에 지나지 않는 슈리아의 태생과 미망인인 이모의 혼전 임신은 구설에 오르기 충분한 것이다.

셀리를 달래는 일로 그날 오후까지 노이만 백작가에 머무른 것은 정말로 시간을 낭비하는 일로 여겨졌다. 그래도 효과는 있었다. 친구들과의 만남에 셀리는 어느덧 방긋거리며 웃음을 보이게 되었다.

"우리 셀리의 기분을 풀어 줘서 정말 고마워요. 앞으로도 자주 찾아와 주었으면 해요."

손을 감싸 모으며 친절하게 말하는 노이만 백작부인의 배웅을 받으며 그들은 다시 로이엄 백작가로 향했다. 데이지는 구태여 슈리아와 식사까지 함께 하고 가겠다고 떼를 썼다.

노이만 백작가에서는 그러지 못했지만, 그보다 더 많이 드나든 로이엄 백작가는 그녀에게도 퍽 친근한 장소였던 것이다.

백작가에서 시그오닐 대공녀인 그녀를 함부로 대하는 이는 단 한 명도 없었고, 세일린조차도 제 어린 조카에게 손댄 황태자의 외사촌임에도 불구하고 이 발랄한 소녀를 귀엽게 여겼다.

저녁까지 그녀를 상대해 주기 귀찮았던 슈리아는 데이지를 좋은 말로 달래 보내려고 했다. 하지만 카일 경 역시 로이엄 백작가의 음식이 맛있다고 고개를 주억거리는 바람에, 데이지의 주장은 힘을 입었다.

저녁 식사를 하고, 그 후 티타임까지 즐기고 갈 텐데. 그 암담한 수순이 불 보듯 뻔했지만, 슈리아는 설득을 포기했다. 어차피 식량이 축나는 것은 백작가의 사정이지 저와는 상관없는 일이다.

그러나 로이엄 백작가로 되돌아왔을 때, 그곳에는 손님이 와 있었다. 슈리아에게는 아주 반갑지만, 데이지를 질겁하게 하는 손님이.

"데이지! 예법 수업을 빼먹고 또 이곳에 와 있다니, 내가 널 도대체 어떻게 해야 하겠니?"

"하, 할머님……."

전 시그오닐 대공비는 예순에 가까운 나이에 비하면 마흔 살 정도로밖에 보이지 않는 동안이었다. 데이지처럼 둥근 선의 얼굴은 온화한 인상을 주었으나 눈매는 자못 엄격했다.

"자꾸 그런 식으로 나오면 다음 주 사교계 데뷔는 없는 것으로 하겠어! 네 드레스는 아직 맞춰 보지 않았다는 것을 상기하려무나."

"으잉."

데이지는 찍소리도 못 하고 슈리아에게 손을 흔드는 것을 끝으로 그녀에게 잡혀 갔다. 당분간은 놀러 오지 못할 테니까 해방인가?

그러나 이윽고 식사 시간에 죽은 듯이 입을 다물고 있는 세일린에 반해 수다스럽게 떠들던 로이엄 백작부인이 넌지시 꺼낸 말에 슈리아는 힘을 주어 고기를 썰었다.

"그동안 산 드레스를 살펴봤는데, 아무래도 눈에 확 차질 않아. 슈리아, 네 사교계 데뷔가 얼마 남지 않았으니 조금 더 의상실을 돌아봐야겠어."

"그동안 산 드레스가 충분히 많지 않았니? 지나치게 많이 사는 건……."

세일린이 조심스럽게 묻자 백작부인은 곧바로 명랑하게 반박했다.

"어머, 손해날 것은 없는 일이야. 슈리아는 무럭무럭 자라고 있는 걸. 게다가 이제는 숙녀가 되어 가는 참이니 좀 더 성숙한 디자인의 드레스를 갖춰야 할 필요가 있어. 요즘 제도 사교계는 우리 때와는 달리 정말로 유행에 민감해서, 뒤쳐졌다간 바로 흠이 잡힌다고. 게다가 물론 슈리아는 무척 예쁘지만 이왕이면 네 조카의 첫 데뷔인데 가장 눈에 띄는 것이 좋지 않겠니?"

영지 일에 밝다고는 하나 사교계 데뷔를 간략하게 치르고 곧바로 남작부인이 되어 핀테른에 틀어박힌 세일린은 그런 쪽에 무지한 터였다.

결국 곤란한 얼굴로 입을 닫은 세일린을 두고 백작부인은 슈리아에게 오늘은 대공녀의 방문으로 시간을 빼앗겼으니 내일 점심 이후에 준비하고 있으라고 일렀다.

임신 초기의 임산부이며 슈리아와의 시간을 피하고 있는 세일린은 발을 쏙 빼 버렸다. 슈리아는 조용히 식사를 씹어 삼키며 한숨을 삭였다. 이 일주일만 지나면, 그녀도 좀 덜해질 것이니.

약간의 산책과 티타임을 지나쳐 보낸 슈리아는 이제 씻고 잠옷까지 입은 채 잘 준비를 마쳤다. 그리고 드디어 찾아온 자기 전 휴식 시간 동안, 독특한 주제의 책을 읽었다.

그것은 중부대륙 초월자들의 역사, 그리고 그들이 인세에 개입할 수 없게 된 금기가 성립된 계기와 그 과정을 풀어낸 유명한 서적이었다.

하지만 저자가 그냥 인간이라는 관점에서 볼 때, 그 내용은 신빙성이 높지 않았고 대개 추측에 가까워 슈리아는 그 책을 소설 취급하며 읽어 냈다. 어쨌든 소일하기에는 그만이었다.

밤이 무르익고 있었다. 시각이 열 시에 가까워지자 익숙해진 습관 대로 졸음이 밀려온다. 슈리아는 반쯤 읽던 책을 덮고 켈리를 불렀다.

"불 꺼 줘. 자야겠어."

귀족 영애라면, 이런 사소한 일도 직접 하기보단 하녀를 시켜야 하는 것이다. 곧바로 들어온 켈리는 샹들리에의 불을 끈 후, 침대 머리 맡의 작은 꽃무늬 등잔을 밝혀 놓고 나갔다.

은은히 어둠을 적시는 등잔 불빛 속에서 슈리아는 침대에 누웠다. 옅은 잠기운이 점차 번져 나가는 듯 졸음이 쏟아졌다. 그리고 거의 무의식의 세계에 접어들려는 찰나였다.

"……."

발코니 쪽에서 들리는 작은 소리가 슈리아를 깨웠다.

살짝 두드리는 것 같은, 간헐적인 소음.

무시하고 자려고 했으나, 잠잠하다 싶으면 다시 연달아 들리는 소리가 신경에 거슬렸다. 이대로라면 도무지 잘 수 없을 것 같아, 슈리아는 결국 침대를 박차고 일어섰다.

그리고 거의 본능적인 움직임으로 숄을 두른 뒤, 등잔을 주워 들고 발코니 쪽으로 나아갔다. 잠긴 문고리를 열고 나가자 서늘한 공기가 밀려들어 잠을 완전히 깨운다. 웃음기 섞인 목소리가 들려왔다.

"지나치게 경계심이 없군. 이런 밤중엔 소리가 난다고 함부로 나오는 게 아니야."

"제게 찾아올 밤손님은 전하 외에는 없으니까요."

슈리아는 고요한 어조로 그의 예와 상식에 어긋나는 방문을 지적했다. 그러면서도 혹시 제 생각을 황태자가 읽을 수 있는 것은 아닌가, 의심을 가졌다.

오늘 그를 좀 떠올렸다고 이렇게나 빨리 모습을 드러내다니. 지난 한 달 동안 찾아오지 않은 것도 예상외였지만, 갑자기 이렇게 나타나는 것은 더더욱 예측 불가한 일이었다.

으슥한 밤이었지만 보석 같은 자청빛 눈동자는 어둠을 뚫고 선연한 광채를 발하고 있었다. 황태자는 슈리아의 고개를 끌어 올리며 감상하듯 샅샅이 살폈다. 그리고 제 낯을 들이밀면서 짓궂게 묻는다.

"이 얼굴이 반갑지 않나? 그대가 마음에 든다고 했었지, 아마."

그건 언제적 이야기인가. 슈리아는 대답하지 않고 대충 고개만 끄덕였다. 뭐라고 해석하든 그가 알아서 할 일이다. 잠에서 깬 슈리아는 기분이 가라앉은 상태였다.

오랜만에 보는 얼굴임에도 거침없이 불손하게 구는 슈리아를 마주하며 황태자는 소녀가 삐쳐 있다고 생각했는지 달래듯이 뺨을 쓰다듬었다. 그 행위에 간지럽다 못해 소름마저 돋는다.

"내가 찾아오지 않아서 섭섭했나?"

슈리아의 침묵에도 불구하고 그는 다정한 태도를 고수하며 말했다.

"그간, 좀 바빴어."

그 말은 거짓이 아니었고, 암습에 관계된 이들을 처결하느라 많은 시간을 소요했을 터이다. 보아하니 무를 닦는 데도 바빴던 것 같다. 아직 흑마법사의 죽음이 불투명한 상황이니 그럴 만도 했다.

그러나 한층 더 높은 경지에 올라 미묘하게 발전한 그의 모습은 슈리아의 기분을 저조하게 만들었다. 그 짧은 사이에도 그를 감시하기로 한 결심을 잊지 않고 있던 슈리아는 황태자의 성취도를 파악하려 마법을 썼던 것이다.

어쨌든 둘 사이에 자세한 사연을 이야기할 신뢰는 없다시피 한 것이었고, 황태자는 그것으로 모든 설명을 마치며 두 팔로 슈리아의 몸을 감싸 안았다.

그가 껴안자 옷깃에서 한기가 느껴진다. 제도는 낮 기온과 밤 기온이 꽤 많은 차이가 났다. 슈리아는 그를 살짝 밀어내며 말했다. 쉽게 갈 것 같진 않으니.

"날이 추우니, 안으로 들어오세요."

정확히는 제가 추웠던 것이지만. 황태자의 눈썹이 치켜 올라간다.

"조금 전, 내가 경계심을 가지라 했던 것 같은데."

"그게 전하께도 해당하는 사항인가요?"

귀찮은 듯이 대꾸하자, 황태자는 순순히 슈리아를 따라 방 안에 들어섰다. 그의 눈길이 꽃과 레이스가 치렁치렁 달린 침대 휘장에 닿았다.

"어지럽고 초라한 방이로군."

사소한 품평마저 곱게 들리지 않는 것도 재주다. 거만하게 말하던 황태자는 무언가 안쓰러운 듯 덧붙였다.

"그대는 이보다 나은 곳에서 머물 자격이 있어."

마치 로이엄 백작가에서 식객인 슈리아를 푸대접이라도 하고 있다는 듯한 어조다.

그야, 방 전체에서 살랑살랑하고 소녀적인 분위기를 물씬 풍기다 보니 아무래도 고급스러움은 떨어지긴 했다. 로이엄 백작부인이 상당히 공을 들여서 꾸민 곳이지만, 누가 황족 아니랄까 봐 그의 눈에는 영 차지 않는 것 같다.

그 점에 속이 뒤틀린 슈리아가 등잔을 바닥에 놓고 테이블로 이동하려 하자, 재빠른 손길이 소녀를 제지했다.

"그냥 이대로. 할 말이 있어서 잠시 들른 것뿐이니."

바쁘다는 것은 허언이 아니리라. 황후의 일파를 쳐내고 그 자리를 제 세력으로 메꾸는 중인 황태자는 그간 몇 차례 지방 세도가를 방문했다고 들었다.

본격적으로 황태자로서 제 입지를 공고히 하고자 돌아다니는 것 같은데, 한편으로는 흑마법사의 종적을 알아내려는 의도도 있을 터였다.

황태자가 손을 뻗어 슈리아의 손을 움켜쥐었다. 그리고 서늘한 손을 녹이듯이 만지작거리며 묻는다.

"곧 봄 무도회에서 데뷔를 갖는다지?"

"네."

데이지의 할머니를 오늘 궁에서 만났을 터이니, 그녀에게 이야기를 좀 들었나 싶었다.

"그 무도회에 나도 참석할 예정이다."

"그러시군요."

슈리아가 대수롭지 않게 받아넘기자, 그는 강조하듯 말했다.

"그대의 첫 상대는 나여야만 해."

"……."

설마 그걸 다짐시키려고 달려왔단 말인가. 확신에 가까운 깨달음에 아연한 눈길로 응시하자 그가 단호한 얼굴로 독촉했다.

"내겐 시간이 많지 않아. 어서 약속해. 다른 누군가가 춤을 청해도 거절하겠다고."

"……그럴게요."

황태자와 춤을 춘다면, 성공적인 사교계 데뷔가 될 테니 슈리아에게도 바람직한 바였다. 물론 그가 너무 늦는다면 다른 상대를 알아봐야겠지만.

뭐, 구실이야 대충 자신의 차 시중 시녀였던 슈리아를 발견하고 반가운 기분에 춤을 청했다는 정도로 설명이 될 것이다.

황태자와 반가움이라는 단어는 잘 연결되지 않아 보였지만 변덕스러운 그의 성정을 생각할 때, 의심할 만큼 이상한 것은 아니었다. 그후로 철저히 외면하는 모습을 보인다면 한때의 흥미로 넘어가리라.

그리고 역시나 그 말은 주목적이 아닌 것으로 보였다. 찌를 듯이 강렬한 눈동자로 황태자는 천천히 고개를 기울였다. 장소가 조금 그렇기는 했지만, 이보다 더 의미심장한 장소까지도 들어가 보았던 슈리아다. 어쨌든 이 자리는 침대와 상당히 거리가 있었다.

그러한 온갖 잡념과 계산 속에서, 드디어 입술이 닿았다. 말캉한 살덩이가 입을 벌리고 스며들자 슈리아는 눈을 감았다. 오랜만이니 분명 오래 지속될 것이 틀림없다.

깨우친 잠이 스멀스멀 다시 몰려들고 있었다. 슈리아는 몽롱한 상태로 그의 행동을 내버려 두었다. 분명 예민한 부위가 맞물려 있는데, 이상하게도 의식이 꺼져 가고 있었다.

"이건 또 무슨 태도지?"

어느 순간 입술을 떼어 낸 황태자가 으르렁거리듯이 속삭인다. 슈리아는 시치미를 뚝 떼고 의아한 듯 그를 올려다보았다.

그는 한숨처럼 호흡을 내쉬며 슈리아를 벌주듯 한 차례 꽉 끌어안았다가 놓았다. 그리고 살짝 떨어져서 슈리아를 차가운 낯으로 바라본다.

그 거리감은 곧 떠나겠다는 의미였고, 슈리아는 곧 잘 수 있겠거니 생각했다.

"드레스는 새로 맞출 필요 없어."

뜬금없이 그렇게 말하며 황태자는 오만하게 웃었다.

"나와 춤을 추게 될 텐데, 비교될 정도로 보잘것없는 차림새면 곤란하지 않겠나."

그래서 선물이라도 하겠다는 소린가. 이 고요한 밤, 살의가 치솟는 잘난 척을 시전해 대는 황태자는 한 달 만에 보았음에도 한결같았다. 그 말은 즉, 오늘도 여전히 슈리아의 인내심을 시험하고 있다는 이야기다.

"내일을 기대해 봐."

그렇게 말하며 짧은 입맞춤을 이마에 남긴 황태자는, 곧바로 발코니로 걸어 나갔다. 그리고 주먹을 꽉 움켜쥔 슈리아가 따라가 문고리를 부여잡을 때쯤, 이미 그곳에는 아무도 없었다.

체온을 차게 식히는 바람이 들어오는 발코니 문을 닫아걸며 슈리아는 싸늘하게 생각했다.

문은 좀 닫고 갈 것이지.

바로 다음 날 해가 쨍쨍한 아침, 슈리아는 제 앞으로 발신된 신원 미상의 소포를 받았다.

시일이 조금 지나긴 했다지만, 세일린의 일로 인해 슈리아는 호들갑스러운 보호 아래 놓였던 몸이다. 그렇기에 백작부인은 화려한 금박으로 장식된 상자를 보고 수상쩍은 얼굴로, 무엇이 들었을지 모르니 그대로 버려야 한다고 주장했다. 제 선물이 버려질까 염려되어 황태자가 친히 찾아들었을지도 모른다고 생각을 한 슈리아는 천천히 입을 열었다.

"짐작이 가는 분이 있어요."

"어머나! 세상에 슈리아, 벌써 염문을 뿌리는 남자가 있는 거니?"

호들갑을 떠는 백작부인과 달리 멀찍이 서 있던 세일린이 눈살을 찌푸렸다. 그녀 역시 슈리아의 대답에서 선물을 보내온 상대의 정체를 눈치챘던 것이다.

지시에 따라 하녀 켈리가 꽁꽁 싸인 포장을 열어젖히자, 그 안에는 눈부시게 하얀 드레스가 놓여 있었다.

드레스 자체의 모양은 단순했지만 장식만큼은 화려했다. 제도의 최신 유행에 맞게 십자로 엇갈린 최고급의 하얀 레이스가 앞자락에 층층이 달려서 사락거렸다. 레이스의 끝단은 푸른 기를 띠었는데, 그것은 마치 끝만 푸르게 물들인 하얀 꽃잎을 연상케 했다. 단려한 인상을 주는 데 반해 전체적으로는 작은 다이아몬드가 온 자락에 수놓아져 커다란 꽃잎에 맺힌 작은 이슬들처럼 반짝이고 있어, 사실은 대단히 호화로운 드레스였다.

또한 목부터 가슴을 덮는 부분에는 따로 목걸이가 필요 없도록 토파즈와 아쿠아마린, 문스톤 등 주로 무색 또는 물빛 보석들이 조화롭게 얽혀 다채롭고도 신비로운 빛을 그려 냈다.

은발에 남청색 눈을 가진 슈리아에게는 더할 나위 없이 어울릴 법한 드레스였다.

내용물을 보자마자, 슈리아는 제 오팔 귀걸이를 떠올렸다. 분명, 이 드레스에 딱 어울릴 것이다. 둘 다 맞춤으로 하고 오라는 이야기인가.

한 가지 더 알게 된 사실이 있었다. 황태자는 그야말로 은빛 천사처럼 청아하고 무결한 차림새를 선호하는 모양이다. 어째 선물들이 한결같이.

슈리아는 제가 그의 취향을 간파했다는 것에 불쾌한 마음이 들었다. 거기다 제 애호를 저에게 들이대는 행위도 더불어 거슬린다.

감히, 날 인형 취급하다니.

그러나 드레스에는 죄가 없었다. 슈리아의 눈에도 분명 흡족할 정도로 아름다운 물건이었고, 실로 슈리아를 위해 만들어졌다고 할 만한 드레스라 사교계 데뷔에 입고 가기에 적합한 것이었다.

어마어마하게 값비쌀 그 드레스를 보자마자, 백작부인의 입에서는 연신 찬사가 쏟아져 나왔다.

"세상에, 도대체 어떤 대귀족이 널 마음에 둔 거니?"

로이엄 백작부인은 다행히 황태자가 슈리아를 은애한다는 것을 꿈도 꾸지 못하고 있는 듯싶었다.

어쨌든 이곳에서 황태자와의 관계는 세일린과 위켄하이저 공작, 그리고 슈리아 셋만의 비밀이었다.

그러나 백작부인의 호들갑 속에서 드레스를 입어 본 슈리아는 급격하게 기분이 하강 곡선을 그렸다. 한 달이라면 몸에 변화가 왔을 법도 한데, 그 점까지 고려한 건가. 어제도 그리 껴안아 보더니 정말 틈 하나 없이…….

"어…… 음, 딱 맞는구나."

로이엄 백작부인이 당혹한 표정으로 확인 사살 했다.

"내가 이런 말을 하는 것도 좀 그렇지만 슈리아, 네가 전에 분 명……."

키스까지밖에 안 했다고 했잖니? 분노로 그간의 부끄러움을 잊고 다가온 세일린의 눈이 명백한 비난을 담고 있었다.

포옹도 했다고 말했어야 했나. 슈리아는 과거의 제 부족한 설명을 실책이라 여겼지만, 세일린은 이제 불신에 물든 얼굴로 슈리아를 바 라보고 있었다.

비록 그녀와 말을 다시 하게 된 것은 기꺼운 일이었지만, 이런 오 해로 그렇게 된 것은 바람직하지 못했다.

그리하여 슈리아는 비록 적절한 봄 무도회용 드레스를 구한 일로 백작부인과 의상실을 돌아보는 일련의 과정은 피할 수 있었지만, 그 날 종일토록 세일린의 추궁에 시달려야 했다. 그것은 정말로 쓸데없 고도 피곤한 일이었다.

✖

시간은 빠르게 흘러, 드디어 봄 무도회의 그날이 다가왔다. 그간 하루 정도는 유일하게 준비되지 않은 구두를 맞추러 돌아다녀야 하긴 했지만, 그것은 백작부인의 까다로움이 덜하게 적용되는 일이었다. 어차피 구두는 드레스 자락에 가려서 거의 보이지 않을 것이기 때문 이다.

피부 미용을 위한답시고 백작부인이 온갖 효능이 좋다는 허브를 욕조에 풀어 넣고, 얼굴에 팩을 칠해 대고, 머리카락에 질척질척하고

향이 나는 액체를 적시긴 했지만 끝이 눈앞에 보였기에 참을 만했다.

백작부인이 아무리 열성적이라고 해도 봄 무도회 이후에도 마냥 슈리아에게만 신경을 쓰지는 않을 터였다. 그 표적은 곧 혼인식을 치를 세일린에게로 옮겨 갈 것이다.

그리고 고난이 예정된 세일린은, 임신 초기의 몸으로 사교계의 구설수에 오를 것이 저어돼 무도회에 참석하지 않기로 했다.

비록 태교랍시고 읽는다는 책이 〈브리오니아 서부 전선의 전략적 요충지에 관한 분석〉과 같은 살벌한 종류이긴 했지만. 그녀는 제가 겪은 험난한 사건을 잊은 듯이 평온해 보였고, 그 일주일 사이에 빠르게 마음이 풀려 위켄하이저 공작에게도 다소 너그러운 얼굴을 보이고 있었다.

봄 무도회 날, 슈리아를 사교계에 소개하는 역할을 하는 사람은 로이엄 백작부인으로 내정되어 있었다. 거기에 더불어 위켄하이저 공작도 얼굴을 비추어 슈리아에게 힘을 실어 줄 예정이었다.

데이지와 데이지의 할머니도 함께할 것이니, 몰락 귀족 영애에게는 넘치도록 근사하고 성공적인 사교계 데뷔일 것이다. 귀족 영애들의 텃세에 셸리처럼 울고불고해 대지 않을 자신은 슈리아가 아마르잔인 것만큼이나 확실하게 있었다.

하녀 여럿을 동원하여 온갖 꾸밈을 받은 슈리아는 거울 속에서 물에 비친 달처럼 실로 아름다웠다.

슈리아는 마지막으로 찬찬히 제 모습을 점검했다. 베헤모트가 반지 속에서 날뛰며 예쁘다고 마구 칭찬했지만, 흑마법사가 창조한 괴물도 귀엽다고 생각하는 놈의 안목 따위 믿을 성싶은가.

진주 가루를 뿌려 오묘한 빛을 덧씌운 은발은 북부에서나 찾아볼 수 있는 것이라 그 희귀함으로 단번에 눈에 띄리라. 게다가 한 올 한 올이 워낙 새벽이슬처럼 반짝이고 아름다웠기 때문에 그저 모양 좋게 늘어뜨리는 것이 더 돋보였다.

맑지만 창백하니 혈색이 없는 피부에는 분홍빛 연지를 발라 색을 주었고 전체적으로 가볍고 소녀적인 화장으로 봄다운 산뜻함을 보였다.

눈부신 흰 드레스를 입고 귀에 오팔 귀걸이까지 하고 나니 정말로 눈부시게 아름다워진 슈리아는 하늘에서 내려온 천사라고 해도 믿길 정도였다.

본인도 그 자신의 까다로운 안목에도 불구하고 그리 생각했으니, 백작가를 나서지도 않았는데 쏟아진 온갖 찬사는 당연했다.

요즘 유난히 감수성이 깊어진 세일린도 새삼 감개가 무량한 듯 눈시울을 붉히며 말했다.

"정말 아름답게 자랐구나."

"그럼, 다 네 덕이지."

그 점에서는 타고난 요인이 지대하다고 반박하고 싶었으나, 세일린의 기쁜 얼굴에 슈리아는 늘 하던 것처럼 저도 세일린 덕이라 생각한다고 말을 보탰다.

하긴 그녀가 없었다면 슈리아는 고아에 비렁뱅이 같은 신세였을 것이니, 지금처럼 외모에 물이 오르지는 못했을 것이다.

얼마 지나지 않아 시그오닐 대공가의 마차가 백작가에 도착했다.

봄의 기운을 물씬 풍기는 연둣빛 드레스로 나름 숙녀다운 모습으로 탈바꿈한 데이지는 턱이 빠질 듯이 입을 벌리고 내내 슈리아를 바라보았다.

마치 첫눈에 반한 듯이 지나치게 노골적이라, 그녀의 할머니가 결국 핀잔을 주었을 정도였다.

"데이지, 그게 도대체 무슨 꼴이야! 슈리아가 부담스러워하잖니."

"으와, 슈리아 정말 너무 예쁘다! 내가 남자였다면 당장 청혼했을 거야!"

이윽고 데이지가 소리친 말은 그것이었다. 데이지와 같은 남자의 청혼이라니……. 상상만으로도 끔찍하다.

그 같은 남자가 열렬하게 쫓아다녔다면 슈리아는 이미 애초에 소녀 시늉을 때려치우고 아마르잔으로 되돌아갔을지도 모른다. 아니면, 아예 또 다른 생을 시작했을 수도 있었다.

슈리아와 로이엄 백작부인을 마저 태운 시그오닐 대공가의 화려한 마차는 조용히 대로를 달려 황궁에 도착했다.

사실 데이지라고 해서 시녀 생활이 흠이 되지 않는 것은 아니었다. 다만 데이지의 가문은 시그오닐이었고, 대공가의 위엄을 넘어서 시그오닐의 진정한 위명은 황태자의 외척이란 것에 있었다.

감히 차기 황위를 계승할 황태자의 외사촌 동생을 폄하할 수는 없는 것이다. 제도의 사교계가 발 들이기 어렵다 한들 그곳도 어차피 권력의 속성과 밀접하게 맞물려 돌아감이니.

그리하여 이름이 불리고, 무도회장에 들어선 순간부터 갖은 이목이 집중되었다. 물론 처음에는 시그오닐 대공녀에 대한 흥미였을 것이나, 정작 시선이 집중된 쪽은 슈리아였다.

"어머, 저 영애는?"

"전 알 것 같아요. 그 왜 있잖아요, 외궁에서 유명했던 그 은빛 천사……라고."

"황태자궁으로 들어갔다던? 왜 그녀가 여기에 있죠? 여긴 몰락 귀족들이 참석할 만한 장소가 아닌데."

"내 참, 왜 이리 소문이 느려요? 저 슈리아 아델트라는 영애는 위켄하이저 공작이 이번에 결혼 발표를 한 핀테른 남작부인의 조카딸이잖아요. 시녀 일 같은 걸 더 할 필요 있겠어요?"

"운도 좋네."

"운이라면 몰락 귀족으로 저런 외양을 가지고 태어난 것에서 이미 넘치게 받은……."

비꼼과 질시가 섞인 대화를 주고받던 이들은 많았으나, 그들은 곧 슈리아가 스윽 눈길을 준 것만으로 기묘한 압박감을 느끼고 입을 닫았다.

슈리아에게는 마치, 이 황궁 무도회장을 수백 번은 거닐어 본 것 같은 우아한 기품이 흐르고 있었다. 조금도 위축되지 않은 당당하고 세련된 자태였다.

더군다나 그 천사 같은 외양과 차분한 남청색 눈동자는 어쩐지 말문을 잊게 하는 구석이 있었다. 슈리아 아델트가 황궁에서 시녀 노릇을 했다는 것이 믿어지지 않을 정도였다.

이 아름다운 은빛 소녀가 시녀였다면, 아마도 천상에서 신을 섬기는 이들 중 하나였으리라.

게다가 슈리아가 입고 있는 드레스는, 어지간한 가문의 영애가 꿈도 못 꾸는 고급품이었다. 슈리아가 걸음을 내디딜 때마다 가볍게 흔들리는 자락이 조명을 받아 찬란한 빛을 반사하고 있었다.

데이지가 또다시 넋을 빼고 바라보자 슈리아는 그녀를 외면하며 아예 몸을 돌렸다. 적어도 이 아름다운 외양을 보지 않으면 제 첫 사교계 무대에서 제대로 정신을 차리겠지, 하는 계산이었다.

그러나 데이지는 뒤쪽에서 멍하니 중얼거렸다.

"우와, 슈리아. 뒷모습도 예뻐!"

……저렇듯 얼빠진 소녀가 시그오닐 대공녀라는 것은, 만인에게 불공평한 일이었다. 아니, 도리어 공정한 일이 될 수도 있었다. 대공녀의 지위를 얻은 대신 심각한 결함을 하나쯤 안게 되는 것이니. 슈리아는 그렇게 납득하기로 했다.

그들이 한쪽에 자리를 잡자 다른 귀족들이 차츰 접근해 오기 시작했다. 데이지의 할머니인 대부인은 결코 스스로 먼저 귀족들에게 다가서서 소개하려 들지 않았다.

시그오닐 대공가라면, 황태자의 외가라는 사족 없이도 마땅히 알아서 달려와 고개를 조아려야 하는 터였다. 거기에 덤으로 붙은 슈리아의 보호자 겸인 로이엄 백작부인 역시 유수의 후작가 출신답게 도도하게 고개를 치켜들고 있었다.

늘 사람 좋고 수더분한 모습만 보였던 그녀에게도 사교계용 인격은 존재하는 듯하여, 슈리아는 신기하게 여겼다.

어느새 그들은 하나둘씩 다가온 귀족들에게 둘러싸이고 있었다. 중간자적 입장인 로이엄 백작부인이 대부분 인사를 받고, 우선 데이지의 할머니에게 상대를 소개한 다음 데이지와 슈리아를 연달아 소개하는 식이었다.

시그오닐 대공녀로서 독보적인 위치를 누려 온 데이지는 그 쓸데없이 당당한 성격만큼이나 위축이란 단어와 거리가 멀어 보였다.

그리고 슈리아의 태도는 실로 매끄럽고 고요하기 그지없어서, 감탄을 금치 못하게 되는 것이다. 대부인에게 인사를 하면서도 슈리아에게서 시선을 떼지 못하는 이들이 수두룩했다.

그리고 슈리아와 데이지가 간단히 목을 축이러 음료 쪽으로 자리를 옮기자, 셸리가 머뭇거리며 다가왔다.

"저어, 안녕. 데이지, 슈리아."

"와, 셸리! 여기 있었구나. 내가 널 찾아 얼마나 두리번거렸다고! 이 안이 너무 복잡해서 결국 실패하고 말았지만!"

슈리아가 작게 안녕, 하고 조용히 인사하는 반면, 데이지는 활짝 웃으며 호들갑스레 그녀를 반겼다. 시그오닐 대공녀가 그토록 호의를 표하는 것은 오늘 처음 있는 일이라 주변을 맴돌던 시선들이 집중되었다.

수줍게 웃는 셸리가 달콤한 맛의 과일 주스를 권하고 있는데, 한 무리의 귀족 영애들이 그들에게 다가왔다.

"처음 뵈어요, 시그오닐 대공녀. 그리고 슈리아 아델트."

눈꼬리를 곱게 휘며 인사하는 그녀는 자신을 아반튼 후작 영애 메릴린이라고 소개했다. 슈리아는 그녀의 이름을 진작부터 알고 있었다. 셀리에게 약속 시간을 의도적으로 잘못 알려 주었다는 바로 그 소녀 아닌가.

듣기로 메릴린은 오를레앙 공녀와도 원만한 사이를 유지하는 한편, 이인자의 특권을 톡톡히 누리면서 사교계에 진입한 영애들에게 호되게 쓴맛을 보여 줌으로써 제 권력을 유지한다고 한다.

확고한 입지를 가진 데다가 워낙에 아름다워 사교계에서 주목받는 오를레앙 공녀와 달리, 특별할 것 없는 외모에 가문만 그럴싸한 그녀는 제도의 사교계에 일찍부터 익숙해져, 나름대로 사교계의 주류로서의 입지를 다져 놓았다.

사교계에서의 관계란 삼각뿔 모양으로 형성되니 그 윗자리를 지키려면 새로이 나타나는 영애들을 밟아 놓아 발아래에 두고 디딤돌로 삼을 필요가 있었다.

그녀의 시야에 걸려든 셀리는 거기에 따라오는 무수한 희생양 중 하나에 불과했다.

셀리를 괴롭히는 모습을 본 다른 영애들은 메릴린에게 혹시나 밉보일까 봐 두려움을 품게 된다. 그러한 두려움에 힘입어 메릴린은 영애들을 자신의 말에 더 고분고분하게 따르도록 할 수 있었고, 따라서 그들을 마음대로 휘두르기도 쉬워졌다.

그렇게 함으로써 메릴린은 귀족 영애들 사이에서 막강한 영향력과 주도권을 행사할 수 있게 되었다.

메릴린 같은 부류의 인간을 싫어하는 것은 아니었다. 오히려 더 많은 것을 탐하고, 제가 가진 것을 지키려 하는 모습은 기꺼운 종류였다.

그러나 지금은 상대를 잘못 건드렸다. 어떤 영애를 눌러 놓으려면 그녀의 친구들까지도 고려해야 하는 터. 사실, 슈리아가 나설 것도 없었다. 데이지는 이미 그녀의 이름을 듣자마자 적개심에 찬 눈초리로 쏘아붙였다.

"난 그쪽이 별로 궁금하지 않은데. 왜 멋대로 말을 건담?"

"어머, 시그오닐 대공녀. 혹시 제게 오해가 있으신가요?"

데이지가 대놓고 무시하자, 메릴린이 눈썹을 치켜 올리며 묻는다. 그 시선의 끝이 셸리에게 닿았다. 셸리는 눈에 띄게 동요를 보이고 있었다. 누가 보아도 그녀가 고자질했다고 생각할 수 있는 모습이다.

"저는 시그오닐 대공녀께 무척 호감을 느끼고 있답니다. 저라면 대공녀께서 제도에 적응하는 데 많은 도움을 드릴 수 있을 거예요."

그 말 자체가, 하등 쓸모없는 셸리보다는 저를 택하라는 뜻이기도 했다. 냉정하게 보자면 그 말은 옳았다. 적어도 모진 말을 듣고 엉엉 우는 셸리보다야 면전에서 매몰찬 대우를 받고도 권유를 건네는 메릴린 쪽이 낫지 않겠는가. 그러나 데이지는, 이성보다는 오로지 제 마음이 우선인 감정 지상 주의자였다.

"됐어요. 난 그쪽처럼 꺼림칙하고 꿍꿍이 많은 사람은 딱 질색이야!"

그렇게 말하며 데이지는 휙 돌아섰고, 메릴린은 그제야 차갑게 턱을 치켜 올리며 말했다.

"그것참, 유감이군요. 부디 후회하지 않으시길 빌겠어요."

그러면서 물러나는 품새가 딱 악역의 그것이었다. 데이지에게 거절당한 채로 남은 슈리아에게 눈길을 잠깐 주기는 했으나 이대로 남아서 떠들기에는 그녀의 자존심도 꽤 상한 것으로 보였다.

딱 보기에도 독을 품은 것 같은데, 데이지도 한 번쯤 고난을 겪어 봐야 정신을 차릴 것이다. 슈리아는 내심 메릴린의 활약을 기대해 보기로 했다.

"괜찮겠어? 아반튼 후작 영애는 사교계에서 친분이 넓단 말이야. 티타임 같은 것도 많이 주도하고, 제도 귀족 영애들 사이에선 되게 유명해."

단순 명쾌한 사고의 소유자인 데이지에게 미주알고주알 사연을 털어놓아 오늘의 이 사태를 초래한 셸리가 망설이며 물어 온다. 데이지는 코웃음 치며 그녀답지 않은 도도함으로 답했다.

"흥, 저런 건 가까이 해 봤자 이용만 당할 뿐이야. 절대 친구가 될 수 없다고."

저런 건 에스토어에서도 많이 겪었단 말야. 대공녀인 날 어려워하지 않는 사람이라면 어김없이 저렇게 시커먼 꿍꿍이로 친한 척하곤 했지, 라고 투덜거리는 데이지는 친구라는 단어에 확실히 집착하고 있는 것으로 보였다. 그런 그녀에게 핀잔을 주는 익숙한 음성이 있었다.

"넌 정말 여전히 생각 없이 행동하는구나?"

레이첼이었다. 타는 듯한 그녀의 머리카락 색에 어울리는 붉은 기를 띤 드레스를 입은 그녀는 특유의 깔보는 듯한 표정으로 다가왔다.

황궁에서 그 문제 많은 성격이 좀 완화되었나 싶었는데, 사교계에 진입한 이후로 그녀는 예전으로 되돌아가고 있었다. 물론, 제 시녀 시절 친구들 앞에서만.

열흘 만에 만나는 레이첼은 기나긴 설명을 곁들여 충고를 건넸다.

"네가 아무리 시그오닐 대공녀라지만 제도의 사교계가 그리 쉬워 보이니? 아반튼 후작 영애는 오를레앙 공녀와도 친하다고. 그리고 그 오를레앙 공녀는 엄연히 사교계의 꽃이고 이실로테 황녀 저하와도 사이가 두터워. 그들은 이미 우리 또래 미혼의 영애들을 꽉 틀어쥐고 있고, 미래의 사교계를 주도할 사람들이야. 저들끼리 티타임이며 파티, 무도회를 주도하고 손님을 가려 받는다고! 다들 얼마나 친해지고 싶어서 안달인 줄 알아? 아무리 황태자 전하의 외사촌 동생이라지만, 지방에서 살다가 갓 데뷔한 네가 그렇게 뻣뻣한 태도로 굴어서 좋을 게 뭐 있니?"

데이지가 시그오닐 대공녀라는 소리를 듣고 경악해서 저를 속이는 것은 아닌가, 몇 번이고 캐물었던 그녀였다.

하지만 처음 대면한 자리에서 데이지가 말을 놓는 걸 허락하자, 레이첼은 스스럼없이 원래 하던 대로 말투를 고쳤다. 지금과 같은 건방지고 무시하는 듯한 어투로. 그녀 역시 슈리아와 마찬가지로 데이지에게 공대를 해야 한다는 사실을 못 견뎌했음이 분명하다.

"우리 같은 영애들은 말야, 단순히 가문이나 권력 관계에 따라서 친분이 좌우되지는 않는다고. 제도에서 태어나서 오래전부터 사교계를 누비던 영애들 무리에 끼어들려면 노력이란 게 필요해. 가문의 권세가 높아서 다른 귀족들이 접근해 온다고 해도, 막상 영애들에게 따돌림당하면 무슨 소용이 있니? 그게 사교계에서 얼마나 큰 손실인지 너도 좀 생각해 봐."

"그래서 넌 셸리도 내버려 두고 그 오를레앙 공녀한테 찰싹 달라붙어 있니?"

데이지가 불퉁한 표정으로 고집 있게 물었다.

"오를레앙 공녀는 상냥하고 착한 소녀야. 다만 그녀와 어울리는 무리가 있다 보니 거기에 셸리도 끼워 주려고 했던 것뿐이라고. 셸리가 제대로 못 한 걸 나더러 어쩌라는 소리야?"

레이첼이 짜증 어린 음성으로 반박하자 셸리의 눈에 눈물이 맺혔다. 그대로 내버려 두었다간 무도회장을 박차고 뛰어나갈 것 같은 모습이었다. 데이지가 발칵 화를 내며 소리쳤다.

"그렇게 말하지 마! 이 배신자야! 네가 친구라면 셸리를 감쌌어야지!"

"감싸는 게 대수는 아니라고. 사교계에서 자기 앞가림은 자기가 해야지."

시선을 의식하여 목소리를 낮춘 레이첼이 반박하자, 데이지가 씩씩거리면서 휙 고개를 돌렸다.

"그래, 너는 그러면 쩌어기 아반튼인가 뭔가 하는 영애랑 붙어서 남들 괴롭히면서 잘 먹고 잘 살아! 난 그렇겐 안 할 테니까! 어디 친구를 버리고 얼마나 잘 사나 보자."

거의 절교 선언에 가까운 강경한 어조였다. 레이첼도 울컥한 듯 따지고 들었다.

"내가 뭘 어쨌다고 그래? 난 상식적으로 행동한 것뿐이라고. 너처럼 단순하게 생각하는 게 제도에서 먹힐 것 같니?"

그러더니 갑자기 표적을 슈리아에게로 돌린다.

"슈리아, 넌 똑똑하니까 내 말 알아들었겠지? 너라면 데이지처럼은 굴지 않을 거라고 생각해. 나와 같이 오를레앙 공녀를 만나러 가자. 그녀는 위켄하이저 공작 각하와도 사촌 간이니 친해 두는 게 네게도 득이 될 거야."

갑자기 양자택일을 요구하는 상황이 닥치자 슈리아는 우선 대처할 시간을 벌기 위해 침묵을 지켰다. 데이지가 재빨리 돌아서며 확신에 찬 음성으로 외친다.

"어림없는 소리! 슈리아는 너처럼 의리 없고 계산적인 애가 아니야."

"좀 이성적으로 생각해 봐. 너도 타협이라는 걸 좀 배워!"

잠시 레이첼과 데이지는 서로 사납게 쏘아보며 대치를 가졌다. 역시 둘은 물과 불 같은 사이였다. 그 시끄러운 다툼을 지켜보는 것도 꽤 흥미로운 일이었으나, 슈리아는 선택을 해야만 했다.

그러나 데이지를 선택하자니 어리석은 이가 되는 꼴이었고, 레이첼을 선택하자니 데이지와는 척을 지게 되는 터였다. 갈등이 생길 만한 상황이었지만, 슈리아는 어렵지 않게 데이지의 손을 들어 주기로 결정을 내렸다.

슈리아와 관련된 일이라면 무엇보다 감정적이 되는 데이지였으니, 첫 사교계 데뷔에서 그녀를 울리기라도 한다면 그 뒷수습은 어떻게 해야 할지 감도 잡히지 않았다. 슈리아가 황태자비가 될 몸인 이상, 오를레앙 공녀 쪽보다는 데이지를 선택함이 온당한 일이었다.

게다가 이 시점에서, 눈물이 그렁그렁해서 이쪽을 보는 셀리와 당연하게 거절을 말하라는 눈빛인 데이지는 혼자인 레이첼에 비해 수가 많았다. 그래서 슈리아는 레이첼의 말이 구구절절 옳다고 생각하고 있음에도, 냉철한 이성에 의거하여 말했다.

"레이첼, 너라면 셀리를 편들어 줄 수도 있었을 거라고 생각해. 친구를 외면하면서까지 다른 영애들과 어울리려 하는 건 잘못된 일이라고 봐."

상냥하지만 바늘 끝 하나 들어가지 않을 것처럼 단호한 어조였다. 잘못을 지적당한 레이첼은 이를 악물었다.

"그래? 그럼 너희끼리 잘들 살아 봐!"

떠나가는 뒷모습을 보며, 데이지가 퍽 교양 없는 입 모양으로 우우— 하고 야유를 보낸다. 셀리는 통쾌하게 느낄 만한 상황이었음에도 불구하고 제 오랜 단짝이었던 레이첼이 마음 상한 것 같자, 안절부절못하고 있었다. 역시 사교계에는 어울리지 않는 여린 심성이다.

슈리아는 그 두 반응 모두에 아랑곳하지 않고 테이블에 시종이 따라 놓은 주스를 하나 집어 들었다. 그러자 셀리와 데이지도 하나씩 음료수를 골라 들었다.

슈리아가 선택한 동부 연안의 바다 빛 같은 에메랄드색 주스는 목넘김이 상큼하고 시원했다. 이 은발 소녀는 음료를 마시는 모습조차 그림처럼 아름다워 시선이 쏟아지고 있었다.

그리고 지켜보던 이들 중에 용기 있는 자 한 명이 나섰다.

"저, 영애. 실례지만, 성함을 들을 수 있겠습니까?"

말쑥한 외모의 한 귀족 청년이 말을 걸어왔다. 그 즉시 슈리아는 가볍게 던진 눈길로 청년의 의복 재질과 거기에 달린 장식의 가치를 파악하고, 그가 상당히 재력 있는 가문 출신임을 알아냈다.

황태자와 그런 사이가 되지 않았다면, 관심을 둘 만했지만 지금으로서는 신경 쓸 필요가 없다.

"먼저 이름을 밝히셔야지요!"

데이지가 슈리아의 시녀라도 되는 양 콧대를 세우며 토를 달았다. 청년은 얼굴을 붉히며 당황한 듯 말했다.

"아아, 네. 시그오닐 대공녀. 저는 가이벨 백작가의 윈튼이라고 합니다."

데이지가 누구인지 알았으면 슈리아의 이름 또한 들었을 법한데, 그냥 말을 걸기 위함인가. 그 뻔한 수작이 가소로웠지만, 대답이야 못할 이유가 없다.

"슈리아 아델트라고 해요."

슈리아가 상냥한 얼굴로 대꾸하는 그때, 무도회장의 입구에서 우렁찬 외침이 울려 퍼졌다.

"황태자 전하께서 입장하십니다."

다른 황족들이 조용히 입장한 데 반해, 제 등장을 요란뻑적지근하게 알리는 황태자는 슈리아와 대조되게 온통 검은 예복 차림이었다.

무도회장으로 걸어 들어오는 그 모습은 위압적이고 고고하여 감히 범접할 수 없는 분위기마저 풍긴다. 오연하게 선 그의 기세는 짙은 안개처럼 사람을 묵직하게 내리눌러 실로 황족다웠다.

이렇게 떨어져서 보자면 황태자에게는 다른 인간들과는 구별되는, 말로 표현할 수 없는 무언가가 있었다. 명백하게도 그는, 평범한 다른 이들과는 달랐다. 그것은 초월자가 되기 전부터 그랬다.

그리고 지금, 웬만한 이들은 모두 초라하게 만드는 무도회장의 휘황한 불빛 아래에서 황태자는 허점이란 건 조금도 내보이지 않았다. 그는 마치 신이 내린 조각상처럼 완전했다. 그리하여 무도회장 전체가 술렁이며, 하나같이 홀린 듯이 그를 바라보게 되는 것이다.

그러고 보니, 그간의 기억을 짚어 보아 그는 어두운 계열의 옷을 즐겨 입는 듯했다. 그 속이 음흉하고 암흑 구덩이 같으니 그런 취향을 가질 만도 하다. 밝은 계통의 색상을 선호하는 슈리아는 사소한 것으로도 황태자를 폄하하는 생각을 가졌다.

홀에 들어선 황태자는 고개를 돌리다가 우연하게 슈리아를 발견한 듯이 곧바로 다가왔다. 그러나 그 발길이 멈춘 곳은 슈리아의 앞이 아니었다.

"시그오닐 대공녀."

"데이지라고 불러 달라고 말씀드렸잖아요!"

황태자의 차가운 음성을 듣고도 위축되지 않는 데이지는 명랑하게 항의까지 한다. 퍽 친근해 보이는 모습이었다.

언제 저렇게 친해졌던가 생각해 볼 필요도 없이 데이지는 혼자서도 친한 척을 잘 했다. 그리고 그것은 슈리아뿐만 아니라 그녀가 열성적으로 애호하는 황태자에게도 마찬가지인 것 같다.

황태자가 곁에 있음에 슈리아에게 말을 걸던 청년은 온통 얼어붙어 있었다.

"히히, 저 오늘 사교계 데뷔인 거 아시죠? 아시려나? 할머님이 말씀하셨나요?"

"……듣긴 했지."

제게 과도한 반가움으로 질문을 퍼붓는 외사촌 여동생에게 황태자 역시 적응하기 어려운 것으로 보였다. 슈리아는 거기서 저만 데이지를 부담스럽게 여기는 것은 아니라는 사실에 동질감을 느꼈다. 데이지의 성격은 대 초월자용 병기로 적합하다는 생각마저 든다.

시끄럽게 떠드는 데이지를 외면하고 황태자가 자연스럽게 옆에 서 있는 슈리아에게 눈길을 주자, 소녀는 우아하게 예를 올렸다.

"황태자 전하를 뵈옵니다."

옆의 청년 역시 빠르게 예를 올렸지만, 그는 눈길도 주지 않으며 돌 보듯 무시했다. 황태자는 제가 선사한 드레스를 입고 있는 사랑하는 소녀를 보고도, 무감하고 냉정한 눈빛을 잃지 않았다.

"내 시녀였던 슈리아 아넬트로군."

마치 저와 상관없는 남인 양 모른 척 흘리는 말은 지독하게 태연하여, 아무도 의심할 수 없을 정도다.

오랜만에 보는 예전 차 시중 시녀에게 황태자는 흥미가 이는 듯한 표정을 보인다. 실로 일품인 연기였다.

황태자의 입술이 벌어지고 그가 곧 춤을 청할 것으로 보이는 순간이었다. 데이지가 눈치 없이 소리를 높이며 끼어들었다.

"전하! 그러면, 저 오늘 처음이니까 제 춤 상대 해 주실 거지요? 그러려고 오신 거지요?"

박수를 쳐 주고 싶을 정도로 절묘한 발언이다. 데이지는 방글거리는 특유의 얼굴로 주저 없이 황태자를 곤란하게 만들었다.

확실히 이 시점에서, 데이지가 그렇게까지 말을 꺼낸 이상 그녀를 상대해 주지 않으면 안 될 것이다. 슈리아는 황태자의 눈매가 꿈틀거리는 것을 보았다. 그에게도 수습하기 난감한 상황임이 분명했다.

오래간만에 데이지를 속으로 치하하며, 슈리아는 황태자에게 나긋한 미소를 지어 보였다. 과연 그는 어떻게 나올까. 황태자가 입을 떼길 기다리고 있는데 일순, 낯선 음성이 들려온다.

"그러면 제가 이쪽의 영애를 상대하면 딱 맞겠군요."

불쑥 끼어든 부드러운 음성의 주인공은 성큼 다가와 그들 앞에 섰다. 황태자를 앞에 두고도 거리낌 없이 당당한 태도였다.

명백하게 장내가 어수선해지고 있었다. 작은 소곤거림이었지만 떠드는 사람이 워낙 많다 보니 무도회장 전체에 흐르는 춤곡 파스피에가 거의 들리지 않을 정도가 되었다. 슈리아는 제 근처에 다가선 그에게 조용히 고개를 숙였다.

"이황자 저하."

그보다 높은 지위의 황태자가 눈앞에 있기에 목례만 하면 되었다.

온화한 인상의 선이 고운 이황자는 호의 어린 눈빛으로 소녀를 보았다. 정적인 황태자를 눈앞에 두고도 놀랄 만큼 친근한 태도다.

이 둘이 실상 거의 마주치지 않는다는 세간의 소문을 되새겨 볼 때, 이는 실로 의외의 일이었다. 슈리아의 머릿속이 민활하게 굴러가기 시작했다.

황후가 실각하다시피 한 지금, 암습에 가담한 자들을 처결한다는 명목하에 이황자의 세력은 상당히 도려내진 상태였다.

비록 소르테스 백작이 모든 것을 뒤집어썼다 하나, 그를 위시하여 군사력과 관계되는 기사단 쪽에서 대대적인 인사 개편이 이루어졌었다.

이황자파를 주도하는 가문들은 상당수 위축되었고, 이황자의 세력은 황후가 더 이상 전면에 등장할 수 없게 됨으로써 구심점을 잃고 흩어지다시피 했다.

그의 패배가 거의 확실시되는 지금, 황태자에게 알랑거려 목숨이라도 건져 볼 참인가. 주제도 모르고 발악하는 것보다야 이성적인 판단이었다. 일단 살아남는다면 기회란 언제든지 오는 것이니.

보아하니 이런 공식적인 자리에서 새삼 형제간에 말문이라도 틀까 하여 이리 나선 것 같은데, 방법을 잘못 골랐다. 하필 황태자에게서 슈리아를 가로채려 하다니.

그러나 황태자의 얼음장 같은 시선을 받으면서도, 동요하지 않은 모습은 적어도 황족답게 보였다. 비굴하지 않게 교활한 적응력으로 제 앞길을 닦는 모습에 호감이 일었다. 이황자는 웃는 얼굴로 슈리아에게 장난스럽게 말을 건넸다.

"그대의 명성은 익히 들었지. 이런 곳에서 보게 될 줄은 몰랐어. 반가워, 외궁의 은빛 천사."

"영광입니다."

슈리아는 수줍은 척 시선을 피했다. 그 간지러운 별명을 언급하면서도 가볍게 보이지 않는 것도 재주였다.

황태자가 전장의 사신 같은 분위기라면, 그는 정말로 책에서 나온 황자의 전형처럼 보였다. 그를 가뿐히 제치고 후계자 자리를 차지한 현 황태자가 오히려 악당으로 여겨질 지경이다.

그는 총기가 흐르는 비취색 눈으로 황태자에게 나직이 물었다.

"외사촌인 시그오닐 대공녀와 함께하실 것이라면, 전하의 옛 시녀는 제가 잠시 빌려도 괜찮겠지요?"

그러고는 슈리아에게 냉큼 손을 내민다. 이제 슈리아는 황태자에게 소속되지 않은 몸이니 황태자에게 굳이 허락을 구함은 역시 그의 비위를 맞추려는 의도다.

슈리아는 이황자의 태도에서 여러 사실을 유추해 내며 그가 황태자에게 한시적일지는 모르겠으나 몸을 숙이려 한다고 결론을 내렸다. 그리고 수줍음을 가장하여, 수초에 지나지 않는 시간 동안 응해야 할지 갈등했다.

지난날의 약속 때문에 잠시 중립 상태를 유지하던 저울은 금세 수용하는 쪽으로 기울었다.

황태자야 제 외사촌인 데이지와 춤을 추는 게 흐름으로 보아 자연스러웠고, 그러니 데이지도 그렇게 말했을 터이다. 슈리아는 황태자의 시녀에 지나지 않았던 몸이니 친분이 쌓일 리도 없어, 표면상으로는 그저 존재를 인식하고 있는 정도의 관계에 불과하다.

더군다나 황태자의 모든 태도에서는 슈리아와 저를 명백히 단절시키는 거리감이 풀풀 풍기고 있었다.

또한 아무리 슈리아가 곧 위켄하이저 공작부인이 될 세일린의 조카이며 로이엄 백작가에 몸을 의탁하고 있는 몸이라 황태자에 가깝다고 하나, 이황자의 요청을 거절하기는 어려운 일이었다.

얼마 전까지 고작 시녀였던 몸이니 기절이라도 하지 않는 이상 괜히 되도 않는 이유로 손사래를 쳤다간 방자하다 여겨질 수 있는 것이다. 황태자가 아니더라도 이황자라면, 첫 춤의 상대로 나쁘지는 않았다. 이황자도 황태자 못지않게 무도회장에 잘 나오지 않는 모양이니, 그와 춤을 추는 것도 인상적인 데뷔가 되리라.

비록 황태자와 첫 춤을 추기로 했다지만 이는 어쩔 수 없는 일이었다. 그런 결론에 이른 슈리아는 이황자의 손을 잡으려 했다. 그러나 황태자가 그 결심을 감지한 모양이다.

"그건 안 되겠군."

마치 슈리아가 아직도 제 소속인 양, 황태자는 주저 없이 불허를 말했다.

"내 시녀였던 이의 첫 춤이니, 당연히 내가 그 상대가 되어야겠지."

그의 눈이 칼날처럼 사정없이 이황자에게 내리꽂힌다. 터무니없는 소리를 당연하다는 듯이 해 대는 것이, 이황자의 굽힘을 받아들이지 않고 그를 누르려 한다고 해석되기 쉬운 태세였다.

실은, 슈리아에게 한밤중에 찾아와 부득불 선점한 첫 춤을 빼앗기기 싫어서겠지만.

소녀는 냉담하게 생각하며 입을 다문 이황자를 보았다. 이황자의 안색은 창백해져 있었다. 심지어 마음에 상처라도 입은 것처럼 그의 표정은 어두웠다.

생각보다 심약한 녀석이었군.

슈리아는 그에 대한 평가를 수정하며 호감을 지웠다.

그리고 대수롭지 않은 일로 긴장감마저 도는 그 대치상황을 깬 것은 역시나 데이지였다.

"에이, 별것도 아닌 일로 뭘 다투고들 계세요? 그리고 보니 슈리아는 전하의 시녀였었죠? 옷차림도 흑백이라 딱 어울리는데! 응, 그럼 이러면 되겠다! 슈리아는 전하와 춤추고, 저랑 이황자 저하, 이렇게 짝을 이루면 되잖아요!"

마치, 얘는 고양이고 얘는 강아지이지, 라고 짝을 짓듯이 명쾌한 말투였다. 제 본위대로 가볍고 쾌활하게 내린 결론은 우연히도 현명한 것이었고, 이황자의 얼굴에 반짝 화색이 돌았다.

"그러면 되겠군요."

황태자도 제 외사촌 동생의 의사를 존중하기라도 하는 것처럼 고개를 까닥였다. 그에게도 더할 나위 없이 만족스러운 결론이었으리라.

그리고 결과적으로 황태자가 효과적으로 위기를 탈피하는 것을 목격하게 된 슈리아의 기분은 바닥을 쳤다. 정말로 운이 좋은 놈이지 않은가.

"자아, 그럼."

데이지의 초롱초롱한 눈빛이 와 닿자 이황자는 다정한 태도로 상대를 바꿔 춤을 청했다. 데이지는 재빨리 그 손을 움켜쥐다시피 잡았다.

어쨌든 이황자도 잘생긴 황자이니 그가 황태자의 정적임을 떠나, 데이지의 단순한 사고에는 대단히 마음에 드는 상대임이 틀림없었다. 비록 그녀의 할머니에게 후에 잔소리를 듣기는 하겠지만.

그들이 먼저 밝은 분위기를 연출하며 떠나가자 황태자도 거만하게 슈리아에게 손을 내밀었다.

위압적일 만치 차가운 무표정이었으나, 이젠 더 이상 도망갈 수 없다고 말하는 듯이 사나운 기색이 읽힌다. 역시 이황자에게 승낙하려 했던 걸 눈치챈 것이 분명했다. 슈리아는 반항하지 않고 순순히 제 손을 얹었다.

그리고 그들은 무도회장을 가로질러 홀 중앙으로 미끄러지듯이 나아갔다.

마침 잔잔하고 느릿한 궁중 음악이 흐르고 있었다. 데이지가 언급한 대로 의상조차도 흑백으로 대비되어 아름답고도 완벽한 한 쌍이었다.

더군다나 남자 쪽의 신분이 워낙 대단하고 슈리아의 유명세도 있으니 무도회장의 모두가 주목하게 된 것은 당연한 일이리라.

허리를 감싸고 다른 손으로 자신의 손을 잡아 오는 느낌은 너무도 익숙하여 만인 앞에서 긴장이든 거부감이든 떠는 모습을 보이기 어려웠다.

슈리아는 몰락 귀족 영애로서 대단한 행운에 감격하는 표정을 보여야 할까 갈등했다. 그러나 애초에 격렬한 감정 표현은 근원이 되는 감정이 부재한 슈리아에게는 힘든 일이었다. 그래서 다만 애매한 미소를 짓는 것으로 기쁜 듯한 얼굴을 흉내 냈다.

황태자는 감상하는 듯한 시선으로 슈리아의 차림새를 보았다.

"그 드레스, 잘 어울리는군."

슈리아를 칭찬한다기보다는 그것을 선물한 제 안목에 만족하는 눈치였다.

"감사해요."

저도 모르게 새침하게 말해 버린 슈리아는, 황송한 듯이 굴었어야 했다고 생각했다. 그러면서도 차라리 분노할 만한 연상을 떠올려 볼까 한다.

눈앞에 있는 것은 쉽사리 살의의 발현을 유도하는 황태자였고, 분노를 억누르는 듯한 표정은 감동에 못 이겨 떠는 듯이 보일 것이다. 그것이 황태자와 첫 춤을 함께하게 된 열다섯 살의 평범한 귀족 영애에게 합당한 반응이었다.

"시그오닐 대공녀와는 친한가."

그들이 나누는 말 하나라도 엿들으려고 귀를 쫑긋 세우고 있는 귀족들을 의식한 듯, 황태자는 표면적인 화제를 골랐다.

이것도 슈리아 알아 가기의 일환인가. 그냥 침묵하면서 춤만 쭉 추고 떨어져 나가도 될 텐데 그럴 생각은 없어 보인다. 슈리아는 이번 대답만큼은 다소 다소곳하고 수줍은 듯이 말할 수 있었다.

"……물론, 그렇답니다. 황궁에서 오랜 시간을 함께 지냈으니까요."

그 순간, 슈리아는 황태자의 입매에 스치는 웃음기를 읽었다. 그것에 정말로 살의가 치솟아 슈리아는 효과적으로 고려하던 바를 구현해낼 수 있었다.

비록 내면은 그렇지 않을지라도 눈을 내리깔고 입을 앙다문 그 겉모습은, 황태자와의 대화에 어쩔 줄 모르고 부끄러워하는 것으로 보였다.

그리고 춤이 끝날 때쯤엔, 황태자는 느긋하게 슈리아에게 다음 상대를 지정해 주었다.

"위켄하이저 공작이 그대를 기다리고 있군."

동시에 음성이 전달된다. 스피릿을 통한 무음의 전언이었다.

— 오늘 밤 찾아가지.

"네."

이제는 바쁘지 않단 말인가. 또 오겠다니. 그 말은 마치 데이지와 온종일 함께 있어야 한다는 것과 동일한 강도로 거리낌 있게 들려온다. 그의 예기치 못한 선고에 슈리아의 기분은 급속도로 바닥을 쳤다.

예고 없이 찾아드는 것이 차라리 나았다. 그러면 적어도 그가 모습을 드러내기 전까지는 무관심할 수 있었을 게 아닌가.

위켄하이저 공작은 그런 슈리아의 기분에 전혀 관심이 없는 듯, 이왕 대면한 김에 오로지 제 요구 사항만 말해 댔다.

"세일린은 자신이 재혼이라 하여 혼인식 규모를 성대하게 하는 것을 부담스러워해. 네가 그녀를 이해시켜 주었으면 한다."

슈리아는 그 순간 일반적으로 말하는 마법사의 비인간성에 대해서 인지했다. 하지만 어쨌거나 그는 슈리아의 이모부 될 몸이었다. 소녀는 냉랭하게 물었다.

"제가 뭐라고 말할까요?"

"최대한 많은 사람에게 축복받는 혼인식을 치르고 싶다고 전해 줘. 그녀에게는 그럴 만한 가치가 있다고."

사실은 세일린이 제 것이라고 빼도 박도 못하게 확실히 하고 싶은 것이겠지만. 슈리아는 선뜻 고개를 끄덕였다.

"그럴게요."

이는 슈리아에게도 이득이 되는 일이다. 성대한 혼인식을 치른다면 세일린이 안주인이 될 위켄하이저 공작가문의 재력을 만방에 알릴 수 있었다.

더불어 십칠 년 만에 맺어진 인연과 혼전 임신으로 이미 소문이 자자하여, 호평과 악평을 동시에 듣고 있는 연인이긴 하지만 공작이 세일린에게 품은 마음이 충분히 깊다는 게 증명될 것이다.

그러면 세일린의 조카인 슈리아를 대하는 이들은, 자연스럽게 그 뒤의 위켄하이저 공작가를 생각하지 않을 수 없게 된다.

"그보다 너도 오늘은 무척 아름답군."

위켄하이저 공작에게도 눈이라는 게 달려 있는지, 그런 인사를 마지막으로 남기고 돌아섰다.

오늘은, 이라는 것은 평소에는 슈리아의 외양에 별다른 감명을 받지 못했다는 소리인가. 하긴 슈리아를 처음 본 순간에도 세일린과의 유사점만을 찾아내려던 그였다.

어쨌든 바쁜 와중에도 슈리아를 챙긴답시고 이 무도회에 참석한 것이니 그에게도 나름대로 책임감은 있다 할 것이다.

슈리아는 그를 보내고 무도회장을 스윽 둘러보았다. 데이지는 아마 그녀의 할머니가 부탁했으리라는 짐작대로 황태자와 함께하고 있었다.

아까 잠깐 보니 이황자를 보며 연신 생글거리고 있던데, 시그오닐 대공녀가 황태자의 정적과 첫 무도회에서 지나치게 친근한 모습을 보이는 건 문제가 될 소지가 있었다.

그러나 데이지에게 그런 복잡한 사고에 근거한 행동을 요구하는 건 과도한 일이다.

또한 저편에서는 셀리가 활기 넘치는 에런을 만나 우울한 마음을 잊고 활짝 웃고 있었다.

아까의 다툼도 있었으니, 오를레앙 공녀 무리 속에 어울리고 있는 레이첼에게 가는 것은 적합지 않다. 아무래도 로이엄 백작부인에게로 되돌아가는 것이 가장 이상적으로 보여, 슈리아는 판단을 끝마치고 걸음을 내디뎠다.

그때 불쑥 누군가가 말을 걸어온다.

"저, 슈리아 아델트지?"

"네, 누구신지."

슈리아는 그 누군가를 찬찬히 살폈다. 저보다 기껏해야 한두 살 많아 보이는 영식이었다. 단정하고 깔끔한 얼굴에 회갈색 눈동자를 지녀 아카데미의 우등생 정도의 느낌을 준다.

어쩐지 가문에서도 많이일 것 같은데, 얼핏 기억이 날 듯 말 듯 하여 슈리아는 그를 물끄러미 보았다.

"네가 어렸으니 내가 기억이 안 날 수 있겠다. 네가 아홉 살 때인가? 그때, 핀테른에서 본 적이 있었지."

버릇처럼 눈을 찡긋거리며 말하는 것에, 슈리아는 그의 이름을 떠올렸다.

"루이스 클라인, 제가 성함을 맞게 기억했나요?"

"기억력이 좋구나. 그래, 맞아. 그 후로 우리 영지에 몇 번 방문했다고 들었는데, 보지 못해서 아쉬웠어."

슈리아는 예전에 후작부인의 초청을 받아 클라인 후작가 저택에 방문했던 적이 있었다. 그 당시에 루이스 클라인은 제도의 아카데미에 입학해 있었지만, 이미 그 이전에 그와 만난 적이 있다.

아홉 살, 아직 핀테른에서만 머물던 그 어린 시절에 클라인 후작과 그가 핀테른으로 찾아왔던 것이다.

미망인으로 영지를 떠맡게 된 세일린이 마땅히 치르게 된 고난에도 핀테른을 번성시킨 것은, 퀸른 지방에서 다소 혁신적인 사건이었다.

나이도 젊은 데다가 제도 아카데미를 졸업한 박학다식한 영주라 하니, 학구적인 성향의 클라인 후작도 상당히 흥미를 느꼈던 모양이다. 무엇보다 그는 퀸른 지방 유지이니 전반적인 지역 발전을 위해서라도 핀테른의 모범 사례를 살펴봐야 할 의무가 있었다.

그리고 세일린과 몇 차례 연락을 주고받은 끝에, 후작은 직접 핀테른을 살펴보고자 제 후계자가 될 아들과 함께 저택을 방문했었다.

그 당시에 열두 살이었던 루이스 클라인은, 슈리아를 여동생처럼 귀엽게 여겼다. 사실상 열두 살의 소년이 아홉 살의 소녀를 보고 귀엽다, 예쁘다 외의 감정을 갖기는 어렵지 않겠는가?

슈리아 역시도 그를 나쁘게 생각지 않았다. 열두 살밖에 안 된 어린 소년치고는 그는 꽤 쓸 만한 이야기꾼이었기 때문이다.

영지에 머무는 동안, 그는 늘 잔잔한 음성으로 퀸른이나 브리오니아 제국에 대해 동화책 읽어 주듯이 설명해 주었고, 귀족 사회란 것이 어떠한지 슈리아에게 대략적으로나마 알게 해 주었다.

그리고 실은, 슈리아가 제도에 오게 된 것은 그의 영향도 있었다. 어린 나이에도 반듯하고 예의 바른 그를 보고 나자, 세일린이 핀테른에서는 눈에 차는 남자아이가 없다 하여 한탄했던 것이다.

그리하여 세일린은 훗날 이 작은 지방에 머무르기보다 더 많은 기회를 줄 셈으로 슈리아를 제도로 보냈다. 그렇게 오게 된 이곳 제도에서 본의 아니게 엄청난 기회를 잡긴 했지. 상념을 밀어내며 슈리아는 상냥하게 웃었다.

"오랜만이에요, 클라인 자작님."

후작쯤 되면 여러 작위가 부수하는 것이었고, 그중 하나가 제 후계자에게 일시적으로 주어지게 된다. 그러니 이 호칭이 맞을 것이다. 루이스 클라인은 기쁜 얼굴로 연이어 말했다.

"그냥 루이스라고 불러 줘. 예전에도 그렇게 불렀잖아."

그렇게 말하며 미소 짓는 얼굴은, 순수한 호감을 담고 있었다. 그 다정하고 친근한 시선은, 어린 시절을 일부나마 공유하고 있기 때문에 그러한 것일까.

퀸른이라는 지방을 떠나 오래도록 타지 생활 중인 그였으니 고향 사람이 그리울 만도 할 것이다. 슈리아는 순순히 답했다.

"그럴게요."

"이런 곳에서 다 보게 되다니, 정말 예상하지 못해서 놀랐어. 네가 제도로 왔다는 건 최근에야 알았거든. 워낙 아카데미에만 박혀 있다 보니 외궁의 은빛 천사에 대한 소문도 전혀 못 들었지 뭐야."

분명 내용은 농담에 가까운데, 말투 자체는 진지한 고찰 정도로 여겨진다. 어릴 적부터 그리 책을 들이파더니 더욱 학자적인 성향으로 성장한 건가. 그의 변화를 감지하면서 슈리아는 새삼 더 이상 벽으로 가로막힌 것처럼 멀게 느껴지지 않는 그를 낯설게 보았다.

물론, 아마르잔에게 클라인 자작은 발치에 굴러다니는 자갈 정도였으나 슈리아의 신분적 위치상 과거에 그는 그런 존재였다.

퀸른이라는, 브리오니아 제국 전체로 보았을 때 상당히 협소한 지방에서 보자면 지방 세도가의 후계자인 루이스 클라인은 왕자나 다름없는 몸이었던 것이다.

퀸른 지방의 귀족 영애들과 어울릴 때에도, 그의 이름이 하루 한 번은 꼭 나왔었다.

모두가 그에 대해서 호평하며, 생긴 것도 반듯하니 잘생겼고 신분도 높은데 예의도 바르고, 클라인 후작의 영향을 받아 지적이기까지 하니 나무랄 데가 없다고들 말했다.

세 살이란, 아이들에게는 크게 느껴지는 나이 차 탓에 그와 슈리아를 연결 짓기에 무리가 있지 않았다면, 그리고 그가 아카데미로 떠나 그간의 친분이 끊어지지 않았다면 퀸른 지방의 영애들에게 슈리아는 단단히 미움을 샀을 수도 있었다.

선망하는 소년을 놓고 하는 질투에는 눈이 없고, 얼마나 아름답고 뛰어나건 간에 상대는 장애물에 지나지 않으니까.

슈리아의 눈으로 보자면 루이스는 비록 나이에 비해 어른스럽고 똑똑하다 하나, 초월자가 될 가능성이 없는 그냥 평범한 인간에 불과했다.

그러나 그는 인간의 입장으로 보았을 때 이 제국을 뒷받침할 인재였다. 이 제국이라는 거대한 성은 그 같은 돌들이 주춧돌로 쌓아지는 것이니 루이스 클라인은 오히려 바람직한 존재라 할 만하다.

죽이고 부수는 것만 할 줄 아는 검사들에 비하자면, 그 같은 학자들이 제국의 발전에 더 도움이 되지 않겠는가.

그러나 그를 괜찮게 보면서도 혼인 상대로 고려하기에는, 한 지방을 다스리는 후작가의 후계자라는 위치상 멀어 보였던 게 사실이다.

고작 남작부인의 조카이며 몰락 귀족인 슈리아에게는 단순히 아름답게 성장할 외양과 제 능력만으로 이루어지기에 어려운 상대로 보였다. 그런 것이 지금에 와서는, 오히려 그보다 한없이 높은 황태자와 혼인을 내정한 사이가 되었으니 세상사가 참 묘했다.

감회에 잠겨서 몇 마디 말을 나누던 그때, 루이스 클라인이 진지한 얼굴로 고해한다.

"사실 내가 놀랐던 건 그것 때문만이 아니야."

"네?"

"너는 지금, 이 무도회장에서 가장 아름답게 보이는걸. 난 물론 너인 것을 처음부터 알아봤지만 아까는 다가설 엄두를 내지 못했어. 넌 정말 사람이 아니라 천사처럼 보였거든."

"감사해요."

담백하게 말하는 찬사에 슈리아는 의례적인 인사말로 넘겼다. 겸손을 떨기에는 이 외양은 그런 소리를 들을 만하다. 또한…… 이 녀석도, 이 슈리아에게 반했단 말인가.

그렇지 않다손 쳐도 열다섯의 슈리아는 열여덟의 그에게 이제 세 살 차의 장벽을 넘어 보일 정도로 아름답게 성장했나 보다.

그의 말에서는 더 이상 귀여운 여동생을 바라보는 듯한 기색은 느껴지지 않았다.

그 점이 마치 실험을 하다 의도치 않게 괜찮은 부수적 결과물을 얻게 된 듯하여, 슈리아는 흡족함에 살짝 웃었다. 모르는 이가 보면, 마치 슈리아가 그에게 호감을 느끼고 있다고 의심할 법한 표정이었다.

"그러면 한 곡 하겠어? 실은 아까부터 이것을 기다리고 있었어."

그렇게 말하며 손을 내미는 루이스 클라인의 제의에 슈리아는 거절할 이유 없이 응했다.

"능숙하시군요."

곧 슈리아의 입을 타고 나온 말은 그것이었다. 슈리아는 그가 기껏 춤을 신청해 놓고도 제대로 리드하지 못해 버벅거리는 것을 예상했던 터였다.

아카데미에서 공부만 한 줄 알았는데, 생각 외로 무도회장에도 꽤 들락거린 모양이다. 책만 파면서 바르게 자랐을 것 같은 인상이라 몸도 뻣뻣할 줄 알았는데, 생각 외로 춤을 잘 췄다.

"아, 기억하는 건가."

루이스 클라인은 멋쩍게 웃었다. 그는 한때, 슈리아에게 사교용 춤을 배우기 싫다고 진지한 얼굴로 털어놓았던 적이 있었다.

귀족 사회에서 사교하는 데 비용만 많이 드는 무도회가 왜 필요한 것이냐, 그냥 이야기만 나누어도 되지 않겠느냐고 혼잣말같이 이런저런 불평을 쏟아 냈지만 결국 어쩔 수 없으니 배워야 한다고 결론이 났었다.

그리고 그는 그간 필요에 입각해서 제 감정적 거부감을 타파한 모양이다.

"이상하게 너와 함께 있었던 그 며칠간은 생생하게 기억난단 말이야."

"저도 그래요."

"아홉 살의 넌 핀테른 저택에 머무는 정령 같아서, 나도 모르게 별이야기를 다 했었지."

저택에 머무는 것이라면 정령이라기보다는 지박령이어야 하지 않겠는가. 슈리아는 굳이 그 점을 지적하여 추억을 되새기는 그의 감상을 훼손하지 않았다.

어쨌든 그들은 겉보기에 상당히 그럴싸한 한 쌍으로 보였고, 슈리아는 그와 두 곡의 춤을 더 춘 끝에 함께 홀 외곽으로 물러났다.

"황태자 전하와 공작 각하에 이은 게 나라니, 정말 황송하기 그지없는 일이네."

루이스 클라인은 그렇게 소감을 말하며 레몬주스를 집어서 건네주었다. 슈리아는 재미있는 이야기를 들은 것처럼 생긋 웃었다.

그러나 순간, 찌르는 듯이 날카로운 기척을 느꼈다. 태연한 표정을 유지하며 슬쩍 그 감각의 근원으로 시선을 주자, 역시나 그 자리에는 황태자가 서 있었다.

데이지를 떨쳐 낸 그는 오를레앙 공녀와 함께였다. 비록 그의 시선은 비껴 있었지만 슈리아는 차갑게 일렁이는 눈빛이 노기를 담고 있음을 눈치챘다.

경고라도 하는 건가. 다른 남자와 친근히 지내지 말라는 질투 따위로?

실로 가소로운 일이 아닐 수 없었다. 검은 연기처럼 뭉게뭉게 피어오르는 불쾌감에 심장의 괴물이 고개를 들고 사납게 으르렁거리는 소리를 낸다. 어처구니가 없다 못해 살의마저 솟아올랐다.

슈리아는 대놓고 그를 무시하며 루이스 클라인에게 고개를 돌렸다.

그들의 관계를 명백히 드러내지 못함은 전적으로 그의 탓이 아니던가. 그 상황을 타파할 궁리나 할 것이지, 말뿐인 언약 외엔 남몰래 드레스나 사다 바치는 것이 고작인 처지로 어디서 감히 독점욕을 드러낸단 말인가.

같은 시그오닐의 혈통인 데이지 역시도 단짝이니 뭐니 하며 슈리아와 가장 친한 친구임을 주장했으나, 그녀는 적어도 슈리아가 다른 이와 친하게 지낸다 하여 싫은 내색을 보인 적이 없었다.

물론 누구와도 친하게 지낼 마음이 없었기에 슈리아가 모두와 적당히 거리를 둔 것도 사실이다. 그러나 데이지에게는 적어도, 제 단짝이라 여기는 슈리아를 의식하여 셀리와 너무 친한 모습을 보이는 것을 꺼릴 만큼 공평한 점은 있었다.

오를레앙 공녀를 새삼 외면하는 것이 수상한 일이고, 그녀가 효과적인 가림막이 되리라는 것은 안다.

그렇다 하여도 그 자신을 연모하는 공녀와 엮이는 이상, 황태자도 이 정도는 감수해야만 했다. 양심을 떠나 단지 슈리아와 인연이 있는 루이스 클라인과 그를 연모하는 오를레앙 공녀를 저울질해 본다면 그 관계가 어느 쪽이 더 무거울지는 뻔한 일이지 않은가.

심중을 반영한 조소는 화사한 미소로 모습을 바꾸어 피어올랐다. 그것에 잠시 말을 멈추던 루이스 클라인은 당혹스럽게 고개를 갸웃거린 뒤 물어 왔다.

"아, 그러고 보니 너는 내 동생과 만난 적이 없지? 그 아이도 여기와 있는데."

"네, 소개해 주실 수 있겠어요?"

슈리아가 사근하게 말하자 그는 다정한 눈을 보였다.

"같은 지방 출신이니 잘 맞을 거라고 생각해. 그러고 보니 신기한 일이네. 그 아이도 첫 무도회에서 황태자 전하와 춤을 추었었는데."

뭐, 늘 오를레앙 공녀나 친족하고만 추지는 않았겠지. 무심히 생각하면서도 슈리아는 놀란 표정을 자아냈다. 루이스는 미간에 선을 그으며 말을 이었다.

"아마 황태자 전하께선 우리 가문에 흥미가 있으신 것 같았는데, 아버님은 중립이 지방 귀족다운 방침이라 여기고 계시는 터라. 뭐, 그 후로 별다른 권유는 오지 않았던 것으로 아니까 큰 관심은 아니셨나 봐. 에리카도 그때는 기뻐 보였지만, 그 후로 사교계에 영 적응을 못하고 있는 것 같아. 어딘지 안색이 어두워서 염려되었는데, 또래의 너를 알게 되면 그 애도 참 좋아할 거야."

다정한 어조로 말을 마친 그는 슈리아를 이끌어 제 친족들이 있는 곳으로 향했다. 그 와중에 한차례 찌르르한 감각이 더 와 닿았지만, 슈리아는 그조차도 무시했다.

첫 춤은 그와 추기로 했으니 그 이상 그의 요구를 받아 줄 필요는 없다. 본성을 드러내라 한 이상, 황태자도 이미 한 번 당해 본 바 있듯이 그의 말을 고분고분 따르는 시녀였던 때를 기대해서는 안 되는 것이다.

에리카 클라인은 지난날 본 클라인 후작부인의 젊은 모습을 연상케 하는 아리따운 소녀였다.

하지만 그녀는 외양상의 이점으로 간혹 춤을 신청받는 것 이외에는, 거의 나이 지긋한 친족들과 붙어 있는 것 같았다.

그건 확실히 그 나이 또래의 소녀에게 적합한 사교 방식이 아니었다.

그 또래의 귀족 영애라면 비록 가족들과 함께 입장했을지라도, 제 무리를 찾아 뿔뿔이 흩어지는 성향을 보임이 마땅하다. 그렇지 못하다는 것은, 또래 집단에서의 사교 행위에 문제가 있다는 것으로 판단

된다.

그러나 이 사교계에서 황태자의 입지가 퀸른에서의 루이스를 능가한다는 것을 생각해 볼 때, 황태자와의 그 한 번의 춤은 그녀에게 적지 않은 영향을 미쳤으리라고 짐작할 수 있다.

당사자의 성격에도 이상이 있을 수 있으나, 그 오라비의 성정을 미루어 볼 때 큰 문제가 있을 것 같지는 않았다.

후작 영애라 하면 범상한 지위는 아니니, 황태자의 눈길을 일시적으로나마 끈 새로 등장한 소녀는 제도의 귀족 영애들에게 오히려 위협으로 다가왔을 가능성도 있었다.

에리카 클라인은, 상대적으로 저보다 낮은 지위인 슈리아를 소개받았음에도 대단히 기쁜 얼굴로 반갑게 굴었다.

어휘와 말투 선택에서 유아적인 귀여움을 추구하는 경향을 보였지만, 어울리기에 봐줄 만했다. 상당히 응석받이처럼 구는 소녀였지만 성격도 셸리와는 달리 그래도 제 할 말 정도는 할 줄 아는 듯 보여 후작 영애다운 강단은 있었다.

슈리아는 그 정도로 에리카 클라인에 대한 1차적인 평가를 마쳤다.

"히히, 슈리아 이런 곳에 있었어?"

제가 줄 첫인상은 전혀 고려하지 않는 듯 데이지가 헤실거리며 다가온다. 역시 대공녀다운 품위는 씻은 듯이 찾아볼 수 없는 소녀였다. 에리카는 애교 있게 웃으며 인사했다.

"안녕하세요? 시그오닐 대공녀."

"슈리아의 새 친구인가 봐요? 데이지라고 불러 줘요."

제 딸이 친구를 사귀는 것을 본 양 뿌듯한 미소였다. 데이지의 표정이 참으로 거슬렸지만 슈리아는 모호한 미소로 넘겼다.

곧이어 셸리가 합류하고 연신 화기애애한 대화가 이어졌다.

데이지는 루이스 클라인에게 오빠 같다는 말을 해서 그를 당황하게 하는 데 성공했으며, 셸리는 그간의 근심을 잊고 친구들 속에서 다소 풀어진 얼굴을 보였다. 그리고 에리카는 어느새 절친한 친구처럼 그들과 어울리고 있었다.

그 와중에도 계속 춤 신청을 받아 불려 나가야 했던 슈리아는 저를 보고 얼굴을 붉히며 춤추는 동안 본의 아니게 발 밟기를 시도하는 남자들도, 거기에 바짝 신경 써서 피하는 일에도 슬슬 질려 갔다.

중간에 루이스 클라인이 눈치 빠르게 끊어 주었기에 망정이지 하마터면 모든 체력을 소진할 뻔했다. 아무래도 하급 귀족인 슈리아로서는 쟁쟁한 제도의 영식들이 춤을 청하는 데 거절을 말하기 어려웠던 것이다.

거의 줄을 잇다시피 하는 영식들에 아반튼 후작 영애 쪽에서 이쪽에 곱지 않은 시선을 주는 것 같았으나, 슈리아는 새삼 신경 쓰지 않았다.

이 정도 질투쯤은 은빛 천사의 외양을 입고 태어난 이상 감수해야 했다.

황태자는 루이스 클라인과 이동한 이후로 퇴장했는지 영 보이지 않았다. 분을 못 이기기라도 했나?

황태자를 상대로 냉소적으로 생각할 수 있는 슈리아로서는 곧 다가올 밤도 아무렇지 않았다. 물론, 그가 찾아오리라는 사실은 거리낌이 있는 것이긴 했지만.

✥

화려한 사교계 데뷔를 마치고 저택으로 돌아온 슈리아는 생각에 잠겼다.

사교계에서 따돌림당하는 것으로 추측되는 에리카 클라인과 어울리고, 아반튼 후작 영애와도 갈등을 빚은 데이지와 함께하는 이상 이미 주류를 형성하고 있는 사교계 귀족 영애들과 섞이기란 어려울 터였다.

이번 무도회는 아무래도 기존에 사교계를 주름잡던 영애들과 뚜렷하게 분리된 하나의 계파가 형성되는 시발점이라고 볼 수 있었다.

애초에 상징적인 대표로 사교계의 꽃 오를레앙 공녀를 두고 있는 그쪽 무리에 숙이고 들어가는 것은 맞지 않았다.

데이지는 시그오닐 대공녀였고, 공녀보다도 한결 더 높은 지위에 있는 데다가 황태자의 사촌인 것이다.

그러나 오를레앙 공녀가 황태자비가 될 거라는 게 암묵적인 사실로 여겨지는 지금 시점에서는 대외적인 시각에서 데이지가 더 우위라고 볼 수는 없다.

차라리 지금 상황이 이상적이라고 슈리아는 판단했다. 제가 황태자비가 된다면, 이 무리를 주축으로 사교계의 질서가 재편될 것이다.

황태자비의 위치는, 황녀보다도 높은 것이니 그쯤 되면 오히려 오를레앙 공녀 쪽의 귀족 영애들이 숙이고 들어오리라.

비록 귀족 사회에서 제 위치를 각인시킬 필요 없는 이실로테 황녀라 하여도 그녀의 존재는 은연중에 의식되기 마련이었다. 그 때문에 그녀와 절친한 오를레앙 공녀에게 힘이 실리기도 했었던 터이니, 그보다 높은 황태자비의 존재라면 그 영향력이야 말할 것도 없지 않겠는가.

분석적으로 오늘 있었던 일들을 정리한 슈리아는 지난번에 읽었던 초월자에 관한 책을 다시 펼쳐 들었다.

로이엄 백작부인은 세일린을 모든 면에서 바람직하게 여겼지만 태교하는 와중에서도 전쟁이나 정치에 관련된 서적을 읽는 그녀의 행동만큼은 내키지 않게 생각했다.

그리하여 며칠 전 백작부인은 그 관련 서적들은 모두 백작의 개인 서재로 옮겨 버리고, 손님들이 이용하는 서재는 오로지 시와 연애 소설 같은 성격의 서적들로 가득 채워 버렸다.

그 와중에 건진 건 오직 이 하나뿐. 달리 선택의 여지가 없다.

잘 준비를 마치고 소파에 앉아서 심드렁하게 책을 읽고 있는데, 또다시 창을 두드리는 소리가 들려왔다. 슈리아는 자리에서 살포시 일어나 발코니 문을 열었다.

이번에는 먼저 제의하지도 않았는데 황태자는 성큼 안으로 들어섰다. 그는 이미 한 번 탐험한 바 있는 슈리아의 침소를 아예 제 것처럼 여기는 듯했다.

방에 완전히 몸을 들인 황태자에게서 차가운 비아냥거림이 들려왔다.

"무도회는 즐거웠나? 오늘 보니 구두굽이 닳도록 춤을 추어 대던데."

이글거리다시피 하는 자청빛 눈동자가 제게 꽂힘에도 슈리아는 묵묵히 발코니 문을 닫았다. 무시를 의미하는 그 행동에 황태자는 슈리아의 손목을 잡아챘다.

"대답해."

"무도회에서 춤을 추는 게 귀족 영애의 일이지요."

슈리아는 억센 손길에 잡혀 있음에도 동요 없이 말했다. 황태자는 슈리아를 벽에 가두다시피 놓고 추궁했다. 살벌하기까지 한 눈빛이었다.

"내 경고를 무시한 이유는?"

"이러시는 건 옳지 않아요. 루이스와 저는 동향 사람인걸요. 어린 시절부터 아는 사이고 후작가의 자제인 그를 갑자기 밀어낼 수는 없는 일이에요."

"아프다고 하고 몸을 피할 수도 있었잖아. 그런 핑계 따위로 그의 이름을 부르며 온종일 찰싹 달라붙어 있었나?"

……무도회장을 아예 떠나진 않고 지켜본 건가. 슈리아는 찰싹 달라붙어 있었다는 그 부분을 과장이라고 생각했다. 춤을 출 때나 잠깐

그 같은 표현과 가까웠을 뿐, 그와는 그저 한 무리에서 어울렸던 것인데 불쾌한 억지를 부린다.

더군다나 클라인 자작의 이름을 발음한 그 순간, 황태자의 눈은 사납게 번뜩였다. 그는 바짝 벽에 붙어 있는 슈리아에게 고개를 들이댔다.

마치 위협하는 듯한 행태에 슈리아는 황태자를 싸늘하게 마주 보았다. 밤늦게 찾아들어 이 무슨 횡포인가.

"똑똑히 들어 둬, 내 고백의 의미를. 난 그대가 다른 이들과 어떤 핑계로든 그런 식으로 친근히 붙어 있는 것을 용납할 생각이 없어. 그러니 앞으로는 로이엄 백작의 차남에게 했던 것처럼 떠벌려. 날 연모한다고."

"……!"

으르렁거리듯이 말을 맺음과 동시에 그 얼굴에 선연하게 새겨진 조소에 심장이 화살에 관통당한 듯했다. 그가 그 사실을 알아내고 이렇게 언급한다는 것 자체가 실로 충격적인 일이었다. 끔찍한 치욕에 슈리아는 이를 악물 뻔했다.

에리히, 이 입 싼 녀석이! 그러나 재빨리 평정을 되찾은 슈리아는 한기 어린 어조로 반박했다.

"제게 그런 것을 요구하심은 온당치 않아요. 전하도 오를레앙 공녀를 가까이하고 계시잖아요? 저를 정비로 맞겠다 하셨으면서 그런 모습을 보이시는 건 그 어떤 이유를 떠나 제게 예의가 아니에요. 그러니 저도 전하의 요구는 받아들일 수 없어요."

신분의 격차를 떠나, 일방적이고도 목숨을 건 상대의 절절한 마음을 받는 존재로서 우위에 선 슈리아는 당당하게 선언한다.

그러자 황태자의 눈썹이 치켜 올라가고 얼굴이 더 섬뜩하게 굳었다. 한층 더 흉흉해진 기세에 이번에야말로 일을 치르나 했다.

그러나 황태자는 슈리아를 확 잡아당겨 입을 맞췄다. 그야말로 입술로 눌러 짓이기는 듯이 거칠어, 얼굴이 아파질 지경이었다.

전부터 생각했던 건데, 그는 슈리아를 한 대 때리고 싶을 정도로 화가 나면 껴안거나 입 맞추는 성향이 있는 것 같았다. 분노로 이 저택쯤은 가볍게 무너뜨릴 수 있는 초월자인 그로서는 상당히 온건하고 평화로운 방식의 화풀이였다.

하지만 그렇다 해도 얼굴이 욱신거릴 정도로 아픈 것은 사실이다.

슈리아는 그를 힘주어 밀었다. 그러나 황태자는 놓아주질 않고 오히려 주저 없이 제 혀를 밀어 넣었다.

슈리아는 잠시, 깨물까 생각했다. 입이야 늘 제멋대로 막는 거라지만 코까지 짓눌려 숨을 쉴 수가 없었던 것이다.

그러기 이전에 우선, 슈리아는 선차적으로 발버둥에 가깝게 고개를 틀어 대며 그의 가슴을 주먹으로 여러 차례 두드렸다. 이러고도 안 놓아주면 정말 혀를 깨물어 버릴 셈으로.

그제야 황태자는 제 행위를 자각한 듯 소녀를 놓아주었다. 슈리아는 손등으로 입술을 문지르며 떨어져 싸늘하게 품평했다.

"너무 거치세요."

"미안."

흥분했어. 그런 제가 낯선 듯 중얼거리며 눈을 찌푸리는 황태자를 보면서, 슈리아는 그가 평생을 통틀어 몇 번이나 사과의 말을 했을까 궁금해졌다. 어쩌면 이번이 태어나서 처음일 수도 있으리라.

황태자는 태도를 바꿔 부드럽게 슈리아를 끌어안았다. 그리고 눈을 맞추면서 타이르듯이 속삭인다.

"어쨌든, 그대와 내가 경우가 다른 건 당연한 거야."

슈리아는 제가 말한 명확한 이유에 반론할 만한 구석이 있는지 탐색해 보았다.

혹여 난 남자라 되고 넌 여자라 안 된다는, 같잖은 논리라도 들이대려는 거라면.

어쨌든 슈리아에게는 아마르잔이었을 때부터 공정한 일면이 있었다.

미인에게는 예술품을 대하는 관점에서 너그러워지는 구석이 있지만 성별에 따라 차등을 두지 않고 가혹하다는 점에서 철저히 그랬다.

아마르잔은 남녀 구분하지 않고 초월자가 아닌 그냥 인간은 불가촉천민 정도로 취급했던 것이다. 어차피 똑같이 하찮은데 굳이 암수를 구별할 이유가 있을까.

그러나 황태자가 들이민 논리는 다른 것이었다. 그는 언짢은 듯 입을 뗐다.

"그대는 질투하지 않잖아."

그건…… 확실히 사실이긴 하지. 다른 방면이라면 몰라도 적어도 애정 관계에 있어서 그 말은 진실이었다. 황태자는 왜 이따위 소리를 해야 하는지 이해가 가지 않는다는 양 딱딱한 안색으로 설명했다.

"그대가 요구한다면 나도 그렇게 할 거야. 필요를 떠나서, 오를레앙 공녀가 신경 쓰이니 그녀와 함께 있지 말라고 내게 말을 해. 난 들어줄 수 있어."

난 상관없다고 말하려던 슈리아는 그 말이 상황에 적합지 않다는 것을 깨닫고 입을 다물었다. 황태자는 슈리아의 뺨을 쓸면서 파고들 듯이 예리한 눈으로 말한다.

"하지만 그대는 결코 그렇게 말하지 않겠지."

기존에 오를레앙 공녀를 특별 대우 해 온 만큼 의심을 피하고자 동일한 태도를 유지하는 것은 이성적인 사유로도 합당한 일이었지만, 감정적으로도 그것을 저지할 만한 이유가 없으므로. 제 본성을 언급하는 뇌까림에 슈리아는 말없이 그를 보았다.

"그대가 원한다면 나도 그렇게 하겠어. 그러니 그대는 내 요구를 들어줘야만 해."

어처구니없는 결론이었다. 아니, 애당초 양측 다 서로에게 그런 부분에는 신경 쓰지 않으면 될 게 아닌가.

그런데 그것이 그의 감정으로는 도저히 용납되질 않는가 보다. 한 치도 물러섬이 없는 강경한 눈빛이었다.

저 차갑기 짝이 없는 얼굴로 그런 격렬한 거부감에 휩쓸리는 것이 이해가 가지 않았지만, 슈리아는 애매한 답변을 내어 주었다.

"노력해 볼게요."

하긴 슈리아가 황태자의 눈부신 발전을 기쁘게 여기는 것도 감정 적으로 치자면 절대 불가능한 일이니. 이 정도쯤은 맞춰 주어야 하리라.

황태자는 만족하지 못한 양 슈리아를 응시했지만, 더 이상 물러섬 없이 제 주장을 관철하려 하지는 않았다. 그는 조용히 발코니로 나서 며 단지 이 말만을 남겼다.

"내일 또 오지. 같은 시간에."

그것은 실로 뼈저린 역습이었다.

결과적으로 말하자면, 슈리아는 황태자의 요구를 받아들이지 못했 다. 않은 것이 아니라 못한 것이다. 노력해 보겠다고 했을 뿐이므로, 슈리아는 예기치 못한 상황은 불가항력이라는 단어 하나로 참작할 여 지가 있다고 보았다.

어제 무도회에서의 일로 로이엄 백작부인의 능숙한 대처에 시그오 닐 대부인이 감동했다는 것은 알고 있었다. 그리하여 오늘, 백작부인 의 대공저 방문이 내정된 것도 이미 아는 바였다.

한창 혼인식을 대비해 피부 관리를 받고 있는 세일린과 로이엄 백 작부인과 함께 오전 나들이를 마친 슈리아는 곧바로 시그오닐 대공저 로 향했다.

물론 거기에는 슈리아의 의사는 단 한 점도 반영되지 않고 있었다. 무도회를 치러 낸 데다가 어젯밤 황태자의 방문까지 맞은 슈리아는 피곤하긴 했지만, 마차에서 꾸벅꾸벅 조는 것으로 어떻게든 견뎌 낼수는 있었다. 세일린이 안쓰러운 얼굴을 보이며 저택으로 돌아갈 것을 권해 왔다.

그러나 만약 오늘 슈리아가 방문을 빼먹는다면 데이지가 얼마나 호들갑스럽게 백작가로 찾아와 저를 괴롭힐지는 안 봐도 뻔했다.

마침 열흘 안팎으로 다가온 세일린의 혼인식을 앞두고 있었기에, 슈리아는 데이지를 당분간 보지 않아도 될 좋은 핑계를 통보할 예정이었다. 오늘만 참으면 향후 열흘간은 다소 편안해질 것이다.

그렇게 도착한 시그오닐 대공저에서 슈리아는 이미 도착해 있던 루이스 클라인과 에리카 클라인을 발견했다.

어제 급작스럽게 초대를 받고 방문하게 되었다고 하는데, 황태자를 그리도 정색하게 만든 원인인 루이스 클라인을 하루 만에 또 보게 됨은 묘한 일이었다.

그러나 역시 슈리아는 남의 기분 따위는 공감하지 못하는 부류였다. 루이스 클라인은 정중하게 슈리아를 대우했고, 딱히 그를 피해야할 요인도 구실도 없었다.

다만 어제보다 더 친밀히 다가오는 것은 경계할 만한 조짐이라 여겨진다. 그 역시 에리히처럼 다짜고짜 고백해 올 수도 있는 것이다. 그 사실을 알게 된다면 황태자가 얼마나 길길이 날뛰며 횡포를 부릴지, 정도를 가늠하기가 어려웠다.

그리고 그들을 초대한 시그오닐 대부인은, 제도 출신이 아닌 덕인지 사교계에서 비난을 들을 만한 세일린의 혼전 임신을 모두 알고도 너그러이 모든 것을 받아넘겼다.

심지어 그녀는 어렵게 맺어진 세일린의 사연을 듣고 고개를 주억거리며 충고를 건네기도 했다.

"미망인의 몸으로 공작가의 일원이 된다는 것은 어려움이 따를 게 야. 그 집안 전체가 적이 될 수도 있는 일이니. 위켄하이저 공작가는 여러 번 황후를 배출한 유수의 명문가로 보수적인 곳이니 더욱 그러하지. 전 위켄하이저 공작은 특히나 고루하기 짝이 없는 남자였어. 어쨌든 도움을 청할 일이 있다면 나를 찾게. 당분간 제도에 머물 것이니, 가능한 한 힘이 되어 주도록 내 노력하지."

"감사합니다, 대부인."

세일린이 온화한 얼굴로 답했다. 그리고 임산부에게 좋은 차가 있다며 권하는 대부인과 함께, 어른들만의 시간을 가지기로 했다. 거기에는 물론 백작부인도 함께였다.

※

어쨌든 시그오닐가의 사람들은, 최고의 위치에 있는 대공가답지 않게 주변인들에게 맘껏 제가 가진 모든 것을 퍼 주는 성향을 품고 있었다.

타인이 이 가문의 특성을 감지한다면, 시그오닐의 사람 중 가장 만만하게 시그오닐의 소유를 뜯어낼 수 있는 상대에게 접근하려 들 터였다. 그리고 거기에 가장 적합한 인물은 역시 데이지이리라.

다만 데이지는, 악우에 가까운 레이첼을 제외하고 친한 이들에 대해서는 귀찮을 정도로 간섭하는 것을 즐기고 무한정 편이 되어 주는 성격이었지만 그렇다고 마냥 착한 것만은 아니었다.

착하고 배려심 있는 쪽이라면 단연 셸리였고 데이지는 그보다 제멋대로에 편을 가르는 면모가 있었다. 그러니까 자기편이라 생각되는 사람만, 자기 나름의 방식대로 잘해 준다는 것이다. 그래서 험담도 꽤나 자주 했다.

오늘 데이지는 어제 무도회에서 있었던 일에 대해서 불평하고 있었다.

"있잖아, 나 어제 이실로테 황녀 저하를 만난 거 알지? 근데 그 황녀님이 착하다는 건 역시 뻥이야!"

"왜에? 그야 물론, 일평생 떠받듦을 받으며 살아온 분이시니까 데이지와는 다르지!"

"히히, 난 착해?"

"응! 데이지는 아주 착한걸. 어서 얘기해 봐."

가지가지 하는군. 슈리아는 속이 메슥거려서 차를 들이켰다. 오늘의 에리카 클라인은 첫인상과 분명 다른 면모를 보이고 있었다.

그러니까 강단이라고는 찾아볼 수 없이 아부 떨고 좋은 말만 해 주는, 데이지에게 잘 먹히는 성격을 보이고 있었다는 이야기다. 물론 사교계의 영애 중에 서로 간질간질한 대화만을 건네는 이들은 꽤 많은 편이었다.

게다가 에리카 클라인에게 있어서 데이지는 새로 사귄 친구인 데다가 대공녀라는 지위까지 달고 있으니 그녀가 시녀처럼 구는 것은 상식선상의 일이었다.

그렇다 쳐도 나란히 황족의 흉을 보다니, 이건 문제가 될 소지가 있었다. 하지만 슈리아는 저와 상관없는 일이라 여겼으므로 굳이 대화에 동참하지 않았다.

"그러니까 어제 내가 황태자 전하와 춤을 추고 인사를 드리러 갔더니, 글쎄 황녀 저하께서 날 빤히 바라보면서 초면인데 못마땅한 얼굴을 하시는 거야. 그러면서 인사 한마디 없이 '열다섯이라고요?' 하고 말씀하시는 게, 날 마음에 안 들어하는 거지! 그게 팍 느껴졌어! 심지어 나더러 너무 아이같이 생겼다고 비꼬기까지 했단 말이야! 황태자 전하는 소개만 해 놓고 홱 가 버리시고. 우우…… 완전히 어색했어. 난 잘 지내보려고 했는데!"

"네가 전하의 친족이니까 경계하시는 거 아닐까? 이제까지 황녀 저하께서는 유일한 여자 형제로 전하를 독차지하고 그랬었거든! 예외가 있다면 오를레앙 공녀 정도겠지."

"에이, 너도 전하와 함께 춤을 춰 본 적 있잖아? 아마 첫 무도회 때?"

"아이참, 그건 오래전 일인걸."

얼굴을 수줍게 붉히는 에리카 클라인의 모습에서 사감이 묻어 나온다. 슈리아는 무심한 눈으로 창밖을 보았다.

루이스 클라인은 대부인께 승마 허가를 받아 마구간을 살펴보고 온다고 자리를 비운 상태였다. 얼굴에 금칠하는 것이 주목적인 듯한 이 대화를 타파할 수 있을 만한 그의 부재를 실감하며, 슈리아는 왜 이리 오래 걸리는 건지 의문을 가졌다. 마구간에서 말한테 걷어차이기라도 했나.

"그리고 보니 어제 슈리아도 첫 춤을 전하와 췄었지!"

데이지의 외침에 대화의 표적이 슈리아에게로 향했다. 그런데 그 순간, 에리카 클라인의 표정 변화는 의미심장한 것이었다. 슈리아는 놓치지 않고 그를 포착했다.

질투, 아니면 적의인가? 그 엇비슷한 일그러짐은 초 단위의 속도로 얼굴 표면을 스치고 지나갔다. 금세 미소로 제 감정을 감춘 에리카는 밝게 말했다.

"……그러게."

"헤헤, 그래도 슈리아는 이미 아는 사이였고 넌 모르는 사이였으니 넌 정말 확 눈에 들어왔던 게 아닐까? 말하자면 전하의 이상형?"

"어머, 그건 너무 불경해."

에리카는 기쁜 듯이 까르르 웃음을 터뜨리며 데이지에게 지적했다. 이 시점에서 슈리아는 황태자가 이 소리를 들었으면 어떤 표정을 지었을지 궁금해졌다. 데이지는 진지한 얼굴로 검지를 세우며 말한다.

"난 오를레앙 공녀가 싫진 않지만 그래도 내 친구 중에서 한 명이 전하와 혼인했음 좋겠어. 그러면 나와도 더 가까운 사이가 되는 거잖아?"

셀리는 에런이 있으니 무리겠지. 오늘도 에런을 만난다니까, 친구도 버리고! 입을 툭 내밀고 투덜대는 데이지를 보며 에리카가 환한 얼굴로 맞장구친다.

"그렇긴 하지."

그러면서 은근히 눈을 빛내는 게, 데이지와 급속도로 친해진 배경을 의심하게 했다. 하긴 꽤 아름답다 싶은 영애이고 후작가 출신이니 황태자비의 야망 정도는 가질 수 있으리라. 어쨌든 데이지와 놀아 주고 있다는 점에서 그녀의 존재는 대단히 바람직했다.

다만, 데이지가 그 말을 꺼냄으로 인해서 그녀의 마음속에 헛된 기대가 부푸는 듯했는데, 그것은 실로 무의미한 일이었다. 데이지와 함께 있다는 것으로 혹여나 황태자의 시선을 끄는 것을 노린다면 더더욱 그랬다.

그 황태자는 어디까지나 이 슈리아에게 매달리는 신세이니.

그때 루이스 클라인이 문을 똑똑 두드리고 방 안으로 들어왔다.

"준비가 다 되었어. 다들 이제 말을 타러 가자."

"어머, 날이 이렇게 쨍쨍한걸? 피부가 상한단 말야."

아까 승마에 동의하는 기색을 보였던 것이 언제냐는 듯 에리카는 칭얼대며 데이지에게 붙었다. 데이지는 에리카를 보며 어른스러운 척 말한다.

"음, 그래도 루이스가 이왕 준비했는데, 타는 게 좋지 않겠어?"

"그럴까?"

금세 화색이 되어 응하는 얼굴이, 비록 에리카에게 사감은 없었으나 참으로 잔망스러워 보였다. 저런 소녀가 혼인하게 되면 소위 말하는 '여우 같은 마누라'가 되는 것일까.

슈리아는 쓸데없는 분석을 그만두고 루이스 클라인의 뒤를 따랐다. 영 승마에 익숙지 않아 버벅거리는 데이지에게 피부 때문에 투정을 부렸던 에리카가 말 타는 법에 대해서 연신 조언해 주는 것은 의외의 일이었다.

그리고 마찬가지로 승마에 익숙지 않았던 슈리아는 그저 되는대로 말 위에 느슨히 앉았다. 겁만 먹지 않는다면 이런 일은 습득이 쉬운 것이다. 슈리아의 손을 잡아 말 위에 끌어 올려 준 루이스 클라인이 웃으며 남몰래 속삭였다.

"사실 네가 탄 말이 제일 유순한 말이야."

슈리아가 탄 것은 평범한 밤색 말이었고 눈에 띄는 백마나 흑마는 각각 에리카와 데이지에게 돌아갔던 터였다. 루이스 클라인이 말과 타는 사람이 어울린다는 명목으로 각자에게 그렇게 권해 주었던 것이다.

심지어 그는 저를 찾는 동생에게 넌 말을 탈 줄 아니까, 이쪽은 내가 돌보겠다고 말해 버린 후 줄곧 슈리아에게 붙어 있었다. 그것은 한층 더 슈리아를 꺼림칙하게 만드는 행위였다. 둘만 떨어져서 밀회라도 즐기는 것 같지 않은가.

비록 승마에 미숙한 슈리아인 터라, 멀찍이서 말고삐를 끄는 시종이 있다지만, 시종은 원래 명수로 셀 때 포함하지 않는다.

어느덧 데이지와 에리카는 멀찍이 나아가 둘이서 정답게 승마를 즐기고 있었다. 꽤 거리가 떨어져 있음에도 간간이 데이지의 요란스러운 비명이 들려왔다. 말고삐를 끄는 시종이 있음에도 그녀의 엄살이 좀처럼 그치지 않았던 것이다. 그와는 다르게 슈리아는 대단히 양순한 태도를 보이고 있었다.

여유롭게 안장에서 손을 떼고 챙 넓은 모자도 고쳐 쓰는 슈리아를 응시하며 루이스 클라인은 미안한 듯 말했다.

"서운하게 생각하지 않아 주었으면 해."

"무엇을요?"

"네 친구인 시그오닐 대공녀와…… 에리카가 유독 친하게 지내는 것. 그간 에리카가 많이 외로웠나 봐."

그 진지한 눈을 보며 슈리아는 냉소적으로 생각했다. 그 태도와 성격을 보아하니 단순히 외로움 때문만은 아닌 것 같지만. 그러나 제 동생을 마음 약한 소녀 정도로 여기는 그에게 굳이 힘담할 이유는 없다. 어디까지나 그의 말은 합당한 우려를 담은 것이었다.

제 단짝이 다른 친구와 딱 달라붙어 다닌다면 일반적인 소녀라면 신경 쓰지 않을 수 없을 테니까.

그러나 여기 있는 소녀는 일반이라는 단어와는 대단히 동떨어져 있는 존재였고, 실제로 슈리아에게 데이지는 귀찮게 달라붙는 강아지 정도에 불과할 뿐이므로 그것이 어떤 감상을 줄 수 있을 리 없다.

다만 슈리아는 이생을 거쳐 데이지가 누구랑 친하게 지내든 난 전혀 아무렇지도 않다는 말보다는 좀 더 저를 돋보이게 하는 발언을 해내는 법을 습득했다. 그래서 너그러이 말을 꺼냈다.

"아니요, 오히려 잘 되었는걸요. 데이지도 외로움을 많이 타니까, 같이 있어 줄 친구를 더 사귀었으면 좋겠다 생각했었어요. 아시다시피 저는 말수가 많지 않고 그리 잘 어울려 주지 못하니까요."

루이스 클라인은 잔잔하게 웃으며 눈을 휘었다. 그리고 말을 몰아 슈리아에게 다가붙었다.

"정말 넌 사려가 깊구나. 전부터 늘 그렇게 생각하고 있었어."

그리고 시종에게 들리지 않게, 작은 소리로 말한다.

"물론…… 에리카 때문에 이렇게 함께 있으려고 한 건 아니야."

그 은근하지만 대담한 말에서 그가 품은 뜻이 선연히 감지되었으나, 슈리아는 적어도 파르르 떨지 않고 모른 척 어리둥절한 표정을 짓는 것으로 반응을 마쳤다.

황태자한테 단련된 것이 도움되긴 하는군. 그렇게 되뇌며 슈리아는 치미는 혐오감을 드러내지 않고 가까스로 삭였다.

다행히 루이스 클라인은 그 뒤로 별다른 말을 하지 않고, 적당히 거리를 둔 친근한 태도로 승마를 가르쳐 주겠다 나섰다.

그리고 승마에 익숙해질 무렵, 두 소녀와 다시 합류하여 저택으로 들어가게 되어 그들은 특별한 일 없이 모든 일정을 끝마쳤다.

"나중에 또 봐."

훗날을 기약하지 않고 깔끔한 인사로 끝맺는 루이스 클라인은, 아까의 접근 시도가 마치 없던 일인 양 굴었다.

그러나 그 동생 에리카 클라인의 이중성을 생각해 볼 때, 그의 꿍꿍이란 의심할 필요 없이 확실했다.

이건 부담을 주지 않으면서 서서히 가까워지려는 접근 방식인가. 슈리아는 생각했다. 이를테면 '친구에서 연인으로' 같은 종류의.

후작가의 자제다가 그에게 열광하는 퀸른의 영애들을 보아 와서 자신감이 넘칠 만도 한데, 굳이 그런 방법을 택한 것은 그답게 신중하고도 조심스러운 태도였다.

확실히 황태자의 말마따나 조만간 명확히 해야 할 때가 올 것 같다. 이제까지 별달리 사감을 가진 바 없었지만, 오늘의 그는 상당히 꺼림칙했다.

그날 밤 슈리아는 피로를 견뎌 내며 황태자의 방문을 기다렸다. 그 와중에도 앞으로 아예 방문하지 말라고 말할까, 생각을 안 해 본 것은 아니었다.

그러나 어차피 황태자가 말을 들어 먹을 것 같지는 않았다. 화라도 내면서 매일같이 찾아들겠다고 말한다면 슈리아로서는 제지할 방도가 없다. 그런 생각을 하며 창을 넘어 밤하늘을 바라보자 부정적 심상이 자연스레 찾아든다.

역시 이 슈리아의 몸뚱이는, 지나치게 예뻤다. 게다가 은발에 남청색 눈동자라는 조합은 희귀한 것이라 더 이목을 끄는 것 같았다.

처음에는 아마르잔의 심미안에 들 정도의 아름다운 소녀로 태어난 것을 그나마 흡족하게 여겼지만······ 이제는 그냥 적당히 데이지 정도로 태어나는 게 차라리 나았으리라는 생각이 든다.

아마르잔 평생 아름다운 여인들이 그에게 접근한 적은 있어도 스스로 다가선 적은 단 한 번도 없었던 터라, 은연중에 적극성은 여인들의 성향이라 여기고 있었던 게 사실이다.

그러나 그것은 위대한 대마법사의 경우를 일반 남자들에게 적용한 오류를 범한 것이었다. 그냥 인간들에게 있어서 이런 쪽의 적극성에는 암수가 따로 없는 것이다.

새삼 들게 되는 궁금증은, 황태자는 아마르잔과 별다를 게 없는 부류인데 왜 이 슈리아에게 관심을 가졌느냐는 것.

이성적으로 따지자면 굳건한 가문의 뒷받침이 있고, 예쁘고 사근사근한 데다가 그를 좋다 쫓아다니기까지 하는 오를레앙 공녀에게 관심이 쏠리는 것이 마땅할진대, 그의 고백을 생각하자면 아직도 불가해한 것은 사실이다.

만약 슈리아가 그에게 관심을 주지 않고 차갑게 굴었기 때문에 정복욕이라도 발동한 것이라면······. 애교를 떨면서 사랑이라도 속삭이면 떨어져 나가는 것인가? 그런 발상이 떠올랐으나 슈리아는 불쾌한 낯으로 그 생각을 순식간에 짓뭉갰다.

언젠가 슈리아의 정체를 알게 될 놈에게 그런 과오를 저지를 수는 없었다. 게다가 그건 정말 도저히, 성격에 안 맞았다. 연기로라도 놈에게 그런 태도를 보이느니 차라리 데이지에게 에리카 클라인과 어울리지 말라고 울면서 매달리는 친구놀이라도 하는 편이 쉬울 것 같았다.

······아니, 그건 아니군. 동격이라 쳐야 할 것이다. 데이지의 그 기쁜 듯이 실룩거리는 얼굴이 떠오르자 소름과 동시에 분노가 솟아올랐다.

슈리아는 제가 너무 생각에 심취해 있었음을 깨닫고 숨을 골랐다.

어쨌거나, 인내심을 임계점까지 끌어 올리게 만드는 황태자에게 최근 들어서는 웃는 얼굴을 보이기도 힘들었다.

그런데 이 녀석은 왜 아직도 오지 않는 거지? 분명 같은 시각이라 했는데.

슈리아는 시계를 흘끗거렸다. 그가 찾아든 것은 어젯밤 열한 시경, 그 후로 30분 가까이 지난 터였다. 목욕도 마치고, 머리까지 말려 이제 잠자는 것만 남은 상태인 터라 상념 속에서도 자꾸 눈이 감겼다.

어제 무도회에 이어 잠도 제대로 못 자고, 오늘 대공저에서 정신적 피로감까지 쌓아 왔으니 피곤하지 않을 리 없다.

그리하여 10분 정도 시간이 더 흘렀을 때, 슈리아는 기어코 안락의자를 박차고 일어나 침대로 향했다. 초월자일 때는 피로라는 것을 못 느끼고 살았던 탓인지 새삼 찾아드는 육체적 충동을 이기기 어려웠다.

게다가 황태자를 기다리지 않는다고 해도, 슈리아에게 떨어지는 불이익은 없었다. 어쨌든 아쉬운 건 이쪽이 아니니까.

새삼 그렇게 생각한 슈리아는 졸린 와중에도 앞으로는 더 칼같이 행동해야겠다고 생각했다.

자기 멋대로 남의 침소에 찾아든다고 한 주제에 오지도 않다니. 제 입으로 한 약속조차 지키지 못하고도 어찌 초월자라 할 수 있겠는가.

약속까지는 아니긴 했지만, 통보라 하여도 슈리아가 기다린 이상 그것은 약속과 무게가 동일했다.

이미 잔다고 하여 불도 꺼져 있던 터라, 더 이상 거칠 게 없었다. 슈리아는 곧바로 침대에 드러누워 이불을 뒤집어썼다.

눈을 감자마자 졸음이 쏟아져 소녀는 저도 인식하지 못하는 새에 무의식으로 빠져들었다. 꿀처럼 다디단 잠이었다.

어느 순간, 차가운 공기가 얼굴을 스쳤다. 슈리아는 잠결에도 거슬리는 듯 몸을 부르르 떨었다. 그러나 잠은 여전히 깨지 않았다.

이윽고 조금 전의 한기와 대비되는 따스한 온기가 이마를 스친다. 그것이 눈가를 거쳐 뺨으로 선을 그리며 내려오자, 간질간질한 느낌이 들었는지 저절로 고개가 돌아간다.

반면에 눈은 여전히 떠지지 않았고, 고른 숨소리도 여전했다. 무슨 일이 있어도 잠을 자고야 말겠다는 본능에 도취한 모양새였다.

방 안에 스며든 인영은 그 모습을 감상하듯이 응시하며, 슈리아에게 몸을 기울였다. 평소와 다름없는 차가운 음성이 귓전을 파고든다.

"내 말은 고작 사십 분의 기다림과 동일한 무게인가."

"너무 늦으셨어요."

귀에 들리는 질책의 소리에 슈리아는 잠꼬대하듯이 대답했다. 거의 뇌를 거치지 않고 나오는 발언이었다. 그런 것치고는 대단히 양호한 답변이었지만, 목소리는 거의 웅얼거리다시피 했다. 황태자는 잠시 생각에 잠긴 듯하더니, 돌연 물었다.

"반짝거리는 것을 좋아하나."

"너무 포괄적인 말씀이에요."

슈리아는 잠결에도 구체적인 용어로 또박또박 대꾸했다.

"그러면 보석을 좋아하나?"

"네."

슈리아는 아마르잔 시절에 상납받은 보석들로 거대한 개인 창고를 구축해 놓은 바 있었다. 새 삶을 시작한다고 이전 삶의 업적을 나눠 주거나 버리는 건 탐욕스러운 아마르잔에게 절대로 불가능한 것이었다.

내 것은 무조건 내 것, 남에게 무상 배포라는 건 있을 수 없는 일이다.

황태자는 고개를 끄덕였다. 그리고 슈리아의 무의식에 말 거는 양 낮은 어조로 계속 말을 이었다.

"고려하지. 강한 남자는 좋아하나."

"강한 게 좋아요."

그 와중에도 '남자'라는 한정적 분류에 대한 언급을 피해 가는 슈리아였지만, 이제는 슬슬 잠에서 깨어나고 있었다.

"그러면 초월자는?"

"네, 그런데 지금 뭐 하시는……?"

이대로 가면 제 비밀까지 털어놓을 것 같은 위험 신호가 본능을 건드려 슈리아는 눈을 반짝 떴다. 머리통 하나 정도의 간격을 두고, 황태자가 제 위에 얼굴을 들이밀고 있었다.

이대로 일어나면 저 콧대를 가격할 수 있을 성싶었지만, 초월자인 그가 맞을 리 없고 맞는다 하여도 타격이 될 리 없다. 슈리아는 저조한 기분을 역력히 드러내는 싸늘한 표정을 지었다.

"재미있으셨나요."

"제법."

태연하게 답하는 얼굴은 뻔뻔하기 짝이 없는 것이다.

황태자는 그 상태로 저를 쳐다보는 슈리아에게 몸을 기울였다. 일부러 자아낸다고 해도 좋을 정도로, 강렬하고도 위협적인 눈빛으로 그는 흘려 내듯이 속삭였다. 심장을 파고드는 듯이 낮고, 그늘진 음성이었다.

"그보다…… 두렵지 않나. 지금 그대를 가질 수도 있어."

"전하께서는 허언을 하실 분이 아니시지요."

조금의 망설임도 없었다. 슈리아는 두려움 한 점 비추지 않는 얼굴로 제 방의 침입자에게 냉담하게 답했다.

아직 어리니 손대지 않겠다는 식으로 했던 소리를 짚고 넘어가는 말이었다. 황태자는 흥이 떨어졌다는 얼굴로 몸을 일으켰다.

그러면서 슈리아에게도 손을 뻗었기에 어쩔 수 없이 슈리아도 상체를 반쯤 세우고 침대 머리에 몸을 기댔다. 그리고 그가 빨리 용건을 끝내길 기다렸다. 오직 못마땅한 기분이 그득한 채로.

자는 걸 알았으면 그냥 갈 것이지 굳이 잠을 깨워서 무슨 이야기를 하려고?

"무슨 귀족 영애가 저런 책을 읽고 있지?"

턱짓하는 탁자에는 예의 그 초월자에 관한 서적이 대충 엎어져 있었다.

"읽을 게 없어서요."

무심히 말하는 와중에도 졸린데 말 걸지 말라는 귀찮음이 음성에 배어나고 있었다. 그것을 황태자도 분명히 인지한 것 같다. 그간의 행보를 보았을 때 슈리아를 추궁하고도 남을 법한데, 그는 눈썹을 치켜올렸을 뿐 화내지 않고 말했다.

"졸린 모양이군."

"네, 무척."

"그거 잘됐군, 나도 피곤하거든."

초월자인 그가 뭘 했길래 피곤하다고 하지? 불길한 예감에 의아하게 쳐다보는 슈리아에게 황태자는 피식 웃으며 분명한 선언을 들려주었다.

"이곳에서 자고 가겠어."

"……소파에서요?"

슈리아는 정말로 그러길 바라며 진지하게 물었지만, 황태자는 단칼에 부인했다.

"내가 그런 곳에서 잘 것 같나. 이 침대는 충분히 넓잖아."

"제가 소파로 갈까요?"

"어차피 혼인하면 같은 침대를 쓰게 될 텐데 예행연습을 한다고 생각해 둬."

저번에 한 번 일격을 가했다고 이렇게 보복하는 건가. 급속도로 짜증이 치밀어 올라온다.

비록 시녀 시절에 4인 1실을 쓰면서 생활하긴 했지만, 세일린과 함께하던 아기 시절 이후에는 누구와도 같은 침대를 쓴 적이 없다.

궁에서는 주어진 침대가 좁기도 했거니와 데이지가 간혹 그런 시도를 보이면 혼자가 아니면 잠을 못 잔다고 단단히 못을 박기도 했던 것이다.

그런데 미혼의 귀족 영애의 침소에 찾아들어, 그것도 같은 침대에서 자고 가겠다니 비상식에 가까운 소리였다.

하지만 복잡한 문제도 아니다. 그와 말다툼해서 이기려고 드는 것은 기력 소모이기도 했거니와, 무용한 대화를 더 길게 잇는 일이었다.

슈리아는 무언으로 포기를 말하며 베개를 응시했다. 베개는 하나뿐이고, 둘이 바짝 고개를 붙이고 자지 않는 한 벨 수 없다. 그리고 그렇게 잠드는 것은 불가능하다고 말할 수 있을 만치 소름 돋고 거슬리는 일이었다.

그를 이곳에서 자게 허락한 것만으로도 슈리아는 많은 양보를 한셈이지만, 빨리 수면에 들기 위해서는 그냥 이것도 내어 주는 게 나을까. 슈리아는 잠시 그런 갈등에 빠졌다.

"그건 그냥 그대가 베어도 돼."

황태자가 어처구니없는 어조로, 드문 너그러움을 담아 말한다. 슈리아가 그를 물끄러미 보자 황태자는 직접 슈리아의 양 어깨를 잡아눌러 침대에 뉘어 주었다.

베개 속에 작은 머리통이 폭 파묻혔다. 그리고 황태자는 저 역시이불을 들춰내고 옆에 길게 드러누우면서 슈리아의 손을 잡아끌었다.

그의 단단한 손아귀에 제 한 손이 쏙 들어가 잡히자 슈리아는 푹신한 베개에 얼굴이 반쯤 가려진 채로 그를 의문스레 보았다.

"난 이것으로 충분해."

가라앉은 음성이었으나 강렬하도록 진지했다. 정말로 그러한지 그는 소녀의 손을 끌어 제 얼굴 옆에 가져다 대었다. 그리고 슈리아 쪽을 보며 누운 상태 그대로, 황태자는 눈을 감았다.

어둠 속에서도 빛나는 자청빛 눈동자가 눈꺼풀 아래로 모습을 감추자 곤두선 공기는 사라지고 놀랍도록 평온함만이 감돌았다. 정말로 피곤했던 것일까.

그러나 그의 얼굴 피부가 손에 닿은 직후부터, 슈리아는 간지러운 기분과 동시에 갑작스러운 충동을 느끼고 있었다.

어둠 속에 웅크리고 있던 괴물이 으르렁거리며 슬쩍 안광을 비춘다.

손쉽게 그 목숨을 취할 수 있을 만큼, 지나치도록 가까웠다. 그것은 늘 그러했으나 지금의 그는 연약하도록 안일하게 휴식을 청하고 있었다.

그의 가장 강력한 적 앞에서!

이대로 마력을 주입하면, 순순히 죽음을 맞으리라 착각하게 될 만큼 경계심 없는 낯. 그러나 심장의 테두리를 긁었던 그 감각은 곧 피로에 먹혀 바닥으로 가라앉는다.

아직 그를 없애야 하는 순간은 오지 않았다.

슈리아 역시 그를 따라 하듯 눈을 감았다. 그리고 곧 다시 잠들었다.

곤히 잠들었던 그 어느 때인가, 슈리아는 문득 잠에서 깨어났다. 마치 미풍이 부는 듯한 이유를 알아차릴 수 없는 작은 변화를 감지한 탓인지도 모른다.

눈을 뜨자 슈리아는 곧바로 잠들기 전과 조금도 다름없는 상태로 눈만 뜨고 있는 황태자와 마주하게 되었다.

보석에 광도를 더한 선연한 빛을 품은 그 눈동자에서는 기대하기 어려운 온기마저 느껴져 온다.

아직 안 간 건가.

슈리아는 지금 시각을 가늠해 보려 방 안의 어둠을 살폈다. 아직 해가 떠오를 시간은 아닌지, 빛이 비치지 않아 방 안은 사물을 분별하기 어려울 정도로 어두웠으나 이제 캄캄한 밤은 조금씩 남빛으로 녹아들며 푸르게 물들어 가고 있었다.

황태자는 누운 상태로 속삭이듯이 말한다.

"가야 할 시간이야."

황태자는 상체만 일으켜 슈리아에게 몸을 숙였다. 침대가 눌리며 묵직한 존재감이 가까워진다. 그리고 뻗어진 팔이 슈리아를 꽉 끌어안았다.

단단한 손이 등허리를 들어 올리다시피 감싸고, 팔꿈치가 구부려지며 죄어든다.

초월자인 그에게는 최소한의 힘만을 사용한 것일 터이나, 소녀에게는 살짝 욱신거릴 만큼 아픈 강도였다. 이어서 이마에 뜨끈한 입술이 닿는 것을 슈리아는 그대로 내버려 두었다.

새삼 밀쳐 낼 만한 구실도 없다. 다만 한 가지 확증은 가질 수 있었다.

이 짓을 하려고 깨웠단 말인가?

아무래도 조용히 빈자리만 남기고 떠나가는 미덕은 그에게 존재하지 않는 것 같다. 하긴, 시간 구분 못 하고 야밤에 드나들 때부터 그런 개념은 이미 상실한 것으로 보이지만.

"언제쯤이면 나를 기다리며 잠 못 이뤄 줄까."

불가능한 망상을 하는군. 슈리아가 그렇게 단정 짓는 동시에 한숨 쉬듯 말하는 황태자의 숨결이 이마를 간질인다.

눈을 뜬 순간부터 그와 착 달라붙어 있어야만 하는 이런 순간은 머지않은 시일 내로 맞아야 하는 것이긴 하지만, 또한 별로 달갑지 않은 것이다. 슈리아는 지난밤 그가 나타난 순간부터 품었던 의심을 꺼내어 냉담하게 물었다.

"제가 기다리길 바라셔서 이미 도착하시고도 지켜보신 건가요?"

"틀려."

황태자는 부드러이 부정했다. 슈리아가 미심쩍은 눈으로 올려다보자 그는 슈리아가 한 말을 조금 고쳐서 답해 주었다.

"나를 기다리는 모습을 보고 싶었던 거야, 난."

그 잔잔한 눈빛과 음성에 잠이 강제로 떨쳐지며 소름이 온몸에 번져 나간다. 슈리아는 숨을 들이켜며 고개를 푹 숙였다.

그렇게 숙이는 것으로, 동요를 누르려는 의도였다. 마주 닿은 몸이 미세하게 떨리는 것에, 슈리아는 그가 웃는 걸 감지하고 싸늘한 기분이 되었다.

지금 이 나를 가지고 장난질을 쳐? 그는 어쨌든 슈리아를 괴롭히는 가장 효과적인 방법을 습득하고 있는 것으로 보였다.

"보고 싶었어."

황태자는 속삭였다. 그는 슈리아의 턱을 끌어 올려서 제 눈과 마주하게 했다. 자청빛 눈동자 속에 비치는 슈리아는 놀랍도록 굳은 얼굴이었다. 꼴사납게도.

그러나 정작 슈리아를 못 견디게 만드는 황태자는 일절 준동 없이 태연했다. 강인하고도 확고한 낯으로 그는 말한다.

"한 달간 보지 못했던 때에도. 그리고 어제에도, 늘."

그의 말은 끝나고도 여운이 잔잔하게 남아 슈리아를 비수처럼 찔러 대고 있었다. 차라리 욕을 퍼붓는다면 대처하기 쉬웠을 것인데, 아부를 넘어선 이런 낯 뜨거운 소리를 해 대다니. 도대체 무슨 사고인지 이해가 가지 않는다.

게다가 초월자 주제에 왜 육체적인 공격 행위를 내버려 두고 하찮은 입놀림으로 정신적인 타격을 시도한단 말인가. 슈리아는 그가 잠드는 모습을 보며 찾아왔던 충동이 다시금 기어오르는 것을 느꼈다. 심연 위로 괴물이 고개를 내밀어 으르렁거리며 이를 드러낸다.

그러나 고작 이따위 대화에 일일이 반응하는 것도 우스운 노릇이었기에 슈리아는 격한 거부감을 삭였다.

그간 그와 떨어져 지내면서 면역력이 상당히 떨어졌던 것 같다.

태생을 볼 때 그는 황족이었고 황족은 필연적으로 어린 시절부터 정치적 언변을 습득한다는 점에서 본다면 황태자에게 이런 말들은 쉬운 것이리라.

어쨌든 그는 슈리아의 마음을 얻어야 하는 몸이었고, 접근의 일환으로 이런 밀어를 속삭일 수는 있는…… 그래, 있는 거겠지.

하지만 효과 따윈 기대하지 않아야 할 것이다. 뺨에 입맞춤을 남기는 그를 슈리아는 싸늘한 눈초리로 보았다. 황태자는 다행히 그것으로 모든 적대 행위를 마치고 몸을 일으켰다. 그리고 슈리아의 손을 잡고 이별의 말을 남겼다.

"가까운 시일 내로, 또 들르지."

안도와 불안이 동시에 스친다. 또 오겠다고? 그러나 당장 오늘은 오지 않는다는 소리로군. 슈리아는 말의 미묘한 뉘앙스에서 합리적인 분석을 이끌어 냈다. 그리고 근신 중이라는 황후가 어떻게든 날뛰어 그를 바쁘게 해 주기를 바랐다.

"작별 인사는?"

아무 말도 않는 슈리아에게 발코니 문 앞에 우뚝 선 황태자가 최종적으로 독촉한다.

"……안녕히 가세요."

내려가다가 자빠졌으면 하지만 초월자의 육체적 능력은 결코 그런 망신을 허용하지 않을 것이다. 슈리아는 짜증스러운 심사를 누르듯이 눈을 꾹 감았다.

누르고 누르다 보니 어쩐지 자신이 응고된 돌덩이가 되는 기분이었으나, 진정한 의미에서의 분출은 그간의 인내를 모두 허사로 만드는 일이었다.

황태자가 떠난 후 한동안 잠이 들었다 다시 일어났을 때, 슈리아는 이상한 감각을 느꼈다. 그가 다시 돌아온 것은 아닐진대, 무언가 찝찝한 것이⋯⋯.

슈리아는 벌떡 몸을 일으켰다. 그 움직임만으로도 생생하게 이상을 감지할 수 있었다. 그사이, 아래쪽이 축축해져 있었다.

"설마."

자다가 소변이라도 본 것은 아니겠지. 아기 때야 배변능력 조절이 어려워 당연한 현상이라지만, 열다섯 살의 소녀에게는 손가락질당할 만한 실수가 아닐 수 없다.

불안감 속에서 슈리아는 재빨리 잠옷을 들췄다. 분명 속옷이 젖어 있긴 했지만, 슈리아가 생각했던 종류는 아니었다. 오히려 이건⋯⋯.

"피?"

시야에 붉게 번진 얼룩이 들어온다. 잠에서 깬 베헤모트가 피를 보고 당황하며 제가 공격한 것이 아니라고 헛소리를 주절거렸다.

사납게 그 입을 봉해 버린 슈리아는 곰곰이 생각에 잠겼다. 멀쩡했던 몸이 그새 갑자기 상해를 입었을 리도 없으니, 십오 세의 소녀에게 자연스레 찾아와야 할 현상이 시작된 것이 틀림없다.

황궁에 있을 때도 레이첼이 갑자기 월경이 시작되어서 불편하다고 투덜대지 않았던가. 조만간 이때가 오리라고 예감은 했었다. 너무 갑작스럽긴 하지만, 슈리아는 냉철하게 판단 지었다.

"생식이 가능한 몸이 된 것이군."

미묘한 불쾌감이 엄습해 슈리아는 주먹을 꽉 움켜쥐었다. 그리고 합리적으로 저를 납득시키려 노력했다. 이는 미분화에 가까웠던 어린 시절을 지나 여성성이 발전하며 겪게 되는 자연스러운 신체적 변화의 일환이다.

그러나 감정은 쉽사리 삭여지지 않았다. 여자로 태어났으니 이 같은 현상은 당연하다 못해 필연적인 것이라 하지만, 부상을 입은 것도 아닌데 배 속에서 피가 흘러나오는 기현상이 반가울 리 없다. 게다가 이제는 이런 일을 달마다 겪어야 하는 것이다!

암담하고도 참담한 기분에 사로잡힌 슈리아는 침대 끝에 걸터앉았다. 육체를 벗어나고 싶은 욕망이 가파르게 샘솟는다.

어제 있었던 루이스 클라인의 일에, 오늘 황태자도 그렇거니와 이런 현상을 감내하면서까지 소녀의 육체로 살아가야 하는가?

신계에 들 수 있는 자격을 갖추려면 정녕 이런 방법밖에 없단 말인가.

온갖 사념이 머릿속에서 혼란한 색채로 뒤섞였다. 눅진하게 심장을 잠식하는 그것은 분명히 부정적인 심상에 가까웠다.

그러나 최종적인 결론은 슈리아의 마음과 정반대의 방향으로 도출된다.

고작 이러한 일에 도망가는 것은, 용납할 수 없는 일이다.

이 한때의 감상을 뿌리칠 만큼 슈리아는 충분히 이성적이었다. 제정신적인 변화뿐만이 아니라 육체적인 변화를 감지하는 것 역시 기껍지 않은 일이었지만, 소녀는 한숨을 쉬며 턱을 세웠다.

그때 눈치 없는 베헤모트가 여자가 된 것을 축하한다고 인사말을 건넨다.

그 쓸데없이 방정맞은 재잘거림을 듣는 순간 무언가가 뚝 끊어졌다. 그리고 정신이 들었을 때 베헤모트는 반지 속에 틀어박혀서 소리조차 없었다.

"멍청한 녀석."

싸늘하게 중얼거린 슈리아는 슬쩍 어지러워지는 기분에 침대에 앉았다. 몸의 영양분이 부족하게 되므로 이 시기가 되면 일시적으로 어지럼증이 찾아올 수도 있다고 했었나.

그간 습득한 상식을 되새기며 슈리아는 고민에 빠졌다. 이젠 어떻게 해야 하는 걸까. 침대보가 더러워지는 것은 염려할 필요가 없었다. 어차피 빨래는 매일 하는 것이니.

그렇다 한들 피가 흘러나오는데 계속 이렇게 가만히 있을 수만은 없는 노릇이다. 뭔가 조처가 필요했다.

그리하여 슈리아는 굳게 마음을 다지고 조용히 제 전속 시녀 켈리를 불렀다.

"켈리."

"무슨 일이세요, 아가씨?"

늦은 아침이라 방 밖으로 고개를 빼꼼히 내민 슈리아의 말에 문 근처 의자에 앉아 있던 켈리가 금세 응답했다.

"저, 나 말야……."

슈리아는 머뭇거렸다. 자신이 월경을 시작했다고 고백한다는 것은, 그리고 그 처리 방안을 상담한다는 것은 너무도 소녀스러운 일이었다.

그래서 거부감이 이성을 압도하여 차마 입이 떨어지질 않았다. 켈리가 눈치 빠르게 방으로 들어서더니, 침대 쪽을 흘낏거린다.

"어머, 아가씨. 이건 피……?"

소녀가 앉아 있었던 자리에는 선연한 자국이 찍혀 있었고, 고개를 갸웃하던 켈리가 슈리아를 잡고 돌려세워 보았다. 슈리아는 체념한 듯 그 손길에 따라 몸을 움직였다.

그리고 켈리는 같은 흔적을 소녀의 잠옷 뒷자락에서 발견했다.

"이게 웬일이야! 제가 생각한 게 맞지요?"

호들갑을 떠는 켈리를 앞에 두고 슈리아는 지독한 치욕감을 느꼈다. 이를 악물고 수치심을 견뎌 낸 슈리아는, 엄청난 비극이 닥친 듯이 창백한 얼굴로 입을 뗐다.

"……그래. 어떻게 처리해야 할까?"

"음, 일단 옷도 갈아입으셔야겠고, 밑에 댈 만한 걸 찾아봐야겠어요. 저희 같은 하녀들과는 달리 귀족분들은 정화 마법이 걸린 마법 패드를 쓰시는데……. 그렇지! 부인께 말씀드리면 새것을 하나 내어 주실 거예요."

"백작부인께?"

남에게 제 치부를 알리겠다는 말을 들은 듯이 슈리아가 질색하며 묻자 켈리는 깔깔거리며 웃었다.

"에이 참, 누구나 겪는 일인데 이런 일로 부끄러워하지 마세요! 여자들끼리는 내 주기가 어떻게 된다, 난 통증이 심해서 걱정이다, 이런 이야기도 스스럼없이 하는걸요? 아가씨도 지금은 낯설어서 싫으시겠지만, 친구분들과 곧 그런 이야기도 나누게 되실 거예요."

한쪽 눈을 찡긋해 보이고 잠시 기다리라며 방을 나서는 켈리의 뒷모습을 보면서, 슈리아는 깊은 충격에 빠져 있었다.

지금 소녀 중 몇이나 이 현상을 겪는지는 모르겠지만 한 살 더 많은 제시카나 베티, 동갑인 레이첼은 이미 경험하고 있는 것 같고…….

데이지라면 충분히 거리낌 없이 그런 화제를 꺼내고도 남을 것이다. '잉, 생리통 때문에 배가 아파! 난 왜 이리 아프지? 단걸 너무 많이 먹어서 그런가!' 따위의 말로.

공통적인 경험을 나눔으로써 친밀감을 쌓으려는 대화가 보편적이라는 것은 안다. 그러나 왜 이런 것에 대해서 시시콜콜 이야기를 나눈단 말인가.

이게 피부에 뾰루지가 났다거나 하는 일처럼 여자들 사이에서는 사소하게 언급되는 문제인가? 그렇다면 저 역시도 이 생리 현상에 대한 소감을 토로해야 한단 말인가?

슈리아는 고뇌와 더불어 또다시 생을 포기하고 싶어지는 강렬한 충동과 싸워야만 했다. 백작부인에게 달려간 켈리가 필요한 것을 얻어 내고 돌아오는 그 순간까지 계속.

켈리의 손길 아래 씻고 옷을 갈아입은 슈리아는 가까스로 절망적인 심상을 극복해 낸 상태였다. 심지어 백작부인이 꺼내 준 것은 청량한 냄새를 풍기는 최고급품 패드여서 사실상 약간의 불편함이 더해진 것을 제외하면 그다지 달라진 점은 없었다.

하지만 아침부터 척 보기에도 육류나 물오른 생선 위주의 영양이 풍부한 음식들로 평소와 다르게 거하게 차려진 데다가, 백작부인이며 세일린이 흘낏 오묘한 눈길을 던지자 슈리아는 통 음식이 목구멍으로 넘어가질 않았다.

그래도 켈리에게 슈리아가 거북해한다는 귀띔을 들은 모양인지, 직접적으로 축하의 말을 건넨다거나 하지는 않고 무탈하게 넘어가는 눈치였다.

그러나 식사가 끝나자, 곧바로 방으로 도망가려던 슈리아는 단단히 마음먹은 얼굴의 세일린에게 손을 붙잡혔다. 그녀는 다정하지만 완고한 손길로 슈리아를 붙든 다음 소곤거렸다.

"슈리아, 이야기는 들었어."

"네."

마음을 비우고 있음에도 달갑지 않은 화제가 언급되자 슈리아의 안 그래도 파리해진 얼굴은 되살아난 치욕감에 더더욱 창백해졌다.

세일린은 슈리아를 이끌어 제가 머무는 방으로 데려갔다. 그리고 테이블을 가운데 두고 앉자마자, 엄격한 낯으로 말을 꺼냈다.

"슈리아, 초경의 의미를 알지? 그건 이제 너도 아이를 갖는 게 가능해졌다는 증거란다."

"네."

"그렇다고 해서 네가 다 컸다고 생각하면 안 돼. 아직 넌 성장기에 있고 자궁도 아직 완전하지 못한 상태야. 임신하기에 적당하다고 말할 수 있기에는 한참 이르지."

슈리아는 제가 고개를 끄덕이고 있다는 것에 의미를 두었다. 도대체 왜 이런 소리를 듣고 있어야 하는지 치가 떨렸다. 슈리아는 이를 악물고 진지한 논조로 본론을 꺼내기 시작한 세일린을 응시했다.

"하지만 엄연히, 아이를 가질 수 있게 된 것은 사실이야. 그러니 이제까지 어떤 일이 있었더라도 넌 지금부터는 이전까지보다 더 주의를 기울여야 해."

"네."

슈리아는 시큰둥하게 고개를 끄덕였다. 그러면서도 세일린이 예의 그 드레스 사건으로 인해 여전히 슈리아와 황태자의 도를 넘은 육체적 접촉을 의심하고 있다는 점을 새삼 확인했다.

이건 전적으로 황태자 때문이었다. 속으로 그를 비난하는데, 세일린이 딴생각하지 말라는 듯이 강경한 기세로 어깨를 붙들었다.

"슈리아! 잘 들어 둬! 물론, 넌 똑똑한 아이이니까 알아서 잘하리라고 믿지만 너와 그분은 신분 차이도 있으니까, 혹시나 그분께서 네게 그런 식으로 손을 뻗으려 한다면……."

"그런 분이 아니에요."

듣다 못한 슈리아는 단칼에 부인했다. 부모나 다름없는 세일린에게 마치 가녀린 어린 딸이라도 되는 듯이 훈계를 듣는 상황이라 온몸이 간지러울 지경이었다.

"그걸 어떻게 장담할 수 있겠니? 물론, 너는 어리니까 잘 모를 수 있겠지. 나도 어리석게도 달콤한 말에 속아 넘어간 적도 있고. 허나 네 이모부 될 사람도 그렇거니와 남자들이란 기본적으로 뒤로 꿍꿍이를 품고 있는 족속들이야!"

슈리아가 황태자의 역성을 든다고 여겼는지 세일린은 네가 뭘 모른다는 양 흥분해서 소리쳤다. 역시 위켄하이저 공작이 한 짓은 세일린에게 단단히 남자를 불신하게 되는 계기가 되었던 것 같다.

그 자체는 비난할 생각이 없지만, 왜 애먼 슈리아에게 불똥이 튄단 말인가. 슈리아는 세일린에게 확증을 주어야겠다고 생각했다. 그래서 아주 분명한 어조로 요지를 고했다.

"저도 그 정도는 알 수 있어요. 하지만 정말로, 황태자 전하께서는 제게 욕정을 드러낸 적이 없으세요."

초월자 된 몸이라면 풍만한 몸매를 가지고 헐벗은 차림새의 미인들을 앞에 두고도 무심할 수 있겠지만, 황태자는 슈리아에게 사랑한다고 고백한 몸이었다.

정신적 사랑은 육체적 사랑과 대개는 분리될 수 없다는 점을 고려해 볼 때 그런 욕구를 품는다는 건 그에게 지극히 자연스러운 현상이다.

그러나 무의식적으로 피하고 있던 그 발상이 떠오른 순간, 슈리아는 갑자기 제 방의 발코니 문을 감옥처럼 봉인해 버리고 싶어졌다. 납과 철을 부어 절대로 열 수 없을 만큼 견고하게, 이왕이면 마법까지 걸어서.

혹시 어젯밤에도 잠든 슈리아를 보면서 음흉한 생각을 머릿속으로 가득 품었던 것은 아닐까? 자느라 인식하지 못한 사이, 무슨 짓을 했을지 모른다. 그 나이 때 수컷들을 생각해 볼 때 그건 충분히 일리 있는 가정이었다.

아니야, 아직은 아닐 것이다.

슈리아는 그러한 부인으로 자신을 가까스로 달랬다. 그 냉정하고도 오만한 얼굴로 이제 갓 월경을 시작한 어린 소녀에게 성적 망상을 품는다는 것은 지독히 어울리지 않는 일이었다. 그 입으로도 슈리아를 어린아이 취급하며 겁을 주려 하지 않았던가.

게다가 육체적 접촉을 시도했다면 저도 그리 둔한 편이 아니니 모를 리 없다.

나름대로 결론을 내리는 사이, 어린 조카의 입에서 직설적이고 낯뜨거운 단어를 들은 세일린은 붉으락푸르락한 얼굴로 말을 잊은 듯이 앉아 있었다. 슈리아는 걱정스러운 얼굴로 세일린에게 못을 박듯 말했다.

"세일린은 요새 너무 감정적이에요. 사소한 것에도 지나치게 신경 쓰구요. 혼인식을 앞두고 스트레스를 받아서 그런 것 같은데, 조금 쉬는 게 좋겠어요."

그리고 슈리아는 하녀에게 따뜻한 차를 내오라고 시키고 재빨리 방을 벗어났다. 이걸로 당분간 황태자를 주제로 자신을 붙들고 쓸모없는 대화를 시도하려 하진 않을 것이다. 모멸감에 몸을 부르르 떤 슈리아는 제 방으로 되돌아가며 불길한 가정을 떠올렸다.

이번은 넘겼다 치지만, 만약 황태자가 밤늦게 저를 만나러 발코니로 온다는 사실을 세일린이 알아챈다면……. 눈가가 찌푸려진다. 그건 분명 끔찍한 재앙이 되리라.

새하얗게 질린 얼굴로 뒤로 넘어갈 세일린을 생각하니, 그녀뿐만 아니라 태중에 품은 아기의 안전을 위해서도 그런 일은 있어서는 안 되었다. 게다가 또 무슨 소리를 들을지 모르는 슈리아 자신을 위해서라도.

그날 저녁부터 은근히 배가 아파 오기 시작하여 슈리아는 병자처럼 자신의 방에서만 머물렀다. 매일같이 늘 좋은 상태를 유지하다가 이도 저도 아닌 아픔을 겪으며 며칠간 축축 처지는 무거운 몸으로 있게 된 것은 슈리아에게 상대적 박탈감을 심어 주었다. 이전에 비하자면 그렇다는 소리다.

슈리아의 경우, 통증은 하루도 채 지나지 않아 사라졌고 어지럼증은 지속되었으나 충분한 영양을 섭취하여 완화되었다.

다행히 그간 황태자는 한 번도 찾아오지 않았다. 이렇듯 약해진 상태로 그와 마주했다면, 의도치 않게 자제력을 잃고 공격했을지도 모르니 실로 운 좋은 자였다.

그사이 세일린은 백작부인과 나다니며 바삐 혼인식을 위한 준비를 하고 있던 모양이었다. 닷새가 지났을 무렵, 백작부인이 드디어 슈리아를 일정에 동참시키려는 의도로 말을 꺼냈다.

"세일린의 친족으로는 네가 유일하게 혼인식에 참가하는 것이니 새로 드레스를 맞춰야 하지 않겠니? 세일린을 위해서라도, 꼭 해야 하는 일이란다."

역시 생선을 뼈째 씹어 먹을 듯한 그 게걸스럽고 천박한 친척들은 초대하지 않기로 한 건가.

어린 시절, 고작 열 살이었던 슈리아를 돈 많은 남작의 후처로 들여보내자 권유해서 세일린에게 싸늘한 냉대를 받고 쫓겨났던 친척 여자가 떠오른다. 세일린의 사촌 언니라고 했던가.

현존하는 친족들이라는 것이 그 모양이니 아예 연을 끊어도 무방할 성싶다. 인맥이 귀족의 재산이라지만 어차피 몰락 귀족인 그들이 필요할 일은 없을 것이다. 슈리아가 황태자비가 되더라도, 그 점만큼은 변함없으리라고 보았다.

어쨌든 신부를 위해서라도 평범한 행색으로 참석하는 것은 바람직하지 않았다. 신부를 치켜세워 주기 위해서라도 아름다운 드레스로 화려하게 치장해야 한다는 것에는 슈리아도 기꺼이 동의했다.

비록 너무 지나치게 꾸며 신부를 압도할 정도로 아름다워서는 안 되겠지만, 세일린도 꽤 미인이니 어느 정도는 허용되리라. 슈리아는 거만하게 생각했다.

첫 시작으로부터 닷새가 지나 이제 그 치욕적인 증상도 거의 끝에 다다른 시점이었다. 슈리아는 기꺼이 백작부인을 따라 쇼핑을 하러 나섰다.

다행히 기분은 많이 나아져 있었다. 며칠 사이 혼자만의 시간을 다소 확보한 슈리아는 제게 새로이 나타난 신체적 변화에도 익숙해져 갔던 것이다.

생각해 보면 이것은 데이지와의 만남이라든가 하는 귀찮은 일에서 벗어날 수 있는 좋은 핑곗거리였다. 적어도 한 달에 사흘은 이런 사정 때문에 몸이 안 좋다고 말할 수 있게 된 것이다.

백작부인이 의상실의 종업원을 따라간 사이, 전시되어 있는 드레스들을 살펴보던 슈리아는 우연히 한 소녀와 마주치게 되었다. 눈이 마주치자 기다렸다는 듯이 미소 짓는 얼굴은 슈리아에게 나름대로 깊은 인상을 새겨 주었던 소녀의 것이다.

"슈리아 아델트로군요. 반가워요."

"저도요, 아반튼 후작 영애."

대공녀와 비할 수 없을 만치 귀족적인 우아함을 내보이며 인사하는 아반튼 후작 영애에게서는 여유가 묻어 나오고 있었다. 어찌 보면 적대 관계인 슈리아를 대면하면서도 거리낌 없는 그 당당함.

짧지 않은 기간 동안 제국 사교계에서 제 또래 영애들을 휘어잡은 근간은 그녀의 교활한 대처 능력과 기민한 판단에서 비롯된 것이리라.

어떤 면에서 보자면 그녀 역시도 특출하다고 할 수 있다. 그리고 남보다 뛰어나다는 것은, 슈리아에게 가산점을 받을 수 있는 요인이었다.

"이 의상실은 제도에서도 유명한 곳이지요. 아낌없이 재료를 쏟아부어 상품의 드레스를 선보이는 곳이라, 보통은 가격이 비싸서 찾지 못하곤 하는데……."

의외라는 얼굴로 후작 영애가 눈을 빛내며 말꼬리를 끌자, 슈리아는 조용히 답했다.

"제 이모의 혼인식이 있으니, 로이엄 백작부인께서 신경을 많이 써 주셨나 봐요."

이쯤은 내게 별것 아니라는 하급 귀족 영애답지 않은 허세는 적만을 양산하는 대처 방식이다. 적당히 겸손하면서도 저를 낮추지 않고 배경을 내세우는 사교계의 미덕이라 할 수 있는 답변에, 후작 영애는 만족한 눈치를 보였다.

"어머, 그래요? 사실 지방에서 상경한 영애들은 제도의 사교계에 서툰 면모를 보이는데, 당신은 좀 다르군요. 대귀족이라도 올라온 지 얼마 안 된 이들은, 제도의 무도회에서도 자신이 중심이던 제 정원의 티타임이라도 되는 양 어김없이 교만한 태도를 보이곤 하지요. 이곳이 황녀 저하께서 계시는 데다가 쟁쟁한 귀족들로 가득한 제도 히스임에도요."

첫 만남에서부터 무례를 범한 데이지를 비아냥거리는 듯한 발언에, 슈리아는 별다른 반응을 보이지 않았다. 슈리아 역시도 종종 데이지를 그런 식으로 생각했던 것이다.

천방지축에 막무가내. 악한 심성으로 그러한 것은 아니지만 대책 없이 발랄하고 다혈질인 것도 문제가 되는 건 사실이다.

"어쨌든 나는 당신을 처음 본 순간, 눈꽃처럼 아름답고도 세련되어서 놀랐어요."

"과찬이세요. 후작 영애야말로 무척 우아한걸요."

슈리아는 상냥한 미소를 보였다. 누구라도 매혹할 수 있을 것 같은 깊이 있는 남청색 눈이 은빛 속눈썹 아래 휘어지고, 아침 이슬을 머금은 듯이 찬연한 빛을 발하는 것은 놀랍도록 아름다운 현상이었다.

잠시 홀린 듯한 표정을 짓던 아반튼 후작 영애 메릴린은 이내 정신을 차리고 중얼거렸다.

"안타깝군요."

시그오닐 대공녀와 한패라는 것이? 슈리아는 간단히 그녀의 불분명한 말을 해석해 내며 호의 섞인 얼굴을 보였다.

지어낸 말이라는 것은 짐작하고 있을 터이지만, 근래 슈리아는 낯빛이 핏기 없이 창백해져 좀 더 아련하니 눈길을 끄는 면모가 있었다.

그리고 은빛 천사가 눈앞에서 미소를 보이는데, 그 명화와 같은 모습을 보고도 아무 감정을 느끼지 못할 수는 없는 것이다. 메릴린이 눈을 찡그리더니 말했다.

"그렇지. 사교계에서 성공적인 데뷔를 마치셨으니 내가 선물을 드려야겠군요."

"그러실 것까지는……."

"내 선물은 충고예요."

예의상 거절의 말을 비추자 메릴린은 고개를 저으며 진지하게 입을 열었다. 속삭이는 듯이 작은 소리였다.

"에리카 클라인, 그녀를 조심하세요."

뜬금없는 말이라 슈리아가 의아한 눈으로 그녀를 바라보자 메릴린은 모호하게 웃었다.

"그녀는 사랑스럽고 아름다운 영애이지요. 하지만 후작 영애씩이나 되어서 사교계에 제대로 발붙이지 못하고 있는데, 이유가 궁금하지는 않았나요?"

그것은 에리카가 황태자와 첫 춤을 함께한 탓에, 오를레앙 공녀의 추종자들이 그녀를 경계해서 그리된 것이 아니던가. 구체적으로 말하자면 눈앞의 이 아반튼 후작 영애 같은. 그러나 메릴린은 고개를 저었다.

"물론, 내가 종종 시골뜨기들에게 가혹한 것은 인정해요. 하지만 적어도 그녀의 경우는 처음부터 내가 의도한 바가 아니랍니다. 그녀는 기본적으로 거만하고 주목받는 자리를 탐내는 성격이에요. 그 과정에서 어설픈 술수를 보이다가 다수의 반감을 샀다는 점만은 분명히 말씀드릴 수 있어요."

오를레앙 공녀의 자리를 탐내고, 영애들 사이에서 지배적 위치를 확보하려 하다가 밀려났다는 이야기인가.

절대적인 일인자로 오를레앙 공녀를 두고, 그 아래 영애들의 질서가 정립된다는 것은 오래도록 히스에서 이어져 내려온 관습이나 다름없었다.

처음부터 의도한 바가 아니었다는 말은, 대수롭지 않게 생각했다가도 도가 지나치니 나서게 되었다는 뜻으로 들렸다.

어쨌든 아반튼 후작 영애는 오를레앙 공녀의 강력한 우군이었다. 그러니 언젠가는 적이 될 수도 있는 몸. 그러나 지금은 아군의 면모를 보이는 그녀의 말을, 슈리아는 귀담아들었다.

"하지만 그녀도 교훈을 얻었을 터이니, 이번에는 다를 거예요. 요새 그녀가 시그오닐 대공저를 뻔질나게 드나들고 있다는 소문이 파다하답니다. 다들 그것에 대해 수군대고 있어요. 사교계에서 완전히 입지를 잃은 신세이지만, 자신을 위협할 만한 한 명의 자리를 빼앗으려는 일 정도는 그녀에게도 해 볼 만한 것이겠지요."

"……그런가요."

"내 말은 여기까지. 잘 생각해 보길 바라요."

아반튼 후작 영애는 쓸데없이 말을 많이 한 것에 자책 어린 얼굴을 비쳤지만, 금세 도도한 자태를 회복하고 자리를 떠났다.

슈리아는 그녀가 떠난 빈자리에서 유순하고 달콤한 인상의 에리카 클라인을 떠올려 보았다.

또래의 영애들에게 외면당하면서도 사교계의 영식들에게는 꽤 인기를 얻고 있는 것으로 보이고, 제 오빠에게도 귀여운 동생 연기를 훌륭히 수행해 내고 있는 소녀.

황태자를 연모하는 건지 노리는 건지 어쨌든 야망마저 내비치며, 시그오닐 대공녀라는 지위를 보고 접근하는 것에 반감을 가진 데이지를 애교 넘치는 속살거림과 붙임성 있는 태도로 휘어잡고 있는 그 영민함.

역시 에리카 클라인은, 데이지를 통해서 사교계의 주류로의 복귀를 노릴 참인가.

데이지가 황태자의 사촌 동생인 이상 에리카도 어지간해서 데이지에게서 돌아서려고 하지는 않을 것이다. 그러니 귀찮아도 데이지의 비위를 잘 맞춰 주고, 어린 시절 동무나 다름없이 잘 어울려 줄 터였다.

그것은 심심한 데이지가 슈리아를 찾게 되는 일이 줄어들게 되리란 것을 의미했고, 그러면 슈리아는 한층 더 편해질 것이다.

성격이 맞는다고 하기도 우습지만, 데이지보다야 레이첼 쪽이 더 어울리기는 좋았다. 정확히는, 레이첼 쪽이 슈리아를 덜 귀찮게 했다. 두루 친분을 유지하는 것도 언젠가 사교계를 관할할 황후가 될 미래를 염두에 두고 보자면 필요한 것이기도 하니.

그러므로 종합적으로 보아 에리카 클라인의 행동 자체는 그저 여상하게 넘길 만한 것이었으나, 그것이 슈리아를 무리에서 밀어내는 것을 전제로 한다면.

슈리아에게 황태자의 사촌 동생인 데이지와의 친구 관계는 깨어지면 안 될 것이었으므로 그건 분명히 문제가 있었다.

저보다 아름답고 황태자와 춤을 함께 추기도 했으며 시그오닐 대공녀의 절친한 친구라 알려진 슈리아 아델트는 에리카 클라인에게 확실히 눈엣가시 같은 존재이리라.

저번 만남에서 그녀가 언뜻이나마 비친 본성을 감지한 슈리아는 에리카 클라인이 언제쯤 본색을 드러낼지 기대가 되었다.

다만, 슈리아에게는 에리카 클라인을 접할 만한 기회가 당분간 찾아오지 않을 터였다.

루이스 클라인이 그녀에게 소개해 준 새 친구는 슈리아였지만, 에리카 클라인은 슈리아와의 친분에는 털끝만치도 관심이 없는 모양이었다.

그녀는 제게 이로울 부스러기를 많이 떨어트릴 만한 데이지에게 착 달라붙어 있었고, 소문이 날 만큼 시그오닐 대공저에 자주 드나들었다. 그만한 열정은 연모라 이름해도 어색하지 않을 정도였다.

그러므로 데이지와 그녀를 한 묶음으로 보자면, 에리카 클라인과

접할 일이 없음도 설명되는 것이다.

세일린의 혼인식 준비에 온전히 시간을 바치고 싶다는 슈리아의 소망에 따라 데이지는 당분간 백작가에 찾아들지 않기로 약속한 상태였다.

물론 섭섭한 표정의 그녀에게 납득할 만한 이유를 대기 위해 슈리아에게도 다소의 연기력은 필요했었다.

게다가 곧 다시 방문할 것처럼 말했던 황태자는 '가까운 시일'이라는 단어의 기준이 슈리아의 것과는 다른 양 코빼기도 비치지 않았다.

소녀의 기다림을 값지게 여기는 그이니 의도했다고 여길 수 있겠으나, 정작 그가 방문하지 않음에 슈리아는 그다지 신경을 쓰지 않았다. 사실 초경의 여파로 인해 그에 대해 별다른 생각을 하지 못했던 것이 사실이다.

두 시그오닐에게서 벗어난 슈리아는 드레스를 맞춘다는 명목을 내세운 백작부인에게 끌려다니는 와중에도 상당히 만족감을 누릴 수 있었다.

하지만 열흘이라는 기간은 순식간이라고 해도 좋을 정도로 빠르게 흘러갔고, 이제는 세일린의 혼인식이 목전으로 다가온 터였다.

혼인식 전날, 슈리아는 세일린의 방에 불려 가 오래도록 이야기를 나누었다. 어린 시절처럼 같이 누워 잘 것을 세일린이 은근히 희망하는 듯이 보였기에, 슈리아는 선심 써서 그녀 옆에 비스듬히 누웠다.

베개를 하나 더 가져오라 일렀으므로 황태자 때와는 달리 고민이 필요 없었다. 여전히 미소를 띤 세일린이 잠잠한 목소리로 말한다.

"내가 그와 혼인이란 것을 하게 될 줄은 꿈도 꾸지 못했단다. 또 아이를 갖게 될 줄도. 고작 1년 전만 해도 그와는 두 번 다시 못 볼 것처럼 생각했으니 말이야."

꿈꾸는 듯하다기보다는 오히려 혼란해 보이는 눈빛이었다.

하긴, 그녀도 거의 휩쓸리듯이 공작과 혼인하게 된 것이 아니던가. 촉박한 시일에도 모든 외적 준비는 그럭저럭 마친 데 반해, 마음이 속도를 따라오지 못하는 일도 있을 법했다.

슈리아는 곁에 누운 세일린의 배 부분을 응시했다. 아직은 임신 초기라 거의 나오지 않아 드레스를 선택하는 데, 불룩한 배에 신경 쓰지 않을 수 있어서 다행이었다.

백작부인과 함께 심혈을 기울여 맞춘, 상의는 딱 달라붙고 눈부시게 흰 치맛단이 풍성하게 퍼져 나가는 형태의 드레스는 그녀를 세상 누구보다 아름다운 신부로 만들어 주리라.

게다가 하도 관리를 받은 덕에 윤기가 반질거리고 불그스름한 혈색이 도는 세일린의 피부는 그 어느 때보다 건강한 상태였다.

백작부인이 임신 초기인 세일린을 배려해 상당히 신경을 써 주었기에 혼인식 준비로 바쁜 와중에도 중간중간 휴식을 취해서 세일린의 건강은 오히려 더 좋아졌다.

최근 들어 평생 먹을 보양식을 모두 섭취했으리라 추측된다. 이상한 생선 눈알 수프 같은 것을 백작부인이 임산부에게 좋은 음식이라며 권하자 세일린이 머리를 짚으며 어지럽다고 꾀병을 부리던 것이 엊그제였다.

슈리아는 예전에는 보지 못했던 세일린의 아이 같은 면을 실감하며 미소를 보였다. 핀테른에서는 영주였던 몸이니, 싫다는 감정은 그냥 배제하고 살았기에 세일린이 난색을 표하는 모습은 아예 본 적이 없었다. 슈리아는 나긋한 목소리로 세일린을 위로했다.

"모든 게 잘될 거예요. 혼인식 전날에는 원래 긴장을 하는 거라고 들었어요. 그간 어려움을 겪었으니 이제 그만큼 더 행복해질 일만 남았을 거라고 생각해요."

"그래, 이미 혼인해 본 적도 있는데 왜 이리 가슴이 두근거리는지 모르겠어. 그때는 그저 전대 위켄하이저 공작의 지시에 따랐을 뿐이라 그런가."

웃음을 흘리는 세일린은 아픈 기억을 반추하면서도 이제는 완전히 안정을 찾은 듯이 편안한 낯빛이었다.

뻔질나게 드나든 위켄하이저 공작이 그만한 확신을 주었던가.

그 풀어진 낯에서 행복이라는 단어를 감지한 슈리아는, 제가 그러한 종류의 긍정적 감상을 포착해 낼 수 있다는 데 묘한 감흥을 느꼈다.

만족과 불만족, 탐욕과 결부된 그 두 감상만이 인간의 얼굴에서 뚜렷하게 구분하여 읽어 낼 수 있는 종류가 아니었던가. 자신도 보편적 인간의 감성에 꽤나 익숙해진 모양이다.

슈리아는 반듯이 누워 무언가를 떠올리는 듯이 눈을 감은 세일린을 응시했다. 보통 이때쯤 되면 옛이야기가 나와야 하는 순서이다. 그러한 종류의 사연에 그다지 관심 없는 슈리아였지만, 침묵을 독촉이라 여겼는지 세일린이 입을 떼었다.

"……지금에 와서야 하는 말이야. 앞으로 두 번 다시 꺼낼 일 없겠지. 여하간 얼떨결에 맺어지긴 했지만 내 전남편은……. 이런 이야기를 들으면 안토니는 좋아하지 않겠지만, 그는 정말로 좋은 사람이었단다. 혼인식 며칠 전에야 처음 마주하게 된 그는 절망에 빠져 있던 내가 그를 본체만체했음에도 계속 대화를 시도했단다. 아카데미 시절부터 나를 흠모해 왔다고 말했었지. 그래서 공작의 제의에도 거절할 수 없었다고, 그렇게 토로하더구나. 난 같은 학우였던 그의 얼굴을 기억도 하지 못했는데!"

세일린은 안타까운 듯이 미간을 찌푸렸다. 슈리아는 자신에게 어떤 식으로든 특별한 의미를 지닌 세일린이 사감을 떠나 그럴 만한 소녀였을 거라고 생각했다.

대단한 미인은 아니었지만 세일린은 당당하고 생기가 넘치는 사람이었다. 데이지는 쓸데없이 당당하지만 차분하다거나 총명한 구석이 없고, 레이첼은 교만하고 허영심이 강하고, 제시카는 그늘지고 냉정하다.

그러니 이성과 감성의 면에서 모든 장점을 골고루 갖추고 있는 세일린은 어린 날에도 매력적이었을 것이다.

"그 말에 내가 감동을 받은 것은 아니야. 오히려 그때, 난 쌀쌀맞은 얼굴로 빨리 혼인을 치르고 형식상의 부부로만 살자고 말했었단다. 그는 공작의 동조자였고 그 어떤 이유로도 이 강제적인 혼인을 정당화할 수 있는 것은 아니었지. 그리고 그는 혼인식 이후로도⋯⋯ 그를 경멸하는 내게 적당히 거리를 두고 꾸준히 말을 걸며, 늘 불편함이 없는지 살폈단다. 병약했던 그가 죽어 가는 것을 알게 된 이후로 잘해 주긴 했었지만⋯⋯. 아주 짧았지."

가라앉은 어조에 언뜻 쓸쓸함과 회한이 어리는 듯했다.

"어느 날 몹시 심하게 앓던 그는, 그대로 영영 눈을 뜨지 못하게 되었단다. 그간 정이 들었는지, 난 정말로 펑펑 울었던 것 같아. 그리고 그의 사후에 물건을 정리하다가 그의 일기를 보았단다. 그리고 진실을 알았지. 전대 위켄하이저 공작은 나를 외국에 적당히 팔아넘기려 했던 모양이었고, 그는 그것을 막으려 했다고 해. 내게 그 사실을 말하지 않았던 것은, 죽음이 멀지 않은 그가 이 기회를 틈타 나와 혼인을 하려 한 것에 가책을 느꼈기 때문이라고⋯⋯."

이내 세일린은 오래된 슬픔이 밀려오는 양 고개를 떨어뜨리며 눈을 깜빡였다. 슈리아는 위로하듯 그녀의 손등에 손을 올렸다.

"⋯⋯그도 나름대로는 날 위해서 최선을 다했다고 생각한단다. 만약 그가 건강한 몸이었다면, 다시 안토니와 재회하고 맺어지는 이런 날이 오지 않았을 수 있다고, 그대로 가정을 꾸리고 살았을지 모른다고도⋯⋯ 생각해. 그는 좋은 남자였단다. 안토니뿐만 아니라 그 때문에도 그간 재혼을 생각지 않았던 것도 사실이야. 그만한 남자는 또 만날 수 없을 것 같았거든. 그래서 다가오는 이들을 모두 물리치곤 했지."

말을 맺는 세일린의 얼굴에는 어느덧 그녀다운 미소가 돌아와 있었다. 곰곰이 과거를 되짚던 슈리아는 넌지시 언급했다.

"웨번 자작 말씀이지요?"

"……너도 알고 있었구나. 하긴, 그는 열성이었으니."

위켄하이저 공작에게도 말한 바 있듯이 실지로 핀테른의 영주, 세일린의 인기는 상당히 높았다.

상대적으로 재혼에 도덕적 흠결을 따지지 않는 퀸른 지방에서 핀테른이라는 지참금을 얻을 수 있는 세일린의 존재.

총명한 미인에다가 영지를 다스리며 입증된 그녀의 통치 능력은 미혼의 귀족 남성들에게도 깊은 감명을 주었던 모양이다.

재산을 탐내는 친척들만큼이나 핀테른을 노리는 들개 같은 종자들에게 진저리 치던 세일린이었지만, 그녀에게 구애하는 이들 중에 순수한 마음을 품은 자도 없는 것은 아니었다.

웨번 자작. 젊은 나이에 자작위를 승계받은 그는 같은 영주로서 세일린의 능력을 인상 깊게 의식하다가 반해 버린 경우였다.

비록 세일린의 확고한 거절에 결국 쓸쓸히 돌아서긴 했지만, 그가 주변의 경쟁자들을 뿌리치며 꽤 열렬하게 구애했던 기억이 있었다. 아마 세일린에게 거절당하고 제도로 떠났었지? 불현듯 뇌리를 스친 사실에 슈리아는 흥미롭게 물었다.

"그도 지금 제도에 있잖아요?"

"그렇단다. 최근에 우연히 보게 되어 잠깐 인사만 하고 지나쳤어. 안토니에게는 비밀인 거…… 알지?"

세일린은 걱정스러운 얼굴을 보였다.

이야기를 듣자 하니 아카데미 시절에도 세일린에게 접근하는 남자 학우들이 현 위켄하이저 공작만 보면 하얗게 질린 얼굴로 도망가곤 했다던데.

실력 있는 마법사인 데다가 이제는 공작위에까지 오른 몸이니 무슨 일을 벌일지 모른다. 집요한 공작에게 비밀로 한다고 언제까지 감춰질지는 모르겠지만. 슈리아는 비관적으로 생각하면서도 일단 고개를 끄덕였다.

밤이 무르익도록 이야기를 나눈 끝에, 피부 미용을 생각하라며 잔소리하러 달려온 백작부인으로 인해 슈리아는 세일린의 방에서 쫓겨나 제 방으로 되돌아갔다.

세일린의 방이나 슈리아의 방이나 어차피 손님방이라 고작 삼십 걸음도 채 걷지 않고 슈리아는 제 방으로 들어갈 수 있었다.

그러한 와중에도 천천히 발을 내딛는 슈리아는 묘한 감상에 잠겨 있었다.

그것은 마치 나무에서 떨어진 열매에서 새로운 싹이 움트는 것처럼, 영영 세일린에게서 떨어져 나가는 듯한 기분이었다.

또한 반대로 제 수중에 놓여 있던 새를 날려 보내는 듯한 기이한 느낌이기도 했다. 제도로 떠나올 때조차 느끼지 못했던 감상이었다.

세일린은 이제 양육자 역할에서 벗어나 슈리아와 별개로 저만의 가정을 소유하게 된 것이다.

방으로 돌아온 슈리아는, 문득 바람이 새어 들어와 뺨을 스치는 것을 느꼈다. 그리고 제가 없는 새에 발코니 문이 미세하게 열렸단 걸 깨달았다.

왔다 간 건가 아니면…… 기다리고 있는 건가.

예리한 슈리아로서는 그 명백한 표시를 몰라볼 수가 없었다. 슈리아는 뒤이어 들어온 켈리에게 불을 끄라고 말하고 침대에 몸을 뉘었다.

켈리가 잰 발걸음으로 취침을 취하러 가고 나서 잠시 뒤, 발코니 문에 인사치레처럼 똑똑거리는 소리가 들려온다.

"……."

침묵으로 일관하고 자는 척하는 슈리아의 태도에도 개의치 않고 문을 두드린 상대는 성큼 안으로 들어섰다. 그리고 문치에 선 채 냉담하게 말했다.

"일어나. 벌써 잠들지는 않았을 텐데."

그다지 크지 않은 음성이었으므로 슈리아는 꿋꿋이 무시를 행했다.

"그거 알아? 잠들었을 때는 평상시와 숨소리가 다르다는 것."

또다시 입을 연 황태자의 말에 으르렁거림이 섞이자 슈리아는 언제 그랬냐는 듯이 자리에서 일어났다. 그리고 핑계랍시고 뻔뻔한 얼굴로 말을 내뱉었다.

"피곤해서요."

"그대는 항시 피곤하군."

"밤에만 뵈어서 그런 것 아닐까요."

고요한 어조였지만 그래서 더욱 비꼬는 듯했다. 해가 쨍쨍한 대낮에 보지 못하고 이렇듯 캄캄한 밤이 되어서야 몰래 만날 수 있는 그들의 상황을 꼬집는 말이었다.

그러자 그 상황을 초래한 장본인인 황태자는 눈썹을 치켜 올렸지만, 잠시 입을 닫았다. 애초에 그는 질책을 허락하는 성미가 아니었다.

그러나 슈리아 앞에서 그는 성이 난 눈빛을 보이면서도 부드러운 어투로 물 흐르는 듯이 말을 쏟아 냈다.

"내가 원하는 게 아니라는 건 알고 있잖아? 가능한 한 조속히 해결하겠어."

그리고 불리한 화제를 빠르게 전환한다.

"그보다 그대도 내일을 위해 수면을 취해야 할 테지. 그러니 내 질문에 어서 대답해. 그러면 자게 해 주지."

야밤에 쳐들어와 제 말에 답하면 자게 해 주겠다는 어처구니없는 소리를 해 대는 것에서 역시 폭군의 조짐이 보였다.

하지만 폭군이 대개 살육과 친숙하고 주색에 골몰한다는 것을 보았을 때, 초월자인 그는 적어도 후자는 충족시키지 않을 것이다.

인간의 한계를 넘어선 초월자에게 오만함은 뗄 수 없는 일부와 같은 것이었고, 이른 나이에 스피리어가 된 그에게는 그런 성격을 보일 만한 자격이 있었다.

또한 그 태도는 역시 황족으로 나고 자란 환경의 영향일 터. 아마 르잔이었다면 결코 용납하지 않았겠지만, 슈리아 아델트에게는 보일 수 있는 오만함이었다. 그래도 거슬리긴 거슬렸기에 슈리아는 납득하면서도 냉정한 얼굴로 물었다.

"질문이 무엇인가요?"

"내일 입을 드레스는 골랐나. 어떤 것이지?"

이건 또 무슨 소리인가. 혹시나 루이스 클라인에 관한 것일까 해서 내심 반론할 준비를 마쳤던 슈리아는 그를 기이한 눈으로 쳐다보았다.

슈리아의 시선을, 이번에는 선물을 준비하지 않은 것에 대한 질책이라 여겼는지 그가 가라앉은 어조로 변명했다.

"내가 그간 찾아오지 못한 이유는 뻔하지 않나. 거기까지 신경 쓸 여유가 없었어."

"질문하신 뜻을 모르겠어요. 제 드레스는…… 물론 골랐지만, 이 침소에는 없는걸요. 보여 드릴 수가 없어요."

드레스는 백작부인의 처소에 있으리라 추측되었다. 최후의 최후까지 솜씨 좋은 백작부인이 노련한 눈으로 살펴보고 수선을 가할 것이다. 세일린의 웨딩드레스가 우선이기에 슈리아의 것에는 관심이 덜했지만, 그렇다고 무관심에 놓인 건 아니다.

"색상이라도 말해 봐."

"연분홍색이요."

신부 측의 친족으로는 유일한 참석자였고 어린 소녀이니만큼 꽃보라가 날릴 것 같은 화사한 드레스를 입어야 할 터였다.

그렇다고 어린아이나 입을 유치찬란한 색감이 아닌, 꽃잎처럼 은은하니 우아한 드레스였다. 무심코 답변을 내어 주는 와중에 어렴풋이 짐작 가는 것이 있었다.

슈리아는 싸늘한 눈으로 연분홍색이라고? 따위의 말을 되뇌는 황태자를 바라보았다.

"설마…… 제게 맞춰서 예복을 입고 오실 건 아니겠지요?"

"왜 아니겠나."

태연자약한 얼굴로 반문한 황태자에게 슈리아는 자리에서 일어나 성큼 다가섰다. 분명 저번 무도회에서도 우연히 세트로 맞춰 입은 듯이 검은 예복을 입고 등장했었다.

그딴 것에 연연해서 물어보려고 온 것도 기가 막혔지만, 함께 춤추지 않는 이상 어차피 아무 의미 없는 일을 왜 행하려 하는가. 혹시…… 벌써 관계를 드러내려는 건가. 흑마법사를 해치웠단 말인가?

슈리아는 의문 속에서도 차분하게 물었다.

"아직은 이르지 않나요?"

제 바로 앞에 다가선 슈리아를 응시하면서도 드물게 손 뻗지 않으며 황태자는 말했다.

"내일 내가 위켄하이저 공작가의 혼인식에 방문하는 건, 내 가신에게 힘을 더해 주기 위함이다. 그런 만큼 무도회에서 이미 안면도 있는 공작부인의 조카와 한 번쯤 춤을 추는 것은 그리 의심할 만한 일이 아니겠지."

그야 물론, 그렇게 보자면 정치적으로 해석될 일이긴 하다.

다만 작은 기회를 놓치지 않고 쏜살같이 포착하려는 그의 태도에는 감탄할 지경이었다. 도대체 초월자에게서 어떻게 저런 열렬한 애정과 구애의 정신이 나올 수 있단 말인가.

황태자의 탁월함은 어쩔 수 없이 인정하는 바였지만, 그걸 인정하는 만큼이나 그가 아마르잔과 다른 특이성을 지니고 있다는 점 역시 인정해야만 할 것 같다.

그렇다 해도 또 한 번 슈리아와 비슷한 복식을 입고 함께 춤추는 건 문제의 소지가 있다.

슈리아야 애초부터 별 감정 없고 그의 가면이 견고한 것도 사실이나, 매력적인 남녀가 우연히 맞춰 입은 듯한 의복을 입고 두 번씩이나 엮이는 그 상황만으로도 눈치 빠른 이라면 의심할 수 있다.

게다가 원래는, 다른 영애들과는 거의 엮이지 않던 그가 아니던가. 어떤 이유로든 슈리아만 예외가 된다는 것은……. 그때 문득 어떤 생각이 스치자, 슈리아는 무심코 그를 끄집어냈다.

"에리카 클라인과는 왜 춤추셨었어요?"

"그게 누구지?"

황태자는 정말로 기억하지 못하는 듯 잠깐 되짚는 듯했다. 클라인 후작가라면…… 하고 중얼거리던 그는 이윽고 답을 이끌어 냈는지 슬쩍 미소 짓는다. 어쩐지 꺼림칙한 표정에 불쾌감이 들었다.

"그걸 묻는 이유가 질투라면 좋겠군."

어림없는 소리. 그 순간 슈리아의 얼굴에 떠오른 표정은 딱 그런 것이었다.

"나중에 말해 주지."

그대가 나를 사랑하게 되면. 그렇게 말하는 음성은 나직했고 지독하리만치 무거운 염원이 담겨 있었다.

밤의 파도가 밀려오듯 유혼하게 물드는 자청빛 눈동자를 바라보며, 슈리아는 등골이 오싹해졌다.

오늘의 그는 평상시와는 달랐다. 이토록이나 가까이 서 있음에도 마치 멀찍이 선 것처럼 의도적으로 거리를 두고 떨어져 있는 듯했다.

이쯤이면 손을 뻗을 법한데, 그는 그 어느 때보다 강한 감정에 침식된 눈을 보이면서도 단정한 자세를 지켰다. 그것은 자제에 가까운 거리감이었다.

무엇 때문에?

영영 질문에 대한 답을 들을 길 없으리라고 생각하면서도, 슈리아는 그를 읽어 내려 애썼다. 황태자는 미소를 거두고 차가운 무표정으로 입을 달싹였다.

"그리고 그대는 조금쯤 의식하는 게 좋아."

그의 눈이 서서히 아래를 향했다. 이제까지 눈을 맞추고 있었다면, 지금은 그보다 아래로 미끄러지고 있었다.

우아한 콧대를 지나 분홍빛 입술을 거쳐 하얀 턱선과 목덜미를 스치듯이 시선이 떨어져 내린다. 마치 손끝으로 훑어 내리는 듯이 생생한 눈빛이었다.

마침내 그 눈이 제 파인 가슴팍에 머물렀을 때에야, 슈리아는 제 옷차림이 이전보다 가벼워졌음을 인지했다.

그전에 만났을 때보다 여름에 가까워져 날씨가 한층 따듯해졌기에 팔을 반 이상 내놓고 가슴 선이 드러날락 말락 할 정도로 파인 잠옷을 입고 있었던 터였다.

백작부인이 '너도 이제 다 컸으니까.'라며 수도의 최신 유행이랍시고 안겨 준 잠옷이었는데, 심지어 얇은 재질이라 언뜻 살결이 비치는 듯도 했다. 그렇다면 설마 이건.

"내 앞에서 경계심 없는 모습을 보이는 것은 그대에게 하등 도움될 일이 아니야."

황태자는 창백한 얼굴로 본능적으로 가슴을 가리는 슈리아에게 낮게 웃으며 몸을 기울였다. 닿으리만치 가까운 곳에서, 따스한 숨결이 귓전을 파고든다. 손톱만큼의 틈을 남겨 두고 선 황태자는 그 상태로 속삭였다.

"오늘 밤은 곁에서 머물 생각이었는데 이젠…… 안 되겠군."

잘 자. 마지막 인사말을 남긴 황태자는 결국 굳어 있는 슈리아를 내버려 두고 방에서 떠나갔다. 고요하고 자취 없이, 그는 사라졌다.

마치 그림자 같은 그 모습을 보며 슈리아는 유령이라도 목격한 양 경악에 가까운 충격을 느꼈다. 온몸에 소름이 번져 나가고 있었다.

혼란한 눈으로 그가 떠난 자리를 바라보던 슈리아는 잠시 후, 다소 격한 몸짓으로 발코니 문을 걸어 잠갔다.

"베헤모트, 문 앞을 지켜."

살의에 찬 슈리아는 싸늘하게 명령했다. 그럴 일은 없겠지만, 되돌아오기라도 한다면…… 이후는 장담할 수 없으리라.

베헤모트는 고개를 갸웃거리며 검은 그림자 형체로 문 앞에 달려가 몸을 말고 앉았다. 하품하듯 입을 쩌억 벌리는 베헤모트를 뒤로하고 제 침대에 뛰어든 슈리아는 이불로 몸을 가리듯 덮으며 한차례 파르르 떨었다.

그가 자신에게 욕정을 드러낸 적이 없다는, 세일린에게 한 말은 오늘부로 과거에 지나지 않았다.

오늘 그는 제 욕망을 슈리아에게 선연하게 드러내고 소녀를 배려하여 참아 준다는 듯한 오만한 너그러움을 보이며 떠나갔다.

치가 떨릴 정도로 강렬한 불쾌감에 슈리아는 이를 악물었다. 제가 일순이나마 어찌할 바를 모르고 당황했다는 사실이 지독히 치욕적이었다.

무엇보다도 상대는 그런 면에서 더할 나위 없이 견고할 것이라 여겼던 황태자였다. 왜냐하면 대다수의 초월자란 인간이 품은 생리적인 욕구에서 벗어난 존재였기 때문이다.

황태자는 초월자인 몸이었고 제가 아직 어린 소녀라 그런 점에서 경계 없이 굴었던 것은 사실이다.

아니, 애초부터 슈리아는 제가 그런 대상으로 보임에 경계심을 가지는 것이 익숙지 않았다.

이백 년을 넘어서는 아마르잔의 일생 동안, 그 탁월한 외양상 남녀를 불문하고 접근하는 이들이 없었던 것은 아니었다.

그러나 감히 북풍의 군주 앞에서 대놓고 욕망을 드러낸 이들은 거의 없다시피 했다. 어쨌거나 아마르잔이 공포의 대상이며 절대 권력을 쥔 지배자였던 탓이다.

그 이후로도 슈리아로 살아온 그 짧은 삶 속에서, 당연한 듯이 저를 향한 욕망은 접하지 못했다. 그것은 순전히 슈리아가 너무도 어렸기 때문이긴 하지만.

그러나 영영 이런 날이 오지 않으리라고 여겼던 것은 아니다. 와락 끌어안고 제 입술을 가져다 붙인 첫 만남 때부터, 분명 이러한 조짐은 있었다. 다만 본능적으로 기피하고 있었던, 떠올리기조차 싫은 가정이었을 뿐.

그러나 함께 잠들었던 지난밤에도 보이지 않았던 욕망이 어째서 옷차림 하나 바뀐 것만으로 새로이 샘솟았단 말인가? 일순간에 그런 변화가 초래된 원인을 슈리아는 거북한 기분에도 구태여 짐작해 보았다.

"혹시……."

초월자의 직감으로 이제 슈리아가 임신이 가능해졌음을 눈치챘단 말인가. 초경은 맞은 지 오래였으나, 초월자의 직감은 짐승적인 데가 있으니 그도 본능적으로 알게 되었을 수 있다.

애초에 슈리아를 제 아내로 맞고자 했던 황태자였으니, 소녀에게 그로서는 긍정적인 변화가 찾아왔음을 감지했을 가능성도 무시할 수는 없는 것이다.

그간 슈리아를 마냥 어리게 여겼던 이성이 무언가 달라진 슈리아를 본 순간 원초적인 감정에 압도되었을지 모른다.

게다가 슈리아는 근래에 약간 살이 붙어서 전반적으로 몸의 곡선이 살아났다. 가슴도 커진 것 같고……. 마지막 생각을 한 순간 슈리아는 새로운 가정을 떠올렸다. 그냥 단순히 살이 쪄서 그런가.

"……."

심도 있는 고민에 잠긴 슈리아는 생애 최초로 체중 감량을 고려했다. 그리고 효과적인 식단 조절과 운동 방법을 생각하는 와중에 스르륵 잠이 들었다.

❈

아침부터 슈리아는 잠들기 전까지 뇌리를 복잡하게 만들었던 생각을 떠올릴 수 없을 만치 준비를 하느라 부산히 바빴다. 씻고 옷을 입고 짐을 챙겨서 마차에 오르고 보니 어느덧 위켄하이저 공작가였다.

신흥 귀족인 로이엄 백작가와 뚜렷이 비교될 만치 호화롭고 장엄한 저택이 눈에 들어온다. 감청색 지붕을 인 대리석 벽면 곳곳에 장인의 솜씨가 깃든 문양이 새겨진 위켄하이저 공작저는 유구한 세월 이어져 내려온 가문의 위세를 짐작하게 했다.

게다가 내부에는 경비병이 날카로운 눈길로 나다니고 있었고 온사방에 촘촘한 마법결계가 깔려 방어태세가 삼엄해 보였다. 여기라면 황태자도 숨어들지 못할 것이다. 슈리아는 단번에 그런 발상을 떠올렸다.

"안으로 드시지요."

마중하는 집사는 정중했고, 일단 외관상으로 볼 때 어디에서도 세일린을 맞아들이는 데에 대한 반발심은 감지할 수 없었다. 가문 내부의 반대가 극심했다고 들었는데 생각 외의 모습이다.

하긴, 외부의 손님들도 많이 와 있으니 이번 혼인식에서 감히 수작을 부리기는 어려우리라.

전대 위켄하이저 공작도 그러했듯 명문가의 손길이란 보이지 않는 곳에서 은근하게 뻗어 오는 것이니 아직 호언하기는 일렀다. 어쨌거나 하녀들은 순순히 순종했고 세일린은 순탄하게 신부의 차림새를 갖춰 갔다.

도중에 위켄하이저 공작이 모습을 나타냈으나, 신부의 모습은 혼인식 이전까지는 볼 수 없는 것이었기에 안부만 확인하고 돌아갔다.

주인이 그리 신부에게 신경 쓰는 태도를 보이는 건 차후 안주인이 될 세일린에게도 바람직한 일이었기에 슈리아는 역시 상대를 제대로 골랐다고 제 판단에 흡족해했다.

단장을 마치고 대기하는 시간에, 슈리아는 세일린의 부름을 받고 그녀의 방에 찾아들었다.

아직 베일을 쓰지는 않았지만, 가만히 의자에 앉아 있는 세일린은 오늘 유독 눈이 부시도록 아름다웠다.

목둘레가 다이아몬드와 진주로 장식되고 가슴 부분이 여러 겹의 레이스로 덧대어진 호화로운 드레스는 세일린을 순백의 신부로 꾸며 주었다.

드러낸 살갗에는 진주 가루가 뿌려져 있었고, 곱게 화장한 얼굴은 화사했으며 입술은 붉었다. 유일하게 슈리아와 닮은 은발은 곱게 틀어 올려져 뒤로 묶여 있었다.

그 모습 그대로 환히 웃으며 세일린은 자리에서 일어났다. 그녀는 슈리아를 반갑게 맞으며 쑥스러운 듯이 말했다.

"배가 나오지 않아서, 최신 유행의 드레스를 입을 수 있었단다. 안 그랬으면 의상실이 레이나에게 한참 시달렸을 테지. 이상하진 않니?"

"아주 아름다워요."

슈리아는 생긋 웃으며 말했다. 백작부인의 안목이란 역시 믿을 만한 것이다. 그보다…… 혼인식을 맞아 그간 시녀 일로 모은 돈으로 간소한 선물을 하긴 했지만, 그걸로는 역시 부족한 감이 있었다. 그리 여긴 슈리아는 제가 준비해 온 선물을 위해 나지막이 물었다.

"세일린은 어떤 아이를 원하세요?"

"아이? 글쎄, 나는 그저 이 아이도 슈리아처럼 잘 자라 줬으면 하는 바람이란다."

갑작스러운 물음에 세일린이 잔잔히 웃으며 말하자 슈리아는 꿈이 너무 지대하다고 생각했다.

슈리아처럼, 이라는 말은 현실에서는 비슷하게도 존재할 수 없는 것이었다. 누구도 대마법사 아마르잔의 환생과 같지 못할 터이니. 슈리아는 조금 더 구체화한 질문을 던졌다.

"성별이요. 딸을 원하시나요, 아들을 원하시나요?"

대마법사 아마르잔은 아직 형태조차 완성되지 않아 영이 깃들지 않은 육신의 구성 요소를 건드려 성별을 바꾸는 일쯤이야 손쉽게 행할 수 있었다.

물론 대다수 마법사에게는 불가능한 일이었지만, 아마르잔에게는 가능했다.

그렇게 보자면 신에 달하는 마법으로 이런 엄청난 기적을 보일 수 있음에도 신계에 들지 못한다는 것 또한 우스운 일이었다. 슈리아는 자신을 받아들이지 않은 신계를 싸늘하게 비난했다.

어쨌든 지금 이 시점에서 이미 성별은 읽어 낸 바였으니, 세일린이 원하는 대로 해 주기만 하면 된다.

어떤 부작용도, 잘못됨도 없을 것이다. 어차피 누구도 모를 일이니.

빛 한 점 닿지 않는 심해처럼 깊고 천추처럼 무거운 권능을 담은 눈동자가 그녀의 대답을 고대한다. 고민하리라 여겼건만 세일린은 선뜻 웃음을 보였다.

"글쎄. 난…… 아무래도 상관없지만, 굳이 말하자면 남자아이였으면 좋겠구나."

슈리아는 납득한 듯 고개를 끄덕였다. 저를 받쳐 줄 가문도 미흡하고 입지도 없다시피 한 세일린에게는, 확실히 아들을 얻는 편이 도움이 되리라. 슈리아 역시도 같은 생각을 한 터였다.

그러나 세일린의 의중은 예상한 바와 달랐다.

"내게는 이미 딸이 있잖니. 그러니 이번에는 아들을 키워 보고 싶구나."

햇빛이 쏟아지는 호수의 표면을 연상시키는, 평화롭고 고요한 눈이었다.

세일린의 입가에 스며든 다정한 미소가 자신을 향함을 눈치챈 순간, 죽음처럼 치명적인 따스함이 예리한 송곳니로 물어뜯는 양 날카롭게 파고들었다.

포근한 바람이 겨우내 꽁꽁 닫혔던 창문으로 새어 드는 봄의 온기처럼, 얼어붙은 대마법사의 심장을 침략한다.

급습이라도 받은 듯이, 슈리아는 이를 악물었다. 예기치 못하게 세일린이 꺼낸 한마디는 슈리아를 단숨에 궁지로 몰아넣었다.

모든 것을 마무리하고 제게 주어진 인연의 실을 끊어 내듯, 이것으로 그녀를 떠나보낼 수 있다고 생각했었다.

제게 약점이 되는 존재인 그녀에게 이런 식으로 빚을 갚고 나면 더 이상 상관하지 않고 서서히 멀어져도 되리라.

냉정한 마법사의 뇌리에서 산출된 계산이 필연적인 계획으로 이어졌던 것이다.

왜 하필, 이 순간에 그런 말을 하는가.

혈류를 통해 빛의 물살이 흘러드는 듯이 이상하게 울리는 심장을 타고 전신에 열기가 흐르기 시작한다. 슈리아는 제 몸에 나무의 수액처럼 온혈이 뻗어 나가는 것을 느꼈다.

감상적인 기분을 넘어서 본성마저 침범하려 드는 이 선명한 감정은, 마치 얼어붙은 대지를 녹이는 햇살과 같았다.

피할 수 없는 감상이 슈리아를 휘감았다. 부드러움은 강함을 사로

잡는다 했던가.

허나 이런 식의 발전은 추호도 원치 않았다. 아니, 이런 나약한 감상이 발전이라 할 수 있기는 하단 말인가.

짓씹듯이 되뇌며 슈리아는 곤혹스러운 기색으로 눈을 감았다. 그 와중에 세일린의 다정한 음성이 모래사장의 파도처럼 부드럽게 밀려들었다.

"내 첫 아이는 너잖니. 그건 내가 안토니와 혼인하고 아이를 낳아도, 결코 변함이 없을 거란다."

"……네."

슈리아는 정말로 무어라 대답할지 몰라서, 다만 그렇게 말했다. 다시 시야에 들어온 세일린은 소녀의 대답을 불안이라 느꼈는지 확신 어린 어조로 토로했다.

"안토니와도 이야기가 되었어. 당분간은 혼인식 뒷수습을 해야겠지만, 조만간 너도 위켄하이저 공작가로 옮겨 와서 머물게 하기로 약조했단다. 아무래도 백작가에서의 생활보다는 딱딱하고 격식을 갖춰야 하겠지만, 더욱더 풍요로운 삶을 누리게 해 주겠다고 약속하마. 혹시 그게 내 욕심이라면……."

말끝을 흐리며 세일린은 최종적으로 슈리아의 허락을 구했다.

애초부터 슈리아를 남겨 두고 저만의 가정을 꾸리겠다는, 그런 생각은 하지 않았던 것일까. 자식은 혼인하면 독립하지만, 부모는 새로이 혼인하여도 자식과 함께인 대부분의 상황처럼 세일린도 그랬나 보다.

그런 관점에서 슈리아를 제 딸이라 여기고 있다는 것은 진실이었다. 그녀를 앞에 두고 그대로 남겠다 말하는 것은, 감정적으로도 어려운 일이었지만 이성적으로도 옳은 길이 아니었다.

위켄하이저 공작가에서 머무른다는 자체만으로도, 그 위세를 등에 업기에는 참으로 바람직한 일이 될 것이니.

"아니에요. 저도 세일린과 사는 게 좋아요."

그 말은 생긋거리는 미소와 함께 쉽사리 흘러나왔다. 그러자 세일린은 환히 웃으면서도 쑥스러운 듯이 말했다.

"그래, 여하간 오늘 이야기한 건 이 아이한테는 비밀이란다. 아들이라면 몰라도 딸이라면 섭섭해할 거야."

"……섭섭해할 일은 없을 거예요."

슈리아는 가벼운 어조로 그리 말했다. 다만 그 내용만큼은 무겁고도 뚜렷한 진실을 담고 있었다. 원한다면 성별을 바꿔 주려고 했지만…… 그녀의 소망과 이미 합치하는 바, 그럴 필요는 없을 것 같다.

"그래도 더 바라는 건 없으세요?"

그 물음에 세일린은 진지하게 대꾸했다.

"있긴 있어. 성격적인 면에서 제 아빠는 안 닮았으면 싶구나. 난 저 이로도 넘치도록 충분해."

곧 영원의 맹세를 할 제 약혼자를 두고 그렇게 말하며 눈살을 찌푸리는 모습에 슈리아는 고민에 잠겼다.

앞으로의 성장 방향은 영에도 밀접한 관련이 있어 아직은 손댈 수 없는 부분이다.

뭐, 그러면 그 점은 보류하고 지금 할 수 있는 일만 하면 되겠지.

슈리아는 그렇게 결론을 내리고 제 영혼으로부터 단절된 힘의 흐름을 잠시 이었다. 그리고 마력을 끌어내어 결계를 쳤다.

세일린의 인지 능력이 일순 멎은 사이, 슈리아는 배 속의 아이가 무럭무럭 건강하게 자라도록 마법을 불어넣었다.

마력에 감응이 좋은 아이라면 천재로도 태어날 수 있을 것이다. 물론 인간적인 범위 내에서. 이 정도쯤은 해야 대마법사의 선물이라고 이름할 수 있으리라.

모든 작업을 끝냈을 때 멍한 눈의 세일린이 퍼뜩 정신을 차렸다.

"어머나, 내가 왜 이러지? 잠깐 정신을 놓았네."

"피곤하신가 봐요."

의아한 듯 중얼거리는 세일린에게 슈리아는 능숙하게 둘러댔다. 그리고 슈리아는 별 의심을 받지 않고 그녀에게 휴식을 취하라 말한 뒤 신부 대기실을 빠져나왔다. 곧 있으면 혼인식이 치러질 터였다.

※

혼인식이 열리는 홀에서, 위켄하이저 공작가의 식솔들은 확실히 밝은 얼굴을 보이지 못했다. 오히려 참담한 낯을 하거나 울분에 찬 표정을 한 이들도 몇몇 있었다.

전자의 감정은 주로 연세가 지긋한 이들에게서 포착되었고, 후자의 감정은 방계의 젊은 가문원들에게서 주로 포착되었다.

그러나 공통적으로 그들이 가진 감정은 하나로 엮을 수 있었다.

이 지고한 위켄하이저 공작가를 흙탕물로 더럽히다니!

미망인이 명문가의 안주인이 된다는 자체가 그만큼 파격적인 일이긴 했다.

위켄하이저 공작이 나름대로 가문을 한껏 휘어잡기도 했거니와 체면상 귀빈을 맞은 와중에는 입 밖으로 감히 항의를 내뱉지 못했지만, 그 불만 넘치는 기색은 계기만 닿으면 터질 듯한 낌새를 보였다.

예상했던 바이긴 하나 아무래도 공작가에서의 생활이 쉽지 않을 듯싶었다. 적 천지일 위켄하이저 공작가에서 임신한 세일린의 한편이 되어 주는 것이 사후 관리를 위해서도 바람직하리라. 슈리아는 그렇게 납득했다.

황실에서는 대표로 황태자가 참석한 터였는데, 황족답게 느지막하게 등장한 그는 남들과 멀찌감치 분리된 귀빈석을 차지하고 있었다.

그 바로 옆 좌석에는 시그오닐 대부인과 데이지가 앉아 있었는데, 데이지가 방실방실 웃으며 연신 손을 흔드는 것을 슈리아는 태연하게 못 본 척했다.

결국 대부인이 일침을 가하고 나서야 데이지는 뚱한 얼굴로 입을 다물고 두리번거렸다. 그 채신머리없는 행동에 반해 황태자는 무표정한 얼굴로 이쪽에 시선 하나 주지 않고 있었다.

지난밤의 그를 생각하면 아직도 불쾌감이 들었으나 슈리아는 그와 마찬가지로 무관심한 태도를 견지했다. 홀로 동요를 보인다는 그 자체도 우스운 일일 것이다.

신부 측 맨 앞줄에 앉아 있는 친족은 오로지 슈리아 혼자였지만, 발이 넓은 세일린 덕에 그 뒤로는 줄줄이 메워져 있었다.

단순히 신부와의 친분 때문이 아니더라도 위켄하이저 공작가와 연을 쌓아 보려는 심리도 작용한 것이리라. 그런 면에서 친족들을 초청하지 않은 것에는 세일린의 결연한 의지가 엿보였다.

하긴, 애초부터 그녀는 재산에 눈먼 제 친족들을 혐오했었다. 초대를 받지 못한 개중 몇몇이 위켄하이저 공작가 문밖에서 패악을 부리다 내쫓긴 모양인데 슈리아는 개의치 않았다. 어차피 두 번 다시 볼 일 없는 사람들이었다.

이윽고 장엄한 음악과 함께 식이 진행되었다. 위켄하이저 공작의 솜씨가 들어갔는지 꽃잎이 흩날리며 공기 중에 결정이 반짝이는 듯한 부대 효과가 들어간 혼인식은 과연 화려했다.

식장을 온통 장식한 생생한 봄꽃이며 대리석 조각상과 하늘하늘한 실크 장막도 그러했으며 켜진 초에서는 향기로운 내음이 흘러나왔고, 주례자가 선 단상은 흑목으로 짜여 금박을 두르고 보석이 박힌 천으로 치장되어 있었다. 양 끝에 금사가 가로지르는 붉은 카펫이 남편과 아내가 될 두 사람이 걸어 나오는 바닥을 장식했다.

별 가루가 뿌려진 듯이 은은히 빛나는 카펫을 두 사람이 나란히 손을 맞잡고 걸어 나왔다. 면사를 쓴 세일린은 아름다운 신부였고, 그 곁에 검은 예복을 입고 자리한 위켄하이저 공작이 서자 실로 조화로운 한 쌍이었다.

흰 드레스와 밤처럼 새카만 예복은 무도회에서도 많이 입고 나오는 것이긴 했지만, 브리오니아의 혼인식에서는 특히나 아주 상징적인 의미를 가진다.

낮에도 밤에도 영원토록 불변하리라는 뜻이 그것이다. 또한 불가분한 관계를 의미하는 태양과 달의 문양이 수놓인 휘장이 단상 뒤에 높이 걸려 있었다.

혼례 절차는 그리 복잡하지 않다. 신전의 깊숙한 샘에서 길어 온 물을 가문에서 내려오는 잔에 담아 한 입씩 나누어 마시고, 맹세의 시를 읊는다.

그리고 마지막으로 서로 반지를 끼워 주고 입맞춤하는 것으로 혼인식은 종결되는 것이다.

주례는 위켄하이저 공작의 숙부가 서고 있었다. 그는 공작가문의 사람으로서는 드물게 이 혼인식에 대해서 호의적인 태도를 보이는 자였다.

마법사 길드에서 상당히 높은 자리를 차지하고 있으며 공작의 스승이기도 한 데다가 독신이라 공작위를 탐낼 자식들도 없으니 이해관계 면에서는 그럴 수도 있을 만했다.

어쨌거나 이렇게 호화로운 혼인식을 보는 건 드문 일이었기에 슈리아는 공연을 감상하듯이 흥미롭게 식을 관람했다. 고위 귀족들이 다수 참석한 의식인 만큼 아무런 소란 없이 대단히 고요하고 거룩한 분위기가 이어졌다.

마지막으로 신랑이 신부의 면사를 걷고 가볍게 입을 맞추며 서로에게 반지를 끼워 주는 것으로, 별 탈 없이 혼인식 절차는 종료되었다.

박수 소리가 쏟아지는 와중에 이제 부부가 된 그들은 정중히 허리를 숙여 참석자들에게 인사를 올렸다.

세일린의 얼굴은 환했고 위켄하이저 공작도 평소의 시큰둥한 표정을 버리고 환희에 찬 눈빛으로 제 아내를 바라보고 있었다. 그로서는 제가 계획한 바의 결실을 거두었으니 만족스럽기도 할 것이다.

부부가 된 그들이 다가오자 슈리아는 자리에서 일어섰다. 신부의 면사를 쓰고 꽃다발을 받게끔 선택된 이는 바로 슈리아였다.

그것을 전달받은 미혼의 여성은 행복한 신부가 된다는 설이 전해져 오기에 이는 전통적인 의식의 일부였다.

그러나 대마법사의 눈으로 보았을 때 그것은 그냥 미신에 불과하다. 다분히 비합리적이고 효과조차 불명확하며 '행복'이라는 주관적인 단어를 추구하는 행위이긴 했지만, 저주는 아니었으므로 슈리아는 순순히 세일린의 손길에 따랐다.

무능한 인간들이란 제힘으로 무엇을 하는 데는 한계가 있으므로 결국 이런 짓을 통해서라도 심적인 위안을 추구하는 것이다.

그러나 세일린이 너무나 기쁘고 만족스러운 표정을 짓고 있어서, 슈리아는 조소 어린 감상을 품고 있음에도 나긋한 미소를 보였다.

그것으로 식은 종결되고, 공작 숙부의 목소리에 의해 연회가 선포되었다. 느린 물살처럼 참석자들이 빠져나가 연회장으로 향하기 시작했다.

신랑, 신부의 본격적인 인사는 연회장에서 행해질 것이다. 언뜻 귀빈석 쪽을 보아하니 황태자는 이미 자리를 떴고, 데이지는 무언가 감동을 받았는지 눈물을 훌쩍이고 있었다.

그리고 다른 쪽에서는 로이엄 백작부인 역시 손수건에 눈물을 찍어 내고 있었다. 이 행사에 가장 공을 들였다고 말할 수 있는 이가 백작부인이니, 성취감이나 그와 유사한 감정을 보이는 것으로 추측되었다.

그 곁에는 백작부인을 달래는 로이엄 백작, 에린, 그리고 오랜만에 보는 에리히가 함께였다.

에리히라⋯⋯. 그에게 고백을 받은 지 벌써 두 달가량 지났다. 황태자의 호위기사로 임명된 이후로 거의 보지 못했던 그였다.

슈리아는 문득 치욕적인 기억을 떠올렸다.

'그러니 앞으로는 로이엄 백작의 차남에게 했던 것처럼 떠벌려. 날 연모한다고.'

그에게 한 말을 황태자에게 꼬치꼬치 일러바친 것을 보면 그사이 황태자의 충견이라도 된 모양이다. 호위기사가 되었다 한들 근무 시간은 정해져 있을 텐데, 도통 저택에 들르지 않는 것을 보면 더욱 그래 보였다.

다만 드물게도 오늘은 호위기사로서가 아니라 휴가라도 받아 가문의 이름으로 참석한 것 같다.

슈리아는 면사포와 꽃다발을 잘 챙겨 하녀에게 건네주었다. 그리고 먼저 자리를 뜬 세일린과 공작에 뒤이어 연회장으로 향했다.

오늘의 주인공은 혼인식을 치른 부부이기에, 연회장 입구에서는 따로 호명 같은 것은 행해지지 않는다.

테이블마다 갖가지 음식이 그득했지만, 귀족의 혼사란 대개 정치적인 목적에서 좋은 방문 구실이 되므로 다들 식사는 간략한 선에서 그치고 친분을 쌓기 위한 대화를 나누기 바빴다.

슈리아가 연회장에 들어서자, 신부의 조카답게 시선이 쏠렸다. 그리고 개중 친분에서 가장 과시적인 성격을 가진 이가 재빨리 다가온다.

"슈리아! 보고 싶었어!"

데이지가 뛰다시피 조르르 달려와 슈리아에게 알은체했다. 그리움이 물씬 묻어나는 부담스러운 눈길에 슈리아는 신경 써서 미소를 그려 냈다.

데이지는 슈리아가 우선이고 다른 모든 것은 부수라는 듯이 그녀의 옆에 서서, 근처에서 인사를 나누고 있는 세일린에게 예에 맞지 않게 큰 목소리로 축하 인사를 외쳤다.

"공작부인! 혼인을 축하드려요! 정말, 멋있는 혼례였어요!"

"고맙구나."

세일린이야 미소로 넘겼다지만, 이어 다가온 대부인의 심기가 불편해 보이는 것을 고려하면 데이지는 오늘 대공저에 돌아가서 호되게 혼쭐이 날 것이다.

셸리가 다가와 인사를 하는 와중에, 데이지가 팔짱을 끼고 그동안 못 했던 온갖 친한 척을 시전하기 시작했다.

"와, 슈리아, 진짜 진짜 오랜만이야! 그동안 저엉말 외로웠다구! 하지만 슈리아가 바쁘다고 해서 백작가를 방문하는 건 꾹 참았어, 나 잘했지?"

……그간 정신 연령이 퇴보한 듯한 행태와 발언에 슈리아는 대응해 주기 어려웠다. 기르는 개처럼 구는 것에 일일이 칭찬을 해 주면 그야말로 개 주인임을 인정하는 것일지도 모른다.

반지 속의 베헤모트가 슈리아의 애완동물은 자기라고 야욕과 경계심을 보이며 으르렁거렸다. 슈리아는 일단 마력을 주입해 베헤모트를 닥치게 만들고 데이지에게 짤막하게 대꾸했다.

"그래, 잘했어."

"안녕."

어느새 웃는 얼굴의 에리카가 등장해 옆자리에 서 있었다. 그간 공들인 게 무색하게 데이지가 일편단심적인 행보를 보이고 있으니 언짢은지 미소가 인위적인 것이 티가 났다.

그러나 이윽고 다가온 루이스가 워낙 환한 얼굴을 보였기 때문에, 에리카의 마지못한 미소는 그에게 묻혀 감춰졌다.

둔한 데이지는 생글생글 웃으며 에리카에게 '슈리아 오늘 예쁘지 않아? 물론 늘 예쁘지만, 오늘은 정말 핑크 장미처럼 화사한걸!' 이라며 슈리아의 칭찬을 연신 해 댐으로써 에리카를 시험에 들게 했다.

후작 영애의 몸에다가 퀸른에서는 루이스 클라인의 인기와 명문가의 입지에 힘입어 공주처럼 대우를 받았던 에리카이니 슈리아에게 밀리는 상황이 달가울 리 없다. 퀸른에서라면 이 같은 상황은 오기 어려웠을 것이다.

대충 그녀의 심리가 짐작이 가긴 했던 슈리아는 이 상황을 흥미롭게 여겼다. 고작 이 같은 일에 제가 우월감을 확인할 요인은 없는 것이겠지만, 승자의 위치에 서는 것에 거리낌이 있을 리 없다.

그에 비하자면 사교계의 꽃 오를레앙 공녀는 확실히 남달랐다. 혼인식 전에 잠시 대면한 그녀는, 상냥히 웃는 얼굴로 말을 걸었었다.

"이제 우리는 친척 간이 된 거죠? 잘 부탁해요."

악의가 담겨 있다고 보기에 그녀에게서 느껴지는 분위기는 꽤 산뜻했다. 공녀로서 제 사촌이자 공작가의 주인인 위켄하이저 공작이 격에 안 맞는 배우자를 맞은 것에 다른 이들처럼 분개할 법도 한데, 그녀는 그저 잘되었거니 생각하는 듯했다.

위켄하이저 공작의 특이성을 겪어 본 그녀는 어쩌면 공작이 성격적인 결함을 딛고 배우자를 맞이한 자체를 좋게 평가하는 것인지도 모른다. 황태자를 쫓아다니는 이유도 정치적 계산이 아닌, 순수한 애모의 마음에서 비롯된 것이라 했던가.

남의 일과 제 일은 다르다지만, 그런 점에서 볼 때 다소 낭만적인 그녀가 이 혼사를 거리낄 것 같아 보이지는 않았다. 슈리아는 그녀와 흡사한 표정으로 응대했다.

"저도 잘 부탁드려요. 오를레앙 공녀."

그리고 공녀는 무언가 하고 싶은 말이 있는 양 잠시 멈춰서 입을 달싹였다. 결국 그녀가 참지 못하고 꺼낸 말은 그것이었다.

"……전하께서는."

의아한 눈으로 바라보자 공녀는 황급히 고개를 저었다.

"아, 아니에요. 이제 당신은 시녀가 아닌데 내가 실례를 저지를 뻔했네요."

재빨리 수습하고 떠나가는 그녀의 뒷모습을 보면서 짐작 가는 게 없는 건 아니었다. 아무래도 황태자와 슈리아가 가까운 위치에 놓여 있던 만큼, 무도회에서 슈리아가 그녀를 제치고 그와 춤을 춘 것이 신경 쓰였으리라.

그래도 경쟁자에 대한 대처치고는 오를레앙 공녀 쪽이 더 귀여운 면모가 있었다.

그때 레이첼이 다가와 말을 걸었기에, 슈리아는 상념에서 벗어났다. 그녀는 헛기침하며 새침한 목소리로 말했다.

"음, 안녕? 오늘 정말 멋지더라. 과연 위켄하이저 공작가다운 혼인식이었어."

"여긴 또 어쩐 일로 오셨담, 하긴 오늘은 오를레앙 공녀도 참석했다지? 볼일 끝났으면 그만 가 봐!"

"데, 데이지!"

즉각적으로 데이지가 비꼬자 셀리가 당황해서 외친다. 레이첼에게 걱정스러운 시선을 던지는 것을 보니 그간 마음이 풀린 모양이었다.

"네가 참견할 일이 아냐. 난 슈리아에게 인사를 하러 온 거라고."

"와 줘서 고마워."

슈리아가 예법 책에서 튀어나온 듯이 매끄럽게 응답하자, 데이지가 불퉁한 표정으로 또다시 끼어들었다.

"인사했지? 그럼 가 봐. 공녀가 기다리잖아! 네 평탄한 사교계 생활을 위해서라면 열심히 달라붙어서 아양 떨어야지!"

저런 단어를 구사할 줄 알다니. 그간 편견에 치우쳐서 데이지를 너무 얕봤던 것 같다. 슈리아가 데이지의 어휘 수준에 대해서 재평가하는 동안, 셀리가 빨개진 얼굴로 데이지를 가로막았다.

"데이지! 그렇게 말할 필요는……."

그때 필요상 전적으로 시그오닐 대공녀의 편에 서야 할 에리카가 우아한 어조로 데이지의 편에 가세했다.

"어머, 데이지의 말은 맞는걸. 난 친구 사이에는 의리가 있어야 한다고 생각해."

"그치, 그치?"

신이 난 듯 이죽거리는 얼굴을 보니, 데이지는 그간 에리카의 뒷받침을 통해 더 안 좋은 방향으로 빠져든 것 같았다.

다행히 그녀가 왕은 아니니 간신배를 곁에 둔다고 큰 문제가 발생하지는 않겠지만, 충분히 불길한 조짐이다.

입술을 깨무는 레이첼을 흘낏 본 슈리아는, 오늘은 그래도 좋은 날이니 자비를 베풀기로 했다.

"데이지, 오늘은 경사스러운 날이잖아. 레이첼은 엄연히 식을 축하해 주러 온 손님이니 사이좋게 지냈으면 해."

이런 간지러운 말도 데이지의 의사에 반대되는 말이라면 기꺼이 해낼 수 있는 것이다. 어쨌든 그건 감정적으로 내키는 일이었다.

셸리가 반색을 하는 데 반해서 데이지는 입을 삐죽거렸다. 하지만 슈리아의 흔들림 없이 고요한 시선을 마주하자, 움찔하더니 말했다.

"아, 알았어. 쳇, 슈리아는 너무 마음이 좋아서 탈이야!"

그 분명한 순응에 에리카는 역시 데이지라며 치켜세웠지만 표정은 그리 밝지 못했다.

대귀족인 시그오닐 대공녀를 그리 순순히 따르도록 하는 슈리아와 아부를 떨어 댄 자신이 비교되어 박탈감을 느꼈는지, 아니면 신분적 차이를 반영하지 않는 현실에 불만족을 느꼈는지는 모를 일이다.

어쨌거나 레이첼은 그걸로 되었다고 여겼는지 한층 말을 골랐고, 셸리가 적극적으로 호응함으로써 바람직한 분위기로 대화가 이어졌다.

뷔페식으로 차려진 음식들을 각자 골고루 담아 와 식사를 마쳤을

즈음, 세일린과 인사를 나눈 로이엄 백작부인을 위시하여 에리히와 에런이 그들에게 다가왔다.

"모두 여기 있었구나! 식사는 마음껏 했니?"

"백작부인! 어서 오세요!"

데이지의 발랄한 목소리를 필두로 하나같이 그녀에게 인사를 건넸다. 손을 흔든 에런이 슬쩍 셀리에게 다가가 붙는다.

수줍은 듯이 그를 보면서 방긋 웃는 셀리를 보자 슈리아는 어쩐지 간지러워졌다. 그러나 그보다 더 슈리아를 간지럽게 할 만한 요인이 있었다.

"오랜만이야."

슈리아에게 시선을 꽂으며 대뜸 그렇게 말하는 에리히의 눈은 우물처럼 깊고 거기에 도사린 어둠만큼이나 짙었다. 그간의 격리된 시간은 그의 마음을 식게 했다기보다는 더 애타게 변모시킨 것 같았다.

그러나 그에 대한 감정이 별로 좋지 않았으므로 슈리아는 선을 긋듯이 반듯한 미소를 지었다.

"오랜만이에요."

"잘 지냈어?"

"슈리아."

슈리아의 입술의 움직임마저 뚫어 볼 듯이 열렬한 눈길의 에리히에게 부담스러움을 느끼고 있는 찰나, 제 여동생과 마찬가지로 특정 인물과 슈리아와의 친분을 경계하는지, 불현듯 루이스 클라인이 등장했다.

슈리아는 그에게도 역시 상냥한 미소를 건넸으나, 꺼려지는 인물이 둘이나 위치한 상황에 곤혹스러울 지경이었다.

그 둘은 잠시 서로를 탐색하며 시선을 주고받더니, 이내 양쪽 다 슈리아에게 재촉하는 눈빛을 보냈다. 슈리아는 마지못해 입을 열었다.

"이쪽은 제가 신세 지고 있는 로이엄 백작가의 둘째 영식인 에리히 로이엄이에요. 근래에 황태자 전하의 호위기사로 임명되었답니다. 계속 황궁에서 근무하고 있어서 마주할 일이 없었을 거예요."

클라인 후작가의 후계자인 루이스 클라인에게 에리히를 소개해 주는 것이 순서에 걸맞으리라. 슈리아는 귀찮았지만 귀찮지 않음을 연기하며 간략하게 설명했다. 알 수 없는 눈으로 에리히와 슈리아를 번갈아 바라본 루이스 클라인은, 곧 입을 열었다.

"에리히 로이엄이라고? 로이엄 백작가와는 최근에 우연하게 인연이 닿았지. 난 클라인 후작가의 루이스 클라인이라고 한다. 내 공식 지위는 클라인 자작이지. 아는지 모르겠지만 우리 가문은 퀸른 지방의 유지이고, 여기 이 슈리아 역시 퀸른 출신으로 어린 시절부터 인연이 닿았던 사이야. 잘 부탁한다."

루이스 클라인은 냉큼 손을 내밀었다. 평소에 소탈했던 그답지 않게 자신의 신분을 과시하는 듯한 거만한 어조였다. 심지어 그것은 마치 도발하는 것처럼 느껴지기도 했다.

이미 그보다 거만한 황태자의 존재를 알고 있는 에리히였지만, 그 태도가 거슬리긴 했던 모양이다. 그는 한쪽 눈썹을 치켜 올리며 손을 맞잡았다.

"……만나 뵙게 되어 영광입니다."

평이하게 흘러나온 음성과는 달리, 팔의 움직임이 굳는가 싶더니 에리히의 손에 핏줄이 돋아났다. 굳게 다물리는 손에서 느껴지는 기사의 악력에 루이스 클라인의 얼굴이 움찔거리더니 고통을 말하듯 하얗게 질렸다.

적어도 악수는 마치고 나서 도발했어야지, 왜 아무 힘도 없는 문관인 주제에 기사에게 빌미를 주며 까분단 말인가.

그를 내리누르려면 보다 지능적이고 합리적인 방식을 택해야 했다. 비판적인 시선으로 루이스 클라인이 초래한 상황을 바라본 슈리아는 일단 모른 척하기로 했다.

태연하게 굴고는 있지만, 두 남자 사이에 끼인 듯한 모양새가 달가울 리 없다. 여기에 황태자까지 가세하면 실로 가관일 것이다.

불쾌감에 사로잡힌 슈리아를 두고, 잠시 대치를 가지던 그들이었다. 곧 에리히는 사소한 경고에 불과했다는 양 루이스 클라인의 손을 놓아주었다.

그러나 그답지 않게 호전적인 미소가 입가에 피어오르고 있었다. 루이스 클라인은 창백해진 안색으로 그를 노려보았다. 둘 중 누구도 물러나려는 생각은 없어 보인다. 거기에 흐르는 기류는 분명 심상치 않은 것이었다.

어떤 면에서는 둔한 구석이 있는 로이엄 백작부인도 묘한 눈초리로 에리히를 쳐다볼 정도로.

그때 마침, 음악이 흘러나오기 시작했다. 본격적인 연회의 시작을 알리는 신호였다. 드디어 신혼부부의 인사가 모두 끝난 모양이다.

자연스레 분위기가 완화되겠거니 하며 분석적으로 상황을 파악한 슈리아와 달리 주위 사람들은 그 상황을 긴장감이 도는 본격적인 경쟁의 기회로 받아들였다.

셀리와 에런이 손을 정답게 맞잡고 자리를 뜨자, 마치 부싯돌을 맞부딪치듯 에리히와 루이스 클라인의 눈빛에 강렬한 섬광이 스친다.

다른 수컷을 배제하려는 의도가 담긴 몸짓으로 둘은 슈리아를 벽처럼 둘러쌌다. 그것은 경쟁자를 앞에 두고 암컷을 차지하려는 수컷의 본능이었다.

다만, 그 암컷의 입장에 처한 상대가 이 범상치 않은 소녀라는 게 문제다.

이것들이 도대체 뭘 하자는 거지?

수줍음이 많은 셀리나 뭘 생각하는지 짐작하고 싶지조차 않은 데이지를 제쳐 놓고서라도, 에리카 클라인이나 레이첼이었다면 내심 즐거워할 상황에, 슈리아는 치를 떨었다.

달아나는 것은 자존심이 용납지 않는다. 그러나 눈에서 불꽃을 튀기고 있는 수컷 두 마리를 앞에 놓고 서 있는 것은 정신을 갈퀴로 긁어 대는 듯했다. 이것은 데이지의 어리광만큼이나 파괴욕을 불러일으키는 요소였다.

다행이라면 그 둘의 기세가 너무도 거센 나머지 다른 영식들이 눈치만 살피고 있다는 점이었다.

불꽃 튀는 눈빛을 서로를 향해 쏘아 대고 있던 양쪽은 곧 먹이를 노리는 짐승처럼 시선을 슈리아에게 꽂았다.

"슈리아."

두 남자의 입이 같은 움직임을 보이며 동시에 슈리아의 이름을 발했다. 강권이라도 하는 양 진지하고 무거운 음성이었다.

루이스 클라인이나 에리히 둘 다 이런 경쟁 구도를 공공연히 펼치지는 않을 정도의 이성과 자존심은 겸비하고 있을 것이라 여겼는데, 이런 건 또 예상을 뛰어넘는 일이었다. 물론 부정적인 방향으로.

초월자가 못 되는 인간들은 역시 이 모양이란 말인가. 고작 이성 관계에 이토록 열의를 보이니 그 성취가 미흡함은 당연한 일일 것이다.

왜, 아주 결투라도 해 보시지그래?

싸늘한 비난을 속에 품은 채 슈리아는 난처한 듯 웃었다. 몸을 의탁하고 있는 로이엄 백작과 퀸른의 유지 클라인 후작가의 장남 루이스 클라인, 누구도 선택하기 어려운 상황이었다.

그 와중에 슈리아는 적절한 타개책을 떠올렸다.

베헤모트를 통해 지맥을 뒤흔들어 가벼운 지진을 내면, 자연스레 이 상황을 벗어날 수 있을 것이다. 세일린의 혼인식을 망칠 수는 없는 노릇이니 아주 약간만, 지맥을 흔들면 되리라.

베헤모트가 맡겨만 달라는 듯이 자신 있게 혀를 날름거렸다. 그 모습이 어쩐지 못 미더워서 갈등이 찾아든다.

하지만 슈리아는 곧 베헤모트를 운용하기로 결정을 내렸다. 저를 향한 눈빛들이 너무나 뜨거웠기에 그 같은 결단은 피할 수 없으리라 여겨졌다.

그러나 막상 타개책은, 슈리아가 가장 바라지 않던 사각 구도로 다가왔다. 황태자가 나타났던 것이다. 심기를 긁는 상황에 그의 존재를 잠시 잊고 있었던 슈리아였으나, 그의 접근을 알아챈 데이지가 호들 갑스레 알려 주었다. 그것은 경보 마법과 유사한 효과가 있었다.

"황태자 전하!"

확실히 슈리아의 차림새를 고려하여 푸른색 예복을 맞춰 입은 황태자는 평소보다 옅은 색의 옷을 입자 차가운 분위기가 완화되어 전장의 사신이라기보단 기품 있는 황족처럼 보였다. 위압적인 기세는 여전했지만 평소의 틈 하나 없는 얼음벽 같은 분위기는 덜했다.

에리히의 턱에 힘이 들어가고 입매가 굳어졌다. 분명 심리적 동요를 겪고 있음에도 그는 다른 사람들과 마찬가지로 순순히 황태자에게 고개를 숙였다.

"와, 전하, 오늘 또 뵈어요! 오랜만이에요!"

황태자와 몇 번 만난 적도 없을 데이지가 그에게 과도하게 친한 척하며 다가붙자, 황태자는 흘낏 그녀에게 시선을 주었다.

짐작하건대 데이지는 자기가 좋아하는 사람에게는 그 마음만큼 친근하게 다가설 권리가 제게 있다고 생각하는 것 같았다.

어쩌면 제가 좋아하는 사람도, 저를 좋아한다는 단순하고 근거 없는 논리에서 비롯되는 행각일지도 몰랐다. 그러니까 지금의 행동도, 다분히 자의적 해석에 의거한 것이라 볼 수 있었다.

황태자는 당연히 저를 알은척하러 온 것이다. 그런 뜻의.

반면 황태자는, 데이지에게 잠시 시선을 준 것으로 사촌으로서의 의무는 끝났다는 듯, 제가 목표한 바를 이루려는 것으로 보였다.

그는 이미 형성되어 있는 삼각 구도를 흥미 어린 표정으로 바라보았다.

그의 완벽에 가까운 가면을 생각해 보았을 때, 그 여유 있는 낯짝이 진실일 거라고는 판단하기 어려웠다. 지금은 이리 태연해 보이지만 열화와 같은 성미로 한밤중에 슈리아를 추궁하러 들이닥칠 수 있는 것이다.

그 꼴을 또 봐야 한단 말인가. 상상만으로도 인내심의 껍질이 부스러져 떨어지는 느낌이다.

"그대가 공작부인의 조카라지."

동요 없는 표정으로 황태자가 꺼낸 말은 그것이었다. 데이지가 옆에서 재잘대는 것에 아랑곳 않고 황태자는 슈리아에게 말을 건넴으로써 제가 원하는 것을 쟁취하려는 의사를 명확히 했다.

그 사실을 당신이 모를 리 없을 텐데. 그리 말하고 싶은 것처럼 에리히의 눈빛이 확 끓어올랐다. 경계하는 듯한 기색을 풍기는 것은 루이스 클라인 역시 마찬가지였다.

그러나 두 명의 눈빛이 경쟁심과 열기로 달아오른 데 반해, 가장 지독한 마음을 품고 있으리라고 짐작되는 황태자의 눈은 죽음처럼 깊게 침잠되어 있었다.

짐승의 안광만큼이나 빛나는 광채의 눈동자였지만, 그 속성은 한설처럼 차가웠다.

사각 구도를 형성하기에 그는 너무도 한기를 풍겼고, 그렇게 엮일 가능성은 손톱만큼도 없다는 양 냉담하기만 했다.

무엇보다 다른 두 경쟁자와 같은 위치에 선다는 것은 황태자인 그에게 격에 맞지 않는 일이었다.

"네, 참석해 주셔서 영광입니다."

신부의 친족 된 도리로 나긋하게 말하는 슈리아에게 황태자는 두 남자를 배경으로 만들며 손을 내밀었다. 당연히 슈리아가 그 손을 잡아야 한다는 듯한, 오만한 태도였다.

그것은 지독하게 거슬리는 일이었다. 슈리아는 일순 그 손을 쳐 내고 싶다는 충동에 사로잡혔다.

어쨌거나 황태자는 감히 거절을 말할 수 있는 대상이 아니었고, 그의 손을 잡는 게 지진을 내는 것보다야 이 불쾌한 상황을 더 평화로이 타파할 방법이리라.

슈리아는 기쁜 듯이 웃으며 그의 손을 잡았다. 나름 연습했던 표정은 자연스럽게 잘 나왔다. 황태자가 승자의 모양새를 하는 것은 원하는 바가 아니었으나, 어쨌든 그는 초월자였다. 나약한 민간인의 손을 잡는 것보다야 황태자 쪽이 제게 어울릴 것이다. 그걸로 슈리아는 저를 합리화했다.

"그대는 늘 인기가 좋군."

그 말은 무감하게 흘러나왔다. 그러나 추궁하는 듯이 들려 슈리아는 그를 물끄러미 보았다.

순식간에 닭 쫓던 개 신세가 된 두 남자를 내버려 두고, 슈리아와 나란히 서게 된 황태자는 그 사실 자체에 별다른 감흥을 느끼지 못하는 것처럼 굴었지만, 속마음 역시 그렇지는 않은 모양이다.

"요즘 부쩍 차가 맛이 없어졌는데, 다시 시녀로 들어올 생각은 없나?"

"없어요."

냉큼 답해 버린 슈리아는 아차 했다. 여긴 단둘만이 존재하는 공간이 아니었건만, 황태자가 답지 않게 말 거는 통에 습관대로 불손하게 대꾸해 버렸다. 시선이 쏟아지는 와중에, 그러한 태도를 보임은 분명 실수였다.

황태자야 슈리아에게 행여나 위협이 닥칠까 몸을 사린다지만, 막상 슈리아는 그런 요소들을 같잖게 여겼으므로 긴장감이 부족했던 게 사실이다.

이건 다 새삼 친근하게 말을 건 네 탓이다. 슈리아는 짧은 경고의 눈빛을 보였다. 황태자는 그 뜻을 감지한 듯 더 이상 말을 걸지 않았다.

음악이 끝나기까지는 체감상 꽤 오랜 시간이 흐른 것 같았다. 황태자는 특유의 자제심으로 슈리아의 첫 춤을 독차지한 사실에 만족하려 했지만, 그 뒤를 이을 두 남자를 간과하지는 못한 것으로 추측되었다.

슈리아를 놓아 보내는 마지막 순간에, 그의 손에 힘이 들어갔던 것이다. 마치 놓치기 싫은 듯이.

그것은 그가 풍기는 분위기나 표정 같은 외면적 모습과는 확실히 정반대되는 행동이었다.

그러나 그의 손은 곧 떨어져 나갔고 마치 의례적인 절차에 불과했다는 듯이 둘은 떨어져 제가 가야 할 자리로 향해 갔다. 잠시 하나로 겹쳐진 길이 각자로 나누어진 듯한 모습이었다.

생각해 보면 이다음은 데이지와 춤을 추어야 하니 가야 할 방향이 같을 텐데 그것조차 생각하지 못할 정도로 황태자는 감정적이 되었던 것 같다. 슈리아를 더 이상 앞에 두고 서 있지 못할 정도로. 그의 감정이 낱낱이 드러날까 우려되어서.

슈리아는 내심 코웃음 쳤지만 가벼운 마음으로 그리 반응하는 건 아니었다. 그 태도가 그만큼 그의 열렬한 감정을 반증하는 듯하여 마음이 무거웠다.

황태자비 자리를 떠나 훗날 정체가 드러났을 때 그를 짓밟기 위해서라도, 달가운 일이어야 하건만 감정은 결코 그렇게 흐르지 않았다.

정말 어처구니없고, 짜증스럽고, 심장 위로 벌레가 기어가는 듯이 거슬렸다. 물론, 이전에도 한 번 보인 바 있지만 그가 느끼는 감정을 이리도 선연하게 감지한다는 것은…… 슈리아는 미소를 지웠다.

초월자에게 갖다 붙이는 것이 생소한 감정이었지만, 황태자는 분명히 질투하고 있었다. 능력이나 실력에 대한 것이 아니라, 순수하게 이성 간의 애정에서 필연적으로 비롯되는 질투. 그것은 슈리아에게 소름 돋는 불쾌감을 선사했다.

단순히 여자의 몸이 되었다는 것을 떠나서 다른 누군가에게 여자로서 인지되고 있다는 그 자체.

이런 몸뚱이를 하고 있으니, 오늘 같은 날이 오리라는 예상을 하지 못한 건 아니다. 그러나 단순히 먼 훗날로 예상한 그것이 현실화된 건 그다지 좋은 기분이 아니었다.

이것은…… 마치 인간이 된 느낌이다.

실제로 슈리아는 초월자가 아닌 인간의 몸이었다. 초월자가 됨으로써 겪는 일종의 개변改變 현상을 맞지 않은 지금, 이미 육신의 울타리를 벗어난 영혼과는 달리 그 그릇이 되는 슈리아는 평범한 인간 소녀였다.

그러나 종족 번식과 보존을 위해 설계된 애정이라는 감정, 그 인간적 범주 안에 제 자유롭고 초월적인 영혼이 가둬지는 이 느낌은 마치 본성을 창끝으로 꿰뚫어 헤집는 듯했다.

그것은 흡사 고귀한 순백의 신성을 검게 오염시켜 몰락하게 만드는 일과 같았다.

유일한 대적자로 여기는 황태자의 인간적인 심정을 짐작할 수 있다는 것은 자신이 인간화된 듯하여 더욱 불쾌한 일이다.

게다가 자신을 그의 합법적인 소유물인 양, 그에게 귀속된 존재인 양 구는 마음가짐이며 태도가 참을 수 없이 거슬렸다.

슈리아 아델트는 누구의 것도 아니었다.

대마법사 아마르잔이란 누군가가 감히 소유를 주장하기에 너무도 위대한 존재였다. 그러니 차라리 그 반대의 경우라면 모를까, 이런 것은.

슈리아는 그것으로 상념을 멈췄다. 또다시 제게 닥친 난관을 감지한 탓이다.

황태자의 등장이 잠시 곤혹스러운 상황에서의 탈피를 가능하게 했지만, 문제가 완전히 해결된 건 아니었다. 루이스 클라인과 에리히는 여전히 그 자리에서 누구에게도 춤을 청하지 않고 슈리아를 기다리고 있었다.

이번에야말로! 결연한 뜻을 품은 두 쌍의 눈동자에 저절로 발걸음이 느려진다. 슈리아가 정말 베헤모트를 꺼내야 하나, 고심하고 있을 때 생각 외의 도움이 있었다.

"루이스, 오랜만에 나랑 같이 춤추자. 응?"

"에리카……."

"싫어? 이젠 난 아예 뒷전인 거야?"

"……알았어."

슈리아를 의식하지 않는 척, 애교를 부리며 루이스 클라인에게 달라붙는 에리카의 돌발 행동은 대단히 기꺼운 것이었다. 그것만으로도 에리카의 모든 불손함이 용서될 수 있으리만큼 반대쪽 저울추에 무게를 더하는.

결국 루이스 클라인은 제 여동생의 칭얼거림에 못 이겨 아쉬운 시선을 주고 떠나갔다.

그리하여 슈리아의 다음 춤 상대는 자동적으로 에리히가 되었다. 당연히 그렇게 될 것으로 보였다.

그러나 또다시 변수가 발생했다.

"에리히 경, 전하께서 찾으신다."

뚜벅뚜벅 다가와 무뚝뚝하게 말을 건네는 남자는 익숙한 얼굴이었다. 오랜만이군. 그를 알아본 슈리아는 카지스 경에게 목례했다. 그 역시 잠자코 고개를 끄덕였다.

"어서 가지."

이어서 재촉하는 말투 자체는 다분히 사무적이었으나 슈리아는 카지스 경의 미세하게 찌푸려진 미간과 꽉 쥐어진 주먹에서 거부감과

회의를 동시에 감지했다.

그 모습을 보아하니 역시 일이 있어서가 아니라……. 슈리아는 에리히를 돌아본 뒤 그에 대한 평가를 고쳤다. 황태자의 개가 되었다고 생각했는데 분기를 누르는 표정을 보건대 그것이 진실은 아니었던 모양이다.

이건 견제인가. 그렇게 떠나간 와중에도 에리히를 떼어 놓는 걸 잊지 않는 황태자의 집요함은 어처구니없는 기분에 심도를 더했다.

에리히는 어쩔 수 없다는 듯이 슈리아에게 작별을 고했다. 그는 한 차례 한숨을 내쉰 뒤 거친 몸짓으로 카지스 경과 함께 떠나갔다.

갑자기 홀가분해진 슈리아는 쟁반에 음료를 싣고 지나가는 하인을 불러 주스 한 잔을 집어 들었다. 이로써 순탄하게 두 명이 다 처리되었다. 모든 상황이 제게 이상적으로 풀려 가는 것은 꽤 달가운 일이었다.

흘낏 옆을 보니 카지스 경을 발견하고 춤을 추다 급히 돌아온 듯한 레이첼이 안타까운 표정으로 그가 떠나간 자리를 응시하고 있었다.

그러고 보면 레이첼은 카지스 경을 연모했었다. 갑작스레 황궁을 떠나게 된 후로 시일이 꽤 흘렀건만, 아직 이 소녀의 마음은 식지 않은 모양이다.

정말 희한하게도 무도회장에서 꽤 큰 인기를 누리고 있는 데이지가 그때 한 영식과 춤을 추고 돌아왔다.

도대체 어떤 이들이 데이지에게 호감을 느끼고 춤을 청하는 것일까. 슈리아는 그들의 독특한 취향에 대해 의문이 깊었다. 단순히 시그오닐 대공녀와의 친분을 노리고 춤을 청하는 것이라 하기엔 황궁에서도 데이지는 인기가 좋았었다.

하긴 그 한없이 명랑한 성격은 사교계에서 흔히 찾아볼 수 없는 진귀한 것이니.

납득하는 사이 레이첼이 새침한 얼굴을 하고 데이지를 맞았다. 데이지는 슈리아 앞에 도착하자마자 투덜댔다.

"잉, 황태자 전하는 나랑 춤도 안 추고 가 버리셨어! 그냥 떠나 버리셨다고!"

"바쁘셨나 보지."

슈리아는 무덤덤하게 대답했다. 제 감정을 못 이겨서가 아니라 단순히 데이지와 더 대면하기 싫었던 것은 아닌지 의심이 드는 시점이었다. 그러나 고집스러운 데이지는 슈리아의 추론을 깡그리 무시하며 주섬주섬 말을 꺼냈다.

"그건 그렇지만 오를레앙 공녀랑도 춤을 안 추셨잖아? 정확히는 오늘 슈리아 외에는 춤을 추지 않으셨어! 음…… 그렇담 전하께선 슈리아를 좋아하시는 게 아닐까!"

데이지의 음성은 생각보다 커서 홀 안에 쩌렁쩌렁하게 울려 퍼졌다. 주변의 시선이 쏟아지자 슈리아는 데이지의 입을 틀어막고 싶은 과격한 기분에 사로잡혔다.

지고한 황태자에 대한 추측을 그리도 경박하게 늘어놓는 것도 그렇거니와 그 말이 진실에 가까웠기 때문에도 그랬다.

슈리아는 그 모든 충동을 억제하며 되도록 우아하게 제 손에 들린 잔을 쥐여 주었다. 이거 마시고 입을 다물라는, 명백한 의지가 담겨 있는 몸짓이었다. 레이첼이 코웃음 치며 말했다.

"그야 슈리아는 공작부인의 조카잖아. 오늘 같은 날 주빈이 신부의 친족과 춤을 추는 건 의례적인 일이야."

"오를레앙 공녀도 위켄하이저 공작 각하의 사촌이잖아!"

데이지는 검지를 좌우로 휘저으며 제 주장을 관철하려는 듯이 외쳤다. 뭘 먹고 자랐는지 목청이 크기도 했다.

더욱이 데이지는 황태자의 사촌이었다. 여러 차례 대화가 오가며 레이첼의 반박에도 불구하고 그녀가 강경히 주장을 내세우자 신빙성이 있다고 생각했는지 주변 귀족들이 수긍하는 기색을 보이며 수런거린다.

더불어 예전에 떠돌았던, 슈리아가 황태자를 연모한다는 소문이 다시금 되살아나기 시작했다.

그것에 한없이 기분이 저조해진 슈리아는 시선을 돌리다 우연히 오를레앙 공녀를 발견했다. 안색이 좋지 않은 그녀를 둘러싸고 귀족 영애들이 이쪽을 향해 못마땅한 시선을 던졌다.

지금 이 순간 데이지는 적을 양산하고 있었다. 그리고 데이지와 한편으로 여겨지는 슈리아도 그것은 마찬가지였다.

이건 좋지 않다. 슈리아는 싸늘한 심정과는 달리 당황한 미소를 자아냈다. 비록 그것이 진실일지라도, 아직 이 시점에서 황태자와의 염문이 퍼져 나가는 것은 문제가 있었다.

황후의 표적이 되는 것이야 두려울 리 없지만, 그렇다고 귀찮은 경우를 당하고 싶은 것도 아니다.

다행히, 때맞춰 구원자가 등장했다.

"저기, 전하께서는 나랑 춤추시고 나서도 다른 누구와 춤추지 않으셨어. 하지만, 그 후로는 아무 말씀이 없으셨지."

에리카 클라인이 되돌아왔던 것이다. 루이스 클라인은 어떻게 했는지 에리카는 혼자였다. 그녀는 상냥한 음성을 자아내며 슈리아에게 흘낏 시선을 주었다.

"어, 물론 그럴 수도 있다고 보긴 하지만, 섣불리 결론 내리는 건…… 이르다고 생각해. 난 그저 슈리아가 실망할까 봐."

에리카는 어깨를 으쓱해 보였다. 그런 것에 실망 따위 할 리가 없겠지만, 에리카의 어조는 기대를 가지면 반드시 실망하리라는 소리로 들렸다.

제 경험을 적용한 것일까. 슈리아를 생각해서라기보다는 무시해서 그런 말을 꺼냈다는 게 진실일 것이다.

어쩌면 슈리아를 돋보이게 하는 소문이 퍼져 나가느니, 제 아픈 옛 경험을 털어놓는 것이 낫다는 질투심이 튀어나온 것인지도 모른다. 황태자의 짝사랑을 내키지 않게 받고 있는 슈리아로서는 가소로운 말이었다. 분명히 슈리아와 에리카 클라인은 경우가 다르니.

"게다가 넌 목소리가 너무 커!"

레이첼이 결론짓듯 일침을 가하자 데이지는 칫, 소리를 내며 입을 다물었다. 시그오닐 대공녀가 한풀 꺾이며 의견을 접자 곧 그냥 해 본 말이라 여겼는지 쏠린 집중은 금세 흩어지게 되었다.

그리고 이어진 대화 속에서, 무도회의 시간은 흘러갔다. 소녀들은 종종 다른 영식들에게 춤 신청을 받으며 교대로 자리를 뜨곤 했고, 가장 바삐 오간 것은 역시 슈리아였다.

음악이 멎은 사이 음료를 고르러 마실 것이 올려진 테이블로 향하자, 에리카가 쪼르르 따라붙었다. 그녀는 기회만 노리고 있었던 양 슈리아에게 잠깐, 이라고 말을 걸며 으슥한 곳으로 이끌었다. 둘만 있다는 확신이 들었는지 에리카가 곧 입을 열었다.

"저, 이런 말 실례인 것은 알지만 좀 들어 줬으면 해."

"말해 봐."

슈리아는 고요하게 에리카의 말을 받았다. 에리카는 데이지는 물론이거니와 무리의 그 누구에게도 단 한 번도 드러내지 않던 가시 돋친 얼굴로 내려다보듯이 말했다.

"우리 오빠가 그간 네게 오해를 살 만한 행동을 좀 했을 거야. 그런데 알다시피 루이스는 원래 성격이 친절하고, 아는 사람이면 특히 잘해 주려 해. 너와는 옛날에 만난 적이 있었으니 더 반가워하는 것뿐이야. 그러니 특별한 감정이 있어서 네게만 그러는 것이라고 오해하지는 말아 줬으면 해."

"난 오해하고 있지 않아. 하지만 네 말은 잘 알았어."

슈리아는 천사 같은 얼굴로 생긋 웃었다. 적어도 그 말은 사실이었다. 루이스 클라인이 슈리아에게 이성적인 호감을 품고 있다는 건 결코 오해가 아니니까.

에리카가 한 슈리아에게만 그렇게 행동하지 않는다는 말은 어폐가 있었다. 루이스 클라인은 셀리나 데이지 같은 다른 어떤 소녀에게도 슈리아에게 보이는 것과 같은 태도를 취한 적이 없었던 것이다.

그랬다면 그건 바람둥이겠지. 속으로 우습게 여기고 있었을지라도 슈리아가 겉보기로는 순순히 수긍하자 에리카는 한층 더 거만하게 말했다.

"그리고 데이지에 대해서도, 너무 격의 없는 태도를 보이는 것은 옳지 않다고 생각해. 알다시피 난 후작가의 딸이니, 그리 차이가 나지 않지만 넌 다르잖니. 알지? 내 말이 무슨 소리인지. 여기가 퀸른이었다면 너와 내 관계는 지금과 좀 달랐을 거야."

역시 귀족 영애는 귀족 영애인지 비꼬는 말을 하면서도 어조만큼은 아주 우아했다. 다분히 저와 슈리아 간의 가문적인 격차를 언급하는 소리는 확실히 이런 구석진 곳을 찾아들 만한 것이다.

슈리아는 그녀의 태도를 관찰하며 본성이 낱낱이 드러난 에리카의 머릿속을 헤아렸다. 역시나 제가 살살 구슬리며 달라붙었던 데이지가 슈리아를 유독 애호하는 것이 거슬렸던가. 이 소리를 데이지가 들으면 어떤 얼굴을 보일지 궁금했다.

……어쨌건 간에 루이스 클라인을 떨쳐 준 데다가 데이지의 발언을 봉쇄한 그녀에게 높은 점수를 주었다고 해도, 이 같은 기어오름은 용납할 수 없는 일이었다.

단지 대마법사로서가 아니라 황태자비가 될 몸인 만큼 슈리아는 누구에게도 고개 숙여서는 안 되는 것이다. 후에 그녀의 머리 위에 올라설 몸이기에.

"그건 데이지가 허락한 일이야. 또한 데이지가 원하는 일이기도 하지. 너 역시 이곳이 퀸른이 아님을 알아 두는 게 좋겠어. 이미 한 번 겪은 일을 또 당하고 싶지 않다면."

에리카 클라인은 오를레앙 공녀에게 도전했다가 또래의 영애들에게 따돌림당하고 사교계의 외곽으로 밀려난 처지가 아니었던가.

그 말을 하는 슈리아의 낯에는 잔잔한 미소가 흐르고 있어서 어디까지나 눈부시게 화사하고 다정했다. 예기치 못한 강력한 역습에 순간 멍한 표정을 지은 에리카는 달아오른 얼굴로 입술을 꽉 깨물었다.

"너! 지금 감히⋯⋯!"

슈리아는 분에 찬 에리카의 외침을 차분하게 가로막았다.

"이런 말을 굳이 하고 싶진 않지만, 너야말로 오늘 이 무도회가 무엇을 위해 열리고 있는지 자각했으면 해."

그녀가 간과하고 있던 것을 상기시켜 주는 말에 에리카의 표정이 흠칫 굳었다.

오늘 이 무도회는 위켄하이저 공작의 혼례를 축하하기 위한 연회였고 눈앞의 슈리아 아델트는 오늘로써 위켄하이저 공작가의 안주인이 된 세일린의 조카였다. 그녀의 머리로도 거기까지는 생각이 닿았으리라.

"그래, 내가 실례했어."

마치 겉껍데기를 새롭게 교체한 것처럼 신속한 변화였다. 안색에 비친 분기는 순식간에 빨려드는 듯이 속으로 갈무리되었다. 초콜릿처럼 달콤하게 피어오른 미소에는 조금 전에 있었던 대치를 무無로 돌리고자 하는 의도가 느껴진다.

슈리아는 흥미로운 눈길로 눈앞의 소녀를 응시했다. 감정 조절에도 능숙하고, 물러나야 할 때를 알 만큼 융통성이 있고, 능숙하게 행동으로 옮길 만큼 뻔뻔하다.

비록 교만하여 질투심 넘치는 성미의 소녀이기는 했지만, 에리카 클라인은 타고난 여우였다.

나이를 감안하면 넘치는 욕망과 신분 질서에 의거하는 자존심의 한시적 표출은 있을 법한 것이었다. 세월이 지나면, 좀 더 약게 제 속내를 감추게 되리라.

그 무궁무진한 발전 가능성에 슈리아는 상당히 점수를 주었다. 에리카는 가식적인 상냥함으로 말했다.

"사과할게, 미처 생각하지 못했어. 비록 너와 난 시작은 달랐지만…… 어쨌든 이 제도의 사교계 내에선 비슷한 위치였지. 그래도 공작부인께서는 핀테른의 영주이신 한, 우리가 이웃 사이라는 건 변하지 않을 거잖니? 내 잠깐의 실수를 깊게 마음에 담지 말아 주길 바라."

확실히 에리카 클라인은 교활한 어법을 구사하고 있었다. 사과하는 와중에도 제 출신적 우위를 잊지 않고 언급하며 저를 기꺼이 용서해야 할 만한 구실로 퀸른에서의 지배적인 입지를 구축하고 있는 클라인 후작가까지 들먹인다는 것은, 철저하게 정치적인 뇌 구조였다.

사교계에서 아웅다웅할 게 아니라 아카데미 출신이기도 하겠다 외교 쪽으로 진출하면 잘할 것 같은데…… 후에 황태자비가 될 슈리아는 미리부터 에리카의 용도를 생각해 보았다.

대화를 나누는 와중에 단 한 번도 감정을 드러낸 적이 없는 천사 같은 낯에는 여전히 미소가 자리하고 있었다.

"누구에게나 실수는 있을 수 있으니까. 이해할게."

슈리아는 자비를 베풀 듯 관대하게 말했다. 물론, 불쾌하게 여기라는 의도가 담긴 말투였다.

눈동자가 살짝 흔들리긴 했지만, 에리카는 더 이상 감정을 내세우지 않았다. 마치 화해라도 한 것처럼 에리카는 과장된 친근함으로 슈리아의 팔짱을 끼고 친구들에게로 이끌었다. 아마도 그 속은 부글부글 끓고 있으리라.

이런 반응을 보일 수 있는 인간은 아주 너그럽거나, 원한이라는 것을 잊지 않고 꼭꼭 담아 두었다가 훗날 갚으려 할 만한 부류였다. 그리고 에리카 클라인은 철저히 후자였다.

그러나 그녀가 앙심을 품고 슈리아를 곤란하게 만들 수 있다면, 그 또한 이 평범한 삶의 활력소가 되지 않겠는가. 앞으로 다가올 에리카의 술수를 슈리아는 내심 가볍게 여기고 있었다. 그저 한때의 유희 정도로.

다만, 지금은 비슷할지 몰라도 과거에는 달랐다는 그 말은 의도치 않았겠지만, 마치 아마르잔의 비천한 출신을 꼬집는 듯했다.

슈리아는 왜 다시 태어난 삶조차 이딴 소리를 들어야 하는지 제 불운을 짜증스럽게 여겼다. 영혼이 고아로 점지되어 있기라도 하단 말인가.

어쨌든 존재 자체로 슈리아를 자극하는 황태자와는 달리 에리카가 그저 가소롭게만 느껴지는 것은, 이 소녀가 평범한 인간이기 때문이다.

초월자의 경지에 다다를 가능성은 티끌만치도 보이지 않는 미천한 인간.

어떤 되바라진 소리를 지껄인다 한들, 인간의 운명을 벗어나지 못하고 시들어 갈 초라한 잡초. 세상의 근원이 되는 위대한 영적 흐름과 철저히 동떨어진 채로 백 년도 지나지 않아 시체가 되어 무덤에서 썩어 갈, 고작 그런 존재였다.

그렇다 해도 이렇듯 무모한 도전을 멈추지 않는다면 저 자신만 상하게 될 것이다. 고작 그 정도의 존재일지라도, 상대를 제대로 파악하는 안목쯤은 제 안위를 위해서라도 갖추고 있어야 함이니.

"잉? 둘이 왜 같이 붙어 있어? 나란히 어디 갔다 온 거야?"

다정한 모습을 꾸며 내며 되돌아왔을 때, 데이지가 질투심 섞인 표정으로 질문하며 에리카와 슈리아의 접촉면을 뚫어지게 응시했다.

정확히는, 팔짱을 낀 그 부분이었다.

데이지는 여전히 슈리아의 단짝 자리를 고수하고 싶은 모양이었다. 그리고 그간 데이지에게 접근하던 에리카의 노력도, 그 고정된 마음을 변화시키기에는 부족했던 것 같다. 에리카가 난처한 듯 웃었다.

"잠시 이야기할 게 있어서."

"그게 날 빼고 너희끼리만 해야 할 이야기야?"

"아무래도 우린 같은 지방 출신이잖니. 그간 이야기를 나눌 기회가 많지 않아서……."

에리카가 변명을 시도했지만, 데이지는 뾰로통하게 입을 툭 내밀었다.

"나도 슈리아와 단둘이 이야기하고 싶었어! 하지만 우린 다 친구니까 참았다구!"

그 명백한 독점욕에 데이지의 눈동자에 한 줄기 섬광이 스쳤다. 슈리아는 그 눈빛이 황태자의 것과 익숙하다는 것을 깨닫고 몸을 굳혔다.

시그오닐의 핏줄에 슈리아를 극단적으로 애호하여 타인을 배척하는 특성이 내재되어 있을지도 모른다는 건 확실히 탐구해 봐야 할 주제 같다.

황궁에서야 가끔 블레어가 끼긴 했지만 소녀들은 정확히 여섯 명이 짝수로 떨어지는 터였다.

레이첼은 셸리와 제시카는 베티와 유독 친했고 그래서 자연스레 데이지도 슈리아에 대한 독점권을 주장할 수 있어서 그리 문제가 되지 않았다.

그러나 새로 등장한 에리카 클라인은 데이지에게 경계심을 심어주기 충분한 듯싶었다.

에리카와 슈리아의 친분을 경계하여 그녀의 접근을 우호적으로 받아들인 대응을 데이지가 의도한 바라 추론하는 것은, 지나치게 고차원적인 기대일까? 슈리아는 의혹을 품었다.

그때 레이첼이 입을 열어 빈정댔다.

"나 참, 슈리아가 네 거니? 둘이서만 하고 싶은 말이 있을 수도 있는 거지 뭘 그런 거 가지고 그래. 철 좀 들어!"

"이익……."

입매를 실룩거리는 데이지는 토라진 기색을 풍겼고, 에리카 클라인은 진땀을 흘리며 그녀를 달랬다. 적어도 후작 영애로서 도도하게 자라났던 에리카에게 시련을 안겨 준다는 점에서 데이지는 본의 아니게 슈리아를 위해 보복을 행하고 있었다.

그러나 강아지 같은 눈빛으로 슈리아에게 같은 행태를 요구하듯 힐끔거리는 모습은 확실히 거슬리는 감이 있었다.

그 후로 별다른 일 없이 무도회는 끝을 맺었다.

로이엄 백작부인은 남아서 이제 공작부인이 된 세일린을 도와주고 싶어 하는 눈치였지만, 손님들이 썰물처럼 빠져나가자 공작가의 분위기는 단숨에 전환되었고 타인을 배제하는 엄숙한 기미를 풍겼다.

삐친 게 도통 풀리지 않는 데이지와 다른 친구들을 떠나보내고 신부의 친족 된 자격으로 마지막까지 자리를 지키던 슈리아는 문득 오를레앙 공녀와 마주쳤다.

아니, 정확히는 오를레앙 공녀가 슈리아와 마주할 기회를 기다리고 있었다고 보는 것이 옳으리라.

늘 생각하는 것이지만 그녀는 아름다웠다. 그래서 슈리아는 에리카가 이해가 가지 않았다.

신분적 차이도 그렇거니와 이렇듯 외형적으로도 뚜렷한 격차를 보이는데 뭘 믿고 그녀에게 도전했단 말인가. 제아무리 자기애에서 비롯된 막을 씌운 눈으로 거울을 보더라도, 자신의 모자람을 몰라볼 것 같지는 않았다.

무엇보다도 슈리아 앞에서 제 발톱을 감췄던 에리카에게는 현실적인 면모가 있었다. 그저 지금보다 어렸을 때이니, 욕심에 눈이 어두웠던 것이라는 추측이 적합할지도 모른다.

그러나 그녀와는 달리 슈리아에게는 오를레앙 공녀와 경쟁을 펼칠 의향이 부재했다. 이미 승자는 자신으로 정해져 있는데 굳이 고된 과정을 거칠 필요는 없는 것이다.

"아직 남아 계셨군요."

"물어볼 말이 있어서 왔어요."

오를레앙 공녀의 얼굴은 무언가 단단히 결심한 듯 확고했다. 그간 꿍얼꿍얼거리다가 꾹 참고 되돌아섰던 그녀 아니었던가. 오늘만큼은 참을 수 없는 요인이 있었으리라.

슈리아는 말해 보라는 듯이 상냥한 시선을 주었고 지지를 받은 오를레앙 공녀가 조용히 입을 뗐다.

"혹시 당신…… 전하를 연모하나요? 추궁하려는 건 아니지만, 그런 소리를 들었어요."

슈리아가 잠시 침묵하자, 오를레앙 공녀는 제가 한 말과 달리 추궁하듯이 다급히 물었다.

"대답해 줄 수 있겠어요?"

무엇을 우려하는가. 슈리아는 떨리는 그녀의 눈 속에서 제 고유한 영역을 침범해 오는 침입자에 대한 경계심을 읽어 냈다.

그러나 그것은 역시나 격렬하지 않았다. 오를레앙 공작가의 금지옥엽인 그녀가 저와는 비교도 할 수 없는 위치인 슈리아를 경계해야 할 이유라면, 일전에 슈리아가 떠올렸던 가정과 다르지 않을 것이다.

황태자비로서의 자신의 입지가 뒤흔들릴 것을 염려하는 게 아니라 저 못지않게 특출한 외양을 지닌 슈리아가 혹시라도 황태자의 눈에 들어 후궁이 되는 것을 걱정하는 것.

자신을 암묵적인 승자라 여기고 있던, 그리고 주변 분위기 역시 그렇게 확신하게끔 형성되어 왔던 그녀로서는 당연한 생각일 터였다.

또한 오를레앙 공녀는 오랜 시간 황태자를 연모해 왔고, 그 연모에는 그 누구에게도 무심하기 그지없던 황태자를 독점할 수 있으리라는 기대감도 내포되어 있을 가능성이 높았다.

후궁에서의 암투가 그리도 격렬한 것은 단순히 제 자식에게 유일 무이한 권력을 쥐여 주고자 하는 필연적인 탐욕 탓만이 아니라 애초부터 한 명의 수컷을 놓고 여러 명의 암컷이 존재하는 구도 자체가 문제인 것이다.

이성 간의 애정은 늘 질투를 수반하기 마련이니. 질투하지 않으면 애정도 없는 것이라 했던 말은, 대다수에게 적용되는 사항이었다.

그러니까 황태자를 열렬히 애모하는 오를레앙 공녀가 이런 모습을 보임은 당연한 일이다.

그리고 슈리아에게는 기꺼이 그녀를 안심시켜 줄 마음이 있었다.

"그런 소문이 돌고 있는 것은 알고 있어요."

"그러면 정말로?"

"사실이 아니에요. 저는 전하를 연모하고 있지 않아요."

"그럼 왜, 전하께 손수건을 바쳤나요?"

"저는 전하의 시녀였으니까요. 마땅히 줄 사람이 없어서 그리했는데, 오해를 샀나 봐요."

"그렇게 사소한 일처럼 말하지 마세요!"

추궁을 하려던 게 아니라면서 점차 캐묻던 오를레앙 공녀는 결국 소리를 지르고야 말았다. 텅 빈 무도회장에서, 그녀를 마주하고 있던 슈리아는 오늘 날을 잡았구나 생각했다. 오를레앙 공녀는 고운 얼굴을 일그러뜨리며 우울하게 말했다.

"……미안해요. 난, 그때 무척 기대했어요. 그리고 결과를 듣고 실망하고, 불안해했죠. 게다가 당신은 전하의 곁에 있고……. 전하께서 무도회에 참석하지 않으시면서 제가 궁에 드나드는 것도 용납하지 않으시니까요."

"이해해요."

그간 슈리아가 무척이나 신경 쓰였음을 고백하는 오를레앙 공녀의 하늘빛 눈동자는 비가 내리는 양 눈물을 쏟을 듯이 애처로웠다.

스카나덴 소공작이 그녀에게 차마 진실을 토로하지 못한 모양인데, 후에 사실을 알게 되면 어떤 반응을 보일지 궁금했다.

절망에 빠져 목숨을 끊지는 않겠지. 그것은 슈리아에게도 바람직한 일이 아니었다. 오를레앙 공녀는 희귀하도록 아름다운 소녀였고, 아마르잔은 예술품을 선호하는 만큼 미인에게도 관대한 경향이 있었다.

게다가 황태자 역시 단둘이 있을 때면 솔직해지지만, 말만 한 사내놈의 고백보다야 아리따운 소녀의 솔직한 질투심이 더 귀여운 것이다. 슈리아는 확신시키듯 다시 한 번 말했다.

"저는 전하를 좋아하지 않아요."

반대의 경우를 묻지 않음은, 애초에 그러한 경우를 상정하지 못하고 있거나 아예 의식적으로 배제하고 있을 가능성이 높았다.

하긴 황태자 자체도 그리 냉정한 얼굴을 하고 있는 데다가 연기력 또한 탁월하니 전혀 예상하지 못할 만했다.

비록 저를 연모한다 하여 황태자를 불꽃처럼 뜨겁고 열렬한 이라 본다지만, 생각해 보면 슈리아에게도 그가 고백해 오기 이전, 황태자를 고독하고 건조한 자라 여겼던 기억이 있었다.

물론 그 추측은 전 생애를 통틀어 그보다 더할 수 없을 만큼 철저히 오산이었다.

"무엇보다 전 후궁은 싫은걸요. 그렇게 되느니 차라리 작위 없는 몰락 귀족과 혼인하는 게 나아요."

이것 또한 사실이었다. 오를레앙 공녀가 확연히 안심한 얼굴을 보여서, 슈리아는 드물게 기분이 이상해졌다. 진실만을 말했건만 배신이라도 하는 듯한 기분이다.

하지만 숨겨진 뜻을 간파하지 못함은 사교계의 꽃으로서 소양이 부족한 것이겠지.

뒤이어 오를레앙 공녀가 사과의 말을 꺼내고, 한결 화기애애한 분위기 속에서 그 둘은 일단 결별을 맞았다.

※

또다시 평온한 시간이 도래했다.

비록 위켄하이저 공작가의 혼인 연회에서 불거진 출처 모를 소문이 세간에 떠돌았다고는 하나, 그것은 잠시의 들썩임이었을 뿐 구체화된 것은 아니었다.

오를레앙 공작가의 위명 앞에 황태자와 슈리아 아델트와의 염문이란 일전에 슈리아 자리에 에리카 클라인을 두고 번져 나갔을 때보다도 미미한 것이었으며, 그런 하잘것없는 의심으로 공작가의 비위를 건드리려는 이들은 많지 않았다.

오를레앙 공녀의 의혹은 효과적으로 불식되었고, 세일린은 공작가에서 당분간 신혼 생활을 즐기며 적응 기간을 가져야 했다.

그리고 슈리아는 세일린의 혼인식을 핑계로 취할 수 있었던 잠깐의 휴식기를 지나 또다시 데이지와 많은 시간을 보내게 되었다.

더불어 그와 비슷한 시기에, 한층 더 교묘해진 방식으로 에리카 클라인의 이간질이 시작되었다.

지난 무도회에서 데이지가 슈리아에 대한 극진한 애호를 표명함으로써 에리카를 당황시켰다 하나, 그간 에리카가 들인 공은 적지 않았다.

셀리는 애초에 제게 호의를 보이며 다가오는 이를 쳐낼 수 없는 성정이었고, 데이지는 제 비위를 잘 맞춰 주는 에리카에게 우호적일 수밖에 없었다.

사실 많은 군주가 충언을 건네는 신하보다 제 가려운 곳을 살살 긁어 주는 이들을 선호한다는 것을 생각해 보면, 아직 열다섯 살 소녀에 지나지 않는 데이지의 태도는 이해가 가는 것이다.

그런 만큼 무리에서 다소의 입지를 확보한 에리카의 발언은 은연중에 영향력을 발휘하고 있었다.

시작은, 슈리아와 옛 친구의 만남으로부터 비롯되었다.

레이첼의 생일을 맞아 루트비아 백작가에서 열린 무도회에서 슈리아는 우연하게 퀸른에서의 옛 친구를 만났다.

세라 플록스.

친구라 하기도 우습지만, 어쨌든 그녀는 핀테른에 인접해 있는 영지의 귀족 영애였고 나이도 같아서 어린 시절부터 종종 얼굴을 봐 왔던 사이였다.

자작가의 딸인 세라는 한때 슈리아의 단짝을 자처했던 소녀로 슈리아보다 1년 먼저 제도로 올라오게 되면서 연락이 끊겼었다.

그녀 역시도 클라인 후작가의 초청을 받은 적이 있었던 만큼, 에리카와도 안면이 있을 법한데 그쪽으로는 눈길도 주지 않고 제게만 인사하는 모습에 슈리아는 어렵지 않게 깨달았다.

아마도 세라는, 아반튼 후작 영애 무리의 일원이리라.

"이게 얼마 만이야? 슈리아, 네가 이곳에 참석한다는 소식은 들었어. 다시 보게 돼서 기뻐!"

반짝이는 눈으로 슈리아의 손을 부둥켜 잡은 세라는, 데이지가 잠시 부재한 사이 슈리아를 이끌고 둘이서 이야기할 만한 장소, 즉 구석진 테라스로 향했다.

요즘, 단둘이 대화를 나누는 상황이 부쩍 는 것 같은데……. 그게 누구든 내키지 않았다. 세라의 인사에 의식적으로 반가운 미소를 지어 보이면서도 정작 슈리아는 그녀와의 재회에 별다른 감흥을 느끼지 못하고 있었다.

다만, 과거에는 상당히 떼쟁이였던 것으로 기억하는데, 부쩍 성숙하여 어느덧 귀족 영애의 태를 풍기고 있는 점은 신선했다. 세라 플록스는 슈리아를 데려다 놓고 불만스럽게 말했다.

"요즘 에리카 클라인과 어울린다지? 정말, 나와 먼저 만났어야 하는데! 하필 내가 영지에 내려가 있던 동안 사교계에 데뷔할 건 또 뭐니. 공작부인께 말씀은 전해 듣긴 했지만 정말 아쉬웠어."

슈리아는 그 말에서 세라와 친분을 유지해야 할 필요성을 감지했다. 세일린과 그녀의 어머니인 플룩스 자작부인은 꽤 친근한 사이라고 알고 있었는데, 여전히 편지를 주고받고 있었던 것 같다.

이어서 세라는 슈리아가 간간이 한 대답 속에서 신 나게 에리카에 대한 험담을 시작했다. 마치, 그것이 원래의 목적이었던 것처럼.

"왜 그런 애랑 친하게 지내니? 에리카 클라인은 눈꼴사납게 굴다가 제도의 귀족 영애들에게 밉보여서 구석으로 밀려난 애란 말이야. 솔직히 꼴좋게 된 거야. 사교계에 데뷔하자마자 황태자 전하와 첫 춤을 췄다고 자기가 무슨 황태자비라도 될 것처럼 거만하게 고개를 쳐들고 다니더니, 결국 모두에게 미움을 샀지 뭐. 그 애는 명문가의 영식들에게는 살살거리면서 저보다 낮은 작위의 영애들을 자기 하녀 취급 해 댄다고! 완전 이중인격이야!"

언성이 높아지자 세라는 주위를 살피며 숨을 골랐다. 다만 그런 조절이 무색하게도 다시금 이어진 말은 점점 감정을 담고 소리를 높여 갔다.

"실은 나도 당했어. 뭐, 목마르다고 물을 가져다 달라 했던가? 손수건을 들어 달라지 않나, 마차를 불러 달라지 않나! 온갖 사소한 심부름을 시중인을 부리듯이 주변에 떠넘기는데, 그게 제 권리라도 되는 줄 아나 봐? 게다가 매번 그랬다고 매번! 깔보는 표정으로! 자기가 후작 영애면 다인 줄 아나, 제도에서 저만한 가문이 없는 것도 아닌데! 내 말은, 그 대단한 오를레앙 공녀도 그렇게 굴지는 않는단 말야."

그 두 명의 현격한 성격 대비로 인해 세라는 오를레앙 공녀의 충실한 추종자로 거듭난 듯이 보였다.

"마음이 많이 상했나 보구나."

슈리아는 우선 그렇게 공감하는 척했다. 퀸른은 브리오니아 내에서도 그리 크지 않은 지방이었고, 그만큼 출신 귀족이 적어 피치 않게 돈독한 사이를 유지했으나 개인적인 제도의 귀족들에 비해 그만큼 서로 간의 간섭도 심한 편이었다.

그러니 이미 제도에서 다른 무리에 속한 세라가 오랜만에 보는 슈리아에게 새삼 친애의 정을 표하는 것은 자연스러운 일이다. 더불어 에리카와 친하게 지내지 말라는 말까지도.

"응, 다들 그랬을걸? 메릴린이 너에 대해 관심이 있는지 간혹 물어보던데 내가 소개해 줄까? 그녀는 좀 까다롭고 도도한 성격이긴 한데 자기 사람한테는 잘해 줘."

그야 사교계에 새로이 등장한 외부인에게 텃세를 부리느라고 표적을 돌리니 내부인끼리는 우애가 깊을 터였다. 슈리아는 고개를 저었다.

"이미 인사했어. 들었는지 모르겠지만, 내 친구인 시그오닐 대공녀는 그녀를 좋아하지 않아서 친해지는 것은 아무래도 무리일 것 같아."

"나도 이야기는 들었어. 하지만 대공녀라 해도 너무 무례한 거 아니니? 어떻게 초면에 그렇게 함부로 말할 수가 있어! 메릴린도 후작 영애인데!"

슈리아는 깊이 공감했다. 데이지가 보이는 태도는 제도의 사교계에서 적합한 행보는 아니었다. 분명 반감을 살 만한 것이다.

하지만 데이지가 황태자의 외사촌이고, 시그오닐이 세도 높은 대공가로서 황태자의 가장 큰 지지 가문인 이상 슈리아로서는 선을 그을 수 없는 관계였다.

그러니까 내키지 않아도, 지금 이 순간에 데이지의 역성을 들 필요가 있었다. 혹여 누군가의 귀에 들어갈지도 모르는 일이니.

"데이지가 좀 다혈질이긴 해. 하지만 아반튼 후작 영애가 셸리에게 한 행동 역시 웃어넘길 만한 것은 아니었어."

"그 정도 심술은 그냥 관례란 말야. 모두가 한 번쯤 당해 본 것이라고. 나도 처음에는 울었지만, 지나고 보니 별거 아니었는걸."

"하지만 그렇다고 그게 옳은 일이 되는 건 아니야. 또 사람에 따라 다르게 받아들일 수 있잖니. 셸리는 상처받았어."

"……뭐, 나도 그런 게 옳다는 건 아냐. 하지만 이미 그렇게 굳어진 건 새삼 어쩔 수 없단 말야. 하여간 메릴린에게는 그렇게 굴었으면서 에리카 클라인과는 찰싹 붙어 다니는 건 우리로서는 곱게 볼 수 없는 문제야."

"이해해. 하지만 데이지와 난 황궁에서 줄곧 함께 지냈어. 그녀의 의사를 무시할 수 없는 내 입장도 이해해 주었으면 좋겠어."

"참, 너도 고지식해서 탈이라니까. 알았어, 그래도 나랑은 여전히 친구인 거지?"

"물론이지."

사실 핀테른에 있을 당시에는, 뻔질나게 놀러 오는 세라의 존재를 귀찮게 여겼었다. 그녀가 제도로 떠나고 난 후 슈리아는 홀가분함을 한껏 만끽했다. 슈리아에게 있어 또래 친구의 존재란 늘 그러했다.

그러나 제도로 올라와 데이지와 만나게 되고 난 뒤, 슈리아는 그녀보다 자신을 덜 괴롭히는 다른 친구들에 대해서 상당히 관대한 시각을 가지게 되었다. 그 누구라도 어쨌든 데이지보다는 나았던 것이다.

잠시 의견의 불일치가 있었으나, 끝맺음은 단란했다. 생긋 웃는 얼굴로 인사하는 것을 마지막으로 슈리아가 제자리로 되돌아갔을 때, 데이지가 또다시 입을 내밀고 있었다.

에리카는 세라가 한 말을 짐작하고 있는 듯이 싸늘하게 굳은 얼굴이었다. 다만 그 표정도 잠시, 에리카는 데이지의 토라진 마음을 이용하기로 했는지 자못 진지한 어조로 물었다.

"슈리아는 우리와 어울리는 것이 싫으니?"

이건 또 무슨 수작인가. 데이지가 눈에 띄게 움찔하자 에리카는 탄력을 받은 듯 새침하게 말했다.

"그간 혼인식 준비 때문에 만나지도 못했는데, 오랜만에 친구들과 무도회에 나와서도 새 친구와 붙어 있는 건 아니라고 봐. 이런 말 하긴 미안하지만, 내가 보기엔 좀 그래. 슈리아는 우리가 마음에 들지 않니? 레이첼이야 원래 사교계에 홀로 일찍 데뷔해서 어쩔 수 없었다지만 넌 꼭 다른 친구들을 사귀어 떠나 버리고 싶어 하는 것 같아."

설득력 있다고 생각했는지 데이지가 울먹거리기 시작한다. 비록 속속들이 사실이었지만, 슈리아는 그를 부인하고 자기변명을 시도해야 한다는 것에 거부감을 느꼈다. 확실히 명쾌한 한 방이었다. 슈리아는 저조한 심사와는 달리 상냥하게 반박했다.

"그럴 리가 있겠니. 세라는 원래부터 아는 사이고, 또 너에 대한 오해가 있는 것 같길래 풀어 주고 오는 길이야. 둘 사이에 무슨 일이 있었는지는 모르겠지만, 같은 지방 출신끼리 잘 지냈으면 좋겠어."

"그건 그냥 사소한 일이야. 아무래도 세라가 메릴린과 친한 사이다 보니까 내게 편견을 가져서. 그보다……."

제게 불리한 화제가 언급되자 에리카 클라인은 재빨리 변명하고 바로 화제를 돌렸다. 그러게 본전도 못 찾을 말은 왜 입 밖으로 꺼낸단 말인가.

둔한 데이지야 슈리아의 말에 홀라당 넘어가 그럼 그렇지, 하며 고개를 주억거리는 눈치였지만 셀리는 이상한 기류를 감지한 듯 안절부절못하고 있었다. 그러나 그것으로 일단 갈등은 종결된 것으로 보였다.

확실히 에리카 클라인은 한층 더 교묘해졌다.

슈리아가 그리 확신하게 된 것은 그로부터 얼마 지나지 않아서였다. 그렇게 사소하게 거슬리는 순간이 그 후로도 몇 번이고 반복되었던 것이다.

세라는 만나는 자리마다 발랄하게 말을 걸며 슈리아를 끌고 갔고, 슈리아가 그녀를 떼어다 놓고 되돌아올 때마다 에리카는 불만을 표시했다.

그 영악한 입놀림에 데이지는 조금씩 설득되어 가는 눈치였으며, 셀리도 슈리아의 역성을 몇 번 들어 주다가 이상하다 싶었는지 이제는 입을 다물었다.

소심한 그녀는 제가 모자라서 슈리아가 그리 행동한다고 생각하고 괜스레 자책하는 눈치였다. 분위기에 휩쓸리기 쉬운 셀리나 단순하기 짝이 없는 데이지 둘 다, 에리카의 의도대로 슈리아에게 점차 섭섭함을 더해 가는 것 같았다.

그 와중에 메릴린과 데이지 사이를 갈팡질팡하며 위태로운 균형을 유지하던 레이첼은 어느 날 슈리아에게 따로 말을 걸었다.

"슈리아, 셀리에게 이야기는 들었어. 물론 내가 한 소리 해 주긴 했지만."

그러면서 꺼내는 말이 슈리아가 없는 자리에서도 에리카 클라인이 비슷한 이야기를 한다는 것이다.

'슈리아는 우리보다 메릴린 쪽이 더 좋은가 봐. 저 봐, 오늘도 세라와……'

그렇게 제기된 의혹은 메릴린이나 오를레앙 공녀가 슈리아에게 친근하게 인사를 건네기 시작하자 차츰 강화되었다. 레이첼은 도도한 얼굴에 우려를 떠올리며 말했다.

"나도 알아본 게 있거든. 근데 듣자 하니, 그 애가 좀 보통이 아닌가 봐."

그건 이미 익히 아는 사실이었다. 어쨌든 에리카 클라인 덕에, 데이지가 침울해져 조신한 행태를 보이고 있으니 나쁜 것만은 아니라고 여유롭게 생각하는 슈리아였다.

그러나 데이지의 들쑥날쑥한 감정선을 가늠해 볼 때, 곧 폭발할 시기가 올 것이다. 데이지의 짧은 인내심만큼은 슈리아가 무엇보다도 분명하게 확신할 수 있는 종류이니까.

아직은 내버려 두었다가 갈등이 정점에 달해 데이지가 드디어 제 서운함을 표출할 때, 슈리아는 그 모든 것을 해소할 참이었다.

데이지가 비록 철부지이긴 하지만 쓸데없이 정도 깊고 행동력도 있는 만큼 속으로 끙끙 앓다가 팽 돌아설 것으로 생각되지는 않았다.

게다가 제도에서 처음 친구로 사귄 슈리아에게 보이는 각별한 애착을 고려할 때, 더욱이 그랬다.

그리고 의심을 돋우는 데 기여하는 메릴린의 친밀한 눈짓이라든가 음성 역시, 의도성이 강했다.

슈리아는 그 보란 듯한 우호 표시를 순전히 저에 대한 호감에서 기인한 것이라 여기지 않았다. 이 사교계에서는 사소한 것도 순수한 시각으로 바라보아서는 안 되는 법이다.

사교계에서 오를레앙 공녀의 확고한 입지를 유지하는 것이 메릴린의 소명이었고 또 권력을 유지하기 위한 필수적인 요소였다.

그러니 저에게 적대적인 시그오닐 대공녀를 필두로 하는, 새롭게 대두되기 시작한 협소한 무리에서 한 명을 줄여 냄은 그만큼 그녀에게 유리한 일이 되리라. 역시 사교계 생활이란 소소하게 까다롭고 판단할 게 많았다.

어쨌거나 오늘은 당일 도래한 문제를 우선해야 할 터였다.

그간 제 동생과는 무관하게 슈리아에게 접근을 멈추지 않던 루이스 클라인이, 곧 제도로 올라올 후작부인의 선물을 골라 줄 것을 핑계로 드디어 단둘만의 약속을 잡았던 것이다.

슈리아가 질투 나니까 다른 남자들을 가까이하지 말라던 황태자의 지난 주장을 그리 진지하게 받아들이지 않았던 것은 사실이다.

아무리 형형한 기세로 강압적으로 굴어도 황태자는 제게 독을 먹이려는 슈리아에게 검을 빼 들지 못한 적이 있었다.

그의 연정이 낱낱이 밝혀진 이상, 슈리아는 황태자에게서 당분간 안전지대를 확보하고 있다고 보아도 좋았다. 위협이 되지 않는 상대의 요구를 일일이 맞춰 줄 필요는 없는 것이다.

그렇다 해도 그의 밤늦은 추궁이 달가웠던 것은 아니라 어느 정도 그의 의향에 맞추어 줄 생각은 있었다. 즉, 앞서 '노력하겠다'고 말했듯이 새겨듣지는 않았으나, 고려하고는 있었던 것이다.

그리하여 처음 루이스 클라인이 제게 그 같은 청을 했을 때, 후작부인과 인연이 있어 거절할 사유가 없었던 슈리아는 백작부인의 허락을 받아야 한다는 핑계로 일단 물러났다.

에리히의 미심쩍은 행동을 감지한 백작부인이 그간 제 아들과 슈리아를 연결시켜 주려는 양 슈리아를 은근히 떠봤던 것이다.

그러나 루이스 클라인은 바람직한 귀족 영식의 표본이랄 만한 외양과 품성을 갖추고 있는, 딱 귀부인들이 좋아할 만한 귀공자였다.

그런 그가 정중하게 로이엄 백작부인에게 허락을 구하자, 그녀는 저도 모르게 승낙을 말해 버렸다. 그것으로 오늘의 약속은 성사되어 버린 것이다.

저녁이 되기 전에 돌려보내기로 약속한 바 있었지만, 혼사의 상대로 결정된 황태자와의 시간도 항상 꺼림칙하게 느꼈던 슈리아다. 루이스 클라인이 제게 이성적인 호감을 품고 있다는 것을 알게 된 이상, 그와 함께 시간을 보내고 싶을 리 없었다.

그런 슈리아의 심정을 아는지 모르는지 루이스 클라인은 대단히 전략적인 행보를 보이고 있었다. 그는 선물을 고르는 동안에 줄곧 슈리아의 안목을 칭찬했으며, 실지로 그의 찬사는 슈리아를 처음 본 순간부터 줄곧 쏟아져 나오고 있었다.

어지간해서는 아첨꾼으로 보였을 법한데, 어조가 담백하며 진심이 깃들어 있었으므로 그리 간지럽지만은 않았다. 그것도 재주라 할 수 있겠다.

자그마치 후작가의 후계자가 제 모든 행동에 호의를 보이는데 어지간한 영애라면 쌀쌀맞게 굴기는 힘들 것이다. 더군다나 슈리아와 그는 나름대로 돈독하게 지내 왔던 사이였다.

비록 머릿속으로는 왜 저러나 싸늘하게 분석하고 있었지만, 은빛 천사라는 별명답게 상냥한 성품으로 알려진 슈리아는 대중적 평가를 만족시키기 위해 기쁜 얼굴을 종일 유지하느라 애썼다. 한시라도 긴장을 놓으면 제 저조한 기분에 의거한 차디찬 혐오가 불쑥 모습을 드러낼 가능성이 높았기 때문이다.

연심을 품은 상대에게는 예민하기 마련이니. 루이스 클라인이 슈리아의 본성을 눈치채는 것은 안 될 말이다. 어쨌든 그는 클라인 후작가의 후계자였고 그의 가문은 세일린과도 인연이 깊었던 것이다.

그리고 적절한 때를 고르고 있었던 것으로 추측되는 루이스 클라인은, 결국 상점에서 신상 모자를 써 보고 있는 슈리아가 어떠냐는 듯이 그를 돌아보자 뜬금없이 고백을 꺼냈다.

"아주 예뻐. 그러니 이왕이면…… 네 모습을 항상 가까이서 지켜볼 수 있게 내게 자격을 주었으면 해."

장소도 그렇거니와 시기적으로도 예기치 못한 급습에 나름대로 기회를 주지 않으려 방어선을 구축하고 있었던 슈리아는 돌처럼 굳었다.

그리고 광속으로 회전하는 두뇌로 최선의 반응을 고안해 낸 뒤, 못 알아들은 척 제 모든 연기력을 끌어내 눈을 휘둥그레 떴다.

"그러니까 내 말은."

설명할 것 없어! 슈리아는 그 입에 머리에 쓴 모자를 처넣고 싶다는 강렬한 충동에 휩싸였다. 그러나 루이스 클라인은 드물게 긴장감이 역력한 얼굴로 마저 말했다.

"널 좋아한다는 거야. 그러니 나와 교제해 줘."

갑작스러운 그의 고백에 근처에 서 있던 점원들이 놀란 표정을 떠올렸다. 의미심장한 얼굴로 슬슬 발을 빼는 구경꾼들을 감지한 슈리아는, 지금 이 모든 순간을 파괴하여 지워 버리고 싶었다.

아예 없었던 일처럼, 목격자를 제거해서라도.

루이스 클라인은 잔뜩 얼어붙은 채 충격적인 진실을 고해 들은 양 서 있는 슈리아가 부끄럽고도 당황해하고 있다고 생각한 모양이었다. 여유를 되찾은 그는 안면에 살짝 미소를 띠워 올리며 말했다.

"좀 더 멋있게 고백하고 싶었지만, 초조해서 말해 버리지 않곤 못 견디겠더라."

멋있…… 어떠한 방법을 쓰든 그 같은 감상을 안겨 주는 것은 불가능하리라.

슈리아는 거대한 갈퀴 손으로 공간을 도려내듯 눈앞의 루이스 클라인을 마력으로 치워 내고 싶은, 급박하고도 거대한 욕망을 가까스로 억제했다.

무수히 키워 내야 했던 인내의 새싹이 또다시 감정이라는 대지 위에 싹트고 양분을 빨아내며 내리누르듯이 성장한다.

호흡을 고르자 다행히 피어오른 살의는 숨죽어 적어도 음성을 타고 실려 나오지는 않았다.

"안 돼요, 전."

그러나 그 이후 에리히에게 했던 것과 같은 대답은 나오지 못했다. 불현듯 제 실책을 깨달은 슈리아는 이를 악물었다.

'황태자를 연모하므로 누구도 받아들일 수 없다.'

그 명제는 더 이상 꺼내 들 수 없는 패가 되고 말았던 것이다.

그건 이미 오를레앙 공녀에게, 자비를 베푼답시고 진실을 건네 버렸던 탓이다.

그리고 오를레앙 공녀와 루이스 클라인은 그리 여러 다리를 거칠 필요가 없이 상당히 가까운 위치에 있었다.

그에게 한 말이 에리카에게 흘러들어 가고, 그것이 악의에 찬 소문으로 번져 나간다면. 그 모순은 루이스 클라인의 자존심을 짓밟거나 오를레앙 공녀를 기만한, 둘 중 하나의 난감한 상황으로 닥치리라.

일전에 한 번, 황태자에게 손수건을 바친 이후로 그런 소문이 돌긴 했었으나 슈리아는 그에 대해 어떤 대답도 회피했었다.

그리고 에리히에게는 황태자를 연모한다 말했다. 물론 그는 그 사실을 세간에 떠벌릴 만큼 가벼운 입이나 성격을 가지고 있지 못했다.

최근에야 슈리아는 에리히가 황태자와 제 관계를 대략적으로나마 알고 있다는 것을 깨달았으나, 어쨌든 그는 입을 다물었다. 황태자의 호위기사로서도 응당 그리했어야 할 것이다.

그러나 황태자의 기사도 아니며, 지지 세력도 아닌 루이스 클라인에게는 슈리아의 토로를 비밀로 지켜 줘야 할 이유가 없었다.

게다가 그는 에리카 클라인과 대단히 우애가 깊었다. 제 오라비가 슈리아에게 거절당하고, 그 이유가 황태자를 은애하기 때문이라는 이야기를 듣는다면 그것은 분명 에리카의 분노를 입고 칼날처럼 제게 되돌아오리라.

미인이라 관대해졌던 건, 역시 지금 상황에서는 어울리지 않는 실수였다. 슈리아는 그리 여유로운 위치에 있지 않았던 것이다.

"쉽게 거절부터 말하지 마. 난 받아들일 수 없어. 바로 대답할 건 없으니까, 천천히 생각해 보고 신중하게 답해 줘. 난 충분히 오래 기다릴 수 있어."

말을 잊은 슈리아에게 루이스 클라인은 찬찬히 말했다. 어떤 이유를 가져다 붙여도 납득할 만하지 못하면 쉬이 물러나지 않을 듯한 확고한 태세였다.

그의 다정스러운 눈빛을 슈리아의 훼손된 자존심은 고이 받아들이지 못했다. 물론 제게 구애하는 수컷이 그 어떤 태도를 보인다 한들 온전히 받아들여졌겠느냐마는.

유예를 선고받고 백작가로 되돌아온 슈리아에게 어쩐지 스산한 예감이 스치고 지나갔다. 그리고 그 예감을 실현하듯, 그날 밤 세일린의 혼인식 이후로 통 찾아들지 않았던 황태자가 또다시 모습을 비추었다.

감시라도 하는 건가. 슈리아는 불쾌한 추측을 꺼내며 켈리가 방의 불을 끄고 나가자마자 등장한 황태자를 쳐다보았다.

발코니의 문을 열고 들어온 그는 늘 그렇듯 무표정한 얼굴이었으나 무럭무럭 피어오르는 검은 연무처럼 심상치 않은 분위기를 풍겨내고 있었다.

그 어느 때보다 살벌하고 어떤 부드러운 손길도 먹히지 않을 듯이 강압적인 기세였다. 새삼 그러한 모습으로 그가 슈리아의 방에 찾아든 이유는 역시 하나뿐이리라.

어떠한 수단이나 방법으로든, 오늘 일을 알았음이 틀림없다.

"루이스 클라인의 시신을 원하나?"

나직하게 흘러나온 말에는 지독한 진심이 어려 어지간한 이들을 두려움에 떨게 하고도 남을 법했다.

그 말을 내뱉는 와중에, 고요하던 눈에서 사나운 열기가 확 끓어올랐다.

그것은 진노였다.

그냥 아는 정도가 아니라, 에리카 클라인만큼 슈리아에게 악의를 품은 이에게 곡해된 사실을 전달받은 것 같았다.

숫제 바람을 피우다가 걸린 신세로 취급하는 듯하여, 어쨌거나 거절 의사를 미약하게나마 밝혔던 슈리아는 그의 태도를 납득할 수 없었다.

사실, 머리라는 게 있다면 클라인 후작가의 자제의 고백을 슈리아가 함부로 내치기는 어렵다는 것 정도는 깨달을 수 있지 않겠는가.

물론 그렇게 말하자면 황태자에게는 충분히 불손하게 굴고 있는데 왜 그에게는 안 되느냐고 반박할 수 있다. 대답이 궁색해진 슈리아는 입을 꾹 다물었다.

그 같은 모습을 지레 찔려서라 여겼는지, 분노에 잠식당한 황태자는 침대에 앉아 있는 슈리아에게 맹수와 같은 태세로 걸어오며 말했다.

"그대는 내 말이 우습게 들리지."

……아주 아니라고는 할 수 없겠지만, 모두가 진실인 것도 아니다. 슈리아는 제게 유리한 쪽으로 변명했다.

"그건 아니에요."

빠르게 눈앞에 다가선 황태자는 손을 뻗어 슈리아의 어깨를 틀어쥐었다. 살짝 욱신거릴 정도의 손힘이 저를 내리누르자 슈리아는 항의하듯 그를 바라보았다.

초월자 된 몸으로 이토록이나 작고 여린 소녀를 힘으로 내리누르려는 심산인가? 본보기라도 보이려고, 폭력이라도 행사할 건가.

황태자가 보이려는 듯한 저열함을 슈리아는 내심 비난했다. 그러나 황태자는 참지 못하고 이곳으로 달려왔을 정도로 비이성적인 분노에 사로잡혀 있음에도, 제 손끝에 그 이상의 힘이 가해지지 않도록 통제했다.

이윽고 그는 다른 손으로 슈리아의 고개를 끌어 올렸다. 눈이 마주치는 동시에, 매끄럽고 차분한 저음이 흉악한 내용으로 귓전을 파고든다.

"내가 그대를 강제할 수 없음도 그대에게 유독 관대한 것도 사실이지만, 그 같은 특혜가 다른 이들에게도 적용되리라고 착각하지는 마. 그게 누구라도, 난 베어 버릴 수 있어."

초월자의 광폭한 살의가 표면을 뚫고, 기저로부터 솟아올라 남김없이 드러났다. 인간미가 결여된 그의 몰인정하고 자비 없는 성정이 힘으로는 행사되지 않았을지언정, 눈빛으로는 분명하게 제 본모습을 보이고 있었다.

그간 그가 의식적으로도 보이지 않으려 했으며, 모진 자제심으로 감춰 왔던 것이 벌어진 상처에서 피가 나듯 흘러나온다.

그렇다 한들 그런 것 따위가 두려울 리 있겠는가, 이 내가.

고스란히 위압감을 내보이는 황태자와 마주하고서도, 슈리아는 눈에 띌 만한 동요를 보이지 않았다.

다만 불길했다. 황태자는 제대로 된 사고를 하고 있지 못하는 것 같았다. 지금 당장 무슨 일이라도 벌일 듯이 제정신이 아니었다. 이런 걸 보고 질투에 눈멀었다고 하던가.

"대답해 봐, 내가 루이스 클라인을 살해하길 원하는지."

으르렁거림이 섞인 음성에서 아니라고 말해도 쫓아가서 목을 쳐낼 낌새가 묻어 나왔다.

루이스 클라인의 목숨이야 그다지 아쉬울 건 없지만, 극단적인 폭력성이 한 번 분출된 이후 두 번째부터는 더 쉽고 망설임이 없게 될 터였다.

이러다가는 에리히를 포함해서 슈리아에게 가까이 오는 모든 남자를 쳐 죽이려 들 수 있었다. 그러한 발전은 결코 바라지 않는 것이다.

슈리아는 계책을 생각하며 눈을 두어 번 깜빡였다. 그의 살의를 누그러뜨리고 이성적 사고를 되돌릴 방도가 있을 것이다. 그리고 그것은 아마도.

본능적으로 슈리아는 깨달았다. 어쨌거나 황태자는 슈리아에게 약했고, 달콤한 말 한마디로는 풀리지 않을 분노라 한다 해도…… 행동이라면 어떨까.

그 생각이 스침과 동시에 슈리아는 이미 기민하게 황태자에게 얼굴을 가까이 가져가고 있었다. 늘 해 왔던 것이므로, 그 행동이란 게 이런 방식으로 이어짐은 자연스러운 일이리라.

작은 입술이 굳게 닫힌 그의 입에 쪼는 듯이 닿았다가 떨어져 나갔다. 그리고 진실로 내키지 않았지만, 슈리아는 제가 가진 모든 연기력을 짜내며 가련하게 말했다.

"제가 경솔했어요. 그러니 제게 다른 저의가 있다고 의심하지는 말아 주세요."

그 말을 마치기까지의 일련의 과정은 무의식에 가깝게 거의 사고가 배제된 상태로 이루어졌다.

아마르잔 시절, 제가 애호하는 예술의 도시 인근의 화산이 막 터지려는 순간 통째로 얼려 버렸던 것처럼 합리성이나 적절성을 고려할 수 없는 긴급한 대처였다.

그와 입을 마주 대거나 약한 척 연기하는 것은 어디까지나 예사로 일어나는 일이었기에, 물 흐르는 듯이 관성처럼 행해진 수습책에 자존심이나 불쾌감을 따로 떠올릴 여지도 없었다.

해 놓고 보니 뭔가 이상한 느낌이 들었으나, 슈리아는 굳이 생각하지 않았다. 다만 할 말은 여전히 입 밖으로 흘러나오고 있었다.

"전하의 비가 되겠다고 했어요. 전하께서 그것을 바라시는 한, 제가 한 약속은 지켜질 거예요. 전하께는 그런 경우가 거의 없을 테니 이해 못 하실 수 있지만, 제게는 어쩔 수 없는 상황이 많답니다."

그리고 입술이 닿는 순간, 피하지도 않았으면서 화들짝 몸을 떤 황태자는 혼이 빠져나간 얼굴로 일순 정지마법이라도 걸린 듯이 얼어 있었다. 듣긴 들었나, 슈리아는 잠시 의심했다.

"……이, 이 무슨 짓을!"

곧 소리가 터져 나옴과 동시에 황태자는 흡사 희롱이라도 당한 것처럼 입술을 급히 감싸며 몇 걸음 물러섰다. 어둠 속에서 번쩍거리는 눈빛이 슈리아를 노려보고 있었다.

짓? 그 짓을 매일 하는 것이 네놈이잖나. 그의 부정적인 반응에 슈리아는 어처구니가 없어졌다.

"이런다고 해서 내가 그냥 넘어가리라고…… 아니, 그게 아니라. 도대체 이건 무슨…… 눈 뜨고 꿈이라도 꾼 건가."

고개를 휘저으며 뇌까리는 그의 모습은 확실히 정상적인 상태가 아닌 것처럼 보였다. 슈리아는 최초로 황태자의 횡설수설을 목격하고 있었던 것이다.

심지어 그는 치까지 떠는 모습이었다. 격렬한 감정에 사로잡혀 섬뜩한 빛이 담긴 눈으로 서 있던 그는, 소녀의 의아한 시선과 마주하자 곧바로 몸을 돌렸다.

그리고 재빠르게 발코니 문을 열어젖히고 사라져 갔다. 폭언에 상처를 입고 방을 뛰쳐나가는 여린 소녀처럼 황태자는 그렇게 도망쳐 버렸던 것이다.

이건 또 뭐하자는 거지.

아연한 기분에 쳐다만 봤던 것도 잠시, 그가 하던 행동을 약하게나마 돌려주었을 뿐인 슈리아는 그 이해의 범주를 벗어나는 반응에 기가 막혔다.

더군다나 이번에도 문은 활짝 열고 갔다.

불만스럽게 생각하며 고개를 슬쩍 내밀고, 그가 정말 가 버렸음을 확인한 슈리아는 발코니 문을 단단히 닫았다.

다음에 찾아들 때는 이 점은 분명 충고해 둬야겠다는 결심이 스쳤지만, 곧 위켄하이저 공작가로 옮겨 가게 되니 소용없는 일이다. 게다가 저 태도를 보아하니 당분간은 찾아오지 않을 것 같고…….

슈리아는 그의 심정을 추리하느라 제가 무심코 행한 간지러운 짓거리에 뒤늦게라도 찾아들어야 할 깊은 거부감과 치욕감을 떠올리지 않을 수 있었다.

하지만 다른 관점에서는 추행이라도 한 파렴치한 자가 된 듯하여 몹시도 불쾌했다.

하면서 저에게 어울리지 않는 짓이라는 생각이 들지 않았던 것은 아니나, 황태자는 난동이라도 부릴 것처럼 보였고 급박한 상황에 그냥 어쩌다 보니 그렇게 되었다.

그러니까 그것은 일종의 사고였던 것이다.

뛸 듯이 기뻐하며 웃음을 보여도 짜증스러웠겠지만, 이처럼 질색하며 떠나갈 줄은 몰랐다. 슈리아의 낯이 차갑게 굳는다.

어떻게 보면 최소한의 수고를 들이고도 효과가 있었다는 점에서 바람직한 것이기는 하지만……. 슈리아는 제가 이해할 수 없는 상황이 닥치는 것을 선호하지 않았다.

그 행위를 한 직후의 황태자는 극심한 감정이 치솟은 듯 흥분한 얼굴에 붉은 기운이 피어올랐고 언어를 제대로 구사하지 못할 정도로 정신적인 타격을 받은 것으로 보였다.

평소에 입을 맞추는 것은 전적으로 그의 소관이었다는 점에서 볼 때 이 반대되는 상황, 즉 슈리아의 능동적 행동이 그의 심중을 강타했던 것은 아닐까.

그러니까 슈리아가 그가 대단히 비선호하는 성향을 보였다고 짐작할 수 있으리라.

언제 어디서나 한결같이 지배자적인 태도를 고수하는 그인 만큼, 적어도 육체적인 면에서는 제가 주도하는 적극성을 추구했던 성향이 있었다.

신분적 격차와 혹여나 옅은 거부가 그에 대한 공격을 초래할 수도 있었기에 거의 제 감정을 누르기만 하고 감내했던 슈리아였다.

그러한 수동성에 불만을 표하면서도 황태자는 제 취향에 들어맞는 태도에 내심 흡족해하고 있었을지도 모른다.

황후가 지나치게 열렬하게 그의 목숨을 노려 왔기 때문에, 적극적 태세를 보이는 여성에 대한 극단적인 거부감을 가지게 되었으리라는 가정도 충분히 일리 있는 것이었다.

그러니까 입으로는 모진 소리를 해 대도, 행동으로는 소극적이고 고분고분한 여자를 좋아한다는 뜻이리라. 슈리아는 그렇게 추측을 결론지었다.

그렇다 쳐도 초월자가 이런 사소한 사건에 저리 비이성적으로 행동하다니. 지나치게 어린 나이에 초월자가 된 자질이, 어쩌면 이처럼 다가올 광증을 내포하고 있었는지도 모른다.

루이스 클라인의 시체가 정말로 이 앞에 던져질지 아닐지는 며칠이 지나 봐야 알 것이다. 지금 이 시점에서 그가 이유 모르게 죽음을 맞는다면, 그와 꽤 자주 만난 슈리아에게 추궁이 돌아올 수 있어 귀찮은 감이 있었다.

그리고 며칠 후 만난 에리카 클라인은 무슨 소리라도 들었는지, 독기 어린 눈빛으로 슈리아를 노려보았다.

저와 노선을 같이하지 않는 오라비의 행동이 그녀에게 영향을 준 듯, 에리카는 제 감정을 숨기지 못했고 가식적인 태도마저 떨쳐 버렸다.

심지어 그녀는 슈리아에게 세라와 나란히 메릴린의 시녀라도 되고 싶은 게 아니냐는 식으로 공격적으로 말하다가 데이지에게 노골적으로 한 소리 들었다.

"에리카, 그만해! 슈리아가 그럴 리 없잖아? 왜 그렇게 함부로 말하는 거야. 너 요즘 지이이인짜 이상해."

레이첼이 상대가 아닌 한, 데이지가 제 친구 중 누구에게도 그런 식으로 의사를 표시하지 않는다는 점에서 볼 때 그것은 대단히 이례적인 일이었다.

가끔 예상을 넘어서는 행동을 보이기는 하지만 데이지는 일관성 있는 성격이었고, '난 슈리아의 단짝, 그러니까 슈리아를 편들어야 해!' 라는 사고는 여전한 것으로 보였다.

데이지의 눈 밖에 날 것을 우려했는지 에리카 클라인은, 또다시 가면을 뒤집어썼다.

"미, 미안. 내가 요새 슈리아에게 섭섭한 게 있어서 말이 막 나왔나 봐."

그러나 볼을 부풀리는 데이지는 그리 납득한 것으로 보이지는 않았다. 그 후로 데이지가 다소 예민한 반응을 보였으므로, 에리카 클라인은 더 이상 슈리아의 이야기를 꺼낸다거나 이간질 섞인 발언을 하지 못했다.

심지어 데이지도 뭔가 이상하다는 걸 느꼈는지, 그 후로 에리카와 그리 돈독한 사이를 유지하지 못하는 것으로 보였다.

자멸적이군. 슈리아는 그렇게 평했다. 영악하게 굴던 때는 언제고 순간적으로 화를 참지 못해 그간 공들인 일을 망쳐 버린 것을 보면, 슈리아와 루이스 클라인이 엮이는 게 죽도록 싫었던 것 같다.

그리고 그러한 갈등이 포착되자, 메릴린 측에서도 표적을 변경했다. 그간의 공세에도 굳건했던 슈리아는 쉽사리 그들에게 넘어갈 상대가 아니라고 결론 난 모양이었다.

게다가 시그오닐 대공녀와의 우애도 끊을 수 없을 만큼 깊은 것으로 보이니 이제는 헛된 수고를 그쳐야 할 터였다.

그렇다고 기득권층으로서 새로운 진입자에 대한 경계를 포기할 수는 없는 노릇이니, 필연적으로 무리의 다른 사람 중 하나를 노리게 되는 것이다.

남은 두 명 중 한 명인 셸리는 상처받은 짐승처럼 메릴린에게 곤두선 태도를 보이고 있었고, 그들에게 안 좋은 감정을 품고 있어 설득할 수 없는 상대였다.

그러면 이제 남은 것은 한 명뿐이다.

출신 가문이 좋아 무리의 위상을 높여 줄 수 있으며, 이해타산적이고, 한 번 쓰라린 일을 맛봤지만 여전히 사교계의 주류에 편입되고자 승냥이처럼 기웃거리고 있어 설득의 여지가 있는 에리카 클라인.

내부에서도 반발이 있었을 것으로 추측되나, 결국 그들은 에리카를 흔들기 시작했다.

오를레앙 공녀의 상냥한 인사는 여전했으나, 메릴린은 다시 슈리아를 모른 척했고 세라는 전보다는 확실히 말 거는 것이 뜸해졌다. 그 안타까운 얼굴을 보아하니, 슈리아를 가까이하지 말라는 행동 방침이라도 떨어진 것이 틀림없다.

중도적 입장인 레이첼은 양측을 오가는 특성상 그 같은 정보를 접할 수 있을 리 없어서 미심쩍은 표정을 하면서도 확신이 깃든 충고를 건네지 못했다.

그리고 에리카 클라인은, 부쩍 친절해진 메릴린 측 영애들로 인해 그녀가 주욱 이간질의 근거로 삼았던 상황을 제가 맞이하고 있었다.

대놓고 그쪽으로 갈아탄 것은 아니나, 어쨌든 에리카 클라인은 흔들리기 시작했다.

그녀는 홀로 메릴린 측 영애가 초대한 모임에 참석했고, 그 이후로 일전에 문제가 있었던 몇몇과 화해를 한 듯 종종 인사나 짧은 대화를 나누는 모습이 포착되었다.

사실 사교계 주류로의 복귀를 노리던 그녀로서는 갈등이 생길 만도 했다. 데이지와의 사이도 예전 같지 못했고 대공녀에게만 집중했던 그녀는 셀리하고도 그리 친근한 관계는 아니었다.

또한 황궁에서부터 입지를 다져 온 슈리아를 밀어내고 제가 대공녀의 단짝 자리를 차지할 수 있을 것으로 보이지도 않았다.

그러나 메릴린의 의도가 뻔한 상황이고 시그오닐 대공녀라는 신분 자체만으로 대단히 매력적인 이점이 존재하는 데이지를 급작스럽게 외면할 수는 없는 노릇이었다.

그러니까 에리카 클라인은 레이첼과 마찬가지로 양측을 왔다 갔다 하기 시작한 것이다.

데이지는 세라가 접근 횟수를 줄이자 눈에 띄게 안심하며 슈리아에게 딱 달라붙었다. 다만 그간 정이 든 에리카의 동요를 감지한 듯 아반튼 후작 영애가 제 친구들을 뺏어 가려 한다고 투덜거렸다.

데이지는 외로움을 느끼고 있는 것 같았다.

그녀는 종종 '그때가 좋았지.'라며 옛 시절을 회상하는 노부인처럼 시녀 생활을 그리워하는 듯한 언급을 꺼내곤 했다.

확실히 현재 상황과 지난 황궁 생활은 비교될 만했다. 황궁에서의 왁자지껄한 모임에 비해 인원수도 줄었고, 사교계에서는 새 친구를 사귀기도 어렵도록 거의 고립된 상황이다.

게다가 에리카의 가식적이고도 고상한 척하는 태도로 인해 드레스나 장신구 등의 사교계에서 보편적인 화제나 이야기할 뿐, 소소한 주제의 대화는 잘 이어지지 않았다.

셀리는 틈날 때마다 에런과 연애하기 바빠서 상대적으로 데이지에게 소홀했고, 그녀와 투닥대기 일쑤였던 레이첼은 이도 저도 아닌 상태였다.

그리고 슈리아는 애초부터 그런 면을 충족시켜 줄 수 있는 친구가 못 되었다.

이 같은 상황을 타파하려 데이지는 나름대로 자구책을 고안하는 듯했다. 그녀는 어떤 면에서는 진취적이었고 행동력 있었으며 목적의식이 뚜렷한 소녀였다.

그러나 입이 근질거리는 듯 얼굴을 실룩대면서도 마치 비밀 파티라도 준비하는 양, 그녀는 떠벌리고 싶은 마음을 꾹꾹 참아 내고 슈리아뿐만 아니라 다른 모든 친구에게도 비밀을 지켰다.

슈리아는 그녀의 독특한 뇌 구조에 어떤 계획이 자리 잡히고 있는지 가늠하지 못했지만, 정작 결과가 눈앞에 모습을 드러내기까지는 오랜 시일이 걸리지 않았다.

데이지는 그 출신부터가 그렇거니와 운이 따르는 소녀였다. 뿌듯한 기색을 떠올리는 데이지의 초청에 따라 대공저를 방문한 슈리아는 익숙한 얼굴의 두 소녀를 목격하게 되었다.

제시카와 베티. 그들이 왜 이곳에 있는 건지 자세한 사정을 들은 슈리아는 자연스레 그렇게 생각할 수밖에 없었다.

그러니까 사연은 이렇다. 옛 모임이 그리워진 데이지는 황궁에 남은 친구들에게 접촉을 시도했었다. 그리고 그간 생각 외로 프란치스 경과 잘되어 가서 교제하고 있던 베티가 데이지의 설득에 바로 혹했다.

그녀는 곧 프란치스 경과 약혼을 할 예정이었으며 그러기 위해서는 아무래도 흠이 될 황궁 시녀 일을 그만두고 사교계에 데뷔해야 할 필요성이 있었다.

하지만 시골 귀족 출신인 그녀에게는 제도에 머물 만한 마땅한 거주지가 없던 터라 어떻게 할지 갈등하고 있던 상황이었다.

데이지는 뛸 듯이 기뻐하며 베티에게 대공저에 함께 머물자며 권유했고, 당분간 에스토어를 살피러 되돌아가 있어야 할 대부인 역시 그 일을 달갑게 승낙했다. 그리하여 베티는 순순히 데이지의 제의를 받아들이게 되었다.

다만 같은 제의에도 제시카는, 처음부터 부정적인 반응을 보였다고 한다. 친구들과도 늘 어느 정도 거리감을 유지하곤 했던, 자립적인 성격의 그녀는 그나마도 무리에서 가장 먼 사이인 데이지에게 일방적으로 의존하는 걸 내키지 않게 생각했던 모양이다.

이클립스 후작가의 자제와 교제하고 있는 그녀였지만, 그렇다고 해서 그 불확실한 앞날에 기대 높은 봉급을 보장하는 황궁 시녀 일을 그만둘 수는 없는 노릇이었다.

확실한 보장 없이 남에게 자신의 인생을 건다는 자체가 신중하고 비판적인 성격의 제시카에게 있어서는 어려운 일일 것이다.

그때까지만 해도, 제시카는 홀로 황궁에 남기로 잠정 결론이 나 있던 상태였다.

그러나 그 후 상황이 돌변했다. 무슨 일이 있었는지는 자세히는 들려주지 않았지만, 짐작은 가능했다.

후작 자제와 제시카는 갈라섰고, 후작가에서 무슨 조치를 했는지 제시카는 더는 황궁에서 일할 수 없게 되고 말았다. 그야말로 하루아침에 황궁 문밖으로 내쫓긴 것이다.

제도에 발붙일 곳 하나 없는 제시카는 막막한 심정으로 대공저의 문을 두드렸으며 데이지는 그녀를 기쁘게 맞아들였다.

그 후 제시카는 결별을 맞고 시녀직에서 쫓겨난 것치고는 대단히 담담한 태도로 일관하며 모든 질문에 침묵을 지켰고, 대공저에 당분간 신세 지기로 결정되었다.

그리하여 지금과 같은 인원이 데이지와 함께 거주하게 된 것이다. 물론 데이지가 뛸 듯이 기뻐했음은 두말할 필요도 없는 일이다.

프란치스 경과 혼담이 오가는 베티의 경우에는 그쪽 가문에서도 나름 신경을 써 주는 것 같았고, 황궁 시녀 중에서도 특히 우등생이었던 제시카는 벌써 가정교사 일자리를 구한 모양이었다.

마침내 황궁에서 일할 때와 같은 모임을 성공적으로 구성한 데이지는 뿌듯한 얼굴로 제 모든 친구를 초청했다. 셀리는 대단히 기쁜 미소를 보였고, 레이첼 역시 들뜬 기색이었으며 슈리아도 비슷한 흉내를 냈다.

그러나 에리카만큼은 차마 웃는 얼굴을 보이지 못했다. 데이지의 황궁 시녀 적 친구들이란 말을 들었을 때부터 시작하여 베티와 제시카의 출신 및 자기소개를 들은 직후 에리카의 표정은 차마 미소를 떠올릴 수 없을 정도로 어설픈 형태를 그리고 있었다.

도무지 이 상황을 용납할 수 없었던 그녀는 끝내 데이지를 따로 불러내어 격에 맞는 친구들과 어울려야 하지 않겠냐는 권고를 건넸고, 데이지는 그 말에 불같이 화를 낸 것으로 짐작되었다.

물론, 모두가 듣는 앞에서 떠든 것은 아니었다. 다만 워낙 데이지의 목청이 컸기에 무슨 이야기가 오가는지 대략적으로나마 들려왔던 것이다.

이런 일이 있을 것을 진작부터 예상한 제시카야 대수롭지 않게 넘기는 듯했지만, 베티는 에리카의 태도에 정말로 마음이 상한 눈치였다.

일이 있다는 핑계로 먼저 떠나 버린 에리카를 뒤로하고 데이지 역시 화가 나서 방에 콕 틀어박히자, 남은 다섯 명이 있는 자리에서 베티는 불만스럽게 질문했다.

"왜 데이지는 저런 애를 사귄 거야?"

"데이지에겐 안 저랬나 보지. 게다가 후작 영애라잖아. 제도에는 저렇게 생각하는 영애들이 많을걸? 특히 출신 가문이 좋을수록."

"어우, 싫다. 그냥 우리끼리만 잘 지내면 안 되나?"

제시카의 담담한 발언에 장차 프란치스 경과 혼인하여 스완 백작 부인이 될 베티는 미래 사교계의 귀부인으로서는 다소 불성실한 태도로 그렇게 말했다.

사실, 그 같은 생각을 하는 것은 데이지나 셀리도 마찬가지였다. 황궁에서부터 시작된 이 여섯 명의 모임은 정말로 친숙해서 굳이 다른 친구를 사귈 필요성을 느끼지 못했던 것이다.

이어진 사교계 행사에서도, 그러한 경향은 명백히 드러났다.

제시카와 베티는 사교계를 꽉 틀어쥔 아반튼 후작 영애의 무리에게 사교계에서의 첫 데뷔를 가진 것치고는 다소 무심하게 굴었고, 그것은 콧대 높은 그들의 입장에서는 불손하게까지 느껴지는 행동이었음이 분명했다.

여섯 명이 된 이상 그들은 이제 소수라고 하기엔 수가 많았으므로 다수의 이름 아래 위축되거나 분위기에 눌린다거나 하는 일은 있기 어려웠다.

시그오닐 대공녀의 신분과 특유의 성격적 당당함에 힘입어 애초부터 존재하지 않았던 상황이 새로이 나타날 리가 없는 것이다.

에리카 클라인은 완전히 노선을 변경한 듯 아예 그간 그렇게나 친하게 지냈던 데이지를 포함하여 이쪽의 친구들에게 알은체도 하지 않았으며 이따금 경멸 섞인 눈초리로 모임을 힐끗거리곤 했다.

은근히 다혈질적인 면모가 있는 베티가 시골 소녀적인 속된 분노를 발하며 '저 계집애 다리몽둥이를 그냥!' 하고 격한 반응을 보이기도 했지만, 프란치스 경이 등장하자 그녀는 금세 얌전한 체하며 시치미를 뗐다.

그리고 루이스 클라인은 제 여동생의 돌변에 당황하는 눈치였다. 졸지에 중간에 낀 신세가 된 그는 무도회에서 마주한 날 에리카와 대화를 나누어 보겠다고 말했다.

그러나 에리카의 양보 없는 태도는 대단히 강경했고, 루이스 클라인은 결국 그녀를 설득하지 못한 모양이다. 슈리아에게 에리카를 소개했던 당사자이기도 한 루이스 클라인은 여동생의 변절에 면목이 없는 듯 굴었다.

그런 입장이라 그는 더 이상 슈리아에게 제 마음을 밀어붙이지 못했다. 게다가 이제는 슬슬 아카데미에 복학을 준비해야 하는 시기였다.

어쨌거나 다시 모인 소녀들은 한동안 즐겁게 지냈다.

황궁에서의 유명세가 있었던 탓에 이곳저곳에서 호기심 어린 초대장도 쏟아졌고 황궁에서 그들을 스쳐 가면서 본 많은 귀족 영식들이 흥미를 보였던 것이다. 그중에는 레이첼에게 최초로 고백했던 귀족 영식이나, 소녀들의 열렬한 팬들도 몇몇 있었다.

물론 시녀 출신이라 하여 폄하가 없었던 것도 아니나, 감히 시그오닐 대공녀에게 그 같은 발언을 할 수 있을 리 없으므로 뒷말로나 떠드는 신세였다.

다만 이 새로운 모임이 확실히 누군가의 눈에는 아니꼽게 느껴졌음은 틀림없다.

그 누군가는 신중했다.

모래시계의 모래알이 좁은 구멍으로 흘러나와 쌓여 가듯 그렇게 때가 올 때까지 고요히 숨을 죽이고 시한부의 기다림을 갖는 것이다.

그리고 이실로테 황녀의 탄신일 날, 드디어 모든 모래가 바닥에 떨어졌다.

당시 슈리아는 탄신일 다음 날 위켄하이저 공작가로 옮겨 가기로 이야기가 되어 있었고, 세일린과도 함께 무도회에 참석하기로 한 상태였다. 황태자는 그간 슈리아에게 그의 반응에 대한 어떤 확증도 주지 않으려는 듯, 얼굴도 비치지 않았다.

위켄하이저 공작가를 방문한 슈리아는 공작가 생활이 쉽지 않음을 증명하는 것처럼 어쩐지 초췌해진 안색의 세일린을 목격하고 기분이 저조해졌다.

임산부라면 살이 올라야 할 것인데, 오히려 그녀는 말라 가는 듯이 보였다. 공작부인답게 격조 있는 고급스러운 남색 드레스를 입은 세일린은 아무 일도 없다는 듯이 일부러 즐거운 척했고 공작가 생활에 대해 언급을 피했다.

위켄하이저 공작이 늘 붙어 있는 것은 아니니, 문제가 있기는 한가보다. 공작과 함께하는 만큼 특별한 일은 없을 것 같지만 슈리아는 이번 무도회에서 임신 중인 그녀에게 충격을 줄 만한 사건이 발생하지 않길 바랐다.

그리고 그 바람은 산산이 깨어졌다.

어쨌든 원하는 일을 순조롭게 이루어 가곤 했던 것은 데이지였고, 슈리아는 그러한 행운과는 늘 거리가 멀었던 것이다.

도착하자마자 슈리아는 별로 달갑지 않은 한 남자와 마주치게 되었다. 불순한 청혼을 행한 당사자이자 슈리아가 그 청혼을 무참히 거절함으로 인해 사이가 악화 일로를 걷게 된 스카나덴 소공작.

그간 자신을 피하는 게 아닐까 생각할 만큼 통 보지 못했는데, 오늘 참석한 걸 보면 확실히 황녀 탄신일이 큰 행사이기는 한가 보다.

"감히 존귀한 분을 놓고 하는 저울질은 즐거웠나? 후작가의 자제 따위에게 손을 내줄 거였으면 차라리 내 제의를 받아들이든가."

차가운 얼굴로 다짜고짜 그렇게 속삭인 스카나덴 소공작의 말에 슈리아는 황태자에게 루이스 클라인의 고백을 고자질한 자가 누구인지 바로 깨달았다.

그 상점은 귀족들이 많이 드나드는 곳이었으니, 그가 목격했을 법도 하다. 공작가의 후계자 된 몸으로 이렇듯 치사하게 굴 수 있는 것도 재주였다.

슈리아는 이미 본성을 드러냈던 그에게 예의상의 미소도 지우고 싸늘하게 물었다.

"그런 식으로밖에 상황을 해석하지 못하는 자신의 저열함에 대해 생각해 본 적은 없나요?"

원인론적으로 보자면, 황태자에게 그런 행동을 하게 된 것도 다 눈앞의 이자 때문이 아니던가. 찬찬히 반문하는 슈리아의 낯은 차갑다 못해 서리 여왕이 내려앉은 양 싸늘하기까지 했다.

범상치 않은 분위기에 멈칫거린 소공작은 기세에 눌린 게 자존심이 상했는지 이를 악물고 몸을 돌렸다. 이기지도 못할 거면서 찔러 보려고 하는 태도가 가소롭기 짝이 없다. 슈리아는 그것으로 오늘 하루 액땜한 셈 치기로 했다.

그러나 그것은 시작일 뿐이었다.

절대로 이쪽이 먼저 시작한 건 아니었다. 성격이야 제각각이지만 시비라는 단어와는 거리가 먼 소녀들이니. 슈리아는 그것만큼은 단언할 수 있었다.

사건은 뻔하게도 메릴린 측 영애가 베티의 드레스 앞섶에 의도적으로 색이 진한 음료를 쏟으면서 촉발되었다.

피식 웃으며 건네는 그녀의 성의 없는 사과에 베티는 화를 냈고, 그때부터 각자의 친구들이 몰려와 말다툼이 시작되었다.

'프란치스 경에게 어울리지 않는' 이라는 수식어를 베티에게 가져다 붙이는 것을 보아하니, 처음에 음료수를 쏟은 그녀는 아마도 프란치스 경의 열렬한 팬이었던 것 같다.

그간 베티와 프란치스 경이 워낙 무도회장에서 하하 호호 하는 모습을 보였으니 반감을 품을 만도 했다. 그렇다고 해도 그런 유치한 짓거리를 정당화할 수는 없는 것이지만.

명백히 그쪽이 잘못한 것이었으나, 이미 싸움은 커졌고 사교계에서 명백히 우세에 있는 메릴린 측은 결코 사과할 수 없는 처지였다.

그들이 하는 일은 옳건 그르건 승리로 끝나야 하는 것이다. 순순히 수그리는 태도를 보였다간 세가 꺾일 수도 있으니.

그것도 상대가 신흥세력이자 데이지 그라임스 시그오닐을 필두로 하는 무리라면.

사과를 받아들이지 않는 너그럽지 못한 태도나 교양 등을 지적하며 벌처럼 쏘아붙이는 영애들과의 싸움은 그야말로 난장판이었다.

데이지와 베티는 잔뜩 흥분해서 머리채라도 틀어쥘 것 같았고, 당한 게 있는 셀리도 얼굴을 새빨갛게 붉히고 간간이 끼어들었다.

어쨌든 사태의 정당성은 저희에게 있다고 생각한 제시카 역시 차분하고 냉랭하게 논리의 허점을 찌르고 들었다. 레이첼은 중립적인 태도를 견지하려 노력하는 듯했지만, 이따금씩 베티의 편을 들었다.

무도회장 한편이 떠들썩할 정도로 언성이 높아지자 온갖 시선이 이곳으로 모였다. 다투는 기세가 여태까지 쌓은 모든 악감정을 분출하는 듯이 험악하여 누군가가 필히 말려야 할 상황이었다.

그리고 슈리아는 난처한 얼굴의 세일린에게 이 같은 상황에 관여하고 있다는 인상을 주지 않기 위해 한 발짝 물러난 처지였다.

옳음을 주장하려면, 입으로 주절대지 말고 그저 힘으로 관철하면 된다. 슈리아는 일종의 '내가 무조건 옳다. 그러니 나보다 강한 게 아니면 입 다물어라.' 와 같은 태도에 익숙했던 터라 이런 소모적인 재잘거림에 끼어드는 것을 비선호했다.

게다가 섣불리 끼어들면 세일린이 나서 버릴 수 있고, 영애들의 싸움을 말리는 자체가 임신한 몸인 데다가 갓 공작부인이 된 그녀에게 부담으로 다가올 것이다.

하지만 어쨌든 언쟁은 끝이 나야만 하리라. 드디어 상황을 수습하기 위해 누군가가 등장했다. 명백하게 한쪽을 편드는 음성이 공기를 갈랐다.

"내 생일 무도회에서 이처럼 경박한 태도는 삼가 주었으면 좋겠군요, 시그오닐 대공녀."

정확히 데이지를 지목하며 비아냥거리면서 다가온 소녀는 바로 이실로테 황녀였다. 그녀의 말 한마디로 모든 잘못은 베티도 아닌 데이지의 것이 되었고, 그것이 황녀가 목표한 바였다. 슈리아는 이실로테의 황족다운 오만한 눈빛에서 그 사실을 감지했다.

게다가 줄곧 조용한 태도를 고수하던 메릴린과 슬쩍 시선을 교환하는 것을 보니, 오늘 이 사건은 계획되었으리라는 생각이 찾아든다.

일순 하나의 추측이 머릿속을 스친다. 그간 메릴린이 오를레앙 공녀의 이름을 빌려 사교계를 지배하는 실질적인 군림자라 여겼지만, 그것이 그저 표면적인 사실이었을 뿐이라는 추측.

이 사교계의 진정한 흑막은 아반튼 후작 영애가 아니라 그녀를 수족으로 부리는 이 이실로테 황녀이지 않았을까.

그 추측은 타당했으며, 근거가 있었다. 훗날 제국의 귀족과 혼인하여 황녀가 아닌 귀부인의 입지로 사교계에 나서게 될 황녀로서는, 저와 친분이 깊고 훗날 황후가 될 오를레앙 공녀를 앞세워 미리 제 입지를 다져 놓을 필요성이 있었다.

황족은 사교계와 구별되어 존중받는 존재였기에, 분탕질에 끼어드는 것은 격에 맞지 않았다. 실질적으로 영향력을 떨칠 만한 누군가가 필요했을 것이다. 그리고 그 누군가로 채택된 것이 영리하며 눈치 빠르고 신분도 적당한 메릴린이리라.

마침내 오늘 이실로테 황녀는 직접 시그오닐 대공녀인 데이지를 밟아 주기로 마음먹은 것이다.

황태자의 유일한 여동생이라는 제 입지를 위협하는 것도 모자라 기존의 귀족 영애들과 달리 독자적인 세력을 구축하는 데이지가 그간 얼마나 거슬렸을지 안 봐도 뻔했다.

정해진 질서를 뒤흔드는 이들이란 결국 기득권층에게는 눈꼴사나운 정도를 떠나 뿌리째 뽑아 버리고 싶은 것이다.

그렇게까지는 하지 못하겠지만, 시그오닐 대부인도 부재한 지금이 일단 데이지를 꺾어 놓을 절호의 기회였다. 그리하여 이실로테 황녀는 제 생일을 빌려 이 자리에 섰다. 시그오닐 대공녀를 상대로 매끄러운 공대가 연이어 흘러나왔다.

"대공녀라는 신분으로 명문가 출신인 영애들을 도외시하고 시녀 시절 친구들과 어울리는 것도 격에 맞지 않은 일인데, 오늘 같은 날 이처럼 소란을 피우다니요? 정말 실망스럽기 짝이 없군요."

"제 친구들은 하나같이 다 좋은 친구들이에요! 그리고 시비는 그 명문가 출신인 저쪽에서 먼저 걸었다구요! 남의 드레스에 음료를 쏟아붓고 '어머, 실례.' 라고 하는 게 명문가의 예의인가요?"

불퉁한 표정으로 따지고 드는 데이지의 말은, 분명히 황녀를 대하는 언사라고 하기에는 무례했고 귀족답지 않게 표현이 노골적이었다. 눈을 가늘게 뜬 황녀가 타이르는 양 반박한다.

"내 안목으로는 그 정도의 사과로 족한 상대로 보이는군요."

그리 말하며 흘낏 베티를 바라본 시선은 냉정했다. 동조하듯 주변에서 까르르 웃음이 터져 나온다. 비하의 대상이 된 베티의 얼굴이 화

끈 달아올랐다. 이실로테는 데이지와 구별되게 한없이 우아한 어조로
말을 이었다.

"이 제도 히스는 엄격한 곳이라, 자유로운 에스토어 지방과 구별되
는 신분적 질서가 존재한답니다. 그를 존중하지 못한다면 대공녀도
사교계에 적응하기 힘들지 않겠어요? 어울리는 친구의 면면을 보아
하니 대개 질 낮은 이들인 것 같은데……."

"제 친구들을 모욕하지 마세요!"

"황녀 저하!"

데이지가 화난 얼굴로 외침과 동시에 오를레앙 공녀가 당혹스러운
얼굴로 급히 끼어들었다. 황태자를 사모하는 그녀로서는 황태자의 사
촌인 시그오닐 대공녀의 곤경을 좌시할 수 없을 터였다. 그러므로 지
금 이 행동도 시그오닐 대공녀에게 점수를 따기에는 그럴듯했다.

아반튼 후작 영애가 재빨리 오를레앙 공녀를 가로막으며 귓속말을
소곤거린다. 오를레앙 공녀는 메릴린의 제지에 움찔하면서 입을 다물
었다.

아무래도 이실로테 황녀와 돈독한 사이인 그녀가 황녀의 의사에
반하는 일을 적극적으로 행할 수 있을 리 없다. 다른 영애 한 명이 재
빨리 데이지에게 면박을 주었다.

"시그오닐 대공녀, 황녀 저하께 이 무슨 무례이신가요?"

주위에서 비웃음에 찬 동조의 소리가 흘러나오자 데이지 역시 다
수의 적에게 둘러싸인 상태에서 할 말을 다 할 수는 없는 모양이었다.
씩씩거리며 이를 악무는 데이지에게 황녀가 일침을 가했다.

"난 사실을 말한 거예요. 모르시는 모양이지만, 대공녀에게는 신분
에 걸맞은 사교 활동을 할 의무가 있답니다. 좀 전의 일도 글쎄, 몰락
귀족을 상대로 명문 헤이스 백작가의 영애라면 그만한 말로 끝낼 자
격이 있지요."

이실로테 황녀의 말은 황족의 위엄 아래 정당성을 가졌다. 현 태세

에 완전히 들어맞지는 않게 신분 질서나 출신 가문을 중시하는 말이기는 했지만, 사교계에서 가문에 따라 계층을 형성하는 경향이 있는 것은 사실이다.

억울함과 분한 감정이 솟구쳐 베티의 눈에 눈물이 고이고 있었다. 데이지는 부르르 떨면서도 황태자의 여동생인 그녀에게 마구 말해도 좋을지 몰라 갈팡질팡하는 눈치였다. 그녀에게도 갈등이라는 것을 할 만한 사고력이 존재하긴 했던 것이다.

"또한 대공녀는 황태자 전하께 누가 되지 않도록 예법을 익히는 편이 좋겠어요. 태도와 말이 거칠기 이를 데 없군요. 자유분방한 시녀 생활을 겪은 탓에 버릇이 잘못 든 모양이에요."

황녀의 거만한 충고를 뒷받침하듯이 온 사방에서 킥킥거리는 웃음소리가 들려왔다.

거기에는 주위를 둘러싼 영애들뿐 아니라, 이 사교계 영애들의 세력다툼을 흥미롭게 여기는 귀족들의 가벼운 조롱도 섞여 있었다.

어딜 가나 승자에게 동조하고 패자에게 잔혹해지는 자들은 있기 마련이니.

그 와중에 데이지와 친구들은 수세에 몰려 있었다. 셀리는 울먹거리고 있었고, 레이첼은 창백하게 질린 얼굴이었으며, 제시카는 애써 허리를 꼿꼿이 폈으나 입을 열지 못했다. 데이지는 명백하게 혼란한 표정을 짓고 있었다.

그렇게 모두가 시그오닐 대공녀의 패배를 예견한 순간, 한 소녀가 나섰다.

"외람되오나, 황녀 저하. 황궁에서 귀족 영애들을 시녀로 모집하는 이유는 제도의 표준이 되는 예법을 널리 익히게 하기 위함으로, 이는 오래전부터 전해져 오는 뜻깊은 전통이랍니다. 저하께서는 황실의 전통을 가벼이 여기는 우를 범하시는 건 아닌지요?"

모두가 최초로 입을 연 아름다운 은발 소녀에게 시선을 집중시킨다. 인형처럼 가만히 있던 슈리아가 드디어 말문을 튼 것이다. 실로 내키지 않게 뗀 입이었으나 말은 예에 어긋남 없이 흘러나왔다.

황녀의 눈썹이 치켜 올라간다. 그 표정은 황태자의 것과 유사하여 그를 모범 삼고 있는 것은 아닌지 의문이 솟았다. 남매가 쌍으로 불쾌하게 구는군. 슈리아는 그렇게 엮었다.

사실 이렇듯 나섰지만, 슈리아의 기분은 아주 저조했다. 황녀가 나타나기 전에 언쟁에 끼어들지 않은 슈리아로서는 중립을 표방하던 레이첼까지 베티를 옹호한 이상, 계속 침묵만 지키고 있는 자신의 태도가 친구들에게 좋지 않게 비칠 수 있다는 것을 알고 있었다.

다만 슈리아에게는 세일린에게 심려를 끼치지 않고자 했다는 명분이 존재하고 있긴 했다.

그러나 정작 슈리아가 나서게 된 까닭은 그 세일린 때문이었다.

어쨌든 세일린은 사이가 좋지 않았던 로이엄 백작부인을 감싸려 뛰어들어 부상을 입었던 전적도 있었다. 그런 성격이 지금까지 이어져 왔으니, 제가 귀엽게 여기는 데이지가 부당하게 모욕당하고 있는데 그녀가 나서지 않을 수는 없는 것이다.

세일린은 그녀를 말리려고 드는 위켄하이저 공작에게 싸늘한 시선을 보내며 숫제 밀어젖히려는 듯이 보였고, 결국 슈리아가 행동하게 만들었다.

물론 세일린에게는 나설 만한 합당한 이유도 있었다. 황녀의 말은 신분적 기강을 지나치게 강조하여 미망인에 남작부인이라는 미거한 신분으로 공작부인이 된 세일린을 깎아내릴 여지가 있었던 것이다.

슈리아는 세일린을 공작부인으로 세우고 난 후 사후 처리까지도 결심한 몸이었다. 사실 시녀 시녀 해 가며 저까지 낮잡아 보는 황녀가 거슬리기도 했다.

"황태자궁에서 일했다는 그 슈리아 아델트? 재미있는 트집이군. 그러면 대공녀의 지금 이 무례한 태도는 무엇에 기인한 것이라 할 수 있을까? 같은 시녀 출신으로서 한번 설명해 보겠어?"

재롱 한 번 떨어 보라는 듯한 황녀의 말에 또 한차례 와르르 웃음이 터져 나왔다.

그러나 그를 앞둔 슈리아의 태도는 동요 없이 실로 태연했다. 천사처럼 아름다운 소녀가 서 있는 자태에 기품까지 넘치는데, 우습게 볼 수만은 없는 것이라 웃음은 곧 잦아들었다.

존재하는 것만으로 사람들의 입을 다물게 만든 슈리아는 잠시 뜸을 들이다가 재촉이 오기 바로 직전, 입꼬리를 끌어 올리며 우아하게 입을 열었다.

"황궁의 정식 교육 과정을 거친 시그오닐 대공녀가 예에 능함은 당연한 일이랍니다. 다만 대공녀는 편견에 휩싸이지 않고 진실한 친구를 사귀는 분이니 우애가 깊어, 친구의 곤경에 저도 모르게 감정이 인 탓에 과한 태도를 보인 것이겠지요. 황녀 저하께서 이리 나서셨듯이요."

슈리아는 제가 말하면서도 우스운 일이라 생각했다. 예법에 한해서 열등생이었던 데이지를 두고 이렇듯 말도 안 되는 소리로 옹호해야 한다니.

그리고 졸지에 편견에 휩싸여 친구를 가려 사귀는 몸이 된 데다가, 황녀답지 못하게 나섰다는 비판을 받은 이실로테 황녀는 낯을 확 굳혔다.

이 무슨 무례한! 질타가 쏟아져 나온다.

황족을 두고 거침없이 말을 쏟아 내자 친구들은 우려의 눈초리로 슈리아를 바라보았다.

이 상황을 이해하기에는 두뇌 회전이 느린 양 정신을 놓고 있는 데이지는 눈동자가 흔들리는 게 곧 감격의 태세로 전환할 기미를 보였고, 슈리아에게 다소 우호적이었던 메릴린이나 오를레앙 공녀는 뜻 모를 눈으로 소녀를 바라보았다.

여유로운 미소마저 머금은 슈리아는 일절 흔들림이 없었다. 사실 참새 떼 같은 귀족 영애들을 앞두고 주눅이 드는 연기를 해 보이는 것이 슈리아에게는 더더욱 어려운 일이다. 물론, 그들의 쓸모없는 언쟁은 귀가 아플 만큼 시끄럽긴 했다.

"지금, 감히 나 이실로테에게 지적이라도 하겠다는 건가?"

슈리아가 또박또박 제 할 말을 다 하자 그 앞에 선 황녀는 기가 막히고 화가 치미는 듯했다. 그녀가 누구에겐들 반박을 들어 보았을까.

황녀의 유려한 말솜씨는 어디까지나 신분에서 나오는 자신감에 근거한 것이지, 실제로 이런 일에 있어서 경험 없는 그녀가 능숙하지는 못할 것이라는 추측은 그대로 맞아떨어지는 듯했다.

'감히' 라는 말이 나온 것부터가 이미 감정적 여유의 바닥을 보였으니.

"바른 소리를 지적이라 하시니, 곁에 친히 고르신 명문가의 영애들은 귀에 듣기 좋은 말만 건네시는지요? 또 하나 말씀드리자면 저하와 같은 혈통을 타고난 것은 아니나, 시그오닐 대공녀는 장차 황위를 승계받으실 황태자 전하의 외사촌 되는 몸이랍니다. 가까운 관계임을 염두에 두시고 허물이 있더라도 이처럼 내모시는 것이 아니라 감싸 안으셔야 하지 않을까 해요."

슈리아는 최종적으로 오로지 승리를 위해, 결코 힘을 빌거나 뒷배로 내세우고 싶지 않은 자를 들먹였다. 입도 맞췄는데 이쯤이야. 도구로라도 제 효용성을 입증할 수 있음이 그에게는 그나마 다행이 아니겠는가.

슈리아는 미미하게 이는 치욕감을 가까스로 그렇게 정당화했다. 몰락 귀족인 데다가 저 먼 핀테른 출신으로 위켄하이저 공작가의 불분명한 배경 외에는 아무것도 가진 게 없는 슈리아로서는 달리 방법이 없는 것이다.

황태자가 언급되자 은연중에 그 사실을 제쳐 놓고 있었던 영애들이 동요를 보인다. 이실로테가 이렇듯 나선 이상, 슈리아는 꺾일 수 없는 몸이었다.

미래에 황태자비를 거쳐 황후가 될 몸으로서 황녀 하나 다스리지 못해서야 말이 되겠는가. 그 상대가 황제의 총애를 받는 황녀 이실로테라도 마찬가지이리라.

황녀와 몰락 귀족이라는 신분의 격차상 비록 지금 이 순간이 그저 패배를 모면하는 정도에 불과할지라도, 적어도 확실한 인상을 심어 줄 필요가 있었다.

금세 얼굴에 홍조가 피어난 이실로테가 흥분한 음성으로 소리친다.

"당신, 뭔가 착각하고 있나 본데! 전하께서는 저 시그오닐 대공녀와 사촌지간이시기 전에, 내 오라버니야!"

슈리아의 말이 약점이라도 건드린 듯이 조금 전의 데이지만큼이나 씩씩거리는 황녀를 보자 한 가지 확신이 스친다.

혹시…… 그간 데이지를 경계했던가?

전에 에리카도 한 번 그렇게 언급했던 기억이 있었다. 슈리아는 찌릿찌릿한 느낌이 전해질 정도로 저를 사납게 노려보고 있는 황녀를 새삼스럽게 응시했다.

간혹 제 남자 형제에 집착하는 경향을 보이는 소녀들이 있다고 들었다. 황태자라면 높게 평가받을 만한 외양이며 탁월한 실력을 지니고 있으니 그 같은 성향이 심화되어 적용될 만하다.

이복 남매이니 남매애에 대한 확신도 그리 깊지 않았을 터, 데이지의 등장에 불안했던가. 그러면 오늘 이렇게 나선 것도 결국 가장 큰 원인은.

슈리아가 확신을 품고, 보다 못한 세일린이 막 공작을 제친 그때, 나직한 음성이 끼어들었다.

"자, 이제 이런 식의 다툼은 그만하지. 이실로테."

그야말로 오라비다운 다정한 얼굴로 이실로테에게 다가오는 그는 바로 이황자였다.

황권 다툼과는 무관하게 이실로테 황녀는 황태자뿐만 아니라 그와도 친근한 관계를 구축하고 있었던 것 같다. 승계권과 거리가 먼 황녀다운 처세술은 그런 면에서 빛을 보였던 것일까.

여태까지의 황녀다움은 데이지를 누르기 위해 자아낸 인격이었던 양, 이실로테 황녀는 교양 없이 슈리아를 손가락으로 가리키며 고자질했다.

"아스테어, 하지만 지금 저 아이가 내게!"

"오늘은 경사스러운 날이잖아? 황녀답게 너그러움을 보여. 지금까지로도 충분히 소란스러웠어."

"내 생일에 이런 꼴을 당하고도, 이런 소리를 듣고도 내가 순순히 넘어가야겠어?"

억울한 듯 반문하는 황녀에게 눈을 맞추며 이황자가 그녀의 이름을 나직이 불렀다.

"이실로테."

음유시인처럼 부드러운 음성이었으나 거기에 담긴 의지는 엄하고도 굳건한 강단이 있었다. 이실로테는 화를 누르듯 눈을 내리깔고 입술을 앙다물었다. 이황자가 이제 네 차례라는 듯이 시선을 주자, 슈리아는 냉큼 말했다.

"제 말이 지나쳤던 것 같아요. 사과드립니다."

흥! 소리가 나게 코웃음 치며 몸을 돌린 이실로테는 총총 걸어서 황녀답게 우아한 몸짓으로 사라져 갔다. 그 행동만큼은 이황자만도 저지할 수 없었다.

재빨리 몸을 뺀 메릴린과 우물쭈물하던 오를레앙 공녀도 그녀의 뒤를 따랐다. 아무래도 위로가 필요할 것이다.

갑작스레 맞은 소강상태에 황녀를 따르는 영애들은 서로 눈치만

보다가 이내 흩어져 가기 시작했다.

허무할 정도로 쉽사리 사건이 종결을 맞자 데이지와 다른 소녀들은 아직 정신이 제대로 돌아오지 않은 모양이었다. 반전된 상황에 적응하지 못하고 멍한 눈으로 서 있던 데이지가 곧 뒤끝 있게 중얼거린다.

"결국 제대로 된 사과는 듣지 못했어. 헤이스 백작가라 했지? 기억해 둘 테다."

"오늘 일은 오늘로 그만 끝내면 안 되겠나. 그녀도 후회하고 있을 테니 굳이 기억해 두지 않았으면 하지만, 힘들겠지?"

"앗, 헤헤."

이황자가 빙긋 미소를 지으며 다가서자 데이지는 배시시 웃음을 보였다. 지난번에 춤을 함께 췄던 것으로 기억하는데, 그때 좀 친해진 모양이다.

다만 데이지의 음성은 평소보다 더 묘하게 어린아이스러워졌고 그 미소를 묘사하자면 헤죽거림에 가까웠다. 그것은 마치 슈리아에게 극도의 애정을 보일 때에나 지을 법한, 좋아 죽겠다는 표정이었다.

슈리아는 어쩐지 온몸에 소름이 돋았다. 이황자가 슬쩍 시선을 슈리아에게 돌린다.

"슈리아 아델트. 부당하게 궁지에 몰린 친구를 감싸려는 그대의 행동은 칭찬받을 만하지만, 그대는 좀 더 신중해질 필요가 있어. 이실로테의 체면을 훼손시켜 황녀와 척을 지는 것은 그대 자신을 위해서도 좋은 일이 아니야."

"충고 감사드립니다."

그 담담한 조언에 슈리아가 공손하게 답하자 데이지가 친근한 말투로 투덜거린다.

"으, 저하, 고리타분한 말씀이세요. 슈리아가 나서 줘서 전 아주 기뻤는걸요!"

반짝반짝하는 눈초리로 쳐다보는 데이지에게 슈리아는 상냥한 미소로 답해 주고는, 떠나간 황녀의 뒷모습을 살피는 척 외면했다. 그래도 무도회장이라고 눈빛을 보내는 이상의 행동은 자제하는 것이 다행이다.

이황자가 잔잔한 미소를 떠올리며 다시 데이지를 응시했다.

"그런가? 그래도 난 그대의 용기 있는 행동에 무척 감명받았어. 출신에 구애받으며 친구를 골라낸다면 후에 어려움에 부닥쳤을 때 누군들 곁에 남겠나. 진정한 벗이란 그리 사귀는 것이 아니야."

"헤헤, 감사해요! 역시 저하도 그렇게 생각하셨군요!"

슈리아의 날카로운 발언은 지적하면서 데이지의 무례한 언사는 문제 삼지 않는다라. 황녀 못지않게 편파적인 행태에 슈리아는 눈을 찌푸렸다.

눈앞에서 노골적으로 분홍빛 기류가 피어오르고 있었다. 그리고 그 야릇한 분위기의 근원은 평소보다 더더욱 거슬리도록 배시시 웃고 있는 데이지와 난데없이 등장한 이황자에게 있었다.

패배가 예정된 지금, 아예 황태자의 외가 출신인 시그오닐 대공녀의 마음을 사로잡아 황태자의 칼날을 피할 셈인가?

생각보다 더 교활한 자였다.

슈리아는 새삼스러운 눈으로 이황자에 대한 평가를 격상시켰다. 역시 황좌를 다투었던 자이니 이 정도의 계산과 처세술은 보여 줄 만하리라. 그것도 제 목숨이 달린 일이라면.

"그러면 불유쾌한 사건은 이것으로 끝내고, 이제는 무도회를 즐겨 볼까?"

사심 없는 눈빛을 자아내며 이황자가 데이지에게 손을 내밀었다. 역시나 깊은 사고를 거부하는 것으로 추정되는 데이지는 말릴 새도 없이 그 손을 잡았다.

적어도 그녀에게 내숭이라든가 진의를 의심한다는 고차원적인 두

뇌 활동은 기대할 수 없는 종류로 보였다.

황궁에서도 그러했거니와 황태자의 팬을 자청할 정도로 기사나 황족에게 환상을 품고 있는 데이지이니 이 같은 태도가 그녀에게는 오히려 일관성이 있었다.

잘생기고 정중한 황자가 자기한테 잘해 주고, 좋은 말 해 주고, 좋게 평가하니 그냥 홀랑 넘어가 버린 것이다.

황태자의 외사촌 시그오닐 대공녀는 그렇게 황태자의 정적이자 대립항의 구심점인 이황자의 손을 잡고 저편으로 사라져 갔다. 데이지를 비난하기 위해 늘 냉철한 사고를 갈고닦는 레이첼이 어처구니없다는 듯한 어조로 말한다.

"이건 또…… 저 애에게는 도대체 생각이라는 게 있긴 한 건가? 아니, 알고도 저러는 건 아니겠지?"

"알아도 정치 문제와 자기를 연결 짓지 않을 것 같은데. 데이지는 여전하구나."

데이지에게 몸을 의탁하고 있는 신세인 제시카 역시도, 그런 현실적 상황에 구애받지 않고 부정적인 어감으로 동조했다.

여전하다라. 확실히 십 년이 지나도 데이지의 그 같은 정신 상태는 성장하지 못하리라 여겨진다.

"데, 데이지는 사람을 사귈 때 편견이 없으니까, 이것도 마찬가지인 거야."

셸리가 머뭇거리며 편들자 베티도 고개를 주억거린다. 그리고 모두가 그 말에 동조했다.

그것이 그날 있었던 사건의 전부였다.

황녀의 생일이라는 중대한 행사에 참석하지 않은 황태자에게 슈리아는 의혹을 품었다.

단순히 바쁘기 때문이 아니라 혹시 나를 피하고자 오지 않은 건가?

어쨌거나 이 기회를 틈타 그가 보여 준 도주 행각의 구체적 사유를 알아내고자 했던 만큼 아쉬운 마음이 들었다. 사실 그 사유를 분석하는 것도 무의미한 일이다.

그러한 가벼운 행동으로 초월자에게 충격을 줄 수 있다는 것이 효율적이라 한들, 그것은 두 번 이루어지기 어려운, 간지러운 성격을 품고 있었다.

뒤끝이 길고 꿍꿍이가 창자에 길게 똬리 틀고 있는 황태자이니, 어쩌면 반격을 준비하고 있을지도 모를 일이다. 소녀는 일단 후일을 기약했다.

다음 날 슈리아는 드디어 로이엄 백작가를 벗어나 위켄하이저 공작가로 처소를 옮기게 되었다. 거의 모든 짐은 선차적으로 이미 보내진 상태였고 마지막으로 오찬을 함께하고 마차를 타기로 한 것이다.

이 로이엄 백작 저택과 백작부인이 공들여 가꾼 장미 정원은 정말로 익숙한 장소였다. 밤늦게 찾아드는 황태자를 비롯하여 에리히라든가, 사소한 사건들이 펼쳐진 익숙한 거처.

그러나 아마도 다시는 이곳에 머물 일이 없으리라. 손님으로 잠시 방문한다면 모를까. 슈리아는 눈물을 찍어 내기 시작한 백작부인에게 '그간 감사했어요.' 라며 인사의 말을 건넸다.

"정말, 난 세일린이 아니었다면 널 내 딸로 삼았을 거란다."

떨림이 섞인 목소리로 백작부인이 말한다. 앞으로도 종종 방문해 주길 바란다는 말을 급히 덧붙이는 그녀에게 슈리아는 봄볕이 비치는 듯이 따사로운 미소를 보였다.

번거롭게 굴 때도 잦았지만, 그녀는 나름대로 슈리아에게 최선을 다했다. 기회가 된다면 적당한 보상을 하는 것도 나쁘지 않을 테지. 아침에 이미 고별인사를 하며 백작가를 잊지 말아 달라 한 백작 역시 그러한 의도로 슈리아를 기꺼이 떠맡았을 터이니.

마차를 눈앞에 두고 황궁을 떠나던 때와 유사한 감상이 가슴속에 맺힌다. 그건 핀테른을 떠나 제도에 발들이던 그때의 감흥과도 비슷했다.

대마법사 아마르잔은 육신의 안위를 위한 특정한 거처가 필요가 없었던 터라 하늘을 지붕 삼고 그 아래 펼쳐진 어느 땅에든 내키는 대로 걷고 머물렀다.

그러니 그에게 종속된 특정한 장소는 있을지언정 집이라는 귀속감을 안겨 주는 곳은 없었다.

둥지를 튼 새처럼 한 자리에서 오래도록 붙박고 있었으니 그곳을 떠나는 이 순간이 어떻게 새롭지 않을까.

그러니 이것은 나약한 감상 따위가 아니다.

깔끔하게 결론지은 슈리아는 모든 것을 뒤로하고 기꺼이 새 주거지를 향해 마차에 몸을 실었다. 위켄하이저 공작가에서 보내온 마차는 거의 흔들림 없이 대로를 질주해 나가기 시작했다.

일전에 세일린의 혼인식 때 방문한 적 있었던 위켄하이저 공작저는 신흥세력인 로이엄 가문을 포함한 대다수 귀족 가문과는 달리, 일반적인 귀족들의 주거지역과 외떨어진 곳에서 드넓은 땅덩이를 차지하고 있었다.

빽빽하게 들어찬 굵직한 고목들이 도사린 숲에 둘러싸인 정원은 고풍스러웠고, 그 안에 자리한 공작 저택은 흡사 오래된 고성을 보는 것 같은 느낌마저 주었다.

실지로 그 느낌은 진실과 거리가 멀지 않았다. 위켄하이저 공작가는 무려 사백 년에 달하는 기나긴 역사를 지녔던 것이다.

이 위켄하이저는 황후를 몇 번이나 배출한 전적이 있어 브리오니아 황실과도 가까운 혈연관계이고 문에 치중한 성향을 지닌, 제국에서도 손꼽히는 유서 깊은 명문가였다.

그러나 위기가 아예 없던 것은 아니어서 황권 다툼에 휘말려 봉문을 명받고 정계에 나오지 못한 때도 있었으나 그 세마저 꺾이지는 않았다.

그러한 위세 높은 가문이니 전 위켄하이저 공작이 출신이 미약한 세일린을 받아들이지 못하고 교묘하게 떼어 놓을 법도 했다. 어쨌든, 전통이라는 단어는 까다로움이라는 단어와 밀접하게 관련된 것이다.

다만 그런 술수가 행해지고 17년이 지난 지금, 시기가 늦추어졌을 뿐 미망인이 된 세일린이 위켄하이저의 안주인으로 들어앉았으니, 정해진 흐름은 결국 평범한 인간이 막을 수 없다 할 것이다.

그 때문에 세일린의 존재가 가문에서 환대받지 못하리라는 추측은 타당했다. 혼인식에서도 위켄하이저 가문원들의 표정이 과히 좋지 않았었다.

슈리아가 할 일은, 그런 세일린의 편이 되어 주는 것이었다.

물론 그러기 위해서 왔다고는 하지만…….

슈리아는 딱딱한 얼굴을 한 집사의 안내를 받아 세일린에게로 향하며, 조금 전에 방문 확인 절차를 받으면서 목격한 공작저의 내부 방비를 떠올렸다.

가문의 일원과 내부의 막대한 재보를 지키기 위한 삼엄한 경계 태세를 갖춘 이곳이라면 확실히 황태자라도 쉽사리 잠입하지는 못하리라.

사실 그것 때문에라도 기꺼이 이리로 오겠다 말한 것이니.

"어서 와, 슈리아. 피곤하진 않니?"

슈리아가 응접실에 들어서자 소파에 앉아 있던 세일린이 반갑게 맞는다. 이제 공작부인이 된 세일린에게 슈리아는 격식을 맞춰 우아하게 인사하며 대답했다.

"전 괜찮아요. 마차를 타고 온걸요."

"그래도 어제의 일도 있고 해서……. 넌 내색을 잘 하지 않으니 혹시 힘들어하는 건 아닐까 걱정했단다."

확실히 세일린만큼 슈리아와 오래 지냈던 이도 없었지만, 그녀처럼 눈에 뭐가 씐 듯이 슈리아를 약하고 어린 소녀로 생각하는 이도 드물 것이다.

슈리아를 볼 때마다 자신감을 심어 주기 위함인지 총명하다 뭐다 칭찬하기 일쑤였으나 세일린의 눈에는 제가 아직 아기처럼 보이는 것 같았다.

정작 슈리아는 아무 생각 없이 잘 잔 반면, 조카의 앞날이 걱정되어서 잠 못 이룬 듯이 그녀의 눈 밑이 퀭한 걸 보니 말이다. 슈리아는 안심시키듯 밝은 미소로 대꾸했다.

"아무 일 없을 거예요."

사교계에서 영향력 높은 이실로테 황녀에게 밉보인 몸이니 당분간은 문제가 있을 수도 있겠지만, 상대는 계승권과는 거리가 먼 고작 후궁 소생인 황녀였다.

결국 권력 구도라는 것은 누구도 무시할 수 없는 속성을 가졌으니 한순간 박대를 일삼더라도 그 끝은 머지않아 찾아오리라.

슈리아가 황태자비로 공표되면 다들 언제 그랬냐는 듯이 슈리아의 구두를 핥을 기세로 엎드릴 것이다. 그리고 본의 아니게 데이지와 아주 돈독한 사이이며, 그 외의 친구도 다수 존재하는 슈리아로서는 아쉬울 게 없었다.

지금은 이 정도로도 충분하다. 이 무리는 황태자와 슈리아의 사이가 널리 알려지는 순간, 단번에 힘을 얻고 사교계의 주류로 떠오를 것이다.

그때가 되면 콧대 높게 굴던 기존의 영애들은 슈리아에게 눈도 맞추지 못하리라.

고분고분한 태도를 보인다면, 슈리아는 데이지가 뒤끝 있게 굴든 말든 그들의 과오를 잊고 포용할 생각이 있었다.

어차피 그들이 찔러 본 건 만만한 셀리나 베티이지 제가 아닌 것이다.

어쨌든 그건 훗날 일이고 지금은 세일린이 겪는 고난의 원인을 파악할 시간이었다. 슈리아는 말끔한 얼굴로 세일린과 한동안 친근한 대화를 나누었다.

그 와중에도 슈리아는 무엇이 갓 공작부인이 된 그녀를 괴롭히는 것인지 세심한 눈으로 살피고 있었다.

이윽고 슈리아는 세일린이 로이엄 백작부인과 경쟁이라도 하듯이 온통 나풀나풀한 분홍 레이스와 색색의 꽃장식으로 공들여 화려하게 치장한 방으로 안내되었다.

방 안에 가득한 꽃향기가 지나치게 코를 찔러 환기가 필요할 정도였으나, 슈리아는 세일린의 '마음에 드니?' 라는 질문 앞에 긍정을 보일 수밖에 없었다.

……이 나이 또래의 소녀들이 꽃과 레이스를 선호한다는 기대에 동조하지 않는 것은 제게 전생이 있기 때문만은 아닐 것이다. 슈리아는 그리 생각했다.

누구에게나 제각기 취향이 있기 마련이다. 그리고 이것은 확실히 제 취향이 아니었다.

오후 내내 슈리아는 세일린을 뒤따라 제가 드나들 수 있는 장소를 고지받고 일일이 드나들어 보았으며, 한편으로는 제 전속 하녀로 제니라는 소녀를 소개받았다.

제니는 태도가 아주 공손하고 황궁의 시녀만큼이나 소리 없이 능숙하게 움직였으나, 인형처럼 표정 없는 소녀였다.

제니뿐만 아니라 슈리아를 처음 맞이한 집사를 포함하여 저택에 있는 이들은 마치 감정 표출을 제한받듯 엄격하게 절제된 표정을 하고 있었다.

명문가라 시중인들조차도 대를 이어 고용되는지 나이대는 다르나 외모가 비슷한 이들도 눈에 띈다. 그 자체로는 나무랄 데 없이 시키는 일을 수행하고 있었지만, 전체적으로 무언가 이상한 낌새가 흘렀다.

하루 동안 공작저에서의 새로운 생활에 적응기를 가진 슈리아는 오래지 않아 공작저의 이상, 즉 세일린이 피로해진 요인을 감지해 냈다.

"세일린, 제가 도울 일은 없을까요?"

오전에 티타임을 가지며 슈리아는 짐짓 그렇게 운을 떼었다. 티타임에서조차 가문의 재정에 관련된 서류를 살펴보고 있던 세일린이 고개를 저으며 말한다.

"아니, 이건 내 일이란다."

단호한 음성이었다. 세일린은 찻잔을 들어 한 모금 음미하며 예리한 눈으로 회계 장부를 들여다보았다.

세일린은 자긍심 강한 영주였고, 필요할 때는 도움을 구하지만 대게 자신이 모든 것을 책임지는 완벽주의적인 성미를 지니고 있었다.

작게나마 오래도록 한 영지를 다스려 온 세일린이었으나, 공작가의 살림을 살피는 것은 그보다 더 복잡하고 고려할 게 많았다. 임신한 몸이니 무리해서는 안 되겠지만, 듣기로는 이번 혼인 건으로 가문의 안살림을 책임지던 공작의 숙모뻘 되는 노부인이 격분하여 지방으로 떠나 버렸다고 한다.

한번 고생 좀 해 보라는 심산이었을진대, 그것은 세일린을 우습게 본 처사였다. 그녀는 차라리 남아서 싸우고 텃세 부리는 편이 나았을 것이다. 그녀가 다시 공작저로 돌아왔을 때쯤엔 이미 그녀의 자리는 없으리라.

그렇게 단언할 수 있으리만치 유능한 세일린은 혼인하자마자 곧바로 이 골치 아픈 일들을 담당하게 되었다.

공작은 가문 구성원들이 세일린을 함부로 대하지 못하게 만드는 방패막이 역할을 했지만, 실질적으로 그 이상의 도움은 되지 못했다.

비록 가문의 후계자로서 일정 부분 교육을 받았다고는 하나, 줄곧 마법사의 일생을 살아왔던 공작이 세일린을 도와주기란 쉽지 않은 것이다. 작은 영지에서는 바깥일과 안살림이 구분되지 않는다지만, 이처럼 큰 가문은 상당한 구분을 가졌던 것이다.

세일린의 부름에 하녀가 빈 잔에 차를 채우고 나가자 슈리아는 바로 직설적으로 말한다.

"이곳 시중인들은 그리 충실하지 못한 것 같아요."

세일린의 손이 멈칫거렸다. 서류에 붙박여 있던 그녀의 시선이 슈리아를 향했다.

"……그렇게 보이니?"

세일린이 찬찬히 되묻는다. 주인 된 몸으로 시중인들을 제대로 다스리지 못한 수치심 탓인지 그녀의 낯은 기묘하게 굳어 있었다. 슈리아는 제가 분석해 낸 사실을 털어놓았다.

"그들은 마치 자신의 판단이라는 게 없는 것처럼 행동하고 있어요. 예를 들면 방금도, 찻잔이 비어 가도 말하지 않으면 차를 따르지 않고 식은 차를 비우고 따뜻한 차를 새로 찻잔에 붓지도 않아요. 그저 지시된 일만 하겠다는 것으로밖에 보이지 않는군요. 그것을 귀족가의 시중인답다고 할 수 있을까요? 아침에 주인을 깨워야 하는 시녀가 주인이 그러라고 말하지 않았다고 해서 문밖에 가만히 서 있는 건 태만한 일이에요."

겉으로 보이는 태도 자체는 순종적이나 귀족가의 시중인들이 주인의 심기를 살펴 칼같이 행동하는 데 반해 이들은 대단히 수동적이었다.

그리고 그 같은 수동성은, 죽은 자의 낯처럼 무표정한 외면상으로는 철저히 감춰져 있었으나 그들의 반항심을 짐작게 하기에는 충분했다.

지고한 공작가에 미망인인 안주인이 들어선 사실에 오랜 세월 위켄하이저 일원으로 살아왔던 그들도 은연중에 불만을 표출하고 있었던 것이다.

단순히 저들만의 의지라기보다는, 가문 구성원 대다수의 행보에 따르는 것이리라. 그 자체는 뻔한 텃세였지만, 당하는 입장에서는 그냥 넘길 수만은 없는 문제였다.

"네 말이 옳단다. 그래도 이건 많이 나아진 거야."

세일린이 한숨을 내쉬었다. 슈리아는 그녀의 말을 기다렸다.

"혼인식을 치르고 난 후, 네가 오기 전까지 난 최대한 안주인으로서 자리를 굳혀 놓으려고 노력했단다. 안토니 역시도 날 적극 도와줘서 불유쾌한 친인척들의 방패막이가 되어 준 한편, 반발하는 이들을 대다수 쫓아 보냈고……. 결과적으로 난 도움을 줄 만한 가문의 어르신이나 중간 절차 없이 모조리 일을 맡게 되었지. 타협이랄 만한 과정도 없이 갑작스레 윗사람이 바뀌었으니 시중인들이 납득하지 못하는 것도 이해해. 하지만 그를 다스리는 것 또한, 내 소임이겠지. 전남편이 죽고 생판 다른 핏줄인 내가 핀테른의 영주가 되었을 때도 그랬듯이 이 정도는 예상했단다."

"제가 도와드릴 수 있어요."

슈리아가 바로 파고들자 세일린은 부드럽게 타일렀다.

"슈리아, 이건 전적으로 내 일이란다. 이 익숙하지 못한 장소에서 아군이라고는 안토니밖에 없는 난 외로웠고, 그래서 말벗이 되어 줄 이가 필요했던 것은 사실이야. 하지만 이건 나와 안토니의 문제야. 우리가 같이 해결할 일이지. 네가 나설 문제는 아니란다."

"전 세일린의 조카고 가족이에요. 절 여기에 부르신 이상 관여할 자격이 있어요."

슈리아가 또박또박 말했다. 그녀의 입으로 저를 딸로 여긴다 하지 않았던가. 왜 굳이 도움을 주겠다는데 마다하는지. 고작 자존심 때문이라면 그녀답지 못하다.

"아니, 넌 아직 성년이 되지 못한 아이란다. 그리고 이건 어른들의 일이고."

세일린은 딱 잘라 말했다. 아이라고? 슈리아는 전혀 생각지도 못한 공격에 움찔했다. 성년이 되지 못한 슈리아는 확실히 고작 열다섯 살의 소녀였다. 그래서 부족함이 있다고 생각하는 건가? 그건 지나친 일반화의 오류였다.

그러나 세일린의 논리는 조금 달랐다.

"네가 똑똑한 아이고 내게 도움이 되어 줄 수 있다는 것은 알고 있단다. 하지만 이건 어른들의 일이고 네게 짐을 지우고 싶지 않구나. 이건 온전히 내가 감당해야 할 일이니, 날 위한다면 슈리아 넌 네 미래에 좀 더 관심을 기울여 주었으면 좋겠어. 아이답게."

아이답게……. 슈리아는 제게 그만큼이나 낯설고도 적합하지 않은 말은 없을 것이라 생각했다.

은연중에 자신이 비를 갈구하는 농부에게 폭우를 내려 줄 수 있을 만큼이나 대단한 존재라 여겼었다. 그리고 그것은 엄연히 진실에 기반을 두고 있었다. 하지만 현재의 슈리아는 그저 좀 어른스러운 어린 소녀일 뿐이며 아무런 권한도 쥐지 못한 미성년의 몸이었다.

확실히 어른이라면 최대한 저 스스로 일을 해결하려 하지 구태여 조그마한 어린 소녀에게 도움을 구하지는 않으리라. 특히나 이 같은 일에.

슈리아는 자신이 놓치고 있는 것을 깨달은 한편, 세일린의 말이 현명하다는 것을 깨달았다.

비록 그녀가 구체적으로 언급하지는 않았지만, 어린 조카를 제 편으로 내세워 시중인들을 통제하려 한다면 누가 그녀의 주인 될 자격을 납득하겠는가. 그것은 분명 세일린을 우습게 만들고도 남을 일이었다.

세일린은 당차고 자립심 있는 여인이었으며 능히 한 영지를 다스려 온 영주였다. 스스로 제 삶을 일궈 나갈 수 있는 세일린을 마치 도움이 필요한 가여운 어린아이처럼 취급하며 손을 내밀어 주리라 결심한 자체가 가당치 않은 것이다.

그런 방식으로, 제 발치에 엎드려 구원을 청하는 미력한 인간을 보는 듯이 남을 내려다볼 줄밖에 모르던 슈리아였다.

제가 누구에게 도움을 줄 수 있을 만한 상대로 보이지 않는다는 것, 그리고 그래서는 안 되는 상대로 치부된다는 건 실로 이상한 느낌이었다. 기묘하고도 낯설었다.

혼란에 잠겨 입을 다물고 있는데, 마음이 상했을 거라고 생각했는지 세일린이 달래듯이 말했다.

"내가 잘 지내길 바랐을 텐데 걱정을 끼쳐서 미안하구나. 하지만 난 지금도 행복하단다. 원하는 사람과 맺어졌고 배 속에서 아이도 잘 자라고 있지. 이제는 슈리아 너만 잘된다면 더 바랄 게 없을 텐데……. 그러고 보니 정표, 그러니까 반지는 받았니?"

말은 바람직하게 시작했는데 왜 하필 그놈의 반지로 끝나는지. 슈리아는 별생각 없이 도리질 쳤다.

"아니요."

그러자 세일린의 낯이 뚜렷한 우려를 품는다.

"슈리아, 전하께서는 왜 어떠한 확증도 주시지 않지? 물론 네게 위험할 수 있어서 관계를 숨기려는 입장은 이해가 가지만, 전하와는 그간 무도회에서 몇 번 함께 춤춘 게 전부였잖니. 널 불안하게 만들고 싶진 않아. 다만, 슬슬 전하의 혼사가 거론되고 있다고 들었단다. 이렇게 거리를 두다가 마음이라도 변하시면……."

"……."

슈리아는 잠시 갈등했다. 그냥 그가 밤늦게 몇 번 찾아왔었다고 말해 버릴까. 그러나 고려할 것도 없이 그간의 반응을 보았을 때 세일린이 별로 달갑지 않게 생각할 건 분명하다.

아니, 달갑지 않은 정도를 넘어 길길이 날뛸 가능성이 높았다. 실토와 침묵 사이에서 슈리아가 짧은 저울질을 하는 사이 세일린이 무언가 결심한 듯이 권유를 꺼냈다.

"슈리아, 마법 아카데미에 가는 것 말이다. 다시 생각해 보면 안 되겠니? 마냥 남자만 믿고 기다리는 것은 바람직한 일이 못 돼. 만약을 생각해야 하잖니? 네 원래의 계획대로 따라가다가 전하께서 변함이 없으시다면 혼인하면 되지 않겠니. 학업을 끝마치는 거야 네 나이도 어리고 하니 혼례를 늦춘다면 아주 불가능한 일만은 아닐 거야. 그리고 중도에 그만둔다고 한들 그간의 배움이 헛되지는 않을 거란다."

"세일린, 전 알다시피 몰락 귀족이에요. 전하께서 저를 비로 맞으신다면 그 자체로도 반발이 심할 텐데 거기에 더해 학업을 지속하겠다고 주장하기는 어려워요. 물론, 제 의사가 강경하다면 가능하겠지만, 아카데미를 졸업한다고 해도 제가 마법사로서 뭘 할 수 있는 것도 아니잖아요. 황태자비란 지위에는 나름의 의무가 따르는 만큼 제가 후에 마법사의 능력을 펼칠 수 있을 것 같지 않아요."

슈리아는 논리적으로 말을 보탰다.

"또 아카데미의 입학 정원은 고정되어 있고, 그곳에 제가 들어간다는 것은 누군가 한 명의 자리를 빼앗고 아무 성과도 보지 못하는 거나 다름없다고 생각해요. 그건 정말 비효율적인 일이에요."

마치 입학이 결정되어 있는 양 하는 소리지만, 그것이 진실. 슈리아는 이번만큼은 확고하고도 자신 있게 세일린에게 반박할 수 있었다. 사실 이렇듯 단호하게 자르는 태도에는 개인적인 불호와 거부감 서린 의지가 숨겨져 있는 터였다.

슈리아는 단순히 아카데미에 가기가 싫었던 것이다. 그러므로 황태자가 제게 청혼했을 때 한편으로는 아카데미에 가지 않아도 된다는 장점을 긍정적으로 평가했었다.

물론 대마법사인 슈리아가 학습 혹은 시험과 같은 지적 활동이 수

반되는 일에 어려움이라든가 거리낌을 느끼는 것은 아니다.

오히려 슈리아는 지나치게 천재적으로 보이지 않기 위해서 성취를 조절하고 억누르려고 노력해야 할 정도로 뛰어났다.

전생에 슈리아는 천재였고, 그 전생을 이어받은 현재는 천재라는 한 단어로 설명하기에 부족하다고 느껴질 만치 뛰어난 마법사였다.

다만 슈리아는 그저 아카데미 생활이 내키지 않았던 것이다. 아카데미 입학식 날짜가 다가옴은 황궁 생활을 겪으면서 점점 더 앞날이 어두워져 가고 있다고 근심스럽게 느꼈던 일이다.

문제는 많았다. 일단 아카데미에서는 배울 것이 없으므로 지루한 수업 시간을 견뎌 내며 교수가 한 발언의 오류를 지적하지 않으려 노력해야 하리라. 그러므로 그 자체가 결단코 비생산적인 행위였다.

게다가 황궁에서 꾸역꾸역 정기적으로 모이는 소녀들과 줄곧 대화를 나누면서 슈리아는 이런 소소한 친목도모가 퍽 적성에 맞지 않는다고 느꼈다. 그런 어울림은 인간적인 교류가 극대화되는 아카데미에서 더 빈번하게 일어날 것이 틀림없다.

데이지처럼 어린아이들과 매일 같은 수업을 듣고 섞여서 친구놀이라도 해야 한단 말인가. 본래의 성정도 내보이지 못하는 지금, 이 상황에서 소녀 흉내에 찌들어야 할 아카데미 생활이 내킬 리 없다.

반면 종종 사교 행사가 있긴 하지만, 그래도 며칠에 한 번꼴로 소녀들과 어울리는 정도의 지금 상황은 한층 달갑게 느껴지는 것이다.

"그 말은 일리가 있구나. 하지만 지금처럼 한가하게 지내는 것은 바람직하지 못해. 넌 아직 어리니 더 많은 것을 배워야 할 필요가 있어."

"전 시간 날 때마다 책을 읽고 있어요. 아카데미 학생들보다도 많이 읽고 있다고 생각해요."

"독서가 삶에 유익한 일이기는 하지. 그렇지만 동시에 그 책을 쓴 저자의 사고에 한정되는 일이기도 해. 거기에 쓰여 있는 것은 제한된 안목으로 적어 내린 고정된 문자이고 세상은 변화하지. 더군다나 문답도 불가능하니 배우는 데 한계도 있단다. 그러니까…… 그렇지! 가정교사를 두는 게 어떨까? 내가 한번 알아보마."

세일린이 눈을 빛내며 꺼낸 말은 질문이라기보다는 이미 결정이었다. 슈리아는 어쩔 수 없이 고개를 주억거렸다.

우선적으로 세일린이 슈리아를 교육하고자 판단한 과목은 역사나 문화, 정치에 관련된 것이었다. 슈리아는 과목 선정에 세일린의 취향이 다소 들어갔다고 생각했다.

게다가 가정교사를 구하는 일은 단시간에 이루어지지 않았다. 조카에 대한 극진한 애정에 힘입어 세일린의 안목이 특별히 까다로워졌기 때문이다.

남달리 총명하다고는 해도 고작 십오 세 소녀인 슈리아를 가르칠 만한 수준의 가정교사—세일린의 판단에 따르면—들이 아무리 제도에 수두룩하다지만, 세일린은 우선 공작가의 위세에 달라붙으려는 야심가들을 걸러 내야 했다.

더군다나 세일린의 안목에 들 만한 명사를 초청하기에는 슈리아의 위치도 애매했다. 명사들은 대개 제 평판을 생각해서라도 아무나 가르치려고 들지 않았는데, 슈리아는 공작가의 자녀도 아니었거니와 위켄하이저의 혈통도 아니었기 때문이다.

물론 큰 비용을 들이면 명사에게 가르침을 받는 것도 불가능하진 않겠지만, 슈리아가 이미 단호하게 거절의 의사를 표명한 터였다.

그처럼이나 열성적으로 조카에게 붙일 교사를 모집하고 큰 비용을 쓴다면 그 또한 입지가 확고하지 못한 세일린이 뒷말을 듣게 될 거라는 판단 때문이었다.

슈리아가 곧 다가올 번거로움을 각오하는 그 시간, 레이첼도 나름의 고난을 겪고 있었다.

이실로테 황녀와 시그오닐 대공녀의 격돌로 황녀의 생일 무도회에서 그간 표면화되지 않았던 갈등은 역력하게 드러났고 그 결과로 그들은 사이가 악화되어 분명한 갈라짐을 보였다.

세라는 이제 아예 슈리아를 모른 척해야만 했고, 레이첼도 며칠간 오를레앙 공녀나 메릴린과 어울리며 그들을 달래려는 노력을 기울였다.

그러나 결국 레이첼은 무도회장에서 베티를 편들었던 태도로 구설에 올라 선택을 강요받았다. 박쥐처럼 굴지 말고 어느 한쪽을 택할 것을.

자기들에게 더 이점이 있다고 믿는 영애들은 레이첼에게 그런 요구를 거만하게 꺼낼 수 있었던 것이다.

그리고 레이첼은 따가운 눈총 속에서 결국 선택했다. 그 선택은 받은 이들도 거의 기대하지 못한 것이었다.

— 데이지와 친구들.

이윽고 열린 무도회 내내 레이첼은 더 이상 아반튼 후작 영애의 무리와 말을 섞지 않았고, 그쪽의 일방적인 쌀쌀맞은 태도를 보아 그게 레이첼이 원한 바가 아님을 짐작할 수 있었다. 다른 쪽을 선택한 이상, 레이첼은 적보다 더 못한 취급을 받으며 무리에서 완전히 내쳐진 것이다. 비록 오를레앙 공녀와는 간간이 인사를 나누는 눈치였지만, 듣자 하니 다른 영애들의 반대로 공녀의 티타임에 초대받거나 하는 일은 완전히 없어졌다고 한다.

사실 루트비아 백작 영애로서라도 레이첼이 현 사교계 구도로 보아 그리 바람직하다고 할 수 없는 선택을 한 이유는 짐작 가지 않았다. 단순히 우정을 논하기에는 그간 레이첼이 분명하게 주도권을 쥔 저쪽에 몰두하고 있었기 때문이다.

셀리는 레이첼이 사교계에 적응하려 했던 노력을 알기에 차마 자기들을 선택하라 말하지 못한 눈치였는데, 레이첼이 그녀의 의중대로 행동하자 부쩍 표정이 밝아졌다. 데이지는 콧방귀를 뀌면서도 내심 기뻐하는 듯했고, 제시카나 베티는 별 반응을 보이지 않았다.

그리고 슈리아는 레이첼과 단둘이 있게 된 어느 순간, 뜻밖의 고백을 들었다.

"괜찮니?"

메릴린 후작 영애의 무리가 본체만체하며 지나가는 것을 보고 꺼낸 여상한 물음에 레이첼이 움찔거렸다. 어떻게 이런 시간이 초래되었는지 모르겠지만, 정말 드물게도 단둘이 함께 있는 자리였다. 레이첼은 가까스로 음성을 자아냈다.

"……괜찮아, 뭐 언젠가 이렇게 될 건 예상하고 있었어."

하지만 떨리는 눈동자는 심정적으로 별로 괜찮아 보이지 않았다. 뭐, 그녀의 입장에서는 네 마리 백마가 이끄는 마차를 놔두고 노새가 이끄는 미심쩍은 짐수레에 올라탄 기분이 들 만도 했다.

"왜 우리를 선택한 거야?"

불쑥 탐구심이 솟구친 슈리아는 물었다. 순전히 권력을 추구하던 소녀가 갑자기 인간애를 선택하게 된 이유가 궁금해졌던 것이다.

"왜냐니? 네가 그렇게 물으면 안 되지! 너라면 알고 있을 줄 알았어."

레이첼이 발칵 화를 냈다. 나라면 알고 있다라……. 슈리아가 고개를 갸웃하자 레이첼이 억눌린 음성으로 말했다.

"네가, 날 구했잖아. 그때 황궁에서……. 내가 잊었을 거라고 생각한 거야?"

황궁에서…… 열이 오른 그녀를 위해 의원을 부르러 가다가 황태자에게 구함을 받고, 그 이후. 슈리아는 저도 모르게 눈을 찌푸렸다. 그랬었지. 그 후로 일어난 엄청난 사건과 그로 인해 제가 입은 타격을 고려했을 때, 그건 실로 엄청난 빚이었다.

"난 그렇게 배은망덕하지 않아. 아니, 여태까지는 그래 보였는지 몰라도…… 아무튼 그러니까 처음부터 내 선택은 정해져 있는 거였어."

꼿꼿이 말하는 레이첼은 마치 슈리아를 택하기 위해 제 미래라도 놓아 버렸다고 말하고 싶은 양 의지에 차 있었다.

백작 영애인 그녀로서는 황녀와 미래의 황태자비로 거의 확실시되는 소녀와 연결된 끈을 놓아 버리는 게, 물론 그만큼이나 쉽지 않았으리라.

그러나 단순히 우정 때문이 아니라 생명의 빚이라 여긴다면, 뭐 그것도 납득이 가긴 한다.

슈리아는 고개를 끄덕거렸다. 비록 지금은 상실감에 휩싸일지라도 훗날 레이첼은 이 선택을 잘한 것이라 여기게 될 터였다.

며칠 후 뜻밖의 소식이 날아왔다.

이제는 거의 일상이 되어 버린 대공저에서의 티타임. 모두가 단란하게 이야기를 나누던 중이었다. 하녀에게서 전달받은 편지들을 읽어 보던 데이지가 제게로 온 초대장을 펼쳐 들고 외쳤다.

"와, 이거 봐! 이거 이거!"

"뭔데? 뭐기에 그래?"

"으와, 으, 우! 이번에 황궁에서 가장무도회가 열린대!"

"정말이야? 가장무도회라고!"

"우와! 진짜? 세상에 가장무도회라니, 그것도 황궁에서!"

"가장무도회라면 어떤 차림을 하고 가야 하지?"

새로운 소식을 들은 순간 대공저에서 열린 티타임에 참석한 소녀들은 기쁨에 차서 떠들썩해졌다. 가장무도회는 암살 등 보안상의 이유로 한동안 행해지지 않았던 종류의 행사였다.

얼굴도 알아볼 수 없게 가면을 꾹꾹 눌러쓰거나 치장을 하고, 모든 귀족이 상하 구분 없이 즐기는 행사라는 특이점이 있어서 한때 유행하긴 했었다.

다만 서로 알아볼 수 없는 것은 귀족들이라 예민한 이목을 가진 암살자들이 섞여 들어 칼같이 표적을 노리는 데는 도리가 없는 것이다.

하긴, 이제는 황후의 세력도 지리멸렬하니 황태자 측에서 세를 과시하기 위해서라도 이런 행사를 기획할 만하다.

가장무도회의 장점은 서로 알아볼 수 없다는 것이다.

호칭도 가슴에 단 명찰이나 자신이 스스로 알려 주는 이름으로 정해질 뿐, 작위라든가 지위는 전혀 언급하지 않는 것을 원칙으로 하고 있다.

물론 이 가장무도회에선 가장이 어디까지 허용될지 모르지만, 음성 변조까지 가능해진다면 그야말로 완전히 정체를 숨기고 숨어들 수 있게 된다.

무도회에서 우대받는 위치의 대귀족들이 익명성을 추구하는 이 가장무도회를 선호하지 않을 것 같지만 실상은 그렇지 않았다. 체면과 명예를 내려두고 마음껏 타 귀족들과 섞일 수 있는 이 희소한 행사는 누구에게나 매력적인 것이었다.

또한 대귀족들은 원하는 때에 슬쩍 자신의 신분을 과시하여 가장을 벗어 낼 수 있는 것이니, 손해가 될 리 없다.

다만 밝히는 것은 자유이나, 상해를 입히거나 사고를 치지 않는 한 누구도 신분과 지위를 드러내라 강요받을 수는 없었다.

다른 곳에서는 어떤지 몰라도, 브리오니아 제도에서 귀족 가문의 주최로 이따금 열리는 가장무도회는 그러한 성격을 띠었다.

대신 안전을 위해 초청장을 받은 정해진 이들만이 참석할 수 있었고 입장 역시도 까다로운 확인 절차를 거쳐서 행해졌다.

가장무도회란 일종의 귀족들의 축제인 것이니, 기대에 차서 눈을 반짝이는 소녀들의 호들갑스러운 반응은 당연한 것이리라.

물론 내면이 세상 다 산 노인처럼 심드렁한 슈리아를 제외하고는.

웃는 얼굴로 들뜬 분위기에 그럭저럭 섞여 드는 그때, 갑자기 뇌리에 스치는 생각이 있었다. 서로 알아볼 수 없는 가장무도회의 속성은 남에게 정체를 들키지 않고 무도회를 즐기고 싶은 이들에게 특히나 유효한 것이다.

그렇다면 혹시 이를 추진한 자는…….

설마, 아니겠지.

그럴 만한 한 명이 뇌리에 떠올랐으나, 슈리아는 불확실한 추측을 그렇게 넘겨 버렸다. 가장무도회야 아무래도 상관없긴 하지만, 데이지의 빨갛게 달아오른 얼굴을 보았을 때 슈리아의 참석은 이미 기정사실이 된 것 같았다.

가장무도회라면 도대체 뭘 주제로 삼아 변장을 해야 하지? 슈리아는 심도 있는 고민에 빠졌다.

그리고 그 고민은 저택으로 되돌아올 때까지 이어졌다.

데이지 같은 경우에는 머리카락을 분홍색으로 물들이고, 뺨에 별을 붙인 후, 예쁜 왕관을 머리에 쓴 고양이 귀 요정으로 변장한다는 것 같았는데 지독하게 유아적인 발상이었다. 하지만 열다섯에 불과한 그녀의 나이와 동글동글한 얼굴로 미루어 보아 그렇게 이상할 것 같지는 않았다.

레이첼은 입술에 빨간 연지를 바르고 얼굴에는 붉은 망사로 된 면사를 내리고, 가슴이 파인 파격적인 검은 드레스를 입겠다고 명문가의 영애답지 않은 놀라운 발상을 흥분해서 언급했다.

오를레앙 공녀 무리에서 떨궈진 충격으로 아예 외도를 걸으려나 본데 그 이전에 루트비아 백작부인에게 허락을 받아야겠지만, 현실성 있어 보이지는 않는다.

그 외의 다른 소녀들은 마땅한 소재를 찾는 눈치였고, 데이지는 슈리아에게 은빛 천사로 분장하고 오라고 강권했다.

그러니까 어깨에는 하얗고 나풀나풀한 날개를 달고 얼굴에는 은빛 가면을 쓰고 참석하라는 거였다. 그러면 변장의 의미도 없을뿐더러, 등 뒤에 달린 날개가 불편하지 않겠는가.

어쨌든 나쁜 생각은 아니었기에 정 할 게 없으면 그러마 하고 슈리아는 성의 없이 대답했다.

그러나 대수롭지 않게 넘겼던 슈리아는 데이지의 제의에 어느 순간부터 드물게 마음이 끌리고 있었다.

이런 행사에 적절한 의상을 고안하는 데 그리 시간을 쏟고 싶지도 않았을뿐더러, 날개를 좀 작게 만들면 그렇게 거슬리지도 않을 것 같았다. 제 별명이 은빛 천사이니 하루쯤 천사 흉내를 내도 나쁘지는 않으리라.

귀찮음에 의거해 공작저로 돌아오는 마차 안에서 대충 의상을 확정한 슈리아는 이런 소녀적인 고안이 세일린을 만족하게 할 거라고 생각했다.

그리고 저택에 돌아왔을 때, 슈리아는 괴이쩍은 상황에 직면하게 되었다.

"네 앞으로 이런 것들이 와 있더구나."

세일린이 호기심에 찬 얼굴로 슈리아를 맞았다. 슈리아는 다소 어처구니없는 기분으로 정면을 응시했다. 소녀의 앞으로는 늘 선물이 쏟아졌던 터였지만, 오늘만큼은 유별났다.

눈앞에서 인형 같은 무표정의 시중인들이 재채기를 해 대며 열심히 짐을 나르고 있었다. 그 광경은 심지어 우스꽝스럽게 느껴지기도 했다.

슈리아는 제도 내의 꽃집을 모조리 털어서 장만한 것 같은 어마어마한 양의 꽃바구니 수를 굳이 셈하지 않으려고 노력했다.

"저택이 한동안 꽃향기로 가득하겠어."

세일린은 싱긋 웃었지만, 슈리아는 기가 막혔다. 이건 선물이라기보단 공물이라 이름해야 옳으리라. 저도 모르게 어떤 재력가를 복속

시킨 것 같은 착각마저 들었다.

이런 무식한 행태를 보일 만한 사람은 역시 단 한 명뿐이리라.

— 황태자.

정도를 아는 루이스 클라인이라든가 에리히는 이런 떠들썩한 방식을 선호하지 않았다. 슈리아 역시도 그것은 마찬가지였다.

그러나 황족이며 금전 감각이 없고 남다르게 통이 클 황태자는 아무래도 선물이란 것에 있어서 이 정도는 해야 한다는 특별하게 거창한 시각을 가진 것 같았다.

아니면 일전에 바쁜 일정으로 슈리아의 의상을 미처 준비하지 못한 뼈아픈 실책이 이렇듯 과한 행동 양상으로 표출되었을 가능성도 높았다.

어떤 이유로든 선물은 선물이니 슈리아는 시큰둥하게 실어 날라지는 꽃바구니들을 바라보았다. 꽃향기에 알레르기라도 있는 자라면 당분간 일하는 데 곤란을 겪을 것이다. 그렇게 생각하는 와중에, 세일린이 슈리아를 이끌었다.

"저 꽃바구니들은 그냥 장식이란다. 진짜 선물은 따로 있어. 이것봐."

세일린이 안내한 방에는 거대한 선물 상자가 거창하게 포장된 채로 놓여 있었다. 선물의 주인인 슈리아가 돌아와 풀어 주기만을 기다린 눈치였는데, 슈리아는 혹시나 흑마법사의 선물일까 싶어 베헤모트에게 수상쩍은 물건은 아니냐고 물어보았다.

그러나 베헤모트가 도리질 치며 내용물이 마음에 들 거라 발랄하게 말하자, 불길한 예감이 엄습한다. 암살자가 근육질일수록 살이 쫄깃해서 맛있다고 품평하는 베헤모트의 안목은 보통 인간의 기준과 상당히 달랐던 것이다.

"……."

슈리아는 잠시의 침묵 뒤 세일린이 건네는 독촉의 시선 앞에 결국 선물상자를 풀어 젖혔다.

바스락거리는 소리가 들리고 상자가 열린다. 반투명한 종이에 싸인 내용물이 드러난 순간, 세일린의 입에서 탄성이 새어 나왔다.

슈리아 역시 베헤모트의 안목에 대한 제 편견을 다소 수정했다.

"어쩜. 이번에 가장무도회가 열린다던데, 그것과 연관 있나? 어서 봐 봐."

"네."

슈리아는 종이를 헤치고 내용물을 끄집어냈다. 손에 착 감기는 눈부신 은백색 천이 흘러내려 바닥으로 길게 펼쳐진다.

작은 다이아몬드가 엄지손가락 간격으로 무수하게 수놓인 얇고 고급스러운 레이스가 겉면을 장미 꽃잎처럼 덮은 가운데, 유일하게 속이 비치지 않는 가장 안쪽의 천에는 은은한 보랏빛이 감돌고 있었다.

진한 색감이라고 보기 어려운 그 보랏빛은 밤기운이 돌기 시작하는 하늘처럼 장인이 심혈을 기울여 물들인 양 아름답고도 신비로웠다.

드레스 아래에 놓인 상자 두 개를 연달아 열어 보니 한쪽에는 백금과 다이아몬드로 이루어진 작은 티아라와 드레스와 비슷한 재질로 만들어진 듯한 면사포가 있었고, 남은 한 상자에는 은빛 구두가 들어 있었다.

이번에는 신발까지 철두철미하게 준비한 모양이다. 드레스를 세일린에게 건넨 뒤 슈리아는 신발을 신어 보았다. 발을 보거나 만져 보지는 않았던 것으로 기억하는데 놀랍도록 발에 잘 맞았다.

일전에 황태자가 제 치수를 너무 잘 파악하고 있다는 이유로 의심한 그녀가 아니던가? 슈리아는 저도 모르게 세일린을 흘낏거렸다.

세일린은 새삼 슈리아를 추궁할 마음이 들지 않는지 경탄한 듯 드레스를 들여다보며 만족스러운 기색을 비쳤다.

"이건, 그렇지. 눈보라의 요정이구나."

세일린이 중얼거리자 슈리아는 의아하게 그녀를 올려다보았다. 그녀가 다정한 웃음을 떠올렸다.

"북쪽 지방의 설화야. 눈보라의 요정은 겨울 무렵, 눈이 가득 쌓인 가장 시린 날에 내려와 차가운 손길로 사냥 나온 왕자의 심장을 **빼앗**고 봄이 되면 극지방으로 달아나 버린단다. 그리고 왕자는 남은 계절 내내 북쪽 하늘을 애타게 바라보며 겨울이 오기만을 기다리지. 거부할 수 없는 운명적인 사랑과 매혹을 말할 때 자주 언급되는 설화란다. 너도 어렸을 적에 한 번쯤은 들어 보았을 텐데, 너무 어려서 기억이 안 나나?"

"들으니까 기억이 나네요."

슈리아는 저를 무시하는 듯한 반문에 단호하게 답했다. 세 살 무렵에 그녀가 그런 이야기를 들려주었던 기억이 있다. 그런 웃기지도 않는 동화 따위에 뇌 용량을 허비할 생각이 없었기에 저편으로 밀어 두어 바로 생각나지 않았을 뿐이다.

그 이야기를 처음 들었을 때 슈리아는 아무것도 못 하고 겨울을 기다리는 왕자의 무능함을 우습게 여겼었다. 멍청하게 북쪽만 바라보고 있다니!

그런 수동적인 태도이니 초월자는 꿈도 꾸지 못하는 평범한 인간에 불과한 것이다. 그럴 일은 없겠지만, 만약 저였다면 겨울만 계속되도록 해 버리거나, 아예 극지방까지 따라갔을 것이다.

"지금은 여름인데 눈보라의 요정이라니, 시기가 어긋나지 않을까요?"

"아니, 가장무도회인데 그게 무슨 상관이니. 재질이 얇으니 여름에 입어도 충분하겠네. 이렇게 호화로운 선물이라니! 그분이 네게 흠뻑 빠진 모양이구나. 안심했어. 내가 잘못 생각한 건 아니지? 그분이 선물한 게 맞겠지?"

"그럴 거예요."

"그래, 세상에 어쩜 이리 사려 깊으신지! 난 참석 못 하겠지만, 슈리아 넌 예쁘게 꾸미고 가장무도회에 가서 실컷 즐기렴."

어쨌든 이번 일로 인해 황태자는 세일린에게 점수를 딴 것 같았다. 선물을 폄하하려는 시도가 실패로 돌아가자 슈리아는 싸늘하게 드레스를 바라보았다.

또 하얀 드레스라니…….

역시 일전의 그의 취향이라 추측했던 바는 정확했던 것 같다. 가만히 서 있는 슈리아의 모습은 천사처럼 고아하니 제 외양에 그가 끌렸다는 발상은 진실과 어긋남이 없으리라.

다만 차림새를 지정해 주는 주도면밀한 취향 관철에 인형이라도 된 듯한 기분이 다시금 샘솟아 슈리아는 기분이 저조해졌다.

곡해하고 싶진 않았지만 순애보를 표현하기에는 적합하다곤 하나, 굳이 이런 주제를 선택해야 했던가?

한여름에 눈보라의 요정이라니 마치 넌 너무 차갑다고 저를 비난하는 느낌이라 썩 마음에 들지 않았다. 뭐, 요정이 주제라는 관점에서 데이지가 대단히 마음에 들어할 것 같기는 했다.

그 추측은 사실에 가까워서, 데이지는 슈리아의 가장 무도회 의상에 대한 설명을 듣는 순간부터 잔뜩 기대하는 눈초리로 방방 뛰어 댔다.

그러나 데이지는 누군가에게 선물 받아서 이미 의상이 준비되었다는 말에는 함께 쇼핑하면서 제 의사를 내세우고 싶었던 듯 실망하는 기색을 보였다.

그사이 소녀들은 각자 입을 의상을 이미 정해 놓은 터였다. 레이첼은 그 파격적인 의상이 역시나 백작부인에게 거절당했는지 덜 과한 타협안을 가져왔고, 다른 소녀들은 튀는 것을 좋아하지 않는 성격이다 보니 다들 무난 무난한 의상을 골라왔다. 각자의 구상안을 까다로운 교사처럼 들어 본 데이지가 손바닥을 짝 맞부딪치며 말했다.

"좋아, 이제 쇼핑 가자! 슈리아 너도 함께 가는 거다?"

절대로 단독 행동을 허용하지 않겠다는 듯한 데이지의 강경한 외침에 슈리아는 고개를 끄덕일 수밖에 없었다.

그리고 슈리아는 가장무도회를 맞아 유난히 분주해진 상점가에서 우연히 그들을 발견했다.

에리카 클라인과 루이스 클라인.

데이지와 다른 친구들은 옷감을 고르고 주문하고 있어 미처 발견하지 못한 눈치였고 에리카는 슈리아를 보자마자 고개를 홱 돌렸다.

상황이 그리 좋지 않을 텐데 이제는 아예 틀어진 몸이라서인지 성질머리는 여전했다.

애초에 황태자와 춤을 춘 것 가지고 거들먹거리다가 황녀에게 밉보인 몸이라, 후작 영애 무리로 건너가고 나서도 결국 그녀를 끌어온 건 데이지의 친구 수를 줄이기 위해서였다는 양 다시 소외당하던 그녀가 아니었던가.

그렇다고 이쪽으로 다시 돌아오기엔 면목도 없겠고, 데이지도 단단히 화가 나 있는 터였다.

그래도 에리카가 자존심을 굽히고 사과해 온다면 받아 줄 것처럼 보였는데, 정작 그녀는 사교계에서 외면당하는 것이 고작 시녀 출신들과 엮이는 것보다는 낫다고 판단한 모양이다.

그렇다면 그건 잘못된 생각이지만, 때로는 자존심이 실리를 압도할 때도 있으니 그르다 할 건 없었다. 게다가 그녀는 최근 제 오라비와 아카데미로 복학할 준비를 하고 있다고 들었다.

세일린과 후작부인은 아직 친분을 유지하고 있었고 자세한 사정은 모르나 에리카와 데이지들의 사이가 틀어진 것을 알아챈 세일린이 조심스럽게 소식을 전달해 주었던 것이다.

확실히 에리카에게는 사교계를 떠나 아예 아카데미 친구들과 어울리며 귀부인의 삶보다 출세를 추구하는 것도 나쁘지 않은 선택이었다. 또 혹시 모르지 않은가. 다른 길을 택한 에리카가 성공한다면 상황이 역전될지도.

그리고 루이스 클라인은, 저 멀리 가 버리는 에리카를 내버려 두고 슈리아에게 다가왔다.

"안녕, 오랜만이야."

그는 씁쓸하게 인사한 뒤 슈리아를 상점에서도 사람이 잘 나다니지 않는 곳으로 이끌었다.

"나 이제 아카데미에 들어가."

"네, 들었어요."

아무리 그가 다니는 아카데미가 제도에 있다지만, 외곽 쪽이라 꽤 떨어져 있고 워낙 교육 과정이 힘들다 보니 지금처럼 사교 모임에 출타할 여유는 없으리라.

루이스 클라인은 초조한 기색을 얼굴에 떠올렸다. 그는 대뜸 직설적으로 물었다.

"지금 내가 대답을 듣고 싶다고 해도 역시 내가 바라는 대답은 듣기 어렵겠지?"

"제 대답은 그때와 다르지 않아요."

"에리카 때문인가?"

"그 이유가 가장 크다고 할 수 있겠지요. 에리카는 절 깔보고 무시해요. 위켄하이저 공작부인의 조카인 제가 그런 태도를 참아 넘길 수는 없어요. 이제 제게는 공작가의 명예가 달려 있는걸요."

어떤 이유로든 슈리아 아델트는 에리카 클라인에게 굽히고 들 수 없다. 그리고 루이스 클라인은 에리카를 버리고 슈리아를 선택하지 않는 한 그가 원하는 대답을 상정조차 할 수 없으리라.

다만 루이스 클라인은 여동생과 무척 우애가 좋았으므로 한때의 감정에 에리카를 내버리지는 않을 것이다.

그러니 그에게 남은 길은 단 하나. 슈리아를 포기하는 것.

"그건 알아."

루이스 클라인은 눈을 찌푸렸다. 그러나 이윽고 그의 입에서 나온 대답은 예상과는 달랐다.

"그래도 난 포기하지 않겠어."

"클라인 자작님."

"루이스라고 불러. 정 그렇다면 내가 이번 학기를 마치고 나올 때까지, 에리카를 설득해 볼게. 그러면 최소한 자격은 갖추게 되는 거겠지?"

"전 긍정의 대답은 드릴 수 없어요."

희망적으로 묻는 루이스 클라인에게 슈리아는 딱 잘라 선언했다. 루이스가 차분하게 말을 잇는다.

"네게 마냥 기다림을 요구할 생각도, 무조건 받아들이라 요구할 생각도 없어. 하지만 다음에는 적어도 그런 이유로 네게 거절당하지 않았으면 좋겠어. 그러니까 이건, 네 대답과는 상관없이 앞으로도 노력하겠다는 거지. 한동안은 유보겠지만."

그렇게 말하며 빙긋 웃는 루이스 클라인을 슈리아는 떨떠름하게 쳐다보았다.

그와 슈리아는 어린 시절에 잠깐 안면이 있던 사이고 그리 특별하다 말할 만한 관계도 아니었다. 그저 필연적으로 다시 만났을 뿐인데, 그만큼이나 깊은 마음을 품은 것이 이해가 가지 않는다.

아니, 사실상 슈리아는 누군가에게 의미를 품고 노력한 적이 전생을 통틀어 단 한 번도 없었으므로 이해하지 못할 만했다.

작별 인사를 남기고 떠나가는 그의 뒷모습을 보면서 슈리아는 쓸데없는 분석을 집어치우고 간결하게 납득했다.

그냥 이 몸이 특출하게 예쁘다 보니 좀 깊게 반한 모양이다. 예술품을 소장하기 위해 애써 돈을 모으는 이들도 많다고 하니 그런 면에서는 그럴 수도 있으리라.

학기가 끝나고 그가 재등장하기까지는 당분간 고려할 필요 없는 문제였다.

※

평소와 같은 일상이 흘러 마침내 가장무도회의 날이 밝았을 때, 슈리아는 완벽하게 눈보라의 요정으로 탈바꿈하고 마차에 올라탔다. 가장무도회 날에는 가문의 문장이 새겨져 있지 않은 마차를 타는 것이 관례였던 터라, 올라탄 마차는 평범하기 그지없는 모습이었다.

슈리아는 면사를 고쳐 쓰며 마차에서 내리기 전 차림새를 살폈다. 은발이 너무 눈에 띄는 것은 아닌가 했지만, 염색을 하거나 가발을 뒤집어쓸 수 있는 가장무도회에서 오히려 고유의 머리카락 색을 고수하는 것이 더 드문 일이다.

그나마 얼굴이 면사로 완전히 가려지니 문제가 되지는 않을 터였다. 어차피 서로의 의상에 관해서는 모두 이야기를 나눈 터였으므로, 친구들을 알아보지 못할까 염려할 필요는 없었다.

단지 여섯 소녀가 한자리에 모여 있으면 시그오닐 대공녀와 그 친구들임을 짐작할 만할 듯싶었지만, 정신 사나운 의상으로 혼란한 무도회장에서 그들의 정체를 그리 심도 있게 추측하는 이들은 많지 않으리라.

마차에서 내린 슈리아는 곧바로 초대장을 확인시키고 무도회장에 들어섰다. 단번에 시선이 쏟아진다.

얼굴은 가렸으되 조명 아래 눈부시게 빛나는 티아라 아래 펼쳐진 은빛 면사포며 신비로운 은보랏빛 드레스, 곧은 자태에서 풍겨 나는 기품이 범상치 않았다.

허리를 쭉 편 반듯한 자세도 그렇거니와 걸음걸이도 아주 우아했다. 더군다나 슈리아는 다른 영애들과 구분되는 말로 표현할 수 없는 무언가를 존재 자체에 내포하고 있었다.

얼굴을 가리고 변장을 한다 한들 그 특유의 매혹은 사라지지 않는 것이다. 그것은 오히려 얼굴을 가린 지금, 이 드넓은 무도회장에서 소녀를 더욱 선명하게 빛내는 요소였다.

눈을 감으면 촉감이 극대화되듯이 타인의 이목을 집중시키던 눈에 띄게 아름다운 외양이 가려지자 그에 묻혀 있던 다른 요소들이 살아나는 것이다.

그리고 역시나 슈리아를 가장 먼저 알아보고 다가온 것은 데이지였다.

"헤헤, 눈보라의 요정님 오셨네!"

분홍 머리의 소녀가 달려들어 냉큼 팔짱을 끼자 슈리아는 눈살을 찌푸렸다. 슈리아는 저를 이끌어 친구들이 있는 곳으로 향하는 데이지를 마땅찮게 바라보았다.

면사를 쓰고 있어서 표정이 보이지 않는다는 사실이 슈리아에게 마음껏 방종을 허락하고 있었다.

모두가 모인 장소로 향하자 빨간 머리를 아예 까맣게 염색해서 나름대로 관능적이고 착 가라앉은 느낌을 연출한 레이첼과 금발의 귀공녀로 변신한 제시카가 먼저 눈에 들어온다.

머리를 파랗게 염색하고 데이지와 나란히 요정 흉내를 낸 베티, 봄꽃 소녀처럼 화관을 머리에 쓴 셀리에게는 앞의 둘과는 달리 그 나이 또래 소녀다운 풋풋함이 있었다.

넷 모두가 눈언저리를 가리는 가면을 쓰고 있었지만, 슈리아의 날카로운 이목으로 못 알아볼 정도는 아니었다.

무도회장 내부도 평소의 품격 있는 분위기가 아니라 색색의 휘장을 내리고 알록달록한 장식들과 조명으로 꾸며져 발랄하고 흥겨웠다.

가장무도회라서 허용되는 편안함 속에서 모두가 평소와는 달리 가문의 무게와 교양을 내려놓고 시끌벅적하게 즐기는 분위기였다.

칵테일을 하나씩 집어 들고 까르르 웃으며 화기애애한 대화를 나누던 짧은 시간 후, 드디어 음악이 흐르기 시작했다. 본격적인 무도회가 시작된 것이다.

그리고 소녀들이 곧바로 파트너 신청을 받아 자리를 비우자 슈리아를 바라보며 머뭇거리던 꽤 많은 영식들도 이 기회를 맞아 행동에 나섰다. 일단 얼굴을 가면으로 가린 이상, 없는 용기도 샘솟는 것이다.

"저, 영애."

"저와 한 곡 추시지 않겠습니까?"

"제가 먼저!"

얼굴을 가렸다 한들 슈리아를 유명하게 한 것은 오로지 곱게 새겨진 이목구비만은 아니었다. 그리고 실지로 눈보라 요정의 정체를 제대로 추측해 낸 이들도 꽤 있었다.

이 자리에서는 신분이 드러나지 않으므로 앞다투어 나선 영식들은 상대에게 짓눌려 뒷걸음질 치는 모습 따윈 보이지 않고 팽팽하게 서로를 견제하고 있었다.

그러니까 이 가장무도회는 변변찮은 영식들도 슈리아의 손을 잡을 수 있을 만한 절호의 기회인 것이다.

슈리아는 누구의 손을 잡아야 할지 잠시 갈등에 빠졌다. 전부 다 가면을 쓰고 있으니 상대를 고르기가 마땅찮았다. 그래도 날카로운 눈으로 살펴보면 개중 의상이 유독 화려하거나 고급스러운 이들이 눈에 띄었다.

슈리아가 대충 고가의 사파이어를 단추로 박아 넣은 한 영식을 선택하려는 찰나, 누군가가 불쑥 나섰다.

"오늘 이 요정분께 가장 어울릴 만한 상대는 저일 것 같군요."

중저음의 묘한 느낌이 드는 미성이었다. 소녀를 둘러싼 다수의 영식을 허수아비처럼 뚫고 앞에 다가선 남자는 훌쩍 키가 컸고, 입 부분만이 트인 하얀 가면을 쓰고 있었다.

순금을 녹여낸 듯한 금발과 깊은 바다의 표면처럼 반짝이는 푸른 눈은 가면을 쓰고 있음에도 분명 예사롭지 않았다.

무엇보다, 남자의 복식은 북녘의 귀족들이나 입을 만한 것이었다. 검푸른 의상은 예복처럼 화려한 털 장식과 보석이 달려 있기는 했으나, 기본적으로 간소한 모양새다. 그것은 마치, 사냥터에 입고 나갈 만한 복식이었다.

설화에서 왕자는 사냥터에서 갑작스러운 폭설에 길을 잃고 우연히 눈보라의 요정을 만나게 된다. 그렇게 보자면 눈보라의 요정에게 가장 어울리는 상대는 눈앞의 이 남자이리라.

가장무도회에서 복장이 어우러지는 것은 파트너 선택에 가장 중요한 요소였다. 그러나 납득하지 못한 이들이 그런 건 아무래도 상관없지 않으냐고 투덜대는 가운데 남자가 슈리아에게 눈을 맞췄다.

"저를 선택하시리라 믿습니다."

나직한 음성은, 황태자의 권위 어린 음성과 분명히 구분되는 것이다. 그러나 비슷한 수위의 확신과 오만이 깊숙이 어려 있음을 감지할 수 있었다.

슈리아는 기본적으로 제게 되도 않는 자신감을 내세우는 이들을 좋아하지 않았다. 그러나 개인적인 호불호를 떠나 지금 이 순간, 그의 손을 잡는 수순은 당연하다고 느껴질 만큼 강렬한 흐름이었다.

슈리아는 쳐 내고 싶은 충동을 꾹 누르며 그의 손바닥 위에 손을 얹었다. 남자의 입꼬리가 슬쩍 위로 올라가는 모습이 눈에 거슬린다.

화려하게 변장한 이들은 많았지만 그중에서도 이 둘의 존재는 대단히 도드라졌다. 설화에서 그대로 튀어나온 것 같은 한 쌍이었다.

슈리아는 춤을 추면서 망사 너머로 뚫어지게 흰 가면을 응시했다. 그는 유독 편안해 보였고 눈빛에도 힘이 들어가 있지 않아 그 살벌한 자와 같은 사람인지 의심이 갔다.

이렇게나 확실히 제 정체를 숨기고 있으므로, 지위에 마땅히 따라야 할 태도도 버릴 수 있었던 덕분인가.

남자를 처음 보았을 때부터 슈리아는 이미 그의 정체에 대해 더할 나위 없이 확신했었다.

— 황태자.

비록 음성이며 눈동자, 머리카락 색까지도 달랐지만 그 키나 체격은 눈에 익은 것이다. 그리고 마주 잡은 손의 크기나 손안에 자리한 단단한 굳은살의 감촉 역시도 익숙했다.

"무슨 불편한 점이라도 있으신지?"

새로운 배역에 충실하여 공대를 버리지 않는 황태자에게 슈리아는 나직이 제안했다.

"사실 전 춤을 별로 좋아하지 않아요. 그러니 조용한 곳으로 이동하는 게 어떨까요?"

마치 둘만 있을 으슥한 곳으로 향하자는 유혹이라도 들은 양 황태자의 눈동자가 미세하게 흔들린다.

뭐라 생각하든 그 말은 사실이었다. 슈리아는 마법사답게 육체적인 활동을 비선호했고, 이렇듯 의미 없이 몸을 살랑거리는 행동은 비효율적이기까지 하다. 무엇보다도…… 묻고 싶은 게 있었다.

곧 그의 입이 떨어졌다.

"……그러지요."

"왜 그날은 그렇게 가셨어요?"

슈리아는 인적 드문 정원에 이르자 대뜸 그렇게 물었다. 말 못 할 연유도 없다고 생각했고 제 추측이 맞는지 확인하고 싶었던 것이다. 어쨌든 슈리아는 확실한 것을 좋아했다.

던지는 돌이라도 맞은 듯 눈에 띄게 움찔거리던 그는 이윽고 입을 열었다. 조금 전과는 놀랄 만큼 다른, 본연의 음성으로.

"내가 그리 가서 마음 상했나?"

"그런 건 아닌데, 왜 그러신 걸까 궁금했어요."

"그대가 궁금증에 내 생각을 해 주길 원했다고 한다면?"

핑계랍시고 뻔뻔하게 내놓은 말에 슈리아는 분명한 어조로 말했다.

"전 거짓말도 싫어해요."

황태자는 방패막이라고 여기는 것처럼 가면 아래쪽을 움켜쥐었다. 그는 생각이 필요한 것처럼 몇 걸음 걸은 뒤 다시 입을 열었다.

"놀랐을 뿐이야. 그대가 그렇게 굴 줄은 몰랐으니까."

뜻밖의 행동에 당황했을 뿐인가? 그렇다고 보기에는 행동이 과했다. 그의 태도는 놀랐다기보다는 극심한 혐오 증세와 더 가까웠다.

"제가 입 맞춘 게 싫으셨나요?"

"……그대는 부끄럼이라는 게 없나. 분명히 말해 두지만 절대 그런 건 아니다."

단호하다 못해 방패처럼 견고한 반박이었으나 황태자는 그 후로 입을 다시 꾹 다물었다. 슈리아는 그 이상의 대답을 이끌어내지 못하리라는 것을 알았다. 그래서 다시금 물었다.

"그냥 갑작스러워서, 그게 이유인가요?"

"……."

무언은 긍정이라는 말도 있지 않던가. 사소한 행동에 새가슴처럼 화들짝 놀라 뛰쳐나간 것이 초월자다운 태도라 보기는 어려웠으나 이것도 약점이라 할 만한 것이다.

슈리아는 훗날을 위해 황태자의 흠을 새겨 넣으며 그에게 자비롭게 말했다.

"그렇군요. 앞으로는 섣부른 행동을 보이지 않도록 주의할게요."

"그게 아니라."

"두 번 다시 그런 일은 없을 거예요."

슈리아는 달래듯이 말했다. 그렇게까지 소심하다면야 이 정도는 안심시켜 주어야 하리라. 물론 슈리아로서도 지극히 우연하게 발생한, 정말로 두 번 다시 할 일 없는 짓이기도 했다. 황태자의 음성이 갑자기 커진다.

"싫지 않다고 했잖아."

슈리아는 눈을 들어 물끄러미 그를 응시했다. 황태자는 혀를 차며 슈리아의 손을 붙들었다.

"난 그대가 이해가 안 돼. 그걸 굳이 물어야 아나?"

그 질문의 내용은 대단히 거슬렸다. 마치 저의 지능을 의심받는 듯하여 슈리아의 눈빛이 예기를 머금었다.

"그대가 내게 먼저 입 맞춘 것은 처음이었어."

황태자는 어느새 손을 끌어 올려 슈리아의 두 어깨를 감싸고 있었다. 친밀하고도 다정한 구도에 슈리아는 몸을 빼지 않으려 노력했다. 정원이라지만 어느덧 사람 한둘이 지나며 흘낏거리는 시선이 와 닿고 있었다. 그 와중에 황태자는 담담하게 고백했다.

"난 어찌할 바를 모르고 그 자리를 피해야만 했지. 그때의 감정을 무어라 설명할 수 있을까."

짙게 물든 눈빛이 부담스러워진 슈리아는 삐뚜름하게 생각했다. 너도 모르는 네 감정을 내가 알 리가.

"그대에게 나에 대한 마음이 생겨난 것은 아닐까, 기대를 품었건만."

씁쓸한 기색이 황태자의 얼굴 위로 스쳐 지나갔다.

"그대는 그저 아무 생각 없었던 거였군."

날카로운 마지막 말에 슈리아는 슬쩍 눈을 내리깔았다. 괜히 말을 꺼내 긁어 부스럼을 만들었나. 그냥 멋대로 해석하게 내버려 두었음이 나았을 터였다. 황태자의 입가에 한숨이 머물렀다.

"날 이렇게 들었다 놓았다 하는 것은 오직 그대뿐이야."

의도한 바도 아니었거니와 일개 소녀에게 휘둘리는 자신을 문제 삼아야 하지 않을까. 슈리아는 자신을 탓하는 듯한 말에 항의를 시도할까 입을 달싹였다.

황태자는 저조한 기분에도 아랑곳하지 않고 슈리아를 한 번 꽉 끌어안았다가 놓았다.

"어떤 얼굴로 봐야 할지 고민했는데, 허탈할 지경이군."

그의 연약한 면을 놀리기라도 할 줄 알았던가? 그런 유치한 짓을 이 내가 할 리가. 적어도 그를 꺾으려 한다면 정당한 무력을 행사하지 입을 놀리는 치졸한 짓은 하지 않을 것이다. 슈리아는 어처구니없이 그를 바라보며 새침한 어조로 답했다.

"선물은 감사해요."

"곧, 그보다 더 많은 것을 갖게 될 거야. 이제는 정말로……."

머지않았어. 그러한 속삭임과 동시에 슈리아의 면사가 끌어 올려진다. 갈증에 허덕이는 것처럼 급박하게, 살갗이 닿고 입안을 파고든다.

오랜만에, 그것도 벌이라도 주듯 예고 없는 행동에 슈리아는 밀어내듯 손을 뻗었다. 그러나 그 손은 허공에서 가로막혔다.

슈리아의 가느다란 손가락 사이사이를 그의 손이 파고들어 움켜쥔다. 저항할 수 없이 옭아매는 손길에 슈리아는 몸에서 힘을 뺐다. 그리고 고요히 눈을 감았다. 어차피 수도 없이 겪었던 일이다.

서로가 품고 있는 마음은 달랐지만 적어도 그 둘은 밀회를 즐기는 한 쌍의 다정한 연인으로 보이기에 충분했다. 그리고 그들을 흘낏거리는 소수의 시선 속에, 한 소녀가 있었다.

— 오를레앙 공녀.

아리스는 비틀거리면서도 발을 내딛고 있었다. 입을 틀어막고 잰걸음으로 장소를 벗어나던 어느 순간, 소녀는 자리에 우뚝 멈춰 섰다.

무언가가 부서지는 소음과 함께, 그녀는 바닥에 무너지듯이 주저

앉았다. 호화로운 금빛 드레스가 더럽혀지는 것에 아랑곳하지 않은 채, 소녀는 흐느낌을 토해 냈다.

"말도 안 돼. 어떻게……."

얼굴에 쓴 가면 아래로 반짝이는 눈물이 흘러내리고 있었다. 웅덩이가 넘치듯이, 끊임없이 솟구친 액체가 뚝뚝 떨어져 바닥을 적신다. 소녀의 오랜 꿈은 오늘로 완전히 무너졌다.

그간의 불길한 예감이 현실화된 이 상황은 지독히도 참담하고 이루 말할 수 없을 만큼 끔찍했다. 숨 쉴 수도 없을 만큼 목구멍이 꽉 눌리고 울음이 터져 나온다.

눈보라의 요정으로 분한 슈리아 아델트와 그녀에게 춤을 청하는 금발의 청년. 그를 본 순간 오를레앙 공녀는 벼락이라도 맞은 듯했다.

아닐 거야. 그런 중얼거림 속에서도 사랑에 빠진 소녀의 눈은 제가 연모하는 이의 가장을 단숨에 꿰뚫어 보았고, 그리하여 그들이 무도회장을 나설 때 아리스는 파트너를 내버려 두고 따라 나갈 수밖에 없었다.

그리고 오늘, 조금 전의 목격으로 모든 게 끝이 났다. 자신의 것이라 믿어 왔던, 곧 그렇게 될 것이라 여겼던 축복 가득한 미래는 더 이상 자신의 것이 될 수 없으리라.

더 이상 소녀는 자신을 위로할 수도 달랠 수도 없었다. 그 어떤 설명도 제 눈으로 본 것만큼 확실하지는 못한 것이다. 아리스의 입에서 울음 섞인 음성이 새어 나온다.

"거짓말쟁이."

전하를 연모하지 않는다고 해 놓고. 생애 최초로 넘실거리는 악의를 담아 중얼거리는 오를레앙 공녀의 얼굴이 곧 차갑게 굳어진다.

그리고 또 한 명, 두 연인의 만남을 의미 깊게 목격한 시선이 있었다.

"이건 또 무슨 일이야."

또다시 어둠 속이었다.

그의 몸에 휘감기는 마력과 유사한 속성의 칠흑 같은 어둠, 그 친숙한 은신처에서 남자는 안락의자에 앉아 먼 곳을 바라보고 있었다. 뜻밖의 목격에 느슨하게 꼬고 있던 다리를 푼 남자는 턱을 짚으며 경탄한 듯 중얼거린다.

"그랬었나? 슈리아 아델트와 황태자. 그랬었단 말이지. 어쩐지…….."

남자의 입에서 차가운 웃음소리가 흘러나온다. 이것은 전적으로 우연이었다. 오로지 그를 위한 우연!

남자는 황궁에 서식하는 새의 눈을 통해, 가장무도회를 감상하고 있던 터였다.

물론 곧 그의 발자취가 다른 대륙으로 이어진 탓에 방심하고 있을 황태자의 허를 찌를 심산이었으나, 그 이전에 그의 손아귀를 빠져나간 은빛 천사를 한 번쯤 보아 두고자 했었다. 목표가 있을 때 일은 더 추진하는 맛이 있는 것이다.

그리고 남자는, 소녀의 연인으로 보이는 남자의 정체를 단숨에 꿰뚫어 보았다. 비록 새의 눈을 빌렸다고는 하나, 초월자 된 몸으로 이 죽음의 군주 안타레스가 그따위 가장을 간파하지 못할까!

그러니까 어쨌든 이 발견은, 그야말로 뜻밖의 행운이다. 남자는 비뚤름하게 입꼬리를 끌어 올렸다.

지난번, 영민하나 의심 많은 슈리아 아델트가 그리 쉽게 제 이모가 납치당했다는 진실을 고백했다는 것에 조금쯤 의문을 가지기는 했었다. 그러나 그 이유가 이런 것일 줄은. 번들거리는 녹색 안광이 어둠 속에서 사납게 빛을 발한다.

"내가…… 이런 걸 놓치고 있었다고!"

찾았다. 그의 약점.

어둠 속에서 남자가 스산한 웃음을 흘린다. 대기에 자욱한 검은 마력이 주인 된 자의 환희에 감응하여 공간을 뒤흔든다.

비록 일전의 전투로 분신을 잃고 한동안 은신했던 몸이나, 이제 손상된 육체는 완전히 회복되었고 행동만이 남았다. 안타레스의 잔악한 두뇌 속에는 맹렬하게 복수를 위한 계획이 짜이기 시작한다.

흑마법사의 복수란 상대를 단숨에 절명시키는 독사처럼 치명적일 것이다. 또한 이전과 같은 실수는 두 번 다시 없을 터.

그것만큼은 무엇보다도 확실하리라.

강력하고도 교활한 흑마법사의 행보 앞에 황태자의 패배와 절망, 그 모든 것을 승리로 종결지을 죽음! 그는 필연적인 수순일 것이다.

남자의 낯이 혹독한 빛을 품었다.

무도회의 밤, 그렇게 네 개의 각기 다른 상념이 스치고 있었다.

7.
암운 흩어진
찬란한 태양 아래에서 (1)

가장무도회에서 황태자와 만났던 이후, 며칠 지나지 않아 슈리아
는 예기치 못한 상황에 직면하게 되었다.

사실 그날, 황태자와의 밀회 당시 목격자가 없으리라는 생각은 하
지 않았다. 자신을 알아보는 이가 아무도 없으리라고 생각한 것도 아
니었다.

그럼에도 슈리아가 순순히 그에게 응했던 것은 그래 봐야 고작 입
맞춤이었기에 제 평판에 크게 문제 될 것은 없다 여겼기 때문이다. 또
한, 머지않은 훗날을 기약하는 황태자의 말에서 공표의 시기가 가까
워짐을 감지한 터였다.

그는 머리카락이며 눈 색을 원형을 짐작할 수 없게 탈바꿈한 상태
였고, 평상시 태도가 원체 무심한 탓에 둘의 관계를 아는 이가 아니라
면 그 황태자가 가장하고 숨겨 둔 연인을 만난다는 발상 자체가 불가
능할 것으로 보였다.

그 편견을 슈리아는 아주 유용하게 생각하면서 확신했다. 황태자
의 정체를 알아보는 이는 없으리라.

그러나 그 당연하기만 했던 발상은 오늘 완벽하게 뒤집혔다. 슈리아는 누군가를 연모하는 소녀의 눈이 얼마만큼이나 예리할 수 있는지 간과하고 있었다. 그러니까 이건 철저한 오산이다.

"대답해. 날 우롱하면서 즐거웠어, 당신?"

단 한 번도 제게 보인 적 없는 싸늘한 낯으로 추궁해 오는 오를레앙 공녀를 슈리아는 차분히 응시했다.

그녀가 이른 시각부터 공작저로 찾아와 저와 면담을 빙자하여 쏘아 대는 상황은 전혀 예상하지 못한 종류였다. 뜻밖의 사건이란 말 자체를 비선호하는 슈리아에게 이런 상황이 달가울 리 없다.

어쩐지 잔뜩 굳은 얼굴로 방문했다 싶었는데 슈리아와 단둘만의 자리를 청한 후 그녀는 제가 목격한 사실을 바로 고했다. 그리고 가련한 양의 탈을 벗어 버리고 신의를 배반당한 양 슈리아를 추궁하기 시작했다.

"이 거짓말쟁이! 애타 하는 날 보면서 무슨 기분이 들었지? 말해 봐!"

방 안이 울리도록 쩌렁쩌렁하게 외치는 오를레앙 공녀에게 슈리아는 냉담히 답했다.

"전 거짓말쟁이가 아니에요."

"그러면 내 눈으로 본 건, 그리고 당신 입으로 말한 건 어떻게 설명할 건데!"

흥분으로 뺨이 붉게 달아오르고 눈에 핏발마저 선 오를레앙 공녀는 그대로 슈리아를 한 대 후려칠 기세였다. 슈리아는 중대한 조언이라도 건네듯 진지하게 말했다.

"잘 생각해 보세요. 제가 뭐라고 말했던가요?"

"전하를 좋아하지 않는다고 했잖아!"

"그건 거짓말이 아니에요."

"그러면…… 전하가 그쪽을 일방적으로 좋아하고 있다는 건가? 내게, 그렇게 말하고 싶은 거야?"

아주 머리가 안 돌아가는 건 아니군. 진작 떠올렸으면 더 좋았겠지만.

슈리아는 믿을 수 없는 광경을 목도한 듯 하얗게 질린 오를레앙 공녀를 감상했다. 색다른 모습은 흥미로웠으나, 면전에서 소리 지르는 무례는 참아 줄 수 없는 것이다.

이윽고 눈앞의 소녀는 입술을 꾹 깨물었다. 뺨이라도 한 대 칠 듯이 사나운 시선으로 오를레앙 공녀가 중얼거린다.

"이건 불공평해!"

명문 오를레앙 공작가의 금지옥엽, 사교계의 꽃 아리스 엘마이어 오를레앙.

불공평의 대명사라 해도 손색이 없을 그녀가 고작 고아에 시골 귀족에 불과한 제게 그런 말을 운운한다는 자체가 우스웠지만, 일단 슈리아는 잠자코 그녀의 말을 들어 보기로 했다.

"왜 너지? 왜 너여야만 했던 거지?"

이 몸이 어디가 어때서.

조건상으로 가진 건 소문난 외양과 이모인 위켄하이저 공작부인 세일린뿐이지만, 전생이라는 후광을 지닌 덕에 인간의 범주를 벗어날 만큼 특출할 수밖에 없었던 슈리아는 넘치는 자신감으로 공녀의 말을 부인했다.

오를레앙 공녀는 분기를 누르듯 눈을 내리깔며 뱉어 냈다.

"나는 노력했어. 전하께 어울리는 사람이 되려고, 최선을 다했어. 황태자비가 되기 위해 사교계에서도 입지를 쌓았고, 수많은 교육을 받아 왔어. 가문 때문이 아니라 간택 심사를 거친다 하여도 당당히 선택받을 수 있는 사람이 되고 싶었어. 내가 할 수 있는 모든 것을 다해서라도 전하를 돕고 싶어서, 완고한 아버님도 설득시켜 전하를 지지하게 만들었어. 근데 너는! 아름답다는 것 외에 아무것도 내세울 게 없는 주제에 전하의 마음을 **빼앗았어**. 심지어 전하를 사랑하지조차 않으면서! 참 재주도 좋지, 운이 좋다고 해야 하는 건가!"

오를레앙 공녀의 음성은 점차 커지고 단호해져 갔다. 그녀는 결연한 어조로 말했다.

"전하께서 네게 어떤 언약을 하셨는지는 모르겠지만, 난 확신했어. 네겐 자격이 없어! 그러니까…… 다치고 싶지 않으면 물러나! 제도는 그리 호락호락한 곳이 아니야. 욕심을 드러낸 몰락 귀족 정도는 쉽게 짓밟히고도 남을 곳이지."

그러니까 그녀의 황태자비 자리는 황태자의 마음과는 관계없이 견고하고, 그런 입장에서 슈리아의 존재를 허용할 수 없다는 뜻을 내포한 발언이다.

슈리아는 천천히 눈을 감았다가 떴다. 장막이 걷히듯 겉면을 차지하고 있던 상냥한 가림막이 벗겨져 나가자 싸늘한 눈빛이 선연히 드러난다. 늘 작은 미소를 머금던 입술은 어느덧 완전하게 일자로 다물려 있다.

사람 같지 않은 무기질적인 냉정함이 안면에 내리깔리자 분위기가 완전히 변화한다. 슈리아는 얼음 조각처럼 완전한 무표정으로 공녀를 향해 말했다.

"어리석군요."

"무슨……."

일순간 압도당한 공녀가 말을 잇지 못하자 슈리아는 생긋 웃었다. 그러나 그 서리처럼 모진 표정은 조금도 변하지 않아서 지독하게 차가웠다.

한껏 잔인해지고 싶은 기분이다. 눈보라의 요정은 가장무도회에서나 있을 법한 것이지만, 북풍도 온기를 **빼앗길** 듯한 슈리아의 본성은 실제로 그와 가까웠다. 그러니 황태자의 선물은 슈리아를 퍽 잘 파악한 것이라 할 만하다.

"그래요. 당신 말처럼 운이 좋았어요, 하지만……."

누가 운이 좋은 건지는 모르겠지만. 그 말을 시작으로 슈리아는 오를레앙 공녀에게 냉담하게 설파했다.

"자격이라는 말 자체가, 우습군요. 당신은 잘못된 노력을 했어요. 전하께서는 모든 것을 가지고 계셔서, 제게 아무것도 요구할 필요가 없으시지요. 전하에게 걸맞은 사람이 되기보단, 전하의 마음을 얻으셨어야지요."

슈리아는 탄성을 내며 비꼬았다.

"아, 당신에게는 무리였겠군요. 황태자궁에 난입을 시도하면서 결국 얻지 못했으니."

"……전하의 마음을 얻었다고 네가 뭐라도 되는 줄 착각하는 거야? 넌 고작해야 후궁 이상은 될 수 없어! 내가 그렇게 만들 거고!"

"내 부족한 신분을 꼬집는 거라면……. 그렇게 생각하면서 왜 내게 이리 쪼르르 달려와 당신답지 않은 짓을 하고 있지요? 차기 황태자비가 될 당신이라면, 전하의 총애를 받아 아랫사람이 될 내 마음을 사두는 편이 내명부의 총괄자가 될 몸으로 적합한 일일 터."

말문을 잃은 공녀에게 슈리아는 차분하게 되갚아 주었다.

"당신도 알고 있는 거겠지요. 전하께서는 바로 그런 분이라는 걸. 누구의 반대에도, 어떤 제약에도 상관치 않고 원하는 것을 이루고 마는 분이라는 것을. 그리고 전하께서 저를 원하시는 한, 다른 누군가를 황태자비로 만들 리 없다는 것도."

가면을 쓴 그분도 알아봤던 당신이니까, 그 정도는 알고 있을 거라고 생각해요. 슈리아는 새침하게 덧붙였다.

방음이 제대로 되는 장소였지만, 내용은 몰라도 큰 언성이 오가는 것을 감지한 하녀가 세일린을 부른 듯 잠긴 문을 두드리는 소리가 들린다.

슈리아는 몸을 일으켜 다정하게 오를레앙 공녀의 어깨를 짚었다.

나직한 속삭임이 파고들자 공녀는 눈에 띄게 움찔한다.

"그러니, 추잡하게 매달리지 말고, 꽃처럼 자란 공녀답게 얌전히 물러나는 미덕을 발휘하길 빌어요. 평생 그렇게 우아하게 살아왔을 테니까. 진창 싸움은 그쪽이나 나나 원치 않는 거 아니겠어요? 결과는 어차피 정해져 있으니."

말을 맺은 슈리아는 다시 다정한 소녀의 얼굴로 돌아와 문을 열었다. 걱정스러운 기색의 세일린이 무슨 일이냐고 묻자 나중에, 라며 소녀는 말끝을 흐렸다. 그것만으로도 세일린은 대강 사태를 짐작한 것 같았다.

모든 것을 뒤로하고 제 방으로 되돌아가며 슈리아는 잠시 자신의 언사를 가늠해 보았다.

과했던 것은 아닐까. 마지막으로 일침을 가하는 순간, 슈리아는 오를레앙 공녀의 눈에 눈물이 차오르는 것을 목격했다.

보기 드문 미인인 데다가 아직 열여섯밖에 안 된 소녀를 울리는 상황은 슈리아에게 익숙하지 않은 것이다. 아직 어린 소녀의 재잘거림이야 사실 별로 대수롭지도 않은 것이었건만, 슈리아는 원래 가혹함에 차등을 두는 것에는 서툴렀다. 아마 그녀는 그런 식의 말은 태어나서 처음 들어 보았을 것이다.

뭐, 이번 일로 분개한 오를레앙 공녀가 저를 암살하려 한다고 해도, 그조차 흥미로울 일이긴 했다. 원래 눈 쌓인 순백의 들판은 자연의 것 그대로 놔두고 더럽히지 않는 것이 취향이나 정면으로 달려드는 데는 도리가 없다. 슈리아는 그렇게 자신을 정당화시켰다.

오를레앙 공녀는 다행히 별반 날뛰지 않고 침묵한 채 저택을 떠나갔다. 창밖 너머로 우연히 보게 된 마차에 오르는 그녀의 풀 죽은 모습은 왠지 모를 찜찜함을 안겨 준다.

황태자를 놓고 싸우게 된 상황도 불쾌한데 그처럼 어린 소녀와 말다툼하고 울리기까지 하다니, 이건 정말로 전생에서라면 상상조차 못할 우스운 일이다.

　오를레앙 공녀가 데이지처럼 부담스럽게 접근하지 않으면서도 제게 호의를 보였다는 점을 고려할 때 일방적인 가해자가 되는 이 같은 상황은 내키지 않았다. 가장무도회가 있었던 것은 사흘 전이었으니 나름대로 고민하고 찾아온 모양인데, 제대로 짓밟히고 돌아가는 처지가 된 것이다.

　그래 봐야 이미 일어난 일이다. 슈리아는 감상을 버리고 손을 뻗어 단절하듯 커튼을 쳤다. 어쨌든, 이 모든 건 황태자 때문이었다.

※

　슈리아는 이타적인 인간이 아니었다. 결코, 단 한 번도 이타적이어 본 적 없는 소녀는 심지어 목적이나 계산 없이 남을 위한다는 자체를 이해하지 못했다. 그렇기에 오를레앙 공녀가 상처 입은 낯으로 떠나간 사실을 금세 신경 쓰지 않게 되었다. 그보다 지금 당면한 문제가 더 시급했다.

　그 문제란 시그오닐 대공저에서 날아온 초청장이었다.

　제 친구들이 모두 모여 함께하는 나날을 행복하게 여기던 이 지독하게 발랄한 소녀는 제시카와 베티가 함께 있는 것으로는 모자란지, 이번에는 새로운 기획안을 꺼내 들었다.

　그 기획안은 잠옷 파티라는 이름을 가지고 있었는데, 처음 등장했을 당시에는 교양 없다, 질타를 받았으나 제도의 귀족 영애들 사이에서 선풍적인 인기를 끌고 있는 특별한 행사였다.

　그러니까 내밀한 잠옷 차림을 보이며 친목을 다지는 동시에, 저와 함께 수다를 떨면서 밤을 지새우자는 것이다. 그리고 그 뻔한 의도에 응해 줄 수밖에 없는 것이 슈리아다.

　필체에 자신이 없는 데이지가 하녀의 손을 빌리지 않고 직접 공들여 쓴 초청장은 대단히 인상적인 것이라 그에 응하지 않으면 무슨 일이 벌어질지 장담할 수 없었다.

한 자 한 자 꾹꾹 눌러쓴 글씨 하며, 이미 슈리아의 참석을 확정 짓는 듯한 내용 하며 모든 점에서 그랬다.

슈리아는 초청장의 내용을 확인한 순간부터 이미 확연하게 기분이 저조해졌다. 낮도 모자라 밤까지 데이지에게 시달려야 한단 말인가. 평민들조차도 낮에는 일하고 밤에는 휴식을 취하기 마련이었다.

제 앞으로 떨어진 야간 노동을 불만스레 생각하면서도 소녀는 초청장에는 심정과 다르게 우아한 필체로 긍정의 답변을 적어 보냈다. 그러면서도 빨리 데이지의 할머니가 제도로 다시 와야 할 텐데, 생각했다.

이틀 후 저녁 무렵 슈리아는 세일린의 배웅을 뒤로하고 마차에 올라탔다.

임산부라 소녀 시절의 감성이 다시금 샘솟았는지 그녀는 데이지가 제의한 잠옷 파티를 제 일처럼 기대했다. 더불어 세일린은 슈리아에게 새로운 잠옷을 사다 안겨 주는 적극적인 면모를 보였다.

"재미있게 즐기다 오렴, 혼인하면 그러기도 힘들단다."

두 번 다시 오지 않을 기회라 해도 아쉬울 것은 없었지만, 슈리아는 기쁜 듯이 고개를 주억거렸다. 마차에 올라 대공저로 향하는 시간 동안 슈리아는 앞으로의 일에 대한 생각에 잠겼다.

황태자와의 사이가 공표되면 내 삶은 어떻게 변화하게 될까. 가능성 높고 구체적인 예상들이 끊임없이 스쳤다.

그리고 공작 저택을 빠져나가고 오래 지나지 않아 소녀는 기시감을 느꼈다. 이 외출 자체는 평소와 다를 것이 없었다.

다만 따각따각 규칙적으로 울려 퍼지는 말발굽 소리와 거의 들썩임 없이 고요하게 달려가는 마차. 거기서 평소와 다른 어떤 것을 인식한 순간, 기이한 감각이 심장 표면을 스치고 지나간다.

대공저로 가려면 번화가를 지나야 하는데, 출발한 지 꽤 되었음에도 바깥에서 의례 들려와야 할 말소리나 사람의 기척이 전혀 느껴지지 않았다. 인적 드문 시골길을 지나는 듯한 소음의 공백이 마차를 잠식하고 있었다.

인구수가 많은 제도에서는 새벽이라도 이런 현상이 자연스러울 리 없는 것이다. 그러므로 지금 이 마차는 외부와 차단된 마법적 공간이었다. 슈리아는 그 사실을 곧바로 깨달았다.

그렇다면.

슈리아는 손을 뻗어 마부석으로 이어지는 창문을 열어젖혔다. 쾅! 거친 소음에 등을 보이고 있던 마부가 천천히 고개를 돌린다.

역시나 짐작대로 지긋지긋한 녹안이었다. 표백된 것처럼 하얀 얼굴에 비스듬한 미소가 어리고 있었다. 마부가 천직으로 보이는 안타레스가 히죽 웃으며 물어 온다.

"오랜만이지?"

저택을 나온 뒤 마부를 죽이고 그 자리를 가로챈 모양이다. 불길하고도 진득하게 피부를 짓누르는 특유의 느낌은 여전했지만, 오늘은 무언가가 달랐다.

슈리아는 그를 꿰뚫어 보려고 애썼다. 황태자에게 패배를 당하고 상당한 부상을 입었다 예상했었던 터, 그 여파가 남아 있지는 않을까?

그러나 슈리아는 곧 그를 파악하려는 시도를 중단했다. 몸 주위에 방어막이라도 치듯이 그에게 검은 마력이 넘실거리고 있었다.

섣부른 탐색은 곧바로 감지되어 슈리아의 정체를 의심하게 할 것이다. 실상 그 사실이 의미하는 바는 명료했다.

지금 눈앞의 이 흑마법사는 본체였다.

드디어 그 무거운 엉덩이를 떼었나? 하긴 이제 밑천을 다 보였으니.

속으로 조소하는 와중에도 슈리아는 무표정한 낯에 속내를 비치지 않으며 안타레스가 본론을 꺼내기를 기다렸다. 감상하듯이 슈리아를 훑어보던 흑마법사가 느릿하게 말을 잇는다.

"칭찬해 달라고. 이 만남을 은밀하게 추진하느라 요새 골치가 아팠어."

"잘하셨어요."

이런 쓸데없는 일에나 골몰하니 이제 갓 초월자가 된 애송이에게 호된 꼴을 당한 게 아닌가. 슈리아가 시큰둥하게 대꾸하자 흑마법사가 웃음을 터뜨린다.

"하하, 그래, 그렇지. 여전하군."

일순 안타레스의 눈에 기이한 빛이 스쳤다.

"아가씨에게 선물이 있어. 이전보다 특별할 거야. 신경을 좀 더 썼거든."

또 무언가를 준비한 듯했다. 나름대로 제게 곤란을 가져다주었던 안타레스의 술책은 방심할 수 없는 것이다.

슈리아는 대꾸하지 않으면서도 차가운 두뇌로 흑마법사를 처리할 방안을 모색했다.

본체가 등장한 이상 베헤모트를 꺼내 드는 것은 소용없는 일이다. 슈리아가 직접 아마르잔의 마력을 끌어다 쓰지 않는 한, 초월자인 흑마법사를 상대할 방법은 없었다.

결론은 간단했다. 슈리아라는 미력한 소녀는 절대우위에 선 흑마법사가 희롱하듯 패를 펴 보이기 전에는 모든 결정을 보류해야만 했다.

모든 일이 잘 되어 가고 있다고 생각했는데, 역시 끈질긴 놈이다.

슈리아는 다시 마차를 몰기 시작한 흑마법사의 뒤통수를 싸늘하게 바라보았다. 침묵 속에서 어느덧 마차가 멈춰 서자 슈리아는 문을 열고 안타레스가 손을 내밀기도 전에 바닥으로 훌쩍 뛰어내렸다.

"까다로운 아가씨로군."

그렇게 품평한 안타레스는 교활한 낯짝에 조금의 불쾌감도 떠올리지 않은 채 앞장섰다. 그가 마차를 세운 곳은 허름한 집 앞이었다.

호화로운 저택은커녕 거미줄이 쳐져 있는 초라한 장소에 안내받자 슈리아는 들어서는 발걸음을 머뭇거렸다.

이런 먼지투성이 장소에 들어서면 드레스가 더러워지지 않겠는가.

귀족 영애다운 결벽성으로 갈등하던 슈리아는 흑마법사가 묘한 시선을 던지자 냉큼 안으로 발을 들였다.

순식간에 공간이 변화한다. 시야가 암암해지더니 천장이 위로 솟으며 벽면이 넓게 뻗어 나간다. 오랜만에 보는 제대로 된 공간마법에 슈리아는 감회를 되새겼다.

"황후가 제공해 준 은신처를 좀 뜯어고쳤지. 그보다……."

흑마법사는 의미심장하게 웃었다.

"다른 것에 주목하는 게 좋을걸."

그 말이 끝남과 동시에 입구가 사라진다. 아니, 정확히는 슈리아가 이동한 것이다.

시야가 어둠 속에 먹히고 검은 마력이 몸을 휩쌌다. 크르르, 지옥에서 흘러나오는 것 같은 짐승의 그르렁거림이 귓전을 파고든다. 앞도 보이지 않을 만큼 껌껌한 암흑 속에 도사린 붉은 안광, 거대한 짐승의 숨소리는 능히 공포를 느낄 만한 것이었다.

그러나 슈리아는 한 치의 동요도 없이 태연하게 서 있었다. 그 모습은 공포라는 감정을 이해하지 못하는 완전무결한 천사처럼 보였다. 그러니 오랜 세월을 살아온 교활한 흑마법사의 눈에도 이 어린 소녀가 특별하게 보이는 것이리라.

어른거리는 빛이 허공에서 생겨나 떠오르자, 시야가 밝아진다.

그리고 슈리아는 발견했다. 송곳니가 길게 솟아난 거대한 맹수가 드러누운 바로 곁에 죽은 듯이 쓰러져 있는 세 명의 소녀를.

데이지, 제시카, 베티.

슈리아는 그 이름들을 되뇌어 보았다.

예상하지 못한 바는 아니었다. 늘 슈리아의 지척에 있고 조금 전까지 함께 있었던 세일린을 건드리기는 어려웠을 것이고, 표적이 된다면 요즘 들어 늘 함께하던 제 친구들이 될 거라고 생각했다.

또한, 슈리아의 친구이며 그를 패배시킨 황태자의 사촌인 데이지가 그 대상이 될 가능성이 가장 높다고도 보았다.

그러나 초월자 된 몸으로 이토록 어린아이들을 인질로 잡다니, 그 비열함은 혐오스러운 것이다. 흑마법사가 키들거리며 말한다.

"시그오닐 대공녀라고 하던가. 좋은 친구를 뒀어. 저 녀석의 아가리 아래 머리통을 가져다 대고 초청장을 쓰라고 했더니 벌벌 떨면서도 거부하더군, 그래서 친구의 손목을 부러뜨려 줬지. 베티라고 하던가? 비명이 아주— 고막이 터질 뻔했어."

안타레스는 그렇게 말하며 표범의 목덜미를 쓰다듬었다. 기분 좋은 듯이 그르렁거리는 소리마저도 공간을 울릴 만큼 컸다.

"다음번에는 전신의 뼈를 모조리 부러뜨리겠다고 했지. 그러니까 결국 엉엉 울면서 편지를 쓰더군. 친구를 생각하는 마음이 감동적이기도 하지! 저런 착한 아이가 그 귀염성 없는 애송이와 같은 혈통이라니 믿기지 않는 일이야. 아, 물론 치료는 해 줬어. 난 다친 소녀를 그대로 방치해 둘 만큼 나쁜 어른은 아니니까."

일단 이따위 음모를 꾸민 것 하며 납치며 학대에 협박, 인질극까지. 이미 극악한 어른이라 해도 부족함이 없건만, 흑마법사는 뻔뻔하게 그리 떠들었다.

슈리아는 데이지의 초청장을 떠올렸다. 유독 힘주어 눌러쓴 글씨……. 한껏 들떠 있는 모양이라고 생각했는데 놈의 협박에 억지로 썼던 것인가. 쓰러져 있는 데이지의 얼굴은 눈물 자국 없이 인형처럼 창백하기만 했다.

섬뜩한 느낌이 가슴속을 파고들자 슈리아는 눈살을 찌푸렸다. 어째서, 이런 감정이 드는가. 한없이 기분이 가라앉는다.

물론 어린 소녀들에게는 가혹한 상황이었으나 세상은 원래 가혹한 것이고 누구나 겪을 수 있는 불행이 조금 다른 형태로 나타난 것에 불과했다. 지금도 세상에는 수도 없는 아이들이 이유도 모르고 죽어 나자빠지는데 대다수 평민보다 나은 삶을 살아온 귀족 영애들이 납치당해 기절해 있는 모습을 구태여 동정할 이유는 없다. 그러나 슈리아는 부인할 수 없이 이 상황이 불쾌했다.

그간 정이라도 들었단 말인가?

슈리아는 제게 던져진 질문을 즉각 부인하며 다른 가설을 떠올렸다. 하긴 지금 이 상황이 제가 흑마법사의 눈에 띄었기 때문이라면, 자신에게 전혀 책임이 없다고는 할 수 없으리라.

소녀의 눈길이 데이지에게서 거두어졌다. 제멋대로이고 지나치게 발랄하게 구는 행태에 한 번쯤 호된 맛을 보아야 한다고 생각했었는데.

그러나 눈물 콧물 흘리면서 제게 초청장을 썼을 데이지의 표정을 연상하니 그건 그리 좋은 기분은 아니었다. 조금도 후련하지 않았다.

"이 공간은 내 지배하에 있으니, 그 반지 속 괴물은 섣불리 꺼내지 않는 게 좋을 거야. 내가 손가락 하나만 까닥해도 친구들 머리가 펑펑 터져 나갈 테니까."

불꽃놀이를 묘사하듯 손을 펼치는 흑마법사의 얼굴에 잔혹한 기운이 번들거린다. 저를 괴물이라 지목하자 베헤모트가 눈치 없이 격분해서 고개를 쳐들었다. 초월자에게 덤비다가 패퇴당한 적도 있으면서 주제도 모르고 어딜 나선단 말인가. 슈리아는 놈을 무시하며 흑마법사에게 물었다.

"제게 뭘 원하죠?"

"내가 뭘 원한다고 생각해? 한번 짐작해 보는 게 어때."

이런 쓸데없는 질답은 전혀 원하지 않았다. 슈리아가 비협조적으로 입을 꾹 다물자 흑마법사는 바로 대답을 내어 주었다.

"내가 원하는 건, 단지."

안타레스의 낯빛에 도사린 악의가 짙어졌다.

"아가씨가 절망하는 거야. 모든 것을 잃고, 고통스럽고 무력한 신세로 바닥에 주저앉아 날 증오하며 피를 토하듯 저주를 퍼붓는 것, 그게 내가 굳이 수고하는 이유지."

"그게 무슨 의미가 되죠?"

악취미라고 생각하면서도 독특한 사고방식에 흥미가 솟은 슈리아는 흑마법사를 관찰하듯 응시했다.

안타레스의 눈이 그 어느 때보다 형형한 안광을 쏘아 낸다. 비틀린 미소가 그의 얼굴 표면을 더욱 잔악한 형상으로 변모시켰다.

"그게 내 취미고, 유희고, 기쁨이거든! 미천한 인간들이 공포에 굴복하고 증오에 몸부림치며 고통 속에서 벌레같이 꿈틀거리는 모습이 얼마나 우스운지! 그 처참한 지옥 속에 그들을 던져 넣고 운명을 결정짓는 절대자가 나라면 그건…… 실로 황홀한 일이지!"

흥분에 찬 음성으로 흑마법사는 가학심을 표출했다.

"내가 흑마법사가 된 이유도 바로 그거야. 다른 마법사들은 강해지기 위해, 한계를 넘기 위해 흑마법사가 되었지만, 이미 강력한 마법사였던 난 굳이 흑마법사가 될 필요가 없음에도, 오로지 인간을 제물 삼기 위해 흑마법사가 되었지. 그 지극한 쾌락을 누리기 위해서!"

개인적인 즐거움이 성취에도 영향을 준다는 것은 분명한 사실이다. 또한, 남에게 고통을 주면서 마약 같은 쾌감을 느끼는 이들이 있다고 들었다. 그런 자 중 탁월한 재능을 가진 이가 부정적인 방향으로 발전하면 저자처럼 되는가.

불쾌한 사례의 표본을 보는 듯하여 슈리아는 시선을 돌렸다. 안타레스가 그런 슈리아의 반응을 감상하듯 바라보며 말을 잇는다.

"아가씨는 그런 의미에서 아주 특별하지. 하늘에서 내려온 천사처럼 아름답고 냉정한 슈리아 아델트. 허나 원래 그런 이들이 흐트러질 때 더 재미있는 법이지. 제 연인이 눈앞에서 목숨을 잃는다면 아가씨도 멀쩡할 수만은 없지 않겠어?"

슈리아는 제가 순간 흠칫거리지 않았나 생각했다. 황태자와의 사이를 눈치챈 것인가? 못 알아들은 것처럼 의아한 표정을 자아내는 슈리아에게 그는 점잖게 충고를 건넸다.

"남의 눈을 조심했어야지. 공공연한 장소에서 그리 찰싹 붙어 있고도 들키지 않을 거라 생각했나?"

"전하께서는 절 구하러 오시지 않을 거예요."

슈리아는 반박을 포기하고 다만 그렇게 말했다. 황태자에게도 머리가 있으니 흑마법사의 함정에 걸어 들어온다는 게 얼마나 어리석은 일인지는 알 것이다. 그가 과연 목숨을 걸고 자신을 구하러 올까? 슈리아는 그 사실에 회의적이었다.

그간 비록 황태자가 슈리아에게 구구절절한 애정을 보이긴 했다지만, 그의 목숨이 위험한 일에도 선뜻 달려들 거라고 볼 수는 없다. 이것은 약간의 부상을 감수하거나, 저를 죽이려는 슈리아를 베지 않는 정도와는 차원이 다른 일이다.

필연적으로 죽음이 예정되어 있다면 차라리 잠시 괴롭더라도 슈리아를 포기하고 후에 복수를 꾀하는 것이 현명한 처사이리라. 그리고 초월자란 애초에 누군가를 위해서 목숨을 거는 박애 정신이 없다고 보아도 좋을 부류들이었다.

"난 좀 생각이 달라. 녀석은 아직 애송이고 애송이들은 원래 사랑에 목숨 걸기 마련이지. 머리로는 아니라는 걸 알면서도 몸으로는 미친 말처럼 돌진하게 되거든."

안타레스가 킬킬거리며 입술을 핥았다.

"여기 있는 이들은 아가씨를 위해서 준비한 인질이지만, 아가씨 자

248

체가 내 인질이기도 한 거지. 소식을 보냈으니 곧 도착할 터, 그때 놈은 어떤 얼굴을 하고 있을까?"

희열에 찬 그 말이 소녀를 못에 꽂힌 것처럼 자리에서 멈춰 세웠다. 교활한 안타레스가 의도치 않게 제 목숨을 건드릴 수 없도록 방어막을 친 것이다.

슈리아는 제가 실행하려던 안타레스를 죽이고 인질들의 기억을 지워서 모든 증거를 인멸할 계획을 보류하기로 했다.

흑마법사가 갑작스럽게 증발하고 잡혀 간 제가 멀쩡하게 되돌아온다면 어떤 변명을 해도 수상쩍은 일이 될 터였다.

그러나 슈리아가 그를 없애지 않는다면 어떻게 이 상황을 타파할 수 있단 말인가.

분명히 홀로 오라는 등 무리한 요구를 해 댈 흑마법사에게 황태자가 그대로 응하리라는 생각은 하지 않는다. 하지만 적어도 부하들을 보내서라도 인질들을 구출하려는 시도는 할 것이다. 제 강력한 우군인 시그오닐 대공가에 대한 성의를 보이기 위해서라도 황태자는 그래야만 했다.

그러나 아무리 신중하게 군다 한들 혹여 흑마법사의 계책에 걸려 그가 죽음이라도 맞는다면……. 그 원인 중 일부라도 자신이 포함되는 것은 결코 원치 않았다.

비록 황태자 스스로 슈리아를 제 약점으로 만들었으나, 슈리아는 누구의 약점이 되는 것 자체를 용납할 수 없었다.

"쉬고 있어. 때가 되면, 자연히 알게 될 테니."

흑마법사는 어둠에 먹히듯 대기 중에서 스르륵 사라져 갔다. 시야가 다시 암전되자 맹수의 안광이 더 선명해졌다. 안타레스의 손길을 즐기던 맹수가 주인이 사라지자 새로운 먹잇감을 군침을 흘리며 바라보았다.

크르릉거리는 맹수의 존재를 안중에도 두지 않고 슈리아는 어둠 속에서 걸음을 옮겨 얼추 소녀들의 근처에 자리 잡았다. 손을 뻗어 대충 확인해 보니 그저 마법적인 조처로 잠든 것 같았다. 슈리아는 그들 옆에 웅크리고 앉아 눈을 감았다.

오랜 시간, 생각이 꼬리를 물고 잇따른다. 슈리아는 지금 갈림길에 서 있었다. 지금이라도 흑마법사를 없애 버릴까?

그 유혹에 응하는 것은 가장 간단하고 손쉬운 해결 방안이기도 했다. 그러나 동시에, 제가 살아온 방향과 정면으로 대치되는 일이었다. 기꺼운 일만 택한다면 어떻게 이 삶을 통해 원하는 바를 취할 수 있을까.

초월자에게 붙잡혀 온 자체가 평범한 인간의 삶에서 벗어나는 것이니 힘을 행사하는 것은 정당해 보였으나, 그것이 최선인가 하는 질문에는 회의가 찾아들었다.

슈리아 아델트라는 귀족 영애에게는 구원을 기다리는 모습이 더 어울림은 명확하다. 데이지나 다른 소녀들이 그러하듯이.

동화 속의 왕자나 용사를 기대하는 것은 아니었으나, 슈리아는 제가 맡은 배역에 요구되는 연기에 대해 고심했다. 안타레스는 아직은 자신의 목숨을 노리고 있지 않았다. 또한, 첫 시도를 실패한 후로 그는 슈리아를 제 손으로 죽이려 들지도 않았다.

그러나 제 생에 위협이 되지 않는다고 해서 그의 장난질을 받아만 줄 수는 없었다. 지금 슈리아에게는, 소녀 세 명의 목숨이 달려 있는 것이다.

일단은 기다려 보아야 하나.

감정적 타파와 이성적 유보의 맞부딪침 속에서 갈등하던 슈리아는 그러한 결론에 추가 기울었다.

끝에 다다르면 또 다른 길이 생겨나듯, 생각지 못하게 다른 방도가 열릴 수도 있는 것이다. 가능성은 높아 보이지 않지만, 제가 힘을 사용하지 않고도 일이 해결될 수 있다.

그러니 최후의 최후가 다가올 순간까지, 슈리아는 인내해야 했다. 아직은 불가피하다는 수식어를 붙일 때가 아니었다.

하지만 종국에 찾아들 상황이 당장 안타레스를 멸하는 게 나을, 더 수습할 수 없는 종류라면. 아니야, 슈리아는 모래성을 지키듯이 불길한 감상을 뿌리치며 되뇌었다. 오랫동안 일궈 온 삶이었다. 이토록 쉽게 잃어버릴 수는 없는 것이다.

그렇게 되뇌고 있던 어느 순간, 얇은 눈꺼풀을 뚫고 환한 빛이 비쳤다. 슈리아는 눈을 뜨고 저벅거리며 제게 다가오는 불빛을 응시했다. 불빛이 걸어올 리는 없으니 당연히 사람이다.

붉은색 드레스 자락이 먼저 눈에 들어오고 빛이 가까워짐에 따라 슈리아는 상대의 모습을 확인할 수 있었다.

금발을 위로 단정하게 틀어 올린 고상한 중년 여인이었다. 귀부인다운 현숙한 분위기를 풍겨 연령을 대충이나마 짐작할 수 있긴 했으나 얼굴은 상당히 젊어 보였다.

근래 심적 고통을 겪은 듯 초췌한 낯이었지만 온몸에 밴 기품은 그녀의 정체를 추측하게 했다. 다만 그녀의 표정은 섬뜩하게 굳어 있었고 눈빛도 싸늘하기만 했다.

갑작스러운 빛에 으르렁거리는 맹수의 존재에도 아랑곳하지 않고 다가온 그녀는 소녀의 앞에 서서 몸을 숙였다. 차갑고 매끄러운 손이 슈리아의 턱을 들어 올린다.

"네가 놈이 마음에 둔 아이라지?"

그 말에 짐작은 사실이 되었다. 황후였다. 단 한 번도 그녀를 본 적이 없었지만, 음성에서 느껴지는 증오심은 검은 불길처럼 선명했다.

삼엄한 경비에 둘러싸여 있을 그녀를 빼왔을 정도면 확실히 황태자도 이제 모든 사태를 알게 되었을 것이다. 이 자리에 있음이 그녀에게 파멸을 초래함은 분명할진대, 이는 마지막 발악인가.

"널 본 적이 있지. 예쁜 아이라고 생각했었어."

그녀는 손에 힘을 주어 소녀의 얼굴을 아프도록 쥐었다. 광기 어린 눈으로 황후가 속삭였다.

"정말로 고맙구나. 내게 이런 기회를 만들어 줘서."

"절 죽인다 해도 그게 전하께 복수가 되진 않을 거예요."

"맹랑한 것! 그건 내가 판단해. 그리고 난 널 렌카이저의 앞에 내보이는 것으로 놈을 갈기갈기 찢어 놓을 수 있다고 확신하고 있지."

"어째서죠?"

나직이 반문하며 슈리아는 황후의 손을 붙잡고 힘을 주어 떼어 냈다. 그녀의 손톱이 파고든 피부가 따끔한 것이 생채기가 남은 듯했다.

발악이라 여겼는지 황후는 날카롭게 웃음을 터뜨렸다. 그녀는 더러운 무언가에 닿은 것처럼 손을 털어 낸 뒤, 비웃듯이 말했다.

"왜냐하면, 네가 처음이거든. 그 렌카이저에게 약점이란 것이 생긴 건. 놈은 악마처럼 비정하고 잔인해서 인간이 가질 만한 약점 따위는 애초부터 존재하지 않는 것 같았지. 그래서 난 무슨 짓을 해도 놈을 죽일 수 없었어. 놈은 무엇도 원하지 않고, 무엇도 바라보지 않았거든. 그런데……."

잦아든 숨을 한 번에 터트리며 황후는 복수심 어린 눈을 빛냈다.

"네가 나타난 거야! 아무것도 가진 게 없으면서 놈의 눈길을 끈 네가! 단 한 번도 그런 적이 없었어. 그러니 네가 놈에게 특별한 건 당연한 거지. 그래, 이건 천벌인 거야! 넌 신께서 내게 주신 마지막 기회인 거고!"

황후는 웃으며 슈리아에게서 몸을 돌렸다. 자신에게 찾아드는 모든 희소식을 신의 뜻이라 해석하는 것이 광신도의 전형적인 발상이다. 복수에 미쳐서 정신이 나갔군. 슈리아는 그렇게 판단했다.

다만, 자신과는 달리 그들이 확신하고 있는 걸 납득할 수 없었다. 황태자가 이 슈리아 아델트를 위해 기꺼이 사지로 걸어 들어오리라는 확신.

황후야 자신에게 유리한 해석을 추구한다 쳐도 흑마법사는 왜 황태자가 그런 행동을 보일 거라 예상한단 말인가. 같은 초월자인 몸으로, 이해할 수 없는 분석이다.

비록 황태자가 고작 열일곱밖에 안 된 애송이라 하나, 아마르잔은 그보다 어렸을 때에도 지극히 냉정했다. 그는 남의 목숨 따위는 안중에도 없어 저를 감싸다 죽은 이라도 뒤돌아볼 줄 모르는 자였다.

아마르잔이 겪어 왔던 초월자들은 지극히 개인주의적이었고 오로지 자신을 위해서만 목숨을 걸었다. 그러나 생각해 보면 흑마법사 안타레스는 가학적 쾌감을 추구해 중부대륙의 규율을 깨고 스스로 위험을 자청한 자였다.

그렇다면 슈리아에게 몰두하는 황태자 역시도 그 같은 경향을 보일 수 있다는 것 아닐까. 하긴, 그간 황태자의 비이성적인 반응을 한두 번 본 것도 아니다.

이처럼 사유를 찾아내자 슈리아는 점점 설득되어 가는 기분을 느꼈다. 소녀는 의혹을 담아 자문했다.

정말로 나를 구하러 온단 말인가. 네가?

그는 일전에 한 번 슈리아를 구한 적이 있었다. 전적으로 그의 관점에서. 하지만 저로서 는 치욕적인 간섭에 불과할 뿐이었다.

반면, 황태자가 슈리아를 구한다면 이번에는 이 난제를 해결하는 데 정말로 도움이 되는 것이다. 비록 그것을 바라고 있지는 않지만, 현재의 자신에게는 그 결과가 가장 바람직하다는 것을 깨달았다.

막막한 어둠 속에서 길을 인도해 줄 빛 한 줄기가 닿기를 기다리는 기분, 그런 무력한 심정은 소녀에게 존재하지 않았다. 다만 적어도 슈리아에게 지금 이 일을 가장 효과적으로, 파급 없이 해결 가능한 방안이 있다면 그것은 황태자의 구원이었다.

어차피 그에게 의존하는 황태자비의 삶을 살기로 한 후였으므로 이전과 같은 치욕은 없었다.

하지만 묘한 느낌이었다. 확 치솟는 불쾌감은 아니었지만, 거북스러운 무언가가 목구멍을 기어 올라오는 듯했다. 생소하게 울렁였다.

한차례 슈리아를 괴롭힌 황후는 어느덧 사라지고 없었다. 몸에서 마법적 기운이 흐르는 것을 보니 안타레스가 그녀에게 이 어둠 속을 자유롭게 헤집고 다닐 수 있는 마법을 걸어 준 모양이었다.

일이 성공한다고 해도, 황족을 시해한 흑마법사와의 협력 관계가 들통 나면 황후 역시 끝일 터. 자신조차 완전히 파멸로 몰아넣을 일을 시도하는 그녀는 죽음을 각오하는 듯이 보였다. 복수에 눈먼 나머지 길동무로 황태자를 데려가려는 것인가.

슈리아는 다시 눈을 감았다. 고치를 만드는 애벌레처럼 그렇게 가만히 기다리다 보면, 눈부신 날개가 생겨서 날아갈 수는 없을지라도 이 고착된 상황에 무언가 돌파구가 생길 것이다. 그때를 위해 체력을 아껴 두는 것이 지금 할 수 있는 최선이었다.

그렇게 잠든 슈리아는 오래지 않아 자신을 마구 뒤흔드는 손길에 깨어났다.

"슈, 슈리아 괜찮아?"

난데없이 뜨끈한 액체가 드레스에 뚝뚝 떨어지자 슈리아는 미간을 찌푸리며 눈을 떴다. 몸을 일으키자 작은 몸이 저를 얼싸안아 온다. 여전히 캄캄해서 잘 보이지는 않았지만, 온몸을 떨며 눈물짓고 있는 상대는 뻔했다.

데이지. 그녀를 잠재운 마법의 효력이 다했나 보다. 어떻게 이 어두운 곳에서 저를 알아봤는지는 모를 일이나 아예 푹 잠든 편이 나았을 텐데. 슈리아는 그렇게 단정 지었다.

"미안해, 미안해. 내, 내가 널 불렀어! 내가 그 편지를 썼어……."

데이지는 엉엉 울음을 터트렸다. 안 그래도 청소 여부를 분간할 수 없어 찝찝한 공간인데 드레스에 눈물도 모자라 콧물까지 묻을 것 같자 위기감이 엄습한다. 슈리아는 다정한 목소리로 재빨리 그녀를 달래 주었다.

"네 탓이 아니야. 그런 상황이었다면 나라도 어쩔 수 없었을 거야."

"베티가 손목이 부러져서……. 막 비명을 지르는 거야. 무서웠지만, 그런 거 안 쓰려고 했는데."

데이지가 변명을 쏟아 내고 있는데 돌연 괴물의 숨소리가 커졌다. 말소리를 들은 듯 크르르, 하는 울음소리가 들리자 데이지는 울음을 멈췄다. 그리고 슈리아를 붙잡고 덜덜 떨었다.

슈리아는 저를 위기에서 탈출하게 해 준 괴물의 존재를 최초로 달갑게 여겼다. 다만, 놈이 몸을 뒤트는 기척이 느껴지자 데이지는 공포에 질린 듯했다.

데이지가 다시 울음을 터뜨릴 것처럼 보이자 슈리아는 차분하게 타일렀다.

"두려워할 것 없어. 어차피 저건 감시용이야. 우린 인질이니 해치지는 않을 거야."

아직은. 슈리아는 데이지의 불안감을 자극하지 않기 위해 암운 어린 미래를 연상케 하는 단어를 제했다. 그 말에 안심했는지 데이지가 물어 온다.

"난, 난 잘 모르겠어. 왜 흑마법사가 너를 노리는 거야? 왜 그런 식으로 굳이 널 불러내려 했던 거야?"

"내가 예뻐서 마음에 들었대."

슈리아가 대수롭지 않게 말하자 데이지는 비석처럼 굳었다. 그리고 곧 '응, 그렇긴 하지.'라며 긍정하면서도 고개를 갸웃거렸다.

괜히 황태자와 교제하고 있다는 진실을 말해 줬다가 이 상황에서 난리를 치기라도 하면 곤란했기에 대충 얼버무린 슈리아는 그들이 납치된 요인을 명확히 하기 위해 딱 잘라 단정 지었다.

"그리고 '우리는' 황태자 전하를 끌어내기 위한 인질인 거야."

"나, 나 때문인가 봐. 내가 전하의 사촌이라서……."

"납치는 납치한 사람 잘못이지. 너 때문은 절대 아니야."

인질로서의 가치는 제게 쏠린 듯이 보였지만, 데이지 역시 그럴듯한 인질이긴 하다. 풀 죽은 채 중얼거리는 데이지에게 그렇게 말하는 것으로 슈리아는 후에 자신에게 쏠릴 책임의 칼날을 피했다.

뭐, 이 모든 게 납치를 실행한 흑마법사의 탓인 것도 사실이다.

그 가벼운 위로에 데이지는 적어도 슈리아가 자신을 탓하지 않는다는 걸 깨닫고 안도한 모양이었다. 주먹을 꼭 쥔 그녀는 고개를 주억거리며 작게 외쳤다.

"그렇겠지? 그래. 흑마법사가 나쁜 거야!"

그러다가도 혹시 흑마법사가 들었을까 봐 두리번거리는 기척이 고스란히 느껴져 온다. 그 행태를 굳이 지적하고 싶은 마음은 들지 않았다. 어쨌든 더 울지는 않을 테니 그걸로 됐다.

어느 정도 안정을 되찾은 데이지가 다시 달라붙자 슈리아는 귀찮은 기분에 사로잡혔지만 짧게 답하는 것으로 그녀의 조잘거림을 상대해 주었다.

이 나이 때의 어린 소녀가 이런 꼴을 당한 것에 비하면 데이지의 반응은 그나마 온건한 것이리라. 그녀의 정신력은 어떤 의미로 굳건해 보였다. 그 후로 다른 소녀들이 깨어나지 않는 것을 보면서 추측은 확고해져 갔다.

그리고 시간이 흘러 데이지가 목이 탄 듯 끝내 입을 다물고 슈리아의 손을 잡은 채 누워 있던 어느 순간, 드디어 무언가가 시작되었다.

어둠이 옅어지며 야광주처럼 천장에서 은은한 빛이 내리쬐었다. 파동이 이는 듯이 회색 공간 전체가 웅웅거린다. 고막을 아프게 울리는 이명에 슈리아는 귀를 틀어막았다.

"왔군."

소리가 멎는 동시에 허공에서 생겨나듯 안타레스가 모습을 드러냈다. 그 모습에 종알거리며 한동안 흑마법사의 욕을 해 댔던 데이지는 소스라치게 놀라며 슈리아의 뒤로 숨었다.

데이지를 흘끗 본 안타레스는 낮은 웃음을 흘리며 손가락을 구부렸다 폈다. 그 작은 움직임만으로 그는 소녀들에게서 떨어져 미끄러지듯이 앞으로 나아갔다.

빛의 기둥이 내리듯 공간이 갈라지며 환한 빛이 쏟아졌다. 무수한 인기척이 느껴지는 가운데, 황태자가 서 있었다.

그러나 거대한 뱀이 표적을 단숨에 집어삼키듯 검은 마력이 그를 덮쳤다.

강풍이 닿은 먼지처럼 그를 둘러싼 인기척이 강제로 흩어지고 아공간이 황태자를 제 일부로 끌어들인 직후, 빛은 사라졌다. 구멍에 빠지듯 어둠 속에 들어서게 된 황태자는 이제 홀로 이 흑마법사의 안마당에 존재하게 된 것이다.

그것은 찰나와 같이 일어난 일이었다. 안타레스가 음험한 시선을 던졌다.

"홀로 오라고 했을 텐데, 이렇게 보란 듯이? 이건 또 의외로군."

"흑마법사의 영역에 발 들이는데 이 정도면 준수한 게 아닌가."

이 아공간은 안타레스의 세계였고, 그의 지배하에 놓인 곳이다. 이 공들인 함정에서 자연히 황태자의 힘은 반감되고 흑마법사의 힘은 극대화되었다.

태연자약하게 반문하는 황태자의 얼굴은 흐린 조명 탓인지 평소보다 얼음 조각처럼 더 냉정해 보였다.

오긴 왔으되 부하들을 데리고 왔다라……. 슈리아는 가늠해 보았다. 그것은 슈리아의 첫 예상과 더 합치되는 행동이다. 황태자가 연이어 말했다.

"초월자는 나뿐이다. 그리고 이 안에 있는 것도 나 혼자. 보다시피 지위상 혼자 행동하기 어려운지라."

차가운 조소가 황태자의 안면에 모습을 드러냈다. 안타레스는 고개를 기울이며 여유로운 어조로 물었다.

"그럴 거라면 차라리 펠레티어한테 다시 징징대 보지 그랬나? 그라면 적어도 네가 죽기 전에 결계를 깰 수 있을 텐데."

제 앞마당에 기어들어 온 토끼를 바라보듯 승리를 확신하는 흑마법사의 눈빛에 가학심과 파괴욕이 어른거린다.

"한 번 이겨 봤는데 두 번째까지 굳이 동료가 필요할 건 없겠지."

그 오만한 발언이 안타레스를 확실히 자극한 듯했다. 안타레스의 눈에 섬광이 스쳐 지나감과 동시에 괴물이 움직였다. 데이지가 비명을 지르자 그녀를 앞발로 퍽 쳐 낸 괴물은 슈리아의 머리 위에 섰다. 그리고 삼킬 듯이 입을 벌렸다.

개미를 짓누르는 것만큼이나 쉽사리 소녀의 머리통을 으스러뜨릴 만한 위협적인 이빨은 명령이 떨어지면 곧바로 박혀 들 기세였다. 황태자의 몸이 바짝 굳어지는 것을 즐겁게 바라본 안타레스가 희롱하듯 말했다.

"그러면 저 아이의 목숨이 어떻게 되어도 상관없단 말이지?"

그러나 이윽고 나온 음성은 흔들림이 없었다.

"뭔가 착각하고 있군."

"흠?"

"나는 확실히 그녀가 죽는 것을 바라지 않아. 하지만."

황태자의 눈이 푸르른 광채를 냈다.

"내가 죽고 그녀가 사는 것 또한 바라지 않는다."

그것으로 입을 다문 황태자는 검을 뽑아 들었다. 어둠에 먹혀 버릴 듯한 흑발과 인간미 없이 선명한 자청빛 눈동자, 공주를 납치할 마왕의 행색을 하고 있었지만, 외양과는 달리 그의 검은 눈부신 황금빛 광채를 뿜어냈다. 찬란한 금빛 스피릿이 검 표면을 뒤덮는 것도 모자라 아지랑이처럼 뻗어 나가며 어둠을 살라 먹는다.

그 모습은 실로 악을 처단할 정의의 용사라 해도 그르지 않아 보였다. 그 와중에 데이지가 멋있다, 라고 중얼거리는 것이 귀에 박혀 왔다. 그녀는 아직 그가 한 말의 뜻을 제대로 인식하지 못하고 있는 것 같았다.

슈리아는 데이지와는 다른 것에 주목하고 있었다. 바로 그 발언.

자기가 죽고 내가 사는 것 또한 원치 않는다면, 같이 죽기라도 하자는 건가?

동반 자살의 느낌을 물씬 풍기는 소리에 감동은커녕 마음이 싸늘하게 가라앉는다. 예기치 못한 그의 소신이 드러나자 머리 위에서 입 냄새를 풍기고 있는 괴물도 의식하지 못할 지경이었다.

놀랍다고 해야 할까, 예상외라고 해야 할까. 물론 슈리아가 예상했던 대로 황태자는 이성적이었다. 다만 그것이 대단히 비틀린 감정에 기반을 둔 이성이라는 게 문제였다.

초월자다운 이기심을 제 방식대로 표출하는 그 말이 인상 깊었는지 흑마법사도 웃음을 터뜨렸다. 그는 곧 웃음을 멈추고 교활하게 번뜩이는 눈으로 황태자를 응시했다.

"재미있군. 그래, 어디 재롱 한번 보자꾸나. 렌카이저!"

안타레스가 외침과 동시에 황태자가 쏘아진 빛줄기처럼 빠르게 짓쳐 들었다.

콰광! 폭발하는 듯한 소리가 공간을 뒤흔든다. 금빛 섬광이 번쩍이며 번개라도 내리치는 양 시야를 밝힌다. 전투가 벌어지자 지진이라도 난 것처럼 몸이 들썩였다.

대기 중의 마력의 밀도가 높은 탓인지 멀지 않은 거리임에도 여파는 그리 크지 않았다. 괴물의 위치도 절묘해서 그들에게 오는 파동을 몸으로 막아 주고 있었다.

혹여나 진동에 소녀의 머리를 깨물까 우려했는지 괴물이 고개를 치워 냈다. 그러나 몇 걸음 물러났을 뿐이라 옆에서 겁먹은 데이지가 다가올지 말지 우물쭈물하고 있는 모습이 보였다.

슈리아는 다른 두 소녀의 위치를 신속하게 파악해 보았다. 안타레스가 황태자에게 집중하고 있는 이때, 슈리아 역시도 행동해야 했다.

일단 소녀들을 한데 모아 구출하고 베헤모트의 존재를 밝히는 정도면 힘을 드러내지 않는 선에서 수습 가능하리라. 밖에서 이 결계를 깨부수고 있을 터이니 안에서도 공격이 가해진다면 아공간은 무너져 내릴 것이다.

괴물을 주변에 두고 제시카와 베티를 끌어모으고 있는데 문득 인기척이 느껴졌다. 황후가 어느새 근처에 서 있었다.

"흑마법사가 널 죽여 네 시체를 놈 앞에 던져 주지 않는 이유가 뭐지?"

그것만을 고대해 왔다는 듯이 말하는 황후는 얼음장 같은 얼굴이었다. 그녀를 무시하고 데이지에게 손짓하는 순간, 섬뜩한 느낌에 슈리아는 옆으로 몸을 피했다.

은빛 칼날이 소리가 날 만치 세차게 허공을 갈랐다. 놀랄 만큼 기민한 공격이었다.

"그가 널 죽이지 않는다면 내 손으로 죽여 주지!"

냉랭한 미소를 지은 황후가 손에 쥔 단검을 세웠다. 귀부인이 그것도 황후가 검 쓰는 법을 배웠을 리는 없으나 사람을 죽이는 데는 기술이 필요 없다. 더군다나 근력강화 마법이라도 걸려 있는 아티팩트를 쓰고 있는 것 같으니. 예기치 못하게 등장한 방해꾼에 슈리아는 안색을 굳혔다.

아직은 베헤모트를 움직일 때가 아니었다. 흑마법사가 강력한 공격을 준비하느라 이쪽을 향한 신경이 흐려졌을 때 놈을 이용해 이 공간을 탈주해야 했다. 그러니 황후는 제가 직접 상대할 필요가 있었다.

육체적 싸움은 익숙지 않았지만, 순간적인 계산이나 판단 능력에는 자신이 있었다. 황후가 휘두른 단검을 피하며 슈리아는 그녀의 몸 아래로 파고들었다.

이런 무식한 몸싸움은 선호하지 않지만, 지금은 어쩔 수 없다. 황후가 단검을 고쳐 등을 내리찍으려는 순간, 슈리아는 다리를 걸어 황후를 넘어트렸다. 균형을 잃고 쓰러지면서도 손에 단단히 힘을 준 듯 단검이 어깨를 스쳤다.

화끈거리는 통증에 아랑곳하지 않고 슈리아는 황후의 팔을 온몸으로 찍어 눌렀다. 일단 무기를 빼앗아야 한다.

데이지가 쪼르르 달려와 황후의 손을 붙잡는다. 그러나 아티팩트의 힘을 빌린 황후는 강했다. 그녀는 슈리아와 데이지를 동시에 뿌리쳐 내동댕이쳤다. 일그러진 얼굴에 사나운 눈빛이 번뜩였다.

딱딱한 바닥에 전신이 부딪치자 슈리아는 충격으로 잠시 몸을 가누지 못했다. 이토록 연약한 육신이라니! 입안을 깨물었는지 피 맛이 났다.

황후가 다리를 움켜쥐고 단검을 내리꽂자 간발의 차로 옆구리에 검날이 스친다. 슈리아는 바로 상체를 일으켜 황후의 안면을 머리로 힘껏 들이받았다.

"이 계집이!"

생전 처음 꺼냈을 격한 언사를 내뱉는 황후의 얼굴에는 코피가 흐르고 있었다. 그 꼴은 실로 봐줄 만한 것이었다.

분에 차 다시 단검을 휘두르려는 황후를 데이지가 재빨리 뛰어와 뒤에서 붙들었다. 그리고 지극히 대공녀답지 않은 모양새로 그녀의 목에 매달리며 힘주어 졸랐다.

그 순간 엄청난 충격과 그에서 유래한 파동이 해일처럼 아공간을 휩쓸었다. 아티팩트의 힘을 빈 황후는 비틀거리는 정도였으나 데이지와 슈리아는 풀줄기처럼 바닥에 쓰러졌다.

"이 죽음의 군주 안타레스를 앞에 두고 다른 곳에 한눈을 파나? 이 몸을 터무니없이 우습게 보는군."

흑마법사의 쩌렁쩌렁한 음성이 홀과 같은 아공간 전체에 울려 퍼졌다. 황태자가 비틀거리며 몸을 일으키자 일순 사라졌던 금빛 스피릿이 다시 그의 손을 타고 흘러나오기 시작했다.

"차라리 둘 다 죽기를 원한다고 했지. 그런데 어쩌지? 난 저 아가씨를 죽일 마음이 없는데."

안타레스가 사악한 영혼의 독기를 실은 양 진한 미소를 지었다.

"사실 그렇잖아? 저런 보기 드문 장난감을 그리 쉽게 죽일 수 있을 리 없지. 몇 년이고 실컷 가지고 논 뒤 질렸을 때 처리해도 늦지 않아."

노래하듯 잔혹한 내용을 통고하는 흑마법사에게는 여유가 흘러넘쳤다. 이미 황태자와 비할 수 없는 세월을 중부대륙의 공적으로 살아온 죽음의 군주의 강함은 비록 전례 없는 천재라 하나 렌카이저가 단기간에 따라잡을 수 없는 것이었다.

실제로 안타레스는 마음껏 흥을 내고 있었다. 흔치 않은 유희를 즐기듯이, 곧 죽여 버릴 수 있는 황태자를 충분히 희롱하고 짓밟을 셈이다.

"그래도 저건 거슬리는군. 내 것을 훼손하다니. 좋아, 전투에 집중하게 해 주지."

그렇게 말한 안타레스는 엄지와 검지를 딱 하고 튕겼다. 그 동작이 신호라도 되는 듯, 지켜보고만 있던 괴물이 움직였다.

순식간에 거대한 그림자를 드리우며 육중한 몸체가 눈앞을 스쳐 지나간다. 슈리아에게 단검을 내리찍을 태세였던 황후의 몸이 일순 공중으로 떠올랐다.

뜨끈한 액체가 얼굴에 튀었다. 우득우득. 이빨이 살점을 파고드는 소리가 들려온다. 괴물이 낚아챈 황후의 상반신을 물고 뼈째 씹어 내고 있었다.

이미 숨이 끊기고 반사 신경만이 살아남아 경련하는 육신에서 피분수가 뿜어져 나와 바닥을 적신다. 사람 하나가 괴물의 입안에서 통째로 으스러지고 있는 실로 끔찍한 광경이었다.

귀청이 찢어질 듯한 데이지의 비명이 들려온다.

확실히 제게 이로운 상황이긴 했지만, 보기 좋은 광경은 아니다. 슈리아는 얼굴에 튄 핏방울을 소매로 닦아 냈다.

그 와중에도 제시카와 베티는 깊숙이 잠든 듯 깨어나지 않고 있었다. 이쯤 되면 정신력의 문제를 떠나 그들에게 걸려 있는 마법이 데이지에게 걸린 것보다 더 강력한 것으로 보였다.

어째서 그런 거지?

불길한 예감에 사로잡힌 슈리아는 데이지의 손목을 잡아채고 그들에게 향했다.

이대로 빠져나가야 했다. 더는 지체해서는 안 되었다. 막연히 그런 예감이 들었다. 그리고 넷이 한 장소에 모인 순간, 황후의 찢겨진 육신을 휙 던져 버린 괴물이 그들을 돌아보며 자세를 낮추었다.

피가 철철 흐르는 입속에서 흰 이빨이 드러나고 포악한 괴성이 목구멍에서 터져 나와 메아리친다.

— 크아아아앙!

살의를 역력하게 드러낸 놈의 시선이 향하고 있는 표적은 바로 데이지였다! 공포에 질려 혼이 나간 데이지를 감싸면서 슈리아는 재빨리 시종마를 불러냈다.

"베헤모트!"

안절부절못하고 있던 베헤모트가 기다렸다는 듯이 반지 속에서 빠져나왔다. 그러자 동시에 아공간 전체에 산소처럼 깃들어 있던 검은 마력이 시종마에게 달려들었다.

숨구멍을 통해 흡수되는 미세 입자처럼 베헤모트를 파고든 이 형체 없는 마력은 즉시 몸속을 찢어 놓기 시작했다. 베헤모트가 괴로운 듯 비명을 질러 댔다.

아무리 강력한 재생력을 갖춘 몸이라지만, 이처럼 안으로부터 행해지는 공격이라면 도리가 없을뿐더러, 소멸해 버릴지도 모른다.

슈리아는 입술을 짓씹었다.

그래, 인정한다. 제가 안타레스를 지나치게 얕봤었다는 것을!

지금 이 상황은 철저하게 계산된 함정이었다. 제 분신을 먹어 치운 베헤모트를 위한 함정!

그간 각고의 준비를 통해 영체에 가까운 베헤모트의 성질을 제대로 분석해 낸 모양이다. 더불어 이는 절친한 친구로 알려진 데이지를 눈앞에서 잔인하게 죽여 슈리아에게 타격을 주기 위함이었다.

미친 듯이 앞발로 후려치는 괴물을 가까스로 저지하고 있었지만, 베헤모트는 힘겨워 보였다.

고통에 꿈틀거리면서도 놈은 충실하게 제 몸으로 방어막을 펼쳤다. 그러나 그것도 곧 끝이 보였다. 공격적인 성향을 띤 놈이 방어에 급급할 정도면, 힘을 제대로 행사할 수 없는 상황이라 보는 것이 옳았다.

베헤모트의 몸체가 점차 흐려지며 영혼과 연결된 놈의 생명이 희미해져 가는 것이 느껴진다.

이제는 어쩔 수 없나. 슈리아는 눈을 감았다.

다시 눈을 떴을 때, 환한 채광 아래 놓인 보석 결정처럼 파르스름한 빛이 홍채를 물들이고 있었다. 그야말로 눈 깜빡할 만큼 짧은 순간이었다.

이것으로 초월자의 영혼과 일개 인간, 한 몸에 두 개의 차원으로 존재하던 영육이 소녀의 의지 아래 하나의 가느다란 이음선으로 연결되었다.

그리하여 지상에서 가장 강력한 마법사의 권능이 소녀의 육신을 통해 그 진실한 정체를 드러내기 시작했다.

그것은 이제까지 행해 왔던 소소한 마법과는 다른, 본격적인 규칙

위반이었다. 제 모든 규칙을 어기기로 결심한 소녀는 슈리아는 베헤모트를 담았던 반지에 마력을 쏟아부었다.

능히 죽은 자를 살릴 만한 힘이 반지를 통해 쏟아져 내부를 점령한 흑마법사의 마력을 뿌리치고 시종마의 몸체를 수복한다.

존재의 근원이 되는 힘이 흘러들자 베헤모트가 환희에 몸부림쳤다. 신체의 말단까지 뿌리를 내린 듯이 육신에 활력이 솟아나고, 종잇장 같던 몸은 힘을 얻어 한 마리 야수로 형상화된다.

지금 이 순간 베헤모트는 탄생 이후 그 어느 때보다도 강력해져 있었다.

"이게 어떻게 된 일이지?"

흑마법사의 곤혹스러운 음성이 울려 퍼졌다. 사나운 으르렁거림을 발한 베헤모트는 조금 전까지 저를 후려치고 있던 괴물을 향해 입을 쫘악 벌렸다.

피하거나 막을 겨를도 없었다. 공중에 검은 장막이라도 내린 것처럼 한없이 커진 입이 거대한 괴물을 단숨에 제 안으로 집어삼켰다.

황후를 고깃덩이로 만들어 버린 괴물은 단말마도 내지르지 못하고 그렇게 존재를 말살당했다. 포식자에서 피식자의 신세로 전락해 버린 것이다.

혀를 날름거리며 입 주위를 핥은 베헤모트는 몸을 웅크렸다. 슈리아가 지시하고 있는 또 한 가지 일을 행하기 위한 선행 동작이었다.

시종마의 몸에 들어온 마력이 일순 한데로 응축된다. 그리고 놈이 웅크린 몸을 펼치는 것과 동시에, 하늘을 뚫을 듯이 분출되었다.

콰창! 거센 돌풍이 아공간을 휩쓴다. 암운이 흩어지듯 하늘이 드러난 결계 틈바구니로 빛이 쏟아져 내리고 있었다. 바깥쪽에서 균열이 일기 시작한 결계는 이 한 방으로 완전히 깨어졌다.

호흡이 한결 편해지자 슈리아는 깊게 숨을 들이쉬었다. 대기를 잠식하고 있던 검은 마력이 썰물처럼 빠져나간다.

확연하게 밀도가 낮아진 공기는 스피릿 운용에 자유를 안겨 주었다. 이해할 수 없는 사태에도 우선 흑마법사를 처리할 마음인지 황태자의 눈빛이 한층 강렬해진다.

여름낮의 태양만큼이나 이글거리며 타오르는 금빛 스피릿은 그의 검을 모든 사악한 마魔를 베어 내는 성검 정도로 보이게 했다.

결계 바깥쪽에 있던 황태자의 병력이 쏟아져 들어오고 있었다. 이로써 결계로 말미암은 흑마법사의 우위는 사라진 것이다.

그러나 안타레스는 여전히 강력했다. 예기치 못한 일을 당한 그의 안면이 악귀처럼 일그러진다. 흉포한 외침이 힘을 싣고 울려 퍼졌다.

"전부 죽여!"

지진이라도 난 듯 바닥이 뒤흔들리며 숨어 있던 괴물들이 일제히 모습을 드러냈다. 마법의 효력이 사라진 듯 제시카와 베티가 신음을 흘리며 눈을 떴다.

슈리아는 베헤모트의 보호를 받으며 일단 그곳을 빠져나가기로 했다. 데이지의 어깨를 건드리자 넋이 나가 있던 그녀가 퍼뜩 정신을 차렸다.

"일단 피하자."

그 말에는 힘이 깃들어 있는 것 같았다. 푸르고 투명하게 빛나는 슈리아의 눈을 마주한 데이지가 멍한 눈으로 고개를 끄덕거렸다.

막 일어난 베티와 제시카를 부축한 그들은 전투가 벌어지고 있는 이 위험한 장소를 벗어나려 뛰기 시작했다. 그러나 그것을 좌시하고 있을 안타레스가 아니었다.

"도망이라고? 그렇게는 안 되지."

안타레스의 손아귀에서 강력한 흑마법이 펼쳐진다. 제도의 일부임이 분명한 단단한 대지가 순식간에 검은 모래로 화했다. 발에 휘감기는 모래는 석고처럼 단단히 굳어지며 빠져든 발목을 붙들었다. 소녀들은 손으로 모래를 긁어내며 고정된 발을 빼내려 필사적으로 애썼다.

일단의 조처를 취한 뒤, 안타레스의 눈이 걸리적거리는 황태자를 향했다. 동시에 생성된 여덟 개의 검은 마력탄이 사방으로 흩어져 제각각 예측할 수 없는 궤도로 그를 습격하기 시작했다.

부패를 유발하는 흑마법의 속성 탓에 아까 이미 크게 당한 황태자는 입가에서 검은 피를 흘리고 있었다. 스피릿을 둘러쳐 타격을 최소화하고 있는 지금도 그 여파가 만만치 않은 듯했다.

다른 곳에 신경 쓸 새도 없이 발밑에서 거대한 뱀이 땅을 뚫고 솟아올라 황태자의 앞을 가로막았다. 그렇게 그를 후순위로 보류한 흑마법사의 시선이 조금 전 알 수 없는 방법으로 위기를 탈출한 소녀에게 꽂혔다. 이제 그의 선차적인 표적은 슈리아가 된 것이다.

"아까운 몸이지만, 난 반전을 좋아하지 않아서 말이지. 이제 더 이상 살려 둘 수 없겠군."

그간 무수한 생명에게 피할 수 없는 죽음을 선사했던 검은 마력이 흑마법사의 몸 앞에서 넘실거리며 원구를 형성하기 시작한다. 바닥에서 가까스로 발을 빼낸 슈리아를 노리고 준비되는 공격이었다.

베헤모트가 홀로 감히 막아 낼 수 없을 만큼 강력한 초월자의 마법!

고작 이런 어린 소녀를 향해 그 같은 힘을 행사하려 하다니, 역시 수준 낮은 흑마법사 놈이란 어쩔 수 없나.

불만스럽게 되뇌며 슈리아는 반지에 마력을 불어넣었다. 이것으로 끝이 아닐 것 같지만, 이대로 죽을 수는 없는 것이다.

역시 다른 돌파구라는 건 없는가? 이대로 제 모든 힘을 드러낸 놈을 죽여야 한단 말인가.

슈리아라는 한 소녀의 생의 끝을 알리는 마지막 문 앞에 서 있는 것 같은 기분이 들었다. 그러나 슈리아는 가라앉은 심중에도 우선 할 일을 했다.

막아 낼 수 없을까 불안해하던 베헤모트가 지원을 받자 몸을 힘껏 부풀렸다. 데이지가 죽음을 예감한 듯 새파랗게 질려서 덜덜 떨고 있었다.

그녀의 입에서 돌연 딸기 케이크……라는 중얼거림이 새어 나왔다. 최후의 만찬이라도 꿈꾸는 건가, 실소가 흘러나온다.

어쨌든 이 일만 해결된다면 그녀는 그놈의 딸기를 마음껏 먹을 수 있게 될 것이다. 다만, 제 단짝이라 여기고 있던 소녀를 영영 잃게 될 가능성은 높아 보였다.

마침내 마법이 완성되었다. 완연한 원형을 띤 흑마법사의 마법이 흐릿해진다. 발사되려는 것이다. 일거에 쏘아져 나가 목표를 꿰뚫는 종류의 마법이었다.

빛이 선명해짐과 동시에, 베헤모트가 방어막을 단단히 친 순간이었다.

허공에 난데없이 붉은 광적이 그려졌다.

"커—헉!"

흑마법사의 가슴이 반으로 갈리며 분수처럼 피가 뿜어져 나온다. 어둠의 마력에서 근거한 괴물들을 양산하는 흑마법사에게는 어울리지 않게, 흐르는 혈액은 붉었다.

그것은 지금 여기 있는 흑마법사가 본체라는 증거였다. 안타레스는 경악한 눈으로 비틀거리며 가슴을 짚었다. 그의 생명력이 급속도로 빠져나가고 있었다.

"이런, 하필 이때……."

그리고 그 앞을 가로막고 선 그자.

색이 바랜 회색 망토가 우뚝 솟은 몸 뒤에서 펄럭거린다. 길게 뻗은 검 위를 본능적인 불길함을 느끼게 하는 적색 스피릿이 한 치도 남김없이 덮고 있었다.

불꽃처럼 타오르는 양 선명한 빛이었다. 그러나 그 색은 피처럼 불투명한 암적색에 가까웠다. 불필요한 여분이 넘치지 않으나 적을 벨 만큼 예리하고 강한, 완벽하게 다뤄지고 있는 스피릿.

그것은 초월자 중에서도 희박할 정도로 찾아보기 어려운, 혹독한 수련을 통해 정제된 고강한 힘이었다.

여태까지 보아 왔던 그 어떤 스피릿과도 달랐다. 이처럼 강한 스피릿은 아마르잔의 생에서도 두 번 본 적이 없었다.

— 블러디나이트!

등골이 오싹했다. 그의 존재를 인지함과 동시에 소녀는 재빨리 마력 공급을 중단했다. 베헤모트 역시 소리 없이 나타난 그의 존재를 깨닫지 못하고 있었던 듯 소스라치게 놀라며 몸 크기를 줄였다.

그러고 보니 베헤모트는 그에게 한 번 쓴맛을 보지 않았던가. 슈리아는 꼴사납게 숨이 거칠어진 자신을 깨닫고 이를 악물었다.

왜 그가 여기에 있는 거지. 혼란스러운 의문이 메아리쳤다. 중부대륙은 분명 그의 보금자리였으나 그가 돌연 이곳에 나타난 상황이 이해가 되지 않았다. 그가 이 자리에 있을 수 없어야 할 여러 가지 사유가 뇌리를 스친다.

그러나 현실에서 블러디나이트는 눈앞에 있었다. 그것은 부인할 수 없는 진실이었다.

나를 찾아왔나. 아니면 저 안타레스를 노리고?

정답은 후자로 보였다. 블러디나이트는 흑마법사 앞에 태산처럼 완강한 기세로 자리하고 있었다. 누군가를 절망에 울부짖게 했을 이 흑마법사에게도 블러디나이트는 넘어설 수 없는 장벽 같은 존재로 느껴지리라.

짧은 순간 대기를 찢어 놓은 적색 스피릿은 흑마법사의 심장을 부수고 오랜 세월 쌓아왔던 마력을 흩어 놓았다. 갓난아기만큼이나 무력해진 안타레스가 일그러진 얼굴로 뱉어 냈다.

"흐하하……. 내가, 내가 이대로 죽나? 이…… 안타레스가!"

"그간 수많은 생명을 앗아 간 대가다."

바위처럼 묵직한 음성이 내리꽂혔다. 동시에 블러디나이트의 검이 흑마법사의 목을 쳐 냈다. 몸뚱이에서 떨어져 나간 머리가 바닥을 구르자 몸은 완전히 힘을 잃고 쓰러져 피를 뿜으며 꿈틀거렸다.

그렇게 무수한 이들에게 공포와 절망을 안겨 주었던 죽음의 군주 안타레스는 최후를 맞았다. 중부대륙에 자자하던 그의 악명에 비해 너무도 손쉬운 죽음이었다.

그리고 그 어떤 고문을 가해도 마땅할 상대를 사감 없는 태도로 베어 낸 블러디나이트가 몸을 돌린다.

강렬한 적색 눈동자. 그와 시선을 마주친 슈리아는 전신이 얼어붙는 듯했다. 설마 눈치챘단 말인가. 꽤 거리를 두고 있음에도 그의 눈빛은 슈리아의 본질을 단숨에 꿰뚫어 볼 듯이 매섭고도 예리했다. 소름이 돋을 만치 날카로운 직시였다.

"슈리아……."

제 이름이 들려오자 슈리아는 퍼뜩 정신을 차렸다. 옆에서 데이지가 영문 모를 눈으로 저를 바라보고 있었다. 그것은 제시카나 베티도 그랬다.

그들은 두려움마저 어린 표정으로 저를, 정확히는 제 옆에 선 시종마를 쳐다보고 있었다. 나름 몸뚱이 크기를 줄였음에도 공포를 주는 것이 억울한 듯 작은 곰만 한 시종마가 눈을 데굴데굴 굴렸다.

이 멍청한 녀석은 왜 반지 속으로 들어가지 않고! 슈리아는 문득 제 새끼손가락을 내려다보았다. 반지에 박힌 보석에 금이 가 있었다.

급박한 와중에도 슈리아는 정체를 감출 변명을 구상했고, 그를 위해 반지에서 숨겨진 힘이 발동한 것으로 위장하려 했었다. 그래서 일부러 반지를 통해 힘을 불어넣었건만, 무리가 되었던 모양이다.

슈리아는 잠시 입술을 달싹이며 자신의 사정을 설명할 적절한 표현을 골랐다.

콰지직!

그때, 옆쪽에서 느닷없는 소음과 함께 흙이 튀었다. 소녀들의 입에서 비명이 터져 나온다. 주인 된 자의 죽음에도 불구하고 그의 창조물들은 여전히 왕성하게 활동하고 있는 듯이 보였다. 흉측한 괴물이 창살 같은 다리로 땅 표면을 뚫고 솟구치고 있었다.

놈은 제 앞에 놓인 먹잇감 중 은발이 가장 탐스러워 보였는지 곧바로 슈리아에게 달려들었다. 베헤모트가 새로 등장한 간식을 보고 입맛을 쩝쩝 다셨다.

그러나 슈리아에게 달려들던 괴물은 다섯 발자국가량 거리를 두고 멈춰 섰다. 한차례 부르르 떤 놈의 눈에서 검은 피가 꾸역꾸역 흘러내리기 시작했다.

어느새 선명한 황금색 실선이 놈의 몸 중앙을 가로지르고 있었다. 갑자기 나타난 금빛 스피릿이 놈의 몸을 두 쪽으로 갈라낸 것이다. 베헤모트가 채 나서기도 전에 벌어진 일이었다.

풀썩. 두 개로 갈려진 놈의 몸체가 양쪽으로 각각 쓰러지며 둔중한 소음을 냈다. 역시 살아 있었군. 슈리아는 냉담하게 그를 응시했다. 괴물이 쓰러진 뒤편으로 황태자가 서 있었다. 흑마법사가 아무리 가지고 논답시고 봐줬다지만 그동안 버텨 낸 것을 보아선 그의 실력도 부쩍 진일보한 것이리라.

"괜찮나."

미끄러지듯이 거리를 좁힌 황태자가 나직이 물어 왔다. 슈리아는 그의 상태를 훑어보았다. 제 앞을 가로막던 거대 구렁이를 최선을 다해 조속히 처리하고 달려온 듯한 황태자는 온전한 모습이 아니었다.

늘 단정하던 흑발은 흐트러져 있었고, 옷은 피와 먼지로 얼룩져 너덜너덜했다. 분명 내상을 입었을 법한데 황태자는 조금의 고통도 내비치지 않으며 그가 마땅히 살펴야 할 소녀에게로 다가왔다.

그는 심지어 옆에 있는 베헤모트의 존재에도 아랑곳하지 않는 눈치였다.

"다친 곳은?"

익숙한 질문을 던지는 그에게 슈리아는 고개를 저어 보였다.

"그래."

잇새로 악문 음성이 새어 나온다. 자청빛 눈동자가 자책과 분노를 싣고 떨리고 있었다. 늘 건조한 무표정을 유지하고 있던 낯이 감정을 담고 일그러졌다.

두 사람의 간격이 충분히 가까워졌다 싶었을 때 황태자는 즉시 슈리아를 끌어안았다. 굳이 예상할 것도 없는 행동이었다.

느닷없이 황태자의 품에 얼굴이 짓눌리게 된 슈리아는 숨 쉴 틈을 확보하려 고개를 비틀었다. 등을 휘감은 손은 단단했고 팔이 힘이 들어가 꽉 죄어들자 답답했다. 모든 것을 쏟아 내는 전투를 치른 탓에 황태자는 힘을 조절하기 어려운 것 같았다.

슈리아가 가쁘게 숨을 내뱉자 몸을 둘러싼 팔이 약간 느슨해졌다. 맞닿은 심장이 차츰 안정되게 뛰는 것이 느껴진다. 머리 위에 황태자의 숨결이 닿았다. 그는 안도의 한숨을 토해 내고 있었다. 고개를 드니 풍성한 검은 속눈썹 위로 눈꺼풀이 떨리고 있는 것이 보였다.

상실의 공포와 고통, 그리고 절망.

슈리아가 납치된 이후 이 시간까지 그 모든 심중의 격랑을 감내해야 했을 황태자이리라. 그토록 절박한 얼굴을 하고 있는 모습을 보자 묘한 감흥이 일었다.

이대로 끝일 줄 알았는데, 생각보다 일이 잘 해결되었다. 그러니 그 역시도 지금 이런 식으로 굴 수 있는 거겠지.

어쨌든 정작 그 지극한 감정이 향하고 있는 슈리아는 평온하기 짝이 없었다. 이 냉정한 소녀는 모든 것을 잊고 오로지 감정에 심취한 듯한 황태자가 저를 놓기만을 잠자코 기다렸다. 이 순간에도 뒷수습을 고안하는 슈리아의 머릿속은 빠른 속도로 회전하고 있었다.

"어어? 어어?"

한쪽에서는 정신을 차린 데이지가 옆에서 손가락질하며 언어중추에 이상이 온 것처럼 버벅거렸다. 괴물이 등장하자 공포에 질려 서로 부둥켜안은 제시카와 베티도 경악한 표정을 감추지 못하고 있었다.

그러나 이변은 또다시 발생했다.

"제시카 티랑겐."

딱딱하게 굳은 얼굴의 카지스 경이 비장한 기색으로 뚜벅거리며 제시카에게 다가왔다. 거의 사형을 선고할 태세로 보이는 그를 제시카는 곤혹스러운 낯으로 바라보았다. 베티가 눈치 빠르게 옆으로 비켜난다.

그리고 다음 순간, 제시카의 어깨를 붙든 카지스 경의 입에서 믿어지지 않는 발언이 흘러나왔다.

"무사해서…… 다행이다."

그는 그렇게 말하며 제시카의 뺨에 손을 가져다 댔다. 의무에 투철한 그가 최초로 주군의 상태를 도외시하고 감정에 충실하고 있는 것이다.

진지한 눈으로 저를 살피는 카지스 경을 앞두고 제시카는 현실을 실감하지 못하는 듯한 표정을 짓고 있었다. 거기에 비친 기색이 부정적인 의미인 것은 아니라, 두 사람 사이에 진작부터 무슨 낌새가 있었던 것으로 보였다.

더 소리를 낼 기력도, 정신도 없는 듯한 데이지는 파리가 날아들 만큼 크게 입을 벌리고 있었다. 베티가 깊이 공감하는 얼굴로 다가가 위로하듯 그녀의 어깨를 두드렸다.

여러모로 놀랄 일이 많은 날이었다.

그리고 이 모든 장밋빛 분위기를 단숨에 깨부수듯 무거운 음성이 대기를 가른다.

"왜 아마르잔의 시종마가 이곳에 있지?"

어느새 다가온 블러디나이트가 위압감 어린 시선으로 그들을 응시하고 있었다.

그의 눈길이 닿자 베헤모트는 바르르 떨며 더 작은 크기로 쪼그라들었다. 생쥐만큼이나 작게 변한 놈은 쪼르르 달려들어 슈리아의 발뒤에 콕 달라붙었다. 그리고 고개만 빼꼼 내밀며 눈치를 살폈다.

그 소심한 작태에 슈리아는 발을 들어 놈을 콱 짓밟고 싶은 마음을 애써 억눌렀다.

그 물음에 미뤄 두었던 의혹이 샘솟았는지 소녀의 몸을 단단히 억죄고 있던 황태자의 손길에 힘이 빠진다. 슈리아는 곧 그에게서 반쯤 풀려났다.

황태자는 이제 알 수 없는 눈으로 제 앞의 슈리아를 바라보고 있었다. 설명을 요구하는 듯한 황태자와 블러디나이트를 번갈아 보며 슈리아는 눈을 깜빡였다. 그리고 천천히 입을 뗐다.

"이 시종마는……."

"잠깐."

제지의 말과 함께 한 남자가 허공에 물감으로 그려지듯이 스르륵 나타났다. 블러디나이트의 시선이 그리로 이동했다.

"그런 이야기를 하기에는 장소가 적합지 않아 보이는군요. 블러디나이트."

남자는 이쪽으로 집중된 이목을 보라는 듯 주위를 돌아보며 어깨를 으쓱해 보였다. 괴물들을 거의 소탕해 낸 병력이 그들을 둘러싸고 접근하고 있었다. 블러디나이트가 무표정한 얼굴로 고개를 까닥했다.

그 와중에 소녀는 남자를 유심히 바라보고 있었다. 대기가 거의 흔들리지 않는, 최소한의 마력만을 사용한 매끄러운 공간 도약이었다. 이렇게나 쉽고 자연스럽게 행해진 마법이라면 이자는.

오래 생각할 것 없이 슈리아는 그의 정체를 단번에 짐작해 냈다.

"아샤트리아 대공."

짐작한 대로였다. 황태자가 그를 알은체하자 대공은 목례를 취했다. 초월자이기 이전에 황족이자 제국의 법 아래 놓인 자로서 제국의 후계자에게 그런 태도는 온당한 것이다. 슈리아 역시 그에게 살짝 몸을 숙여 보였다.

"대공이 어떻게 여기에 있습니까."

그의 등장이 의외였던 듯 황태자가 눈썹을 치켜 올린다. 그가 불러낸 것이 아니었던가? 의문을 갖는 와중에 대공이 검지로 턱 끝을 짚으며 실토했다.

"간략히 말씀드리자면, 저는 계속 전하를 지켜보고 있었습니다. 자세한 건 장소를 옮기고 설명해 드리지요."

그는 현기가 도는 푸른 눈으로 황태자를 바라보았다. 대공은 곧바로 황태자에게 다가가 대뜸 복부에 손을 가져갔다. 황태자가 습관적으로 검 쪽으로 손을 움직이는 몸짓에도 개의치 않고 그는 즉시 치료 마법을 시전했다.

은은한 흰빛이 복부로 흘러들자 잠시 후 황태자의 신색이 뚜렷한 개선을 보였다. 대공은 손을 떼어 내며 말했다.

"일단은 치료했습니다. 그리고 이 아가씨도."

이어서 대공의 시선이 슈리아에게 꽂혔다. 그는 부드러운 동작으로 손을 뻗어 슈리아를 붙들었다.

아까 전 황후의 단검에 베인 옆 어깨에 손이 닿자 잊고 있던 통증이 되살아났다. 심하게 아픈 것은 아니었지만 살갗이 약간 벌어진 듯 욱신거렸다.

"상처를 입었군요."

대공은 소녀의 상처도 마저 치료했다. 그러면서 그는 마력을 불어넣어 슈리아의 몸을 살피는 듯했다. 치료를 빙자하여 은근슬쩍 의문을 확인하는 것은 역시 마법사다운 짓이다. 다만 별다른 소득은 없을 테지.

"다쳤으면 다쳤다고 말을 해야지."

그따위 말을 질책하는 어조로 중얼거리며 황태자는 냉랭하게 얼굴을 굳혔다. 다만 입술이 단단히 맞물린 것을 보아하니 그는 자괴감을 느끼고 있는 듯했다.

소녀의 생존에 지나치게 안도한 나머지 정면에서 보이지 않는 곳에 상처가 있을 거라고는 생각지도 못한 것이리라. 게다가 흑마법사와의 전투로 내상을 입은 지금의 그에게 세심한 관찰은 어려운 것이다.

물론 슈리아는 그런 사정을 고려하지 않고 싸늘하게 평했다. 역시 무식한 검사들은 하나밖에 볼 줄 모른다.

대공의 시선이 잠시 슈리아의 치맛단 아래에서 그를 훔쳐보고 있는 베헤모트를 향했다. 놈은 저를 찢어발길 수 있는 셋이나 되는 초월자에게 둘러싸인 지금 이 상황을 경계하고 있었다.

생쥐만큼 작아진 데다가 불안한 듯 눈동자를 데굴데굴 굴리는 그 꼴사나운 모양새에 대공은 슬며시 미소를 지었다.

"그러면 궁으로 이동하지요."

그 말이 떨어짐과 동시에, 대공의 발밑으로 생성된 흐릿한 하얀 기류가 사방으로 뻗어 나가기 시작했다. 정확히 이 네 명만을 둘러싸고 행해지는 소규모의 공간도약이었다. 황태자가 마지막으로 명령을 내렸다.

"카지스, 뒤처리를."

"예, 전하."

마법이 실행되기 직전, 슈리아의 눈길이 멍청하게 저를 바라보고 있는 데이지와 다른 소녀들에게 닿았다. 조만간 이 일을 설명할 때가 오리라. 그때까지 카지스 경이 알아서 입단속을 시켜 둘 터였다.

시야가 하얗게 점멸하고 잠시 후, 그들은 황태자궁 입구에 서 있었다. 정말로 오랜만에 방문하게 된 황태자궁이었다.

느닷없이 모습을 드러낸 그들을 목격한 시녀 한 명이 급히 고개를 숙였다. 낯선 얼굴인 걸 보니 소녀들이 나가고 새로 인력이 충원되었나 보다.

"접견실로 가 있겠다. 에나파를 대기시켜라."

황태자가 그렇게 말하자 시녀는 곧바로 명을 전달하러 뛰다시피 빠르게 떠났다.

앞장서 걸음을 옮기며 황태자는 슈리아의 손목을 붙잡았다. 숨기는 것에 익숙해진 소녀는 순간적으로 그 손을 뿌리칠 뻔했다.

그러나 움찔거리는 소녀를 눈치챘는지 황태자가 돌아보았다. 선연히 열기가 드러난 자청빛 눈동자를 마주하며, 슈리아 역시도 깨달았다.

아, 이제는 더 이상 숨길 필요가 없구나.

황후는 죽었고 마찬가지로 흑마법사도 영원히 그들을 위협할 수 없게 되었다. 그 사실은 그들 사이에 놓였던 장애물이 모조리 제거되었다는 이야기나 마찬가지였다.

대공이 묘한 시선을 던지고 시중인들이 경악한 눈을 하는 가운데 황태자는 소녀를 이끌며 앞장섰다. 슈리아는 순순히 그의 뒤를 따랐다.

다만 거슬리는 점이 하나 있다면…….

베헤모트가 아예 슈리아의 발등 위에 올라앉아 사방을 두리번거리고 있었다. 제 발로 따라오지는 못할망정 두려움을 핑계 삼아 보이는 지극히 건방진 작태였다.

놈을 실어 나르는 말이라도 된 듯한 불쾌한 기분에 사로잡힌 슈리아는 조만간 흑마법사가 했던 것만큼이나 제 시종마를 고통스럽게 만들어 주기로 작정했다.

접견실에 들어서자마자 미미한 마력이 일었다. 아샤트리아 대공이 소리가 새어 나가지 않게 결계를 친 것이다. 황태자가 먼저 자리에 앉자 대공이 그 맞은편에 앉았다.

황태자가 손목을 잡아 이끌었기 때문에 슈리아도 앉을 수밖에 없었다. 베헤모트가 눈치를 보며 발 뒤로 다시 숨었다.

놈의 움직임에서 애써 신경을 돌리며 슈리아는 황태자의 옆자리를 차지하고 앉은 무례를 범한 김에 관찰하듯이 대공을 살펴보았다.

학자처럼 단정한 인상의 대공은 브리오니아의 혈통이라 들었는데, 흑발 외에는 황태자와의 유사점을 찾아보기가 어려웠다. 하긴, 그는 황태자보다는 까마득히 전 세대의 사람이었다. 그에 관한 사실은 세간에 널리 알려진 편이라 슈리아도 아는 것이 꽤 있었다.

황자였던 그가 마법사가 된 이후 검에 치중해 있던 브리오니아의 마법이 부흥하기 시작했다든가.

황태자와는 다르게 그는 스스로 황위를 포기하고 오랜 마법 수련에 골몰한 끝에 초월자가 되었다고 들었다. 아마르잔과 비견될 정도는 아니지만 대마법사인 그와 대면하게 되자 감회가 새로웠다.

슈리아의 주의 깊은 시선을 받으면서도 대공은 빙긋 웃으며 이야기를 시작했다.

"그러니까 먼저 말씀드리자면, 얼마 전 전하께서 보고받으신 바대로 안타레스가 북대륙으로 건너간 듯이 보였던 것은 사실입니다. 그러나 저는 그것이 위장이라 생각했습니다. 안타레스는 흑마법사고 흑마법에 빠져들 정도로 힘을 추구하고 수단과 방법을 가리지 않는 자들은 자존심이 높지요. 그런 치욕을 겪고도 쉽게 떠나갈 리 없다고 생각했습니다."

"왜 내겐 말하지 않았습니까."

"적을 속이려면 아군부터 속이라는 말이 있지요. 최대한 조용히 행동할 필요가 있었습니다."

황태자의 차가운 반문에 대공은 여전히 여유로운 미소를 보였다.

"또한, 펠레티어 후작이 제 영지로 돌아간 것 자체가 저와 상의한 일입니다. 그렇게 되면 안타레스가 다시 움직일 거라고 생각했습니다. 그리고 보시다시피 예측한 대로 되었습니다. 다만."

대공의 시선이 옆쪽에 홀로 묵묵히 서 있는 남자를 향했다. 그는 이 대화와 자신이 무관하다고 주장하는 듯한 무심한 태도로 창밖에 시선을 두고 있었다.

"블러디나이트가 그곳에 나타날 거라고는 저도 미처 예상하지 못했습니다만."

블러디나이트 카르마인.

슈리아는 새삼스러운 눈으로 남자를 응시했다. 그는 빛바랜 기억 속의 옛 모습과 조금도 변하지 않았다. 그때처럼 바위와 같은 굳건한 모습이었다.

아까의 충격은 다소 잦아들어 더는 놀랍지도 섬뜩하지도 않았다. 절묘한 순간에 의외의 인물이 등장해 잠시 혼란에 빠졌던 것은 사실이다. 그러나 그 이상의 의미는 없었다.

다만…… 그의 존재가 이상하도록 새로웠다. 마치 과거의 향수를 끌어내는 듯하여 슈리아는 기묘한 기분에 사로잡혔다.

블러디나이트는 아마르잔이 마지막으로 전투를 벌였던 초월자였다. 과거에 그는 아마르잔의 영토에 발을 내디딘 주제에 감히 북대륙의 주인에게 가소로운 소리를 들먹이며 검을 들이댔다.

그때 한 요구가…… 북대륙을 지배하는 짓은 그만두라고 했었던가. 자신을 절대적인 도덕률의 화신이라고 믿고 있는 듯한 아니꼽고 완고한 검사. 그 당시엔 그를 우스이 여겼던 기억이 난다.

그리고 혼자 앉지도 않고 꼿꼿이 서서 비사교적으로 굴고 있는 것을 보아하니 그 뻣뻣한 태도는 예나 지금이나 다를 것이 없는 듯하다고 슈리아는 생각했다. 하긴, 그러한 자이니 살려 두었던 것이리라.

슈리아는 슈리아라는 소녀의 싹이 트기도 전, 오래전에 치러 낸 파괴적인 전투의 단상을 떠올렸다.

오랜만에 행해진 전투를 충분히 즐긴 끝에 블러디나이트를 무릎 꿇렸던 그 순간을.

전투의 결과로 너덜너덜한 몸뚱이를 부여잡은 채 바닥을 기게 되었던 카르마인이었다. 잘난 듯이 떠들어 놓고 결국 그런 꼬락서니라니.

아마르잔은 그를 비웃었으나 정작 그는 패배의 순간에도 당당했다. 죽음을 앞두고도 한 점 아쉬움도 두려움도 없는 강인한 눈빛이었다. 선홍색 눈동자는 불길하다 여겨지는 것이었으나 그 빛은 한 점의 혼탁함도 없이 선명하며 동요 없이 완전했다.

그토록 강하고 꺾임 없는 자였다.

그 점이 거슬렸으나 동시에 그 점이 아마르잔의 마음을 일순간 사로잡았다.

죽이기에는 아까운 자다.

처분만을 남겨 놓고 그런 생각이 뇌리를 스쳤다. 그 강인하고 태산처럼 굳건한 정신뿐만 아니라 그는 무력적으로도 대단히 강력했다.

그 시답잖은 중부대륙의 법칙을 강요하고 관철할 만큼. 정의의 사도처럼 그를 어기는 자들을 강제하는 것이 가능했을 만큼. 그의 앞에 선 것이 아마르잔이 아니었다면, 전투는 그의 승리로 끝났으리라. 보아 온 것 중 가장 특출한 스피릿이며 무겁고 파괴적인 검격.

그 모든 것에 감명받았기에 그를 없애 버릴 수 없었다. 비록 제 주제도 모르고 아마르잔에게 달려든 몸이긴 했지만, 확실히 그러했다. 죽이기엔 아까웠다.

그러나 그가 초월자와는 거리가 먼 이 평범한 소녀의 삶에 다시 등장하리라고는 추호도 생각지 못했다.

핀테른에서의 십삼 년은 한가로웠고, 그렇기에 블러디나이트라는 초월자와 격전을 치러 낸 과거는 일상과 거리가 먼 낯선 추억처럼 되어 갔던 것이 사실이다.

카르마인은 방 안을 찾아든 침묵 속에서 고개를 돌렸다. 보는 이에게 공포감을 심어 주는 붉은 눈이 슈리아에게 꽂혔다. 그와 시선을 마주치고도 소녀는 흔들림 없이 태연했다.

어쨌든, 제가 패배를 안겨 주었던 이 앞에서까지도 약한 척하는 것은 어려운 일이다. 황태자의 손이 감싸듯 슈리아의 손을 옭아매었다. 그 모습을 묵묵히 지켜보며 블러디나이트가 드디어 말문을 열었다. 낮고 힘이 실린 음성이었다.

"난 오래전부터 그를 추적하고 있었다."

그랬겠지. 정의를 관철한답시고 오지랖 넓게 북대륙까지 쫓아왔던 몸이니, 같은 대륙의 흑마법사라면 오죽하랴. 슈리아는 시큰둥하게 생각했다.

"그리고 흑마법의 산물들이 이곳에 나타났다는 것을 알게 되고, 안타레스의 마법이 감지되었다는 소식이 들리자 사실 여부를 확인하려고 사람을 심어 두었다. 그는 종종 나를 따돌리기 위해 거짓 정보를 흘리거나 제 창조물들을 활동시키고 다른 곳에서 암약하곤 했기 때문이다."

"그건 좌시할 수 없는 소리로군. 내 궁에 첩자라도 심어 두었단 말인가?"

황태자의 지적에 카르마인은 담담하게 답했다.

"난 인간사의 문제에 대해서는 조금도 관심이 없다. 내가 알고자한 건 흑마법사의 종적이었을 뿐."

"확실히 황후와 손을 잡는 것은 그에게 이득이 되었겠군요. 그녀라면 안타레스에게 적당한 은신처를 제공해 줄 수 있었을 테니까요."

대공이 고개를 끄덕이며 말했다. 안타레스는 일전에 슈리아에게 황후의 증오가 마음에 들어서 그녀와 손잡았다고 말한 바 있다. 물론 놈의 행태를 보아서 그 말은 진실이었겠지만, 오직 그 이유 때문만은 아니었으리라. 대공의 추측이 더 합당할 것이다.

황태자가 냉담하게 질문했다.

"그보다 당신은 어떻게 흑마법사의 등장을 알고 그곳에 나타난 거지."

"이곳에 습격사건이 있었던 후로, 나는 흑마법사의 존재를 확인했다는 전갈을 받았다. 그리고 이번에도 마찬가지로, 같은 이에게서 전갈을 받았다. 시그오닐 대공저가 습격을 받았고 곧 전투가 벌어질 거라는 정보를."

"누구인지 알 만하군."

황태자가 그리 말하는 동시에 슈리아도 쉽사리 용의자를 추려 냈다. 괴물들이 나타나기 시작한 이후로 등장해 안타레스의 등장을 직접 확인한 자라면, 게다가 블러디나이트와 안면이 있을 법한 자라면 한 명뿐이었다.

카일 뮐러.

지난번 암습사건 때 공을 인정받아 준남작이 된 용병 출신의 기사. 현재는 데이지의 호위를 맡고 있는 자였다. 그라면 확실히 대공저의 습격 사실을 알 만하다.

보이지 않기에 죽었거나 휴가이려니 생각했건만 그래도 용병 출신이라고 생명은 용케 건진 모양이었다. 무투회에 출전할 정도의 수준은 넘어선 자라고 보았는데 블러디나이트의 명을 받고 정당한 방법으로 잠입한 것이었던가.

굳이 황태자의 호위기사를 자청해서 들어온 것 하며, 시기적으로도 그의 입궁과 일련의 사건이 맞아떨어진다.

제자라도 되는 건가? 그러나 방랑벽이라도 있는 양 온 대륙을 돌아다니는 블러디나이트에게 제자가 있다는 소리는 못 들어 보았으니 용병 일을 하던 도중 인연이라도 닿은 건가.

슈리아가 둘 사이의 관계를 유추해 보는 그때 블러디나이트 카르마인이 엄정한 태도로 용건을 끄집어냈다.

"이제 설명을 들을 때가 되었군."

그의 눈이 발등 위에 쪼그리고 앉아 사방을 기웃거리고 있는 베헤모트에게 꽂혔다.

무감정한 시선과 표정. 스피릿을 내보이고 있지 않음에도 우뚝 솟은 키에 강인한 이목구비에서 풍기는 분위기는 그 자체가 실로 압박적이었다.

감정적 준동 없는 멀쩡한 낯으로도 그는 검을 휘두르기로 판단한 즉시 순식간에 목표물을 토막 낼 수 있는 자다.

그 무자비함을 경험해 본 베헤모트는 흑마법사를 상대로도 배짱을 부렸던 과거답지 않게 냉큼 발등에서 뛰어내려 아예 치맛자락 뒤로 숨었다.

흑마법사한테도 찢겨 나가 소멸할 뻔한 몸이니 그 흑마법사를 단칼에 베어 죽인 블러디나이트, 그것도 일전에 크게 한 번 당해 본 적 있는 상대라면 두려울 만도 하다.

하지만 그런 이해를 떠나서 놈은 아마르잔의 시종마였다. 슈리아는 제 위신을 깎아 먹는 베헤모트의 머리통을 터뜨리고 싶은 심정을 가까스로 짓눌렀다. 그리고 긴장한 듯 잠시 숨을 골랐다.

제 손을 움켜쥔 황태자의 손아귀에 힘이 들어가는 것을 감지하며 슈리아는 조용히 입을 뗐다. 자아낸 이야기가 찬찬히 흘러나오기 시작했다.

"······."

이윽고 말을 마친 슈리아가 입을 다물자 방 안에 정적이 깔렸다. 뭔가 이상한 점은 없었나, 소녀는 찬찬히 되짚어 보았다.

사실 그리 특별할 건 없는 이야기였다. 그간 해 왔던 거짓말에 거짓말을 덧붙인 정도의, 있을 법하면서도 또 있기 어려운 그런 이야기.

워낙 인상적인 사건이라 생생하게 기억하고 있는 것처럼 그렇게 슈리아는 오래전부터 만약을 대비해 고안해 낸 이야기를 들려주었던 것이다.

그러니까 몇 년 전, 열 살의 슈리아는 어느 날 우연히 한 마법사를 만났다.

영지의 풍광이 한눈에 들어오는 야트막한 언덕이었다. 평소처럼 산책하러 나갔다 발길이 닿은 그곳에서 슈리아는 금빛 태양이 수놓인 칠흑같이 검은 망토를 입은 한 낯선 남자를 목격하게 되었다.

범상치 않은 특유의 분위기와 로브를 입은 행색을 보고 소녀는 그가 마법사일 거라고 생각했다. 흑발에 어둠이 녹아날 듯한 검은 눈을 가진 그자는 슈리아가 그의 정체를 묻자 순순히 자신의 이름을 아마르잔이라고 밝혔다. 그리고 저를 알아보지 못하고 확인하듯 마법사냐고 묻는 이 어린 소녀를 몇 마디 상대해 주었다.

'네겐 마법사의 자질이 있구나.'

소녀의 손목을 잡아채고 재어 보는 듯하더니, 뜬금없이 그렇게 말한 아마르잔은 제 품에서 무언가를 꺼냈다. 붉은 보석이 박혀 있는 작은 반지였다.

아마르잔은 그것을 뚫어져라 보며 주문 같은 것을 읊조렸다. 그가 정확히 무엇을 한 건지는 모르겠지만, 일순 눈부신 빛이 번쩍거린 것으로 슈리아는 그 광경을 기억한다.

이윽고 빛이 사라졌을 때 아마르잔은 반지를 건네며 선물이라고 말했다. 그리고 그 반지에 제 시종마가 담겨 있다고 덧붙였다. 놈이 슈리아를 지켜 줄 거라고도.

'너는 앞으로 살면서 감당하기 어려운 일들을 겪게 될 것이다. 허나 날 만난 것도 네 운이겠지.'

그렇게 예언한 아마르잔은 슈리아가 무어라 말할 새도 없이 그 자리에서 대기에 녹아들듯이 사라졌다. 그것으로 끝이었다. 그 이후로 다시는 그를 만날 수 없었다.

물론 아마르잔에게 예언능력 같은 건 없었지만, 이건 어디까지나 저를 신격화하기 위한 작업이자 음모의 일환이었다.

누군들 확인할 수 있겠는가? 제가 그렇다면 그런 것이지.

말을 하는 와중에 슈리아는 황태자의 손에서 힘이 빠져나가는 것을 느꼈다. 그러나 그는 슈리아를 놓아주고도 빈손을 꽉 틀어쥐는 것으로 보였고, 슈리아는 제가 한 말에 그를 흥분시킬 만한 요인이 있나 갈등했다.

설마 감히 이제 갓 초월자가 된 몸으로 아마르잔에게 호승심이라도 느끼고 있단 말인가?

그 가정은 지극히 불쾌한 것이었다. 그러면서도 슈리아는 의심 어린 반론이 돌아올까 자신이 한 말을 점검해 보았다.

드디어 대공이 최초로 자신의 소감을 토로했다.

"참 놀라운 일이군요."

그는 고개를 끄덕이며 흥미롭다는 듯이 눈을 빛냈다.

"아마르잔이 예언을 할 수 있다는 소리는 처음 들어 보았습니다. 하지만 전례 없이 강력한 대마법사라고 알려진 그라면 분명 그런 능력을 가지고 있을 수도 있겠지요. 그러면 둘 중 하나군요. 정말 미래를 볼 수 있거나 아니면 그저 미인으로 성장할 소녀가 모진 풍파를 겪을 것을 예견했거나."

블러디나이트가 무거운 음성으로 반박했다.

"그녀의 말이 진실이 아닐 가능성은 고려하지 않는 건가. 내가 아는 그는 탐욕스럽고 거만한 자다. 어린아이를 상대한다거나 선물을 준다는 것은 상상하기 어려운 일이지."

……역시 한 번 경험해 본 적이 있어서 그런지 카르마인은 저에 대해 잘 알았다. 그의 눈에 의혹이 비치고 있음을 슈리아는 어렵지 않게 감지해 냈다.

하지만 소녀는 능숙한 거짓말쟁이답게 동요 한 점 보이지 않으며 가만히 앉아 있었다. 그로서는 어차피 제 의심을 확증할 근거가 없다. 대공이 고개를 저었다.

"나는 그럴 수도 있다고 생각합니다. 이 아이는 지금 초월자 셋을 앞에 두고도 태연하지 않습니까? 그건 정말로 놀라운 일이지요."

아샤트리아 대공은 속을 파헤치듯이 예리한 눈썰미로 슈리아를 관찰하고 있었다. 기운을 드러내지 않고 있다고는 하나, 그의 말대로 세 명의 초월자가 한곳에 모여 있었다.

블러디나이트는 외양 자체가 섬뜩하니 두려운 구석이 있었고 한 명은 지고한 황태자였으며 한 명은 대마법사이자 대공인 자다. 평범한 소녀라면 위축되고도 남을 만한 상황이었다. 벌벌 떤다 해도 그리 놀랄 만한 일은 아니다.

다만, 슈리아의 특이성을 익히 실감하고 있던 황태자가 소녀를 편들어 주었다.

"그녀는 원래 그러하니 수상하게 생각할 필요는 없습니다."

그러나 그렇게 말하는 황태자의 신색은 분명 뭔가 이상이 있었다. 표정은 딱딱했고 낯빛은 확실히 치밀어 오르는 어떤 감정을 억누르는 듯싶었다. 대공이 말을 이었다.

"어쨌든 두려움 없는 성격이 어린 시절부터 그랬던 것이라면, 심지어 마법에 재능이 있는 소녀라면 잠시 그의 흥미를 끌 수 있는 거겠지요. 그리고 전하께서도 다르지 않은 것 같군요."

자신의 분석을 꺼내며 슬며시 웃는 모양새가 어린 손주가 신붓감을 데려온 것을 흡족하게 바라보는 노인 같은 느낌을 풍겼다.

하긴 그는 외면은 청년이나 연령을 따지자면 이미 무덤에 들어가고도 남을 자였다.

"믿기 어렵군. 고작 그런 이유로 그 아마르잔이 제 시종마를 내주었다고."

카르마인의 붉은 동공이 한층 짙어진 빛을 띠었다. 자세를 고치고 검을 쓰다듬는 그는 베헤모트를 당장에라도 두 쪽으로 쪼갤 것처럼 위험해 보였다.

베헤모트가 부들부들 떨며 두려움을 드러냈다. 도가 지나치게 겁먹은 척 굽실거리는 모양새가 약한 척하는 것에 재미가 들린 것 같았다. 슈리아는 눈살을 찌푸렸다.

"당신이 본 아마르잔이 어떤 자인지는 모르지만, 그녀의 말에 적어도 모순은 없습니다. 그리고 블러디나이트 당신이 저것을 아마르잔의 시종마라 하지 않았습니까. 그러면 당신은 이 소녀가 아마르잔의 수중에서 시종마를 빼돌리기라도 했다고 말하고 싶은 것입니까?"

이어서 대공의 침착한 반박에 블러디나이트는 시선을 돌렸다. 그러나 의혹은 완전히 잦아들지 않은 눈치였다. 그때 황태자가 그를 차가운 눈으로 응시하며 말했다.

"그녀를 의심하는 건 상관없지만, 분명히 말해 두지."

강렬하고 확고한 자청빛 눈동자가 블러디나이트를 쏘아보고 있었다.

갓 초월자가 된 그의 실력이 안타레스에게도 미치지 못한다는 것을 상기하자면 블러디나이트를 향한 지금의 태도는 적합지 못했다. 분노한 카르마인은 이 어린 초월자 정도는 단숨에 베어 낼 수 있는 것이다.

다만, 메마른 대지처럼 열기의 씨앗 하나 없이 무디고 이성적이며 그 자신이 정의의 화신이라 믿고 있는 듯한 그가 대제국 브리오니아의 황태자를 무례를 빌미 삼아 소거할 가능성은 높지 않아 보였다.

그 사실을 염두에 둔 태도라면 황태자는 검사치고는 머리가 좋았다. 역시 괜히 황족은 아닌 건가. 슈리아가 다시금 그를 평가하는 동안 황태자는 저를 굽어보는 카르마인에게 선언하듯 말했다.

"슈리아 아델트는 나와 약혼한 몸이며 그녀는 머지않아 브리오니아의 황태자비가 될 것이다. 혹시라도 그녀에게 해를 가한다면 그것이 브리오니아의 공적이 된다는 의미임은 당신도 명심하도록."

그 고압적인 협박에 카르마인의 눈썹이 치켜 올라감과 동시에 슈리아는 잠시 혼란에 잠겼다.

약혼? 언제 그런 걸 했었던가. 물론 혼인을 약속했다는 관점에서 약혼이라고도 할 수 있겠지만, 일반적으로 브리오니아에서 약혼은 결혼식 이전 하나의 행사로서 치러지는 것이다. 공식적인 의미에서 슈리아는 그와 약혼한 적이 없었다.

그리고 대공도 마찬가지로 생각한 모양이었다.

"잠깐, 전하께서 약혼하셨다는 이야기는 오늘 처음 듣습니다만. 황족인 제가 그런 중대사를 모를 수 있던가요?"

대공의 예리한 반문에 황태자가 뻔뻔스럽게 답했다.

"신변의 안전을 위해 비밀리에 한 것이고, 공증인은 위켄하이저 공작입니다."

"그래서…… 죽음을 무릅쓰고 이 아가씨를 구하러 안타레스의 소굴로 홀로 들어가신 겁니까."

그 물음에 황태자는 침묵을 지켰으나, 충분히 긍정을 읽어 낼 만했다.

"그러면 일단 그 시종마는 내가 살펴보아도 괜찮겠지요. 아가씨?"

오로지 마법사다운 흥미로 가득한 눈이었다. 마법사치고는 드물게 유한 성품에 공대를 잘 사용하는 자라 알고 있으나, 저와는 비교도 되지 않는 미천한 신분의 슈리아에게까지 그런 것은.

슈리아는 흘끗 황태자를 보았다. 역시 조금 전의 발언을 고려하여 황태자비에 대한 예우를 진작부터 갖추는 것이리라. 소녀는 일단 고개를 끄덕였다.

"네. 하지만 베헤모트는 제게서 멀리 떨어질 수 없어요. 성격도 아주 사납구요."

그러니까 이 말은 마음껏 사납게 굴라는 뜻이었다. 혹시나 그가 베헤모트의 육체적 특이성을 눈치챈다면 앞으로의 활동 방향이 제한될 수 있으니 최대한 위험 요소는 줄여야 했다.

그리고 눈치 빠르게 그 사실을 포착한 베헤모트는 곧 제게 뻗어진 대공의 손을 물어뜯으려고 입을 벌리며 쉑쉑거렸다. 그 포악한 기세에 대공은 곤혹스러운 얼굴을 보였다.

"이건 문제가 있군요. 그렇다면 우선 반지를 좀 살펴봐도?"

"네."

그러나 대공은 마찬가지로 난감한 상황에 부딪혔다. 반지가 도통 손가락에서 빠지지를 않았던 것이다. 그 딴에는 나름대로 이 마법 저 마법 걸어 보는 것 같았지만 반지는 요지부동이었다.

아마르잔의 마법이란 것은 이 정도란 말이지. 슈리아는 초월자이자 대마법사인 아샤트리아 대공을 눈앞에 두고 자신의 우월함과 신의 경지에 이른 마법을 재확인했다.

"이것 참, 아마르잔이 만든 것이 틀림없군요. 아주 강력한 귀속마법이 걸려 있어서 부수기 전엔 빼낼 방도가 없겠습니다."

아샤트리아 대공은 이윽고 항복을 선언했다. 물론 그에게는 손가락을 잘라 낸다는 차선의 선택지도 있었지만, 황태자비가 될 소녀에게 그런 무도한 짓을 벌일 수는 없을 것이다.

아쉬움이 어린 눈으로 그는 소녀의 반지와 베헤모트를 번갈아 보았다.

슈리아는 그의 시선에서 제 반지를 감추었다. 자체 복구 성능도 있는 것이니 내일이면 베헤모트도 반지 안으로 다시 들어갈 수 있게 되리라.

그림자 속에 숨어드는 능력은 놈이 숨겨야 할 비장의 한 수였다. 그러니까 지금도 그것을 명분 삼아 저렇게 바깥에 모습을 보이고 있는 것이다.

황태자는 곧 에나파를 안으로 들여 그들을 방으로 안내해 주라 명했다.

바깥쪽에서 나름대로 열심히 괴물들을 때려잡았던 것 같은 대공은 피곤하다며 금세 물러갔고, 훌쩍 떠나 버릴 줄 알았던 블러디나이트는 의혹이 사라지지 않은 모양인지 일단 남기로 결정한 듯했다.

그 결정은 실로 달갑지 않은 것이었으나 저지할 만한 뚜렷한 방도도 없었다.

그리고 일련의 사건에도 불구하고 정체가 발각 날 위험을 잘 넘긴 슈리아는 한동안 긴장감을 유지하기로 했다.

당분간은 저 둘의, 특히 카르마인의 주목을 피하도록 각별히 조심해야 할 것이다. 어쨌거나 블러디나이트 카르마인은 지금의 슈리아로선 쉽사리 상대할 수 있는 자가 아니었다. 게다가 그는 현재…….

그렇게 추측을 짚어 보고 있는데, 황태자가 슈리아의 손을 붙잡아 일으킨다. 그는 멀뚱멀뚱 저를 바라보는 소녀를 에나파에게 인도하며 분명하게 강조했다.

"그녀에게 걸맞은 대우를 해 주어라."

에나파는 확실히 숙련된 시녀장이었다. 황태자의 말을 완벽하게 이해한 듯한 그녀는 태도를 완전히 바꾸어 얼마 전까지만 해도 제 아랫사람이었던 슈리아를 귀빈 취급하며 대우해 주었다. 그녀와 마지막으로 나누었던 대화를 연상케 하는 변화였다.

그 결과로 슈리아는 거품이 뽀글뽀글 솟아오르는 장미 향기 풍기는 욕조에서 몸을 씻고 팔다리에 난 자잘한 상처들을 모두 마법약으로 치료를 받았으며 그사이 공수해 온 듯한 고급스러운 실내 드레스로 갈아입게 되었다.

베헤모트는 어쩐지 씻겨져 목에 리본을 맨 채로 방에서 눈을 말똥거리고 있었는데 눈이 찌푸려지는 모양새이긴 했지만 거기까진 아무래도 문제가 없었다.

아는 얼굴 반 모르는 얼굴 반인 시녀들은 하나같이 친절했고 슈리
아에게 새삼 알은척하지도 않았다.

이 노련한 시녀들은 동료와 손님을 대하는 데 분명한 구분을 둘 줄
알았을뿐더러 황제의 성은을 입으면 바로 후궁의 자리가 떨어지는 곳
이 황궁인 만큼 슈리아의 갑작스러운 신분 상승도 어렵지 않게 수긍
하는 눈치였다.

놀랍도록 몸에 딱 맞는 드레스를 걸친 슈리아는 제게 배정된 방 안
에서 소파에 몸을 기대어 앉아 있었다.

시녀 시절에도 드나들어 본 적 없는 귀빈의 숙소에서 걸레질은커
녕 가만히 앉아만 있어도 되는 지금 일반인이라면 격세지감이라도 느
낄 만했다.

하지만 정작 슈리아는 별다른 감흥 없이 이 상황을 받아들였다. 평
범한 소녀의 몸으로 전락해 아마르잔에게 걸맞지 않은 낮은 대우를
받는 경험을 겪어 온 몸이니 다시금 그 비슷한 자리로 올라서게 된 것
은 원상복귀에 불과할 따름이다.

목욕 후 개운함을 만끽하고 있는 소녀에게 에나파가 말했다.

"시장하실 터이니 식사를 먼저 준비해 올리겠습니다."

"전하께서는?"

"휴식을 취하고 계십니다."

아무렇지 않은 척했지만 아까의 전투가 역시 피곤했던 것일까. 마
법으로 부상을 회복시킬 순 있지만, 기력을 완전히 채워 낼 수는 없으
리라.

슈리아는 긍정의 의미로 고개를 끄덕였다. 마침 허기가 찾아들고
있던 참이었다. 그렇게 흑마법사에게 납치당한 이후로 아무것도 먹지
못했었다.

이윽고 따뜻한 감자크림수프와 보드라운 곡물 빵이며 살짝 핏기가

배어 나올 정도로 익힌 스테이크와 짭짤하게 졸인 새우. 그 외에 줄줄이 따르는 음식들을 대강 비워 냈을 때, 음식을 내온 시녀가 은근히 말을 건넸다.

"저⋯⋯."

블레어였다. 식사를 내오며 눈인사로 알은척했던 그녀는 슈리아가 이곳에 머물게 된 것에 혼란스러워하는 눈치였다.

그러나 침중함에 잠겨 안달하듯 입을 달싹이는 블레어의 표정에 그녀다운 여유가 결여되어 있었으므로 슈리아는 그녀가 하고 싶은 말을 어렴풋이 추측할 수 있었다. 그건 적어도 슈리아에 관한 흥미 위주의 사소한 질문은 아니리라. 슈리아는 차분하게 물었다.

"제게 궁금한 것이 있나요?"

"혹시 카일 경은⋯⋯ 어찌 되었나요. 대공녀의 호위를 맡고 있다고 들었는데, 통 소식이 없어서, 혹시 아시나요?"

블레어는 망설임 없이 물어 왔다. 유독 불안에 잠긴 얼굴은 그저 친분이 있는 사람을 걱정한다기에는 역력히 우려하는 듯이 보였고, 그 때문에 슈리아는 그간 둘 사이에 진전이 있었음을 유추해 내었다.

하긴 카일이라고 늘 데이지의 호위만 맡은 것은 아닐 것이니, 황궁에도 드나들었을 터이다. 슈리아는 도리질 쳤다.

"모르겠어요. 전 그를 본 적이 없어요."

금방 하얗게 질리는 블레어에게 슈리아는 연달아 말했다.

"하지만 그가 원군을 불러왔다고 하니 무사할 거라고 생각해요."

물론 마지막 힘을 짜내어 블러디나이트에게 연락을 취하고 장렬히 전사했을 가능성도 있었다. 하지만 원래 그런 능청스러운 성격을 가진 이들은 자존심이고 뭐고 자기 목숨부터 꾸역꾸역 챙겨서 쉽사리 죽지 않는다.

"그렇겠지요?"

혼잣말하듯 중얼거린 블레어는 소녀의 말을 위안 삼은 눈치였다.

그녀는 싱긋 웃음을 떠올리며 말했다.

"어떻게 된 건지 물어보고 싶지만, 손님께 그러는 것은 예의가 아니겠지요."

같은 방을 쓴 친근한 사이였던 그녀에게 보통은 괜찮다며 얼마든지 물어보라며 손사래를 치겠지만 슈리아는 그럴 정도로 친절하지 못했다. 아니, 사실 귀찮았다.

"피곤하군요."

슈리아는 그렇게 입을 뗐다. 실제로 식사를 마치고 나자 졸음이 폭포수처럼 쏟아지고 있었다. 시간은 아직 이른 저녁이었으나 식곤증이라기에는 그 정도가 깊었다. 극도로 집중하여 머리를 굴려야 하는 지극히 활동적인 상황에 빠져 있었던 탓에 대뇌가 피로를 느끼는 것 같았다.

잠시 후 그릇들을 치운 블레어가 제게 잠옷을 가져다 입히는 것을 비몽사몽한 상태로 받아들인 슈리아는 곧 침대에 드러누웠다.

"그럼 푹 쉬어요."

그렇게 말하며 이불을 덮어 주는 상냥한 음성은 거의 자장가처럼 들릴 지경이었다. 슈리아는 곧바로 눈을 감았다. 그리고 언제 그렇게 되었는지 알지 못할 만큼 급속도로 잠에 빠져들었다.

슈리아는 어느 순간, 뺨에 와 닿는 온기를 느꼈다. 무의식을 일깨우며 피부 표면을 스치던 그것은 떨어져 나가는 듯하더니 방향을 틀어 다시 다가왔다.

다만 이번에는 조금 더 묵직하게 이마 중앙을 짓눌러 온다. 손길이라고도 할 수 없는 무게가 실리자 슈리아는 반짝 눈을 떴다. 신경에 거슬려서 도무지 잠을 잘 수가 없다.

물론 눈을 뜨고 코앞에 위치한 얼굴을 보기 전부터 상대가 누구일지는 이미 눈치채고 있던 터였다. 예민한 슈리아로서는 모를 수 없는 익숙한 인기척 하며 부모도 아니면서 갓난아기를 대하듯 이마에 입을 맞추는 간질거리는 행위를 제게 시연할 이는 하나뿐이지 않은가.

그러나 사위는 완전히 어둠이 내려 어스름 없이 컴컴했고 오로지 등불만이 방을 밝히고 있었다. 이런 늦은 시간에 소녀의 방을 찾아들다니.

슈리아는 제 궁이랍시고 창을 두들긴다는 사전적 예의는 아예 집어치우기로 작정한 듯한 황태자를 항의하듯 노려보았다.

어떠한 방해나 거리낌 없이 슈리아의 방에 발을 들인 황태자는 침대 위 소녀의 바로 곁에 느긋하게 걸터앉아 있었다. 마치 제 침대라도 되는 듯이.

아니, 그의 것이 맞지 않나? 여긴 황태자궁이고 그는 황태자이니.

황궁의 법도는 원래 황족에게 적용될 때 일반적인 통념과 구별되는 것이다. 잠시 가늠해 보던 슈리아는 그래도 저는 손님이고 내준 이상 이 방은 제 것이라는 유리한 결론을 도출해 냈다.

"어쩐 일이세요."

상체를 일으킨 슈리아는 귀찮음이 실린 어조로 바로 그렇게 물었다. 휴식을 취한다 어찌한다 하더니 황태자의 낯은 확실히 아까보다는 멀쩡해 보였다.

또한, 슈리아가 눈을 뜨자 고개를 치워 낸 그는 어쩐지 가라앉은 기색이었다. 표정 없는 얼굴은 여전했으나 생각에 잠긴 듯한 시선이나 꾹 다문 입술 같은 것들은 마치 불쾌한 일이라도 겪은 듯한 그의 저조한 심사를 암시했다.

혹여 아까의 상황이 자존심이 상했던가? 결국 안타레스를 베었던 것은 블러디나이트였으니.

"내가 그대를 찾는 이유는 늘 하나뿐이지."

잠시 후 황태자는 그렇게 말했다. 슈리아가 의아하게 그를 올려다보자 그는 무심하게 정답을 고했다.

"보고 싶어서."

감정이 실리지 않은 음성과는 정반대의 내용이었다. 그리고 그건 그가 이전에 했던 발언과 같았다. 언제였더라……. 슈리아는 기억을 되짚어 보았다.

이와 비슷한 날이었다. 흑마법사와 첫 격전을 치르고 나서 바로 그날 밤이었으리라.

그러나 그의 이해 불가능한 감성은 소녀에게 어떤 감흥도 주지 못했다. 도리어 잠을 깬 불쾌감에 그의 특기는 수면 방해일 거라고 여긴 슈리아는 냉담하게 말했다.

"그래도 이 시간에 절 찾아오시는 것은 옳지 않아요."

"어째서?"

돌연 황태자는 그렇게 반문했다. 순식간에 느슨하게 풀어져 있던 공기에 긴장감이 서리고 평화로웠던 방 안의 분위기가 전투를 치르듯 변화한다.

바른 소리를 듣는 것이 거슬렸는지 간언하는 충신을 베어 넘기려는 폭군의 기세였다. 조금 전의 그가 늪과 같았다면 지금의 그는 분노로 끓어올라 늪 자체를 증발시킨 것처럼 보였다.

"그야……."

"내가 발정 난 짐승이 되어 그대를 덮치기라도 할까 봐?"

비아냥대는 황태자의 안면에는 조소가 비치고 있었다. 하나하나 짚어 지적하려던 슈리아는 입을 꾹 다물었다. 노골적이긴 표현이긴 하지만 정답에 가까웠다.

황태자는 기가 막힌 듯 코웃음을 쳤다. 어떤 이유인지 유추하기 어려우나 황태자는 무언가…… 감정적으로 자극당한 것 같았다.

늘 이성적이고 냉정하던 그였기에 지금의 감정적인 태도는 오히려 그 나이다워서 이상했다. 낯선 감각에 눈을 찡그리는 슈리아에게 황태자가 차갑게 선고했다.

"내가 말했지. 그대는 어리다고."

"어리다면서 저번에는…….."

조금 더 구체적인 근거를 제시해야겠다고 마음먹은 슈리아는 과거의 사건을 언급했다.

그러니까 그건, 날이 부쩍 따스해져 얇은 여름 잠옷으로 갈아입은 얼마 전의 일이었다. 그날 밤 백작저를 찾아든 황태자는 평소와 다른 눈빛으로 자신을 통제할 수 없게 되어 버렸다는 듯이 말하고 도망쳐 버리지 않았던가.

그 이야기를 꺼내려던 슈리아는 문득 제 옷을 내려다보았다. 아까는 조느라 미처 몰랐는데, 그때 입은 것만큼이나 얇고 속이 비치는 재질이었다.

동침을 염두에 둔 듯이 가슴 부분에 옷매무새를 고정하는 리본이 매여 있어 풀어 헤치기도 좋은 모양새에 슈리아는 블레어의 이름을 속으로 짓씹듯이 되뇌었다. 노련한 시녀라 생각했건만, 이런 의미로도 노련했나?

게다가 지금은 밤이었다. 그리고 눈앞의 황태자는 위험한 눈과 강력한 무력을 지닌, 저에게 연정까지 품은 수컷이었고 이곳은 그의 영역이었다.

그러므로 슈리아는 황태자의 불명확한 이성적 통제 능력과 인내심을 믿기보다는 그의 가장 원시적인 속성에 주목하는 것이 옳았다.

그러니까 황태자가 한창 생식 가능한, 혈기 왕성한 수컷임을 심도 있게 상정해야 하는 것이다.

세일린도 야성미라는 단어와 거리가 먼 듯한 위켄하이저 공작에게 방심하다가 한 방 얻어맞지 않았던가. 그가 초월자라는 사실은, 이미 슈리아를 좋아한다고 고백한 시점에서 이미 인간적인 욕구에 압도당했다.

치미는 화를 내리누르는 듯한 황태자가 호흡을 골랐다. 그는 곧 부쩍 차가워진 음성으로 입을 열었다.

"그대가 생각하는 불미스러운 사태가 현실화된다고 가정해 보지."

슈리아는 일순 그의 망막 위로 섬광이 스치고 지나가는 것을 목격했다. 그것은 보석의 반사광만큼이나 번쩍이면서도 광산 깊은 곳의 원석만큼이나 어둡고 본능적인 무언가를 내포한 빛이었다.

"그러면 안 되는 이유라도 있나?"

이제 자청빛 눈은 암흑을 뿌리치는 태양처럼 형형한 안광을 발하고 있었다. 그러니까 어차피 약혼했다고 떠벌린 몸, 일은 치되 책임은 지겠단 말인가, 이 소리는?

두려움과는 다른 의미로 위기감이 엄습했다. 그 위기란 모든 사건이 소강상태를 맞은 지금 제가 극심한 불쾌감에 이성을 잃고 황태자를 공격해 버려 일을 그르친다는, 지극히 현실감 넘치는 종류였다.

그러나 그 거부할 수 없을 듯이 강렬하고도 급진한 충동을 짓밟듯이 내리누른 슈리아는 분노를 돌려 또박또박 이유를 제시했다.

"네, 저는 열다섯인걸요."

임신이 가능해졌다 뿐이지, 슈리아는 어렸다. 자궁도 제대로 자리잡히지 않았고 황태자에 비하자면 작은 몸이라 성장도 미숙했다. 무수한 근거를 머릿속으로 산출한 슈리아는 필요하다면 기꺼이 입 밖으로 그 사유들을 댈 용의가 있었다.

무엇보다도 지금 이 순간 그런 상황을 결코 경험하고 싶지 않다는, 오로지 그 하나의 이유는 지독하게 절실했다. 그건 그 어떤 이유보다도 감정적이었다.

"불리할 때만 어린 척하는군."

어처구니없음에 조금 기세가 사그라진 듯한 황태자가 딱 잘라 평가했다. 그러나 그는 소녀 쪽으로 기울이듯 몸을 숙여 오고 있었다. 이 행동은 제지해야 할 필요성이 있었다. 슈리아는 단호한 어조로 말했다.

"오해를 살 수도 있으니 이만 돌아가 주세요."

그 말이 끝나자마자 침대 밑에서 자고 있었던 듯한 베헤모트가 기어 나와 황태자에게 위협하듯 쉘쉘거렸다. 제가 눈을 뜨고 있는 한 결코 그 상황을 용납할 수 없다는 강렬한 의지가 담긴 몸짓이었다.

"오해라."

그러나 황태자는 조금도 개의치 않았다. 심지어 그는 시끄럽게 구는 이 시종마에게 시선조차 주지 않고 있었다. 완벽한 무시였다.

사실 아무리 괴상한 네 발 괴물 모양새라지만 생쥐만큼 작은 녀석에게 초월자가 위협을 느낄 리 만무하지 않겠는가. 건방진 작태에 황태자가 놈을 쳐 죽이기라도 하면 곤란했기에 슈리아는 베헤모트에게 쓸데없이 나서지 말라고 의지를 전달했다. 금방 물러난 베헤모트는 그래도 기웃기웃 눈치를 봤다.

"그 소리를 들으니 별 마음이 없었는데 그러고 싶어지는군."

그사이 한층 유암하게 물든 눈으로 그는 어느새 코앞에서 뇌까리고 있었다. 산이 내려앉는 듯한 기세로 황태자는 고개를 숙여 슈리아에게 입을 맞추기 시작했다.

파고드는 입술을 맞으며 슈리아는 이것이 위험한 상황은 아닌지 가늠해 보았다.

이런 작은 소녀쯤은 나뭇조각처럼 집어삼킬 듯한 풍랑 같은 분위기와는 상반되게 그 입맞춤에는 거칠다거나 다급한, 그야말로 본능에 점령당한 기미는 전혀 느껴지지 않았다.

오히려 황태자는 다소 감상적인 기분이 사로잡혀 있는 듯했다. 오래지 않아 입술을 떼어 낸 그는 슈리아의 뺨을 쓰다듬었다.

마치 애타게 바라는 무언가를 찾아내고자 하는 동작. 무의미한 의식을 치르듯 그렇게 간지러운 짓을 벌이던 그는 소녀의 눈을 들여다보며 이윽고 속삭였다.

"내게 이런 식으로 굴지 마."

명령이라기보다는 충고나 권고와 흡사한 어조였다. 굽힘은 없었으나 언령이라도 깃들어 있듯이 강력한 말. 그늘진 음성이 찬찬히 흘러나온다.

"그대가 납치된 이래로 내가 죽 느끼고 있었던 감정을 안다면. 아니, 추측이라도 할 수 있다면."

슈리아는 눈을 깜빡였다.

"……내게 이래선 안 돼."

말을 매듭지은 황태자는 또다시 입술을 가져다 붙였다.

상처라도 받았나? 심약하기도 하지.

일순 그가 떠올린 괴로운 낯에 슈리아는 객관적인 시각으로 자신을 살펴보았다. 확실히 흑마법사에게 사로잡힌 상황을 기적적으로 벗어나 감격의 상봉을 한 것치곤 자신의 태도는 지나치게 냉담했다.

물론 슈리아는 늘 그러했지만, 그와 함께하는 미래를 선택한 이상 맞춰 줄 필요는 있는 것이다. 다만, 짚고 넘어가야 할 문제가 있었다. 슈리아는 그를 밀어내며 자신을 일순간 극도로 불쾌하게 했던 사유를 끄집어냈다.

"네, 전하의 마음 분명히 알고 있어요. 그 말도 들었는걸요. 저 혼자 사는 걸 보느니, 차라리 같이 죽겠다고 하셨었지요."

그것도 슈리아의 머리 위에 괴물이 입을 벌리고 있는 일촉즉발의 상황에 협박하고 있는 흑마법사 앞에서.

매끄럽게 나온 그 말이 품고 있는 온도는 싸늘하기 짝이 없었다. 차분하게 비수를 꽂아 넣는 순간 흠칫거리는 기색이 느껴진다. 그 말에 황태자는 허점이라도 찔린 듯했다.

그러나 제 약점을 신속하게 감추어 낸 황태자는 곧 황족다운 가면을 뒤집어쓰고 고상한 얼굴로 물어 왔다.

"그것 때문에, 이리 군다는 건가?"

"네."

잠시의 망설임조차 묻어 두고, 오로지 이 상황을 타파하기 위해서 슈리아는 그 질문에 긍정했다. 생각해 보니 그 때문이라도 이런 식의 태도를 고수할 만했다.

"그건 그런 뜻이 아니었어."

"그런 뜻으로 들렸어요."

바로 튀어나온 변명에 슈리아는 새침하게 말했다. 제가 오해한 것이라면, 그 오해를 살 만한 발언을 한 것조차 그의 탓이었다.

황태자는 잇새로 희미한 한숨을 내쉬며 슈리아를 단단히 붙잡았다.

"똑똑히 들어 둬."

흘러내린 은빛 머리카락을 비집고 어깨를 붙잡는 손길에는 힘이 들어가 있었다. 은빛 실 가닥이 손등 위에서 찰랑대며 달빛의 한 자락 같이 어둠속으로 난연하게 녹아든다.

그는 깊은 밤에도 한설처럼 빛나고 있는 소녀의 귓가에 입을 가져갔다. 가벼운 숨이 귓전을 스칠 만큼 가까워졌을 때, 황태자는 담담히 고했다.

"나는 살아서 너를 가질 것이다."

그 말을 하는 낯에 섬뜩한 결연함이 어렸다. 사신의 칼날을 앞에 두고 죽음조차 베어 버릴 듯한 강한한 빛이 황태자의 눈 속에 자리하고 있었다.

제국의 황태자인 그가 단 한 명 앞에서만 내보이는 절박한 결의.

나약하게 죽음을 고대하기 이전에 검을 드는 것이 황태자 렌카이저였다. 슈리아 앞에서 어떤 약한 모습을 보였을지라도, 그의 본질만큼은 변하지 않는다.

어느덧 위치를 옮긴 손길이 슈리아의 얼굴을 가만히 세로로 쓸어내리고 있었다.

진줏빛을 띤 둥근 이마에서부터 고운 콧대와 꽃잎처럼 보드라운 분홍색 입술에 이르기까지. 마디가 긴 손가락이 흠집 나기 쉬운 도자기를 비단으로 닦아 윤을 내는 것처럼 세심하게 소녀의 얼굴을 훑는다.

세상에 둘도 없는 보물을 대하는 듯한 조심스러운 손놀림. 황태자는 다시 한 번 새기듯이 강조했다.

"그런 뜻이었어."

"……그게 무슨."

"또한, 날 시험하려 드는 흑마법사 앞에서 달리 무슨 소리를 할 수 있었겠나."

궤변이다. 다정한 눈빛을 자아내는 황태자는 적의 병력을 궤멸시켜 놓고 화친을 청하는 지휘관과 같았다.

슈리아는 속 보이는 짓이라 느꼈다. 낯간지러운 행동으로 달콤한 분위기를 연출해서 제 본심을 덮어 버리려는 수작.

흑마법사도 기가 차서 웃음을 터뜨렸듯이 그건 결코 그런 비장한 의미가 아니었다. 그건 아무리 봐도 내가 죽는데 네가 혼자 사는 꼴은 못 보겠다는 이기적인 일심동체 발언이었다.

그러나 슈리아는 더 이상 따지고 들지 않기로 했다. 어쨌든 그런 식으로 간질거리는 말을 해 놓은 이상 섣부른 행동을 하지는 않을 것이다.

그 예상에 확신을 더하듯 황태자는 슈리아를 가만히 끌어안았다. 마음 상한 연인을 달래는 듯이 구는 것에 온몸에 소름이 돋았다.

그만하라고 말할 뻔했던 슈리아는 그가 투정으로 받아들일까 싶어 목 끝까지 나온 말을 집어삼켰다.

"오늘 조찬을 함께하지."

잠시 후 그렇게 말한 황태자는 소녀의 이마에 마지막으로 처음과 같은 작별의 인사를 새겼다. 자국이라도 남기는 듯이 입술을 꾹 눌러 붙이는 것을 느낀 슈리아는 어쩐지 이마를 문지르게 되었다.

그 모습을 보며 피식 웃은 황태자는 그늘하게 몸을 일으켰다. 그동안 결핍되었던 것을 한껏 만끽하고 채워 낸 듯한 흡족한 기색이었다. 웃음기마저 어린 그 모습에 양분이라도 빨린 느낌이 든 슈리아는 어쩐지 기분이 저조해졌다.

제 영역이랍시고 무도한 행각을 보이지 않는 것만 해도 다행인가. 슈리아는 능숙하게 발코니로 사라지는 황태자의 뒷모습을 보며 긍정적으로 생각하기로 했다.

그래, 앞으로는 확실히 그를 참아 내고 맞춰 주기 위해 인내심을 가져야 할 필요가 있었다. 결코 달갑지만은 않은 일이지만, 앞으로 그를 공식적으로 대면할 일이 더욱 많아질 터였다.

가까운 시일, 아니 어쩌면 이미 알려졌을지도 모르는 그와의 관계. 그것은 지금까지의 삶에 극단적인 변화를 초래하리라.

오로지 황태자와 교제하고 있다는 사실 하나만으로 사교계에서 소녀의 위치는 완전히 뒤바뀌게 된다. 슈리아는 이제 더 이상 아름다운 외양 외에 기껏해야 위켄하이저 공작부인의 조카라는 사실 하나 정도만 봐줄 만한 소녀가 아니게 되는 것이다.

권력의 중추가 될 미래의 황태자비. 그건 환생한 아마르잔에게 퍽 격에 맞는 자리였지만, 동시에 대단히 어울리지 않는 자리이기도 했다.

얻기 위해 아무것도 하지 않고, 별다른 노력을 기울이지도 않았는데 어느 순간 날벼락처럼 약속된 그 자리. 황태자가 이유를 알 수 없게 자신에게 반했다는 이유만으로 그의 절대적인 영향력하에 꿰차게 될 누구나 탐하는 지위.

이는 그 성격이 천재지변보다 더한 사건이었다. 또한 객관적으로 보았을 때 한낱 시골 귀족 영애에게 벌어지기에는 지나치게 운 좋은 종류였다.

아마 이 신분의 벽을 뛰어넘은 연애사는 이후 사교계에서도 두고 두고 회자되리라. 남의 질시를 살 만한 엄청난 행운이 제게 떨어졌다는 것을 새삼 실감하게 됨은 실로 기묘한 일이었다.

비천한 고아로 자라 태양이 되고 싶었던 아마르잔은 모든 것을 치밀하게 계산하고 뼈저린 노력을 통해, 혼신의 힘을 다해 얻어 왔었다.

그러나 이 뜻밖의 선사는 평생 단 한 번도 생각해 본 적 없는, 남들이 꿈이라 이르는 것이 손쉽게 손안으로 날아든 것처럼 낯설었다. 황태자가 미래를 약조해 온 과거에도 그랬고, 그 사실을 되새기는 현재도 마찬가지였다.

나무 꼭대기에 매달려 있던 황금 사과가 뚝 떨어져 발치로 굴러 온 기분이 이런 것일까. 사과라고 하기엔 거창한 것이지만……. 슈리아는 아마르잔보다 나은 운을 타고 태어난 것일지도 모른다.

하지만 소녀는 굳이 가늠해 보지 않기로 했다. 갓난아기 때 저를 돌봐 줄 세일린을 만난 것으로도 슈리아는 아마르잔이었을 때보다 운이 좋았다.

그러니 이건 그저 보상일 뿐이다. 비천한 고아로 살아남아 치열한 삶을 거쳐 남과는 비교도 할 수 없는 성취를 이루었던 지난 생에 대한 보상. 세상에서 가장 강력한 대마법사이고도 만족을 모르고 더 높은 경지를 추구하는 자신에게 마땅히 주어져야 할 것.

슈리아는 모든 생을 통틀어 처음으로 경험하는 운 좋은 삶을 즐기기로 했다. 아무것도 할 필요 없이 황태자에 의해서 결정되는 삶은 슈리아를 무력한 귀족 영애로 만들겠지만, 아무것도 하지 않고 얻는 불로소득 같은 것이기에 달콤했다.

황태자비가 되는 것도 인생역전, 어떻게 보면 인간의 삶 중에서 가장 기대해 볼 만한 행운이기는 했다. 어느 순간 반전이 찾아오는 것도 인간의 삶이리라. 그것도 참 인간답긴 하니, 슈리아가 목표한 바와 부합했다.

생각을 마친 슈리아는 아무 일도 없었던 것처럼 반듯하게 드러누워 이불을 덮었다. 그 와중에 침대 끄트머리에 앉아 있던 베헤모트를 정말로 우연히 밀쳐 내 바닥으로 떨어뜨렸다.

민첩하게 네 발로 착지한 베헤모트가 끼잉 소리를 내며 엄살을 피운다. 그러나 녀석도 감히 주인과 한 침대를 쓰려는 주제넘은 생각은 하지 않았을 터이다. 슈리아는 금세 신경을 껐다.

"오를레앙 공녀가 어떻게 나올지 궁금하군."

아마 돌아가서 한참 눈물짓지 않았을까. 그 이후 그녀에게도 독기라는 것이 생겨났을지 궁금한 시점이다. 불현듯 그렇게 중얼거린 슈리아는 눈을 감았다. 다시 졸음이 밀려들었다.

아침이 어스름하게 밝아 올 무렵, 슈리아는 눈꺼풀에 감춰진 안구에 빛이 스며드는 것을 감지하고 잠에서 깨어났다. 발코니 쪽에 드리워진 커튼 틈으로 빛이 비치고 있었다.

황태자가 나가면서 커튼이 자연스레 걷혀 버린 것을 생각지 못하고 잠든 탓이었다. 지독히도 황족답게, 그는 이러한 뒷수습조차 슈리아의 몫으로 남기는 것이다.

일전에 그가 발코니 문을 열고 다닌 것이 생각나자 부쩍 거슬린 슈리아는 황태자에게 꼬리를 남기지 않는 법에 대해서 충고해 주고자 하는 결심을 품었다.

그러나 다시 생각해 보면, 그런 말을 하는 자체가 밤늦게 찾아들어도 된다는 긍정적 여지를 남기는 것은 아닐까?

자기중심적인 황태자라면 그렇게 해석할 가능성이 농후했다. 눈을 찌푸린 슈리아는 커튼을 치러 발코니 쪽으로 다가갔다. 그러나 막상 커튼을 치고 나니 더 자고 싶은 생각은 들지 않았다.

일어나자마자 두뇌회전이 필요한 발상을 한 끝에 잠이 달아난 것이다. 조찬까지는 아직 시간이 좀 남았는데, 뭘 하지. 그러다가 슈리아는 문득 창밖의 정원에 시선이 닿았다.

이제는 어떠한 위협도 잔존하고 있지 않을 정원. 잘 가꾸어져 있을 터이니 산책 삼아 거닐어 보는 것도 나쁘지 않은 생각이리라.

서둘러 실내 드레스로 갈아입자 베헤모트가 발 앞으로 다가와 낑 낑거린다. 숨어 있는 암살자라는 만찬을 기대해도 의미가 없을 텐데.

그리 생각하면서도 어쨌든 슈리아는 베헤모트를 주머니 속으로 구 겨 넣었다. 만약이라는 게 있는 법이니.

문을 열고 나오자 이제 막 깨어나서 온 듯, 하품하던 블레어가 뒤 를 돌아보았다.

"아, 슈리아?"

"잠시 혼자서 산책을 좀 하고 올게요. 방을 정리해 주세요."

단호한 어조로 무어라 말할 사이도 없이 블레어를 떼어 낸 슈리아 는 정원으로 걸음을 옮기기 시작했다. 터럭만큼도 불안감이 담겨 있 지 않은 솜털처럼 가벼운 걸음걸이였다.

이제 완전히 쉼터로써 제구실할 수 있게 된 정원은 전과는 확연히 분위기가 달랐다. 슈리아가 이곳에서 지냈던 때는 겨울, 그리고 지금 은 바야흐로 여름이었다.

지난날과 비할 수 없이 잎사귀가 무성해진 나무며 수풀은 새벽 공 기를 머금고 짙어져 푸르싱싱하고, 포르르 날갯짓하며 아침부터 분주 하게 노니는 새소리가 요려하게 울려 퍼진다. 청명한 바람이 폐부에 깊숙이 스며들어 혈관까지 정화시키는 기분이었다.

지난날의 전투를 잊게 하는 고요하고 평화로운 대기 속에서 슈리 아는 상념에 잠겨 걸음을 내디뎠다. 사박사박하는 발소리가 이 작은 기척을 알리듯 꼬리를 이었다.

그렇게 걷던 어느 순간, 발길이 멈췄다. 시야에 누군가가 들어왔기 때문이다. 사위를 둘러싼 창연한 녹음과 상반되는, 그러나 그만큼이 나 순도 높은 적색이 눈앞에 있었다.

블러디나이트 카르마인.

그자가 앞에 우뚝 서 있었다. 슈리아의 행로 선상에 마치 우연인 것처럼. 당연한 일이겠지만 처음부터 슈리아의 접근을 눈치채고 있었던 양 그는 위압적인 시선을 감추지 않았다.

어린 소녀를 대하기에 과한 기세였으나, 그는 외양부터가 가망성 없어 보이거니와 애초에 남의 경계를 누그러뜨린다거나 하는 일에는 재능이 부재한 듯했다.

역시 정원을 홀로 걷는 것은 백작가에서도 그랬듯이 내키지 않는 사람과 조우하게 될 가능성을 내포한 행위인 것 같다.

슈리아는 후에 적정한 산책 시간에 대해서 생각해 보기로 했다. 그 냥 모른 척 스쳐 지나가고 싶지만, 괜히 수상하게 보일 필요는 없었다.

"좋은 아침이에요."

일단 그렇게 서두를 시작한 슈리아는 적절한 호칭을 잠깐 고민했다. 블러디나이트? 하지만 그 명칭은 그를 경외하는 자들의 입에서나 나올 만한 종류였다.

암적색 머리카락과 붉은 눈, 그리고 불꽃같다고 하기엔 채도가 낮은 그의 상징적인 적색 스피릿. 마왕의 하수인쯤 되어 보이는, 악역에 걸맞을 풍모를 지닌 그는 악의 심판자인 양 구는 태도에 힘입어 그 같은 칭호를 얻었다.

그래서 슈리아는 차라리 소녀다운 친근함을 보이기로 했다. 거슬린다고 설마 베어 버리진 않겠지.

"카르마인…… 님."

초월자라곤 하나 어차피 패배자. 그에게 경어를 쓰는 것 자체가 내키지 않았으나 어쨌든 거기까지는 순탄하게 나왔다.

카르마인의 눈썹이 꿈틀거린다. 베헤모트가 주머니 속에서 공처럼 몸을 움츠렸다. 그러나 카르마인은 맹수와 같은 강포한 눈을 하고도 슈리아에게 달려들지 않았다. 그는 무심하게 물었다.

"이곳엔 어쩐 일이지."

"산책을 나왔어요."

눈이 있다면 뻔히 알 수 있지 않겠나. 그는 태연하게 대꾸하는 슈리아를 관찰하듯 응시했다. 영혼까지 꿰뚫는 듯한 형안이었다.

두려운 것은 없었지만 찔리는 것은 있었던 슈리아는 동요를 감추며 손을 움켜쥐었다. 그 모습이 어떻게 비쳤는지 카르마인은 잠시 후 나직이 말했다.

"가 보아라."

엄준한 음성이었다. 그는 그것으로 모든 용건을 해결한 양 주저 없이 걸음을 옮겼다. 보통 남자보다도 머리 하나 정도 큰 그였기에 성큼성큼 내딛는 몇 걸음만으로도 카르마인은 순식간에 소녀를 지나쳐 갔다.

이윽고 슈리아는 불쾌한 심사를 품은 채 그가 온 방향으로 걸어 나가기 시작했다. 이것은 흡사 두려움에 떠는 어린 소녀에게 자비라도 베풀어 주는 듯한 태도 아닌가.

제까짓 것이 감히.

블러디나이트의 행동은 일반인에게 차라리 배려로 여겨지는 것이겠지만, 슈리아 입장에서는 달랐다. 초월자이자 아마르잔과 한 차례 격돌이 있었던 그를 순전히 소녀의 시각에서 바라보는 것은 생각보다 잘 되지 않았다. 그는 슈리아보다는 아마르잔과 가까운 존재였다.

아침부터 저조해진 기분 탓에 곧바로 짧은 산책을 마치고 돌아온 슈리아는 곧바로 시녀들의 손길 아래 옷이 갈아입혀지고 꾸며졌다.

그사이 의전실에 주문이라도 해 놓은 것인지 작은 진주가 이슬처럼 박힌 연청색 드레스는 이전에 입었던 것보다 호화로웠다.

"전하와 조찬을 함께하신다면서요."

그렇게 말하며 웃는 블레어는 슈리아에게 나중에 자세한 사정을 알려 달라며 격의 없이 귀띔했다. 표정이 밝아진 것을 보아하니 그간 좋은 소식이라도 들은 모양인데, 뻔한 일이었다.

카일 경이 돌아온 것이다.

슈리아는 곧 조찬을 하러 향한 곳에서 그를 목격하게 되었다. 거창한 장소에서 멀찌감치 떨어져서 격식 있는 조찬을 갖는 것이 아닌, 친밀한 식사를 함께하는 것이 황태자의 목표였던 양 슈리아가 안내받은 곳은 궁내의 응접실 쪽이었다.

그리로 가는 길에 어쩐지 초조한 얼굴의 카일 경이 슈리아를 목격한 즉시 서둘러 다가왔다.

"이쁜이! 왔냐?"

"궁에 오신 손님이시니 아델트 영애라 부르시고 존대를 하심이 옳습니다."

에나파 시녀장이 재빨리 그 앞을 가로막고 지적하자 카일 경이 근엄한 척 반박을 시도했다.

"아니, 뭐 아는 사이인데."

"아무리 안면 있는 사이라 해도 여기는 황궁이니 예를 지켜 주세요."

아까 전까지 슈리아의 이름을 잘도 불러 대었던 블레어도 에나파 시녀장을 앞에 두고 엄격한 체해 댔다. 카일 경은 금방 납득하며 불만스럽게 말했다.

"……뭐, 그러지요. 아무튼, 아델트 영애."

"네."

"전하와 그렇고 그런 사이라지?"

"카일 경!"

"아, 됐고, 좀! 잘 좀 말씀드려 주쇼."

슈리아는 덥석 어깨가 붙들렸다. 카일 경은 그 상태로 빠른 속도로 떠벌거리기 시작했다.

"아니, 내가 죽어라 도망쳐서 지원군을 불러다 줬는데 카지스 그녀석이 기밀정보 누설에 보고도 없다, 대공녀를 지키지 못하고 자리를 무단이탈했다 온갖 이유를 들먹이며 날 처벌하네 어쩌네 하잖아. 머리 굳은 기사들은 하여간. 솔직히 이거 내 공이 크다고. 내가 그때 흑마법사 앞에서 뻗대다가 황천길 갔으면 그대로 끝이었을지도 모르잖아? 나도 나름대로 현실적인 판단을 한 거야."

말은 시작만 그럴듯했을 뿐 예의를 찾아볼 수 없는 완전한 반말이 되어 가고 있었다.

슈리아는 성의 없이 고개를 주억거렸다. 확실히 그의 말은 일리가 있긴 있었다. 어쨌든 블러디나이트를 불러온 게 그였다면, 결과적으로 그의 판단이 유익했다.

비록 카르마인의 등장이 슈리아에게 달갑지 않은 것이 사실이지만, 안타레스를 없애 주었다는 점에서 그의 등장은 슈리아에게 기사회생의 기회가 되어 주었던 것이다.

그러나 카일은 기사였고, 제가 호위하는 이를 지켜야 한다는 기사 된 도리를 저버렸다는 점에서는 분명 문제가 있었다.

물론 블러디나이트는 대단한 전력이지만, 보고체계를 무시하고 그를 불러낸다는 것은 명백한 월권행위. 황태자의 기사 된 자가 옛 인연을 우선시하는 태도를 비치는 것은 불충한 일이기도 하다.

"벌은 둘째 치고 이대로 해고라도 당하면 곤란하다고. 잘 되어 가고 있었는데."

마지막 말은 거의 중얼거림에 가깝게 들려왔다. 그를 포착한 블레어는 흠흠 헛기침을 해 댔다. 에나파 시녀장이 싸늘한 음성으로 일갈했다.

"카일 경! 더는 시간을 지체시키지 말아 주십시오. 전하께서 기다리고 계십니다."

"아, 알았다고, 거참! 내 이야기는 잘 들었지? 그 점 십분 반영해 주쇼, 아델트 영애!"

슈리아는 굳이 대답하지 않았다. 그와 블러디나이트 간의 관계가 궁금하긴 했지만, 어쨌든 그의 처분은 황태자의 몫이다.

블러디나이트를 봐서라도 구명받은 입장에서 황태자가 카일 경을 함부로 할 수 없을 것 같긴 했다.

초월자와의 연결점은 중요한 것이니 본인이 초월자인 황태자라도 그 같은 정치적 계산을 할 수밖에 없을 것이다. 저에게 권한이 주어진 일은 아니었지만, 슈리아는 마치 제 일인 양 이런저런 예측을 해 보며 걸었다.

목적지에 도착한 순간 언제나처럼 황태자의 문 앞을 지키고 선 카지스 경이 목례를 해 왔다.

제시카와는 어떻게 된 거지? 그런 낌새가 없었는데 언제부터 그런 마음을 품은 건가.

그를 처음 본 순간 든 생각은 바로 그것이었다. 원래라면 안중에도 없었을 그의 연애사가 먼저 떠오르다니. 역시 소녀로서 살았던 지난 세월은 제게 많은 변화를 초래한 것 같다.

카지스를 좋아하는 레이첼이 떠오르자 자연스럽게 머릿속에서 삼각관계의 틀이 만들어졌다. 이건 이 여섯 소녀의 단순하고도 평화로운 친구 관계를 뒤흔들 수 있는 지각변동과 같은 사건이었다.

그러나 후에 진실을 알게 되고 질투심에 사로잡힌 레이첼이 제시카의 머리를 쥐어뜯을지라도 저와는 상관없는 일이기에 슈리아는 일단 진상을 알아내는 것은 보류해 놓기로 했다. 제시카도 황태자궁의 시녀였으니 어떻게든 안면이 있을 수는 있는 것이다.

응접실에 들어서자 뜻밖의 사람을 발견한 슈리아는 고개를 숙여 바로 예를 표했다. 둘이서 조찬을 갖자는 뜻 아니었던가. 어째서 아샤트리아 대공이 이곳에?

황태자의 시선이 박혀 온다. 그는 냉랭한 음성으로 평했다.

"늦었군."

그 말 자체는 슈리아를 향한 것이지만, 어조에 깃든 불만은 눈치 없이 끼어든 대공을 향한 것으로 추측되었다.

불청객을 대하는 듯한 그 역력한 태도에도 불구하고 아샤트리아 대공은 태연자약한 웃음을 보였다

"블러디나이트에게도 함께 식사를 들자고 했는데, 단칼에 거절하더군요. 그에게는 흥미가 많은데 참으로 유감입니다. 앞으로도 머물 날이 길 것 같으니 차차 기회가 오겠지요."

"황궁 내에 대공의 궁이 따로 있는 것으로 알고 있습니다만."

황태자는 날카롭게 꼬집었다. 원래 황궁을 한 번 떠난 황족은 궁을 따로 소유하지 못하지만, 백 년도 넘게 살아온 황족이자 대마법사인 그였기에 그런 특별 대우가 적용되었던 것이다.

"거의 쓰이지 않는 곳입니다. 괜히 머물겠다고 들쑤셔서 시중인들에게 수고를 하게 만들 필요는 없겠지요."

부드럽게 반박한 대공은 준비된 원형 테이블의 의자에 걸터앉았다.

슈리아도 총총 다가가 황태자의 맞은편에 앉으려 했지만, 그가 손을 뻗어 제지하며 제 옆에 끌어다 앉혔다.

그의 손은 어느덧 슈리아의 손을 움켜쥐고 있었다. 그것은 대공의 시선을 의식하지 않겠다는 굳은 의지로 보였다.

표면상 손주뻘 되는 이들의 연애 행각을 재미있다는 듯이 지켜보던 대공이 말을 꺼냈다.

"참, 보기 좋은 한 쌍이군요. 어쩌다 이 아가씨와 그런 사이가 된 것입니까. 내가 알기로 이 아가씨는 전하의 차 시중 시녀였다고 들었습니다만, 그 와중에?"

슈리아는 재빨리 황태자를 쳐다보았다.

자, 빨리 날 언제부터 좋아하게 되었는지 자백해.

그런 의도가 역력히 담긴 소녀의 눈빛은 평소의 시큰둥함을 벗어

버리고 반짝이고 있었다. 황태자가 못 들은 척 침묵을 지키자 대공이 자애롭게 입을 열었다.

"어쨌거나 다행입니다. 전하의 이야기는 출생 직후부터 들어 왔습니다만, 워낙 흉흉한 것이라. 전하께서 사랑에 빠지실 거라고는 아마르잔조차도 예언하지 못했을 것입니다."

슈리아는 고개를 끄덕일 뻔했다. 분명히 그건 아마르잔이 전혀 예측하지 못한 충격적인 사건이기는 했다.

그보다 뭘 했길래 날 때부터 흉흉한 소문이 돌았단 말인가. 그는 아마르잔과 다르지 않은 신체를 지녔으니 분명 어린 시절에도 비범했으리라고는 생각하지만, 당최 갓난애가 무슨 일을 할 수 있다고.

이른 시기에 자연적으로 마력 운용을 깨달았을 가능성이 높으니 살인의 전조처럼 동물을 죽이기라도 한 건가? 슈리아는 또 다른 의문을 새겼다.

"여하간 전하께서는 아직 어리시니 마음을 쏟는 누군가를 두시는 편이 좋겠지요. 초월자라 해도 결국 사람인 것이니."

그는 슈리아를 앞에 두고도 황태자가 초월자라는 비공식적인 사실을 숨김없이 꺼냈다. 어제도 그러했거니와 그건, 더 이상 그 사실을 숨길 필요가 없다는 방증 같았다.

아니면 이미 알고 있을 거라고 생각하는 건가. 물론 슈리아는 알고 있었지만, 황태자가 그 사실을 말해 준 적은 없다.

하긴, 혹시나 의심을 한다면 흑마법사도 죽었으니 그가 알려 줬다는 식으로 둘러대면 되었다. 시중인들이 음식을 내오기까지 슈리아의 손을 쓰다듬던 황태자가 문득 물었다.

"대공께서도 아끼는 것은 달리 없으시지 않습니까."

"전 브리오니아를 아낍니다. 또한, 제가 다스리는 남부 아샤트리아를 아끼지요."

대공이 잔잔하게 황태자를 응시하고 있었다. 마치 훌륭하게 장성한 손주를 보는 듯한 온정 어린 눈길이었다.

"그리고 브리오니아의 혈통에서 같은 시대에 또 다른 초월자가 등장한 것은, 제게도 더할 나위 없는 기쁨이었습니다."

브리오니아를 빛낼, 혜성처럼 나타난 전대미문의 천재. 그것도 자신과 같은 혈통을 타고난 자라면 동질감을 느끼고도 남을 것이다. 호의가 역력한 대공의 태도에도 황태자는 냉담히 말했다.

"그러하시다면 대공께서 앞으로의 일에 있어 저를 지지하시리라 믿겠습니다."

말로만 끝내지 말고 입증하라는 듯한 발언에 대공의 미소가 약간 사그라졌다. 황태자는 역시 황족답게 실리적인 면모를 보이고 있었다.

생각 외로 마음에 드는 작태에 슈리아는 그에게 미세한 가산점을 주었다. 곧 시중인들이 음식을 내오자 식사가 시작되었다.

그리고 슈리아는 인생에서 가장 불편한 식사를 하게 되었다. 이건 '자, 아— 해 봐.'라며 어린 시절 세일린이 스푼으로 음식을 떠먹여 주었을 때와 비슷한 상황이었다.

아무리 저에 비해 슈리아가 성장이 미숙해 보인다지만 이건 다른 문제였다. 슈리아는 의심스럽게 황태자가 제 접시에 직접 작게 썰어 다 놓은 구운 멧돼지 고기를 응시했다.

과연 황족의 식사답게 조찬이라기에는 풍성했다. 그는 차려진 음식 중에서 가장 질 좋고 제철 재료로 만든 음식들만 슈리아 앞에 가져다 놓으며 권하고 있었다.

대공을 무생물 정도로 취급하는 노골적이고 차별적인 행각이었다.

"먹어 봐, 오늘 새벽 사냥터에서 잡아 온 놈이라더군."

그렇게 말하는 황태자는 보기 드문 다정한 눈길로 슈리아를 응시하고 있었다. 슈리아는 마지못해 포크로 고기를 찍었다.

사실 아침부터 거한 식사를 하는 것은 익숙지 않아서, 식전 수프와 하얗고 폭신한 빵만으로 충분히 배가 찬 상태였다. 그래도 몇 번이고 권하는지라 어쩔 수 없이 아주 조금 입에 넣어 보았다.

속까지 푹 익은 고기는 부드럽고 육즙이 넘쳐 나서 몇 번 씹는 것으로 금방 목구멍 뒤로 넘어갔다. 역시 황궁이라 그런지 음식이 여태까지 먹어 왔던 것과는 차원이 달랐다.

슈리아가 맛있다는 듯 고개를 끄덕이자 황태자가 다른 것을 권했다. 요즘이 철이라 공물로 바쳐졌다고 하는데 제대로 익어서 기름이 반질반질 흐르는 흰 살 생선에 향신료를 가미해서 쪄 낸 요리였다.

황태자는 시중인에게 접시를 가져오라고 시킨 뒤, 손수 일부를 잘라서 슈리아 앞에 먹기 좋은 크기로 놓아주었다. 간질간질해질 만큼 세심한 친절에 슈리아는 다른 가설을 떠올렸다.

시녀 일을 했다고 해서 그는 제가 각박한 환경에서 자라 귀족가의 식사 예절을 숙지하지 못하고 있다고 착각하는 것 아닐까?

슈리아는 주위의 시선을 의식했다.

음식을 나르는 시중인들은 하나같이 손을 덜덜 떨었고 눈알이 튀어나올 정도로 눈을 크게 부릅뜨고 있었다.

하긴 그간 황태자를 보아 온 그들이라면 지금의 이 태도가 믿기지 않을 만하다. 어떤 이유로든 단체적인 이상증세를 초래하는 황태자의 비일상적인 행보는 제지할 필요성이 있었다.

슈리아는 상냥히 웃으며 칼같이 말했다.

"이젠 배불러요. 그만 주세요."

딸가닥. 접시를 치우는 시녀의 손이 눈에 띄게 떨렸다. 대공이 묘한 얼굴로 저를 바라보자 슈리아는 제 언사가 너무 무례했나 생각했다. 그에게 불손하게 구는 것에도 나날이 익숙해져 가는 것 같다.

어쨌든 이건 황태자가 자신에게 솔직해지라고 말한 탓이었다. 슈리아가 스스로를 정당화하고 시중인들이 곧 터져 나올 황태자의 진노를 예감하는 순간이었다.

"벌써 배가 부른가? 정말 새 모이만큼 먹는군."

별다른 분노를 표하지 않고 황태자는 여상하게 말했다. 입가에는 오히려 미소마저 어려 있어 불쾌감을 느끼기는커녕 그는 어린아이 투정을 대하듯이 여유만만 하기까지 했다. 심지어 황태자는 그 아니꼬운 태도로 슈리아를 모욕하는 발언마저 꺼냈다.

"그러니까 그렇게 작은 거야."

"전 작지 않아요."

슈리아는 당당히 반박했다. 황태자를 향한 꼿꼿한 자기주장에 시중인들이 헉, 하고 숨을 들이켠다. 그래도 그 말은 사실이었다.

쭉 뻗은 키는 아니었지만, 당장 그의 사촌인 데이지와 비교해 봐도 엄지손가락만큼이나 큰 슈리아는 작다는 말과 분명 거리가 있었다.

게다가 슈리아는 아직 성장기였으니 훤칠하게 큰 황태자처럼은 안 될지라도 더 크긴 할 것이다. 황태자는 다른 논리를 꺼냈다.

"작지 않다고? 이걸 보고도 그런 소리를 할 수 있나? 이렇게나 작잖아."

기다렸다는 듯이 손을 뻗은 황태자는 소녀의 손을 잡아 제 것에 대보는 시늉을 했다. 그의 손과 마주 닿자 슈리아의 손은 완전히 가려져 맞은편에서는 보이지도 않을 정도가 되었다.

지금 신체적 크기를 내세워서 유세라도 떠는 건가? 슈리아는 불쾌감을 누르며 난 여자고 넌 남자니 당연히 골격이 다르기 마련이고, 그러니까 손 크기도 다르지 않겠냐는 반박을 준비했다.

대공이 헛기침하며 분위기를 환기한다.

"본궁에는 언제쯤 입궁하실 예정이십니까."

"바로 갈 겁니다. 대공도 함께하셔야 하지 않겠습니까."

"보고가 일단락되면 폐하께 제가 홀로 알현을 청해 올리겠습니다. 그보다 식사가 끝나면 제가 이 아가씨를 잠시 빌리지요."

대뜸 그렇게 말하는 대공에게 황태자는 눈을 찌푸렸지만 이내 승

315

낙했다.

"그러시지요."

그것으로 슈리아의 이후 일정은 제 의사와는 상관없이 결정되었다. 슈리아를 빈방에 불러다 놓고 반지를 살피며 한동안 이것저것 의미 없는 시도를 하는 듯하던 대공은 어느 순간 불쑥 입을 열었다.

"나는 아가씨에게 호감을 느끼고 있습니다."

반지에 시선을 고정한 채 흘러나온 말에 슈리아는 순간 흠칫거렸다.

설마 이자도 이 슈리아에게……. 그렇게나 제가 마성의 미모를 타고났단 말인가?

자의식과잉이라 여길 만한 생각을 편견의 벽을 넘어서 쉽사리 할 수 있다는 게 슈리아의 독특성이었다. 대공이 찬찬히 입을 뗐다.

"연정을 품은 상대라는 것은 정략혼의 상대보다 어떤 의미로는 더 현격한 가치가 있지요. 아가씨는 이번 일에서도 명확해졌듯이, 브리오니아를 다스릴 황태자 전하에게 걸맞지 않는 치명적인 약점입니다."

대공은 드디어 반지에서 눈을 떼고 소녀를 바라보았다. 부정적인 내용과는 다르게 말은 평이한 어조로 이어지고 있었다.

"그러나 아가씨는 이를테면…… 퍼즐의 한 조각입니다. 퍼즐은 조각이 하나라도 부족하면 완성되지 않지요. 전하께서는 독보적으로 빛나는 한 폭의 명화이지만 일부가 결여된 채로 태어나셨고 아가씨를 통해 잃어버린 조각을 되찾고 완전해지셨습니다."

완전이라, 그러면 이전에는 불완전했단 말이지. 슈리아의 의문에 답하듯 대공은 설명하는 듯이 털어놓았다.

"전하께서는 인간을 인간이게 하는 감정적 면모를 어린 시절부터 잘 드러내지 않았습니다. 마치 애초부터 부족하게 태어난 것처럼 말이지요. 울지도 웃지도 않는 아이라 하면 이해가 가겠습니까? 그리고 인간이라는 종의 경계를 뛰어넘는 듯한 그 탁월한 재능과 더불어 감정 없는 괴물이라 불리었지요. 누군가는 전하를 마치 검과 같다고 했습니다. 좋은 의미로든 나쁜 의미로든 말입니다."

슈리아야 아마르잔의 어린 시절 그와 유사한 적이 있었으니 별생각 없다지만, 확실히 시중인들은 황태자를 자신들과는 별개의 생명체를 대하는 듯했다.

황족에 대한 예우를 넘어서서, 단순히 두려움이나 거리낌이라고 말할 수 없는 무언가 경외심마저 느껴지는 눈빛들. 평범한 사람들이 초월자를 향해 보이는 시선을 그는 진작부터 받아 오고 있었던 것이다.

"그 외에도 속사정이 있습니다만, 황실의 기밀 사항이라 말씀드리기 어렵군요. 다만."

대공의 눈에 은은한 빛이 어렸다.

"머지않아 자세한 이야기를 들을 기회가 올 겁니다. 그때에도 지금처럼, 의연하게 굴기 바랍니다."

대공의 발음에 힘이 실렸다.

"그러니까 내 말은, 도망치지 말라는 겁니다."

대공의 그 말은 도발적으로 들렸고, 실제로도 도발하고자 하는 의사가 내포된 것 같았다. 그리고 확실히 자존심을 자극당한 슈리아는 분명하게 대답했다.

"네, 그럴게요."

신신당부하지 않아도 어떤 의미로든 이 슈리아가 도망친다는 건 있을 수 없는 일이니.

그것으로 대화는 끝났고 슈리아는 온전히 자유를 되찾았다. 다만, 그 되찾은 자유를 박탈할 만한 손님이 어김없이 찾아들었다.

"슈리아!"

에나파 시녀장의 안내를 받아, 한가하게 황태자궁의 서재를 살펴

보고 있던 슈리아에게 우렁찬 음성이 닥쳤다.

그 소리가 천둥처럼 크게 들린 것은 심리적인 요인의 영향이 컸을 것이다. 뭐가 그리 급해서 뛰어와야만 했던 걸까. 비밀을 숨기고 있던 것에 대한 분노를 발하려고?

나름대로 각오를 굳힌 슈리아는 얼굴이 새빨개져서 숨을 몰아쉬고 있는 데이지에게 부드러이 인사를 건넸다.

"안녕."

"슈리아!"

데이지는 화가 난 듯이 크게 외쳤다. 그러나 그녀의 얼굴에는 배시시 웃음이 감돌고 있었다.

"와, 정말이지 놀랐어! 어떻게 그런 걸 숨길 수 있어! 물론, 물론 전하께서도 그러셨다는 건 알지만! 우와, 다들 엄청나게 놀랐다구!"

"알려지면 내가 위험할 수 있으니 모두에게 비밀로 하라고 하셨어."

물론 황태자는 그런 말을 한 적은 없지만, 당분간 관계를 공식화할 수 없다고는 했었다. 사적으로는 떠벌려도 된다는 소리였을까? 슈리아는 새삼 가늠해 보면서도 그렇게 답했다.

"이힛! 그래도 용서해 줄게. 내가 좋아하는 두 사람이 잘되니까 정말 기쁘단 말야. 이제 둘이 혼인하면 너랑 난 친척 관계가 되는 거잖아! 야호!"

데이지는 주먹을 불끈 쥐고 펄쩍펄쩍 뛰었다. 과도한 발랄함을 보이며 날뛰는 데이지에게서는 납치의 후유증 같은 것은 눈을 씻고 찾아봐도 발굴할 수 없었다.

벌벌 떨 때는 언제고 그녀의 단순한 두뇌는 이제 죽은 흑마법사의 영향력에서 완전히 벗어난 듯이 보였다.

"다른 친구들은 어때?"

"다들 참고인 격으로 조사받고 있어. 나도 받았지만, 난 따로 나왔어. 궁금해서 어쩔 수가 없었단 말야."

정확히는 시그오닐 대공녀인 그녀의 고집을 꺾을 수 있는 이가 없었던 거겠지. 슈리아는 냉철하게 생각했다. 반가워할 건 없었지만, 그래도 데이지답지 못하게 기가 죽어 있는 것보단 차라리 평소 같은 지금이 나았다.

"그보다, 빨리 말해 봐!"

"무슨?"

"어떻게 전하와……. 이잉! 내 입으로 말하기 부끄럽잖아!"

몸을 비비 꼬는 그녀를 보자니 거북스러움이 심장을 긁어 댔다. 그러니까 어떻게 그와 눈이 맞았느냐고? 그게 궁금한 거겠지.

데이지의 유독 반짝거리는 눈을 마주하면서 슈리아는 황태자가 뜬금없이 고백해 온 이후로 불가피하게 그렇게 되었다는 낭만적이지 못한 사실을 그대로 실토할 수 없다는 것을 깨달았다.

전적으로 황태자의 일방적인 감정이라고 말했다간 데이지가 실망감 어린 표정으로 어떤 추궁을 퍼부을지 모르는 것이다. 그래서 슈리아는 생긋 웃으며 대충 진행 양상만 설명하는 식으로 자신의 연애사를 털어놓았다.

"우와, 전하께서 널 구해 주셨단 말야? 어쩜, 멋있어!"

까악거리며 양손으로 뺨을 감싸는 데이지는 황태자의 열렬한 팬임을 여실히 증명하고 있었다.

"슈리아도 아니라고 하더니 역시 황태자 전하를 좋아했던 거구나! 난 또 눈치 없이 그런 것도 모르고 손수건이나 지어 바치고! 미안해, 슈리아!"

데이지가 눈치 없는 것은 사실이지만 슈리아에 관한 건 확실히 잘못 짚은 것이었다. 반박하고 싶었지만 슈리아는 제게 합당한 처신을 생각해 입을 꾹 다물었다.

흥분한 데이지가 슈리아의 어깨를 치며 입으로 일격을 가했다.

"에이, 이 내숭쟁이!"

정신을 강타하는 폭언에 슈리아는 말문을 잃었다. 그것을 무어라 해석했는지 데이지가 당황한 얼굴로 '미안, 아팠어? 내가 힘이 좀 세서.'라며 사과를 건넸다. 슈리아는 인내심을 밟아 다지며 가까스로 미소를 보였다.

"그럼 그때 같이 춤추고 그랬던 것도, 그런 이유였던 거였네!"

그렇게 한동안 꼬치꼬치 캐물으며 종종 되지도 않는 면박으로 슈리아의 기분을 하강시키던 데이지는 늦은 오후가 되어서야 아쉬운 듯 떠나갔다. 그 떠나감도 실은 본인이 원하지 않은 바였다. 에나파 시녀장이 찾아들어 그녀에게 명을 전달했던 것이다.

"시그오닐 대공녀, 본궁에서 부름이 있었습니다."

대공녀인 그녀는 발언권이 높은 증인이었고 이런 일에 마땅히 불려 가야 하는 것이다.

"다음에 또 보자! 그때 더 자세한 이야기를 하는 거야!"

그것은 훗날에 비슷한 이야기로 슈리아의 시간을 소진하겠다는 굳은 의지였다.

아쉬운 얼굴을 하면서도 데이지는 손을 흔들며 떠나갔다. 슈리아는 그녀를 보내고 잠시 후에야 제시카의 일을 물어본다는 것을 깜빡했다는 사실을 깨달았다.

뭐, 다음에 직접 물어보면 되겠지. 오전부터 내내 슈리아의 명령 아래 주머니 속에서 콩알만큼 작아져 쥐 죽은 듯이 있던 베헤모트가 이젠 나와도 되느냐고 끼잉거린다.

그러고 보니 데이지는 갑작스레 나타난 놈의 정체를 묻지 않았다. 황태자와 슈리아의 관계에 몰두해 베헤모트의 존재를 미처 떠올리지 못한 눈치였다. 어쨌든 이건 후에 확인하면 될 일이다. 슈리아는 사소한 의문을 뒤로 미루어 두었다.

어느덧 정점에 올랐던 해는 확연하게 서녘으로 기울어 가고 살어둠이 하늘에 어스레하게 내리고 있었다.

슈리아는 저녁 식사 전에 잠시 산책을 하러 나가기로 했다.

황후와의 격전에서 느낀 것인데, 역시 체력이며 근력이 부족하다 보니 머리가 시키는 대로 몸이 따라 주지 않는다. 조금이라도 운동을 해 두어야 할 듯싶었다.

잠시, 아침에 마주쳤던 그자가 떠올랐으나 슈리아는 고개를 저었다. 그래도 이 시간에 같은 상황이 되지는 않겠지.

그러나 그 안이한 생각은 곧 완벽하게 뒤집혔다.

혹시 이자는 아예 정원에서 죽치고 있는 것이 아닐까? 눈앞에 자리한 적안의 남자를 바라보며 슈리아는 의심을 품었다.

연붉은빛이 깔리기 시작하는 서녘 하늘이 점염되는 양 그는 점차 붉게 짙어지는 형상으로 서 있었다.

여름날에도 늦가을에 바닥에 떨어진 적엽처럼 건조하여 이글거리는 열기와 거리가 먼 듯한 이자는 확실히 호화로운 궁내보다는 이러한 야외가 어울렸다.

속세를 벗어난 은둔자의 분위기라고 해야 할까. 아니, 그보다 오지의 사냥꾼이라 함이 더 그럴듯하리라. 물론 그것과 이 마주침은 별개였다. 슈리아는 곱게 웃으며 인사를 건넸다.

"또 뵙네요. 수련하시던 중인가요?"

초월자가 되고 나서는 육체적인 수련보다 심상 수련이 더 중요한 것이지만, 이 정원은 그 두 가지 모두가 이루어질 수 있는 고요한 장소였다. 다만 카르마인의 대답은 달랐다.

"아니, 너를 기다리고 있었다."

그 소리를 들은 순간, 슈리아는 눈에 띄게 안면을 굳혔다. 아니겠지. 설마, 블러디나이트마저 이 슈리아에게…….

초월자를 줄줄이 사로잡는 자신의 지독한 미모에 대해 슈리아가 고찰해 보려는 찰나, 그가 주저 없이 말을 이었다.

"네게 묻고 싶은 것이 있다."

"무엇을요?"

안도하는 슈리아에게 카르마인은 냉정한 얼굴 그대로 의심을 고했다.

"결계가 깨지던 순간, 나는 네게서 아마르잔의 마력을 느꼈다."

"그건 반지에서……."

"아니, 그 힘이 반지에서 흘러나오고 있던 것은 맞아. 하지만 내가 느낀 것은 좀 다르다."

"무슨…… 이야기를 하시는 거예요."

섬뜩한 예감 속에서 슈리아는 영문 모르는 표정을 만들어 냈다. 오랜 세월 이어져 내려온 소녀의 가면은 그의 발언에 대한 완벽에 가까운 몰이해를 구현하고 있었다.

그러나 블러디나이트는 개의치 않았다.

"나는 그 반지에 실오라기처럼 연결된 무언가를 느꼈다. 그리고 그것은 네 육신과 이어져 있었지. 그래, 반지에 내재한 힘이 끌어올려진 게 아니라, 흡사 네가 반지를 통해 힘을 발하는 것처럼."

그가 말을 맺는 동시에, 칼날 같은 무언가가 심장을 파고들었다. 핏줄이 굳고, 솜털 하나까지 곤두서는 전율이 온몸을 치달리고 있었다. 극도의 긴장감에 머리끝까지 저릿저릿했다.

스피릿으로 관통당한다면 이러한 느낌일까. 슈리아는 주먹을 꽉 움켜쥐었다. 아직 소녀의 가면은 깨어지지 않았다.

그러나 슈리아는 동요하지 않을 수 없었다. 그걸 어떻게, 카르마인이 간파할 수 있었단 말인가. 네가 그 정도였었나? 아니면 그동안 그렇게나 성장한 것인가. 슈리아는 이를 악물었다.

블러디나이트가 다시 나타났을 때, 슈리아는 그가 현격한 발전을 이룩했음을 깨달았다. 아마르잔과의 전투를 마지막으로 그는 오래지 않아 죽음을 맞았어야 하는 몸이었다.

경지를 떠나 초월자는 제각각 타고난 생이 다르고, 아마르잔에게 도전했을 때 그의 수명은 거의 한계에 이르고 있었다. 그러니 살려 준다고 한들, 몇 년 안에 죽음을 맞겠구나 생각했던 것이 사실이다.

그러나 이십여 년 만에 재회한 카르마인은 멀쩡히 살아서 존재하고 있었다. 그것도 더 강력해진 모습으로.

그것은 그가 자신의 수명을 연장할 만큼, 다시 말해 자신에게 주어진 운명을 초월할 만큼 강해졌음을 의미했다.

그렇기에 슈리아의 얄팍한 술수조차 꿰뚫어 봤던 것일까. 카르마인의 무감정한 눈이 저를 샅샅이 해부하는 듯했다.

"그러니 설명해라. 네가 아마르잔의 마력을 행사하는 이유를."

"착각하신 거예요. 그럴 리가 없잖아요."

그의 독촉에 슈리아는 물 흐르는 듯이 내뱉었다. 소녀의 남청색 눈은 밤하늘처럼 아름다웠고, 도무지 거짓을 말한다고 생각하기 어렵게 개울물처럼 맑았다.

눈치챈 것이 오로지 그뿐이라면, 확증을 주지 않으면 된다. 소녀의 냉담한 부정에 블러디나이트의 눈빛에 붉은 기운이 어렸다. 위압적인 기세로 그는 짧게 명령했다.

"나는 지난 하루 동안 확신을 가졌다. 그러니 말해."

"전 브리오니아의 황태자비가 될 몸이에요. 이런 말도 안 되는 의심은 불쾌해요."

그렇게 말한 슈리아는 그를 더 이상 상대하지 않겠다는 듯이 몸을 돌렸다. 황태자가 제 입으로, 슈리아가 제 비가 될 존재라 말한 바도 있으니 인간사에 개입을 꺼리는 그로서는 자신의 의심을 확인하기 어려울 것이다. 그런 계산이었다.

그러나 돌아선 소녀의 등 뒤로 무시무시한 기운이 피어올랐다.

이건. 주머니 속에 잠자고 있던 베헤모트가 득달같이 튀어나와 소녀의 등을 감싼다.

파직! 사나운 스피릿이 몰아치며 공간을 찢어발기고 있었다. 그 여파로 정원의 꽃들이 죄 떨어지고 나무가 온통 뒤흔들린다. 안타레스를 갈라냈던 것과 동일한 정도의 공격이 슈리아를 향해 이빨을 들이밀었다.

— 이 미친 자식!

슈리아는 드물게 욕설을 속으로 뇌까렸다. 자신의 눈을 의심하지도 않고, 그 찰나로 확신한 건가? 결단을 내리자마자 행동하는 것은 실로 맹수의 본능 같았다.

제 몸의 반절만 한 어린 소녀를 향해 다짜고짜 검을 휘두르다니, 이게 가당한 짓이냔 말이다.

몸을 펼쳐 공격을 막아 내던 베헤모트가 고통스러운 비명을 지르고 있었다. 저번에 슈리아가 퍼부은 마력에 힘입어 잠시나마 버티고 있었지만, 안타레스의 것과 비교도 되지 않는 극강한 공격은 시종마의 영체적 속성에도 아랑곳하지 않았다.

그것은 그야말로 모든 것을 멸하는 힘이었다.

이번에는 찰나의 시간도 걸리지 않았다. 공격을 깨달은 즉시 남청색 눈동자가 광원이라도 된 듯이 새파랗게 빛을 발한다.

슈리아는 몸을 돌려 제힘을 쏟아 내었다. 손끝에서 물살처럼 부드럽게 밀려 나간 마력이 블러디나이트의 스피릿을 봉쇄하듯 감싸기 시작했다.

물이 흐르는 관을 막으면 내용물은 역행하기 마련이다. 카르마인은 급히 스피릿을 방어로 돌려 자신에게 되돌아오는 힘을 막아 냈다.

"짐승 같은 놈."

차디찬 일갈이 고막을 파고든다. 카르마인은 검에 쥔 손에 힘을 주며 슈리아를 쳐다보았다.

놀랄 만한 변화였다. 조금 전까지 의문스러운 표정을 짓고 있던,

소녀답게 보드랍고 섬세한 데가 있는 얼굴은 북풍이 깃든 듯이 완벽하게 차가웠다.

입꼬리를 스치고 심장까지 파고드는 조소가 피어난다. 오만하고 내려다보는 듯한 우월감에 젖은 낯. 한설처럼 빛나는 남청색 눈.

그 아름다운 얼굴에 나타난 그림자며 근육의 움직임 하나하나가 인간의 것이라 보기엔 지나치게 완전했고, 천상의 것이라 보기엔 지독한 멸시를 품고 있었다.

전신에서 한기가 풍겨 나며 뼈가 시릴 정도로 차가운 마력이 소녀의 몸을 휘감아 돌고 있었다. 거기에 서 있는 것은 이제 더 이상 슈리아 아델트가 아니었다.

아지랑이처럼 피어오르는 끝없는 마력을 응시하며 블러디나이트는 그 주인 된 자의 이름을 묵직하게 되뇌었다.

"아마르잔."

"이토록 어린 소녀를 향해 검을 휘두르다니. 천하의 블러디나이트가 언제 거기까지 떨어졌지?"

슈리아는 그렇게 비아냥거리며 그를 향해 걸음을 내디뎠다. 기분이 급속도로 저하된 터라 주위의 마력이 감응하여 공중에 서리가 맺힐 지경이다.

그 불쾌감의 이유는 명확했다. 십오 년. 그 길다면 긴 세월의 모든 수고를 놈은 단 한 순간에 박살 내고 슈리아가 정체를 드러내게 만들었다.

이 자리에서 놈을 지우고, 모든 것을 없던 일로 돌린다면. 소녀의 눈이 잔혹한 심사를 머금고 싸늘하게 빛난다.

"이해할 수 없군."

이윽고 멈춰 선 슈리아를 바라보며 카르마인이 물었다.

"왜 그대가 그런 모습으로 이곳에 있는 거지?"

"내가 어떤 모습으로 어느 곳에 있든 네가 무슨 상관일까."

슈리아는 도리어 물었다. 문답을 즐기지 않는 무식한 검사의 면모를 드러내듯 카르마인이 미간에 선을 그었다.

"브리오니아의 황태자를 유혹해 제국을 집어삼키고자 함인가. 왜 그대가 복잡하게 그런 돌아가는 길을 택한 거지?"

원한다면 수고를 감수할 필요 없이 그대로 중부대륙 정복을 선언하면 될 것을.

그렇게 말하는 카르마인은 이미 짐작해 놓고도 슈리아의 가녀린 몸뚱이가 북대륙의 패자 아마르잔과 잘 연결되지 않는지 눈살을 찌푸렸다.

"네 말마따나 이 제국을 갖고자 했다면……."

지옥에서 솟구쳐 오른 심연이 공간을 지배하는 듯한 오만하고도 강력한 눈길이 카르마인을 향했다.

"이 내가 그런 짓을 할 필요는 없지."

"내가 짐작하지 못한 다른 이유가 있을 수 있겠지."

엄명하게 말하는 블러디나이트의 손에서 강렬한 스피릿이 다시금 치솟았다. 패배를 감수하고 슈리아와 또다시 일전을 벌일 태세였다.

짧은 순간 무수한 계산이 머릿속을 스쳤다. 위기라 할 만한 상황이 영향을 미친 것인지 슈리아는 이 상황을 수습할 적당한 타개책을 빠르게 도출해 냈다. 슈리아는 여전히 진한 비웃음을 띤 채로 물었다.

"그래서 열다섯 살짜리 소녀를 베어 죽일 참인가?"

"그대는 아마르잔이다."

"아마르잔은 이제 없어."

단칼에 나온 부정에 블러디나이트의 눈빛이 의혹을 품는다. 슈리아는 그에게 눈을 맞추며 자비를 베풀듯 너그러이 설명했다.

"잘 봐, 눈앞에 있는 내 이 모습이 아마르잔인가?"

시선이 팽팽하게 맞부딪치는 가운데 매끄러운 음성이 구슬리듯이 설득력 있게 들려온다.

"나는 슈리아 아델트. 시골 영지에서 자란 열다섯 살의 귀족 영애야. 또한, 미래에 브리오니아의 황태자비가 될, 현재로서는 평범한 소녀지."

슈리아는 뜸 들이듯 느긋하게 한마디를 덧붙였다.

"단지 아마르잔의 환생일 뿐인."

카르마인의 적색 동공이 적나라하게 흔들렸다. 명분 없이 행동하지 않는 자가 아마르잔이 아닌 무고한 소녀에게도 검을 들이댈 수 있을까?

허점을 짚어 낸 슈리아에게 그는 충실히 설복당하고 있었다. 카르마인에게서 그늘진 음성이 흘러나온다.

"황태자비가 되는 데 그대의 술수가 없었다 말할 건가?"

"지금 초월자인 황태자를 내가 마법이라도 걸어 현혹했다. 그리 말하고 싶나?"

슈리아는 기가 차다는 듯이 웃었다.

"자꾸 덜떨어진 소리를 하는데, 머리가 있다면 생각해 봐. 그게 말이 되는지."

물론 브리오니아를 정복하기 위해서라면 가능한 방법이었지만, 카르마인은 그리 말해 봐야 대화가 원점으로 되돌아감을 깨닫고 가정을 꺼내지 않았다.

애초에 아마르잔이 그를 위해서 지금의 모습을 입고 그러한 방법을 굳이 택한다는 것은 논리에 맞지 않았다.

아마르잔은 그런 더럽고 은밀한 술수를 필요로 하는 이가 아니다. 오히려 강대한 무력으로 완전히 짓밟고 제 발아래 놓는, 그 간편한 수단을 취하는 것이 걸맞은 자였다.

"그럼 그대가 이 자리에 있는 것이, 오로지 우연일 뿐이라고. 진정?"

"어쩌겠어. 너무 잘난 몸이라 평범하게 살기가 쉽지 않더군. 눈이 있으면 이 얼굴을 봐, 열일곱 애송이가 첫눈에 반할 만하지 않나?"

첫눈에 반했는지 보다 보니 반했는지는 모르겠지만. 슈리아는 뻔뻔스럽게 제 외모 자랑에 나섰다.

카르마인은 뚫어지게 슈리아의 낯을 바라보았다. 그러나 결국 반박할 수 없는지 그는 입을 꾹 다물었다.

그렇다 한들 고작 그런 이유가 납득이 될 리 없다. 이대로 넘어갈 수 없는 심정을 반영하듯 그의 눈썹이 꿈틀거린다.

슈리아는 곧바로 공세로 전환했다. 한없이 거만한 특유의 표정을 고스란히 드러내며 그와 완전히 일치하는 말투로 소녀는 입을 뗐다.

"경고 하나 하지."

자욱한 어둠이 깔리듯 슈리아는 위험스러운 기운을 물씬 풍기며 싸늘하게 선고했다.

"내가 네 기대에 부응해 브리오니아를 잿더미로 만들기를 원치 않는다면, 입을 닫아."

다짐시키듯 한마디가 더 뒤따른다.

"그게 네가 할 수 있는 최선이다."

이대로 놈을 죽이는 것이 분명 불씨를 완전히 제거할 가장 철두철미한 해결 방안이기는 했다.

다만 문제는……. 지금으로서는 놈을 쉽사리 없앨 수가 없었다.

놈은 예전에도 그랬거니와 초월자 중에서도 현격하게 강한 존재. 아마르잔이라고 한들 파리 잡듯이 순식간에 쳐 죽일 수는 없는 것이다. 특히나 초월자도 아닌 이 몸으로는 결코 쉽지 않으리라. 그러니 전투를 피하는 것이 자신에게도 상책이었다.

카르마인을 설득해 내야만 하는 상황에 슈리아는 놈을 살려 둔 과거의 자신을 최초로 비난하고 싶어졌다.

카르마인은 잠시 후 말문을 텄다.

"그건 마치 현재의 삶을 유지하고 싶다는 소리로 들리는군."

쓸데없이 예리해서는. 정곡을 짚어 내는 블러디나이트의 말에 슈리아는 입을 달싹였다. 그러나 무어라 말을 꺼내기도 전에 베헤모트가 끙끙거렸다.

누군가의 접근을 경고하는 소리였다. 날 세운 표정은 연약하게 풀어지고 넘실거리던 마력은 처음부터 없었던 것처럼 종적을 남기지 않으며 순식간에 자취를 감추었다. 다시금 섬세하고 아름다운 소녀의 낯으로 돌변한 슈리아를 카르마인이 의혹 서린 눈으로 응시한다.

그리고 곧 섬광처럼 다가온 인기척이 그 둘 사이를 가르고 자리를 차지했다.

"이게 무슨 짓이지?"

매서운 분노였다. 자청빛 눈이 블러디나이트를 당장에라도 짓이길 듯이 번뜩였다. 블러디나이트를 가로막고 선 황태자는 거칠게 숨을 몰아쉬고 있었다. 정원을 뒤흔드는 힘의 파동을 느끼자마자 본궁을 박차고 부리나케 달려온 것이리라.

모든 일이 해결되었다 안도하고 있을 때 터진 사건에, 이번엔 또 얼마나 놀라고 심장이 내려앉을 것 같았을까.

슈리아는 어쩐지 이 상황이 우스웠다. 불가피하게 평화를 추구할 수밖에 없는 저를 적대시하는 패배자와 제 등 뒤에 놓인 것이 맹수인 줄도 모르고 병아리처럼 감싸려 드는 애송이나.

그러나 슈리아는 제 가혹한 속내를 감추는 것이 일상화된 몸이었다. 둘이 싸우는 것도 볼만하겠지만, 황태자는 아직 카르마인의 상대가 되지 못한다.

그리고 제 대적자라 여긴 황태자가 블러디나이트에게 패배하는 그림은 내키지 않았다. 그를 패배시키는 것은 슈리아로 족하다. 그런 생각에 자연스럽게 솟아 나온 조용한 음성이 대치를 제지했다.

"오해가 있었어요. 전 괜찮아요."

"어떤 오해가 있건 간에! 그대에게 검을 겨누는 것은 내게 행함과 같아."

분기가 흘러넘치는 음성이었다. 황태자에게선 절대로 이 일을 그대로 넘어가지 않겠다는 의지가 강렬한 기세로 분출되었다.

"이젠 다시는 그러시지 않을 거예요."

슈리아는 그렇게 말하며 블러디나이트에게 인상을 쓰고 눈짓했다. '브리오니아를 잿더미로 만들고 싶지 않다면.' 조금 전에 한 말을 상기시키는 태도였다.

설마 융통성 없게 지금 이 순간에도 뻗댈 건가? 물론 카르마인은 설마를 실현하는 완고하고 고지식한 성미의 소유자였고, 협박에 응할 자라면 애초에 아마르잔에게 주제넘게 덤비지도 않았을 것이다.

불길한 예감이 엄습하는 가운데 그가 입을 열었다.

"그녀의 말이 맞다."

일단 슈리아를 따르기로 한 듯했지만, 그 말은 대단히 어색하게 들렸다. 블러디나이트는 거짓을 말해야 하는 것이 내키지 않는 듯 눈썹을 꿈틀대며 덧붙였다.

"잠시 오해가 있었을 뿐이다."

"그 오해가 그녀를 베려 내 정원을 부숴야 할 만한 일인가?"

황태자는 금방이라도 검을 뽑을 듯이 자세를 낮추었다. 그의 손은 이미 허리춤에 머무르고 있었다. 슈리아는 달려들듯이 그에게 다가가 손을 붙잡았다.

무력을 봉쇄하고자 하는 시도가 이루어지자 황태자는 흠칫거리며 슈리아를 돌아보았다.

"왜 그를 감싸지?"

눈썹을 치켜들며 이해할 수 없다는 듯이 물어 오는 말에 슈리아는 재빨리 고개를 저었다.

"감싸는 것이 아니에요. 저는 그저 싸움을 원치 않을 뿐이에요."

"그대가 죽을 뻔했다는 것을 명심해."

"죽일 의도는 아니셨을 거예요. 그저 제게 숨겨진 힘이 있나 시험을 해 보려고……."

"그런 말도 안 되는 소리가! 그러다 그대의 몸이 상하기라도 했다면 어쩔 뻔했나?"

융통성이 없는 것은 아무래도 이쪽인 것 같다. 슈리아는 분노를 발하는 황태자를 옥죄듯 단단히 붙잡았다.

어차피 무모하게 굴어 봤자 질 게 뻔한 상황에 전투를 피할 구실을 만들어 줘도 이런 비이성적인 태도라니! 역시 검사들은 어리석기 그지없다.

속으로 힐난하면서도 슈리아는 땀이 날 만큼 세게 그를 붙잡고 있었다. 저를 내팽개치기 전에는 그도 검을 뽑아 들 수 없을 것이다.

두 남녀의 공방을, 정확히 말하자면 지극히 소녀다운 행태를 보이고 있는 아마르잔을 괴이쩍은 눈초리로 응시하는 블러디나이트는 명백히 현실을 받아들이기 어려운 눈치였다.

황태자가 일그러진 눈으로 단호하게 슈리아의 손가락을 하나하나 펴 내고 있는 순간, 익숙한 음성이 들려온다.

"당사자가 괜찮다고 하니, 전하께서도 흥분을 가라앉히시지요."

허공에 그려지는 것처럼 대공이 모습을 드러냈다. 그는 주의 깊은 눈으로 좌중을, 그리고 그 너머의 태풍이라도 휩쓴 듯한 정원을 둘러보았다. 황태자가 이를 악물었다.

"대공, 내 궁에서 내 비가 공격당했습니다. 이를 그냥 보아 넘기란 말입니까?"

벌써 혼례를 치렀었나 의심이 들 만큼 확고한 발언이었다. '미래의'라는 수식어를 생략한 거겠지? 그리고 같은 마법사인 대공도 역시 정확성을 추구하는 양 그 사실을 꼬집었다.

"아직은 아닙니다."

그 말에 황태자의 턱에 힘이 들어가고 몸 근육이 죄어드는 것을 감지한 슈리아는 그가 떼어 내던 손을 도로 움켜쥐고 깍지마저 꼈다. 이런 육체적인 제지는 내키지 않지만, 현재로서는 가장 효과적인 방식이다.

대공은 물 흐르는 듯이 빠르게 말을 이었다.

"그러나 소란을 피우셨으니 귀빈으로서의 대우는 더 이상 바라기 어려우실 겁니다."

남부를 다스리는 자답게 공정하고 냉엄한 선고가 떨어진다.

"떠나십시오."

대공이 말을 맺기 무섭게 블러디나이트는 등을 돌렸다. 조금도 미련 없는 태도였다.

멀어지는 그의 뒷모습을 바라보며 슈리아는 다행이라고 생각했다. 일단은 후퇴를 선택하는가. 비록 아마르잔과 슈리아의 연관성에 대해 어느 정도 추측은 하고 있었을 것이나, 슈리아가 아마르잔이라는 건 그로서도 예상치 못한 일이었을 터.

드높은 신념을 지닌 자이니 그가 제 신념에 걸맞은 적절한 대처를 결정하기까지는 시간이 필요하리라.

대공의 처우에 만족하는 것 같진 않았지만, 황태자는 돌아선 블러디나이트를 막거나 쫓지 않았다. 그는 그저 입술을 힘주어 다문 채로 블러디나이트가 떠난 빈자리를 지켜보고 있었다. 후에 그를 반드시 징죄하겠다고 다짐이라도 하는 것처럼.

이젠 됐겠다 싶어 슈리아가 깍지를 풀고 황태자를 놓아주려는 그때, 그가 불현듯 손을 붙잡았다. 또 무슨. 슈리아는 그를 물끄러미 올려다보았다.

"나는 늘 그대를 지키지 못하는군."

검은 속눈썹이 자청빛 눈동자를 내리덮는 동시에 자조 어린 음성이 새어 나온다. 자책의 그림자가 드리워진 낮은 빛이 들지 않는 깊은 우물을 연상케 했다. 황태자가 답지 않게 약한 모습을 보이자 슈리아는 움찔했다.

가당찮은 소리를. 제 무력함을 동정을 사서 덮으려 하는가.

연정을 품고 있다 고백한 소녀에게 미흡함을 엿보인다는 것은 바람직한 태도가 아니었다. 물론 그처럼 아름다운 외형의 청년이 드물게 약한 모습을 보인다면 어지간하면 모성애가 샘솟겠으나 슈리아에게는 해당 사항 없는 이야기였다.

혹시 이건 일종의 전략인 것일까. 그토록 강인하게 보였던 자가 의외로 유약한 일면을 드러내면 새로운 모습에 반하게 된다는 그런 이론.

슈리아는 황태자의 저의를 의심했다. 다만 소녀는 그런 심정을 티내지 않으며 상냥하게 말했다.

"전하께서 절 지켜 주실 필요는 없어요. 그리고 결과적으로 아무 일도 없었잖아요."

말투 자체는 위로였으나 어쩐지 궤도가 어긋난 듯한 내용이었다. 아니, 위로라 할 만한 것이긴 한가. 대공이 또다시 묘한 기색을 떠올렸다. 그러나 그는 황실의 어른답게 재빨리 황태자를 띄워 주었다.

"전하께서는 이제 갓 경지에 도달하셨으니 초월자를 상대로 이 같은 시련은 당연한 것입니다. 역사상 최연소로 초월자가 되셨으니, 머지않아 초월자 중에서도 두각을 드러내게 되실 겁니다."

그리고 그는 기어코 극도로 거슬리는 한마디를 덧붙였다.

"그 아마르잔조차 꺾으실 만큼."

뭐라고…….감히.

그 순간, 슈리아는 자신이 어떤 표정을 떠올렸는지 알 수 없었다. 심장을 단숨에 재로 만들어 버릴 듯한 화염 같은 열기가 뇌리까지 치솟았기 때문에.

일순 슈리아는 얼굴 근육에 대한 제어력을 완전히 상실했던 것이다. 스스로도 내심 비슷한 예상을 떠올린 적 있긴 했지만, 남의 말로 그 사실을 전해 듣는 것은, 이루 말할 수 없이 끔찍한 기분이었다.

그러나 선명히 눈을 뜬 황태자가 무어라 표현할 수 없는 얼굴로 저를 바라보고 있었기 때문에, 소녀는 곧 능숙하게 제 감정을 감췄다. 그러나 감추기 이전에 드러난 것까지는 어쩔 수 없었다.

"……."

황태자가 입을 떼려는 찰나, 캭캭거리는 소리가 들려온다. 블러디 나이트에게 호되게 당하고 발밑에 웅크리고 있던 베헤모트가 눈치 빠르게 나선 것이다.

슈리아는 제 시종마를 난생처음으로 치하하며 반지를 내려다보았다. 금이 가 있던 반지는 어느덧 자체 복구되어 새것처럼 반짝이고 있었다.

베헤모트가 살살 눈치를 봤다. 그 모습에서 반지로 도로 들어가기 싫어하는 의사가 역력하게 드러났다. 물론, 시종마의 의사를 반영해 줄 슈리아가 아니었다.

"들어와."

나직한 명령이 떨어지자마자 베헤모트는 끼잉거리며 검은 안개로 화해 반지 속으로 흡수되듯이 빨려 들었다.

그것은 적어도 시선을 돌리는 데 큰 효과가 있는 것 같았다. 아샤트리아 대공이 흥미롭게 눈을 빛내며 턱을 쓸었다.

"그러면 아가씨는 당분간 이곳에 머무르게 되는 겁니까."

"물론."

그렇게 단언하는 황태자는 슈리아를 결코 제 시야 밖에 두지 않겠다는 굳은 의지를 발하고 있었다.

그러나 황태자의 바람은 결과적으로 이루어지지 못했다. 일단 그는 황태자였고, 이번 사건의 표적이었으며 황후의 죽음과 흑마법사 안타레스의 사망이라는 어마어마한 사건이 벌어진 이상 그에게는 이번 일의 전황을 보고해야 할 의무가 있었기 때문이다.

비록 황태자궁에 이상이 발생해 되돌아왔다지만, 마침 회의 중에 뛰쳐나온 것이었기에 황태자는 더 이상 이곳에서 시간을 지체할 수 없었다. 대공이 그런 상황을 상기시키자 황태자는 갈등하는 모습을 보였다.

"전하의 기사들은 입 무거운 자들이니 아직 비밀을 유지하고 있을 터, 정식으로 관계를 공표하기는 마땅찮은 장소라 그러십니까? 그러면 일단 조사 차원에서 데려왔다 하심이."

"그러면 대공이 그녀를 살펴 주겠습니까. 난 그녀가 조사단에게 추궁당하는 것은 바라지 않습니다."

"그렇게 하지요."

대공의 승낙으로 슈리아의 일정은 결정되었다.

조사는 아주 형식적인 것으로 그리 대수롭지 않게 끝났다. 등 뒤에서는 신분이 미약한 슈리아에게 조사단원이 과한 언사를 꺼낼까 싶어 대공이 지켜보고 있었고, 현장에 있었던 기사들이 확실히 침묵을 유지했는지 슈리아의 시종마에 대한 건은 아직 알려지지 않은 모양이었다.

사건의 전말은 일단 시그오닐 대공녀를 비롯한 그녀의 친구들을 납치한 안타레스가 황태자를 유인해 냈고, 시기적절하게 등장한 블러디나이트에 힘입어 일이 수월하게 해결된 정도로 요약된 것 같았다.

또한, 그들이 슈리아에게 신경 쓰지 못하는 다른 이유도 존재했다.

황태자는 대공의 증언하에 스스로가 초월자임을 드디어 회의에서 밝혔던 것이다. 모두가 귀를 의심하는 와중에 그는 증명하듯 창공을 꿰뚫을 듯한 금빛 스피릿을 제 검 위로 나타내 보였다.

비록 눈으로 보진 못했지만 슈리아는 그 광경이 대단히 인상적이었을 거라고 인정하지 않을 수 없었다.

열일곱 살의 초월자라니!

단순히 뛰어난 재능을 지닌 천재 정도를 떠나 '기적'이나 '신화'

정도가 언급될 만한 일이었다. 이 전대미문의 사건은 즉시 회의장을 송두리째 뒤흔들었다.

놀랄 것도 없이 이 사실이 알려진다면 전 대륙이 경악으로 뒤흔들릴 만했다. 그 사실을 아는 자는 소수의 기사를 제외하면 황태자의 측근 중에서도 거의 없다시피 했으니 그들이 받은 충격은 당연한 것이리라.

대공이 선뜻 그 사실을 언급했으니 곧 공표되리라 생각했지만, 슈리아는 예상보다 이르다고 여겼다. 게다가 이건 마치…… 아마르잔의 시종마를 지닌 슈리아를 감싸기 위해 제게 시선을 집중시키는 것 같았다. 하지만 소녀는 그 긍정적인 발상을 지워 버렸다.

대공의 아마르잔 운운은 슈리아에게 극심한 반감을 불러일으켰고, 그 여파로 슈리아는 사소한 것에서도 황태자의 배려를 캐내고 싶지 않았다.

조사가 종료되고 아샤트리아 대공은 슈리아를 대기실로 안내하라 명하고 사라졌다. 이걸로 할 일이 끝난 거라면 저는 이제 공작저로 돌아가도 되지 않을까, 생각이 들었지만 앞장선 시녀는 슈리아를 충실하게 인도했다.

아마 황태자와 같은 상위 명령권자가 슈리아의 귀가를 허락해 주지 않는 한 빠져나가는 것은 무리일 듯싶다.

본궁에는 대기실 용도로 쓰이는 수많은 방이 있었고 슈리아는 대공이 신신당부한 만큼 개중에도 호화롭고 널찍한 장소로 안내되었다.

다만, 그곳을 슈리아 홀로 독차지하게 된 건 아니었다. 대기실에 발을 들이자마자 슈리아는 익숙한 얼굴들을 목격했다.

"슈리아!"

문이 열리는 순간 소파에 앉아서 과자를 먹고 있던 데이지가 벌떡 자리를 박차고 일어났다. 어쩐지 초췌한 얼굴로 앉아 있던 제시카와 베티도 시선을 주었다.

슈리아는 그들을 찬찬히 둘러보았다. 고작 하루 만에 보는 얼굴들인데 꽤 시간이 흐른 듯한 느낌이다.

"히히, 아까 네가 한 이야기 내가 다 들려줬어."

슈리아는 상냥한 미소를 보였다. 제가 감당해야 할 수고를 대신 행했다는 점에서 데이지는 그녀답지 않게 상당히 마음에 드는 행보를 보이고 있었다.

물론 슈리아의 편의를 위해서가 아니라 제 입이 근질거렸기 때문일 것이다. 전날 손목이 부러지는 수난을 당했던 베티가 조심스레 입을 열었다.

"정말…… 황태자 전하와 교제하는 거야?"

"응, 맞아."

슈리아는 별로 대수롭지 않게 대답했다. 제게는 이제는 익숙해지기까지 한 사실이었지만 베티는 아직도 믿어지지 않는 듯 몇 번이고 입을 달싹였다. 그녀는 이윽고 다시 물어 왔다.

"그러면 진짜 네가 황태자비가 되는 거야?"

"그럼 당연하지!"

적극적으로 응답한 건 당연히 슈리아가 아니었다. 데이지는 제 말이 기정사실이라도 되는 것처럼 의기양양하게 말했다.

단순한 데이지는 이해타산을 떠나 정서적인 친분을 중요시하는 경향을 보였다. 슈리아는 시그오닐 대공가에서 데이지의 발언권이 크다면 저를 지지해 줄 공산이 크다고 판단했다.

대부인도 저를 마음에 들어하는 것 같았으나, 이처럼 정치적인 문제에는 어떻게 나올지 모르는 일이다. 만약 시그오닐 대공가의 반대가 있더라도 데이지를 활용해서 저지할 수 있을 것이다.

"그건 당연하지 않아. 결코 장담할 수 없는 일이야."

역시나 냉철하게 현실을 지적하는 건 제시카의 몫이다.

"왜?"

데이지가 정말 모르겠다는 듯이 백치미를 선보이며 눈을 동그랗게 뜨자 제시카가 가라앉은 어조로 말했다.

"날 봐. 짐작은 했겠지만……. 나만 해도 이클립스 후작가의 반대 탓에 황궁에서 쫓겨났어. 황태자비라면 후작가의 안주인과 비교도 되지 않는 높은 자리이니 반대가 만만치 않겠지."

"말도 안 돼! 슈리아는 예쁘잖아. 황태자 전하와 정말 한 쌍처럼 잘 어울렸는걸! 그때 다들 봤잖아? 어떻게 두 사람을 갈라놓으려 할 수 있겠어! 그렇지 않아?"

"그건 그렇지만."

베티가 떨떠름하게 고개를 주억거렸다. 의도한 바는 아니었겠지만 데이지의 말은 마치 제시카는 예쁘지 않으므로 후작가의 반대를 입을 만하지만, 슈리아는 예쁘니까 황태자비가 되어도 좋다는 편파적이고 외모지상주의적인 소리로 들렸다.

물론 제시카는 객관적으로 보아 단정하고 예쁘장한 소녀였지만 금발도 아니었고 눈에 띌 만한 요소가 없는, 사교계에서는 흔하디흔한 외모에 지나지 않았다.

반면 슈리아는 천 명의 금발과 함께 있어도 단번에 눈에 띌 만한 미색의 소유자라 황태자의 시선을 끌었다고 해도 납득이 가는 것이다.

그런 현실을 떠나 데이지의 비논리적인 말이 전제로 하는 적나라한 비교에 마음이 상할 만한데도 제시카는 무덤덤하게 말했다.

"그렇게 치자면 오를레앙 공녀는 예쁘고 신분도 가문도 무엇 하나 나무랄 데가 없지. 오랜 시간 황태자비가 되기 위한 준비도 해 왔고."

"그렇지만 전하께서 좋아하는 건 슈리아잖아!"

데이지가 항의하자 제시카가 피식 웃었다.

"귀족도 아니고 하물며 황족이자 제국의 후계자이신 전하께서 개

인적인 호불호로 배우자를 선택하실 수 있을 것 같니? 그러기를 원한
다 하셔도 절대 쉽지 않을 거야. 지지 세력의 반발도 엄청날 거고. 어
쩔 수 없이 현실과 타협하게 되시겠지."

그녀의 어투에는 체념이 역력하게 드러났다. 슈리아는 재빠르게
하나의 가정을 떠올렸다. 이런 발언이 그녀의 경험에서 근거한 것이
라면, 역시 다니엘 이클립스는 현실의 벽에 부딪혀 제시카를 포기한
모양이다. 데이지가 흥분해서 반박했다.

"그렇지 않아. 우리 시그오닐은 대대로 자신의 배우자는 자신이 선
택해 왔어! 고모님인 전 황후께서도 그러셨고! 아버지도 그러셨고! 그
러니까 전하도 그러실 거야!"

제 약점이라도 공격받은 것처럼 씩씩거리는 데이지에게 제시카가
달래듯이 말했다.

"그 말대로 되면 좋겠지. 나도 그렇게 되길 바라."

어쩐지 우울한 기색이 어린 낯으로 제시카는 눈을 깜빡였다.

거의 고백에 가까운 카지스 경의 말을 들은 지 얼마 지나지도 않았
는데, 벌써 그녀에게서 환희의 감정은 새싹만큼도 찾아볼 수 없었다.

다니엘 이클립스의 경우를 그에게 적용하는 거라면 섣부른 일반화
라고 슈리아는 생각했다. 원래 비슷한 종자끼리 어울린다고 카지스
경이 황태자와 같은 일면이 있다면 그는 어렵사리 드러낸 제 욕심을
포기하지는 않을 것이다.

게다가 그는 황태자의 최측근으로 충실히 공을 세워 기반을 다져
놓은 터이니 가문에 의존할 수밖에 없는 다니엘 이클립스와는 경우가
달랐다.

능력을 인정받아 윈스티드 백작가의 후계자로 확실시되는 카지스
경은 엄연히 제 요구를 가문에 관철할 수 있는 발언권을 가지고 있었
다.

그럴 가능성은 높지 않겠지만 배우자 문제로 그를 압박했다가 카

지스 경이 가문에 등 돌리기라도 한다면 그것은 백작가 측에 막대한 손실이었다. 제 친우를 밀어낸 윈스티드 백작가를 황태자가 곱게 볼 리 만무하니.

다만 그러한 긍정적 요인이 존재함에도 불구하고 이미 한 번 호되게 당해 본 제시카가 비관적인 미래상을 그리는 건 어쩔 수 없는 일이리라. 베티가 문득 물었다.

"그러면 카지스 경과 넌 어떻게 된 거야?"

"맞아, 나중에 말해 준다고 했으면서 여태 말 안 해 줬잖아. 치사하게!"

데이지가 투덜대자 제시카는 그녀답지 않게 머뭇거리다 입을 뗐다.

"뭐라고 말해야 할지 몰랐어."

"그런 건 부담 없이 말해도 돼."

"너도 내 이야기를 들었으니 나도 네 이야기를 듣고 싶어."

슈리아도 호기심에 넌지시 가세했다. 그제야 제시카는 개인사의 공평한 교환에 대해서 고려하게 된 모양이다. 그러나 고민하는 듯하던 소녀는 곧 고개를 저었다.

"아직도 내게는 꿈만 같은 일이라. 좀 더 담아 두고 싶어."

인내심 짧은 데이지의 독촉이 몇 차례 이어졌지만, 제시카는 꿋꿋이 입을 닫았다. 어쨌든 슈리아는 말하기 싫다는 데 캐물을 만큼 그녀의 사연이 궁금하지 않았고, 베티는 제시카를 존중해 줄 줄 알았다. 그 두 가지 경우에 모두 해당되지 않는 데이지만이 불만스레 볼을 부풀린 채 투덜거렸을 뿐이다.

"에이참, 궁금해 죽겠는데."

그러고는 변덕스러운 소녀답게 화제를 바꿔, 돌연 물어 왔다.

"아참, 슈리아. 그래도 마법 아카데미에는 들어가는 거지? 그러려고 황궁에서 일을 해 왔잖아."

데이지의 눈은 간절히 그러길 바란다는 듯이 소망을 담고 초롱초롱 빛나고 있었다. 마법사가 된 저에 대한 환상이라도 가졌나 싶었지만, 슈리아는 고개를 저었다. 데이지의 질문이 터져 나왔다.

"왜? 왜? 왜 안 간다는 거야? 곧 황태자비가 될 거라서?"

닦달하는 데이지를 베티가 쪼르르 막아섰다.

"저, 데이지. 황태자비는 관직이나 다름없는 자리야. 학업과 병행할 수는 없어. 아카데미가 1, 2년 다니는 곳도 아니고, 그런 전례도 없단 말야."

"잉~ 그래도 약혼만 하고 다니면 안 돼? 그럴 순 있을 거 아냐. 혼례야 나중에 치러도 되잖아."

"그건 가능한 이야기이긴 한데 반대가 심한 와중에 슈리아가 그런 욕심을 부리긴 어렵지 않을까?"

부정적인 전망이 강화될수록 데이지의 얼굴은 점차 악독하게 일그러졌다. 그녀는 마침내 뺙 소리를 지르며 투덜거렸다.

"으앙, 말도 안 돼! 난 슈리아랑 함께하는 아카데미 생활을 꿈꿨단 말이야!"

흥분한 그녀가 발을 동동 구르자 슈리아는 나직이 허점을 꼬집었다.

"저, 마법 아카데미는 마법에 재능이 있는 학생들만 다닐 수 있는데."

데이지가 눈을 동그랗게 떴다.

"응? 몰랐어? 하긴 별로 알려지지 않은 일이니까. 시그오닐 가문에는 종종 마법사가 나는걸, 나도 재능이 있단 소리는 어릴 때 들었어. 내 고모님, 그러니까 전 황후께서도 마법사셨단 말야!"

"어? 시그오닐이 마법사 가문이라고? 처음 듣는 이야긴데."

"그야 한 세대 걸러서 한 명 나올 둥 말 둥 하니까. 손이 귀해서 주로 후계자 교육을 받느라 마법사가 되는 건 생각 못 하기도 하고. 고모님은 어릴 때부터 마법사가 되고 싶어 하신 좀 특이한 경우라고 들었어. 결국, 황후가 되시면서 그쪽 공부는 접어야 했지만."

"우와, 그런데 왜 이제야 그 말을 하는 거야? 우린 까맣게 몰랐잖아."

"슈리아가 저번에 내게만 마법 아카데미 들어갈 거라고 말해 주지 않았잖아! 나중에 놀라게 해 주려고 꾹 참았단 말야!"

"그……그래."

데이지에게 그처럼 깊은 앙심과 인내심이 존재한다는 것은 새롭고도 놀라운 발견이었다. 소녀들 사이에 신 나게 대화가 오가는 동안 슈리아는 반응 없이 석상처럼 굳어 있었다.

어마어마한 충격의 소용돌이가 머릿속을 찢어 내 말을 하긴커녕 입이 어디 있는지도 분간하기 어려울 지경이다.

슈리아는 황태자가 느닷없이 사랑한다고 말해 왔던 그때만큼이나 경악에 빠져 있었다. 정신이 혼란한 정도가 아니라 아예 달아났다.

데이지와 마법사.

그 두 단어는 물과 불처럼 완전히 정반대에 속한다고 믿어 왔던 것이다. 또한, 심정적으로도 도무지 용납되지 않았다.

어떻게 데이지 따위가 마법에 재능이 있을 수 있단 말인가. 아니, 마법사의 자질을 가진 자가 어떻게 그런 냉정하지도 차분하지도 못한, 머리보다 심장으로 움직이는 하등 동물 같은 성격과 행태를 보일 수 있단 말인가.

그녀의 넘치도록 흐르는 감성과 지독한 발랄함을 생각해 볼 때 이는 상상조차 할 수 없던 일이었다. 물론 데이지의 독선적인 행보나 집요한 태도는 마법사다운 것이긴 했다.

그러나 그 단순한 뇌구조를 마법사의 것과 동일시한다는 것은 마법사라는 단어를 바보, 천치와 동격으로 보는 것과 마찬가지다.

데이지의 존재는 재능뿐만 아니라 이성적이고 냉철하며 사물에 대한 탁월한 분석력을 기초로 하는 마법사라는 특별한 직업에 대해 슈리아가 가지고 있던 모든 자부심과 우월감을 깨부수고 있었다.

그건 심지어 마법사인 자신을 모욕하는 기분마저 들었다. 이백여 년을 이어져 내려온 견고한 자아의 세계를 산산조각 내는 천재지변이 벌어지고 있었다.

슈리아는 앞으로는 더 이상 상대가 마법사라는 이유만으로 호감을 느낄 수 없게 된 자신을 깨달았다.

믿기지 않는 현실을 부인하고 싶은 마음에 슈리아는 데이지에게 흐르는 마력의 기운을 읽어 냈다. 마법사의 경지는 날 때부터 보유한 마력의 함량에 따라 상당 부분 좌우된다.

……부인하고 싶은 결과였지만, 유감스럽게도 데이지는 열심히 노력한다면 위켄하이저 공작 정도의 마법사가 될 가능성이 있었다. 그리고 그 위켄하이저 공작은 브리오니아에서도 알아주는 마법사였다.

재확인은 제 기분을 나락으로 떨어지게 할 수 있었기 때문에 슈리아는 구태여 다시 확인하려 들지 않았다. 순식간에 모든 기력이 소진된 느낌이다.

"데이지 대단해! 수도 잘 놓고, 요리도 잘하고 이제 마법사가 되면 만능이 되는 거야?"

"이힛, 혁신적인 요리 마법을 개발해 보는 게 사실 내 목표였어!"

"우와, 마법을 쓰면 요리가 만들어지는 거야?"

"응, 응. 재료가 있어야겠지만."

이어지는 말들은 슈리아의 정신을 붕괴시키기 위해 모의된 대화 같았다. 마법으로 뽕 하고 요리를 만들어 내는 데이지의 모습은 상상하고 싶지 않음에도 지나치게 생생하게 떠올랐다.

데이지가 마법 아카데미로 떠나면 제도에 있는 아카데미라 한들 학업에 열중해야 하니 저와 만나는 시간이 현격하게 줄어들 것이라는 긍정적인 요인은 그리 위안이 되지 못했다.

"그래도 슈리아는 못 다닌다니 고민해 봐야겠다. 가정교사를 들이는 방법도 있으니까."

어쨌든 마법사가 되긴 될 모양인지 데이지는 굳게 중얼거렸다. 이쯤에서 슈리아는 거의 포기 상태였다.

지루한 대기 시간을 거쳐, 소녀는 면회실로부터 예상치 못한 부름을 받았다.

"맙소사, 네가 또다시 이런 일을 겪다니! 내막을 전해 듣기 전까진 널 보내면서 이런 일이 일어날 줄은 전혀 꿈도 꾸지 못했단다!"

초췌한 낯의 세일린이 슈리아를 확 끌어안았다. 일전에 마법을 걸어 뒀으니 크게 상관은 없겠지만, 임산부에게 이런 불미스런 소식이 전해지도록 내버려 두다니.

슈리아는 옆쪽에 멀거니 서 있는 위켄하이저 공작에게 눈총을 주었다. 공작은 미간을 찌푸리며 핑계를 댔다.

"긴급한 연락이 닿아 내가 저택을 나서자 그새 알아보고 물어 오더군."

세일린에게 시달리다 못해 그녀를 이 안에 들어오게 해 준 위켄하이저 공작은 골치가 아프다는 듯이 머리를 쓸어 넘겼다.

"슈리아, 이대론 안 되겠어. 난 도저히 이런 곳에 널 계속 내버려 둘 수는 없어. 저택으로 돌아가자. 넌 푹 쉬고 마음을 추슬러야 해."

감옥에 갇혀 있는 것도 아닌데 세일린은 본궁의 대기실을 짐승 우리인 양 가차 없이 폄하하며 슈리아의 손을 붙잡았다. 그녀의 활활 타오르는 눈빛에선 무슨 일이 있어도 슈리아를 구출해 가겠다는 듯한 강렬한 의지가 엿보였다. 두 번이나 죽을 뻔한 위험을 겪은 조카에 대해서 그녀가 과민하게 구는 것은 타당한 반응일지 몰랐다.

물론 슈리아도 귀가를 원하고 있긴 했다. 우선 데이지와 멀어지는 게 시급했고, 이 기분으로 황태자에게 시달리고 싶지도 않았다. 그러나 황태자가 슈리아의 출궁을 용납할 것인가는 슈리아의 의사와 전혀 별개의 문제였다.

가망성 없을 거라고 생각하면서도 슈리아는 세일린이 방을 박차고 나가 책임자를 찾아가도록 내버려 두었다.

"미안하구나."

결연하게 방을 나섰던 세일린이 얼마 후 되돌아와 쑥스러운 듯 사과했다. 미묘하게 달아오른 낯에 흥분이 어려 있는 것이 마치 마음에 쏙 드는 사위를 만나고 온 장모가 지을 법한 표정이었다.

갑자기 들뜬 기분으로 돌아온 세일린에게 수상쩍은 기미를 감지한 슈리아는 불길한 예감 속에서 그녀의 설명을 기다렸다. 세일린은 조사를 책임지는 관료와 실랑이를 하다 보니 황태자와 대면하게 되었다고 털어놓았다.

"하필 언성을 높이던 때에 나타나셨는데, 부끄러운 모습을 보여 버렸어. 회의에 오가느라 바쁜 와중에도 나를 상대해 주시더구나. 냉정한 분이라 들었지만, 소문과는 달리 배려심이 넘치는 분이셨어."

세일린은 황홀한 듯 눈을 빛냈다. 이건 좋지 않은 징조였다.

"안전이 염려되어 당분간은 널 돌려보낼 수 없다고 하시더구나. 그도 일리가 있는 말이긴 해. 귀족 저택보다야 황태자궁이 더 보안이 좋긴 하겠지."

황태자궁에서 거대 괴물을 목격한 슈리아는 그 점에 동의하지 않았지만, 세일린의 얼굴에는 흐뭇한 웃음이 떠올랐다.

"그런데 그게 내겐 마치 어떤 이유를 대서라도 널 보내고 싶지 않다고 하시는 것처럼 들렸단다. 널 정말 아끼시나 봐! 내가 언약의 증표를 넌지시 언급하니까, 고려하고 있었지만 네게 어울릴 만한 반지를 아직 찾지 못했다고 하시더라고. 어쩜!"

그녀의 말을 들으며 슈리아의 팔에는 오소소 소름이 피어올랐다. 도대체 어떤 식으로 말했기에 세일린이 저런 반응을 보인단 말인가.

그는 놀랍도록 짧은 시간, 한 번의 간단한 대면으로 세일린의 마음을 사로잡았다. 검밖에 모를 줄 알았던 황태자가 귀부인을 상대하는 매끄러운 화술을 보유하고 있었다는 건 뜻밖의 사실이다. 이것도 그가 가진 황족으로서의 정치성의 일면인 것일까. 슈리아는 가늠해 보았다.

그녀가 황태자에게 혹한 나머지 너무도 쉽게 납득했다고 여길까봐 우려했는지 세일린이 급히 덧붙였다.

"대신 황태자궁에 드나드는 것을 허락받았단다. 내가 최대한 자주 입궁해서 널 살필 거야."

결국 그런 결론이군. 실망 없이 고개를 끄덕인 슈리아가 그럴 필요까진 없다고 답하려던 순간, 그녀답지 않게 흥분한 세일린이 언어의 홍수를 쏟아 냈다.

"무도회에서도 뵌 적이 있긴 하지만, 정말 훤하게 잘생기셨더구나! 어쩜 그렇게 기품 있고 멋있으신지, 내가 네 또래였으면 정말 팬이 되었을 거야! 거기다 세상에, 스피리어라니! 문무를 겸비하고 성품조차 다정하시니 무엇 하나 빠질 데 없는 분이셔. 그런 분의 마음을 받는 넌 정말로 행운아란다!"

세뇌라도 시켰는지 세일린은 황태자를 파렴치한 취급하며 슈리아를 걱정하던 이전과는 급격하게 반전된 발언을 내놓고 있었다. 계속해서 쏟아지는 그녀의 칭송을 들으며 어쩐지 데이지가 생각나는 것은 어쩔 수 없는 일이리라.

내심 세일린이 그를 마음에 들어하지 않기를 기대했던, 정확히는 황태자의 고난을 기대했던 슈리아는 한층 기분이 저조해졌고 외간 남자에 대한 칭찬이 그칠 줄을 모르자 위켄하이저 공작이 미간에 금을 그었다.

"세일린, 이제 그만하고 가지. 슈리아도 곧 궁으로 가 봐야 할 테니."

그는 결국 불편한 심기를 역력하게 드러내며 권고를 꺼냈다. 세일린은 면회실에 들어설 때와 판이해진 얼굴로 순순히 후일을 기약했다. 슈리아는 어쨌거나 세일린이 그리 충격받지 않아서 그나마 다행이라고 긍정적으로 생각하기로 했다.

세일린이 떠나간 후 곧바로 찾아든 손님이 있었다. 카지스 경은 다시 대기실에서 친구들과 어울리고 있던 슈리아에게 황태자의 귀궁 예정을 알리며 황태자궁으로 돌아가야 한다고 전했다.

다른 소녀들은 아직 회의가 계속되고 있으니 몇 시간 더 이곳에 머물러야 했다. 슈리아만 예외인 것은 오로지 황태자의 특별 대우 때문이리라.

공무에 충실해지려는 것처럼 카지스 경은 떨리는 눈으로 저를 응시하는 제시카에게 시선조차 주지 않았다. 그 분별력 있는 행동에 슈리아는 적어도 이런 문제에 있어선 황태자보다 그가 이성적이라고 판단했다.

그러니까 그 투철한 충성심과 기사다운 태도를 버리고 제시카에게 그런 말을 하게 된 연유가 궁금해지는 것이다. 황태자궁으로 향하는 와중에 슈리아는 대뜸 물었다.

"제시카와는 어떻게 된 거예요?"

예전이었다면 그에게 이런 질문은 함부로 할 수 없었겠지만, 이제는 눈치 볼 이유가 없었다. 이제는 오히려 그가 슈리아에게 잘 보여야 하는 상황이었다. 일순 눈빛이 흔들리긴 했지만, 카지스 경은 최대한 감정을 배제한 어조로 응답했다.

"섣부른 행동이었다고 생각하고 있습니다."

정중하게 말하는 카지스 경은 심지어 자책감을 느끼고 있는 것으로 보였다. 하긴 기사 된 자가 주인의 안위를 살피기 이전에 제 감정에 충실했음이니 고지식한 자라면 그럴 만도 하다.

문득 슈리아는 카지스 경의 말투가 완전히 바뀌었음을 깨달았다. 그는 이제 슈리아를 한낱 시녀가 아닌 주군과 결혼을 언약할 상대이자 미래의 황태자비로 대우하고 있었다.

"섣부른 행동을 보일 정도로 마음을 뒤흔든 상대에게 왜 알은척도 하지 않죠?"

이번에는 좀 더 시간이 걸렸다. 카지스 경은 꽤 뜸을 들였다. 서른 발짝쯤 내딛고 나서야 그는 조용히 말했다.

"어떻게 대해야 할지 모르겠어서 그렇습니다."

수줍음이라도 타나? 슈리아는 흥미롭게 여기며 또다시 물었다. 이번엔 아주 핵심적인 질문이었다.

"왜 제시카였나요?"

사실 대답을 줄 거라 크게 기대하진 않았다. 그 딱딱한 얼굴로 '제 개인사는 묻지 말아 주십시오.' 정도의 발언을 하는 것이 그에게 어울리는 반응이리라 보았다. 그러나 카지스 경은 다른 전략을 취했다. 그는 수수께끼 같은 대답으로 슈리아를 더욱 의문스럽게 만들었다.

"제가 그녀를 마음에 품은 계기는 전하와 다르지 않습니다."

황태자와 다르지 않다고? 황태자는 슈리아에게 그 이유를 말해 주지 않았다. 첫눈에 반했다거나 외궁을 지나면서 자신을 보다가 눈에 새겼다는 정도가 슈리아가 할 수 있는 추측의 전부였다.

"물론, 그렇다고 완벽히 같은 건 아닙니다."

자꾸 알쏭달쏭한 소리를 해 대자 슈리아가 대답을 요구하듯 그를 응시했다. 카지스 경은 망설이며 입을 꾹 닫았다.

속내를 꺼내 놓는 것은 내키지 않는 일이지만, 그동안 눌러 참아 응어리진 마음이었다. 한 번 물꼬를 튼 마음은 정작 그 대상이 되는 이 앞에서는 단단하게 굳었지만, 별개의 사람 앞에서는 느슨하게 새어 나오려 했다. 더욱이 상대가 그를 집요하게 놀려 먹지 않을 소녀라면. 털어놓을 마음이 들었으면서도 그는 우선 신중해졌다.

"흔한 이야기입니다."

"흔한 것도 나쁘지는 않지요."

그 응답을 지지라 여긴 카지스 경이 담백하게 말을 시작했다.

"……황태자궁에서 그녀를 처음 보았습니다. 그 나이답지 않게 그늘져 있는 모습이 눈에 박히더군요. 그러다 그녀가 어린 나이에도 제 식솔들을 책임지고 있다는 것을 알게 되었습니다. 그렇게 알아 가면서…… 차츰 그런 마음이 들었던 것 같습니다."

아마 그의 시각에 제시카는 가난해도 꿋꿋하게 가정을 돌보는 참한 소녀가장 정도로 보이는 모양이었다. 참 고지식한 이유였다. 슈리아가 다니엘 이클립스에 대해 묻기도 전에 카지스 경은 담담히 말했다.

"저는 타는 듯한 마음 같은 것은 모릅니다. 다만 참을 수 없는 순간이 있었지요."

그는 그 말을 마지막으로 굳건히 입을 닫았다. 그래서 황태자의 경우와 어디가 같고 어디가 다르다는 건가. 지켜본 건 같되 매력을 느낀 부분은 다르다는 건가.

딱 떨어지는 것을 좋아하는 슈리아는 이처럼 모호한 논리는 선호하지 않았다. 그를 추궁하기라도 해 볼까 싶었지만 슈리아는 욕구를 억눌렀다. 측근인 그라고 황태자의 그 암흑 같은 속내를 모두 다 아는 것은 아닐 것이다.

황태자에게 어떻게 하면 효과적인 답변을 끌어낼 수 있을까 고심하는 동안 어느덧 발길이 황태자궁에 닿았다. 마중 나온 에나파 시녀장이 정중하게 인사를 올렸다.

"안으로 드시지요, 영애. 전하께서는 곧 도착하실 겁니다."

슈리아는 고개를 작게 끄덕였다. 아주 늦은 밤이었다. 대기실에서 간단히 배를 채우긴 했지만, 약간 허기가 졌다. 황태자 역시 회의에 드나드느라 제대로 된 식사를 못 했을 터이니, 아마 함께 단란한 시간이라도 가져 보려고 할 것이다.

오래지 않아 슈리아의 예상은 현실로 나타났다. 다만 이번에도 역시 대공이 함께였다. 황태자는 그 사실을 대단히 못마땅하게 여기는 듯했으나 대공이 워낙 사람 좋은 얼굴을 하고 있었기 때문에 분위기는 어색해지지 않았다.

응접실에서 가진 간단한 식사 자리에서 대공은 느닷없이 중요한 질문을 꺼냈다.

"이황자는 어떻게 하실 겁니까."

"황후와 흑마법사의 결탁에 그가 공조했느냐 하지 않았느냐에 따라 처결이 다르게 내려지겠지요."

"이황자는 악독한 짓을 벌였다고는 하나, 모후 된 이를 잃었고 전하께서 초월자임을 공포하신 이상 누구도 그를 지지하고 나서지 않을 것입니다."

대공이 턱을 쓰다듬으며 한 말에 황태자가 냉랭하게 답했다.

"그래서 제게 가장 큰 정적을 살려 놓으라, 이 말씀이십니까."

"몇 안 되는 아우에게 그 정도 자비쯤 베푸실 수 있지 않겠습니까. 황위 포기 선언이라도 하게 하시지요."

대공이 말을 마치자마자 황태자의 안면에 조소가 피어났다.

"내게 혈육의 정을 들먹이고 싶다면 내 아비에게도 같은 소리를 하시지요."

그 말엔 노골적인 경멸이 깃들어 있었다. 황제를 낮잡아 칭하는 말에 공기가 얼어붙었다. 순식간의 대공의 표정이 침중해졌다. 그는 가라앉은 어조로 물어 왔다.

"원망……하시는 겁니까."

"그럴 리가."

황태자는 짤막하게 답하고 침묵을 지켰다. 슈리아는 싸늘해진 분위기에도 개의치 않고 음식을 깨작거리고 있었다. 한숨을 내쉰 대공이 고개를 들고 알 수 없는 소리를 꺼냈다.

"그 점은 제게도 책임이 있습니다."

"난 대공에게 책임을 추궁하고자 하는 것이 아닙니다."

그 말을 끝으로 또다시 무거운 정적이 깔렸다. 오늘은 수수께끼의 날인가. 식사하는 자리에서 뜬금없는 소리를 해 대는 것이 퍽 거슬렸다.

포크를 내려놓자 황태자의 눈길이 슈리아에게 닿았다. 순식간에 사납게 철썩이는 파도에서 잔잔한 호수의 물결처럼 그의 얼굴이 부드러워졌다. 황태자는 다정하게 음식을 밀어 주었다.

"더 먹지."

그 태도는 마치 슈리아를 포동포동하게 만들려는 개인적인 욕망에 충실한 것 같았다. 적당량으로 배를 채웠다고 생각하는데 왜 남의 식사량에 간섭하는 건지 모를 일이다. 원래 식사에 참견하는 것은 부모의 역할이니.

또다시 거절했다간 대공이 이상한 눈으로 바라볼 수 있었기에 슈리아는 성의를 봐준다는 듯이 아주 조금 더 음식물을 깨작거렸다. 조금 전의 분위기를 씻은 듯이 지운 대공이 빙긋 웃으며 말했다.

"시종마 일은 친구들에게 약간의 암시와 함께 잘 설명해 두었습니다. 아무래도 아마르잔의 시종마를 가지고 있다는 게 소문이라도 나면 곤란하지 않겠습니까?"

"네, 감사해요."

데이지만 묻지 않는 것이 아니라 다른 친구들도 그 사실에 관해 통 관심을 안 가지는 눈치여서 짐작은 했었다. 대공이 이리저리 다니면서 조치를 취한 모양이다. 슈리아는 그의 철두철미함을 높게 평가했다.

눈에 띄는 특별한 요소를 가지는 것은 제 생을 평범하지 못하게 만드는 일이기에 자신을 감춰 왔던 슈리아였다. 비록 황태자비로 공표

됨으로써 원하는 바와는 달리 이목이 쏠리겠지만, 그게 아마르잔의 시종마를 가지고 있는 수상쩍은 소녀라고 알려지는 것보다는 차라리 나았다.

평생 원한을 쌓으며 살아온 몸이니 전생의 자신, 아마르잔과는 연관되지 않는 편이 좋을 것이다.

경쟁이라도 하듯 황태자가 제 손을 붙들자 슈리아는 그를 올려다보았다. 여전히 드러난 것보다 더 많은 것을 숨기고 있는 저와는 달리 이제 어떤 것도 감출 필요가 없어진 황태자는 열기 어린 낯을 하고 있었다.

그가 드러낸 감정은 보석같이 늘 차가운 빛이 번뜩이던 자청색 눈동자를 진정 사람의 것처럼 보이게 했다. 완전함을 해치는 감정이란 추할 뿐이라고 믿어 왔을진대, 그에서 파생된 불완전함은 기이하도록 아름다웠다.

새로운 아침을 맞은 것처럼 새벽빛으로 물든 눈동자로 황태자는 예언하듯 말했다.

"그대는 앞으로 제국에서 가장 고귀한 여성에게 어울릴 만한, 그 모든 것을 누리게 될 거야."

그리고 슈리아는 그 말의 진의를 다음 날부터 뼈저리게 느끼게 된다.

※

아침에 일어나면 공물로 들여온 최고급 허브와 약재가 우러난 물로 몸을 씻어 내고 마사지를 받는다. 오전에는 매일같이 의상실에서 치수를 재러 오고, 맞춤으로 제작된 부드러운 촉감의 드레스를 입고 단장을 한다.

아침저녁으로 피부에 꿀이며 우유며 피부에 좋다는 모든 것들을 아낌없이 끼었으니, 살갗은 부들부들해졌고 곱게 빗어 낸 머리카락은 반짝반짝 윤이 날 지경이다. 손톱이며 발톱도 하나하나 섬세하게 다듬어졌다.

그러면서도 안색은 한층 더 투명하니 고와져 세일린이 물이 올랐다고 표현할 만치 슈리아는 환하게 피어나고 있었다.

손가락 하나 까딱하지 않아도 시간이 흘러가는 편안한 생활이긴 했지만, 슈리아는 하루빨리 황궁을 벗어나고 싶었다.

그런 기분을 유발하는 데는 많은 요인이 있었지만, 일단은 시녀들이 성가실 정도로 졸졸 따라다니는 것이 거슬렸다. 또한 실력적인 유용성 때문에 해고당하지 않은 실력 좋은 기사 카일 경도 거기에 동참하고 있어서 거슬림에 한몫을 더했다.

황태자의 특명에 따라 그는 슈리아의 안전을 전적으로 책임져야 했다. 처음 며칠간 슈리아를 본궁에 동반했던 황태자였지만, 계속 그렇게 슈리아를 데리고 다닐 수는 없었던 것이다. 무엇보다 위협이 될 만한 블러디나이트는 이미 떠났으니.

— 블러디나이트 카르마인.

슈리아는 그에 대해서 최근에 충격적인 견해를 들었다. 물론 슈리아에게 충격을 줄 만한 언사를 쉽사리 행할 수 있는 이는 역시 단 한 명뿐이었다.

아직 이번 사건에 대한 처리가 종결되지 않았기에 데이지와 제시카, 베티는 황태자궁에 머무르게 되었다.

물론 슈리아와 단둘만의 시간을 바라는 황태자로서는 허락하고 싶지 않았을 것이지만, 시그오닐 대공녀를 홀대할 수는 없는 노릇이다. 또한, 미혼의 귀족 영애가 홀로 그의 궁에 머무르는 것은 영 좋아 보이지 않는 모양새였으므로 소녀들이 함께 머무르는 것은 슈리아를 묶어 두는 일에 정당성을 부여하는 것이기도 했다.

세일린도 한시름 놓았다는 듯이 언급한 바 있었다.

그러니까 슈리아는 데이지의 바람대로, 그녀와 같은 공간에 거주하게 되었다는 뜻이다. 데이지는 근래 세상에서 가장 행복한 소녀가 된 듯이 굴고 있었다. 들뜬 기분으로 방글거리던 그녀는 티타임에서 슈리아에게 느닷없이 물어 왔다.

"근데, 그분은 어디 갔어?"

"그분?"

"그, 그 블……블러디나이트라는, 빨간 눈에 되게 분위기 있고 잘생긴 사람! 그때 우리를 구해 줬던!"

슈리아는 데이지가 저를 구해 준 사람이 블러디나이트라는 사실을 알아챘다는 것에 놀랐다. 그녀에게도 상황 파악 능력이란 게 있을 줄은 몰랐으므로.

데이지의 발언을 되짚어 본 슈리아는 잠시 후 신중하게 고개를 끄덕였다. 카르마인의 낯짝 따위엔 관심이 없었지만 불길하다고 여겨져 그의 외모를 혹평하게 하는 암적색 동공을 배제하고 본다면 카르마인의 얼굴은 호의적으로 평가할 만한 균형적인 요소를 갖추고 있었다.

"떠나셨어. 왜?"

"히히, 구해 줘서 감사하다고 말하려고 했단 말야."

헤실거리며 몸을 배배 꼬는 데이지의 표정은 그에 대해 진득한 호감이라도 느끼고 있는 듯이 보였다. 슈리아는 데이지가 그를 자신을 구하러 온 왕자 정도로 착각하는 것은 아닐까 생각했다.

"으, 음. 감사해야 하긴 하지만 그래도 다행이야. 난 그분 무서운걸. 그런 눈은 처음 봤어. 어떻게 사람 눈이 핏덩이처럼 붉을 수 있담?"

"핏덩이라니. 왜 그렇게 생각하는 거야?"

베티의 중얼거림에 데이지가 투덜거렸다. 손가락을 척 치켜세운 데이지는 생글거리며 자신만의 독특한 견해를 선보였다.

"그건 딸기잖아!"

순간 방 안에 시간이 멈추는 마법이라도 걸린 듯했다. 그 블러디나이트와 딸기라니…….

엄정하고 위압감 넘치는 핏빛 기사와 귀엽고 동글동글한 과일. 지독하게 상반되는 그 두 단어를 나란히 놓는다는 건, 정신 건강에 해를 끼칠 정도로 부조화스러운 일이었다. 모두가 언어구사 능력과 사고력을 상실한 와중에도 데이지는 눈치 없이 발랄하게 외쳤다.

"내가 좋아하는 딸기색 눈을 가지셨단 말야! 꼭 가까이서 보고 싶었는데 아쉽다."

역시 데이지가 초월자를 상대하는 데 적합한 성격이라 여겼던 것은 탁월한 판단이었다. 뇌리가 정전되어 잠시 공백 상태로 있던 슈리아는 곧 저만 충격을 받은 것이 아니라는 사실을 깨달았다. 베티는 턱이 빠질 정도로 입을 벌리고 있었고, 제시카는 무릎 위에 찻잔을 엎지른 상태였던 것이다.

"……그 말, 부디 그분께 할 수 있길 바라."

"응, 고마워!"

슈리아의 뼈 있는 언급을 데이지는 응원으로 받아들였고, 슈리아는 데이지의 말을 의미 깊게 새겨 두었다.

이 말을 들으면 그 깐깐한 카르마인도 이성을 잃지 않을까. 최초로 그 완고한 얼굴이 뒤흔들리는 꼴을 볼 수 있을지도 모르겠다고, 슈리아는 생각했다.

비록 한시적으로 물러났다고는 하나, 그가 다시금 자신에게 접촉해 올 가능성은 높은 터였다. 그때 데이지를 소개한다면 그를 효과적으로 퇴치할 수 있을지도 몰랐다. 다만, 견디지 못한 카르마인이 폭주할 위험성도 있긴 했다.

이윽고 이어진 대화에서 데이지는 베헤모트의 이야기를 꺼냈다. 대공은 자신의 시종마를 블러디나이트가 아마르잔의 것으로 착각했다는 식으로 설명한 듯싶었다. 베헤모트가 저에 대한 호의적인 평가나 감사의 말을 두근두근 기대하고 있는데, 데이지가 불만스럽게 내뱉었다.

"대공 전하는 정말 취향이 이상해! 왜 그런 징그러운 걸 시종마로 두셨담?"

나라면 좀 더 귀엽게 만들었을 텐데! 데이지가 꿍얼거리는 것을 들은 베헤모트가 반지 속에서 너보단 내가 귀여워! 하고 항변하듯이 꿈틀거린다. 화가 솟구친 듯이 격한 움직임이었다. 이해하기를 거부하고 싶은 두 마리의 행태에 슈리아는 급격하게 피곤해졌다.

슈리아가 데이지에게 시달리는 동안, 매일같이 궁을 나섰던 황태자는 바쁜 일정을 보내는 것 같았다. 마지막 전투 이후 그는 블러디나이트와 비교되는 제 실력을 확실히 인식했는지 남은 거의 모든 시간을 검을 수련하는 데 쏟았다.

다만 그는 주어진 시간만큼은 슈리아에게 충실했다. 끼어들 만한 데이지가 황태자를 불편해하는 다른 친구들과 따로 식사를 했고, 대공도 본궁으로 거처를 옮겨 갔기에 그는 매일 조찬에서 둘만의 시간을 확보할 수 있었다.

조찬에서 황태자는 이제 슈리아를 괴롭히는 가장 효율적인 방법을 습득한 것 같았다. 그는 종종 몸에 좋다는 말로 역겨운 냄새가 나는 약초 샐러드와 같은 괴상한 음식을 권유했으며 그러면서도 다정한 태도를 보임으로써 시중인들 앞에서 슈리아가 늘 거절할 수만 없게 하였다. 됐다, 싫다, 싸늘하게 말하는 것도 한두 번인 것이다.

그렇다고 그가 의무에 불성실한 것도 아니었다. 연일 황궁에 드나드는 그는 슈리아와 조식을 함께하려고 애써 시간을 만드는 것처럼 보였다.

바쁘실 테니 돌려보내 달라고 말해 보려던 슈리아는, 문득 그것이 저와 시간을 보내 주지 않는다는 투정으로 들릴 수 있다는 사실을 깨닫고 입을 다물었다.

아직은 사건이 완전히 종료되지 않은 터라 엄연히 사건 관계자인 저를 보내 줄 수도 없는 일이다.

슈리아는 미래의 황태자비였고, 에나파 시녀장은 누구보다 그 사실을 잘 숙지하고 있는 이였다. 간단한 언질만으로도 그녀가 공식적인 사안에 대해서 주기적으로 보고를 올렸기 때문에, 슈리아는 이번 사건의 사후처리가 어떻게 이루어졌는지에 대해서 어느 정도 파악할 수 있었다.

우선 식사 자리에서 했던 말과는 다르게 황태자는 이황자의 처분 과정에서 그의 협조 사실을 공언했다. 그 덕분에 이황자는 처벌은 면했지만, 승계권 포기 선언을 피할 수 없었고 초라한 황후의 장례식을 끝으로 자숙하게 되었다.

황위 계승권도 없고 저를 뒷받침할 외가도 지지세력도 없어진 그는 이제 완전히 고립된 신세였다.

반면 황태자의 측근들은 이제까지의 충성에 상응하는 보상을 받았다. 카지스 경은 백작에서 후작으로 가문의 승작이 거론되고 있었고 황태자의 측근이라는 로웰 키라트라는 자 역시 이의 없이 자작 작위를 확보했다고 들었다.

에나파 시녀장은 그를 중요 인물처럼 넌지시 강조해서 언급했지만, 정작 슈리아는 그러한 이름을 들어 본 적이 없었다.

그러한 무지는 어떤 사실을 추정하게 하기에 충분했다. 황태자의 측근들은 필연적으로 궁을 드나들기 마련이었고, 차 시중 시녀였던 슈리아는 황태자의 가신들에 대해서 상당 부분 파악하고 있었다.

그런데 귀족조차 아니었던 자가 자작이란 작위를 받을 정도면 엄청난 공을 세웠음이 분명한데 단 한 번도 자신이 목격한 적이 없다니.

그러한 파격적인 서작敍爵에 반대가 거의 없었다는 사실을 감안할 때 그는 아마 암중에서 황태자의 명을 받아 행동하는 수족 같은 자일 거라 추측되었다. 그리고 암암리에 모두가 그 사실을 알고 있었을 것이다.

황태자비가 될 몸인 이상, 슈리아는 황태자의 최측근인 그를 살필 필요가 있었다. 그리고 그 기회는 일련의 사건들로 뒤숭숭한 분위기를 전환하기 위해, 몇 주 안에 개최될 황궁 무도회에서 찾아올 것이다. 공훈자들을 위한 무도회이기도 하니 키라트 자작이 참석하지 않을 리 없다.

※

슈리아가 황태자궁에 머문 지 열흘이 지날 무렵, 드디어 황궁에서도 매일같이 열리던 본회의가 종료되었다.

그동안 샅샅이 추려 낸 황후 측의 세력에 대해서는 개개의 협조 여부에 따른 처분이 결정되었고, 이번 일에 협조하지 않았을지라도 그 세력에 속한 이들에게는 정치적인 보복으로 인사 발령 조치가 이루어졌다. 또한 그 자리를 메꿀 이들도 선별이 끝났다.

상위 명령권자인 황태자의 역할은 이제 그동안 돌보지 못한 국정에 집중될 터였다. 그래도 회의가 끝났기에 이제는 한숨 돌릴 상황에서 황태자는 갑작스럽게 황제로부터 제도 내 순방을 명받았다.

여름철 번식기를 맞이한 마물들이 준동하는 이때 북부 대마물방어선에서 전투에 나설 것 역시 과업으로 주어졌다.

근간에 극도로 위험한 상대를 맞아 전투를 치른 황태자에게 그러한 명령은 과도하다는 반발이 잇따랐으나 한차례 위기가 있었던 만큼 불안한 민심을 달래고 제국을 안정화해야 한다는 황제의 태도는 강경했다.

그것은 제국의 후계자인 황태자가 흑마법사와의 일전을 황제에게 보고조차 하지 않고 홀로 치러 낸 벌이기도 한 것이다.

그즈음 해서 슬슬 세일린이 슈리아에게 이제는 공작저로 돌아와도 되지 않느냐고 말을 꺼내기도 했다. 조심스럽게 꺼낸 말에 황태자는 생각보다 순순히 고개를 끄덕였고 카일 경과 몇몇 기사들을 배속받는 조건으로 슈리아는 귀가 허락을 얻어 냈다.

그건 아샤트리아 대공이 슈리아의 안전에 대해 신경 쓰겠다고 말한 것도 있지만, 카일 경이 적극적으로 나선 덕이기도 했다.

"뭣, 그분이 아델트 영애를 공격했다굽쇼? 거참, 이런 어린애를? 그 고지식한 인간이?"

이 반문으로 그는 한차례 눈총을 받았다.

"아, 아니 뭐. 그럴 분이 아닌데. 뭐, 제 앞에서도 그러시진 않을 테니, 혹시나 찾아오면 제가 잘 말해 보지요."

슈리아는 황태자가 카일 경을 남겨 둔 의도에는 이런 계산도 섞여 있으리라 짐작했다. 블러디나이트의 첩자라는 허물을 벗어 버리지 못했지만, 적어도 카일 경이 슈리아를 죽게 내버려 두지 않으리라는 것은 진실이었다.

슈리아와 친분이 있는 블레어가 은근슬쩍 보여 준 반지를 보아서도 그랬고, 은근히 정이 깊은 그는 황태자궁에 사건이 터졌을 때에도 누구보다도 앞장서서 시중인들을 감쌌던 것이다.

블레어가 입놀림이 모든 장점을 깎아 먹을 뿐, 카일 경이 사실은 괜찮은 남자라고 자랑스럽게 평하는 것도 인간적인 근거가 있긴 했다. 물론, 그건 미래의 남편에 대한 의례적인 치사일 수도 있었지만.

블러디나이트가 슈리아를 감시하라 명했을 가능성이 높긴 했지만, 반대로 그를 막아설 수도 있었기에 카일 경은 어쨌든 당장 쓸모 있는 존재였다.

그는 블러디나이트가 용병 시절 사막에서 마물과 싸우다 죽을 뻔한 저를 구해 줬고 스승이라고 하기엔 뭣하지만, 검술도 약간 손봐 줬다고 말했다. 생명의 은인이며 용병들과도 인연이 깊은 블러디나이트가 안타레스를 추적하는 데 몰두하자, 카일 경이 좀 돕기도 했던 모양이다.

"나름대로 친한 사이라고 생각합니다만."

자부심 어린 얼굴로 카일 경이 당당히 말했지만, 죽을 때도 아무도 모르게 홀로 늙은 산양처럼 죽어 갈 듯한 블러디나이트의 성격을 곰곰이 되짚어 본 슈리아는 그 말에 동의할 수 없었다. 그저 한때 돌봐 줬던 애송이 정도로 생각하면 모를까.

카일 경의 협조에는 물론 이유가 있었는데, 블레어가 그에게 결혼 준비를 시켰던 것이다. 황태자궁의 기사 처소에 머무는 호위기사들은 바깥출입이 제한되었고, 그에 따라 가정에 신경 써야 하는 유부남은 직속 호위기사 자리를 벗어나기 마련이었다.

그런 걸 보면 괜히 기사들이 브리오니아 군부의 주축으로 권력을 잡는 게 아니리라. 황족과의 긴밀한 접촉을 오랜 기간 하게 되니 신뢰와 호감이 따르는 것은 불문가지의 일이었던 것이다.

여하간 저번에 하사받은 저택이 있다지만, 시중인들을 구하고 가정을 꾸릴 준비를 하려면 궁에만 박혀 있는 것은 안 될 일이었다. 한 번 밉보인 이상 호위기사 자리를 그만두고 옮겨 가겠다고 함부로 말할 수 없는 그에게는 절호의 기회였을 것이다.

더불어 블레어 역시 조만간 휴직을 신청할 모양이었다. 장기근속 시녀로 전문성을 인정받은 그녀는 일단 휴직을 신청하고 원하는 때에 복귀하면 되었다.

데이지와 제시카, 베티도 조사가 일단락됨에 따라 대공저로 떠나가는 것이 허용되었다. 시그오닐 대부인이 에스토어 지방에서 급히 올라왔기에 보호자의 관할 아래 데이지와 친구들은 오후에 급작스럽게 퇴궁한 터였고, 데이지에게서 해방된 슈리아는 이대로 황궁에 더 머물까 하는 쪽으로 마음이 바뀌고 있었다. 모든 것은 데이지가 얼마나 접근하기 쉽냐의 문제였다.

하지만 궁의 주인도 떠날 참인데 제도에 적을 둔 외부 손님이 마냥 머무는 것은 법도에 어긋나는 일이다. 그리하여 슈리아는 사안이 결정된 지 하루 만에, 즉 다음 날 공작저로 향할 예정이었다.

다만, 아쉬움이 있었던 것일까? 그날 슈리아에게 밤손님이 찾아들었다. 그러나 방문한 때가 석찬 후 초저녁을 갓 벗어난 시점이었고 방식도 은밀하지 않았다. 검은 망토를 두르고 기세등등하게 방을 찾아든 그는 슈리아에게 큼직한 상자를 건네주며 말했다.

"어서 갈아입고 나와."

상자는 보기보다는 가벼웠고 슈리아는 그 안에서 편안한 가죽 구두와 옷가지를 발견했다. 그동안 의상실에서 가져다주었던 것과는 다른, 편안하고 소박한 차림의 외출복이었다. 물론 천만은 부드럽게 착착 감기는 고급 재질이었지만, 의상 자체는 평민의 것에 더 가까웠다.

슈리아는 별말 없이 옷을 갈아입고 모자를 쓴 뒤 황태자를 불렀다.

"전하."

자세히 보니 그 역시 망토로 가리긴 했지만, 그 안에는 여행복을 입고 있었다. 변복이라도 하고 밖으로 나가려는 걸까. 그렇게 짐작하며 슈리아는 황태자가 내민 손을 붙들었다. 예상을 실현하듯 황태자는 곧바로 벽면에 비밀통로를 열었다.

그리고 길지 않은 시간이 흐른 끝에 그들이 당도한 곳은 제도 외곽의 작은 저택이었다. 저택에는 불이 켜져 있었는데, 입구가 워낙 으슥한 곳에서 소리 없이 열린지라 주인도 제집과 연결된 통로의 존재를 모를 성싶었다.

"일종의 도피로지."

그렇게 설명한 황태자는 능숙하게 슈리아를 낚아채고 담벼락을 타넘었다. 몸이 위로 붕 떴다 싶었는데 충격 없이 바닥에 안착하기까지의 과정이 쏜살같았다.

황태자의 손에서 해방된 슈리아는 눈살을 찌푸렸다. 밖으로 나가리란 건 예상했지만, 갑작스러운 흐름에 상황 판단이 안 되는 상태였다.

망토 뒤의 후드를 집어 올려 꾹 눌러쓴 황태자는 슈리아의 손을 잡고 걸음을 재촉했다. 처음에는 빠르게 걸었지만, 금방 보조를 맞춰 주었기에 슈리아도 무리 없이 그를 따라갈 수 있었다.

"저는 왜 데리고 나오셨어요?"

"귀족 영애인 그대가 이런 길거리를 걸어 본 적 있을까 싶어서, 갑자기 생각이 났지."

물음에 대한 답변이란 그것이다. 차분하게 흘러나왔지만, 감상에 잠긴 양 묘한 기색이 흐르는 음성에 슈리아는 고개를 갸웃했다. 무슨 일이 있었기에 이런 행동을 보이는 거지. 제도를 떠나게 되어 심중에 변화라도 온 건가 싶었다.

중간에 '연놈이 재수 없게 나란히 이 밤중에 어슬렁거려!' 따위의 말로 시비를 걸어오는 건달패들이 있었지만, 하나같이 혹독한 대가를 치렀다.

슈리아의 존재를 의식한 건지 피를 보진 않았지만, 황태자는 대꾸를 생략하고 맨손으로 몇 번 두들긴 것만으로도 쉽사리 이 들개들의 사지를 부러뜨려 주었다. 거품을 물고 기절한 사내들을 내버려 두고 그들은 계속 길을 걸었다.

"다리가 아프면 말해."

그 말뜻은 업어 주기라도 하겠다는 것처럼 들렸지만, 결코 그러한 간지러운 구도를 원하지 않는 슈리아는 단호하게 도리질 쳤다.

밤의 거리를 걷는 것은 확실히 이색적인 기분이었다. 제도의 중심의 휘황찬란한 불빛과 멀어져 으슥한 골목길을 걷고 있는 것은, 황태자비라는 화려한 자리가 아닌 처음 목표한 평범한 삶을 경험하는 양 소박한 감상을 느끼게 했다.

슈리아가 그나마도 귀족 영애가 아니었다면, 혹은 세일린이 가난하고 능력이나 인맥 없는 영주라서 평민의 딸에 가깝게 텃밭이나 돌보는 삶을 살았다면 어땠을까.

그리고 그렇게 평범하게 살다가 핀테른을 물려받고 비슷한 삶을 영위하게 되었다면. 슈리아는 그 잡초처럼 초라한 삶이 제게 걸맞지 않다고 생각했지만, 그건 제게 한 번도 주어져 본 적이 없는 평범함이었다.

상념 속에서 시간은 빠르게 흘렀고 황태자는 높게 치솟은 한 종탑 앞에서 멈춰 섰다. 낡아 빠진 철문은 관리가 잘 된 듯 윤이 났고 녹슬어 있지 않았다.

굳건히 잠겨 있는 터라 어쩔까 싶었는데 역시 황태자는 정당한 방법으로 문을 열 필요성을 느끼지 못하는 모양이었다. 그는 슈리아를 안아 들고 몇 번 빠르게 벽면을 박차는 것으로 종탑 꼭대기에 올라섰다.

황태자가 내려 주자 슈리아는 치마를 털며 주위를 둘러보았다. 밑에서 볼 때도 높다고 느꼈는데 위에 서니 강풍이 불어닥칠 정도로 아찔하니 높은 탑이었다. 떨어지면 사람 하나쯤은 뭉개지고도 남을 높이는 고소공포증을 유발하기에 족했지만, 이 겁 없는 소녀에게도 적용되는 기준은 아니었다.

거대한 범종을 등 뒤에 두고, 슈리아는 제도를 내려다보았다. 별빛을 가릴 정도로 불빛이 어우러진 제도의 야경은 아름다웠고, 저 멀리 금빛으로 찬란한 황궁이 눈부시게 박혀 왔다.

시야를 가리는 모자를 벗어 내리자 은물결이 쏟아지듯 반짝이는 은발이 바람에 나부꼈다. 가장자리로 몇 걸음 내딛다 바람에 휘청거리는 슈리아를 황태자가 손을 뻗어 붙잡아 주었다.

그는 평생을 살아온 곳이 새삼 특별하게 느껴지기라도 하는지 황궁에 시선을 고정한 채 물었다.

"두렵지는 않나."

대답은 간단했다.

"두렵지 않아요."

"난 그대가 두려워하는 것이 있기나 한지 궁금하군."

농담 섞인 말이었으나, 슈리아는 그의 입매에 잔잔하게 흐르는 웃음기에서 단 한 가지, 두렵다고 말할 수는 없으나 극도로 경계했던 미래를 떠올렸다.

그가 아마르잔을 능가하는 것.

그건 용서할 수 없는, 용서되지 않을 일이었다.

이렇게 으슥한 곳에서 단둘이. 자신을 경계하지 않는 대적자라.

심흑색 연무가 피어오르듯 잔악한 살심이 폐부에서 기어 나오는 것을 슈리아는 쉽사리 흩어 버렸다. 이제 그 일은 꽤 쉬워졌다. 그를 좋아할 수는 없어도 죽이고자 하는 마음이 아주 작은 충동으로만 모습을 보이다 사라지는 게 슈리아에게 일어난 변화였다.

제도의 불빛이 야음에 젖어 든 안면에 진한 음영을 드리웠다. 일순 저를 향했던 가혹한 마음을 짐작하지 못한 황태자가 입을 달싹였다.

"여기서 황궁을 바라보면서, 나는 언젠가 이곳을 떠날 생각을 했었다."

독백하는 듯한 말뜻을 파악한 순간 슈리아는 그의 일탈 희망을 꺾어 주기로 했다.

"황태자시잖아요."

"내가 황태자가 된 건 이제 고작 반년. 그 생각을 한 건 꽤 된 일이지."

그러고 보니 그랬었다. 슈리아는 자신이 황태자를 마치 날 때부터 황태자였던 것처럼 여기고 있었다는 사실을 깨달았다.

그런데 고작 반년이었나.

황태자라는 지위가 마치 그를 위해 준비된 자리인 양 어울려서 그에게도 황자였던 시절이 있었음은 이제 잘 떠오르지도 않았다.

슈리아는 그가 소공작과 이와 비슷한 대화를 나누었던 기억을 떠올렸다.

그의 입으로 말하지 않았던가. 황제가 되고 싶어졌다고.

그 감정의 동기가 슈리아인 것을 떠나서 그 말이 뜻하는 바는 이전에는 그렇지 않았다는 뜻이다. 당시에는 단지 그가 초월자이고, 모든 것을 이미 가져 본 몸이므로 의미 없이 놓아 버리려고 했던 것이라 여겼는데.

그러나 다시 생각해 보면 평생 호화롭게 살아온 황족이라는 출생적인 특수성을 가진 데다가 전신에 거만함이 배어 있는 그에게 황궁은 대단히 적합한 보금자리였다.

황태자는 새장에 갇힌 새라기보단 황궁에 둥지를 튼 거조였다. 황제가 되는 것도 그에게는 물살을 타듯이 자연스러운 흐름이라 굳이 도망치듯 박차고 나올 이유는 없다.

그는 황제가 될 자였다. 그 광경은 그 아닌 다른 자가 그 자리에 올라앉는 것을 연상할 수 없을 정도로 생생하게 떠올랐다. 그의 추종자들이 한결같이 그렇게 생각하듯이 그 자리는 그의 것이었다. 그렇게 여긴 것은 슈리아도 다르지 않았다.

다만 지금 꺼낸, 예전의 결심을 반추하는 말은 황궁에서의 삶에 대한 부정적인 감상을 유추하게 했다. 특별한 이유가 있었을 것이다. 그가 내비친 부친에 대한 경멸, 무수한 암살의 위협, 그가 짊어진 의무. 그 모든 것을 고려해 볼 때 벗어나고 싶은 마음은 들었을 수 있다.

초월자라기보단 인간으로서라.

슈리아는 탁월한 재능과 성취, 속내를 완벽하게 감추어 왔다는 이유로 열일곱 살짜리 애송이를 지나치게 초연하고 메마르게 보아 왔다는 사실을 인정했다. 아마르잔도 그 나이 때에는 애송이었다.

또한, 이미 자신에게 감정이 살아 있음을 드러낸 그를 단순히 초월자라는 이유로 고정된 틀 안에서 보는 것은 옳지 않았다.

제 머릿속에서 나눈 분류에 따라서 상위인간으로 규정된 우월적인 위치를 떠나 초월자도 결국은 인간이었고, 황태자와 맺고 있는 관계적 성격에서 볼 때 다른 초월자와 달리 그를 인간적인 측면에서 파악해야 할 여지는 충분했다.

그런데 왜 이 이야기를 지금 꺼내는 건지. 슈리아는 진의를 모색하듯 황태자를 응시했다. 너 때문에 마음을 달리했다고, 새삼 생색이라도 내고 싶어져서?

응답하듯 황태자의 시선이 슈리아에게 돌아왔다. 광맥의 금줄처럼 무기질적으로 빛났던 눈동자는 이제 감정의 색채로 물들고 있었다. 선명함은 유사했으나 그 빛의 속성은 같지 않았다. 간직하고 있던 비밀을 고해하듯이 그 말은 감정을 싣고 떨어져 나왔다.

"내가 여기서 함께 떠나자고 한다면. 그대는 무슨 말을 할까."

수많은 생각이 스쳤지만, 슈리아는 고요히 물었다.

"떠나다니요?"

"말 그대로. 모든 것을 벗어던지고, 모든 것을 버리고 떠나자는 거지."

"전……."

눈썹을 치켜 올리며 자신의 견해를 피력하려던 슈리아를 황태자가 손을 들어 제지했다.

"알아, 응하지 않으리라는 것."

자청빛 눈동자 위로 느릿하게 눈꺼풀이 내려졌다 올라가는 광경을 슈리아는 의문스럽게 지켜보았다. 무언가를 감내하듯 억제의 동작을 마친 동시에 날 선 창끝처럼 그 말이 날아들었다.

"묻겠는데. 황태자가 아닌 난 그대에게 의미가 없는 건가?"

"……."

이번에는 확연한 침묵이 따랐다.

황태자가 아닌 그라.

사실 그 질문에 대한 답은 쉽사리 나왔다. 슈리아가 그에 대해 어떤 감정을 품었던 것은 그가 황자였던 때이니 황태자가 아니라도 의미가 되긴 할 것이다. 그렇다 한들 이 시점에서 그 질문이 그런 걸 묻는 게 아니라는 것을 모를 리 없다.

　갈등하던 슈리아가 대답을 미루자 황태자는 고개를 저었다.

　"이 질문도 의미가 없군. 이미 답은 알고 있으니."

　자조 어린 속삭임.

　"내가 가장 나은 선택지를 주었기에 나를 골랐겠지."

　어감은 강렬하게 남았다. 슈리아는 황태자를 냉담하게 마주 보았다. 지금 이 순간 자신을 질책하려 드는 것은 부당한 일이다. 뭐든 다 해 줄 수 있다면서 물질적으로 꼬드겼던 자가 새삼스럽게.

　모순되는 일이지만, 원래 욕심이란 한이 없는 것. 그리고 자신에게도 할 말은 있었다. 슈리아는 권력 관계적 측면에서 황태자인 그가 원하는 걸 제가 감히 뿌리칠 수 없었을 거라고는 생각해 본 적 없냐고 묻고 싶었다.

　하지만 날 때부터 황족이었던 그가 그런 걸 알긴 알까. 그 누구든 그를 보면 고개를 조아리는 게 예사인 삶을 살아왔을 터인데. 그리하여 슈리아는 고개를 저었다.

　"그렇지만은 않아요."

　부정이긴 부정이었다. 하지만 황태자는 조금도 위안을 얻지 못한 것으로 보였다. 그는 무표정한 얼굴로 물어 왔다.

　"언젠가 그대가 다른 대답을 할 날이 올까."

　불신 어린 질문에 베헤모트가 동질감이라도 느끼는지 끼잉거렸다. 슈리아는 자의적이다 못해 자학적인 해석을 추구하는 그에게 대답을 꺼내 놓지 않았다. 그가 바라는 답이 너무나 뻔했음에도.

　황태자가 아니라도 의미가 있었을 것이다. 하지만 그가 원하는 의미와는 다르겠지. 그리고 그 다름이 문제였다. 왜 그가 의미가 있는지는 어떤 경우라도 제 입으로는 절대 실토할 수 없는 종류였으니.

슈리아는 불쾌감을 달래려 손을 쥐었다 폈다. 거만한 낯짝도 아니 꼬왔지만, 연약한 척 이렇듯 투정 부리는 모습도 그리 내키는 것은 아니었다. 징징대지 말라고 일갈하고 싶은 마음이 치솟는 것을 이성의 바위로 찍어 누른 뒤 슈리아는 차분히 말했다.

"전하께선 오해하고 계세요."

"오해?"

"저는 전하의 신분에만 의미를 둔 것이 아니에요. 본인의 장점을 잘 생각해 보세요."

황태자는 눈살을 찌푸렸다. 겸손한 성격으로 보이지는 않았는데 그가 자신의 장점을 생각해 내려면 시간이 필요한 것으로 보였다.

아니면 자신의 모든 것이 혼연일체로 잘났다고 여겨서 세부적인 장점을 짚어 내기 어렵다든가.

후자의 가능성이 높다고 판단되자 슈리아는 장점 운운한 것을 철회하고 싶어졌다. 이윽고 황태자는 정답에 가까운 결론을 도출해 냈다.

"내가…… 강하기 때문에?"

입으로 긍정을 드러내기 싫었던 슈리아는 성의 없이 고개를 끄덕였다. 그래. 그것도 그 나이에 초월자가 될 정도로 강하기 때문에. 그것이 아니라면 일개 인간에게 자신이 신경 쓸 이유가 없지 않은가.

그러나 황태자의 안면은 한층 더 딱딱해졌다. 그는 자신의 강함을 슈리아가 장점으로 여긴다는 사실에 조금도 기뻐하는 것 같지 않았다. 아니, 그 차가운 기색은 오히려 그 반대의 감정을 여실히 드러냈다.

강한 수컷에게 암컷이 끌리는 것이 순리 아니었던가? 슈리아는 제 말에 오류라도 있는지 짚어 보았다. 설마 본능에 구애받지 않는 순애보를 요구하는 것은 아니겠지. 그건 슈리아에게 기대하기엔 무리이다 못해 불가능한 발상이었다.

"나보다 강한 자가 나타난다면 그 손을 잡고 떠나가겠군?"

비아냥거리는 태도는 약점이라도 찔린 양 극단적이었다. 블러디나이트에게 밀려서 상심이라도 한 걸까. 가늠해 보던 슈리아는 그 공격적인 태도를 짐승에 견주어 다른 가설을 떠올렸다.

"하나의 요소에만 쏠려서 사고하시는 건 옳지 못해요. 헌데……."

핵심적인 물음이 튀어나왔다.

"무엇을 그리 불안해하세요?"

짐승들은 불안을 느낄 때 공격적이 된다. 뭘 말해도 부정적으로 받아들이고 집요하게 트집 잡는 태도에 짜증이 치솟았던 터였다. 그래서 바로 날카롭게 찔러 든 슈리아는 아차 했다. 그가 불안해하든 그게 무슨 상관이란 말인가. 알 바도 아닌데 쓸데없는 질문을 했다.

어쨌든 슈리아가 제대로 짚어 내긴 한 모양이었다. 이를 악무는 듯 입매에 힘이 들어가고, 무언가를 삼켜 내는 것처럼 한차례 목울대가 움직인다. 이윽고 짓눌린 음성이 그에게서 흘러나왔다.

"그래, 난 불안해하고 있어."

놀랍도록 순순한 긍정에 슈리아는 고개를 갸웃하며 말했다.

"전 모든 일이 그럭저럭 잘 되어 가고 있다고 생각해요."

"나도 그렇게 생각해. 그러니 이건."

황태자는 숨을 깊게 들이마신 뒤 내뱉었다.

"……망상이지."

소녀가 고운 미간을 찌푸리는 와중에도 실토는 계속되었다.

"혼례 날 돌연 나타난 아마르잔이 그대를 잡아채 가는 그런…… 망상. 그리고 그대가 그걸 싫어할 것 같지 않더군."

순간 슈리아는 도저히 참을 수가 없었다.

"그건 정말 망상이군요."

비난하는 듯이 싸늘한 기미가 넘쳐흐르는 음성이었다. 뭔가 싶었던 마음이 나락으로 곤두박질치는 동시에 기가 막혔다.

아니, 기가 막히다 못해 그 뛰어난 상상력에 경의를 표할 지경이다. 아마르잔이 바로 여기, 눈앞에 있는데. 누가 누굴 잡아채 가?

물론 그는 슈리아와 아마르잔이 동일하다는 사실을 모른다. 슈리아는 얼간이 같은 놈! 하고 퍼붓고 싶은 마음을 이번엔 바위가 아니라 태산과 같은 이성으로 내리눌렀다.

굳은 얼굴로 자신을 바라보는 황태자한테 슈리아는 술술 제 발언의 근거를 댔다.

"전 절대 그런 신원 불분명한 자를 따라가지 않아요. 선물 하나 주었다고 낯선 사람을 따라가면 안 된다는 것은 어린아이라도 배웠을 거예요."

일단 상식적인 면에서 반박하고 호흡을 고른 후 말을 이었다.

"무엇보다 전 그가 다시 나타나길 원하지 않아요. 시종마를 도로 빼앗아 갈지도 모르니까요."

슈리아는 쓸모 있는 시종마의 존재에 깊이 집착하는 것처럼 강조했다. 제가 언급되자 베헤모트가 미심쩍은 울음소리를 냈다. 그를 무시하고 이번에는 질문을 꺼냈다.

"그러면 문제는 아마르잔이 나타나서 절 잡아채 간다는 소리인데. 그가 왜 그럴 거라 생각하죠? 왜 하필 저를? 북대륙에는 여자가 없나요?"

애초에 아마르잔이라면 반지를 주는 선심을 썼을 리도 없고 누군가를 납치하는 졸렬한 행위를 할 일은 더더욱 없을 것이다.

그리고 북대륙에도 여자는 많았다. 권력에는 미인이 따르듯 아마르잔에게 접근한 여자는 한둘이 아니었고 하나같이 아름다웠다. 그런데 누구라도 취할 수 있는 아마르잔이 고작 열 살짜리 여자아이를 눈여겨보고 훗날 납치하려 찾아든다니, 그 무슨 변태적이고 음흉한 발상이란 말인가.

용인할 수 없는 모욕에 따지고 드는 슈리아의 기세는 사나웠다.

황태자는 말문이 막힌 양 흔들리는 눈으로 슈리아를 응시하고만 있었다. 조금 더 은근한 방식으로 요구를 관철한 적은 있지만, 이렇게 퍼부은 것은 또 처음이었다. 하지만 여긴 시선이 없으니 거칠 게 없다.

돌연 황태자는 피식 웃음을 보였다. 긴장감 어린 대치를 부서뜨리는 미소는 그의 기분이 한결 나아진 것을 감지하게 했다. 슈리아의 기분이 급격히 나빠진 것과는 정반대의 현상이다.

자신의 발언이 효과를 보았다는 것은 알 수 있었지만 정확한 이유는 파악하지 못한 슈리아가 그의 변화를 가늠하는 사이 어느새 가까이 붙은 황태자가 어깨를 잡아 왔다.

"위로라고 할 수는 없었지만."

친밀하게 다가선 그는 고개를 숙였다.

"안심이 되는군."

입술이 이마에 솜털처럼 가볍게 닿았다가 떨어져 나갔다. 슈리아는 그의 쓸데없는 투정을 방지하고자 다짐시키듯 말했다.

"전하께서 저를 원하시는 한 저는 전하의 곁에 있을 거예요."

"그 약속, 지켜야 할 거야."

말이 끝나기 무섭게 황태자는 슈리아의 입술을 집어삼켰다. 환희가 역력하게 느껴지는 동작을 맞으며 슈리아는 눈을 내리깔았다.

약속이라……. 그렇게까지 격상시켜도 사실 상관은 없겠으나, 지킬 것이다. 하지만 그 제한부 조건에서 언제고 벗어날 날이 오리라.

이윽고 황태자는 슈리아를 돌려세웠다. 강인한 팔이 등 뒤에서 뻗어 나와 소녀를 끌어안는다. 새가 발톱으로 먹이를 낚아채듯이 강건하게 어깨를 감싸 안고 그가 속삭여 왔다.

"앞으로는 이름으로 불러 주지 않겠나."

귓전에 와 닿는 감정적 열기의 전파는 낯선 것이었다. 슈리아는 잠시 망설였다.

그의 이름, 렌카이저 시그오닐 브리오니아.

그렇다면 그를 부르는 적합한 호칭은 '렌카이저 님'이겠지. 다만, 황태자 전하라는 공식적인 호칭을 부르는 것과 별개로 그 이름을 공대로 부른다는 것은 좀처럼 입이 떨어지지 않았다. 데이지를 데이지 님이라고 부르는 것만큼이나 거부감이 치달았다. 슈리아가 대답을 주지 않자 황태자가 미심쩍은 어조로 물어 온다.

"설마 내 이름을 모르는 건."

"······렌카이저 님."

슈리아는 사무적인 어조로 내뱉었다. 어쨌든 저를 무지하다 오인하는 건 결코 참을 수 없는 일이었다.

"더 줄여 봐."

요구도 많지. 슈리아는 불만스럽게 생각하면서도 순순히 따랐다. 다만 회심의 기회라 여겨 아예 존칭까지 뚝 잘라 먹고 간결하게.

"렌."

슈리아를 둘러싼 팔에 힘이 들어갔다. 낮은 웃음소리와 함께 등 뒤에서 떨림이 전해져 온다.

왜 웃지.

마땅히 무례를 범하고 화를 내야 할 만한 상황에 웃는 건 그가 남다른 정서를 가지고 있음을 유추하게 한다. 역시 그는 자신에게 불손하게 구는 것을 선호하는 괴이쩍은 취향을 가지고 있는 게 분명하다고 슈리아는 내심 확신을 품었다.

"날 그렇게 부른 건 어머니 외엔 그대가 처음이야."

"······모후를 말씀하시는 건가요."

"그래."

어머니라. 그 단어가 그의 입에서 나오는 것은 매우 낯설게 들렸다. 황태자는 독존적인 자였고 대해의 품에서 솟아오른 탄생을 가졌다고 해도 믿길 정도로 인간미가 느껴지지 않았다.

그가 저를 사랑한다고 했을 때 믿어지지 않았던 것은 애초부터 그가 누구를 사랑할 만한 심장을 가진 자로 보이지 않았기 때문이다.

인간적인 결속감이며 타인에 대한 애정이 황태자에게서 발견된 적은 없었다. 드러내지 않거나 아예 느끼지 못하든, 슈리아가 보기에 그는 늘 그래 왔다.

뒤안길 처지도 아니며 늘 제 신도들에게 둘러싸여 있음에도 아마르잔만큼이나 고독하다니. 어린 시절에 이미 모후를 잃고 부친의 미움을 산 탓인가. 슈리아는 곰곰이 생각해 보았다. 그리고 황태자가 제 이름을 불렀을 때 주저 없이 자신의 의견을 피력했다.

"슈리아."

"분명히 말해 두는데, 저는 애칭으로 불리는 것을 좋아하지 않아요."

일말의 여지도 주지 않는 정색에 황태자는 말을 멈췄다. 납득하지 못한 듯 눈썹이 치켜 올라간다. 정말로 '슈'라고 부르고 싶은가 본데 안 될 일이다.

슈리아의 태도는 바늘 틈 하나 들어갈 것 같지 않게 완벽하게 싸늘했다. 미련을 못 버린 듯 황태자가 속삭였다.

"왜지? 귀여운데."

소름이 돋아 슈리아는 그를 떨쳐 내고 돌아보았다. 항의감이 짙게 어린 푸른 눈이 얼음조각처럼 반짝였다. 그 귀여운 단어를 말만 한 네 놈이 내뱉어도 귀엽게 느껴질 성싶으냐.

"전 분명 싫다고 했어요."

지나치게 강경한 어조에 황태자는 결국 고개를 끄덕였다. 그러나 입가에 흐르는 웃음기를 목격한 슈리아는 확실하게 기분이 나빠졌다.

"돌아가지."

타협하듯 곧 내밀어진 손을 슈리아는 일단 잡았다. 높은 곳이라 사정없이 밀어닥치는 바람에 체온이 식어 가고 있었다. 몸이 으슬으슬하니 추웠다.

궁으로 돌아갔을 때 슈리아는 이것으로 그와는 당분간 작별이라는 사실을 떠올렸다. 같은 생각을 한 듯 소녀를 방으로 돌려보내기 전, 황태자가 눈을 맞추며 말해 온다.

"되도록 빨리 돌아오겠어."

"잘 다녀오세요."

시큰둥한 대구에 황태자는 뺨을 만지며 충고하듯이 속삭였다.

"그때까지 얌전히 있어."

자신이 데이지도 아니고 고삐 풀린 망아지가 날뛸 걸 우려하는 양 당부하는 건 부당한 일이다. 그런 적도 없는데. 슈리아는 새침하게 응답했다.

"전 원래 얌전해요."

"그렇겠지."

또다시 불쾌함을 유발하는 웃음을 보인 황태자는 짧은 입맞춤을 남기고 사라져 갔다.

슈리아는 방에 들어서며 모자를 벗어 들었다.

그래, 떠나기 전 사전 절차라 이거지.

과업을 치러 낸 듯이 마음은 홀가분했지만 예기치 못하게 많이 걸은 탓에 몹시 피로했다. 물에 젖은 솜뭉치처럼 무거운 몸이 휴식을 요구하고 있었다. 어느새 다가온 시녀의 손길을 맞으면서 슈리아는 눈을 깜빡였다.

계획. 그 단어에 집중하자 앞으로 벌어질 일들이 하얀 종이에 그려지듯 머릿속에서 펼쳐져 나간다.

당장에 직면한 장애물은 블러디나이트. 그를 처리할 방도를 고심해 봐야 했다. 카르마인이 안타레스를 제거하여 의도치 않게 문제를 해결해 주었듯이 그 역시 어떻게 해결할 수 있을 것이다.

시녀의 손길에 따라 씻겨져 침대에 눕혀진 것을 마지막 기억으로 남기고, 슈리아는 잠에 빠져들었다.

황태자는 그렇게 황태자궁을, 아니 아예 제도를 떠났다. 순방이야 그렇다 치고 대마물방어선 문제를 해결하려면 최소한 한 달 이상은 떠나 있을 것으로 예상할 수 있다.

마법진을 통해 이동할 게 분명하니 중간에 제도에 들를 수도 있겠지만, 소녀는 공사다망한 황태자의 일정을 알지 못했다. 슈리아 역시도 애초에 바라던 바대로 황태자궁을 떠나 공작 저택으로 귀환하게 되었다.

그리고 오래 떠나 있던 것도 아니니 그간 별일이 있으랴 싶었건만, 정작 위켄하이저 공작 저택에서 슈리아는 예기치 못한 새로운 문제 상황에 직면하고야 만다.

황궁을 떠나기 전 이틀간, 하루가 멀다고 드나들던 세일린이 돌연 방문을 중단하여 그간 오가느라 몸에 무리가 갔나 싶었는데 다른 이유가 있었던 것이다.

지금 공작저에는 세일린이 공작부인이 되기 전 위켄하이저 공작가의 내정을 책임지던 가문의 노부인이 되돌아와 있었다. 극렬하게 결혼을 반대하던 그녀는 가주의 명을 앞세운 공작의 타협 없는 처사에 분개하며 떠나갔고, 인수인계를 하지 않았음에도 내정이 꽤 잘 돌아가자 위기감을 느꼈는지 재빨리 복귀한 터였다.

그새 세일린이 아예 가문의 운영 체계를 새로운 주인에 맞추어 실용적으로 뒤바꿔 놓았기에 노부인은 제가 없는 사이 일어난 변화를 효율성을 떠나 받아들이지 못했다.

몰락 귀족 출신인 것도 모자라 미망인이기까지 한 여자가 공작가의 살림을 좌지우지하다니! 세일린을 공작부인으로 인정할 수조차 없었던 그녀는 곧바로 공작가를 다시 손아귀에 넣고 제 영향력을 행사하려 했다.

물론 세일린이 호락호락하게 그 상황을 보아 넘길 리 없었다. 무책임한 행보를 떠나 가문의 어른이기에 존중해 주려던 마음은 마땅히 대우해야 할 공작부인을 무시하는 행태에 순식간에 사라졌다.

그리하여 반목이 시작되었다.

노부인이 떠나간 동안 가문을 장악하고 상당수의 시중인들을 제 편으로 삼은 세일린이었지만, 기존에 그녀가 쌓아 왔던 것들을 무시할 수만은 없었다. 요 근래 위켄하이저는 안주인과 가문의 어른이라는 양측을 두고 팽팽한 대치 상황을 맞이하고 있었다.

그 상황에서 슈리아가 돌아온 것이다.

인사하는 자신을 쌩하니 무시하는 낯선 노부인의 행동거지와 저택에 흐르는 긴장감을 통해 슈리아는 단박에 이상 징후를 감지했고 곧바로 자세한 사정을 파악하려고 들었다.

공작은 도대체 뭘 하나 싶었는데 그는 또 황태자가 자리를 비운 후 국정 문제 때문에 황궁 안에서 살다시피 하고 있었다. 노부인에게 시중인을 보내 몇 번 경고했다고는 하지만 보아하니 씨알도 들어 먹히지 않은 것 같다.

황태자가 떠나지 않았다면 곧바로 두 사람의 관계가 밝혀졌을 것이고 예비 황태자비를 앞두고 노부인도 뻣뻣한 태도를 보이지는 못했을 터였다. 최초로 그의 부재에 아쉬움을 느끼며 슈리아는 이 새롭게 등장한 골칫거리를 해결할 방안을 탐색했다.

그러나 무얼 할 필요도 없었다. 혼인식 이후 자신의 영지로 돌아갔던 공작의 숙부, 안투스 백작이 다시 나타났던 것이다. 가문에서 유일하게 혼사에 호의적이었던 그는 노부인의 거만한 행세에 대로했고 말다툼 끝에 그녀를 일선에서 물러나게 만들었다. 그때부터 가문 안에서의 주도권은 확연히 세일린에게 기울었다.

노부인은 일단 뒷걸음질 친 눈치였으나 백작이 떠나가면 곧바로 같은 시도를 벌일 것으로 보였으니 완전히 문제가 해결되었다고 하기는 어려울 것이다.

어쨌든 일련의 일로 깊은 앙심을 품었는지 저를 보고 '비렁뱅이들이 공작가에 하나둘씩 기어들어 오는구나!' 따위로 버럭 소리를 내지른 노부인의 처리에 대해 슈리아는 고심하게 되었다.

지팡이를 짚고 다니는 것을 볼 때 건강이 좋지 않은 듯한데 계단에서 구르게 하면 의심 없이 제거할 수 있지 않을까.

그러나 세일린은 그녀의 모친을 비슷한 방식으로 잃었던 터였고 불길한 사망 소식으로 임산부의 심적 안정을 해치는 것은 바람직하지 못했다.

더군다나 마법사인 안투스 백작의 존재가 걸리기도 했다. 그는 처음 본 순간부터 슈리아를 유심하게 바라보았고, 빙긋 웃으며 호감을 비치긴 했지만 그는 마법사였다. 아무리 사람 좋은 얼굴을 하고 있어도 그의 날카로운 시선에는 걸리지 않는 것이 바람직했다.

노부인과는 달리 세일린의 환대를 받은 백작은 필요한 게 있으면 뭐든 말하라고 호쾌하게 말해 왔다. 그는 세일린이 조심스럽게 꺼낸 제의에도 곧바로 승낙을 표했는데, 그 제의란 슈리아가 이미 잊고 있었던 가정교사에 관한 것이었다.

비록 아카데미에는 들어갈 수 없다지만, 세일린은 이번 일로 말미암아 슈리아에게 몸을 지킬 만한 수단이 필요하다고 생각하게 된 것 같았다. 그래서 학문을 배우게 하려던 것을 미루어 두고 당장 마법을 가르치기로 한 것이다.

그건 실로 헛된 발상이었다. 상대가 초월자였는데 마법 조금 배운다고 저항할 수 있었을 거라고 생각한단 말인가?

물론 마법은 스스로를 지킬 만한 유용한 힘이었으나 대마법사인 슈리아는 하필 마법을 누군가에게 배워야 한다는 자체를 쉽게 받아들이지 못했다.

다만 안투스 백작은 마법사 길드에서도 부길드장을 맡고 있는 상당한 수준의 마법사였고 그런 이가 가르치겠다는데 한때 마도에 열의를 보였던 입장에서 거절할 수는 없는 노릇이다.

그리하여 슈리아는 초보적인 마법도 제대로 구현하지 못하는 척 버벅거려야 하는 신세에 직면하고 말았다.

보통 마법을 배우는 초보들은 어떤 덜떨어진 태도로 스승의 우월감을 충족시키지?

비딱한 생각이 들 수밖에 없는 것이, 어린 시절부터 마력을 다룰 줄 알았던 슈리아에게 그 일은 상당한 난제였다. 안투스 백작은 첫 수업 시간부터 슈리아에게 곧바로 흑심을 드러내 왔다.

"대공 전하께 이야기는 들었습니다. 아마르잔의 시종마를 가지고 있다고 하시더군요."

비밀을 지켜 준다더니 입이 싸기도 하지. 슈리아가 싸늘한 기색을 비추자 백작은 웃었다.

"누설이 될까 염려하지 않아도 됩니다. 이건 제게만 귀띔하신 사안이니까요. 더불어 아가씨의 신변 보호를 제게 일임하셨습니다."

제가 슈리아를 돌보겠다고 황태자를 안심시켰으면서 귀찮아지기라도 한 걸까. 대공이라 해도 공작저를 함부로 드나들며 살필 수 없을 것이니 합당한 선택이긴 했지만 새로운 감시자의 존재는 마땅치 않았다.

좋게 생각하자면 초월자의 시선 아래 놓인 것보다는 차라리 나았지만 제 경지의 발끝에도 미치지 못하는 마법사에게서 마법을 배워야 한다니! 이 우스운 꼬락서니란.

슈리아의 반지에 대한 호기심을 감추지 않기는 했으나 백작은 적어도 제게 주어진 임무에 충실하고자 하는 듯했다. 지루한 마법 강좌가 시작되고 얼마 후 촛불을 끄는 기본적인 바람 마법을 저도 모르게 너무나 잘 수행해 버린 슈리아는 입을 쩍 벌린 백작을 목격했다.

"맙소사, 이걸 단번에 성공하다니! 따로 마법을 배운 적이 없다고 들었는데 이 어찌 된 일입니까?"

의심 서린 외침에 슈리아는 뭔가 잘못된 것을 깨닫고 머뭇거리다가 답했다.

"공……부를 좀 했어요."

"독학으로 말입니까."

"네."

백작은 경악한 눈으로 희대의 천재를 바라보듯이 슈리아를 응시했고 희대의 천재가 맞았지만 그 사실을 드러낼 생각이 없었던 슈리아는 순식간에 난감해졌다.

잘하는데 잘 못하는 척하는 것은, 모자라 보임을 용납하지 못하는 아마르잔의 자존심 때문이라도 어려운 일이었다. 다만 마법계의 주목이라도 받으면 곤란하게 될 것 같아, 앞으로는 조금 자제하기로 했다.

백작이 이번에는 촛불을 여러 개 가져다 놓고 한꺼번에 전부 꺼 보라고 시켰다. 어떻게 하면 초보로 보일까 고심하던 슈리아는 그냥 마력을 훅 불어넣어 초들을 한꺼번에 쓰러트려 버렸다.

통제 불능으로 보이는 것이 미숙한 척하는 것보다 더 연기해 보이기 쉽다는 계산하에서. 졸지에 저택에 화재 사건이 발생할 뻔했지만 커튼에 옮겨 붙을 뻔한 촛불을 능숙하게 끈 백작이 턱을 쓰다듬으며 말했다.

"아가씨는 타고난 마력이 강하군요. 세심한 제어력 위주로 학습하면 될 것 같습니다."

그럭저럭 잘 수습한 것 같았다. 백작이 한숨을 내쉬며 말했다.

"안타까운 일입니다. 이런 인재가 황태자비가 된다니. 전 황후께서도 그러했듯이 브리오니아의 큰 손실이 아닐 수 없군요."

전 황후, 그러니까 황태자의 모후를 말함인가. 그녀도 마법사였다고 했지. 호기심이 돋은 슈리아는 백작에게 냉큼 물었다.

"그분에 대해서 아시는 게 있나요?"

회상에 잠긴 듯이 시선으로 허공을 짚던 백작이 쉽사리 이야기를 털어놓았다.

"그분과 저는 같은 아카데미 출신으로 저와는 선후배 간이라 꽤 친분이 두터웠습니다. 뛰어난 마법 실력을 갖춘 우등생이었고 재능도 풍부했지만, 정작 본인은 부족하다고 생각한 것 같습니다. 알다시피 브리오니아에는 아샤트리아 대공 전하라는, 마법사로서 최고의 경지를 달성하신 분이 존재합니다. 그리고 전 황후께서도 그분을 목표로 하셨지요."

하지만 결국 포기하게 되었습니다, 라고 백작은 안타까운 음성으로 말했다.

"초월자가 되는 건, 특히 마법사로 초월자가 되는 건 단순히 노력만으로는 어려운 일입니다. 노력의 범주를 넘어선 불가사의한 무언가가…… 타고난 마력과 재능, 거기에 더해서 영적인 무언가가 필요하지요. 이성과 구체화한 진리를 추구하는 마법사에게 그처럼 불분명한 한계라니 우스운 일입니다만. 그것을 깨달은 이후 그녀는 마법사로 정점에 이를 수 없다면 다른 길을 택하겠다고 말했습니다."

백작은 씁쓸하게 웃었다.

"그게 황후가 되는 길이었을 줄은 꿈에도 몰랐지요."

백작의 음성에서는 흐릿한 감정의 잔재가 느껴졌다. 황태자의 얼굴을 보아하니 모후도 무척 미인이었을 것도 같은데 옛날에 그녀를 연모하기라도 했던 걸까. 쓸데없는 의문을 지워 버리며 슈리아는 추임새를 넣었다.

"그렇군요."

"여하간 명문가 출신에 곱게 자란 아가씨라고 하긴 어려운 분이었습니다. 차분하고 냉철한 성품을 지녔으면서도 반면에 흘러넘치는 열정을 품은 분이셨지요."

황태자의 모후가 그랬었단 말이지.

그녀가 내보인 최고를 추구하는 야욕은 썩 마음에 드는 것이었다. 전 황후는 선택할 수 있는 가장 합리적인 길을 택했다. 이해가 가지 않는 것이 하나 있다면. 그토록 특출한 재능을 가진 아이를 낳았다면 당연히 자신의 못 이룬 꿈을 실현하게 하려 들지 않았을까.

그런데 왜 황태자는 마법이 아닌 검을 배운 거지?

"모후께서 그리 뛰어난 마법사이신데 어째서 황태자 전하께서는 마법사가 되시지 않았을까요?"

슈리아의 물음에 백작은 고개를 내저었다.

"저도 모릅니다. 참으로 아쉬운 일이지요."

슈리아는 복잡한 심경이 되었다. 초월자가 되기 위한 최적의 육체적 조건을 가지고 태어난 황태자가 마법사가 되지 않은 것은 인정하기 어려우나 진실로 다행한 일이었다. 하마터면 최연소로 대마법사가 된 자라는 영예를 빼앗길 뻔한 것이다.

물론 마법사로 초월자가 되기는 그리 쉽지 않았겠지만, 그의 성장 속도로 미루어 볼 때 고작해야 일 이 년이 더 소요되었을 것이다. 문득 그가 만약 마법사였다면 하는 가정이 떠오르자 왜 그러한 재능을 가지고도 고작 검사 따위가 된 것인지 궁금해졌다. 어린 시절부터 아예 마법이 아닌 검을 배웠다고 들었던 기억이 났다.

비록 비정상적인 표본인 데이지가 마법사의 우월성을 훼손하고 있다지만 슈리아는 평균에 근거하여 마법사에게 가점을 주는 사고방식을 여전히 버리지 못했다. 그러니 그것은 상당히 중요한 문제였다.

나중에 황태자에게 물어봐야겠다는 생각에 정신이 온통 사로잡혀 있는 동안 수업이 끝나 가고 있었다. 다음을 기약하고 몸을 돌리는 백작의 뒷모습을 보며 슈리아는 한숨을 삼켜 냈다. 이걸로 끝이 아닐 테지.

슈리아가 백작의 경탄을 얻어 내지 않기 위해 평범한 학생들과는 다른 방향으로 애쓰는 사이 황궁 무도회가 성큼 앞으로 다가와 있었다.

그사이 슈리아는 종종 데이지의 초대를 받아 대공저를 드나들었다. 대공저에서는 대부인이 전과는 다르게 찬찬히 살피듯 저를 바라보았는데, 거기에 담긴 감정은 호의라고 보긴 애매했지만 그렇다고 부정적인 느낌은 아니었다.

슈리아는 일단 시그오닐 대공가가 제가 황태자비가 되는 데 걸림돌로 다가올 거라는 생각은 밀어 두었다.

데이지한테서 징그럽게 생겼다는 평을 듣고 대단히 분개했던 베헤모트는 대공저를 드나들 때마다 못마땅하다는 듯이 이상한 소리를 내곤 했다. 어쩌나 마음이 상했는지 데이지와 마주할 때면 반지에서 붉은빛이 꿈틀거리는 것이 눈에 보일 지경이었다. 물론 슈리아만이 눈치채고 경고를 주었을 뿐 그 사실을 감지해 낸 이들은 없었다.

비록 당시에는 공포스럽긴 했지만, 사건이 순조롭게 해결된 지금 소녀들은 새로운 화젯거리에 몰두하기 바빴던 것이다.

슈리아가 실은 황태자의 연인이었다는 사실은 구체화되어 수면으로 떠오르지는 않았지만, 암암리에 흥미로운 가십거리로 떠들어 대고들 있다고 했다.

하긴, 기사들이 입을 다물었더라도 상대적으로 보안이 취약한 의상실에 그리 줄기차게 드레스를 주문해 댔으니 소문이 날 만도 하다. 하지만 자세한 사정을 아는 이들이라도 오를레앙 공작가의 눈치가 보일 터이니 함부로 공공연하게 언급하지는 못하리라.

물론 남들보다 빨리 진실을 알게 된 이들도 있었다. 사건이 터진 이후 자세한 사정을 알지 못하고 발을 동동 구르다 급히 방문한 레이첼은 사건의 전말을 전해 듣고 슈리아를 뚫어지게 보면서 말문을 잇지 못했고 셀리 역시 그러했다.

곧 축하 인사를 건네 온 셸리와는 달리 레이첼은 같은 방을 쓰던 제가 황태자와 슈리아의 밀애를 전혀 짐작하지 못했었다는 데 큰 충격을 받은 것 같았다.

게다가 그녀는 슈리아를 태생적 한계의 틀 안에서 보아 왔던 터였다. 사교계에서도 도드라지는 미인에 똑똑하고 우아한 것은 인정하지만 고작 몰락 귀족 영애라는.

저보다 슈리아를 낮은 급으로 생각하며 그런 태도를 은연중에 드러내 왔던 레이첼은 슈리아의 이 믿기지 않은 신분 상승을 도무지 납득할 수 없다는 듯한 표정을 보였다. 그건 기득권층인 그녀로서는 친분을 떠나 쉽사리 용인할 수 있을 만한 사안이 아니었다.

그러나 비교할 수 없이 한층 더 충격적인 소식이 벼락처럼 내리꽂혔기 때문에 레이첼은 슈리아에 관한 것은 아예 잊어버렸다.

제시카와 그 카지스 경이 그런 사이라니!

객관적으로 보아 기사와 시녀의 염문보다는 황태자와 시녀의 염문이 더 풍파를 일으킬 만한 소식이긴 했지만 그녀 안에서 두 사건의 무게는 달랐다. 왜냐하면, 하필 제시카의 상대가 되는 이가 레이첼이 연모하던 바로 그 사람이었기 때문에.

황궁에 있을 때부터 카지스 경을 연모해 왔던 레이첼이었다. 황궁을 떠나고 꽤 시간이 흐른 뒤라, 감정이 얼마간 희석되긴 했지만 완전히 벗어나지는 못한 것 같았다.

레이첼은 그 이야기를 듣자마자 차마 입을 떼지 못하고 하얗게 질려 손을 모아 쥐었고 곧 입술을 잘근잘근 씹어 댔다.

다른 소녀들이 슈리아의 이야기에 워낙 흥분해 있었기에 레이첼의 이상 반응이 묻혀 버린 것이 그녀에게는 다행이었을 것이다. 정작 레이첼의 동요를 포착할 만큼 예민한 제시카는 정신이 딴 데 가 있었다. 황태자를 따라 떠나기 전 카지스 경이 무어라 전해 왔는지 그녀는 줄곧 멍하게 굴었던 것이다.

레이첼은 드높은 자존심에 힘입어 애써 감정을 추슬렀지만 기분까지는 회복되지는 않아, 내내 굳은 표정으로 침묵을 지켰다. 그리고 친구들이 장난스럽게 제시카에게 무슨 말을 들었느냐고 이야기 좀 해보라고 독촉한 순간, 잠시 바람 좀 쐬고 오겠다며 자리를 박차고 일어났다.

화장실을 가겠다며 뒤따라 나간 슈리아는 구석에 숨어서 '어째서 제시카 따위와!' 라고 중얼거리며 눈물을 훔치는 레이첼을 목격했다. 흐느낌을 억누르려고 노력하던 그녀는 곧 손수건으로 코를 팽 풀며 맥없이 자리에서 일어섰다.

그리고 슈리아는 위로하거나 달래 줄 생각 없이 모른 척 그녀와의 마주침을 피했다. 그저 레이첼이 카지스 경을 좋아했다는 추측에 대한 확증을 얻고 싶었던 것뿐, 슈리아에게 그녀를 위로한다거나 하는 생각은 털끝만치도 없었던 것이다.

괜히 아는 척했다간 초라한 모습을 들켜 자존심에 상처를 입은 레이첼에게 원한만 사게 될 가능성이 높았다.

어쨌든 제시카에게 도래한 장밋빛 나날은 이율배반적이게도 레이첼에게는 먹구름 낀 장마철로 찾아든 것 같았다.

누군가에게는 환희가 누군가에게는 비애가 된다, 라. 그 말에 문득 누군가가 떠오른 것은 과민한 생각이 아닐 것이다.

그녀가 도망치지 않는다면, 슈리아는 아마도 황궁 무도회에서 그 누군가와 필연적으로 대면하게 되리라. 어쨌든 환희를 느끼는 건 황태자이지 제가 아니었으므로 슈리아는 자신이 표적이 되는 건 부당한 일이라 여겼다.

이후 소녀들과의 교류와 마법 수업에 더불어 슈리아는 조사를 명목으로 주기적으로 황궁에 불려 가게 되었다.

다만 정작 가서 하는 일이란 조사를 받는 게 아니라 슈리아의 안전을 책임진다고 황태자에게 약조한 바 있는 아샤트리아 대공과 간단한 티타임을 가지고 그에게 반지를 보여 주는 것이었다.

아마도 그는 자신의 의무를 순전히 호기심을 충족시키기 위한 수단으로 이용할 마법사다운 계획을 세운 것처럼 보였다. 물론 반지를 파괴할 만한 정도 이상의 실험은 할 수 없었기에 그의 모든 시도는 수포로 돌아갔다.

그렇게 하루하루를 보내던 어느 날 드디어 황궁 무도회의 날이 밝았다.

원래 소문이란 것은 대낮의 태양처럼 명명백백하게 모습을 드러내지 않고도 입에서 입을 건너 결국 전염병처럼 퍼지기 마련이다.

슈리아는 저를 향해 쏟아지는 의혹에 찬 시선들 속에서 그 사실을 뚜렷하게 실감하고 있었다. 중간에 악의적인 형태로 모습을 바꾸었을 가능성도 적지 않았으나 슈리아를 향해 소문의 진위 여부를 물어 오는 이는 없었다.

그도 그럴 것이 상대가 바로 그 황태자인 것이다. 근래에 초월자임이 드러나 브리오니아 전체를 온통 떠들썩하게 만든 황태자에 대한 외경심은 그를 감히 이런 가벼운 소문과 엮어 공공연히 언급할 수 없게 할 정도로 커져 있었다.

의심의 여지없이, 누구도 이의를 제기할 수 없이 황태자는 황위에 오를 몸이었다. 아직은 황제가 정정한 탓에 시기가 오지 않았을 뿐이다.

방글거리며 손을 흔드는 데이지에게 인사하며 슈리아는 문득 지금쯤 아카데미에 들어갔을 에리카 클라인이 뇌리에 떠올랐다.

한참 얕보았던 슈리아가 그녀가 원하던 목표를 차지했다는 것을 알게 되었을 때 에리카는 어떤 얼굴을 할까. 소녀의 엉망이 된 표정이 눈앞에 생생했다. 아마 에리카 클라인이라면 새침한 얼굴을 일그러뜨리고 우스운 꼴을 보여 주고도 남으리라.

슈리아는 한가로이 제 친구들에게 합류하여 주위를 돌아보았다. 비록 황태자의 위세 덕이긴 하지만, 무도회를 발아래 두고 내려다보는 느낌은 새로웠다.

슈리아 아렐트로 태어나 평생 자신을 누르고 마음을 감추며 살았다. 이깟 무도회에서 타인의 이목을 신경 써 가며 사교계에 적응하고 데이지의 비위를 맞춰 가면서까지.

가장 후자의 경우는 앞으로도 크게 다르지 않을 것 같다는 불길한 생각이 들었지만 슈리아는 낙관적인 전망으로 애써 그를 떨쳤다.

여하간 최근의 상황은 전자를 타파할 수 있게 해 주는 것이었다. 나약한 인간들이 제 앞에 꿇어 엎드리며 마치 신을 대하듯이 벌벌 떠는 삶에 익숙했던 슈리아는 그와 같지는 않지만 그래도 타인이 자신을 대함에 전보다 훨씬 더 조심성을 가지게 된 지금의 상황이 마음에 들었다.

돌아보는 시선이 우연히 오를레앙 공녀와 마주 닿자 그녀는 곧바로 고개를 돌렸다. 도망치지 않은 것만으로도 다행이라 해야 할까. 감정을 숨기는 매몰찬 외면은 그녀의 심기가 편치 않음을 증명하는 듯했다. 야윈 뺨이며 굳게 다물린 입술은 여린 봄 꽃잎처럼 유미柔媚했다.

그러나 지금은 여름, 봄꽃은 시들고도 남을 시기였다. 슈리아는 승자의 입장에 서서 패자를 비웃는 우월감을 즐기는 성격이었고, 꼬리를 만 개처럼 시선을 피하는 오를레앙 공녀의 모습에 그녀에게 유독 관대해지는 마음을 떠나 비틀린 쾌감이 찾아들었다.

절로 미려한 미소를 띠고 있는 소녀에게 누군가가 문득 말을 걸어왔다.

"기분이 좋아 보이시는군요."

여유롭고 느긋한 음성은 분명 남자의 것이었으나 아주 저음도 아니었고 그렇다고 높다고 보긴 어려웠다. 부드럽지만 분명하게 전달되는 감각이 있었다. 슈리아는 눈을 들어 그자를 바라보았다.

처음 보는 얼굴.

슈리아가 먼저 내린 판단은 그것이었다. 그야말로 낯선 남자였다. 미미한 친숙함이 느껴졌지만, 사교계에서 스치듯이 보았던 적이 있는가 싶어 기억을 더듬어 봐도 감이 잡히지 않았다.

그럴 만도 한 게, 남자에게는 딱히 도드라지는 특징이 없었다. 존재감도 강하지 않았고 단정하고 지적으로 생기긴 했으나 뛰어난 미남도 아니었다. 자세는 반듯하고 몸은 근육이 잡혀 단련되어 있지만 기사라고 보기엔 마른 편이었다.

남자의 낯에 예민하지 않은 이들에게 호감을 심어 줄 수 있을 만한 친절한 웃음이 머물고 있었다.

그러나 슈리아의 눈에 그것은 다소 인위적으로 보였다. 그건 마치 상대의 경계심을 늦추기 위해 습관적으로 가장 편안한 미소를 자아내고 있는 듯한 표정이었다. 많은 면에서 모호함을 지닌 남자.

슈리아는 어쩐지 그가 누구인지 알 것 같았다. 어렴풋이 짐작한 것은 이내 느릿하게 흐르던 물길이 얼어붙듯이 강렬한 예감과도 가까운 확신으로 다가왔다. 그리하여 슈리아는 별다른 망설임 없이 입을 열었다.

"처음 뵈어요, 키라트 자작."

"흠? 눈치가 빠르시군요. 그분께서 언급했을 리는 없으니 추리하신 겁니까."

역시 이자는 황태자와 슈리아의 관계를 알고 있었다. 슈리아가 고개를 끄덕이자 키라트 자작의 입술이 만족스럽게 호선을 그렸다.

"정식으로 인사드립니다. 이번에 자작위에 오른 로웰 키라트입니다."

고개를 숙이며 나오는 음성은 더 작아졌고 슈리아에게만 속삭이듯 은밀했다. 음흉하다고 할 수 없이 담백한 어조였으나 어쩐지 거슬리는 능청스러움이 남자에게서 묻어 나왔다.

그의 눈은 깊었고 늪처럼 속을 짐작할 수 없이 가라앉은 녹색이었다. 의도하든 의도하지 않든 기묘한 불유쾌함을 유발하는 남자에게 슈리아는 예의상의 미소를 그려 내며 마주 인사했다.

"슈리아 아델트예요."

사실 작위 없는 귀족 영애인 슈리아에게 먼저 인사해 온 것부터 논란의 여지가 있었지만, 남자는 슈리아가 겪을 곤란 따위는 아무래도 상관없는 것처럼 보였다.

황태자의 최측근인 그의 접근이 소문에 신빙성을 더한 듯 이미 사방이 시끄러웠다. 황태자의 명을 받들어 소문에 확신을 줄 만한 행보를 보이지 않는 충성스러운 기사들과는 달리 그에게서는 그다지 복종심이 느껴지지 않았다.

황태자의 독선적이고 오만한 행태를 볼 때 곁에 둘 것 같지 않은 자인데 자작위까지 받아 낸 걸 보면 어지간히 유능한가 보다. 슈리아는 그것으로 일단 파악을 마쳤다.

그사이 자신을 숨기는 것이 능숙해 보이는 남자는 슬쩍 목례함으로써 신고식을 끝내고 다른 곳으로 주의를 돌렸다. 키라트 자작은 슈리아에게서 곧바로 시선을 떼어 내어 몇 발짝 떨어진 곳에 서 있는 빨간 머리 소녀를 응시하고 있었다.

그가 등장하면서부터 어쩐지 눈을 휘둥그레 떴던 레이첼은 키라트 자작이 자신을 주목하며 다가오자 치맛자락을 꽉 움켜쥐었다. 근래 우울하고 시큰둥한 기색을 보였던 그녀였으나 지금만큼은 저조한 기분에서 벗어나 감정이 고스란히 드러날 만치 당황하는 양 보였다.

그렇다고 제가 마땅히 취해야 할 태도를 잊어버릴 레이첼이 아니었다. 곧 정신을 차리고 명문 루트비아 백작가의 영애답게 고개를 꼿꼿하게 세운 그녀는 제게로 다가오는 키라트 자작을 긴장감 어린 시선으로 바라보았다. 자작은 묘한 빛이 흐르는 눈꼬리를 휘며 그녀에게 말을 건넸다.

"오랜만입니다."

"……네, 오랜만이에요. 제게 무슨 볼일이라도?"

망설임과는 달리 반문은 새침하고 도도하게 나왔다. 눈썹을 치켜올리며 턱을 치켜든 레이첼은 그야말로 명문 귀족가 영애의 모범이라고 평해도 될 만한 태도를 보이고 있었다. 로웰은 안타까운 듯이 말했다.

"제 볼일이라면 당연히 아시리라 생각했는데. 저번에…… 말씀드리지 않았습니까."

매끄러운 말투며 은근한 어조에는 힘이 실려 있었고, 물결처럼 부드럽게 심중까지 스며들었다. 거부감이 느껴질 만큼 느글거리지 않으면서도 참으로 교묘한 투에 레이첼의 안면에 홍조가 피어올랐다.

"저번이라고요?"

"이토록 아름다운 영애의 얼굴에 근심이 서려 있는데 그냥 넘어가는 것은 신사의 도리가 아니지요."

슈리아는 레이첼의 얼굴이 수채화의 붉은 물감이 덧발라지듯이 달아오르는 것을 흥미롭게 지켜보았다. 자신이 잘났다고 여기고 찬사를 당연시하는 교만한 소녀였지만, 레이첼은 이런 방식의 칭찬에 약한 듯했다. 아니면 상대의 접근 방식이 그녀의 감수성을 자극할 만한 종류인지도 모른다.

"저번에 제가 구해 드린 표는 어떻게……."

키라트 자작이 말을 마치기도 전에 레이첼의 얼굴이 확 굳어졌다. 약점을 공격받은 양 주변을 두리번거리던 소녀는 황급히 그의 소매를 붙잡았다. 그건 그녀답지도 않았고 무례하다 느껴질 만한 행동이었다.

"그, 그 이야기는 여기서 하긴 좀."

"흐음? 그러면 저와 따로 이야기를 나누고 싶으시다, 이 말입니까."

정말 말투가 오해 사기 딱 좋은 자라는 생각이 들었다. 아니, 그 여유로운 얼굴에서는 심지어 오해를 초래하는 것을 즐기는 낌새마저 엿보였다. 흥미로운 미소와 함께 흘러나온 키라트 자작의 물음은 마치 레이첼이 밀회 제의라도 해 온 것처럼 들려온다.

레이첼의 얼굴이 이상하게 일그러졌다. 반박하고 싶으면서도 맞는 말이라서 무어라 할 수 없는 듯 그녀는 흡사 속에 맺힌 한을 털어 내 외치고 싶은 벙어리처럼 입을 달싹였다. 로웰이 능숙하게 레이첼의 손을 잡아챘다.

"대담하시군요. 그러면 기꺼이 응하지요."

조금만 더 놀리면 레이첼은 사교계에서 교양 있는 귀족 영애인 척해 오던 태도를 벗어던지고 폭발해 버리고야 말 것 같았다. 레이첼은 신경질이 머리끝까지 솟구친 얼굴로 친구들을 일별하고 그와 함께 자리를 떴다.

"음, 저 사람 어쩐지 레이첼을 휘두르는 것 같아."

둔하기로 소문난 데이지가 이런 소리를 해 올 정도면 확실히 누구의 눈에든 그렇게 보이리라. 슈리아는 성의 없이 답변했다.

"그러게, 잘 됐으면 좋겠다."

짧은 대화가 오가는 동안 베티는 그 사건 이후 부쩍 자신을 걱정해 오는 프란치스 경의 손을 잡고 떠나갔고, 셀리도 역시 에런과 까르르 웃으며 이야기를 나누고 있었다. 황태자에게 꽁꽁 묶여 있기라도 한 것처럼 코빼기도 비치지 않는 에리히와 달리 셀리 때문이라도 에런은 자주 얼굴을 볼 수 있었다.

제시카는 카지스 경이 무슨 확신을 주었는지 모르겠지만, 무도회 때마다 가식적인 미소를 지으며 될 수 있는 대로 많은 영식과 춤을 추었던 이전의 행동과 달리 한결 편안하게 무도회를 즐기고 있었다. 한편에서 데이지가 고개를 갸웃거렸다.

"왜 안 보이는 걸까."

"누구."

"이황자 저하 말야. 황궁 무도회에서는 뵐 수 있을 줄 알았단 말야. 이잉!"

데이지는 아쉬움에 발을 굴렀다. 그러고 보면 데이지는 그와 무도회에서 몇 번이고 함께 춤을 췄던 사이였다. 이황자는 속이야 어쨌든 데이지에게 다정하고 사려 깊은 오빠처럼 행동했고 데이지는 그를 대단히 마음에 들어하는 것 같았다.

이건 혹시. 설마, 아무리 생각이 없다지만.

슈리아는 엄습하는 불길한 예감을 일단 뿌리쳤지만, 설마를 쉽사리 현실화하는 소녀를 유의해서 바라보았다. 이런 예감만큼은 놀랍도록 정확하게 들어맞기 마련이다.

"이황자 저하라면 당연히 이곳에 올 수 없으시겠지."

"왜? 어째서?"

제시카의 차분한 응답에 데이지는 정말로 영문을 모르겠다는 얼굴을 했다.

"데이지, 생각해 봐. 이황자 저하는 황태자 전하의 정적이잖아. 모후께서 흑마법사와 결탁해서 전하를 없애려고 드셨는데 이 시점에서 그 소생이신 이황자 저하가 무도회에 참석하실 수 있겠어? 아무리 황태자 전하께 협조하셨다지만 그래도 그럴 수는 없지."

승전고를 울리는 자리에서 눈치 없이 패배진영의 대표자가 모습을 드러낼 수는 없는 것이다. 데이지가 부루퉁하게 입술을 내밀었다.

"그런 건 난 몰라. 좋은 분이었단 말야."

그 무책임한 대답에 슈리아는 데이지가 잊고 있는 것을 상기시켜 주기로 마음먹었다.

"저, 데이지. 그날 우리가 싸운 사람이 누구인지 잊었어?"

데이지는 아차 하는 얼굴을 했다. 그녀는 단검을 들고 달려드는 황후와 필사적인 격투를 벌였던 것은 기억하지만 그 황후가 이황자의 어머니라는 사실은 연결 짓지 못한 모양이었다.

무언가를 불만스럽게 꿍얼꿍얼거리던 데이지는 이성적인 생각을 포기하고 오로지 감정에만 치우친 어조로 다시 입을 뗐다.

"그래도 안타까운걸. 이황자 저하는 정말로 황태자 전하를 좋아한단 말야. 옛날에 사이좋은 형제였는데 사이가 틀어진 걸 안타까워하고 계셨어."

깊이 공감하는 듯이 눈물을 글썽거리는 데이지를 두고 제시카와 슈리아는 둘 다 그녀에게 현실을 깨우쳐 주는 것을 포기했다. 더 이상 말했다간 이황자의 역성을 드는 시그오닐 대공녀와 말다툼하게 될 기미를 감지한 탓이다.

이황자가 그런 소리를 했다면 그건 아무래도 데이지의 동정심을 사기 위한 계산된 토로의 일환이었으리라.

슈리아는 이 순진한 소녀를 쉽사리 혹하게 한 이황자의 언변에 점수를 주었다. 고립된 신세라지만 제 살길을 알아서 잘 모색하는 것이, 욕심만 부리지 않는다면 그는 브리오니아의 황족으로 그럭저럭 제 위치를 유지할 수 있을 것으로 보였다.

어리석은 데이지에게는 그 정도로 교활한 남자가 딱 알맞을지도 몰랐다. 그도 황태자의 사촌동생인 데이지를 감히 홀대하지는 못할 터이니.

게다가 데이지도 다혈질이라 그가 홀대한다고 홀쩍홀쩍 눈물만 삼키거나 소심하게 마음에 쌓아 둘 성격은 아니었다. 그가 실제로는 어떤 생각을 품었든지 간에 데이지의 비위만 잘 맞춰 준다면 둘은 꽤 잘 어우러지리라 생각되었다.

슈리아는 문득 자신이 데이지의 미래에 관해서 마치 그녀의 보호자라도 된 것처럼 이리저리 따져 보고 있다는 사실을 깨달았다. 그것은 심지어 세일린이 슈리아를 향해 종종 내보이는 태도와 합치했다.

비록 세일린을 긍정적으로 보고 있긴 했으나 간혹 보이는 그녀의 극성맞은 모습까지 긍정할 수 없었던 슈리아는 그 갑작스러운 깨달음에 치욕을 느꼈다.

그를 한사코 부인하고 싶어진 슈리아는 재빨리 생각을 고쳤다. 아니, 이건 키우는 암말에게 적당한 수컷을 골라 짝 지워 주듯이 그런 정도의 생각이다. 그렇게 스스로를 설득하면서.

노닥거리는 사이 밤이 이슥해지며 무도회의 분위기도 무르익고 있었다.

소문이 그렇게나 크게 번져 나갔던 것일까. 하긴 가십이란 유명 인사가 휘말릴수록 더 떠들썩한 것이니.

오늘따라 슈리아에게는 춤 신청이 하나도 들어오지 않고 있었다. 그것은 숙녀를 벽의 꽃으로 만드는 불명예스러운 일이기도 했으나 슈리아에게는 대단히 기꺼운 상황이었다. 이전까지는 워낙 춤 신청이 쏟아졌기에 통 여유라고는 없었던 터라 이런 상황이 차라리 달가웠다.

슈리아는 평소엔 위장이 텅 비어 있어도 제대로 섭취하지 못했던 음식들을 마음껏 맛보면서 한가로이 무도회를 즐겼다.

이황자를 편들고 나서 데이지는 그녀답지 않게 말을 삼켰고 제시카는 슈리아와 같은 태도를 보였으며 레이첼은 어쩐지 저편에서 키라트 자작과 함께 춤을 추고 있었다. 셸리와 베티는 춤을 추다가도 오가면서 말을 건네 왔다.

휘황한 조명 아래 감미로운 선율이 흘러나오고 평소보다 더 높은 자리에 있는 귀족들이 모였기에 조심스러운 수군거림만 들려오는 평화로운 시간이었다.

그리고 평화는 언제나 깨지기 마련이다.

"당신."

뾰족한 음성이 귓가를 찌르자 슈리아는 동요 없이 목소리의 주인을 향해 고개를 돌렸다. 역시라고 해야 할까. 그녀라면 그녀의 귀에 그 소문이 들려오는 순간 참지 못할 줄 알았다.

다만 시끄럽고 소모적인 다툼을 비선호하기에 주변인들이 입을 다무는 미덕을 발휘하길 기대했던 슈리아는 귀찮은 기분이 되었다.

역시나 사교계에 만연한 소문이 그녀의 귀에 닿지 않길 원하는 건 지나친 소망이었던 거겠지. 적개심이 이글거리는 눈동자를 흘끗 본 슈리아는 가볍게 고개를 숙였다.

"슈리아 아델트, 황녀 저하를 뵙습니다."

이실로테 황녀는 우아하기 짝이 없는 걸음걸이로 슈리아 앞에 다가와 섰다. 황녀의 심상치 않은 표정에 썰물처럼 갈렸던 길은 그녀가 지나가고 나서도 여전히 그대로였다.

차디찬 모멸감과 더할 수 없는 분노가 서린 얼굴로 황녀는 입을 달싹였다. 황족답게 몸에 밴 격의가 이성보다 앞서 언어의 무분별한 표출을 가로막았기에 황녀는 어린아이처럼 소리치지 않았다. 대신 그녀는 빙하처럼 시리게 입을 열었다.

"내가 말도 안 되는 소리를 들었어. 그래, 정말 말도 안 되는 소리지."

고운 얼음 결정이 음절마다 박혀 드는 양 차가웠다. 슈리아는 티끌만큼도 위축되지 않은 평온한 눈길로 황녀를 마주 보았다.

"그런데 그 말도 안 되는 소문의 주인공이 내 보기엔 오해를 즐기는 것 같더군? 이런 자리에서, 이렇게 뻔뻔스럽게 서 있을 줄이야!"

말미에 이르자 비아냥대던 음성이 날카롭게 위로 솟구쳤다. 그녀는 심지어 일개 몰락 귀족 영애, 그것도 자신과 물의를 빚은 소녀가 존경하는 오라비와 엮였다는 자체를 용납할 수 없는 것 같았다. 황녀의 억지에 슈리아는 나긋한 미소를 보였다.

"그게 어떤 소문이건 제가 퍼뜨린 바도 아닌데 신경 쓸 이유가 있을까요."

"뭐……라고?"

"황녀께 무례하기 짝이 없군요!"

급작스럽게 앞장선 황녀를 뒤따라온 영애 한 명이 일침을 가했다. 슈리아는 미소를 거두지 않으며 안타까운 듯이 말했다.

"영애는 예법에 대해서 좀 더 배우시는 게 좋겠어요."

슈리아가 한 말은 비웃는 듯한 어조에 문제가 있을지언정 흘러나온 내용 자체는 아무런 예법에도 어긋나지 않았다.

"맞아!"

데이지가 기세등등하게 옆쪽에 섰다. 시그오닐 대공녀가 나서서 슈리아 쪽에 무게가 더 실림에 따라 대치 상황은 어느 쪽에도 기울지 않고 견고해졌다.

황태자의 외사촌과 이복동생이라. 이실로테 황녀는 끼어든 데이지의 존재를 묵살하기로 마음먹은 모양이었다. 그녀는 사납게 쏘아붙였다.

"난 당신 따위 몰락 귀족이 이 자리에 있는 것도 이해가 안 되지만, 지금 이 태도도 이해가 안 가는데?"

"제가 보여야 할 온당한 태도가 어떤 것인지 모르겠군요."

"황송하게 여겨 부인하고, 감히 황족을 욕되게 한 것에 부끄러움을 느끼고 자리를 피했어야지! 그게 몰락 귀족인 당신에게 어울리는 행동이니까!"

"그렇다면 황녀께서 먼저 모범을 보이셔야겠네요."

입가에 내려앉은 미소가 표정 근육의 느릿한 움직임만으로도 뚜렷하게 그 속성이 변화한다.

윤이 나는 비단의 표면처럼 우아하고 보드라운 음성은 이제 싸늘한 빛을 띠어 흡사 혹독한 겨울밤의 스산한 바람 소리를 연상케 했다. 고요한 밤에 울려 퍼지는 유리 종 소리처럼 슈리아의 음성은 요려하게 공간을 걷어쥐었다.

"한낱 소문에 휘둘려 일개 몰락 귀족을 핍박하는 황녀 저하의 이 행동은 황실의 명예에 누를 끼치는 것이니까요."

황녀를 향한 적력한 비난에 무도회장은 일순 정지한 듯했다. 말을 맺은 슈리아는 미소를 자연스럽게 거두어들였다.

이토록 대담한 대꾸에는 사실 믿는 구석이 있었다. 레이첼과 춤을 추던 키라트 자작이 상황을 인지하고 이리로 다가오고 있었던 것이다. 황태자의 최측근인 그라면 슈리아 앞에서 자기소개를 마친 이상 소녀의 곤란을 외면하지는 못할 터였다.

그 말을 낱낱이, 또렷하게 이해한 이실로테는 몸을 부르르 떨었다. 제국의 하나뿐인 황녀인 그녀가 그 누구에게 이런 말을 들어 보았을까.

분을 못 이긴 황녀는 뺨이라도 후려칠 것처럼 손을 어깨 위로 치켜들었다. 황족이 귀족을 때릴 때 올바른 대처 방안에 대해서 교육받은 바가 없는 슈리아는 짧은 순간 저 손을 막아야 하는가 피해야 하는가를 놓고 고심했다. 맞아 준다는 또 하나의 방편은 선택 영역 밖이었다.

이실로테 황녀의 손이 허공을 가로지르는 순간, 옆에 있던 데이지가 툭 튀어나왔다. 작지만 야무진 손가락이 황녀의 손목을 꽉 붙들었다.

"슈리아를 괴롭히지 마세요!"

아이 같은 외침이었지만 솔직하다. 거침없이 나서는 걸 보아하니 그녀는 황후와의 싸움 이후 육체적인 충돌에 있어서 자신감을 갖게 된 모양이었다. 불퉁한 낯의 데이지에게 손찌검을 저지당한 이실로테 황녀의 뺨이 눈에 보일 만치 확 달아올랐다.

그녀도 지금 자신의 행동이 올바르지 않다는 것 정도는 깨닫고 있을 것이다. 그렇다고 그냥 물러설 수도 없으리라.

이실로테 황녀는 세찬 몸짓으로 데이지의 손을 뿌리쳤다. 그사이 교활한 계략을 짜낸 그녀는 피해자인 척 자신의 손목을 어루만지며 눈살을 찌푸리고 아픈 시늉을 했다.

애초부터 시그오닐 대공녀를 못마땅하게 여겼던 영애들에게 명분을 주기에 충분한 모양새였다. 데이지를 향해서 악의에 찬 비난이 쏟아져 나왔다.

"세상에, 어쩜 이런 난폭한! 황녀 저하, 괜찮으세요?"

"감히 황족의 몸에 손을 대다니!"

"시그오닐 대공녀, 지금 대체 무슨 짓을 한 건지는 알고 있나요?"

누가 보면 데이지가 황녀를 때리기라도 한 것처럼 오해할 만한 광경이었다. 데이지는 갸웃거리며 제 손을 들여다보았다. 단순한 그녀는 내가 그리 힘이 셌나? 하고 깜빡 속아 넘어가는 듯했다. 한 영애가 우스꽝스러울 정도로 비극적인 얼굴로 소리를 내질렀다.

"경비병!"

슈리아는 기가 찬 나머지 한숨을 내쉬었다. 아무리 생각이 없다지만 고작 이런 일에 시그오닐 대공녀를 감옥에 처넣기라도 할 참인가? 황족 모욕죄라도 정도가 있는 법이다.

다급한 외침에 혼란하게 술렁이는 귀족들 틈을 헤치고 누군가가 나타났다. 무도회장을 지키던 경장 차림의 몇몇 기사가 병사를 이끌고 모습을 드러냈다.

하나같이 딱딱하게 굳은 낯빛이 그리 내키지 않는 심중을 반영하는 듯했다. 딱 보기에도 사소한 다툼에 정당성도 없는 데다가 상대가 자그마치 시그오닐 대공녀다. 끼어들어 봐야 자기들만 손해일 법한 일에 누군들 관여하고 싶겠는가.

그저 자신을 편들어 줄 이들이 필요했던 이실로테 황녀는 언뜻 당황한 눈치를 보였으나 고집스러운 얼굴로 여전히 손목을 감싸고 있었다. 그 모습에 지지라도 얻은 양 다른 영애가 데이지에게 손가락질했다.

"그녀가 황녀 저하의 옥체를 상하게 했답니다."

젊고 개중 가장 말단으로 보이는 경비병 한 명이 기사의 눈짓에 데이지에게 머뭇거리며 말을 걸었다.

"저, 시그오닐 대공녀. 잠시 저희와 함께 가셔야겠습니다."

"내가 왜요?"

"그야 저하께서 다치셨으니……."

데이지가 눈을 휘둥그레 떴다. 데이지는 제게 닥친 부당한 상황을 납득할 수 없다는 듯이 황녀를 손가락질했다. 그건 척 보기에도 아주 무례한 행동이었다.

"저러시는 거 그냥 연기예요, 연기. 그냥 잡은 것뿐인데 엄살은. 손목이 과자로 만들어진 것도 아니고."

노골적으로 투덜대는 데이지의 음성은 지독하게 당당해서 좌중의 말문을 틀어막기에 부족함이 없었다. 이실로테 황녀는 그녀에게 가해진 모욕에 하얗게 질릴 지경이 되었고 슈리아 역시 경탄을 아낄 수 없었다.

역시 데이지였다. 그렇게 쉽고 간단하게 상대를 후벼 파는 언사는 아무나 할 수 있는 게 아니다. 심지어 데이지는 손가락을 치켜들고 이래서 가정교육을 제대로 받아야 한다는 것처럼 훈계조로 쏘아 댔다.

"황녀 저하가 막 사람을 때리시고 그러면 안 돼요. 슈리아가 때릴 데가 어디 있다고!"

"이……이!"

황녀가 말문을 잇지 못하고 기괴한 침묵이 얼룩진 가운데 기사 한 명이 심적인 괴로움을 느끼는 양 손바닥으로 눈을 감쌌다. 주춤거리던 경비병들이 서둘러 데이지 주위를 포위한다.

그 입을 막기 위해서라도 일단 그녀를 끌어내고 보겠다는 의지가 느껴지는 몸짓이었다. 근처까지 다다른 키라트 자작이 관여하려 입을 열고, 데이지가 어어? 하며 팔짱을 끼고 볼을 부풀리는 가운데 지표면에 서리가 내리는 듯한 음성이 떨어졌다.

"이 무슨 소란이지."

한겨울에 얼어붙은 물줄기를 심장에 끼얹는 듯한 몸서리쳐지는 감각이었다. 물밑에 가라앉은 보석처럼 잠잠하나 푸른 불꽃처럼 차가운 빛깔이 고귀한 보랏빛과 얽혀 사정없이 몸을 짓누른다.

그저 거기에 존재하는 것만으로도 사지를 얽어매는 양 압도적인 존재감의 황태자가 미끄러지는 듯이 다가왔다. 흡사 맹수가 치닫는 듯한 두려움마저 심어 주는 접근이다. 키라트 자작이 난색을 표하며 인사를 올렸다.

"황태자 전하."

"무슨 소란이냐고 물었다."

고개도 까딱하지 않고 나직이 떨어진 음성은 낮았지만, 검 끝을 들이대는 듯이 섬뜩하다. 책임자로 추측되는 기사가 더듬거리며 입을 열었다.

"시, 시그오닐 대공녀께서 황녀께 상해를 입혀서 잠시 모셔 가려는 중이었습니다."

그 말의 내용은 중요치 않은 것처럼 황태자가 단숨에 선언했다.

"물러가라."

"예……."

난감한 상황을 종결시켜 주는 최고 결정권자의 한 마디에 그들은 반문할 생각조차 떠올리지 않고 순순히 따랐다. 이실로테가 눈물을 글썽거리며 황태자를 올려다보았다.

"전하! 어째서 저 애를 편드세요? 저 애가 제 손목을……!"

"여기 있었군."

들은 척도 하지 않고 황태자의 시선이 슈리아에게 옮겨졌다. 슈리아는 뜬금없이 나타난 그를 의아하게 바라보았다.

참 절묘하게 나타난 모양새도 아니꼬웠을뿐더러, 지금 이 등장은 정말 예상치 못한 것이었다. 여름철 토벌 작전 중인 대마물방어선을 중간에 비울 수는 없었을 터, 벌써 작전을 성공리에 완수했단 말인가.

"전하."

슈리아가 확인하듯 그를 부르자 황태자의 안면에 미소가 떠올랐다. 놀랍도록 절절한 애정이 깃든 타는 듯한 눈길로 그는 소녀의 이름을 불렀다.

"슈리아."

전기가 오른 양 움찔거린 슈리아는 그저 이름을 불렀을 뿐인데 왜 이리 간지럽게 들리는가에 대해서 고찰했다.

황태자의 손길이 어느덧 소녀의 손을 잡아 오고 있었다. 그가 힘을 주어 끌어당기자 슈리아는 자연스레 그에게 두어 발짝 다가서게 되었다. 어디선가 숨을 들이켜는 소리가 들려왔다. 바짝 다가서서 다정하게 손을 어루만지는 황태자는 소문을 실로 태도로써 완벽하게 입증하고 있었다.

데이지가 옆쪽으로 물러나 얼굴을 붉히며 꺅꺅거렸다. 그 정신 사나운 모습은 적어도 슈리아가 소름 돋는 기분을 타파하는 데 상당한 도움을 주었다. 눈을 부릅뜬 이실로테 황녀가 새파래진 얼굴로 따지고 들었다.

"저, 전하…… 어떻게 이러세요. 전하께서 어떻게!"

"내가 이래선 안 될 이유가 있나?"

황태자의 입에서 흘러나온 말은 감정 없이 차분하되 바짝 날이 선 칼날 같았다. 간만의 재회에도 슈리아가 별다른 반가움을 내비치지 않음에 불만을 품은 것처럼 황태자는 제 앞의 소녀를 조금 더 끌어당겼다. 그에게 바짝 붙게 된 슈리아는 거의 시야가 보이지 않을 지경이었다. 세상 모두에게서 보호하겠다는 듯이 서서 황태자는 슈리아를 굳건히 감싸 안았다. 황녀의 비명 같은 외침이 들려왔다.

"아리스, 아리스를 생각하신다면 이러실 순 없어요!"

자신을 향한 무례조차 잊어버린 양 오로지 절실한 그 이유만을 물고 늘어지는 황녀의 음성에서 배신감이 묻어 나온다.

슈리아는 문득 자신이 대수롭지 않게 생각했던 한 가지 사실을 되새겼다. 오를레앙 공녀와 이실로테 황녀는 어린 시절부터 친구 사이였다고 했지.

친구가 황후가 된다면 그녀의 위세도 보장받게 될 테고, 오랜 친구와 나란히 황궁 생활을 누리는 것도 꿈꿔 보았을 법한데 슈리아를 받아들이는 데 거부감이 있을 만도 하잖은가? 물론, 그런 사정을 고려해 줄 필요는 없겠지만.

"이실로테. 내가 언제까지 네 어리광을 보아 넘겨야 하지?"

냉랭하게 반문한 황태자는 명령조로 직언했다.

"그녀의 명예를 생각한다면 주제넘게 나서지 마라."

고개를 비틀어 시야를 확보한 슈리아의 눈에 이실로테 황녀가 원독에 찬 눈으로 입술을 짓씹는 모습이 들어왔다.

그리고 그 너머에서 손으로 입을 가리는 오를레앙 공녀 역시도.

스카나덴 소공작이 눈물 흘리는 그녀를 부축하며 홀 밖으로 인도하고 있었다.

쏟아지는 시선 속에서 모욕당한 이실로테 황녀는 무어라 더 말하고 싶은 듯 입을 뻐끔거렸다. 그러나 자신을 향해 경고의 시선을 던지는 황태자 앞에서 그녀는 부채를 움켜쥐고 홱 등을 돌려세웠다.

쓸쓸하게 물러서는 황녀의 뒤를 이어 과하게 나섰던 영애 몇몇이 눈치를 보며 자리를 피했다. 순식간에 몰려들었던 영애들이 빠져나가자 아무것도 하지 않았는데 어쩐지 악역이 된 느낌이었다.

그러나 개의치 않고 슈리아는 나긋한 미소를 띤 채 승자다운 여유를 보였다.

"전하, 기분 푸세요. 오늘은 무도회 날이잖아요."

"……그러면 한 곡 출까."

슈리아가 고개를 끄덕이고, 이내 손을 맞잡은 그들이 홀 중앙에 나아가자 아무 분쟁도 발생하지 않았던 것처럼 소란은 이내 잦아들었다. 적어도 겉으로는 그렇게 보였다.

모두가 초월자인 황태자 앞에서 입조차 제대로 놀리지 못하고 숨죽이는 가운데, 황태자는 능숙하게 슈리아를 이끌었다.

가볍게 손을 쥐고 힘주어 당기는 것만으로도 슈리아는 인력에 끌리듯 그의 품에 비단 자락처럼 감겨들었다. 춤을 추는데 구태여 우아한 자태를 보이려 노력을 기울일 필요도 없었다. 황태자의 손길에 몸을 내맡기는 것만으로도 내딛는 발이며 움직임이 물 흐르는 듯이 자연스러웠다.

이목이 쏠린 가운데 소문의 진실을 티끌만큼의 오해도 남기지 않고 샅샅이 밝히는 듯한 황태자의 태도는 실로 명확한 것이었다.

더군다나 감히 입에 담을 수 없는 존재로 자리매김한 그는 이 자리에서 진정 황태자다웠다. 검을 쥐지 않고 호화로운 예복을 갖춰 입은 모습은 단순히 귀족적이라기엔 위엄이 깃들어 있었고 손짓 하나에도 고아한 기품이 묻어 나온다.

빼어난 외양만큼이나 비범한 존재감을 전신에 후광처럼 두른 그는 범인의 주목 속에 놓으면 결코 애송이라는 단어를 떠올릴 수 없을 만큼 오연하고도 당당했다.

황태자 렌카이저는 한낮의 태양처럼 빛나는 존재였다. 홀린 듯이 그를 우러러보는 시선이 당연하기만 하다. 발끝부터 머리끝까지 신의 손길 아래 완벽하게 세공된 듯한 황태자는 참으로 무결하여 그에게선 어느 곳 하나 흠 있는 부분을 찾아볼 수 없었다.

그는 실로 이곳, 브리오니아라는 대제국의 심장부에 서기 위해 태어난 자였다.

그런 주제에 이곳을 벗어나려 했다니. 그 또한 우스운 일이 아닌가.

슈리아는 냉소적인 생각과 달리 상냥한 표정을 고수했다. 그것은 황태자의 입가에 서린 미소와 어우러져 사이좋은 연인의 모양새를 만들어 내기에 충분했다.

다분히 황태자를 의식하여 저편에서 들으란 듯이 나온 '그림 같은 한 쌍이에요!' 따위의 아부 섞인 감탄은, 상당수 진심에서 기인한 것이기도 했다.

이윽고 충분히 가시적 효과를 거두었다 생각되는 시점에 황태자는 슈리아를 홀의 가장자리로 이끌었다. 미리 그곳을 차지하고 있던 귀족들이 강풍 앞의 가랑잎처럼 자리를 비웠다. 이윽고 황태자의 살근한 손길이 슈리아의 귓가를 어루만진다.

"그 귀걸이, 마음에 드나 보군."

흡족한 기분이 드러난 시선 앞에서 슈리아는 허를 찔린 듯했지만, 그 사실을 내색하지 않으려고 노력했다.

오늘은 모처럼 오팔 귀걸이를 착용하고 왔었다. 애초에 황태자를 기쁘게 만들어 주고 싶지 않다는 심보 때문에 그의 앞에서는 좀처럼 착용하지 않았지만, 그가 나타나지 않을 거라 추정되는 자리에선 자주 끼고 다닌 물건이다.

"오늘 의상에 어울리는 것 같아서요."

슈리아의 새침한 응답에 굴하지 않고 황태자는 거북스러운 행동의 강도를 높였다. 낮게 웃음 짓더니 이내 슈리아의 뺨을 감싸고 이마에 입술을 가져다 붙인다. 노골적인 애정 행각에 훔쳐보던 이들은 급히 숨을 몰아쉬었다.

그가 지닌 완전성과 비례하여 제도의 귀족들에게 전장의 사신과 비슷하게 여겨지던 황태자는 이러한 녹을 듯한 태도를 보일 수 있으리라고는 상상조차 할 수 없었던 자였다.

그는 늘 한기를 풀풀 날리며 옷깃에 손이라도 가져갔다간 베어 버릴 듯한 기운을 풍기고 있었고, 실제로도 그러한 인상과 다르지 않은 성격을 지녔다. 그런 만큼 황태자가 비치는 생소한 모습은 좌중에게 강렬한 인상을 심어 주고 있는 듯싶었다.

물론 슈리아 역시도 시선을 의식하여 대단히 소름 돋는 기분을 만끽하고 있었다. 그가 이런 간지러운 광경을 연출하는 상대가 자신이라는 것 때문에. 밖에서 바라본 그 구도를 구태여 뇌리에 그려 보고 싶지 않았다. 미소를 유지하기가 버겁게 느껴진 슈리아는 상냥하게 그의 이름을 불렀다.

"저, 렌. 우리 자리를 옮기는 게……."

설득을 위한 타협적인 호명에 황태자의 손길이 덥석 어깨를 붙들었다.

"기억하고 있었군."

호면湖面에서 반짝이는 물비늘처럼 자청빛 눈동자가 잔잔하게 이 링거렸다. 고작 이름을 불러 줬을 뿐인데 그게 그리 기쁠 만한 일인가?

놀랄 만큼 솔직하게 환희를 드러내는 황태자 앞에서 슈리아도 솔직해지고 싶은 충동에 사로잡혔다. 그러나 역시 슈리아에게 솔직함은 자주 허용되지 않는 미덕이다.

소녀의 화사한 미소에는 어쩐지 싸늘한 구석이 있었지만 황태자는 그것까지 감지하지 못하는 듯했다. 어쩌면 신경 쓸 필요 없다고 생각하는지도 모른다. 어차피 그는 애정 표현에 있어서만큼은 슈리아의 의사를 일절 반영하지 않으니까.

어깨 뒤로 넘어간 손이 소녀의 머리카락을 헤집어 흐트러뜨린다. 찰랑거리는 향내 나는 머리카락이 손가락에 감겨들자 황태자는 그 촉감을 만족스럽게 느끼는 듯했다. 슈리아에게 품고 있는 소유욕에 심취한 것처럼 황태자는 거만하게 속삭였다.

"상을 줘야겠어."

거슬리는 손놀림과 더불어 그 발언. 감히 저를 애견 취급하는 황태자를 슈리아는 힘껏 뿌리칠 뻔했다. 뿌리칠 뻔이라니, 너무 평화에 익숙해졌다. 슈리아는 낯짝을 힘껏 갈겨 주어도 족할 황태자를 싸늘하게 노려보았다.

베헤모트가 주인이 저와 같은 취급을 받고 있는 것이 새로운지 신이 나서 몸을 들썩거렸다. 놈을 응징하려고 반지를 부여잡고 낯을 굳힌 슈리아의 반응에 흥이라도 느끼는지 황태자는 슬쩍 미소를 떠올렸다.

"그대가 내 책상 밑에서 잠든 이후 종종 그대를 키우고 싶다는 생각을 했었지."

그걸 말이라고. 그의 손에 얼굴을 비비적거린 치욕적인 역사가 떠오른 슈리아는 참을 수가 없어졌다. 미소를 거둔 소녀는 정색하고 물었다.

"어떤 말씀을 하고 싶으신 거예요?"

"귀엽다는 소리야."

그 한마디로 손쉽게 일격을 가한 황태자는 품에서 작은 상자를 꺼내 들었다. 단순한 모양새의 뚜껑이 열리자 그 안에 자리한 새파란 보석이 박힌 귀걸이가 눈에 들어왔다.

정교한 세공에 깊이 있는 투명한 광채가 척 보기에도 범상치 않은 물건이었다. 사파이어? 아니, 푸르스름한 새벽을 베어 넣은 듯이 내부에 고체화되지 않은 흐름이 느껴진다.

이건 아주 고품질의 마력석이다. 가까이 두면 마력증강 효과가 있는. 슈리아는 마법사로서 늘 가까이서 접해 왔던 보석의 정체를 단숨에 눈치챘다. 그것도 같은 크기의 다이아몬드보다도 열 배는 값이 더 나가는 질 좋은 물건이었다.

물론 황태자가 그 정도 사재를 쓰는 것은 어렵지 않은 일이었다. 하지만 그저 한때의 연인에게 주기엔 과하고, 또 구하기도 어려운 물건이다.

이것도 일종의 가시적인 과시일까. 가늠하는 사이 황태자가 슈리아의 귓가에 손을 가져가고 있었다. 손길이 스치는가 싶었는데 금세 오팔 귀걸이가 탈착되어 슈리아의 손 위에 올려졌다.

슈리아는 기이한 눈으로 제게 손수 귀걸이를 끼워 주는 황태자를 응시했다. 평생 누구 시중 한 번 들어 본 적 없었을 터인 그는 그간 이어진 교제 관계의 은폐를 보상해 주고자 하는 것처럼 애틋하게 굴고 있었다.

슈리아는 곧 생각을 바꿨다. 보상해 주고자 하는 게 아니라 여태까지 눌러 왔던 걸 이렇게라도 다 표출하는 건 아닐까.

어지간한 행각에도 이젠 무뎌졌다 여겼건만 황태자는 이제까지 행해 왔던 것보다 더 간지러운 짓거리들을 공공연히 펼치고 싶었던 모양이다. 이윽고 작업을 마친 황태자는 손을 떼어 내고 자신이 만들어 낸 작품을 감상하듯이 들여다보았다.

"마법을 배우기 시작했다고 들었어. 나로서는 내키지 않는 일이지만."

우연히 좋은 물건을 발견해서 가져왔노라고 말하며, 황태자는 시선을 맞추고 서늘하게 침잠한 눈을 보였다. 역시나 감시하고 있었던가. 그건 이제 일상이 된 일이니 그렇다 치고, 그의 말에서 마법에 대한 부정적인 감상이 느껴졌기에 슈리아는 눈을 깜빡였다.

그의 모후가 마법사였다지 않았던가. 그런데 어째서? 황태자가 나직이 말을 이었다.

"역시 어울릴 거라고 생각했어."

그야 은발에 남청색 눈을 한 슈리아이니 푸른 보석이 잘 어울리지 않겠는가. 생각만 해 봐도 뻔한 것인데 자신의 예측대로 절묘하게 들어맞은 양 강조하는 것이 아니꼬웠다. 그래도 나름대로 진귀한 선물이 눈에 찼던 슈리아는 드물게 관대한 마음으로 생긋 웃었다.

"선물 감사해요."

그 와중에도 그가 준 오팔 귀걸이에 대한 애착을 지나치게 드러내지 않기 위해 슈리아는 무심한 척 빠른 손놀림으로 그것들을 상자 안에 쓸어 넣었다. 그리고 품 안에 단단히 갈무리했다.

탐욕이 넘치는 슈리아는 자신이 가진 보석이 몇 개이고 어디에 담겨 있고 제각각 얼마만 한 값어치를 하는지 하나도 놓치지 않고 숙지하고 있었던 것이다.

아마르잔이었을 당시에는 마법의 힘을 빌리면 되었기에 따로 신경 쓸 필요가 없었지만 슈리아인 지금은 분실의 위험성에 유의해야만 했다.

황태자는 이제 둘만의 시간을 가질 마음이 들었는지 슈리아를 이끌고 밖으로 향했다. 물욕이 충족되자 다른 요소들에 관대해질 수 있었던 슈리아는 정원에 이른 뒤 꽃잎처럼 부드러워진 음성으로 물었다.

"어떻게 이리 빨리 돌아오셨어요? 일은 다 처리하신 건가요?"

"일단은. 무도회에 맞춰서 돌아오느라 노력했지. 혼자 두었다간 사라져 버릴 것 같아서."

슈리아를 아직도 그날 밤의 눈보라의 요정으로 혼동하고 있는 듯한 황태자의 나직한 뇌까림은 안개처럼 조용히 스며들었다.

"또한 너무 오래 인내해서, 이제는 더 이상 참고 싶지 않더군."

곧 다시 떠나야겠지만 오래 걸리진 않을 거야. 팔을 둘러 품 안에 푹 가두며 해 오는 말에 슈리아는 그와 제 상황이 퍽 대조되었다는 사실을 인식하고 기분이 저조해졌다.

비록 그 성격은 다르지만, 그보단 자신이 오래 인내해 왔을 것이 틀림없는데. 슈리아는 참고 싶지 않아도 참아야 했다. 그래도 황태자 앞에서는 어느 정도 표출할 수 있으니 다행이라고 해야 할까. 문득 질문이 솟구친 슈리아는 입을 떼었다.

"헌데 전하."

"그새 잊었나?"

바로 돌아오는 반문에 눈살이 찌푸려진다. 그가 사소한 것에 지나치게 틈 없이 굴고 있다고 생각한 슈리아는 불만 섞인 어조로 내뱉었다.

"렌, 전 황후께서…… 그러니까 모후께서 마법사셨다고 들었어요."

한 치의 망설임도 없는 직설적인 본론 제시에 황태자는 슈리아를 꽉 끌어안았다.

"이런 때에는 내 근황을 물어야 하는 것 아닌가. 그대도 참 눈치가 없군."

웃음기 어린 비난에 슈리아는 말 돌리지 말라는 듯이 황태자를 뚫어지게 쳐다보았다. 좀 더 명확한 질문이 그를 향해 쏘아져 나갔다.

"그게 제가 마법을 배우는 걸 싫어하시는 것과 관계가 있나요?"

슈리아의 호기심 섞인 질문은 추궁과 흡사하게 들렸다. 잠깐의 침묵 뒤 황태자는 고해하듯이 토로했다.

"내가 그들의 능력적 유용성을 떠나 마법사를 좋아하지 않는 건 사실이야."

"어째서요?"

"사감, 이라 해야겠군. 마법이란 힘과 가까이해서 좋았던 적이 없어. 알지 않나. 흑마법사의 경우도 그러했지."

"그래서…… 마법 대신 검을 배우셨나요?"

황태자는 이번의 질문에는 대답하지 않았다. 대신 그는 피식 웃으며 반문해 왔다.

"뭘 그리 집요하게 묻지? 그대가 마법을 배운다고 내가 돌아서기라도 할까 봐?"

집요한 자에게서 집요하다는 말을 듣는 것은 대단히 불합리한 느낌이었다.

누가 그렇다고 했나. 말 돌리는 것하곤.

자신이 한 질문에 반드시 일목요연한 대답을 듣는 것을 추구하는 슈리아는 반발하듯 황태자를 올려다보았다. 그러나 여전히 대답할 마음이 들지 않는 양 황태자는 질문을 회피하고자 하는 의도가 역력한 대화를 고수했다.

"난 그대가 유능해지는 걸 원치 않을 뿐이야."

그러면 무력하게 그에게만 의존하길 원하고 있단 말인가. 역시 황태자의 취향은 고분고분한 쪽에 더 가까운 것 같았다. 황태자는 피식 웃으며 말했다.

"대마법사라도 되겠다고 황태자비 자리를 걷어차면 어쩌나, 그런 생각이 들긴 했지."

정말로 솔깃한 소리였다. 다만 마음이 끌리는 것을 떠나서 이미 대마법사인 슈리아는 언제나 그렇게 할 수 있었지만 결국 그러지 못했다.

그것은 쉬운 선택인 만큼 동시에 변화 없는 답보에 불과한 선택이기에.

내리깐 눈을 든 슈리아는 신비로운 빛을 머금은 눈으로 그에게 약속을 꺼냈다. 이 생애를 시작하기 전 자신의 결의를 되새기듯 심장까지 울리는, 고요하되 동요 없는 음성으로.

"그런 일은 일어나지 않을 거예요."

그 말은 아마르잔의 결의만큼이나 진심이었다. 그러나 진심에 대한 답변은 차가웠다.

"……저번에도 비슷한 말을 했었지."

감동받기는커녕 냉랭하게 읊조리는 소리에 슈리아는 시선을 들어올렸다. 확신 어린 말, 거기에 담긴 무언가가 그의 심기를 건드린 듯했다. 황태자의 낯에 머물던 미소는 어느덧 흔적도 없이 사라진 채였다.

감동을 계산한 교활한 속내를 간파한 것처럼 그는 그 말을 끝으로 엄숙한 밤이 되어 침묵을 지켰다.

소스라치듯 온기가 달아나고 그간의 포근한 분위기가 반전되어 희게 빛나는 달을 밀려온 구름이 가리는 듯했다. 이윽고 수면 아래 으슥한 어둠이 번지듯이 피어오른 암암한 시선으로 황태자는 다시 입을 열었다.

　"그 후로 생각해 보았지."

　또 어떤 비관적인 망상을 들고 온 건지, 슈리아는 불길함에 사로잡혔다. 하지만 이번에는 달랐다. 이전보다 그의 통찰력은 더 심처를 파고들었으며 본질에 가까웠다.

　"지금 그대의 말을 들으니…… 의문이 생기는군."

　굴곡 없이 수평을 그리는 음성이었다. 흘러넘쳐 난 물이 대지 위를 느릿하게 기어가는 양 잠잠한 범람.

　"그대는 마치…… 마땅히 그래야 한다는 것처럼 말하지. 그 마음이 어떠하건 어떤 생각을 품고 있건 반드시 그래야 한다는 당위성으로."

　"렌."

　이번엔 달콤한 호명도 효력이 없었다.

　"그대는 내 곁에 머무는 것을 의무라고 여기는 듯해. 그리고 그 사실을 늘 주지하고 되새기는 것처럼 굴지."

　형체 없는 유령에 사로잡힌 듯한 황태자는 차분한 토로로 감상의 윤곽을 더듬었다. 일련의 과정은 마침내 언어로써 불분명함을 벗어낸다.

　"슈리아."

　감정의 색이 깃든, 내면을 침탈할 듯한 정념 어린 눈이었다.

　"무엇이 그대를 그렇게 만들지? 내 마음을 무겁게 여긴다 하기엔……."

　황태자는 고개를 기울였다. 귓가에 바람결 같은 속삭임이 따른다.

　스산한 의혹이 담긴.

　"나를 두려워하지도 않으면서."

꿰뚫는 듯한 간파를 마주하면서도 슈리아는 동요를 보이지 않았다. 기이한 깨달음 속에서 슈리아는 거울처럼 감정 없는 눈으로 그를 비춰 냈다. 그를 사랑에 눈먼 애송이로 취급하여 지나치게 얕보았던가.

문득 황태자궁에서의 한 사건이 떠오른다. 괴물을 베어 낸 황태자는 공포와 긴장감 서린 분위기에서도 태연히 식사를 들었고 슈리아는 그런 그를 바라보다,

눈이 마주쳤었다.

당시에는 무심결에 닿은 시선이 관찰로 변모되었다 여겼었는데, 생각해 보면 그때에도 그랬었던 것 같다. 그는 늘 슈리아를 살피고 있었다.

황태자는 슈리아가 하는 모든 말을 기밀 사안처럼 세심하게 귀담아들었다. 집요하도록 단 한 마디, 어감도, 표정도 놓치지 않고. 그리고 곱씹고 곱씹어 다시금 꺼내기까지 한다.

사랑에 빠진 이들은 보고 싶은 것을 보고, 생각하고 싶은 대로 생각한다지만, 황태자는 그런 낭만적인 모습을 비출 만큼 틈을 보이지 않았다.

온 정신을 기울여 몰두하고 떠올리고 표피에 흐르는 꿀 같은 달콤함에 만족하지 않고 속내까지 파고들려 한다.

그건 그가 초월자이기 때문일까.

오로지 그것만이 삶의 전부인 것처럼 매달렸던 검의 성취를 어느 정도 이루어 낸 시점에서 이제 그 집요한 시선을 다른 곳으로 돌렸다면.

그리고 그 대상이 슈리아 아델트라면.

황태자는 명사수가 쏘아 낸 화살처럼 일체의 흔들림 없이 바람과 거리의 장벽을 넘어 오로지 한 점만을 꿰뚫는 자였다. 그만큼이나 진심이었고 전력이었다. 그러니까 대충 맞춰 주고 달콤한 소리 흘리는

것으로 넘어가는 것도 한계가 있기 마련이다.

또 입이라도 맞춰야 하나.

슈리아는 엄습하는 피로감과 번거로움에 그런 생각을 해 버렸다. 다만 지금은 그때만큼은 다급하지 않았고 황태자도 흥분해 있지 않았다. 어쨌거나 필요를 떠나 맨정신으로 그 짓거리를 다시 할 수는 없는 것이다.

그리하여 슈리아는 방금 황태자가 취했던 전략을 답습하기로 했다. 파문 하나 일지 않은 고인 물웅덩이처럼 아무 일도 없었다는 양 그 말은 혼연하게 흘러나왔다.

"……시간이 늦었군요. 이제는 들어가야겠어요."

명백한 회피였다. 피곤하게 구는데 구태여 일일이 응해 줄 필요는 없는 것이다.

원래부터 그럴 의도였다는 것처럼 뒤돌아 앞장서는 슈리아를 황태자가 손을 뻗어 붙잡았다. 어깨를 거머쥔 손은 대리석처럼 단단했다. 다정하게 귀걸이를 선사했던 때가 언제였느냐는 양 황태자가 냉소적으로 뇌까린다.

"그대가 참 교묘한 화법을 쓴다는 걸 진작 알았어야 했는데."

"전하께서도 제 질문에 모두 답변하신 건 아니잖아요."

또박또박 따지고 들면서도 슈리아는 그를 돌아보지 않았다. 무의미한 다툼에 종지부를 찍듯 단호한 태도였다. 싸늘한 상념이 머릿속에서 넘실거렸다.

그래서 어쩌라는 건가. 진실을 말하라고? 그처럼 우습게 들리는 소리는 또 없을 것이다. 자신의 삶을 파괴할 진실을 고백할 어리석은 이가 어디 있다고.

그를 흠모하는 이들만큼이나 반감을 품었어도 면전에서는 고개를 수그린 자도 수없이 많을 것인데, 어째서 슈리아에게만 까다롭게 구는 건지.

슈리아는 이전에 했던 생각에 하나를 더했다.

그가 만약 황태자가 아니었더라도 그는 슈리아에게 의미 있는 존재였을 것이다. 그러나 그가 황태자가 아니었다면, 슈리아는 그를 선택하지 않았을 것이다.

아니, 선택이라고 하기도 우습지. 신분제의 틀에 얽매여 있지 않았다면 그의 일방적인 구애를 받아들여야 할 이유가 있을까. 언제고 자신의 정체까지 간파해 낼 이의 바로 곁에 머무르는 것은 위험한 일이었다.

그리고 그보다 더 위험한 것은 황태자인 그를 온 힘을 다해 거절하다가 스스로를 드러낼 수밖에 없는 상황을 만드는 일이다.

그에게 품은 사감을 떠나 슈리아는 제 본연의 목적을 결코 잊지 않았다. 그것은 정의이며 절대선이며 쓰러질 수 없는 기치처럼 슈리아의 영혼에 우뚝 선 지침이었다.

온전하지 못한 모든 요소를 이생을 통해 충족시켜 신이 되고자 한다. 그렇게 진정한 초월자가 되는 것이다.

그 오랜 열망이 어둠을 허락지 않는 태양처럼 강렬하게 타오르고 있었기에 슈리아는 그에 비하자면 미풍 같은 고난들을 잠재우고 이 모든 순간을 감내할 수 있었다.

이윽고 영원히 옭아맬 것처럼 잔뜩 굳어 있던 황태자의 손길에서 서서히 힘이 빠져나갔다. 맥없이 어깨를 스치고 거두어진 손은 다시 돌아오지 않았다.

"내가 또…… 서둘렀군."

그 말에는 희미한 감정의 잔상이 스며 있었다. 황태자는 얼굴을 보이지 않으며 빠르게 앞으로 나섰다.

"바래다주지."

그가 어떠한 사고 과정을 거쳐 감정을 추슬렀는지는 알 수 없는 일이나, 슈리아는 굳이 묻지 않았고 황태자도 더는 입을 열지 않았다.

나비가 스치듯이 가벼운 입맞춤으로 작별을 고한 그는 슈리아를 마차에 태워 보냈고 그것이 마지막이었다.

그 무도회 이후로 황태자는 또다시 제도를 비우게 되었다.

자신 앞으로 쏟아지기 시작한 초청장을 선별하며 슈리아는 그날 있었던 일을 회고해 보았다. 오류를 되짚고 오점을 고찰하여 좀 더 나은 방향으로 진보하기 위한 사고 과정은 마법사에게 있어서 필수인 것이다.

시작은 그럭저럭 바람직했던 것 같은데 왜 그런 다툼으로 결말을 맞았는지.

소녀는 이내 관찰하고 또 관찰했지만, 그의 난측한 감정 변화를 따라갈 수가 없었다는 결론을 이끌어 냈다. 자신의 이해력이 부족하단 것보다야 그 판단이 지극히 합당하리라. 다소 감정적으로 합리화하며 슈리아는 황태자가 보인 마지막 얼굴을 회상했다.

연약한 내심을 표출하지 않으려는 듯이 무표정했다. 눈빛은 흔들리지 않았으나 구원 없는 수렁에 떨어진 듯이 암담하고도 어두웠다.

검사라는 족속들이 원래 그렇게 예민하고 까다로운 이들이었던가. 슈리아는 오랜 생을 통해 강화해 온 특정 직업군에 관한 편견이 요즘 들어 도전받고 있다고 느꼈다.

그의 마음과 슈리아의 마음이 같지 않으니 기대하고 실망하고 때로는 독촉하고 요구하는 일련의 정서를 겪고 있다는 것은 알겠다. 그러나 도대체 어떻게 대해야 할지 방향이 잡히지 않는다.

그때 슈리아는 자신이 무어라 말해도 황태자의 기분을 상하게 할 것을 알고 입을 다물거나 아예 대화를 피해 버리는 수밖에 없었다. 그리고 슈리아가 택한 것은 후자였다.

타인을 대하는 데 크게 어려움이 있었다고는 생각지 않는다. 하지만 그의 의도를 읽는 것은 지나치게 까다로운 과제였다. 그의 구미에 맞는 대답을 고르기는 실로 어려웠다.

황태자는 심지어 뭐든 트집 잡고 싶어 안달을 내는 편집증 환자 같았다. 쓸데없는 부분에서 집요하게 말꼬리를 잡고 독종처럼 물고 늘어진다.

불현듯 불쾌감이 치솟은 슈리아는 분류 작업을 멈추고 초청장을 모조리 서랍 안에 밀어 넣었다. 거친 동작으로 화풀이를 마치고 나자 마음이 싸늘하게 가라앉는다.

날 때부터 떠받들어진 적통 황족인 데다가 유례없는 천재로 타고난 특수성이 그에게 무엇이든 제 뜻대로 되지 않으면 못 견디는 편협한 인내심과 자기중심성을 부여한 것은 아닐까.

세상 그 누구보다 자기중심적인 대마법사는 그렇게 비판적으로 생각하며 황태자에 대한 판단을 종결지었다.

꼬리를 물듯 무도회에서 있었다는 또 다른 사건이 뇌리에 떠오른다. 데이지가 죄책감 어린 얼굴로 전해 온 말에 따르면 슈리아가 황태자와 홀을 떠나간 사이, 문제가 발생했다고 한다. 그리고 그 사건의 발단은 역시나 사고뭉치 데이지였다.

키라트 자작과 단란한 한때를 보내고 어쩐지 뺨이 발그레해져서 돌아온 레이첼을 데이지가 잔뜩 놀려 댔던 것이다.

"이러다 너 우리 중에서 가장 먼저 결혼해 버리는 것 아냐? 히히, 너 얼굴 빨개졌어!"

"말도 안 되는 소리 하지 마!"

레이첼은 유독 완강한 태도를 보이며 부인했고 그녀와 늘 아웅다웅 다투곤 하는 데이지는 늘 잘난 척하던 레이첼이 수줍은 소녀처럼 구는 것을 순순히 보아 넘기지 못했다. 계속된 데이지의 놀림에 짜증이 머리끝까지 솟구친 레이첼은 결국 그 말을 토해 내고야 말았다.

"누가 일개 자작 따위와!"

황족과의 혼사도 노려 볼 만한 명문 루트비아 백작가의 영애라면 은연중에 그런 생각을 품었을 수 있다. 특히나 몰락 귀족인 제시카와 슈리아가 제각기 카지스 경이며 황태자라는 쟁쟁한 상대와 맺어진 상태라면.

그러나 상대는 자작에 불과하다지만 분명 황태자의 최측근이었고 이 자리는 어찌 보면 그의 데뷔 자리였다.

황태자와 슈리아의 사건으로 무도회장의 분위기는 난잡하게 흐려져 있었으나 그 외침은 꽤 많은 이들의 귀에 들어갔다.

그리고 그 말을 똑똑히 들은 사람 중에는 바로 조금 전까지 그녀와 함께한 그 키라트 자작도 있었다. 자작은 불쾌감을 내색하지는 않았지만 어깨를 으쓱하고 무도회장을 떠나 버렸고 레이첼은 자신이 한 저열한 폭언에 스스로가 수치심을 느끼는 양 하얗게 질려 몸 둘 바를 몰라 했다.

이윽고 그녀는 데이지가 내민 손을 세차게 뿌리치며 도망치듯 백작가로 돌아가 버렸다. 셀리 역시 후에 '네가 너무 심했어.'라며 데이지에게 핀잔을 주었다. 그리고 그때부터 자신이 초래한 사태를 인지한 데이지는 드물게 반성 중이었다.

위로를 바라는 듯 슬쩍 눈치를 보는 데이지에게 슈리아는 모른 척 '레이첼의 성격 잘 알잖아. 그렇게 놀리면 화를 내 버릴 만도 하지.'라며 죄책감을 심어 주는 데 가세했다. 그 후로 데이지는 매우 풀이 죽어 집에 틀어박혀 버렸다.

만족스러운 결과를 이끌어 낸 슈리아는 실상 데이지의 탓은 아니라고 생각했다. 로웰 키라트, 키라트 자작에게 울컥해서 폭언한 건 레이첼이고 데이지는 시발점을 제공해 주었던 것뿐이다.

애초에 레이첼이 그런 마음을 가지고 있었던 게 문제이고 그런 비교 심리는 좀 더 은근한 방식이었겠지만 어떻게든 표출되었을 가능성이 높다.

아직 젊은 데다가 황태자의 최측근이니 출세할 가능성이 높아 장래가 유망한 남자를 현재의 신분적 위치로만 판단하다니. 슈리아는 레이첼이 퍽 어리석다고 생각했다.

하긴 지금 당장 저보다 낮아 보이는데 불확실한 미래만을 긍정적으로 상정하는 것도 현명하다고 단정 지을 수는 없으리라.

또한, 어떤 이유를 붙인다 한들 감정 조절을 못 하고 속내를 드러낸 건 명백한 레이첼의 실수였다. 데이지와 투닥거리는 건 늘 있던 일인데 왜 이번만큼은 콧대 높게 무시하는 게 불가능했을까.

이미 그 이전에 심정적 동요가 있었기 때문일 거라고 추측한 슈리아는 어쩌면 일이 바람직하게 풀릴 수도 있다고 여겼다. 레이첼이 키라트 자작에게 마음을 빼앗겼다면 비록 카지스 경의 일로 언짢긴 하겠지만, 제시카와도 크게 문제를 일으키지는 않을 것이다.

그 전에 이미 틀어져 가고 있는 것으로 보이는 키라트 자작과의 관계가 회복되어야겠지만. 거기까지는 제 소관이 아니었다.

시간이 되자 슈리아는 자리에서 일어섰다. 오늘은 아샤트리아 대공을 만나러 입궁하는 날이었다. 이제 더 이상 조사할 만한 일이 없음에도 대공은 여전히 슈리아를 궁으로 불러들였다.

쓸데없이 지저분한 소문을 피하기 위해 본궁에서 갖는 공식적인 만남이었지만 실질적으로 별 필요 없는 일이긴 했다.

그러나 어쩌겠는가. 대공에게는 아마르잔의 시종마에 대한 개인적인 호기심을 떠나 슈리아의 안전을 살펴야 한다는 명분이 있었고 슈리아에게는 그를 거절할 구실이 없었다. 아프다고 꾀병을 부리는 것조차 씻은 듯이 낫게 해 버릴 대공 앞에서는 무의미했다.

이전과 같이 입궁에 걸맞은 드레스를 골라 입고, 마차에 올라타 황궁에 도달하기까지는 지루함을 느낄 정도로 평범한 과정이었다.

대공에게 은근슬쩍 황태자의 모후에 대해서 운을 떼 볼 참이었던 슈리아는 제가 안내되는 방향이 이전과 다르다는 것을 깨닫고 걸음을 늦추었다. 이런 상황은 겪어 본 바가 있었다. 흑마법사는 이미 죽었으니 그는 아니겠지만, ……짐작이 간다.

본궁의 시녀가 뒤로 돌아 서두르라는 눈길을 보이자 슈리아는 발길을 재촉했다. 이 방향으로 가는 길은 본궁의 중심부로 이어지고 있었다.

그리고 그곳에는 틀림없이…….

기사들이 삼엄하게 경비를 서고 있는 입구를 지나 슈리아는 어떤 장소에 이르렀다.

섬세한 가시덩굴이 문설주를 타고 오르고 문 중앙에는 웅혼한 용형상이 입을 벌린 채 아로새겨져 있다. 명장의 손길이 아낌없이 닿은 치밀하고 정교한 세공을 보자 예상은 확신에 가까워졌다.

묵중해 보이는 문은 의외로 소리 없이 열렸고 슈리아는 옆으로 비켜서는 시녀를 지나 안으로 발을 들였다.

걸음은 가벼운 소리만을 냈으며 자세는 나무랄 데 없이 반듯하고 우아했다. 한 가닥의 망설임 없이 낯선 장소에 발을 들인 슈리아는 단상에 앉아 냉엄하게 저를 내려다보는 중년인에게 사뿐히 인사를 올렸다.

"황제 폐하를 뵈옵니다."

황제인 그가 일개 귀족 소녀를 불러들인 이유라면 뻔했다. 지난번 무도회에서 있었던 사건이 황제의 귀에 들어간 것이 분명하다.

긴장감 어린 표정을 자아내야 할까. 잠시 갈등이 스쳤으나 몰락 귀족 출신으로 황태자비가 될 소녀라면 담대한 모습을 보여 주는 편이 나을 것 같았다.

슈리아의 경우 워낙 조건이 미흡한지라 황태자를 사로잡을 만한 요인이 오로지 그 스스로에게 있다고 보아도 과언이 아니었다.

고개를 수그리고 있는 슈리아에게 황제가 말문을 열었다. 열풍이 불어오듯 무게 어린 음성이었다.

"황태자의 시녀였다 들었다."

"네, 맞습니다."

황태자가 상대일 때는 편의에 따라 대답을 건너뛰었지만 황제에게 까지 그리할 수는 없었다.

"고개를 들어 보아라."

천천히 턱을 올려 들자 유심히 저를 들여다보고 있는 황제와 시선이 마주쳤다. 슈리아가 오늘 그를 처음 본 것은 아니었다.

확실히 황제는 무도회를 즐기는 부류는 못 되었다. 그는 특히나 황태자와 동석해야 하는 자리에는 거의 나타나지 않았다. 그래도 그는 황궁 무도회의 개최자로서 아주 짧은 시간 무도회에 얼굴을 비추곤 했다.

가까이서는 본 적은 없었지만, 그의 외양을 숙지하고는 있었던 슈리아에게 문득 상념이 스쳤다.

전부터 생각했던 것인데 그는 황태자와 거의 닮지 않았다. 황태자는 조각 같은 외양을 지닌 데 비해 눈앞의 황제는 황제다운 위엄이 느껴지는 것 외에는 특별난 구석이 없었다. 관료의 의상을 입고 문관들 틈바구니에 섞어 놓는다면 구별도 되지 않을 듯했다.

하긴 그 자체가 무력적인 성향이 있다기보단 브리오니아의 평화를 유지하고, 학문과 예술의 발달에 공을 들이는 온건한 황제였다. 딴에는 현군이라고 칭송받고 있는 몸이니 대외적 평가로 판단해도 무리가 없을 것이다.

전형적인 문관. 그런 자였기에 황태자를 그리 내켜 하지 않았던 것인가. 슈리아도 사교계에서 은연중에 수군거리고 있는 소문에 대해서 들은 바 있었다.

황제가 황태자를 좋아하지 않아 조금의 실수에도 엄격하게 굴고 찍어 누르려 한다는 것. 이번의 토벌작전 건도 마찬가지였고, 그 이전에 황후의 암살 시도에서 드러난 무관심한 태도로 보건대 황제는 황태자를 좋아하지 않는다는 것을 넘어 심지어 배척하는 듯이 보였다.

그토록 잘난 아들을 두었는데 대하는 태도가 마땅치 않은 것은 사교계에서 나름대로 쉬쉬하는 화젯거리였다.

전 황후가 부정이라도 저질렀던 것일까. 슈리아가 제 딴에 상상력을 짜내 보고 있는데 문득 황제가 본론을 꺼내 왔다.

"황태자는 오를레앙 공녀와 혼인이 내정된 사이니, 욕심을 버리고 물러남이 옳다."

"······."

"마음이란 한때인 것이고 후궁의 자리라 한들 순탄치는 못할 것이다. 이는 너를 위한 길이기도 하다."

너그러운 노귀족이라도 되는 양 충고하듯이 말하는 것이 어처구니가 없어서 슈리아는 입을 달싹였다. 그러나 상대가 황제라는 사실만큼은 인지하고 있었기 때문에 섣불리 입이 떨어지지 않았다.

"오를레앙 공녀도 모질지 못한 아이니 너에게 해를 가하는 일은 없을 것이다. 원한다면 내가 뒤를 봐줄 터, 스스로 시련을 초래하지 말고 물러나려무나."

황제는 결정짓는 투로 관대하게 말을 맺었다. 그리고 반응을 살피는 것처럼 슈리아를 응시했다. 그건 참 잘된 일이었다. 그야말로 더 들어 줄 수가 없는 소리였으니까. 슈리아는 상냥한 미소를 띠며 입을 떼었다.

"외람되오나 폐하, 저는 그렇게는 할 수 없습니다."

이제 고작 시작일 뿐인데 꼬리를 말고 도망가는 짓, 내키지 않음은 물론이고 할 이유도 없다.

"황태자 전하는 공녀와의 혼인에 대해서 그 어떠한 약조를 한 적이 없다고 했어요."

나비가 날갯짓하듯이 나긋나긋한 음성은 부드러운 만큼이나 태연했고 그침이 없었다.

"반면 제게는 약조하셨지요. 저를 전하의 하나뿐인 비로 삼겠다고."

이번에는 황제의 침묵이 이어졌다. 그는 평가하는 듯한 자세로 감정 없이 슈리아의 말에 귀를 기울이고 있었고 그 뜻은…….

"그리고 저도 전하께서 저를 원하시는 한 곁에 있겠다고 약속했어요. 폐하께서는 하찮은 약속으로 보실지 몰라도 그것이 제가 지켜야 하는 믿음입니다."

이는 시험이다. 슈리아는 자신을 반대하는 황태자의 부친이자 제국의 황제 앞에서도 굽힘을 보이지 않고, 음성에 잔떨림 하나 없이 말을 마쳤다.

그리고 즉시 황제의 눈에 노기가 떠올랐다. 관대히 말했던 건 언제였느냐는 듯이 그는 위압적인 태도를 꺼내 들었다.

"황태자가 어떤 약조를 했건 그건 중요치 않다. 황명 하나면 해결될 일에 불과하지. 황태자비가 연정만으로 정할 자리는 아니라는 것 정도는 알리라 믿는다. 네가 감히 명문 오를레앙 공작가의 고명딸보다 그 자리에 어울린다고 주장해 보겠다는 것이냐?"

몇 마디 독한 소리 좀 해 줬다고 눈물을 비춘 그 마음 약한 아가씨와 비교되는 것조차 우스운데 그보다 더 황태자비에 어울리느냐고?

그야 당연하다. 너무나 당연해서 일일이 설명하는 것이 번거로울 만치.

북대륙을 지배한 자신이 고작 제국 하나에, 그것도 가장 높은 지위도 아니고 황태자비 따위에 머무르는 것 자체가 브리오니아에 두 번다시 오지 않을 광영일진대. 그러한 미거한 자리에 위대한 대마법사를 들여앉힌다는 것은 명검을 들어 과일을 깎는 것만큼이나 사치스러운 일이다.

모욕당한 기분을 여실히 느낀 슈리아는 싸늘한 어조로 반론했다.

"……적어도 혼사의 당사자인 전하는 그리 생각하세요. 또 저는 전하가 그리 말씀을 잘 듣는 아드님이라고 보지 않습니다만."

네가 반대하면서 오를레앙 공녀와의 혼인을 명한다 한들 황태자가 그걸 들어 먹겠느냐. 슈리아는 그걸 꼬집고 있는 것이었다.

황태자가 오를레앙 공녀와 슈리아 둘 중 누구를 황태자비에 어울리겠거니 판단하고 있는지는 알 수는 없지만, 부자간이 그런 이야기를 나눌 만큼 친해 보이지도 않으니 슈리아의 뻔뻔스러운 장담은 그러한 추측에서 근거하고 있었다.

당돌하고, 무례하게까지 여겨지는 언사에 추상같은 호통이 떨어져 내렸다.

"내 앞에서 네가 감히 그런 태도를 보이고도 이곳에서 살아나갈 수 있을 거라고 생각하느냐!"

이것만큼은 누구보다도 자신 있게 대답할 수 있었다.

"네, 물론이에요."

자신의 미래를 눈으로 보는 듯한 확신 어린 말은 마치 황제를 가벼이 여기는 듯했고, 그의 얼굴이 굳어지자 슈리아는 자신의 가설을 술술 내보였다.

"제 안전은 아샤트리아 대공이 책임지기로 했고, 초월자인 대공은 황명에 구애받지 않고 약속을 지킬 터. 제가 이곳에 있음을 모르지 않으니 제 안전은 대공이 대마법사라는 사실만큼이나 확실하게 보장될 거라고 생각해요."

아마 지금도 지켜보고 있으리라. 그걸 믿고 이렇게 뻗대는 것이니. 슈리아는 근거 없는 자신감이란 말을 싫어했고 소녀의 자신감은 늘 마땅한 근거를 가졌다. 드러낼 수 없는 개인적 능력을 배제하고 보더라도 슈리아의 말은 지극히 합당했다.

논리적이고 계산이 다분히 섞인 발언에 황제는 말문을 잃은 듯 침중한 기색을 보였다. 그늘진 얼굴로 황제는 찬찬히 뇌까렸다.

"마법사라더니. 하필…… 제 모후 같은 아이를 골랐구나."

슈리아가 멀뚱멀뚱 바라보자 황제가 모호한 웃음을 띤 채, 자신의 오랜 의혹을 가벼운 듯이 꺼내 놓았다.

"나는 녀석이 내 자식이 맞긴 한가 늘 의심했었지. 그러나 너를 보아하니 그럴 필요는 없는 것 같다."

"황태자 전하는 브리오니아 혈통의 계승자답게 뛰어난 분이세요. 모두가 그리 칭송하고 있답니다."

어쨌든 황제가 황태자를 부정적으로 보아서야 제게 이로울 건 없었기에 슈리아는 은근슬쩍 황태자를 띄워 주었다.

그 와중에 '뛰어나다' 정도의 조악한 형용사가 아닌 좀 더 화려한 수식어들이 떠올랐으나 차마 붙이지 못했다. 어쨌든 황태자의 충실한 추종자처럼 굴기에는 어떤 경우라 해도 거부감이 느껴졌던 것이다.

"모르니 그리 쉽게 말할 수 있는 거겠지."

황제의 얼굴에 진 그늘은 주름이 깊게 파이자 더욱 명암이 짙어졌다. 악몽을 떠올리듯 섬뜩한 감상에 휘말린 얼굴로 황제는 오래전 이미 한차례 세찬 풍파가 지나간 이야기를 시작했다.

"너는 놈의 출생에 대해서 알고 있느냐."

"……들은 바 없습니다."

"하긴 놈이 그런 걸 털어놓을 리 없지."

뜬금없는 질문에 의아한 기색을 떠올리는 것도 잠시, 슈리아는 황제의 말을 경청했다.

"오래된 이야기다."

서두는 간결했으나 그 뒤에 흘러나온 이야기는 간단하지 않았다.

이십오 년여 전, 고작 한 명의 황자에 불과했던 황제는 느닷없이 황위 계승권 분쟁의 소용돌이에 휘말리게 되었다. 확고하게 황위를 물려받을 것으로 여겨졌던 당시의 황태자, 그러니까 열 살 위의 형이 돌연 죽음을 맞았던 것이다.

독살이었다.

사건의 배후가 뚜렷하게 밝혀지지 않자 정계는 난장판이 되어 서로를 범인으로 지목하는 형국에 접어들었다. 거기다가 설상가상으로 그 당시 노령이던 황제가 적장자의 죽음에 비통해한 나머지 충격으로 쓰러져 버리고 말았다.

마침내 고만고만한 황자들이 황권을 두고 경쟁해야 하는 상황이 도래한 것이다.

당시 젊고 학구적인 성향을 지녔던 현 황제는 한때 높은 자리에서 자신의 정책을 펼쳐 보고자 하는 소망을 품고 있었다.

그러나 황자로서는 정사에 개입하는 데 한계가 있던 터라 내심 포기하고 학자로 제국이 기여하는 방향을 검토하고 있던 시기에 갑작스럽게 황태자가 죽어 나갔다.

그 결과로 그는 비등비등한 세력의 황자들과 황권 다툼에 휘말리게 되었다.

황제라는 비할 수 없이 높은 자리에 대한 가능성이 열리면서, 또 그가 박탈당하고 있던 여러 가지 권리들이 뇌리를 스치며 그에게도 야망이 샘솟았다.

그리하여 그는 황제가 되기 위한 싸움, 이제는 생존이 달린 그 경쟁에 기꺼이 뛰어들기로 결심했다.

황실에는 당시 세 명의 황자가 있었고 사실상 세 황자의 모후들은 하나같이 가문이 변변치 않았던 터였다. 뒷받침해 줄 만한 세력도 마땅히 없었기에 각자가 귀족 가문들과의 접선에 분주하던 그때,

그녀가 찾아왔다.

클라우디아 이네스 시그오닐.

동부 에스토어의 명문, 황실을 제외하자면 명실공히 브리오니아 최고의 가문인 시그오닐 대공가의 적녀, 클라우디아.

사교계에 거의 모습을 드러내지 않았음에도 불구하고 명성이 자자한 미모와 풍부한 학식, 그리고 마법사 길드에서도 알아주는 마법사인 그녀는 시그오닐 대공녀라는 수식어까지 달면 그야말로 빛으로 빛

어낸 듯이 완벽한 여자였다.

그러나 무성한 소문을 배제하고서라도 그는 그녀에 대해 알고 있었다.

어린 나이에도 총기 도는 푸른 눈을 빛내며 당당하게 황궁에 발을 들이던 그녀를 본 순간, 그에게 열병이 시작되었던 것이다.

그러나 명백히 후계자가 정해진 상황에서 황자가 시그오닐가와의 결합을 꾀하는 것은 감히 황권을 욕심내는 것으로 비칠 수 있었다.

또한, 그가 애타게 말을 걸어 보아도 그녀는 그린 듯한 미소만 떠올렸을 뿐 별다른 반응을 보이지 않았다. 황자를 대함에 깍듯한 태도를 유지했으나 그녀는 무심하게 그를 흘려보냈고 어떤 여지도 주지 않았다. 그리하여 그는 그녀를 마음에 품고 있으면서도 삭일 수밖에 없었다.

그런 와중에 황권을 노릴 기회가 찾아오자 그는 클라우디아를 생각하지 않을 수 없었다. 이제 그는 자신의 계승권을 구실로 시그오닐 대공녀를 바랄 수 있었고, 시그오닐 대공가에게 지지를 요청하는 것도 가능했다. 그런데 그가 미처 행동하기도 전에 그녀가 찾아온 것이다.

그날 그녀는 자줏빛 로브를 입고 있었다.

금사가 수놓인 매끄러운 천으로 만든 고급스러운 로브는 몸에 딱 맞게 재단되었고 그 옷을 입은 그녀는 누구보다 아름답고 위엄 있었다. 드레스보다도 로브가 익숙한 그녀는 시그오닐 대공녀가 아닌 마법사 클라우디아였다.

그러나 정작 그녀가 그를 찾아온 이유는 전자에 기인했다.

"오랜만에 뵈어요, 저하."

요요한 음성은 요염한 여인의 유혹처럼 가슴을 뒤흔들었고 호수처럼 헤아릴 수 없이 깊은 눈은 묘한 빛을 띠었다.

단 한 번도 그녀와 진정으로 마주한 적이 없다고 여겼지만, 그 순간 그녀는 그를 바라보고 있었다. 이윽고 그녀의 입가에 미소가 떠올랐다. 실로 아름다웠으나 훗날 생각해 보면 참으로 의미심장한 미소였다.

클라우디아는 차분한 태도로 오로지 하나의 용건만을 내어놓았다.

"저를 황후로 만들어 주신다면 시그오닐가의 모든 힘을 다해 저하를 돕겠어요."

그의 내면을 꿰뚫는 듯한, 거절을 상정하지 않은 고요한 음성이었다. 타는 듯한 고백을 표하진 않았어도 늘 그녀를 좇았음이니 그녀가 그의 연정을 몰랐으리라 생각지는 않는다.

간절히 바라 왔던 여인이 제게 손을 내미는 꿈같은 상황 앞에서 그는 어떠한 망설임도 없이 그녀를 받아들였다. 아마도 그 미소 앞에서 그가 결코 거절할 수 없었으리라는 것을 그녀는 알고 있었을지도 모른다.

그때에는 알지 못했다. 그녀가 정녕 어떤 여자인지.

그 후로 삼 년, 황위를 차지하기까지 험난한 길이었지만 그는 해내고 말았다. 그리고 그 세월 동안 클라우디아는 그의 곁에서 아낌없는 내조를 바쳤다.

자신을 내세우지도 않고, 마법사로서의 자신의 성취도 포기한 채 그의 가장 가까운 지지자로 활동하며 한편으로는 시그오닐과의 다리 역할에 충실했다. 그리하여 그가 황위에 올랐을 때 그녀를 황후로 맞아들이는 것은 오래도록 고대하고 있던 결실이었다.

그러나 그가 황위에 올라 시그오닐 대공녀를 황후로 삼겠다는 기정사실을 선언하자, 황위계승에 큰 공헌을 했던 수많은 귀족이 일제히 우려를 표했다.

그 우려는 하나의 근거를 가졌는데, 이미 고위 귀족들의 회의 코르테스의 대표로서 막강한 영향력을 발휘하고 있는 시그오닐 대공에게 그만한 힘을 실어 준다는 것은 과도하지 않느냐는 소리였다.

황제의 최초 조력자로서 이미 중앙 정계에서 강력한 발언권을 확보한 시그오닐 대공가에 외척의 자리까지 내준다는 것은 분란의 씨앗을 심어 주는 일이라는 반대를 그 역시 무시할 수만은 없었다.

그에게는 형제를 쳐내고 무수한 귀족을 도려내며 올라온 황제의 권좌를 굳건히 유지해야 할 의무가 있었던 것이다. 클라우디아에 대한 신뢰가 있다 한들, 시그오닐에게 외척의 자리까지 주는 것은 막 계승권 전쟁을 끝낸 그에게도 꺼려지는 일이었다.

그러나 동시에 그가 비록 내심 시그오닐을 경계하고 있다고는 하나, 이미 황후의 자리는 정해져 있다 여긴 것 또한 사실이다. 그것은 깨는 것을 상상조차 할 수 없는 굳건한 약속이었다.

갈등에 휩싸인 그는 이슥한 밤 클라우디아를 남몰래 불러 의논했다. 그대를 황후로 맞고 싶지만 과도한 권력이 시그오닐에 주어짐에 귀족들이 우려하고 있다고. 그러한 말 앞에 모든 사태를 짐작하고 있었을 이 현명한 여인은 간단히 해결책을 제시했다.

"시그오닐은 모든 힘을 다해 폐하를 도울 거라고 말씀드렸었지요. 그러니 제 가문이 걸림돌이 된다면 아버님께 하야를 청하겠어요."

"그게 가능하단 말이오?"

"아버님은 제가 설득해 보겠어요. 다만 한 가지 청이 있어요."

"그래, 어떤 청을 하려고."

그날의 그녀는 몽환적인 달빛 아래 불투명한 비단 자락이 내리듯 은은하게 빛났다. 그녀의 아름다움이 눈에 박히다 못해, 너울거리는 밤 무지개에 사로잡힌 꽃잎처럼 보드랍게 그의 가슴속에 스며들었다. 아찔한 매혹을 담아 그녀는 황제를 향해 청해 왔다.

"제가 훗날…… 큰 잘못을 범한다 하여도 한 번은 용서해 주세요."

그린 듯한 미소를 떠올리며 속삭이는 그녀에게 황제는 깊게 생각하지 않고 홀린 듯이 고개를 끄덕였다. 그 어떤 이유라도 그녀를 징죄하지는 못할 것이기에 상관없었다. 그때는 분명 그러한 마음이었다.

며칠 뒤 시그오닐 대공은 코르테스의 수장 자리와 더불어 중앙 정계에서의 모든 권리를 포기하겠다고 선언하고 에스토어로 되돌아갔다.

너무나 깔끔하게 문제가 해결되었기에 더 이상의 반발은 있을 수 없었다. 이윽고 치러진 국혼에서 클라우디아, 아니 앞으로는 황후라 불릴 여인의 손을 잡으며 그는 그 순간 모든 것을 다 가진 기분이 들었다.

그러나 이후의 삶은 만족스럽지만은 않았다. 황후는 아름답지만 차가웠고 완벽한 배우자였으나 가까이 있어도 그녀의 속내를 알 수 없었다. 눈부시지만 마음이 존재하지 않는 얼음 인형 같은 여자였다.

황후를 사랑하는 마음은 여전했으나 황제는 종종 공허감에 시달렸고 원하는 것들을 이루었음에도 행복을 느낄 수 없었다. 그런 마음 탓인지 혼인 후 삼 년이 지나도록 후사가 생기지 않았다.

그리고 진단 끝에 둘 모두에게 문제는 없으나 서로 체질이 맞지 않아 아이가 잘 들어서지 않을 것이라는 결론이 나왔다. 황후는 마법적인 치료 방안을 강구해 보겠다고 나섰고 황제는 기꺼이 그를 허락했다.

그 와중에 그녀가 후사를 가지려고 노력하는 것이 마음 쓰였기에 황제는 그녀가 국외로 드나들 수 있게 해 달라고 요청하자 기꺼이 허용해 주었다.

그러던 어느 날, 황후는 드디어 회임을 했고 배가 불러 올 즈음에 그녀는 어렵게 가진 후사이니만큼 안정을 취하겠다는 명목으로 자리를 비우고 별궁으로 내려갔다.

그리고 몇 달이 지나지 않아 아샤트리아 대공이 어두운 안색으로 황제를 찾아왔다. 그는 신중한 음성으로 입을 열었다.

"브리오니아에서 심상치 않은 일이 벌어지고 있습니다."

"어떤 사태이길래 대공이 나섰는가."

"그것이……."

대공은 그답지 않게 말을 흐렸고 황제의 시선이 와 닿자 한숨을 내쉰 뒤 토로했다.

"황후 폐하와 관련한 일입니다."

그 말이 섬뜩하게 심중을 찌르고 들었다.

이어진 대공의 보고를 들은 황제는 나락으로 떨어지는 듯한 참담함과 부인하고 싶은 욕망의 소용돌이에 휘말렸다.

몇 달 전, 브리오니아의 이변적인 마력의 움직임을 살피던 대공의 이목에 특정 지역의 대기가 요동치는 것이 포착되었다.

제도 히스와 멀지 않은 동남부에서 흑마법의 속성과 유사한 생명의 비틀림이 느껴지고 있었다. 대공은 곧바로 그리로 이동했고 조사 끝에 땅 깊이 파묻힌 어림잡아 수백 명에 육박하는 시체 다수를 발견했다.

하나같이 생명이 통째로 빨려 나간 듯한 비참한 몰골로 말라 죽은 그들은 몸에 새겨진 인장으로 보건대 노예였다.

브리오니아에서는 노예제를 허용하지 않고 있었지만, 타국에서도 그러한 것은 아니기에 일부 마법사들은 비밀리에 노예를 사들여 악랄한 마법 실험을 일삼곤 했다. 그것은 물론 불법이었지만, 제국민의 생명을 앗아 가지 않는다는 점에서 상대적으로 약한 처벌이 떨어지곤 했다.

부패 마법이 걸려 조금만 늦었다면 이미 썩어 버렸을 시체들에서 대공은 마법을 건 이의 정체를 쉽사리 알아냈다. 그것은 이미 접해 본 적 있는 이의 마력이었다. 다만 문제가 있다면 그자의 정체는…….

황후의 별궁행 이후 근래에 이르기까지 그녀 주변은 잠잠했고 어떤 징조도 읽어 낼 수 없었다. 그러나 그것은 표면상의 정적에 불과할 뿐 안개 깔린 그 내부에는 폭풍이 치고 있는지도 몰랐다.

이대로 끝날 리가 없다는 직감에 사로잡힌 대공은 문안 인사를 명목으로 황후를 방문했다. 태연한 신색으로 그를 맞는 그녀에게서는 이상을 감지하지 못했으나 대공은 고도의 집중력을 기울인 끝에 별궁의 비정상적인 마력 흐름을 포착해 냈다. 아주 강력한 마법의 발현을 증명하는, 애써 흩어 낸 마력의 자취.

이어 대공은 황후의 배 속에 결계가 형성되어 있음을 감지했고, 조심스러운 탐색 끝에 별궁과 연결된 이공간의 존재를 파악해 냈다. 그 모든 정황을 토대로 대공은 황후가 그 사건에 그치지 않고 또다시 일을 벌이고 있다는 추측을 확증했다.

또한, 몇 가지 사실을 더 유추할 수 있었다. 면밀히 살피었으나 시그오닐 대공가의 협력은 감지되지 않은 바, 반역이나 불순한 움직임과는 관계되지 않은 일인 듯싶었다. 그렇다면 이것은 마법사인 황후가 개인적인 욕망에 따라 부도덕한 실험을 저질렀을 가능성이 높다.

대공은 갈등했다. 그는 브리오니아를 뒤흔들 만큼 해가 되지 않는 문제라면 되도록 간섭하지 않는 태도를 견지해 왔다. 대공은 일부의 타락이나 부패에는 무관심한 면모를 보였고 그러한 사안은 현시대의 지배자가 해결할 일이라 여겼다.

그러나 황후가 태중에 품고 있는 것이 황실의 씨인 이상 더는 지켜만 볼 수 없는 문제라고 판단한 그는 결국 황제를 알현해 자신이 알아낸 모든 사실을 고했던 것이다.

그리고 그는 청해 왔다.

"황후 폐하의 일이니 제가 행동하려면 폐하의 인가가 필요합니다."

그 말에 불길한 예감 속에서 고개를 끄덕인 황제는 신임하는 기사 몇 명만을 이끌고 대공을 따라 은밀히 별궁으로 이동했다.

때는 밤이었다.

도착한 별궁은 휴양처답게 고요함에 잠겨 있었고, 겉보기에는 별다른 이상이 감지되지 않았다. 그러나 어딘지 모르게 궁 전체를 안개처럼 휩싸고 도는 부의 기운 탓에 음산한 기미가 느껴졌다.

대공의 인도 아래 그들은 마력이 감지된 장소를 향해 이동했다. 가는 도중에 황후라면 마땅히 거느려야 할 기사나 시중인은 단 한 명도 보이지 않았다. 인기척 없는 폐허를 걷는 듯하여 발을 뗄수록 불길함은 차츰 더 강해졌다.

그리고 대공이 이상하도록 쉽게 부서트린 결계를 넘어 그들은 한 방에 들어섰다. 방 내부에는 마력의 기운이 짙게 흐르고 있어 폐에 습기가 들어찬 것처럼 호흡이 가빠 왔다.

"흑마법은 아닙니다. 그러나 이건……."

대공의 침통한 목소리가 들려온다. 오색찬란 빛깔을 띤 주먹만 한 구슬들이 방 중앙에 모여 있었다. 달빛을 받아 어룽지듯 반짝이는 그것들은 전시된 보석만큼이나 화려했으나 황제는 그를 흩어 버리고 싶은 강렬한 충동을 느꼈다. 본능적인 거부감에 구역질마저 났다.

그것은 생명의 빛이었다. 그리고 여기 있는 구슬은 족히 수십 개는 되었다.

수십의 생명, 그러나 눈앞에 보이는 것들이 전부는 아닐 터. 황제는 이를 악물었다.

"오실 줄 알았어요."

부른 배를 감싸 안고 한 여인이 저편에서 서서히 걸어 나왔다.

황후.

이전보다 창백해진 낯은 여전히 아름다웠지만 윤기 없는 흰 도자기의 표면처럼 파리했다. 그러나 그 두 눈동자는 섬뜩할 만치 빛나고 있었다. 온갖 희망 어린 단어들을 불어넣은 듯한 생기 어린 눈으로 황후가 미소를 짓는다.

눈꼬리를 휘며 보이는 그 만들어진 미소는 남모를 즐거움을 품고 있는 듯이 보여 황제는 숨을 죽였다. 요동치는 감정을 억누르며 그는 추궁했다.

"지금, 무슨 짓을 벌인 거요. 그대는 이 브리오니아의 황후요!"

"저는 브리오니아에 해가 될 짓은 하지 않았답니다. 아니 도리어 그 반대지요……."

아득히 먼 곳을 바라보는 시선의 황후는, 묘하게 기쁜 기색이었다. 그녀는 심지어 들떠 있었다. 그것은 늘 인형 같기만 했던 그녀에게서 찾아보기 어려운 감정적 고양이었다. 어째서? 황제가 다가가 그녀를 붙잡자 클라우디아는 그를 지그시 응시했다.

"무엇 때문에 이런 짓을 한 건가."

"폐하께서 꿈을 이루셨듯이 저 또한 그러고 싶었을 뿐입니다. 제게는 이것이…… 꿈이었답니다."

영문을 알 수 없는 소리였다. 대공이 뇌까렸다.

"빼낸 생명력을 태에 불어넣으셨군요."

황후는 섬연한 미소를 지으며 배를 어루만졌다.

"위험한 일을 하셨습니다. 그러다 황손을 잃기라도 하셨다면 책임을 피하실 수 없었을 겁니다."

"전 아주 신중하게 연구하고 행동했어요. 아이는…… 무사할 거랍니다."

나직한 속삭임이 잇따랐다.

"그러기 위해서는 도움이 필요하겠지만요."

이제 더는 선량하게 느껴지지 않는 무자비한 푸른 눈이 상냥하게 황제를 올려다보았다.

이윽고 그녀가 실토한 진실은 실로 충격적이었다.

아이를 가지기 어렵다는 진단을 받고 수태를 위한 처방을 찾아 나선 그녀는 오래지 않아 방도를 찾아냈다. 다량의 마력을 몸 주위에 유지해 자궁을 강화하고 태에 아이가 들어서기 좋은 환경을 조성하면 비옥한 땅에서 발아 확률이 높듯이 수태 확률도 높아진다는 것이다.

마법사인 그녀였기에 그 방법을 시행하는 건 손쉬운 일이었다. 황후는 거기에 더해 이전에 알고 있었던 한 가지 이론을 떠올렸다.

마법학회의 연구에 따르면 마력이 넘치는 토양이나 환경에서 태어난 아이들은 마력에 더 잘 감응한다고 한다. 나기 전부터, 혹은 날 때부터 주변에 존재하는 충만한 마력이 본연에 내재한 재능을 강화하거나 일깨우는 데 도움을 준다는 것이다.

브리오니아의 황통에 걸출한 인재가 많이 나는 이유도 마법의 소산인 황궁에서 나고 자람이 영향을 미친다지 않던가.

그렇다면 밀도 높은 마력에 휩싸여 태어난 아이라면 마력에 잘 감응하는 정도를 넘어서 그녀가 못 이룬 경지에까지 다다를 수 있지 않을까. 황후는 그런 가정을 세웠다.

그러나 그렇게 하려면 모체와 여리디여린 태아의 육신에 해를 끼치지 않는 지극히 자연스러운 마력의 집중이 필요했다.

거기에 마력석이 부여하는 인공적인 마력을 이용하는 건 위험할뿐더러 다른 마법사들을 끌어들이는 일은 비밀의 누출을 감수해야만 했다. 황후는 연구 끝에 태아에게 해를 끼치지 않는 자연 그대로의, 본연적인 마력을 알아냈다.

그건 인간의 근원을 이루는 힘, 생명력이었다. 오로지 그 힘만이 유일하게 아무리 많은 양이 퍼부어져도 부작용 없이 흘러들 수 있었다. 다른 대안은 없었다.

이후 황후가 행한 바는 대공이 예상한 그대로였다. 본인이 실력 있는 마법사였기에 다른 마법사의 도움을 빌릴 필요는 없었다. 필요한 노예의 조달은 사재를 털어서 타국에서 비밀리에 고용한 인력에 의해 행해졌다.

그러한 환경 탓인지 아이는 배 속에 자리를 튼 순간부터 신묘한 움직임을 보였다. 생을 얻은 순간부터 아이에게선 기이한 영적 존재감이 느껴졌으며 천상의 것이 태내에 머무는 듯했다.

그러나 문제가 있었다. 잉태되는 단계에서부터 갈급하게 제 주변의 마력을 빨아들인 아이는 성장에 막대한 마력을 필요로 할 수밖에 없는 몸이 된 것이다.

몸에 자리한 마력이 모조리 소진될 지경이라 황후는 방법을 찾아야 했다. 그리고 알아냈다.

아이를 무사히 낳기 위해서는 이제까지 축적해 놓은 생명력을 모두 쏟아붓고도 모자라 더 많은 생명이 필요하다는 것을.

이후 별궁으로 자리를 옮기면서 황후는 혼자서 이 모든 문제를 해결하려고 애를 썼지만 이제는 한계에 다다랐다. 이대로라면 이 주도 채 버티지 못할 것이다. 그녀는 도움이 필요했다. 황후는 부드러운 얼굴로 오랜 약속을 꺼내어 놓았다.

"한 번은 제 잘못을 눈감아 주시겠다 하셨지요."

이날을 위해서…… 그때 그런 말을.

황제는 무참하게 얼굴을 일그러뜨렸다. 얼마나 오랫동안 계획한 일인지 가늠이 되질 않는다. 불가피한 일이라고 변명했지만, 황후가 이제까지 말한 모든 게 실은 그녀의 계획 안에 들어 있는지도 몰랐다.

속이 뒤틀렸다. 마른 갈대밭에 불을 붙인 양 가슴이 활활 타들어 갔다. 황제는 끓는 듯한 어조로 내뱉었다.

"그래서 지금 내게…… 그 잔악한 짓에 협조하라는 건가."

"폐하의 아이고 황실의 혈통이에요."

"그럴 바엔 차라리!"

그는 진노를 발하며 황후를 뿌리쳤다.

"……죽게 내버려 두시오. 그렇게 태어난 괴물은 내 자식이라 할 수 없으니."

클라우디아는 그를 고요히 올려다보았다. 순순히 황제를 뒷받침했던 다소곳한 태도. 그는 과거와 같았으나 입에서 흘러나온 소리는 섬뜩했다.

"제가, 죽는다고 해도요?"

"그 무슨."

황제의 반문에 답변한 쪽은 대공이었다. 그는 가라앉은 눈으로 자신이 분석한 바에 대해서 털어놓았다.

"마력의 공급이 중단되면 아이는 살기 위해 모체의 생명력을 앗아 갈 겁니다. 그러면 황후 폐하께서도 죽음을 피하실 수 없습니다."

"지금 당장 없애 버리면 되지 않겠소!"

"불가능합니다. 이렇게나 강력한 마력을 지녔으니 생명의 위협을 받는다면 저항이 극심할 터. 모체와 이미 너무도 결속이 강해…… 지금으로서는 낳는 것이 최선입니다."

그것은 흡사 죽음의 선고처럼 들려왔다. 세상이 뭉그러졌다. 황제는 나긋한 미소가 담긴 그 혹렬한 얼굴을 얼어붙은 듯이 응시했다.

승리라도 만끽하고 있는 것인가. 황후의 깊게 파인 입가에서 황제는 그녀의 잔혹한 환희를 느꼈다. 헤어날 수 없는 심연에 갇힌 그와는 달리 그녀는 영원히 백야에 머무르는 것 같았다.

아니, 그의 눈에만 그리 보일 수 있었다. 그의 심정이 그러함이니! 절망과 배신감, 슬픔 그 모든 감정이 혼색되어 팽배해져 갔다. 뇌리까지 전달되는 고통이 가슴을 집어삼킬 지경이다. 희게 반들거리는 그 낯이며 창광 어린 홍채가 지독하게 끔찍했다.

그러나 그녀는 황후였다. 그 스스로 정한, 그녀 외에는 누구도 생각할 수 없었던 황후. 진즉 깨닫고 있었던 사실이 입 밖으로 새어 나온다.

"나는…… 처음부터 끝까지 그대의 꿈을 위한 도구였던 거군."

그녀는 마법사였고, 단 한 번도 그것을 포기한 적이 없었다. 그를 방문한 그 순간에도 그녀는 마법사로서 찾아왔음이라.

모진 폭풍처럼 맞부닥친 감정의 격동 속에서도 황제는 결론을 이끌어 냈다. 낡은 배처럼 한순간에 닳아 버린 자신을 침몰시키는 치명적인 그것을.

"그대의 죄를 묻지 않겠다. 그러나 그대의 아이에게 황위를 약속할 수는 없다."

그것만으로도 세상을 다 가진 듯이 클라우디아는 웃었다.

그 후로 황제의 지시 아래 은밀한 공조가 이어졌다. 사형수는 생명력으로 탈바꿈해 황후에게 쏟아부어졌고 명에 따라 아샤트리아 대공이 그것을 도왔다.

대공과 기사들에게 그 부도덕한 협력을 지시하며 현군이 되고자 했던 황제는 자신의 모든 정당성을 부쉈다. 그의 신념과 자존심에 남은 것은 깊게 파인 자흔뿐이었다.

그리고 게걸스럽게 타인의 생명력을 빨아들인 덕에 반달 정도 일찍 태어난 황자는 아주 건강했다. 또한 비범했다. 날 때에도 울음을 내뱉지 않았으며 기묘한 빛이 감도는 보랏빛 섞인 청색 눈동자를 눈부신 듯 깜빡이는 게 황자가 보인 행동의 전부였다.

마치 이미 이지를 가지고 태어난 듯이, 태내에 있을 때 저를 죽게 내버려 두라고 말한 부친을 관찰하듯이 응시했다. 적의를 감지할 줄 아는 것처럼 섬뜩하게.

대공이 분명히 그의 아이라 했고, 어떤 악한 기운도 느껴지지 않는다고 공언했음에도 그의 적자는 불길했다. 도무지 정이 가지 않았다. 그토록 많은 생명을 삼켜 냈으니 지금 멀쩡해 보인다 한들 후에 어떻게 변모할 줄 알겠는가.

황후는 그 후로 더는 아이를 가질 수 없는 몸이 되었고 많이 쇠약해져 있었다. 이젠 더는 마법을 펼칠 수 없게 되는 대가를 치렀음에도 그녀는 자신이 낳은 결실에 만족한 듯 놈을 살뜰하게 보살폈다. 대공은 황실의 어른으로서 황제의 첫아이에게 이름을 지어 주었다.

그렇게 모든 사건이 종식되는 것 같았다.

그러나 황제는 변했다.

황제는 대외적으로는 전과 같은 태도를 유지하며 클라우디아를 황후로서 부족함 없이 대했으나 이미 그 사건으로 모든 애정을 봉인해 버린 후였다.

사건은 비공식으로 처리되었지만 황제는 시그오닐 대공을 불러내어 진실을 고하고 책임을 묻지 않는 대신 시그오닐의 정계 복귀를 막았다. 그렇게 혹여 시그오닐이 그들의 핏줄을 후계자로 옹립할 가능성을 봉쇄했다.

그가 제위에 오르는 데 지대한 공헌을 한 시그오닐 대공가다. 황제의 의사에 언제라도 반할 수 있을 터였다.

또한, 온몸에서 마력이 넘쳐흐르는 탁월한 자질을 가졌음에도 황제는 놈에게 마법을 가르치는 것을 금했다. 황후가 그러했듯 놈이 비이상적으로 타락해 통제할 수 없는 괴물이 될 수도 있다고 보았을뿐더러 그것은 일종의 보복이었다.

그를 이용하고 굴복시켜서 그녀의 욕망을 성취한 황후에 대한 보복.

시그오닐을 견제할 세력과, 장차 황위를 계승할 만한 다른 자식들이 필요했던 그는 후궁을 들였다. 표면상으로 드러나지는 않았으나 황제는 갖가지 방법으로 황후와 제 적자를 견제하고 감시했다.

그럼에도 황자는 무시할 수 없는 존재로 성장해 갔다. 놈은 날 때부터 약점 없는 괴물 같았다. 머리부터 발끝까지 완벽하고 제 모후보다도 비정하고 강인했다.

무엇을 배우든 흡수하듯 빨아들였고 마법 대신 호신의 수단으로 배운 검은 지나치게 성취가 빨라 초월자인 펠레티어 후작조차 감탄을 금치 못했다.

그럴 때마다 황제는 말라 죽은 사형수의 시신과 수백에 달하는 구슬들을 떠올리며 놈이 삼켜 낸 목숨을 되새기곤 했다.

감정이 결여된 양 냉정한 눈을 가진 그의 적자는 제 모후의 죽음 앞에서도 눈물 한 방울 비치지 않았다.

이미 애정을 버린 황제에게마저도 눈물이 흐르게 만든 황후의 죽음 앞에서도 고작 다섯 살이었던 황자는 무표정한 얼굴을 보였다. 모후의 죽음에 어떤 감정도 느끼지 못하는 듯이.

그렇게나 어린아이였음에도.

일곱 살이 된 황자가 암습을 당했다는 소식을 들었을 때 황제는 급히 놈을 찾았다. 놈은 어찌 되었건 황후의 유일한 친자였고 황후의 사후 황제는 거부감을 타파하며 그에게 애착을 두려 애쓰던 중이었다.

그러나 피를 뒤집어쓴 황자를 목격하자 모든 감상이 모래처럼 흩어지고 치솟은 혐오가 뇌리를 잠식했다. 황자는 발치에 쓰러진 시체를 무심하게 내려다보고 있었다.

그저 자신의 검을 시험한 듯이 조금의 가책도 느끼지 않는 태연자약한 모습이었다.

"오셨습니까."

그리 말하는 놈의 눈은 완벽하게 냉정했다. 군주에게 때로는 가혹함이 요구되는 건 사실이나 마음이 없는 것과 군주다운 강인한 성품은 다른 것이니.

그토록 어린 나이에 아무런 거리낌 없이 사람을 베어 내고 동요를 보이지 않는 놈의 괴물 같은 본성을 황제를 그 순간 낱낱이 깨달았다.

황자를 과연 정상적인 인간이라 할 수 있을까. 황제는 장차 브리오니아에 도래할 재앙을 엿본 듯한 우려 속에 또다시 대공을 찾았으나 '이상이 없다'는 뻔한 대답만을 들을 수 있었다.

그것에 납득할 수 있을 리 없다. 그러나 황제에게는 놈을 어떻게 할 근거가 없었다. 놈은 나무랄 데 없는 황실의 적통 황자였고 무정한 성미는 놈에게 흠이 아니었으며 그는 모든 허물을 가릴 만큼 비범했다.

그리하여 황제는 관망을 택했다.

황제의 방치 어린 감시 속에서 놈은 제게 주어지는 모든 시련을 어김없이 이겨 내며 강해졌다. 그러면서 황제가 가장 근심했던 면모 역시 점차 뚜렷하게 모습을 드러냈다.

모후에 이어 어릴 적부터 그를 보살핀 유모가 죽어 나가도 눈 하나 깜짝하지 않는 성격에 잔인성이 더해져 놈은 더욱 비틀어지고 제멋대로가 되어 갔다.

스카나덴 소공작이나 카지스와 같은 어린 시절의 친우를 비롯하여 제 수많은 추종자들에게도 놈은 조금도 마음을 기울이는 것 같지 않았다. 사실상 그들이 죽어 시체가 되어 나타나도 신경 쓰지 않을 것이다.

그 비인간적인 면모는 놈이 날 때부터 그릇된 출생을 가졌음을 증명하는 것처럼 보였다. 제자리에 서서 번듯하게 자리를 지켜 내면서 그렇게 놈은 홀로 완전해져 갔다.

그리고 성장한 그는 마치 원래부터 제자리로 정해져 있던 것처럼 손쉽게 황태자위를 차지했다.

이야기를 마쳤을 때쯤 황제는 회한을 느끼는 양 눈을 꾹 눌러 감았다. 그의 입을 따라 세월의 간극을 넘어 드러난 빛바랜 과거는 이 순간 형언할 수 없는 무게로 공간을 잠식하고 있었다.

수많은 생각이 순서 없이 뇌리를 스치고 지나가, 슈리아는 눈을 깜빡였다. 확실히 흥미진진하고 놀라운 이야기였다.

자식을 통해 꿈을 이루려는 발상이라니. 자신의 몸을 실험 도구로 삼았다는 점에서 전 황후는 상당히 과감한 여인이었다.

실험을 행함에 일정한 정도의 위험을 감수하는 것은 아무리 이성적인 마법사라도 어쩔 수 없는 것이니 그 추진력과 정열 하나만은 인정해 줄 만하다.

그러나 이번 것은 실험자의 목숨이 달린, 위험도 높은 일인 데다가 근거도 박약하여 그야말로 이상적인 시도라 무모하다는 느낌이었다.

아마도 황후는 초월자가 되지 못함에 절망하여 무리한 시도라도 해야 했던 것은 아닐까, 슈리아는 생각했다. 그녀에게 온 유일한 희망 같은 기회를 결코 놓칠 수 없다는 감정적 격동이 그녀를 움직였으리라.

분명 출생한 아이가 마력에 잘 감응하는 데에 주변의 마력 밀도가 영향을 미치는 것은 사실이다. 다만 그것이 타고난 자질까지 결정짓지는 못한다.

그것은 유리한 출발점과 성장 환경만을 가져다줄 뿐, 재능이라는 치명적이고 본질적인 요소는 인간이 손댈 수 없는 영역이었다.

그 재능이라 함은 뛰어난 신체도 마력 감응 능력도 아닌 바로 초월자가 될 수 있는 재능이었다.

되기 위함이 아닌, 될 수 있는.

그건 신분제처럼 반역으로라도 타파할 수 있는 법도라기보다는 종種의 문제였고 무엇으로도 극복할 수 없는 벽이었다. 아마르잔조차도 방법을 찾지 못한.

본인의 특출한 재능에 자부심을 품은 아마르잔은 한때 초월자를 초월자로 만드는 요건에도 관심이 있었다. 그는 어떻게 하면 자신과 같이 위대한 대마법사가 태어날 수 있는지 그 근본 원인을 짚어 보고자 했었다.

그러나 별다른 성과는 얻지 못했다.

최상의 육체를 인위적으로 만드는 것은 가능했지만, 그것만으로는 부족했다. 마법사보다 검사가 초월자가 되는 장벽을 넘기 쉽다지만, 거기에도 태생적인 벽이 있었다.

그것은 날 때부터 정해진 굴레이고 한계였다. 한계를 넘어서는 것이 초월자이지만 한계를 벗어날 가능성을 아예 가지지 못한 이들도 있었다. 아마도 황후가 그러한 이였으리라.

그것은 그 스스로 직감적으로 깨닫거나 아주 높은 경지에 이른 초월자가 통찰로 간파할 수 있는 사실이며 영적인 문제였다.

— 영靈.

육체를 떠난 내재적 본질과 정신의 문제. 그러하기에 초월자들은 초월자가 되기 전보다 초월자적 성향이 강화되어 어느 정도 비인간적인 성격적 유사성을 가진다.

슈리아는 잘 단련된 인간인 경우 살펴보는 것만으로도 눈앞의 인간이 초월자가 될 수 있을지 어림짐작할 수 있었다. 그런 점에서는 일종의 예지 능력을 지녔다 할 것이다.

그리고 황태자를 처음 본 순간, 슈리아는 곧바로, 남김없이 깨달았다. 그는 초월자가 될 것이다. 거기에는 한 점의 의심도 있을 수 없다.

그러한 육체에 그토록 확실하게 드러난 초월자의 재능을 보유한 자는 이제까지 아마르잔 외에는 없었다. 그러니 황태자는 생의 가장 첫 시점에서 이미 초월자의 자질을 내포하고 있었다고 봄이 옳다.

황제의 입을 통해 알 수 있는 일련의 상황을 추측건대 가뜩이나 마력에 민감한 몸인데 잉태 초기에 마력이 넘쳐났으니 그것이 생명력이라 육체에 해를 끼치지 않는다고 한들 양만으로도 연약한 몸뚱이에 부담이 되었을 것이다.

이미 흡수된 마력이 몸을 터뜨리거나 찢지 않도록 통제하며 성장해 내고 버텨 낼 수 있게 되기 위해서라도 더 많은 생명력이 필요했으리라.

또한, 쏟아부어진 막대한 생명력이 순환하는 그 총체적인 과정이 결과적으로 황태자의 성장을 도와 그는 믿을 수 없을 만치 강력한 마력을 지니고 태어났을 것이다.

그 몸의 세포 하나하나가 마력으로 일깨워졌을지니, 그것이 아마르잔보다 그의 성취가 더 빠른 결정적인 이유이리라.

이지 역시 진작 발달했을 가능성이 높다. 황제가 그를 죽게 내버려 두라 말한 사실까지는 모를지언정 제게 품은 적의만큼은 급박한 생존 환경에서 발달한 감각으로 포착해 내었을 것이다.

결과적으로 황후의 실험은 어느 정도 성공적이긴 했다. 그녀가 구태여 그런 짓을 벌이지 않아도 황태자는 초월자가 될 것이긴 했으나, 그 일로 그는 아마르잔보다 몇 년을 앞선 출발선상에서 생을 시작할 수 있었다.

황태자, 렌카이저는 인간이 가질 수 있는 가장 탁월한 자질과 재능을 품고 거기다가 어마어마한 마력이 더해져서 초월자가 될 수밖에 없는 몸으로 태어났다.

황족, 그것도 황자가 아니었으면 가지지 못할 사연이라 역시 재수가 좋은 출생이라는 생각이 든다. 이미 익숙해진 사실이지만 별로 되새기고 싶지 않은 일이기는 했다.

그러나 장담할 수 없는 것이 있다면.

초월자가 되기 위해 태어난 듯한 탁월한 재능을 가지고 대마법사에 이른 아마르잔은 그와 관련해서 그리 심도 있는 연구를 하지 않았다. 왜냐하면, 이미 그는 초월자이기에.

그러나 그것에 한을 품은 황후가 매달려서 얻어 낸 결과가 아마르잔의 것보다 더 심오하게 파고든 산출물이라면.

그녀가 진정 인간의 손을 떠난 것이라 여겼던 초월자의 재능을 심어 줄 수 있는, 그리하여 완벽한 육체에 완벽한 재능까지 인위적으로 깃들게 하는 실험을 성공한 것이라면.

그것은 무시할 수 없는 가정이었다.

황제의 말은 단편적인 사실에 불과했다. 황후가 죽은 이상 마력 주입을 통한 인위적인 형질 변경이 영의 수준에까지 영향을 미쳤는가에 대해 확실히 알아내기 위해선 결과물인 황태자를 만나야 했다.

오래간만에 탐구 주제에 몰두하고 있는 사이 황제가 어느덧 눈을 뜨고 슈리아를 응시하고 있었다. 남을 은근슬쩍 관찰하는 그 음흉한 태도는 제 아들과 다르지 않다.

우습게도 그들에게는 유사한 일면이 있었다. 그건 황족이라는 유사점 때문일까.

"이 무게를 네가 감당해 낼 수 있겠느냐."

황제가 불쑥 물어 왔다. 슈리아는 잠시 그가 한 질문의 진의를 짐작해 보았다.

황태자의 흉악한 과거라도 까발려서 두려움에 떨게 할 셈인가. 끔찍한 괴물이니 진절머리 치며 도망가라고?

그러나 황제의 태도며 말투는 담백했고 감정이 묻어 나오지 않았다. 사감이 아니라면 이유란 역시 최초의 추측으로 귀결된다.

시험.

그리고 슈리아는 황제가 이미 자신에게 가지고 있는, 황후를 연상시키는 비인간적인 인상을 타파할 의도로 현숙하고 담대한 황태자비 후보를 흉내 내기로 했다. 소녀는 잠자코 눈을 내리깔았다.

"안타깝군요. 황태자 전하가 얼마나 힘드셨을지 상상도 가지 않아요."

"놈이 어떻게 만들어졌는지를 알고도 하는 말이냐. 놈이 태어나기 위해서는 천 단위의 생명이 필요했다."

황제가 힘을 주어 강조하자 슈리아는 고개를 저었다.

"그게 전하의 탓은 아니잖아요."

편들 의도가 없다 한들 이성적으로 보면 명백했다. 슈리아의 개인적인 감상을 떠나 그의 부도덕한 출생이 황태자의 탓이 되는 건 아니다.

잉태되기 전부터 획책된 일에 그가 뭘 할 수 있었단 말인가. 또한, 황태자가 슈리아에게는 비이성적으로 행동하는 경향이 있다지만 광중에 차서 학살을 일삼거나 말 못 할 기행을 보인 적도 없지 않은가.

황태자를 향한 황제의 혐오감도 범인의 경우라면 느낄 법도 하다고 보지만, 어쨌든 슈리아는 동조할 수 없었다. 저도 황태자와 다르지 않았기에 그런 것이기도 하다.

과거는 이미 일어난 일에 불과할 뿐, 황후를 처벌하지 않은 시점에서 황제는 모든 정당성을 잃었다.

생긴 것도 멀쩡하고 행실도 황족답긴 하니까. 슈리아는 황태자에 대해서 객관적으로 평가했다. 거기다가 최연소로 초월자에 이르렀으니 제가 입은 혜택도 효과적으로 발전시켰다 할 것이다.

이상이라고 판단할 만한 게 없으니, 그가 마음에 들지 않는 면모를 다수 내포하고 있다는 감정적 시각에서 벗어나서 볼 때 황제의 시각은 지극히 부당했다.

황제의 불공정한 태도는 생명력을 빼다 심는다는 극악한 행위에 협조했다는 죄책감에서 기인한 것이리라.

현군이라더니 물러 터졌군.

슈리아는 간단히 생각했다.

국가적인 관점에서 천 명의 생명과 초월자 하나의 무게를 재어 본다면 당연히 초월자 쪽의 무게가 더 무거울 것이다.

노예들도 어차피 국외에서 사 왔고 어차피 죽일 사형수들을 데려다 썼다니 효율적이기까지 하다. 자국민의 이목이나 혹시 들켰을 경우 원성도 피할 수 있고 황태자가 초월자에 이른 지금 소기의 목적을 달성한 것이 아닌가.

그러니 황제라면 마땅히 부국강병을 추구해서 지금이라도 적극적으로 연구를 시도해 봐야 하지 않겠는가. 초월자를 인위적으로 창조해 낼 수 있다면 국익에 크게 도움이 될 것이니 말이다.

하긴 브리오니아는 풍요로운 제국이니 구태여 광활한 영토에 더 많은 땅을 더할 필요성을 느끼지 못할 테고, 전쟁이 없다면 초월자가 더 필요할 이유도 없다.

한 국가 안의 지나치게 많은 초월자는 통제 불능을 야기할 수 있으니 신중하게 판단해야 할 여지가 있었다.

일단 실험 자체가 오직 한 가지 성공적 결과물을 창출한 데 비해 거기에 든 비용이 어마어마하니 추진하기엔 무리가 따르는 걸까.

슈리아는 실험 자체가 성공이라고 보지는 않았지만, 황태자를 보기 이전에는 완전히 확신할 수 없었다.

"그런가."

황제가 찬찬히 입을 떼었다.

"나는 황태자를 볼 때마다 놈에게 빨려 들어간 생명의 수를 생각한다. 그 무게가 산처럼 무거워 그 출생이 품은 원죄를 생각하지 않고서는 놈을 볼 수가 없다. 또한, 생을 가벼이 여기는 자가 군주가 된다면 폭군이 되기 십상이니 황태자의 성정이 지나치게 날 서 있고 무정함에 어찌 우려되지 않을까."

어조가 바뀌었다. 담담하게 고하던 음성이 흐릿한 감정의 색채를 머금었다.

"나는 놈이 일평생 누구도 마음에 두지 않을 종자라 여겼지. 친모의 죽음에도 냉정했던 놈이니 평생 인애仁愛 따윈 모르리라고 보았다. 그러나 놈이 내 자식 중 가장 뛰어난 것은 사실이라 대공이 살펴준다면…… 황위를 계승해도 괜찮지 않을까 생각했다. 브리오니아의 황위를 내 감정적인 판단에 따라 결정지을 수는 없음이니."

황제는 잠시 말을 삼켰다. 완고한 낯은 여전했으나 회한에 흔들리는 눈이 슈리아를 응시하고 있었다.

"……그런데 대공이 말하더구나. 황태자가 연정을 품은 아이가 있다고. 믿기 어려웠다만, 그것이 너로구나."

밖에서 방 안의 공기를 뒤흔들 정도로 큰 진동이 느껴져 왔기에 슈리아는 고개를 움찔했다. 황제는 개의치 않고 말문을 이었다.

"무도회장에서 있었던 일은 들었다. 그리하여 나는 널 부르지 않을 수 없었다."

이실로테 황녀가 고자질이라도 하러 온 것일까. 오를레앙 공녀를 놔두고 황태자가 갑자기 외도를 걷고 있으니 황제께서 시정을 해 주십사, 하고.

"과연 황관의 무게에 짓눌리지 않을 담대한 아이임은 내 알겠다."

황태자비로서 일단 시험은 통과했다는 소리인가. 말끝에 섞인 웃음기를 가늠해 보는 찰나,

쾅! 거센 소음이 울려 퍼졌다. 문이 꿍음을 내며 열렸다. 아니, 무너졌다.

후두둑. 조각조각 떨어져 나가는 문틈 사이로 황태자가 걸어 들어온다. 흉흉한 기세가 거슬리는 것이 있으면 금방이라도 베어 버릴 듯이 사나웠다. 영역을 침탈당한 맹수처럼 그는 성나 있었다.

그의 등 뒤에서 강습을 당한 초식 동물의 것과 같은 앓는 소리가 들려왔다. 가로막는 이들을 물리친 것일까.

황태자는 어느새 슈리아의 앞을 가로막고 서 있었다. 공간을 도약한 듯한 빠르기였다. 우뚝 선 등이 암벽처럼 단단하다.

"이 무슨 짓입니까."

외침이라 할 수는 없었으나 그보다 더 선연하게 박혀 들었다. 마치 칼날 같다. 말 한 점 한 점마다 냉기 어린 살의가 배어 나왔다. 당장에라도 이 방 안을 피비린내로 물들일 것 같은 무도한 기세였다.

근위기사들이 우르르 방 안으로 쏟아져 들었다. 그들의 낯빛에는 당혹한 기색이 역력했다. 그도 그럴 것이 상대가 황태자였다. 곧바로 허공에서 대공이 모습을 드러내었다. 그는 기사들에게 제지하듯이 눈짓하며 담담하게 고했다.

"폐하의 안전입니다. 예를 갖추십시오, 전하."

사신의 칼날처럼 가차 없는 시선이 표적을 돌렸다. 대공을 향해 쏟아지는 눈빛은 이미 치미는 살의를 통제할 수 없을 지경에 이른 것으로 보였다.

그것은 곧 폭발할 화산이었고 무너지기 직전의 둑이었다. 믿을 수 없을 정도로, 그가 단번에 뛰어들어 황제의 목을 가르지 않은 게 이상할 정도로 황태자는 화가 나 있었다.

슈리아는 아까 했던 생각을 취소했다. 지금의 이 모습은 광증이 도졌다고 판단하기에 부족함이 없다. 그러나 원인 모를 분노에 휩싸여 있음에도 불구하고 황태자는 다져진 인내심에 힘입어 물었다.

"그녀가 왜 이곳에 와 있습니까. 대공께서 말씀해 보시지요."

"네가 마음에 둔 아이가 있다길래 궁금하여 불렀을 뿐이다."

가로막듯 황제가 끼어들었다. 한순간에 호흡이 죽는가 싶더니 폭풍처럼 터져 나왔다.

"그러니까 왜!"

고막이 쩌렁쩌렁 울리는 와중에도 슈리아는 말리듯 그의 팔을 붙잡았다. 한 가닥의 이성만을 붙잡고 있는 양 짓씹는 듯한 음성이 뒤를 이었다.

"……새삼 제 일을 궁금해하시는 겁니까."

"너는 황태자다. 후계자의 일에 황제인 내가 관여하는 것은 당연하지 않겠느냐."

"그녀를 불러다 놓고 무슨 소리를 했습니까."

황태자는 으르렁거리듯이 물었다. 도가 지나친 추궁이라 말려 보려던 슈리아는 제가 붙잡은 팔 근육이 꽉 수축하는 것을 느꼈다. 슈리아는 황태자가 이성을 잃을 만큼 긴장한 상태라는 것을 깨달았다.

그는 불안해하고 있었다. 그 이유를 추측해 보기도 전에 황제가 냉담하게 말했다.

"잘도 멋대로 살아온 네가 아니더냐. 내가 네 치부라도 말했을까 봐 초조해지기라도 한 게냐?"

황태자가 몸을 들썩였다. 짐승의 안광처럼 눈이 번쩍였다. 그는 당장에라도 짓쳐 들어 황제를 뭉개 버리고 싶은 기색이었다.

그럭저럭 잘 되어 가고 있었는데 그런 난데없는 짓거리로 모든 걸 망쳐 버리면 곤란하다. 아샤트리아 대공과 그가 싸우기라도 한다면 돌이킬 수 없는 상황이 되는 것이다. 아직은 수습할 수 있었다.

슈리아는 아예 팔짱을 껴서 그의 움직임을 봉쇄했다. 딴에는 꽉 잡는다고 잡았지만 그가 세게 뿌리친다면 놓치긴 할 것이다. 하지만 황태자가 슈리아를 내동댕이친 적은 이제까지 단 한 번도 없었다. 물론 이렇게까지 화가 나 있던 적도 없었지만.

아니, 있었나? 루이스 클라인 사건을 상기하자 불길한 예감이 들었다. 그때는 입을 맞춰서 그의 행동을 막았었지. 이번에 또 그 짓을 해야 한단 말인가. 목격자가 있는 앞에서?

"전하."

그때 대공이 경고하듯 눈짓했다. 온화함이 감돌던 낯이 지금만큼은 엄격하게 굳어 있었다.

"부디 이성을 되찾으십시오."

슈리아도 도움을 보태기로 결심했다. 어쨌든 그 불가피한 상황은 최대한 막아야 했다.

"전하, 화를 거두세요."

슈리아의 나긋한 속삭임에 황태자가 움찔거렸다. 사로잡힌 듯이 돌아선 눈길이 소녀에게로 향했다.

평소와 다름없는 얼굴. 조금의 두려움도 피어올라 있지 않는 슈리아의 낯은 차분하기만 하다. 물론, 슈리아가 누군가를 두려워하는 것은 평생 있지 못할 일이리라.

"이러시는 건 옳지 않아요."

드물게 적극성을 내보이며 슈리아는 황태자를 잡아당겼다. 슈리아는 순식간에 흉포한 맹수에서 순한 양으로 변모한 황태자를 놀랄 만큼 쉽게 이끌며 황제에게 예를 표했다.

"이만 물러가겠습니다, 폐하. 강녕하시기를."

대꾸는 없었지만, 불허도 없었으므로 허락이라고 여기면 될 것이다.

문밖으로 나오자 기사들이 경계심과 두려움이 상존하는 눈초리를 보였다. 안으로 들어오고자 가로막는 이들을 해친 듯 바닥에 혈흔이 남아 있었으나 많은 양은 아니었다. 죽이지는 않은 것 같았으니 일단은 되었다. 수습할 만한 여지가 있다.

슈리아는 기세 좋게 앞장서서 황태자를 데리고 일단 정원으로 나왔다. 중간중간 만나는 이들마다 일그러진 입매와 부릅뜬 눈을 보였지만, 둘을 방해하지는 않았다.

흔쾌히 걸음을 내디디면서도 슈리아의 기분은 상당히 좋지 않았다. 그건 모든 것을 망쳐 버릴 뻔한 황태자를 향한 불만 때문이었다. 그의 어리석음과 비이성적 행동을 질책하고 싶은 마음이 무럭무럭 자라난다.

제가 나를 황태자비로 만들어 주겠다고 했으면서, 섣부른 짓을 벌여 죽어 버리기라도 할 참인가?

슈리아는 짜증스럽게 손을 쥐었다가 폈다. 조금 전 황태자가 황제를 공격하기라도 했다면 아샤트리아 대공이 그를 죽였을지도 모른다.

죽이진 않더라도 반역이니 최소한 황태자위는 박탈당했을 것이다. 그러면 슈리아의 황태자비 자리도 영영 물 건너가게 된다.

제 손안에 거의 들어온 것을 타인의 실수로 놓쳐 버리게 되는 일이 있어서는 안 됐다. 황태자비 자리만 믿고 황녀에게도 그리 쏘아붙였는데 그러한 상실의 가능성은 철두철미하게 미래를 계산해 왔던 슈리아의 완벽성을 침해하는 것이기도 했다.

그리하여 점차 차오른 분노는 이때까지 가져왔던 모든 악감정과 결부되어 단둘만 있는 장소에 이르자 곧바로 터져 나왔다.

"도대체 왜 그러신 거예요? 폐하께서 절 부르실 수도 있지. 그래요, 전 이유를 모르겠지만 화가 나셨겠지요. 하지만 상대와 장소는 가리셔야지요. 거기가 어디라고 그리 성내시는 거예요? 그 어떤 명목이든 문을 부수고 들어와서 폐하께 그리 난폭한 태도를 보이시는 게 가당한 일인가요? 제가 폐하께 밉보이기라도 하면 어쩌려고 그러세요? 물론 해결할 수 있으시겠지요. 그런데 왜 쉬운 길을 굳이 어렵게 만들려고 하시는 건가요?"

종래에는 황족인데 예법을 배우지 못했느냐고까지 연결되는 건방진 잔소리가 쏟아졌다. 그리고 기세등등한 슈리아 앞에서 황태자는 묵묵히 침묵을 지켰다. 그의 눈이 알 수 없는 기색을 띠고 가라앉았다. 슈리아는 싸늘하게 그를 노려보며 화를 달래야만 했다.

그래, 무식한 검사이니 초월자라 한들 이 모양인 것이다. 애초에 거기까지밖에 안 되는 녀석이었다.

적어도 황태자의 모진 인내심과 극기에 달하는 자제심을 높이 평가해 왔던 슈리아는 오늘부로 자신의 모든 판단을 소거했다. 미친 말처럼 날뛰는 꼴을 보았는데 여전히 그 평가를 유지할 수는 없었다.

하도 빠르게 말을 쏟아 내서 숨을 고르는 슈리아를 향해 황태자가 문득 입을 열었다.

"무슨 말을 들었지."

슈리아는 생각할 필요도 없이 대뜸 답해 버렸다.

"전하의 출생에 대해서요."

황태자의 눈빛이 파도치듯 일렁였다. 그는 이를 악물며 슈리아를 붙잡았다. 갑자기 어깨를 꽉 붙든 손길에 눈살을 찌푸리는데 황태자가 물어 왔다. 동요가 묻어 나오는 음성이었다.

"뭐……라고."

"천 명의 생명력을 부어 가까스로 태어나셨다고 들었어요."

비밀리에 오간 대화를 짜증스럽게 요약하며 슈리아는 황태자의 손을 떼어 냈다. 한없이 저조해진 기분은 황태자의 운 좋은 출생을 되새기자 바닥을 파고들고 있었다.

참으로 비싼 몸이지 않은가. 그러하니 그리 이른 나이에 초월자가 된 거겠지.

힘을 주어 밀어내던 손이 더는 움직이지 않자 슈리아는 그를 바라보았다. 황태자의 낯에 균열이 일고 있었다. 감정이 결여된 자에게서는 결코 발견할 수 없는 뚜렷한 어떤 감정을 담아 황태자는 뇌까렸다.

"그래서 이리 구는 것인가."

또 뭔가 망상을 쌓기 시작한 모양이다. 슈리아의 대뇌 속에서 황태자는 이미 줄기차게 무언가를 착각하는 존재로 굳어져 가고 있었다.

갑자기 가면을 쓰듯이 황태자의 표정이 돌변한다. 조금 전 내보였던 감정의 흔적은 씻은 듯이 사라지고 대리석처럼 차갑고 완벽한 표정이 된 황태자는 슈리아를 잡아당겼다. 감정이 배제된 속삭임이 머리 위에서 흐른다.

"끔찍하게 여긴다고 해도 어쩔 수 없어. 그대는 내 곁에 있겠다는 약속을 지켜야만 해."

그의 가슴에 푹 파묻힌 슈리아는 의문이 담긴 투로 물었다.

"제가 왜 약속을 어길 거라고 생각하세요."

"……그도 그렇군. 내가 잘못 생각했어."

품에 갇혀 있는 것은 여전했지만 몸을 둘러싼 손이 느슨해졌기에 슈리아는 그를 마주 볼 수 있었다. 얼음 폭풍이 휘몰아치는 듯한 느낌이었다. 그의 본성이 내재한 어둠과 한기로 잠식된 온전한 겨울의 눈빛.

"냉정하기 짝이 없는 그대가 과거의 사연에 구애받아 황태자비 자리를 포기할 리 없지."

상처 입은 짐승처럼 황태자는 공격적으로 비아냥거렸다.

"내가 아무리 징그럽고 혐오스러워도, 그대는 내 옆자리를 지킬 거야. 그렇지 않나? 그게 그대에게는 이득일 터이니."

……그렇군. 역시나 망상이었다. 슈리아는 곧바로 그의 심각한 오

해를 바로잡아 주기로 했다. 더불어 이렇게 가까이 붙은 것은 호기심을 해소할 절호의 기회였다. 그의 등장 자체를 달갑지 않게 여겼던 것은 아니니까 마침 잘되었다.

"그렇게 생각하지 마세요. 그건 사실이 아니니까요."

슈리아는 느릿하게 양손을 그의 얼굴로 가져갔다. 손가락으로 뺨을 감싸며 눈을 맞추자 황태자는 입을 꾹 다물었다. 무슨 짓을 하나 감시하듯 여전히 냉랭한 시선이었다. 순식간에 그의 마음은 꽉 닫혀 버린 듯했다.

황태자는 그의 탄생 비화를 일찍부터 마음에 걸려 하고 있었던 게 틀림없다. 그러니 이리 과민하게 구는 거겠지.

"저는 전하를 징그럽다고 생각하지도, 혐오하지도 않아요."

가벼운 신체 접촉. 그리고 시선을 맞추는 것으로 모든 준비가 끝났다. 슈리아는 마력을 운용하지 않고 순전히 제 초월적인 영을 끌어 올리며 정신을 집중했다. 블러디나이트라면 모를까 아직 황태자는 이를 간파할 경지에 이르지 못했다.

"단지 폐하께 너무 난폭하고 무례하게 행동하셔서 마음이 상했을 뿐이에요."

이대로 관통하듯 머리끝부터 발끝까지 육체의 구성과 정신의 결속, 그 모든 것을 샅샅이 관찰하면 되리라. 그의 영에 잠재된 초월자의 재능이 인위의 소산인지 아닌지, 그것이 문제였다. 뜸을 들이듯이 시간을 끈 후 슈리아는 모든 작업을 마쳤을 때 말을 이었다.

"전 폐하께 잘 보였다고 생각했는데, 전하께서 다 망쳐 버리셨으니까요."

······결론은 간단했다. 역시 황후의 실험은 잘못된 가정하에 행해진 것이었다. 황태자는 흠 없이 온전히 자연 그대로의 존재였다. 탁월한 재능을 내포한 그 영육의 어디에서도 인위의 흔적은 찾아볼 수 없었다.

약간의 실망감이 찾아들었으나 슈리아는 금세 떨쳐 버렸다. 역시 초월자의 재능을 인간이 심을 수 있을 리 없지. 그건 신의 영역이다.

어쨌든 끝은 질책으로 끝남이 적절하다. 슈리아는 새침하게 말하며 황태자에게서 냉큼 손을 떼어 냈다. 홀린 듯이 슈리아의 말에 귀를 기울이던 그가 멀어지려는 소녀의 손을 움켜쥐었다.

혹독한 겨울이 가신 대지가 봄기운에 녹아내리는 듯했다. 한기는 씻은 듯이 사라지고 황태자는 이전과 명백하게 대비될 만치 연약한 낯을 내보였다. 매몰찬 마무리에도 그는 대단히 안도한 듯 잠시 입을 떼지 못했다.

정말, 우습기도 하지.

그의 태도를 못마땅하게 여기면서도 슈리아는 의혹을 씻어 버리기 위해 달래듯이 속삭였다.

"제가 그런 이유로 전하를 싫어하게 될 일은 없을 거예요. 그러니까 자꾸 제 의도를 곡해하지 말아 주세요."

말투는 실로 상냥했으나 슈리아는 엄포를 놓듯이 그를 노려봤다.

그래 곡해, 딱 그것이다. 본성을 추측한답시고 온갖 망상을 저에게 들이대는 행각은 도무지 참아 주기 어려웠다.

그런 행운을 지니고 태어나서 누구보다 빠르게 초월자가 된 이상 이제 더는 나이가 어리다는 말로 그의 비이성적인 행각을 정당화할 수 없었다.

황태자가 이내 수긍한 듯 느릿하게 고개를 끄덕이자 슈리아는 자신에게 유리한 구도가 되었다고 생각했다.

지금 이 상황에서 주도권을 쥔 것은 슈리아였고 그는 잘못을 저지른 입장이다. 그러니 그에게 사소한 요구를 관철해 보아도 괜찮으리라. 소녀는 예전에 세웠던 계획을 꺼내어 놓았다.

"오신 김에 절 미술관에 데려가 주세요."

어차피 여기까지 달려올 정도면 시간이 있기는 할 것이다. 황태자의 낯에 일순 잔떨림이 일었다. 잠시 망설이는가 싶던 그는 슈리아가 집요하게 응시하자 결국 마지못해하는 느낌이 역력한 태도로 승낙을 표했다.

"그러지."

그 후로 황궁 미술관에 도착하기까지 황태자의 표정은 썩 좋지 못했다. 일단 분위기상 거절할 수 없어 그러겠다고는 했는데 시간이 지나고 보니 뭔가 아닌 것 같다는 생각이 드는 듯했다.

그는 걸음을 옮기면서 회복되었던 기분이 점점 저조해져 가는 것처럼 보였고 발걸음 역시 눈에 띄게 느려졌다. 딱히 서두르고 있지 않음에도 그를 앞지르게 되자 슈리아는 상냥하게 속삭였다.

"내키지 않으신다면 절 특별 전시관에 들여보내 주시기만 하면 되어요."

입장을 하기 위해 그가 필요한 것이지 그 후로는 아무래도 상관없다. 황궁 특별 전시관은 고위 귀족이나 황족의 인가를 받은 자만이 입장이 가능하니까.

어쨌든 내친김에 꼭 가 보고야 말겠다는 듯한 굳은 의지를 비치는 슈리아를 황태자가 복잡한 눈빛으로 쳐다보았다. 황태자는 또 무언가에 자극당한 것처럼 눈썹을 치켜 올렸지만, 그의 입술은 여전히 굳게 닫혀 있었다.

뭐라고 하고 싶은데 아까 보인 비이성적인 행각 때문에 차마 터뜨릴 수 없는 눈치였다.

뭐, 황태자가 그러는 이유는 짐작이 간다. 그 역시 특별 전시관에 무엇이 보관되어 있는지 알고 있는 것이리라.

— 아마르잔의 초상화.

아마르잔이 혼인식 날 슈리아를 낚아채 가고 어쩌고 기가 막히는 망상을 품었던 몸이니 내키지 않는 것도 이해가 간다. 물론 슈리아는 황태자가 어떤 심정이건 안중에도 없었다.

시녀 시절에 이미 그게 거기에 있다는 건 알고 있었는데 영 기회가 오질 않았다. 궁을 나선 이후에도 기억에는 남겨 두었지만, 개인적인 호기심을 충족하자고 비공식적 교제 관계인 황태자의 허락을 바랄 수는 없는 노릇이었다.

그래도 역시 기다리면 기회는 오기 마련이다. 슈리아는 세상사의 진리를 되새겼다.

마땅치 않아 하는 황태자를 이끌고 마침내 특별 전시관에 들어선 슈리아는 천천히 내부를 둘러보았다. 특별 전시관은 주로 국외나 타 대륙에서 들여온 회화를 전시하고 있었다.

귀족가에서는 창고에 모셔 둘 만한 값비싸다고 표현하기도 어려운 예술적인 식기나 가구, 보석 장신구 등은 황실에서 실제로 사용하고 있으니 이곳에 있는 건 그림뿐이었다.

북대륙의 향수를 느끼게 하는 전장의 모습이나 갓 눈 내린 설원의 풍경을 감상하며 스쳐 지나가던 발길이 어느 순간 뚝 멎었다.

초상화라더니, 이것은 흡사 신화의 한 장면을 담은 듯하잖은가.

석양이 드리워진 배경은 온통 붉었다. 그리고 그 가운데 망토를 두른 아마르잔이 태만한 자세로 우뚝 솟은 바위 위에 걸터앉아 있었다.

고작 그림임에도 불구하고 그 안의 아마르잔은 공간을 지배하는 위압감을 발산한다. 무료함이 담긴 낯은 실물과 유사하고 머리카락이며 눈동자가 심연이 밴 듯이 검다.

얼어붙은 땅과 대기가 산란하는 금빛으로 물들며 역광이 도드라지고, 아무것도 담기지 않은 시선에서는 허무함마저 느껴진다.

모든 것을 무심히 내려다보는 듯한 아마르잔은 마치 이 세상과 동떨어져 존재하는 것 같았다. 아마 타인이 아마르잔을 보았다면 틀림없이 이런 모습이었으리라.

이 그림의 화가는 아마르잔을 실제로 목격했음이 틀림없다. 슈리아는 확신하며 그림에 바짝 다가가 붙었다.

자신의 옛 모습을 감상한다는 건 기이한 기분이었다. 그래도 실물이 낫다고 슈리아는 불만스레 생각했다. 실제의 아마르잔은 이보다 잘생겼고 험준한 산처럼 범접하지 못할 기세가 있었다.

까다로운 평론가처럼 이리저리 흠을 잡고 있는데 딱딱거리는 소리가 들려온다. 황태자가 재촉하듯 괜스레 발로 바닥을 찍고 있었다. 감상을 방해하는 그에게 슈리아는 냉담히 말했다.

"기다리기 지루하시면 가셔도 좋아요."

이제 그는 더 필요 없으니까. 명백한 홀대에도 굴하지 않고 황태자는 등 뒤에서 슈리아의 몸을 감쌌다. 그리고 어깨 위에 턱을 붙이며 나직이 물어 왔다.

"그림일 뿐인데 뭘 그리 오래 보지?"

"멋있잖아요."

오해하고 싶으면 하라는 식으로 말을 뱉어 버리자 황태자가 이를 악물었다. 그는 이내 쏘아 내듯이 말했다.

"내 평생 누구와 비교해서 외모가 빠진다는 소리는 들어 본 적이 없어."

"그러시겠지요."

황태자 앞에서 누군들 찬사 외의 단어를 입 밖으로 낼 수 있었겠는가. 그와 비교해서 그렇다는 소리도 아니었는데, 예민하기는.

슈리아의 시큰둥한 대답에 황태자의 손에 힘이 들어갔다. 그는 의혹에 찬 음성으로 추궁했다.

"내게 거짓말한 건가? 그가 나타나도 따라가지 않겠다고 했잖아."

"그건 그거고 이건 이거니까요."

귀찮게 굴지 말라는 듯이 싸늘한 태도를 유지하자 황태자가 슈리아를 뒤돌려 세웠다. 힘자랑이 주특기인 그다운 짓이었다. 치맛자락이 휘날릴 만큼 정말 홱 돌려진 슈리아는 짜증이 솟구쳐 그림 감상의 방해자를 노려보았다. 황태자는 개의치 않고 과거를 되짚었다.

"그러고 보니 생각이 나는군. 그대는 내가 비정한 군주이길 원하지 않았던가. 그대를 구했을 때조차도 황태자인 나는 시종인의 목숨 따위는 아랑곳하지 않아야 한다고 했었지."

"그랬었던 것 같네요."

정확히 같진 않지만 그 비슷한 소리를 하긴 했다. 슈리아가 성의 없이 긍정하자 황태자는 소녀의 양어깨를 붙들었다. 그리고 새겨 넣듯이 사납게 선언했다.

"그대의 이상형이 아마르잔이라고 해서 거기에다가 날 끼워 맞추지 마."

그 말을 하면서 황태자의 시선이 슈리아의 등 뒤로 옮겨졌다. 그의 꽉 다문 입매며 번뜩이는 눈빛은 아마르잔의 모습이 고스란히 담긴 그 희귀한 그림을 당장에라도 찢어발길 듯이 보였다.

유명한 화가가 재능을 모조리 쏟아 그려 낸 듯한 명화가 나름대로 마음에 들었던 슈리아는 제지하듯이 그를 붙잡았다.

육체적으로 그를 속박해야 하는 상황이 아주 마음에 들지 않았지만, 내버려 두었다간 그가 정말로 그림을 훼손할지도 모른다는 생각이 들었다.

황태자는 이제 이성이란 것을 완전히 집어치우고 감정 위주로 살기로 결심한 모양이다. 그 와중에도 의문이 스쳐 슈리아는 나직이 물었다.

"제 이상형이 아마르잔이라뇨?"

"그대가 예전에 그 입으로 말했지 않나."

명쾌한 대답에 슈리아는 미심쩍게 눈을 깜빡였다. 내가 그에게 아마르잔이 이상형이라는 도발적인 소리를 했다고?

슈리아는 되도록 그를 자극하는 행동을 피해 왔고 그러한 흐름으로는 그런 발언을 꺼냈을 리가. 역시나 아무리 기억을 되짚어 봐도 그런 적은 없었다.

기억력이 대단히 좋은 편인 슈리아는 언제나 계산된 발언을 꺼내어 놓기에 그 하나하나를 기억하고 있었다. 그러나 곰곰이 생각해 보니 그의 면전에서 한 적은 없어도 그 말을 내뱉은 적이 있긴 했다. 그런데 그건.

슈리아가 물끄러미 바라보자 황태자는 그의 말실수를 그제야 깨달은 듯했다. 그는 일순 동요를 드러내며 입을 다물었고 뒤늦게 침묵의 미덕으로 자신을 방어하려는 태도를 보였다.

슈리아는 그를 붙잡은 손에 힘을 주며 또박또박 말했다.

"제가 그렇게 말한 적이 있긴 하지만요. 전하께서 그걸 어떻게 아시는 거죠?"

황태자궁 시녀 시절에 소녀들과의 다과 자리에서 그렇게 말한 적이 있긴 했었지. 결코 그에게 들리도록 한 말이 아니었다. 그걸 지켜봤단 말인가?

전부터 그가 저를 감시하고 있다는 것은 알고 있었지만 보호 차원에서 이루어지는 일이라 생각했다. 그러나 그 다과 장소는 안전했고 주위에는 이렇다 할 엄폐물도 없었는데.

건물이 있긴 했지만, 창이 소녀들 쪽으로 나 있지 않아서 누군가가 엿보는 것은 구도상 불가능했다.

물론 초월자인 황태자는 소녀들이 인식하지 못할 만큼 멀찌감치 거리를 두고도 엿들을 수 있었다. 그 말은 즉 누군가를 통해 전해 들은 게 아니라 그가 직접 들었다는 소리가 된다. 아니면 나무 같은 곳 위에 올라 기척을 죽이고 있었는지도 모르지.

결정적으로 황태자의 말에는 직접 귀로 들은 듯한 확신이 서려 있었다. 모든 추측과 근거를 끌어모아 이끌어 낸 결론을 슈리아는 명확한 어휘로 털어놓았다.

"절 내내 엿보고 계셨나요?"

밤늦게 창으로 찾아드는 행보도 그렇거니와 그에게는 음흉한 구석이 있었다. 넘쳐 나는 질투심을 보건대 의처증도 있어 보이니 그럴 만도 하다.

뚫어져라 쳐다보며 대답을 요구함에도 황태자는 침묵을 지켰다. 그래, 할 말이 없겠지. 꿀 먹은 벙어리처럼 구는 그에게 슈리아는 냉담하게 쏘아붙였다.

"혹시 제가 옷을 갈아입거나……. 몸을 씻거나 하는 것도 엿보셨나요? 아니면 엿들으셨나요?"

벗어 낸 옷자락이 스르륵 떨어지는 소리라든가 몸을 씻는 물소리를 귀 기울여 듣고 있는 황태자를 생각하니 온몸에 소름이 쫙 끼쳤다.

슈리아는 바로 그를 뿌리치며 물러섰다. 아마르잔의 그림에 거의 닿을 정도로 성큼 떨어져 나갔다. 당장에라도 마력을 휘둘러 그를 후려갈겨 버리고 싶은 감정적 격류가 치달았다.

치가 떨릴 만치 극렬한 불쾌감에 슈리아는 평소 같은 평온한 낯을 유지할 수가 없었다. 아니 표정에 신경 쓰긴커녕 마력을 끌어 올리지 않기 위해 혼신의 힘을 기울여야 할 지경이다.

그건 초월자라면, 아니 머리가 정상이라면 그 누구라도 할 수 없는 수치스럽고 망측한 짓이었다. 그러니 황제에게 인성을 의심받은 게 아닌가. 이제 보니 그래도 마땅했다.

얼음장처럼 굳은 소녀의 얼굴을 마주하며 황태자가 고개를 저었다.

"아니, 날 도대체 뭐라고 생각하는 건지."

구제불능의 파렴치한 취급을 받는 게 기가 막힌 듯 호흡이 거칠어졌다. 슈리아는 여전히 미심쩍은 눈길을 보냈다.

"정말요?"

"그대의 방식으로 설명해 주지. 난 한갓 시녀를 온종일 따라다니며 일과를 세세히 들여다볼 만큼 한가한 몸이 아니야. 더더군다나."

황태자는 이를 악물었다. 곧 치미는 분기를 추스른 듯이 냉정함이 내려앉은 얼굴로 그는 여유를 되찾고 비아냥거렸다.

"그대의 미성숙한 몸을 엿본들 무슨 감흥이 일겠나."

고작 두 살 많은 것으로 매번 미성숙이니 어쩌니 하는데…… 그러면서도 때때로 위협하는 듯한 발언을 해 대지 않았던가. 슈리아는 반박하는 대신 고개를 주억거렸다.

"전하의 말씀이 맞아요."

황태자의 얼굴에 스치는 의혹을 감지한 슈리아는 기꺼이 미소를 지어 주었다. 소녀의 얼굴에 배어 든 계산적인 미소는 이슬 맺힌 장미처럼 화사했다.

"그러니 미성숙한 제가 충분히 성숙해질 때까지 지나친 접촉은 삼가 주셨으면 해요. 제 보호자도 우려하고 있고요. 그렇지, 손을 잡는 정도가 딱 좋겠군요."

여름이라 더운데 자꾸 달라붙는 것이 거슬렸던 터였다. 음식물을 섭취하라고 존재하는 입을 다른 용도로 쓰는 것은 애초에 선호하지 않는 행위이다.

처음에는 그가 황태자였고 자신은 시녀였기 때문에라도 참아 냈다. 그러다가 그가 너무 당연하게 구니까 그 일 자체가 점점 익숙해져 갔다.

생각해 보면 황태자는 슈리아에게 늘 관대했으니 더는 그의 비위를 맞추려 노력하지 않아도 될 성싶었다. 순식간에 거리를 좁힌 황태자가 윽박지르듯이 말한다.

"그때와 지금은 달라."

"무엇이요? 고작 몇 개월이 더 지났을 뿐인걸요."

그 거슬리는 입놀림을 이제 좀 고칠 때가 되었다. 슈리아는 단호하게 못 박으며 그를 올려다보았다. 말문이 막힌 듯 입을 달싹이던 황태자는 결국 패배를 시인했다.

"……그 말은 취소하지. 그대가 미성숙하다고 했던 거."

"했던 말을 번복하시는 건 온당한 처사가 아니세요."

새침하게 잔소리하며 빈틈없이 구는 슈리아를 황태자가 덥석 붙잡았다. 손목을 잡아 오는 것을 바로 뿌리치려고 했는데 역시나 놓아주질 않는다. 쓸데없이 악력을 과시하는 황태자는 그 상태로 한기를 풀풀 풍기는 슈리아에게 제안했다.

"특별 전시관은 언제든지 드나들 수 있게 말해 놓겠어."

타협책이라도 제시하겠다는 건가. 거만한 자세를 버리고 협상을 해 올 만치, 그게 그만큼이나 절실한 일인가?

기막힌 기분과 가소로움을 동시에 느끼면서 슈리아는 선고했다.

"그걸로는 부족해요."

어쨌든 이 기회를 잘 이용해 보는 것도 좋으리라. 과연 그가 어떤 조건을 보일지 슈리아는 우위에 서서 지켜보았다. 굽힘 없이 살아온 생을 증명하듯 황태자가 짐승처럼 으르렁거리면서 물어 왔다.

"그림을 아예 달라는 건가."

"그건 아니지만, 그림을 없애거나 옮겨 버리시면 안 돼요."

"어찌 그리 의심이 많지? ……난 그런 짓은 하지 않아."

가까스로 화를 억누르는 듯한 응답에 슈리아는 일단 넘어가겠다는 것처럼 고개를 주억거렸다. 그리고 곧바로 물었다.

"다음은요?"

후속 조건을 대 보라는 도도한 자태에 황태자는 불의에 억지로 순응을 짜내는 얼굴로 숨을 골랐다.

"……조금 후 의상실에 말해서 드레스를 맞추라 명하지. 원한다면 그대의 취향대로 제작해도 좋아. 몇 벌이라도 상관없으니."

"그것뿐인가요?"

"내일 중에 아르페쥬얼에 주문을 넣으면 되겠나. 오직 그대만을 위한 목걸이와 귀걸이 세트를 제작하라고. 사교 행사에서 주목을 받고도 남을 만큼 호화로운 물건으로."

"그걸로도 부족해요."

뻔뻔하게 탐욕을 내보이는 행태에 황태자는 인내심에 한계가 온 듯했다. 고분고분하게 말해 오던 그가 그늘진 표정으로 진지하게 입을 열었다.

"너무 대놓고 요구한다고는 생각지 않나?"

어쨌든 그는 몰리는 상황이라도 호구 취급당하는 것에는 익숙지 않았다. 아니, 누군들 감히 황태자인 그를 그따위로 취급했겠는가.

자의적인 선물이라면 모를까 아무리 재산이 넘쳐 나도 직접적인 요구를 받는데 기분이 좋을 리 없다. 슈리아는 그를 빤히 응시했다. 그리고 자신이 생각한 바른 답안을 직설적으로 꺼내어 놓았다.

"반지는 언제 주실 건가요."

세일린이 슬슬 다시 반지를 언급하기 시작했다. 그건 청혼을 말로만 끝나게 하는 게 아니라, 혼약을 약속 짓는 구체적인 증거물이자 정표였고 황태자비가 될 미래를 예시하는 가장 눈에 띄는 표식이었다.

세일린의 독촉을 방지하기 위한 목적도 있었지만 제 생각에도 필요하긴 했다. 아니, 진작 받았어야 했다.

이런 것에만 느려 터져서는.

불만스레 생각하며 어쩔 거냐고 고개를 쳐드는데, 비석처럼 굳어 버린 황태자의 반응이 심상치 않았다. 돌이 던져진 수표면처럼 눈빛이 흔들린다. 생각지 못한 충격이 밀어닥친 양 그는 잠시 침묵을 지켰다. 파문이 잦아들고 마구잡이로 엉클어진 사고가 정리되었을 때 황태자는 뇌까렸다.

"내가 또 크게 착각했었군."

이번엔 무슨 소리를 하나 싶어 슈리아는 가만히 귀를 기울였다. 황태자는 거리를 두듯 관조적인 시선으로 소녀를 바라보고 있었다.

살의가 담겨 있지 않음에도 그 눈빛은 첨예했고 표피를 넘어 가장 내밀한 부분까지 파고드는 듯했다.

"내가 그대와 손을 잡은 이후, 그대는 그대의 정해진 길을 진주해 가고 있을 뿐이지. 배가 항로를 따라가듯 황태자비가 되기 위한 그 길을."

깨달음이 박힌 그의 말 한 마디 한 마디가 차가운 물처럼 선명하게 스며들었다. 예리한 반사광을 내뿜는 검날처럼 그는 날카롭게 슈리아의 본질에 접근해 가고 있었다.

"오로지 앞만을 보고 주어진 목표만을 완수하는 데 몰두하지. 그대는 원래 그런 사람이야. 단 하나만을 위해 달려가는. 거기엔 어떤 도덕도 편견도 무의미하지. 그대에게 이롭기만 하다면, 그리고 목적지에 도달할 수만 있다면 그 외에는 아무래도 상관없는 거야."

황태자의 뇌까림은 언뜻 듣기에는 질책으로 들렸으나 거기에는 이해 타산적이고 인간미 없는 소녀의 본성에 대한 실망감이 조금도 드러나 있지 않았다. 그것은 그저 통찰이었다. 그의 깨달음을 입 밖으로 내놓고 있는 것에 불과하다.

"그러니…… 내가 싫어져서 그대가 날 거부할지도 모른다는 생각은 버려도 좋겠군. 그대는 호불호가 중요한 이가 아니니. 어차피 그 무엇이든 그대의 심장까지는 닿지 않을 거야."

황태자는 미소를 안면에 띄워 올렸다. 그러나 그 미소는 이제까지와는 달리 자신만만하지 않았고 그가 곧잘 보이곤 하는 조소와도 달랐다. 씁쓸한 감상을 품은 낯으로 그는 꿰뚫듯이 소녀를 직시하고 있었다.

항의하고 싶었지만 허를 찔린 듯하여 슈리아는 입을 꾹 다물었다. 그의 말은 타당했다. 하지만 반박하고 싶은 부분도 있었다.

호불호가 중요하지 않다니. 그건 절대로 그렇지 않다. 두말할 것도 없이, 당연히 중요하다. 물론 심적으로는 중요하나 슈리아가 내보인 행동이 대부분 이성적 판단에서 기인한 것도 사실이었다.

그러니까 감정이 외부적인 결과에 영향을 미치지 않는 이상 그가 그리 판단해도 무리는 아니다.

호에서 불호로 이어지는 제 감정 선상에서 황태자의 위치를 슈리아는 새삼 가늠해 보았다.

그가 종종, 아니 자주 자신에게 극심한 불쾌감을 주긴 했다. 게다가 기본적으로 그를 질투하고 있는 것도 사실이다.

그렇다고 그가 싫으냐고 묻는다면 그건 또 그렇다 말할 성격이 못 되었다. 그의 어떤 일면이 싫을지언정 그 자체가 싫다고는 단정 짓기 어려웠다.

왜냐하면, 슈리아는 애초에 누군가를 싫어한 적이 없었기 때문에.

싫어한다는 것조차 의미가 되는 일이니 누군가를 의미를 담고 바라본 적이 없는 슈리아에게는 신경에 거슬리는 불쾌감이 애초부터 타인에게 갖는 감정의 전부였다.

다만 아마르잔일 때에는 그 불쾌감만으로도 감정을 느끼게 하는 근본 원인을 소각해 버리곤 했으니 지속적인 불쾌감을 유발하는 이들과 공존하는 지금 이 상태는 낯설었다.

그래도 어찌 되었든 그와의 관계에도 꽤 익숙해지긴 했다고 슈리아는 생각했다. 비록 당사자는 만족을 모른다지만.

"평행선에 가깝다고는 하나, 그것도 결국은 내게로 오는 길이겠지. 언젠가는 그대도 날……."

또다시 원점으로 돌아가 소망을 꺼내 든 황태자는 개운치 못하게 말끝을 흐렸다. 무섭도록 조용한 공기가 깔린다. 입을 열기 어려운 무거운 침묵이었다.

최근 들어 유독 예민한 행보를 보이는 황태자에게 할 대답을 고심하던 슈리아는 불현듯 깨달았다. 이런 식으로 얼버무리려고 함인가? 하마터면 깜빡 넘어갈 뻔했다.

속 보이는 수작에 정신이 흐려졌던 슈리아는 치욕감을 느꼈다. 검사 따위의 말재간에 홀리다니! 소녀는 곧바로 단호하게 물었다.

"그래서 전하, 반지는요?"

"지금은 둘밖에 없는데 호칭이 그게 아니지 않나."

"……그래요 렌, 반지는 언제 주실 건가요?"

뒷말이 거의 독촉에 가깝게 꼬리가 올라갔기 때문에 황태자는 눈썹을 치켜 올렸다. 그는 마지못한 듯이 불분명한 대답을 털어놓았다.

"……내게도 계획이 있어. 내가 이런 말까지 해야 하나?"

낭만이라고는 쥐꼬리만큼도 없는 연인을 힐난하듯 황태자가 혀를 찼다.

그러니까 주긴 준다는 거지. 얼마나 거창하게 줄지는 모르겠지만.

전부터 생각한 건데 그는 교제에서 모든 절차를 세세하게 밟아 나가려는 경향이 있었다. 그러니 반지를 주며 하는 청혼 역시 정말 그럴 듯하게 하려는 쓸데없는 계획을 세우고 있을 것이 분명했다.

아니, 쓸데없지는 않은가? 관중 앞에서 청혼을 받는다면 황태자의 애정을 과시하는 가시적 효과는 있을 터였다. 소기의 목적을 달성한 슈리아는 고개를 끄덕였다.

다만 사족이 붙었다.

"가을 안에는 주셔야 해요."

황태자의 낯이 평정을 잃고 일그러진다. 화를 참듯이 손으로 입가를 내리누르는 모습에도 개의치 않고 슈리아는 상냥한 얼굴로 황태자를 이끌었다. 행선지를 묻는 의문 섞인 시선이 닿자 슈리아는 다정하게 말했다.

"의상실로 가야지요. 얼마든지 드레스를 맞춰도 좋다고 하셨잖아요?"

끝까지 철두철미하게 제 것을 챙기는 행태에 황태자의 눈빛이 사납게 번뜩였음은 당연한 일이리라.

미술관을 빠져나가 의상실을 거쳐 마차에 오르기까지 줄곧 황태자가 동반했기에 갖은 이목이 쏠렸다. 그 와중에도 황태자궁의 내탕금을 전부 털어 낼 기세로 황족이 입을 만한 최고급의 드레스를 열 벌이나 맞춘 슈리아는 저택으로 돌아갈 때 승리자의 기분을 만끽하고 있었다.

오늘은 성과가 좋은 날이었다. 황태자도 제 입으로 한 말은 지킬 터, 내일은 아르페쥬얼에 들러서 주문을 넣을 것이다.

잠자리에 들면서 슈리아는 일과를 정리하며 생각에 잠겼다. 비록 황태자가 잘 넘어가던 분위기를 망쳤다고는 하나 황제에게 합격점을 받아 낸 것은 유효하리라.

그렇다고 해서 이때까지 중도적인 입장을 취해 왔던, 심지어 암암리에 황태자에게 불공정한 태도를 보여 왔던 황제가 새삼 슈리아를 편들어 줄 것 같진 않았다.

그러나 황제가 오를레앙 공녀의 자리를 위협하는 새로운 황태자비 후보의 등장에 침묵하는 것만으로도 세간에서는 암묵적인 인정으로 여길 수 있었다. 이를테면, 오를레앙 공녀가 아닌 다른 이가 황태자비가 되어도 간섭하지 않겠다는.

황태자가 누구를 황태자비 자리에 올리든 황제는 일절 개입하지 않으리라. 슈리아는 그러한 확증을 얻었다. 그건 실로 바라던 바였다.

간택이라는 절차를 거치지 않는 것은 아니나 브리오니아는 황족의 혼사에 있어서 반려를 맞는 당사자의 선택을 대대로 존중해 왔다.

그리고 역사상 최연소의 초월자로 누구보다 확고한 입지를 다진 현 황태자의 선택에 반대는 크지 않을 것이다.

아니, 클 수가 없다.

초월자의 살의에 찬 눈빛을 면전에서 대한다면 아무리 대쪽같이 간언을 올리는 자라도 입이 떨어지지 않을 테니까.

앞으로 슈리아는 사교계에서 제 위치를 잘 다져야 했다. 제도 사교계 영애들의 생리나 권력 구조는 그럭저럭 파악했으니 이제는 자신이 결코 호락호락한 상대가 아님을 입증해야 할 차례였다.

황녀를 상대로도 물러서지 않았으니 이미 그런 인상은 충분히 심어 주었을 것이다. 오를레앙 공녀 일파들의 텃세가 있음직하나 쏟아져 들어온 초청장을 보건대 기꺼이 슈리아의 편이 되어 줄 만한 이들도 있으리라.

황태자와 동반한다면 귀찮은 일을 겪지 않아도 될 텐데. 슈리아는 드문 아쉬움을 느꼈다. 내일 중에 아르페쥬얼에 들르겠다고 했으니 임무는 전부 마친 건가. 아니면 며칠 제도에 머무르다가 다시 떠나겠다는 걸까.

그걸 채 묻지 않았다는 단 한 가지 실책을 상기하며 슈리아는 잠에 빠져들었다.

오늘 획득한 드레스와 보석이며 아마르잔의 그림이 닫힌 눈꺼풀 위로 서물거리는 달콤한 숙면이었다.

다음 날 오전, 상쾌하게 눈을 뜬 슈리아는 아침 식사를 마치고 정원의 나무 그늘에 앉아 책을 읽고 있었다.

유서 깊은 위켄하이저 공작가의 정원은 로이엄 백작가와는 비교도 되지 않을 만큼 광활하고 잘 가꾸어져 있어서, 그 안에 있으면 한적하다 못해 오로지 자신만의 은신처에 머무르는 듯한 안온함마저 느껴졌다.

의기소침해 있는 데이지는 당분간 찾아오지 않을 터였고 오늘은 수업도 없었다. 사흘 후 열릴 사교계의 명사 루테인 후작부인의 무도회까지 일정이 비었기에 오랜만에 사치스러운 휴식을 취하게 된 것이다.

그런데 그 고요한 시간을 붕붕거리는 벌떼처럼 헤치고 찾아든 손님이 있었다. 그러니까 그만큼이나 달갑지 않은 방문이었다는 소리다.

사박사박 다가오는 작은 발걸음 소리를 듣고, 아마 또래의 영애가 찾아왔을 것이라고 예상을 한 터였다. 오를레앙 공녀일까? 아니면 데이지? 어렴풋이 짐작하며 마음의 준비를 하던 슈리아는 예기치 못한 음성에 고개를 들었다.

"안녕."

눈앞에 밤새 한숨도 못 잔 듯이 피로한 안색의 레이첼이 서 있었다.

"기별 없이 찾아와서 미안해."

의아스러운 눈빛을 마주하면서 일단 그렇게 미리 사과를 건넨 레이첼은 드레스 자락에 풀물이 드는 것도 감수하고 슈리아에게 바짝 다가앉았다. 그리고 갑자기 손을 붙잡아 왔다.

늘 도도하게 거리를 두고 신체적으로 깍듯한 예의를 지켜 오던 그녀의 돌발 행동을 대하며 슈리아는 어떤 예감에 사로잡혔다.

그것은 오늘의 휴식은 물 건너가게 하는 아주 귀찮은 일이 발생할 것 같다는 확실한 예감이었다. 그리고 항상 이런 예감은 어김없이 들어맞았다.

"내가…… 어떻게 하면 좋을지 몰라서, 너라면 알 것 같아서 왔어."

그렇게 서두를 시작한 레이첼은 장황하게 자신의 고민을 털어놓았다. 말은 길었고 정리가 되지 않았지만, 요지는 명료했다.

간추리자면 이랬다.

데이지 때문에 로웰 키라트 자작에게 너무나 큰 실례를 했고, 그의 기분을 상하게 한 것 같다. 그 때문에 그와 관계가 틀어지지 않았으면 좋겠지만, 어떻게 해야 할지 모르겠다. 사과해야 한다는 건 알고 있는데 엄두가 나질 않는다.

어려울 것도 없는 고민이라 슈리아는 단도직입적으로 말했다.

"무도회에서 그를 보게 되면 사과를 하면 되지 않을까? 키라트 자작은 받아 줄 거야."

레이첼은 머리를 거세게 휘저었다. 답답한 듯이 신경질을 내는 몸짓이었다. 역시 그 어떤 상황에서도 그녀는 그 일관성 있는 성질머리를 포기하지 않는다.

"언제 보게 될지 모르니까 그렇지. 당장 뭐라도 하지 않으면 점점 더 악화될 것 같단 말야. 그러다가 그가 다들 보는 앞에서 날 외면해 버린다면 그게 무슨 망신이니?"

사과는 하고 싶되, 위험은 피하고 싶다는 건가. 그 와중에도 체면을 생각하는 귀족 영애다운 태도에 감흥이 일었다. 그러나 그녀의 계산적인 발언이 마음에 든 것과 별개로 귀찮음과 짜증이 동시에 찾아들었다.

그래, 왜 절친한 셀리를 놔두고 나를 찾아왔는지 알겠다. 슈리아는 더할 나위 없이 확신했다. 그래서 직설적으로 물었다.

"그러면 나와 함께 자작가를 방문하고 싶다는 거니?"

소심한 셀리보다야 슈리아가 더 든든할 터였고, 미혼의 귀족 남자의 저택에 홀로 찾아드는 것은 예의가 아니다.

비슷하게 든든한 친구로는 제시카나 데이지도 있었지만 제시카는 카지스 경의 일로 감정이 좋지 않은 상대이고 데이지는 이번 사태의 원흉이니 말할 것도 없다.

정곡을 찔리자 레이첼이 달아오른 얼굴로 빠르게 말을 쏟아 냈다.

"넌 황태자 전하의 연인이잖아. 그리고 키라트 자작은 황태자 전하의 측근이니까. 네가 방문한다면 문전박대하지 못할 거야."

최악의 상황까지 예비하는 게 참 그녀다웠다. 레이첼이 재빨리 덧붙였다.

"공작부인이 그러시는데, 넌 오늘 다른 일정이 없다고 하셨어."

빠져나갈 구멍을 막아 두는 철저함까지. 만반의 준비를 하고 온 것을 보아하니 정말로 키라트 자작과의 화해가 절실한 모양이었다.

그렇게나 그에게 마음을 빼앗긴 건가. 그렇게 짧은 사이에?

이해하기 어려웠지만 그녀의 일방적인 태도가 거슬렸던 슈리아는 조금 뜸을 들여 보기로 했다. 어쨌든 아쉬운 건 슈리아가 아니었다.

"……글쎄. 너무 갑작스러운데. 갑자기 찾아가는 것도 실례가 아닐까 해. 생각할 시간을 좀 줄래?"

"부탁이야! 난 한시라도 빨리 이 일을 해결하고 싶다고."

황태자 전하의 최측근인 키라트 자작에게 모욕을 가한, 철없고 경우 없는 영애로 소문나고 싶지는 않단 말야. 그 이야기를 전해 들은 아버지께 잔뜩 혼이 났다고.

그렇게 말하며 레이첼은 정말로 절실한 얼굴을 했고 슈리아는 잠자코 고개를 끄덕거렸다. 결국 자신의 평판이 문제였군.

"그래, 알았어."

로웰 키라트. 그가 어떤 자인지 알아 두고 싶기도 했으니 이 기회에 그의 저택을 방문해 보는 것도 좋으리라.

다만 아쉬운 것은 제가 아니라는 태도를 고수하기로 한 슈리아였기에, 준비 과정은 아주 더디게 진행되었다.

응접실에서 레이첼이 발을 동동 구르며 찻잔을 세 번이나 비워 냈을 때쯤 모든 준비를 마친 슈리아가 느긋하게 걸어 나왔다.

"이제 출발하자."

표정을 보아하니 왜 이렇게 오래 걸렸느냐고 쏘아붙이고 싶은 마음이 그득한 듯한데, 차마 입을 못 떼는 눈치였다.

이를 악물고 자리에서 일어난 레이첼은 거친 태도와는 달리 억지로 부드러운 말투를 지어내며 답했다.

"그래."

레이첼이 타고 온 루트비아 백작가의 마차는 그렇게 한 명의 무게를 더한 채 공작가를 나섰다.

키라트 자작가는 위켄하이저 공작 저택과는 가깝다고 하기 어려운 곳에 위치한 터였다. 로이엄 백작 저택이 신흥 귀족치고는 그래도 다른 명문가와 인접한 곳에 자리했다면, 키라트 자작 저택은 부유한 평민들의 주거 지역과 상업 지구가 교차하는 지점에 맞닿아 있었다.

터가 좋은 곳은 이미 포화 상태이니 신흥 귀족인 그가 변두리로 밀려나는 것은 당연한 일이리라. 그나마도 이번 사건으로 반역 귀족이 좀 생겨 몰수한 저택을 하사받았다고 들었는데, 하필 이런 외곽이라니.

상업 지구에 드나들며 물건을 사기에는 좋겠지만, 귀족가의 위신상 결코 좋다고 할 만한 위치는 못 되었다.

그렇게 된 사정을 추측해 볼 뿐 슈리아가 별 감흥을 느끼지 못한 데 반해서 레이첼은 그 사실을 대단히 못마땅하게 여기는 것 같았다. 그녀는 연신 창밖을 내다보며 불평을 털어놓았다.

"이렇게나 외곽 쪽에 있으면 손님을 초청해 봐야 웃음거리밖에 안 될 거야, 정말 격조가 없다고!"

레이첼은 흡사 키라트 자작과 혼담이 오가는 듯한 태도를 보이고 있었다. 제도의 귀족 영애답게 키라트 자작가의 안주인이 되는 미래를 진작 재어 보고 있는 것이리라.

레이첼이 키라트 자작과 혼인했을 때 생길 이점과 결점을 양손에 올려놓으며 그를 저울질하는 사이, 그들은 순조로이 자작가에 도착했다.

신흥 귀족이라 저택 위치를 찾아 헤맬 법도 한데 잘 찾아온 것을 보니 마부도 까다로운 주인 아가씨의 심기를 거스르지 않으려 노력하고 있는 것이리라.

그러나 이 느닷없이 찾아든 손님들은 입구에서부터 가로막혔다.

"약속은 하고 오셨습니까."

방문인 목록을 뒤져 보며 경비병이 묻자 백작가의 마부가 사정하는 소리가 들려온다. 기별도 없이 찾아든 데다가, 레이첼과 키라트 자작은 이전에 친분이 있었던 사이도 아니니 통과시켜 줄 리 만무했다.

레이첼은 가문의 문장이 달린 마차를 타고 오는 것으로 충분하다 여겼겠지만, 백작이 온 것도 아닌데 오를레앙 공녀쯤 되지 않고서야 약속 없이 현 실세인 자작가의 대문을 통과할 수 있을 리 없다.

이내 창문을 똑똑 두드리는 소리가 들리고 젊은 경비병이 고개를 들이밀었다.

"어쩐 일로 방문하셨습니까."

"나는 루트비아 백작가의 레이첼 루트비아예요."

레이첼은 그걸로 모든 게 설명된다는 듯이 도도하게 콧대를 세웠다. 레이첼의 전신에서 흘러넘치는 자신감은 명문 루트비아 백작가의 영애로서 다년간 다져 온 것이라, 무시할 수 없는 느낌을 전해 주었다.

경비병은 난감한 표정을 지으며 잠시만, 이라고 고한 뒤 저택 쪽으로 사라져 갔다. 조금 후, 그를 대신해 더 상위 책임권자로 보이는 이가 출현했다. 아마도 집사이리라.

그러나 말쑥하고 정중한 인상의 다른 귀족가 중년의 집사들에 비해 나타난 이는 서른을 넘지 않아 보였으며 기사만큼이나 딱딱한 얼굴을 하고 있었다.

곧바로 레이첼에게 얼굴을 보인 그는 예에 어긋남 없는 태도로 단호하게 말했다.

"지금 내부에 일이 있어서 주인님께서는 손님을 맞으실 여유가 없으십니다. 죄송하지만 돌아가셔야겠습니다."

"뭐, 뭐라고요?"

"부디 다음부터는 미리 기별하고 방문해 주시기를. 약속되지 않은 손님의 출입은 주인님께서 엄금하셨습니다."

실로 칼 같은 거절이었다. 문전 박대를 당하자 정말로 이러한 일이 있을 거라고는 예상하지 못한 레이첼의 뺨이 화끈 달아올랐다.

입술을 잘근잘근 깨무는 그녀는 이대로 더 말해 보아야 하나 갈등하는 모습이었다. 기를 쓰는 그녀를 위해서 선심을 보이듯 슈리아가 나섰다.

"당신이 키라트 자작가의 집사인가요?"

우아한 음성에 남자의 몸이 좌측으로 움직였다. 약간 각도를 움직인 것만으로도 시선이 슈리아에게 닿았다. 창문이 원체 좁았던 탓에 내부가 잘 들여다보이지 않아서 슈리아는 여태까지 방관자의 위치를 고수하고 있었다.

마차 안의 아름다운 은발 소녀를 발견한 순간, 눈빛이 흔들린 그는 최초로 동요를 드러내며 대답했다.

"그렇……습니다만."

"융통성이 없군요. 그러다가 정말 급한 소식을 들고 온 손님이면 어떻게 책임지시려고요."

슈리아는 조곤조곤 타일렀다. 실제로 그렇지 않다고 판단했기에 들여보내지 않은 것이겠지만.

뭐, 짐작은 간다. 황태자의 최측근쯤 되면 기회를 보아 달려드는 영애가 한둘은 아닐 테고 레이첼 역시 그중 하나로 여기겠지. 루트비아 백작이 직접 방문했다면 반응이 좀 달랐을 것이다.

"내 이름은 슈리아 아델트랍니다. 내가 찾아왔다고 당신의 주인께 고하도록 해요. 분명 자작께서는 안으로 들이라고 하실 거예요."

슈리아는 말을 마치며 생긋 웃었다. 그 미소만으로도 흰 꽃잎 위에 빛살이 어리고 유리 표면이 반질거리는 듯이 찬연했다. 새침하게 튀는 레이첼의 음성과는 달리 차분하기만 한 소녀의 음성에서는 고요한 기품이 묻어 나온다.

몸에 따라 크기가 달라지는 그림자처럼 알맞게 밴 자신감이었다. 아니, 자신감이라기보단 확신이었다.

집사는 잠시 후 정중히 고개를 숙이며 말했다.

"……그럴 필요는 없을 것 같군요. 제가 영애를 미처 못 뵈어 실례를 했습니다."

레이첼에게 향했던 것과 확연히 차이가 나는 태도에 자존심 강한 소녀의 얼굴이 구겨졌다.

"안으로 드시지요."

그 말이 떨어지고 조금 후, 마차가 저택 안으로 천천히 진입했다.

레이첼은 마차에서 내려서는 그 순간까지 얼굴에 쓴 인상을 펴질 못했다. 제도의 이름 높은 명문 루트비아의 적녀인 그녀가 면전에서 돌아가라는 소리를 들었는데, 심지어 그 말을 한 그는 그녀가 누구인지 알아보지도 못하는 눈치였는데!

그 뻣뻣한 집사가 슈리아를 상대로 마치 황녀를 마주한 듯이 굴었다. 게다가 자작의 지시를 깨고 그들의 출입을 허락하지 않았던가. 그것만으로도 레이첼의 자존심은 몽땅 손상이 되었을 법했다.

그녀가 순간의 불쾌감에 휩싸여 원래의 목적을 잊었을까 봐 슈리아는 넌지시 상기해 주었다.

"입구에서 있었던 일은 언급하지 말고 먼저 공손히 사과부터 하도록 해. 자작이라고 네가 방문할 줄 아셨겠니?"

키라트 자작과 레이첼이 어떻게 되든 별 마음은 없었지만, 생각은 있었다. 둘이 잘 안 되면 레이첼은 이 모든 사태가 초래된 원인을 데이지의 탓으로 돌릴 것이고 그러면 지조 있는 셀리는 레이첼을 편들게 분명했다.

무리에 분란이 발생할 가능성이 높단 건 그리 내키지 않는 일이다. 엉엉 울면서 찾아올 데이지를 떠올리니 상상만으로도 피곤해졌다. 레이첼이 불퉁하게 답했다.

"그 정도는 나도 알고 있어."

그녀는 다시 백작의 꾸지람을 생각해 낸 듯 화를 추스르며 호흡을 골랐다. 그리고 굳은 결심을 품은 표정으로 마차에서 먼저 내렸다. 이어 슈리아도 따라 내리자 그들은 곧 저택 안으로 안내되었다.

어떤 말로 사과를 건넬까 고심하는 것과는 별개로 레이첼은 저택의 가구나 벽에 걸린 그림들을 은근한 눈짓으로 살피며, 키라트 자작부인이 갖게 될 것들이 얼마만 한 가치가 있는지 가늠해 보는 듯했다.

비록 위치는 그리 좋지 못했지만 저택의 내부만큼은 고풍스러웠다. 화려한 천장화며 눈부신 스테인드글라스, 고급스러운 가구에서는 호사가들의 입에 오르내려도 흠잡을 데 없을 만치 고즈넉한 운치가 느껴졌고 예스러운 분위기가 물씬 묻어 나왔다.

어쨌든 그 점이 전혀 논리적이지 않게도 레이첼의 기분을 상승시키는 것 같았다. 그녀는 걸음을 내디디며 슈리아에게 '그래도 안은 봐줄 만하네.'라며 새침하게 속삭였다.

그렇게 복도를 따라 걷다가 집사가 문을 열어 준 응접실로 들어서는 순간, 그들은 선객을 목격하게 되었다. 너무도 뜻밖의 인물이라 레이첼은 잠시 눈을 의심했다.

금박으로 장식된 흑목 재질의 고급스러운 안락의자가 방 안에 놓여 있었고, 그는 거기에 앉아 무심히 창밖을 내다보고 있었다. 그 시선이 고개와 함께 움직여 그들을 향하자,

"황태자 전하를 뵈옵니다."

명문가의 영애답게 임기응변에 능한 레이첼이 다급히 고개를 숙여 예를 취했다. 그녀가 당황에 빠졌든 어쨌든 그것은 몸에 밴 습관이었다.

응답하듯 고개를 까닥거리긴 했지만, 황태자의 시선은 오로지 슈리아에게 꽂혀 있었다. 그 외에는 안중에도 없다는 듯이.

데이지가 시그오닐 대공녀라는 것을 몰랐던 과거로 미루어 추측하건대 그는 슈리아 곁에 있는 소녀들의 신상명세에는 조금도 관심이 없는 것 같았다. 누군가 보고를 해 왔더라도 제대로 들여다보지 않았으리라. 그냥 친구 1, 친구 2 정도로만 구분하고 있을 게 분명하다.

초월자란 원래 자신들의 관심사 외의 변두리에는 무관심한 일면이 있으니까.

그의 거만한 알은체에 맞대응하듯이 슈리아가 나직이 입을 열었다.

"렌, 여기는 어쩐 일이에요?"

감히 황태자의 애칭을 부르는 담대함에 레이첼의 몸이 흠칫 떨렸다. '너 미쳤어?'라고 소리 지를 뻔한 그녀는 경악한 표정으로 슈리아를 돌아보았다.

반면 황태자는 먼저 말을 걸어오는 소녀의 행동에 흡족한 기분을 느끼는 듯 슬쩍 미소를 보였다.

"그대보단 내가 이곳에 볼일이 있겠지."

"이제는 스스럼없이 대화를 나누는 사이가 되셨군요, 애칭도 허락하시고 말입니다."

"로웰."

갑자기 들려오는 음성에 황태자가 냉랭하게 경고한다. 문가에 가려 있는지도 몰랐던 키라트 자작이 시야에 잡히는 곳으로 걸어 나왔다. 정말로 인기척 없는 자라 역시 그가 정보 계통에서 종사한다는 추측에 신빙성이 더해진다.

순식간에 이방인이 되어 버린 레이첼은 얼어붙은 듯이 멈춰 서 있었다. 그녀는 그제야 키라트 자작이 황태자의 측근이라는 사실을 실감하고 어려움을 느끼는 것 같았다. 키라트 자작의 눈길이 닿자 레이첼은 맹수의 시선을 받은 토끼처럼 움찔거렸다.

그래도 곧 죽어도 포기할 수 없는 자존심은 여전해서 도도한 자태와 표정만큼은 그대로였다. 키라트 자작이 모호한 표정을 지었다.

"……이쪽은 확실히 제게 용건이 있는 손님 같군요. 실례지만 전하, 제가 잠시 자리를 비워도 되겠습니까."

황태자는 어서 꺼지라는 듯 고개를 기울였다. 그 모습은 뭐라고 해야 할까, 시종을 대하듯이 거만하긴 했지만 어쩐지 친근한 구석이 있었다.

황태자는 모두를 아래로 내려다보아야 하는 신분적 지위를 타고난 자였으나 평소에는 무심하게, 당연한 듯이 그러했다면 지금의 태도는 평소와 미묘하게 달랐다.

친근하다고? 황태자에게 어울리지 않는 단어에 슈리아는 헛웃음을 삼켰다. 정말로 측근은 측근인가 보다. 특정인을 특별하게 박대하는 행태에 베헤모트가 무언가 동질감을 느끼는 양 반지 속에서 붉은 빛이 배어 나왔다.

나도 저런 취급을 당하고 있는데, 나와 동류네? 라는 무언의 주장이 감지되자 슈리아는 마력을 불어넣어 놈의 건방진 자아 표현을 찍어 눌렀다. 황태자의 미세한 동작에서 허락의 의사를 포착한 키라트 자작이 레이첼에게 다가갔다.

"루트비아 백작 영애, 이리로."

키라트 자작이 망설임 없이 먼저 방을 빠져나가자 레이첼은 잠깐 슈리아를 돌아보고 그를 따라갔다. 그 모습을 보아하니 자작은 지난번 사건을 그리 마음에 담아 두지 않은 것 같다.

레이첼이 특유의 교만한 말투로 그를 자극하지 않는다면 일은 문제없이 해결되리라. 오늘의 과제를 일단락 지은 슈리아는 그들에게서 신경을 끊고 황태자를 바라보았다.

그를 여기서 보게 될 줄은 몰랐다. 거만하게 손짓해 오는 것이 거슬렸지만 슈리아는 그의 앞으로 총총 다가갔다. 그리고 허락을 구하지도 않고 바로 앞자리에 털썩 앉았다.

슈리아의 격의 없이 건방진 태도에도 황태자는 그리 마음 쓰지 않는 것처럼 보였다. 그는 사태를 짐작해 낸 것처럼 날카롭게 눈을 빛내더니, 이내 말했다.

"친구를 따라올 정도면 오늘은 한가한가 보군."

"그렇지요."

시녀 한 명이 들어와 쭈뼛거리며 차를 따라 주려 하자 슈리아는 손짓으로 그녀를 물리쳤다. 문이 닫히고 주위에서 사람이 없자 슈리아는 곧바로 용건을 꺼내 들었다.

"아르페쥬얼에는 이미 다녀오셨어요?"

이제는 익숙해졌을 만도 한데 황태자는 금세 사나운 눈빛을 보였다.

"그대가 내게 할 말이란 뭘 요구하는 것밖에 없나?"

"그렇다고 제가 전하께서 하시는 일에 관해서 물어볼 수는 없잖아요."

황태자의 지방 순례나 대마물방어선 토벌에 관련한 정보는 기밀이었고, 그렇기에 끝난 시점이라면 모를까 아직 진행 중인 지금 쉽게 거론할 성격의 일은 못 되었다. 더군다나 상대가 그의 임무와 전혀 상관없는, 아직은 약혼식조차 올리지 않은 일개 귀족 영애라면.

황태자가 으르렁거리듯이 물었다.

"식사는 뭘 했는지, 잠은 잘 잤는지 사교적인 대화는 잘 나누면서 왜 내게는 그리 못 하지?"

"초월자이신 전하께 그런 건 중요하지 않잖아요. 제게 솔직해지라고 하시지 않으셨던가요?"

해 놓은 말이 많아 이길 수가 없었던 황태자는 그 하나하나를 기억해 유용하게 끄집어내는 슈리아 앞에서 입을 꾹 다물었다. 그 분기 어린 표정을 보아하니 자신의 섣부른 발언을 후회하고 있는 듯했다.

그러게, 감당할 수 없으면서 뭐든 해도 좋다는 식의 무책임한 언사는 함부로 꺼내는 게 아니다.

최선의 방어는 곧 공격이라고, 슈리아는 황태자를 짜증 나게 하는 것으로 그가 간지러운 분위기를 조성하지 못하게 막아 내고 있었다. 제가 불쾌한 것보다 그가 기분 나쁜 게 비교할 것도 없이 나으므로 이는 참으로 바람직했다.

그나저나 참 인색한 녀석이다.

슈리아는 냉담한 눈초리를 보였다. 날 때부터 단 한 번도 빈곤이라는 것을 겪어 본 적 없이 풍요로운 삶만을 살았던 주제에 제가 좋아한 단 여자한테 뭔가를 요구받는 것조차 싫어하다니. 그것도 제 입으로 주겠다고 말하지 않았던가?

물론 슈리아 역시도 굶주린 늑대 같은 탐욕 때문에 평생 누군가에게 베풀고 살아온 적이 없는 몸이지만 아마르잔은 고아였으므로 어린 시절 궁핍했다는 이유라도 가지고 있었다.

앞으로도 이러한 반응을 보이면서 달콤한 언사로 물질적 가치를 대신하려 든다면 곤란하다. 그런 불길한 예감이 스치자 슈리아는 황태자의 부정적 태도를 고쳐 줄 요량으로 불쑥 물었다.

"아까우셔서 그러시는 건가요?"

아깝다고 하면 비난이라도 할 기세에 황태자는 하, 하고 결국 기가 찬 소리를 냈다. 이제는 형형한 정도를 넘어 활활 타오르는 불길이 밖으로 쏟아져 나올 듯한 강렬한 눈빛이었다.

들어 올린 찻잔에 쩌적 하는 소리와 함께 실금이 갔다. 그는 찻잔을 신경질적으로 내려놓으며 물었다.

"기가 막히는군. 그까짓 보석 따위를, 이 내가 아까워할 것처럼 보이나."

그까짓 보석이라니. 물론 대제국 브리오니아의 황태자에게는 널린 게 보석이겠지만, 어떤 사람은 평생 단 한 개의 보석도 가져 보지 못한다.

반박하자니 순간 애첩의 환심을 사려고 보석이며 드레스며 사다 바치다가 국고를 텅 비게 한 군주들의 역사적 사례가 생각났다. 하지만 지금 이 상황에 적용할 만한 건 못 되었다.

이 풍요로운 브리오니아에서 황실이 파산하려면 얼마만큼의 금액이 움직여야 하는지 가늠이 되질 않았다.

아까워하는 건 아니었나? 슈리아는 대수롭지 않게 답했다.

"저는 그저 이미 다녀오셨는지 확인하고 싶었을 뿐인데 과민하게 구시니까요."

모든 건 다 네 잘못이라는 듯이 말하는 지독하게 당당한 태도에 황태자는 이를 악물었다. 억누르듯 눈을 감았다가 뜸과 동시에 얕은 한숨이 그의 입가를 타고 새어 나왔다.

"……그래, 내가 과민한 걸로 치지. 곧 출발하려고 했어."

과민한 걸로 치지, 라니? 진실을 그런 식으로 선심 쓰듯이 넘어가려고 들다니. 슈리아는 곧바로 지적하고 싶었지만 일단 참았다.

요즘 들어 감성이 풍부해진 그를 이 이상 자극해서 폭발이라도 한다면, 아르페쥬얼이고 뭐고 당장 주문해 놓은 드레스부터 취소당할지 모른다. 우선 받고 보자. 슈리아는 끈질기게 탐욕을 채우려고 궁리했다.

잠시 후 뭔가를 생각하는 듯하던 황태자가 입을 열었다. 그 입에서 나온 말은 전혀 예상치 못한 내용이었다.

"그대도 함께 가겠나?"

그는 입 밖에 꺼내 놓고 보니 그 제의가 썩 마음에 드는 듯이 슈리아의 손을 잡아끌었다. 그것도 모자라 대답을 하기도 전에 자리에서 일어나 옆쪽에 놓은 제 망토를 집어 든다.

그는 따라 일어선 소녀의 몸에 망토를 씌워 주었다. 이렇게 하면 드레스가 완전히 가려져서 옷을 갈아입지 않고도 신분을 숨길 수 있으리라.

망토는 길긴 했지만, 바닥에 닿을 만큼은 아니었고, 후드를 내리니 희귀한 은발도 다 가려졌다.

"저, 이렇게 하면 전하는 어쩌시려고요."

"그대만 아티팩트를 가지고 있는 건 아니야."

말하는 동시에 황태자가 가슴 위의 브로치를 어루만졌다. 위장용 마법이라도 걸린 듯이 그의 옷이 순식간에 평상복으로 변화했다.

그 독특한 눈동자 색은 어찌할 거지? 흑발이 귀하긴 했지만 아주 없는 건 아닌데 반해 자청빛 눈동자는, 그것도 그와 같은 선명한 색의 눈은 이제까지 단 한 번도 본 일이 없었다. 자청색 눈동자야말로 황태자의 가장 명시적인 상징이 아니었던가.

그러나 고개를 올려 바라보자 어느덧 황금빛 막이 덧씌워진 황태자의 눈은 진한 금색으로 빛나고 있었다. 스피릿을 둘러친 건가.

"가지."

결정짓는 듯한 그 한 마디에 슈리아는 그가 망토를 씌워 줄 때부터 찾아든 의문을 불쑥 꺼냈다.

"변장하지 않고 그대로 마차를 타고 가도 괜찮지 않나요? 이젠 굳이 숨길 것도 없잖아요."

"아니, 필요한 일이야."

황태자의 낯에 즐거운 미소가 어렸다.

"우린 걸어갈 거니까."

그 후로 자기는 구두를 신고 있다는 슈리아의 반박이 뒤따랐지만 나가서 일단 편한 신발을 사고, 그걸 신고도 정 발이 아프다면 업어 주겠다며 황태자는 타협 없이 주장했다.

애초에 왜 마차를 두고 먼지 풀풀 날리는 길거리를 걸어야 하지? 그런 생각에 슈리아는 결국 냉담하게 말했다.

"정 그걸 원하신다면 렌은 걸어가고 전 마차를 타고 가서 아르페쥬얼에서 만나면 되겠네요."

"그건 안 돼."

지극히 황족다운 태도로 딱 잘라 말한 황태자가 소녀의 어깨를 붙잡으며 달래듯이 속삭였다.

"제도에 와서 길을 걸어 본 적은 있나? 귀족 영애인 그대는 분명 마차 안에서만 바깥을 내려다보았겠지."

"……네."

"황태자비가 되려고 한다면 안전하고 편한 길만 가려 하지 말고 직접 눈으로 보고 몸으로 겪는 경험도 필요해. 그대도 장차 이 브리오니아를 다스리게 될 것 아닌가."

황제가 되고 싶지 않았다고 고백한 것치고는 황족다운 의무감이 느껴지는 발언이었다. 하긴 전통적으로 브리오니아의 황제는 특정한 주기마다 암행을 다닌다고 들은 바 있다. 황태자는 부담감을 덜어 주려는 듯 피식 웃었다.

"물론 그대가 사치스럽고 무능한 황태자비가 된다고 해도 나는 감당할 생각이다."

그 가정 자체가 불쾌했기 때문에 슈리아는 말없이 후드를 눌러썼다. 힘드니 걸어가지 않겠다고 고집한다면 민생에는 관심도 없는 것처럼 여겨질 수 있어 어쩐지 빼도 박도 못하게 된 상황이다.

그러면서도 슈리아는 그의 정치적인 언변에 경각심을 갖기로 마음먹었다.

"늦지 않게 공작저에 데려다주지."

모든 핑계거리를 말소하듯이 황태자는 그 말을 마지막으로 소녀의 작은 손을 잡아 쥐었다. 아직 돌아오지 않은 키라트 자작에게 하녀를 통해 기별만을 남긴 뒤 그들은 후문을 통해서 저택을 비밀리에 빠져나왔다.

자작가가 정말로 귀족가답지 않게 변두리에 자리한 터라 그들은 금방 상업 지구에 진입했다.

씌워 준 망토에 시원한 온도를 유지하는 마법이라도 걸려 있는지 여름인데도 덥지 않았고 붙잡은 손도 서늘했지만, 슈리아는 마차가 지날 때마다 대놓고 재채기를 해 대며 못마땅한 티를 냈다.

바로 옆에 선 황태자는 그럴 때마다 귀엽다는 듯이 간지러운 눈길을 던졌는데, 그는 슈리아의 기분은 어떻건 이 나들이가 아주 마음에 드는 것 같았다. 황태자는 심지어 정보 수집에 나섰다.

"그대는 시골에서 살았지 않나."

"그렇지요."

"그런데 그대는 마치 거리에 발 한 번 디뎌 보지 않은 제도의 귀족 영애들처럼 까다롭게 구는군. 시녀 일도 했을 정도면 이런 것엔 개의치 않을 거라 생각했는데."

핀테른에서도 거리를 나돌아 다닌 적은 거의 없었지만, 홀로 숲길을 산책한 적은 많았다. 슈리아는 제 무리의 소녀들에게 지금 상황을 적용해 보았다. 데이지라면 분명히 좋아했을 것이고 레이첼을 제외하면 누구도 딱히 싫어할 것 같진 않았다. 새로운 경험이라고 여기거나, 그냥 여상하게 넘기거나.

"제도에서의 호사스러운 생활에 벌써 익숙해진 모양이군."

황태자는 질책하듯이 간단히 결론을 냈지만, 슈리아는 거기에 동의하지 못했다. 현재 슈리아의 삶을 그가 호사라고 말하는 것도 우스운 일이다.

이유를 찾자면 아마도 그건…… 아마르잔의 어린 시절 때문이겠지. 고아였던 아마르잔은 길거리를 지나다니다가도 남루한 차림 탓에 도둑으로 몰리기 일쑤였고 그때마다 뺨을 얻어맞곤 했다. 무엇이라도 훔쳐 갈 쥐새끼를 보는 듯한 사나운 눈총은 익숙한 것이었다.

그러나 부당한 상황이란 걸 인지하면서도 자신이 약자임에 어쩔 수 없는 것이라고 여기며, 아마르잔은 언젠가 그 모든 것을 갚아 주리라 다짐했다.

마법사가 된 이후 사람들의 시선과 대우는 달라졌고, 초월자가 된 이후는 더 달라졌다. 더 이상 너저분한 시장통을 지나다닐 필요도, 미천한 인간들과 부대낄 이유도 그에게는 없었다.

그가 지나는 길에는 고급스러운 양탄자가 깔렸고, 인간들은 고개를 조아려 얼어붙은 바닥에 머리를 박았다.

그는 수많은 인간이 지나다닌 더러운 바닥에 발을 디디지도 않고 공중에 떠서 미끄러지는 듯이 이동하곤 했다. 그러면서 미천한 인간들이 함부로 발 딛기 어렵거나 격에 맞는 장소에만 새처럼 내려앉았다.

또한 이전에 가지지 못한 아름답고 고귀하며 값지고 진귀한 것들을, 아마르잔은 선별하여 탐하고 원하고 소유했다.

그 모두가 비참한 어린 시절에서 기인한 것이니, 그때를 떠올리자 속이 꼬였다.

이 풍요로운 브리오니아에서 황족으로 타고난, 거기다가 십 대에 초월자가 된 전례 없는 재능까지 보유한 황태자의 존재가 일순 지독하게 거슬렸다. 날카로운 날붙이로 가슴속을 후비고 헤집는 것 같았다.

신선한 경험을 즐기듯이 황태자의 얼굴에 피어오른 느긋한 미소가 차디찬 조소처럼 비틀려 보인다.

그래, 너는 단 한 번도, 더러운 것을 보는 듯한 시선을 받아 본 적도 남루한 차림새 탓에 도둑으로 몰려 본 적도 없겠지. 오로지 고귀한 삶만을 살아온 몸이니 평민 흉내도 마냥 좋기만 하겠지!

재만 남은 불씨에 기름을 부은 듯이 불꽃이 일며 확 타오른다. 심장을 태우는 불길은 머리 위를 비추는 한여름의 태양처럼 강렬했다.

달이 빛나던 하늘을 먹구름이 가리듯 급변한 감정에 사로잡혀, 걸음이 느려지자 황태자는 멈춰 서서 소녀를 돌아보았다. 이글거리는 속내와는 반대로 얼음 꽃처럼 싸늘해진 얼굴을 목격한 황태자는 슈리아에게 가만히 손을 뻗었다.

"내가 그대의 기분을 상하게 했나?"

품으로 끌어다 놓으며 그답지 않게 조심스럽게 묻는 말에, 슈리아는 고개를 저었다. 도무지 좋게 말할 자신이 없어서 그리했던 것인데 황태자는 '너무 기분이 나빠서 말도 섞기 싫다'는 뜻으로 인지한 모양이다.

"무엇 때문에 그런 건지 말해 봐."

명령조의 말투와는 다르게 황태자는 사과하듯 이마에 입술을 붙였다. 애틋하고 다정한 동작에 슈리아는 종류가 다른 감정이 온갖 부정적 감정으로 들끓는 검은 바다에 침범하는 것을 느꼈다.

그 간지러운 거부감은 적어도 이제까지 심중을 점령하고 있던 불꽃이 잦아드는 데 큰 역할을 하고 있었다. 오로지 하나로 몰아치던 감정이 다른 곳으로 분산되었던 것이다.

답을 기다리며 멈춰 서 있는 황태자에게 슈리아는 감정을 배제한 투로 빠르게 내뱉었다.

"이모가 저를 거둬 주지 않았다면 저는 가난한 고아로 자랐을 거라는 말을 들었어요. 실제로도 저는 몰락 귀족이니까요. 그러니 키워 준 값을 해야 한다고 절 부유한 귀족에게 팔아넘겨야 한다는 이도 있었구요."

"누가 그런 말을 했지?"

황태자의 음성은 고요했으나 그의 눈빛에 섬광이 스쳤다.

"……그래서 전 이런 것에 거부감이 있어요."

마치 평민인 양 귀족가의 영애답지 않게 마차도 타지 않고 길거리를 쏘다니는 종류의 일들 말이다. 그렇게 둘러댄 것을 황태자는 충분히 알아들은 모양이다.

"그랬었군."

황태자는 수긍했을 뿐 따지려 들지 않았다. 슈리아는 귀족 영애 따위의 기분을 아랑곳하지 않아도 될 그가 자신의 기분을 신경 쓰자 마음이 조금씩 진정되어 갔다.

어쨌든 슈리아는 지고한 위치의 황태자를 유일하게 휘두를 수 있는 존재였다. 슈리아는 감정을 추슬렀다. 그처럼 잘난 황태자가 제 눈치를 본다는 건 뿌리 깊은 질투심과 열등감을 삭이는 데 꽤 도움이 되었다.

황태자는 무언가를 생각하는 양 잠잠한 눈으로 소녀의 머리카락을 쓸어내렸다. 그러면서도 어쨌든 오늘의 일정은 준수하기로 결론을 내린 듯했다. 조금 후 그는 다시 앞장서며 말했다.

"오늘은 생각만큼 나쁘지 않을 거야. 황태자인 내가 그대와 걷고 있고 그대를 안내하고 있으니. 그것으로 즐겨 볼 수 있지 않겠나."

"네."

신경 써 주는 척 고집 있게 하는 발언에 슈리아는 조용히 답했다. 이미 출발했으니 어차피 아르페쥬얼까지는 가야만 했다.

슈리아는 그를 따라 걸음을 옮겼다. 거기 도착해서 목적을 달성하면 당장 마차를 부르리라, 굳게 다짐하면서.

아르페쥬얼에 도착하기까지 슈리아는 황태자가 신발을 사 주겠다고 한 제의도 물리치고 부지런히 걸었다. 사실 지금 신은 구두도 무도회용이 아니었고 길이 잘 들어 있어 발이 불편하지는 않은 터였다.

슈리아가 재게 발을 놀리는 데 반해 황태자는 여유로웠고 한가로운 신색이었다. 그러나 걸음 속도는 비슷했다.

어떤 경우에도 상대보다 용쓰면서 덜한 효과를 보는 비효율적인 상황을 선호하지 않는 슈리아는 그 점도 퍽 거슬렸다. 사실 그렇게 보자면 황태자는 거슬리는 요소를 너무도 많이 보유하고 있었다.

그런 그를 싫어하지 않는 것만으로도, 그에게 익숙해진 것만으로도 자신이 관대한 게 아닐까. 황태자는 냉정하다느니 어쩌느니 말하기 일쑤였지만 슈리아는 그렇게 스스로 후하게 평하며 길을 갔다.

오래 지나지 않아 그들은 제도 제일의 보석상 아르페쥬얼에 도착하게 되었다.

귀족가의 저택처럼 고풍스러운 오층 건물은 멀리서도 눈에 띄었고 건물 중앙에 세련된 글씨체로 '아르페쥬얼'이라고 적힌 간판이 매달려 있었다. 외관은 깔끔했고 화려하게 치장하지도 않았지만 제도 제일의 보석상이라는 그 명성만으로도 이곳은 제도의 명소가 되었다.

문제가 있다면 그 앞에 귀족가의 시중인들로 보이는 사람들이 줄을 서 있다는 것이었다. 다른 쪽 입구에는 귀족으로 보이는, 시중인들을 시키지 않고 직접 찾아온 이들이 줄을 서지 않고 드나들기도 했지만, 그들은 그럴 수 없었다. 그건 순전히 황태자의 차림새 탓이었다.

황태자는 현재 평민의 옷차림을 하고 있었고 그 차림새로는 문지기가 그대로 통과시켜 줄 것 같지 않았다. 그렇다고 아티팩트의 효과를 거두어 내기엔 그의 옷이 너무 눈에 띄었다.

그가 본디 입고 있는 옷은 척 보기에도 신분 높은 사람이 걸칠 만한 것이었고 고급스러운 재질이며 섬세하게 세공된 보석 단추가 범상치 않았던 것이다. 어느 모로 보나 그건 전형적인 브리오니아 황족의 복식이었다.

그만큼이나 큰 키에 단련된 체격, 잘생긴 얼굴, 흑발. 비록 눈 색이 다르다고는 하나 그 모든 요소에서 그가 황태자임을 유추하는 것은 어렵지 않으리라.

그러니까 황태자도 망설이고 있는 것이다. 그가 대로를 걸어서 아르페쥬얼을 방문했다는, 격을 깎아 먹는 소문이 퍼져 나가는 것은 그 역시도 바라지 않을 테니까.

거기에 황태자가 동반한 소녀가 있다면, 그 소녀의 정체도 추측해 내기는 쉬운 일이다. 그 결과로 안 그래도 적이 많은 슈리아가 신분에 걸맞지 않은 행동을 초래한 원인으로 비난받을 수도 있었다.

슈리아는 이 상황의 타개책을 요구하듯 황태자를 돌아보았다. 찌푸린 눈매를 보아하니 그는 이런 상황을 전혀 예상하지 못한 듯했다. 그야 직접 이런 곳에 행차할 만큼 한가하지는 않았을 테니, 그간 부하를 시키거나 했겠지.

마냥 서 있을 수만은 없었기에 슈리아는 물었다.

"줄을 설까요?"

"……아니."

황태자의 안면이 미세하게 굳어졌다. 체면 때문에라도 그러겠다고 말할 수 없음이 분명하리라. 그는 잠자코 방도를 생각해 보는 눈치였다.

슈리아는 귀족들이 지나드는 문간에 서서 입구를 감시하는 중년인을 슬쩍 바라보았다. 온화한 인상이었으나 매섭고도 완고한 빛을 품은 눈을 보아하니 증표 없이 말로만 통과할 수 있을 것 같지는 않았다.

"혹시 신분을 입증할 만한 패는 들고 오셨나요?"

"……아니."

그의 것이 아니더라도 황궁 소속이라는 증표를 들고 왔다면 들어가기가 쉬웠을 텐데, 전혀 아무것도 준비하지 않았단 말인가? 그런 걸 보면 그 역시 뒤치다꺼리를 해 줄 수하 한두 명도 달지 않고 이렇게 나온 건 처음인 듯싶었다.

이런 것에서는 정말 미흡하다 못해 덜떨어진 면모를 드러내는 황태자에게 슈리아는 눈총을 보냈다. 그에겐 없을지 몰라도 저에게는 방도가 있으니.

"제가 알아서 할 테니 제 말에 그대로 따라 주세요."

슈리아는 그렇게 선언하고 우아한 걸음걸이로 앞장섰다. 황태자가 고분고분하게 등 뒤를 따르는 기척이 느껴진다. 한쪽에 비켜서서 주저하던 손님들이 다가오자 중년인은 미심쩍은 눈빛을 보였다.

'사정사정해서 어떻게든 통과해 보려는 이들이겠지.'

그나마 드나드는 이들의 면면을 보아하니 그래도 제도에서 알아줄 만한 귀족이 아니면 바로 통과하기는 어려울 성싶었다.

하지만 슈리아는 걱정하지 않았다. 문지기 앞에 서서 후드를 살짝 뒤로 젖히자 희귀한 은발은 여전히 가려져 있으되 고운 낯이 고스란히 모습을 보였다.

눈을 크게 뜨는 중년인에게 슈리아는 조용히 자신의 패를 쥐여 주었다. 준비성이 철저한 소녀는 혹시나 상점가에 들르게 될 때를 대비해서 외출 시에는 항상 신분을 입증할 만한 물건을 소지하고 다녔다.

"위켄하이저 공작가에서 온 슈리아 아델트예요."

그 작은 소근거림을 들은 중년인은 퍼뜩 제 손에 쥐어진 패를 들여다보았다. 상인들은 정보를 빠르게 입수하기 마련이니 그 역시도 이 방문자가 누구인지 알아챈 양 얼굴에 놀라움이 깃들었다. 중년인은 능숙하게 표정을 감추고 물어 왔다.

"어떤 용무로 방문하셨습니까."

"보석 장신구를 주문할까 하고요. 해그리드에게 직접."

해그리드 휘하의 보석 장인들이 아닌 그에게 직접 주문하는 것은 대단히 값이 비쌌다. 그러나 슈리아가 단호하게 끊어 말함에 상대가 그럴 만하다고 생각한 중년인은 순순히 고개를 주억거렸다.

"그러시군요. 그러면 안으로 드시지요. 저 뒤의 분은?"

"신경 쓰실 거 없어요."

슈리아는 들으란 듯이 말했다. 예견치 못한 상황이라고 하나 준비성 없이 무능한 모습을 보인 이상 그는 제 안일함의 대가를 치러야 할 필요성이 있었다.

설마 그 냉정하고 잔혹한 군신으로 알려진 황태자가 연인에게 할 선물을 의뢰하려고 보석상을 찾아왔다고 생각을 하긴 어려웠는지 중년인이 눈을 껌뻑였다. 슈리아는 그의 의구심을 종결짓듯 다정하게 덧붙였다.

"제 하인이에요."

보지 않아도 황태자의 낯이 일그러지는 광경이 아주 생생하게 떠올랐다. 슈리아는 다시 후드를 완전히 세우고 안으로 냉큼 들어섰다.

등 뒤에서 황태자의 발걸음 소리가 들려온다. 평소의 규칙적이고 가벼운 소리가 아니라 둔탁하고 거친 소음에 가까웠다.

단단히 화가 났나 보다. 그럴 만도 하지. 황태자인 그가 언제 그런 취급을 받아 보았을까.

어쨌든 보석의 값을 치를 사람은 그였기에 사람이 없는 복도를 지나면서 슈리아는 미끄러지는 듯이 돌아서 황태자를 향해 웃어 보였다.

"기분 상하셨어요?"

"……."

대답은 없었다. 대낮이라 조명이 없어 그늘진 복도에서 황태자의 눈동자가 날붙이의 것과 유사한 광채를 발한다.

그만큼이나 반짝이는, 별이 쏟아지는 밤하늘이 담긴 우물 같은 눈으로 그를 바라보며 슈리아는 나긋하게 변명했다.

"어쩔 수 없었어요. 다른 귀족 영식과 보석상을 찾았다는 소문이 나면 안 되잖아요. 그러길 원하시지도 않을 거구요."

"그런 것치곤 즐거워 보이는군."

황태자의 음성은 지친 듯했으나 말속에는 뼈가 있었다. 그는 슬며시 한숨을 내쉰 뒤 너그러움을 보였다.

"아까의 일을 되돌려 받은 것이라 해 두지."

일단 그것으로 그는 무례를 묻지 않겠다는 듯이 입을 꼭 다물었다. 후에 뒤끝 있게 굴지도 몰랐지만 그건 어디까지나 나중의 일이었다.

다시 이어진 걸음은 계단을 올라 3층 해그리드의 접객실 앞에 이르렀다. 안내인은 없었으나 곳곳에 팻말이 붙어 있었기 때문에 찾아가기는 어렵지 않았다.

마침 잔뜩 굳은 얼굴로 한 귀족 남자가 문을 박차고 나왔다. 투덜대는 것을 가만히 들어 보니 지나치게 비싼 가격을 불렀다고 사기꾼이라고 말하는 듯싶다. 슈리아는 곧바로 열린 문으로 들어섰다.

"돈이 없으면 찾아오지를 말 것이지."

느긋하게 앉아서 혀를 차던 노인은 슈리아가 들어서자마자 친절한 웃음을 띠고 일어나 인사했다.

"어서 오십시오."

얼굴은 하얀 수염이 길게 늘어져 분위기가 있었는데 옷차림은 또 고급스럽고 단정했다. 그는 흔히 말하는 묵직하고 소신 있는 장인들과는 다르게 가볍고 사업적인 태도를 보이고 있었다.

하긴, 장인이라고 해서 다 상업적인 성공을 거둔 것은 아니리라. 실력에 수완까지 겸비했으니 제도의 상업 지구에서 이만큼이나 큰 상점을 세웠겠지.

아르페쥬얼에서 만든 오팔 귀걸이가 퍽 마음에 들었던 슈리아는 제 돈은 아니지만 얼마든지 금액을 지불하기로 결심했다. 소녀는 냉큼 그의 앞으로 다가가 앉았다.

"당신이 해그리드인가요?"

"그렇습니다. 슈리아 아델트 영애라고 하셨지요."

새로운 손님에 대해 미리 보고를 받은 양 점잖은 얼굴이었다.

"원하시는 보석이 있으면 말씀해 주시지요. 모양이나, 가격대에 대해서 상세하게 지정하셔도 좋습니다. 그런데 자네, 어딜 앉으려는 겐가!"

그가 인상을 찌푸리며 호통을 토해 내자 슈리아는 옆을 돌아보았다. 옆자리에 앉으려던 황태자가 설마, 감히, 자신을 향해 그런 발언을 꺼낼 줄은 몰랐다는 양 딱딱하게 굳은 낯으로 서 있었다.

해그리드가 또다시 혀를 차며 일갈했다.

"새로 들인 하인입니까? 보아하니 제대로 교육받지 못한 모양입니다. 감히 주인 아가씨 곁에 앉으려고 들다니!"

솔직히 당해 보라는 마음은 넘쳐 났지만, 이런 상황이 올 거라고는 예상하지 못했다. 황태자가 분노에 차 날뛰면 곤란했기에 슈리아는 다급히 수습했다.

"그의 행동에는 개의치 마세요. 저는 괜찮아요."

해그리드의 눈이 황태자의 반반한 낯짝과 그를 재빠르게 감싸고 나선 소녀를 바쁘게 오갔다. 잠시 후 그가 헛기침하며 말한다.

"아, 죄송합니다. 또 다른 애인이십니까? 비밀은 지켜 드리겠습니다. 이래 봬도 입이 무거운 사람입니다."

"……말도 안 되는 소리. 주문 내용부터 말씀드리지요."

분노를 참아 내기로 한 듯한 황태자는 더 이상 슈리아의 옆에 앉으려 들지 않았다. 그는 이 치욕의 순간을 감내하며 방관자처럼 침묵을 지키고 소녀의 등 뒤에 가만히 서 있었다.

재촉 어린 그 무게감에 슈리아는 빨리 일을 끝내고 나가기로 마음먹었다. 심적으로는 즐거웠지만 돌이킬 수 없는 사태가 벌어져서 이 보석 장인이 살해당하기라도 하면 곤란하다.

그러면 보석을 손에 넣기는커녕 사태를 수습하기도 바쁠 것이고 그런 아무런 성과도 건지지 못하는 비생산적인 결말은 지극히 꺼려졌다. 후드를 완전히 걷어 내린 슈리아가 해그리드에게 말했다.

"내게 어울릴 만한 목걸이와 귀걸이의 제작 의뢰를 하고 싶어요."

소녀의 선명한 남청색 눈과 부서지듯이 빛나는 은빛 머리카락을 바라보며 해그리드는 감탄한 듯이 중얼거렸다.

"이렇게 영감을 주는 손님은 또 오랜만이군요. 역시 백색이나 청색 보석이 무난할 것 같습니다. 사파이어, 근청석, 청색 회렴석, 다이아몬드, 아쿠아마린……. 어떤 게 좋으십니까?"

"가격은 신경 쓰지 않아도 좋아요. 내 목적에 들어맞는 보석으로 만들어 주세요. 알아들으실 거라고 믿어요."

사실 까다롭게 이것저것 주문 사항을 들이밀 생각도 없었다. 해그리드는 원하는 것만 간략하게 말하면 모든 사항을 고려해서 맞춤형 엑세서리를 제작해 줄 수 있는 안목과 예술가적 감수성, 손재주를 고루 갖춘 장인 중의 장인이었다.

"이거 이거, 후한 손님이시군. 가격을 신경 쓰지 않으신다니 제가 한껏 솜씨를 발휘해 볼 수 있겠습니다. 목적이라고 하시면, 황태자비가 되실 몸이니 고귀한 품격이 느껴지는 보석이 좋겠지요. 무도회에서도 눈에 띄어야 할 것이니 자잘한 장식으로 섬세한 맛을 살린 것보다는 보석 자체가 도드라지는 것이 좋겠고. 크기도 커야 하지만 위신을 살려야 하니까 보석의 가격대도 좀 높아야겠고."

해그리드는 종이에 무언가를 휘갈겨 쓰더니 가늠하듯 자신의 이마를 툭툭 쳤다. 곧 결론이 떨어졌다.

"그렇지, 청색 회렴석으로 만드는 게 좋겠군요. 청자줏빛의 독특한 색감을 지닌 아주 아름답고 고귀한 보석이지요. 영애의 분위기와 잘 어울리고 황태자 전하의 눈 색과도 일치하니 호사가들의 입에도 오르내릴 만할 겁니다. 황태자 전하께서 연인에게 선물하기에 이보다 더 낭만적인 보석은 없지요. 아무렴요."

황태자를 앞에 두고도 해그리드는 그렇게 떠들어 댔다. 청색 회렴석이 아무래도 비싼 보석이기도 하니 이 기회에 팔아 치우고자 하는 의도가 느껴졌지만, 나쁜 선택은 아니었다. 슈리아는 쉽사리 긍정했다.

"그러면 그렇게 해 주세요. 언제쯤이면 완성되지요?"

"이 주쯤 걸립니다. 제품이 완성되었다는 전갈을 보내 드릴 테니 그때 찾아와 주시면 될 겁니다. 청구서는 황궁으로 보내겠습니다."

노인은 그리 말하며 슬쩍 슈리아를 응시했다. 슈리아는 상냥한 미소를 띠며 고개를 끄덕였다. 황궁에 청구서가 도착하면 그것은 다시 황태자궁으로 청구되어서 내탕금으로 값이 치러질 것이다.

보통 주문 제작은 삼 분의 일 이상의 금액을 선불로 내야 하므로 선제작 후 청구의 방식은 잘 쓰이지 않지만, 의뢰해 온 상대가 황실일 경우 비용을 확실히 지급하리라는 신용이 있으므로 그러한 방식의 거래가 어렵지 않게 이루어졌다.

그러니까 이제는 더 할 게 없다는 소리다. 슈리아는 들어섰을 때보다 훨씬 더 정중해진 보석 장인 해그리드의 배웅을 받으며 방을 나섰다.

이 속물적인 노인은 손수 문까지 열어 주었는데 그러면서도 그는 주인 아가씨의 등 뒤를 소극적으로 따른다는, 바람직하지 못한 시중인의 태도를 여전히 고수하고 있는 황태자를 향해 못마땅한 시선을 보냈다.

분명 그것만으로도 황태자의 인내심은 한계에 다다르기에 족했으리라. 그의 신색은 고요했고 별다른 낌새도 감지되지 않았지만 보이는 것이 다가 아닐 것이다.

그 긴장감은 흡사 진득한 분노가 한 점도 발산되지 않고 내부에서 응축하고 있는 것 같았다. 위험을 감지한 슈리아는 재빨리 황태자를 이끌고 아르페쥬얼을 나섰다.

자신의 보석 액세서리를 제작할 아르페쥬얼의 무사 안녕을 위해 얼른 떨어져 인적 드문 골목길로 빠져들자 차갑게 가라앉은 음성이 들려온다.

"날 하인으로 만들어서 즐거웠나."

"피치 못할 이유가 있었잖아요."

슈리아는 가두듯이 벽으로 몰아붙이는 황태자를 마주하면서도 또다시 미련한 미소를 입술 위에 올렸다. 그 상냥한 얼굴의 위장을 꿰뚫어 보고도 남을 자였으나, 전부터 생각했던 것인데 황태자는 당돌하게 구는 것에 약했다. 또한 웃는 얼굴에도.

분노를 참아 내듯 얼굴 표면 전체가 일순 경련했다. 황태자는 입술을 꽉 다물며 슈리아의 후드를 벗겨 냈다.

결 고운 은빛 머리카락 사이로 파고들던 손가락이 목덜미를 짓눌렀다. 그 반동으로 몸 전체가 앞으로 당겨져 갔다. 소녀의 육신이 그의 품속에 안착함과 동시에 머리가 들렸다.

입술이 맞부딪히자 슈리아는 눈을 찡그렸다. 사납다고까지는 할수 없으나 다소 거친 기세였다.

양손으로 어깨를 붙잡고 밀어붙이듯이 입안을 탐닉하는 그를 느끼면서 슈리아는 자신을 잡은 손길에 몇 번이고 힘이 들어가는 것을 느꼈다.

감정의 격동을 못 이겨, 쌓아 온 분노를 분출하듯이.

그러다가도 황태자는 손안의 소녀가 유리 인형처럼 부서질까 봐이내 힘을 빼고 마는 것이다. 그렇다 한들 뿌리칠 수 없는 견고한 손길이었지만.

이윽고 입술을 떼어 낸 황태자의 낯에 부드러운 감상이 스쳤다. 이전의 분노와는 다른 속성의 가벼운 도취감. 더 깊이 빠져들어 통제할수 없어지기 전에, 황태자는 그 이전에 자신을 멈출 줄 알았다. 그리고 그것만으로도 그의 기분은 다시 회복된 모양이었다.

슈리아는 보란 듯이 품에서 손수건을 꺼내 입술을 문질렀다. 공개적인 장소에서의 소행이라고 할 수는 없었지만 간지러운 행각인 건여전했다. 더군다나 후희로 남는 질척거리는 뒷맛이 거슬렸다.

그 모습이 못마땅했는지 황태자가 손수건을 빼앗아 바닥에 던져버린다. 새침하게 노려보자 황태자는 피식 웃으며 슈리아를 제 품에비스듬히 기대게 했다. 그 구도가 심히 내키지 않았던 슈리아는 냉담하게 말했다.

"더워요."

"그 망토에는 냉각 마법이 걸려 있어."

근거 있는 내용으로 반박이 들어왔기에 슈리아는 그를 벗어날 수있는 다른 핑곗거리를 탐색했다.

갑갑하다고 해야 할까? 아니면 누가 볼지도 모른다고?

고심하고 있는데 머리 위에서 낮은 웃음소리가 들려온다. 더불어 애완동물을 쓰다듬듯이 뺨을 어루만지는 손길에 속에서 파괴적인 충동이 기어올랐다. 황태자가 속삭여 온다.

"이제 식사를 하러 가지."

그러고 보니 마차를 불렀어야 하는데 기회를 놓쳤다. 별다른 방도가 없었지만 이대로 따르기는 싫었던 슈리아는 그를 올려다보며 약한 척했다.

"너무 많이 걸어서 피곤한걸요."

"볼일은 다 보았으니 가 보겠다 그 말인가?"

그 질문이 떨어짐과 동시에 풀어져 있던 낯이 빈틈없이 죄어졌다. 자비 없는 군주처럼 차가운 얼굴로 그는 슈리아에게 곤두선 시선을 보였다.

흡사 그의 성을 침탈하려는 적을 경계하는 태도였다. 아니, 이미 이루어진 약속을 어기려는 상대에게 보이는 공격적인 모습인가.

순간적으로 공작저로 돌아갈 마땅한 방안을 궁리해 보았지만 벽을 등지고 앞에는 황태자라, 빠져나갈 길은 없어 보였다.

애초에 아르페쥬얼에 함께 가자고 했지 그 이후를 약속한 적이 있었던가?

맹점을 짚어 내고 싶은 욕구가 솟구쳤지만, 때와 상황이 맞지 않았다. 더군다나 그를 하인 취급하는 엄청난 무례를 저지른 이상, 황태자의 마음을 확실히 풀어 줘야만 하는 이유가 있기는 했다. 슈리아는 나직이 물었다.

"그러면 어디로 갈까요?"

슈리아가 긍정의 기미를 비추자마자 황태자의 표정이 조금 느슨해진다. 그는 길이 잘든 말을 쓰다듬는 양 그 거슬리는 손놀림으로 또다시 소녀의 머리카락을 쓸어 넘기며 말했다.

"따라와."

그게 함께 걷기에 가장 적절한 접촉 형태라고 확신하는 듯이 황태자는 슈리아의 손을 붙잡고 앞장섰다. 마주 잡은 손은 서늘했고 그 순간 슈리아는 문득 한 가지 사실을 깨달았다.

추웠던 봄에 그의 몸은 따뜻했을 뿐만 아니라 열기마저 느껴지지 않았던가. 초월자는 자신의 신체를 완전히 통제해 낼 수 있으니, 지금 이 손의 온도는 그가 조절하고 있는 것이리라. 사소한 것에서도 그는 슈리아를 배려하고 있었다.

배려라니.

황태자인 그가 일개 몰락 귀족 소녀에게 헌신적이고 세심한 태도를 보인다는 것은 어지간하면 감동할 만한 일이지만, 슈리아는 종종 황태자가 이해가 가지 않았다.

제가 그에게 그만큼의 노력을 수반할 만큼 싸늘하고 냉정해서 마음을 얻기 어렵다고 생각되는 상대라는 것은 안다.

그러나 슈리아가 가진 진정한 이점을 모를 그가 뭐가 아쉬워서 일개 소녀에게 이런 행태를 보인단 말인가. 실지로 황태자가 슈리아를 취하고자 한다면 위켄하이저 공작가라 할지라도 감히 그의 행보를 막아설 수 없었다.

후궁의 자리도 넘보기 어려운 몰락 귀족. 황태자의 시녀 자리를 차지한 것도 행운이라고 여겨질 만큼 보잘것없는 출신을 가진, 간신히 귀족의 테두리 안에 속하는 귀족 영애.

실제의 자신이 어떠하건 슈리아는 제 위치를 객관적으로 파악할 줄 알았다. 다만 황태자가 그런 식으로 뭐든 허용할 것처럼 관대하게 굴고 애타는 눈길로 바라보니 자꾸 선을 넘어서게 되는 것이다. 정말로 문제가 되지 않으리라는 확신을 얻었기 때문에.

황태자가 정말, 흔히 사랑을 비유적으로 표현하는 듯이 열병이라도 앓고 있는 것 같았다.

초월자가 병에 걸리지 않는다는 사실을 고려할 때 현재 그의 모습은 다분히 비정상적이었다. 싸늘한 본성과 대비되는 천사 같은 얼굴의 은발 소녀가 엄청나게 취향인가. 슈리아는 대충 그렇게 짐작했다.

물론 이해 여부를 떠나 지금 이 상황은 마음껏 누릴 생각이었다.

그에게 이끌려 가는 동안 슈리아는 점차 사람들이 바글거리는 시장에 인접하고 있었다. 이 상업 지구는 자주 와 본 편이었는데 뒷골목을 빠져나가니 또 이런 곳이 나올 줄은 몰랐다.

이런 난잡한 북새통에 끼이는 것이 내키지 않는 슈리아가 만류하듯 손에 힘을 주었다.

그러나 황태자는 뒤돌아보며 웃음을 흘렸을 뿐 걸음을 이어 갔다. 슈리아는 불만스러웠지만 사람 많은 곳을 지난다고 해서 특별히 문제가 발생하는 건 아니었다.

대단히 특이한 금안을 지닌 그림 같은 미남자에 여름날에 검은 망토를 뒤집어쓴 여자. 이 둘의 모습은 퍽 두드러지는 것이었고 시선이 잇따르긴 했지만 거리감이라도 느끼는지 모두가 슬슬 길을 열어 주었기 때문에 앞으로 나아가는 건 매우 순조로웠다.

그 와중에도 황태자의 얼굴을 보고 멍한 눈으로 손에 쥐고 있는 것을 떨어뜨리는 여자들이 속출해서 소음을 유발하는 문제가 있긴 했다.

다만 평생 그러한 시선을 받아 왔을 황태자는 전혀 개의치 않고 성큼성큼 걸어 나갔다. 그러다 그의 발길이 멎은 장소는, 시장에 있는 것치고는 번듯하게 외관이 갖춰진 한 가게 앞이었다.

규모가 자그마한 가게는 잘 관리되고 있는지 전체적으로 깔끔했다. 쇠로 된 쟁반에는 주먹만 한 크기의 한 종류의 빵이 수북하게 쌓여 구수한 냄새를 풍겨 냈는데 위에 붙어 있는 가격표를 보아하니 역시 가격대가 좀 있었다.

부유한 평민들이 찾을 만한 곳이라고 슈리아는 판단했다. 연신 무언가를 구워 내는 듯이 불이 들어온 오븐도 그렇고 전체적으로 위생 상태는 문제가 없어 보였다.

황궁에서도 그랬거니와 워낙 청결을 신경 쓰는 환경에서 살아온 경험에 더불어서 지난 생의 기억 때문에 구질구질하고 지저분한 것을 혐오하는 슈리아에게도 이 정도면 괜찮게 여겨질 정도였다. 하지만 문제가 있었다.

"여기서 식사를 하자는 말씀인가요?"

"아니."

간결하게 답한 황태자는 가게 계산대에 서서 그를 뚫어지게 쳐다보고 있는 젊은 여인에게 화폐를 건넸다.

한 개만. 짤막한 말로 주문을 마친 그는 다시 지갑을 품속으로 밀어 넣었다. 워낙 가격이 똑 맞아떨어지긴 했지만 황태자인 그가 돈을 써 볼 일도 없었을 텐데 정확히 값을 치르고 있는 게 의외로 보였다.

생각보다 세상 물정을 모르지는 않는 것 같다. 슈리아는 그에 대한 평가를 미세하게 상향했다. 멍청한 눈으로 그 돈을 받아 든 여인은 황태자가 재촉하는 듯한 시선을 던지자 퍼뜩 정신을 차렸다.

"어머, 내 정신을 좀 봐! 손님이 너무 잘생기셔서 놀랐네요. 바로 드실 건가요?"

황태자가 고개를 끄덕이자 여인은 호들갑스레 웃으며 빵 두 개를 집어 먹기 좋게 밑 부분을 종이에 쌌다. 하나를 우선 넘겨준 그녀는 덤이에요, 라며 나머지 하나를 건네며 집요하게 황태자의 반반한 낯짝을 응시했다.

당장에라도 연락처를 묻고 싶은 듯한 적극적이고 진취적인 눈빛이었다. 황태자는 슈리아의 손을 놓고 무감하게 그것들을 받아 들었다.

황태자가 건네주는 빵을 받아 들면서 슈리아는 묘하게 기분이 나빠졌다. 여인의 행동에 질투심이나 제 것을 탐내는 불쾌한 영역 침범을 느꼈기 때문은 아니었다.

이런 것조차 덤을 얻어 내다니! 하나의 값을 치르고 두 개를 얻어 내는 이런 행운을 황태자는 예사로 겪어 왔음이 틀림없다.

황후이자 마법사인 어미를 둔 덕에 천 명의 생명력을 퍼부어 태어난 것도 그렇거니와 적통 황족이라는 신분도 그러했지만 사소한 것에서부터 황태자는 운이 넘쳐 났다. 행운이라는 미지의 힘이 그에게만 미소 짓다 못해 아주 편애를 쏟아붓는 듯했다.

속이 뒤틀린 나머지 슈리아는 손에 들린 빵을 뭉개지 않도록 노력해야만 했다.

역시 황태자와 오랜 시간을 함께 보내는 것은 바람직한 일이 못 되었다. 그는 아주 사소한 것으로도 슈리아의 기분을 망칠 수 있는 이였다.

평생 유일하게 가져 본 대적자라서일까. 슈리아는 제가 그에게 유독 예민하게 곤두서 있다는 것을 알고 있었다. 그러나 알고 있다 한들 도무지 무심해질 수가 없는 것도 사실이다.

짜증을 분출하듯 손에 들린 빵을 베어 문 소녀는 문득 행동을 멈추었다. 그리고 천천히 입안에 스며든 음식물의 맛을 음미했다.

맛있었다. 그것도 엄청나게.

김이 폴폴 날 만치 따뜻한 빵은 씹는 질감이 우선 쫀득했다. 거기다가 설익은 계란 노른자의 농밀한 맛이 달콤한 빵 맛과 어우러져 혀끝에서 녹아들고 있었다.

조금 전 포장된 빵 위에 시럽을 뿌리기에 너무 달지 않을까 싶었더니, 그 시럽의 새콤달콤한 맛이 묵직한 단맛을 잡아 주어 전체적으로 완벽하게 조화가 어우러지고 있었다.

역시 온갖 귀하고 맛있는 음식만을 먹어 왔을 황태자가 직접 찾아올 정도의 맛이었다.

슈리아는 빵을 조물조물 씹어 삼키며 가게의 위치를 되새겨 보았다. 나중에 사람을 보내서 사 와야겠다고 다짐하면서. 어느덧 기분이 스르륵 풀어진 소녀는 일순 솟구친 황태자에 대한 악감정을 잊었다.

옆에서 말도 없이 잘 먹고 있는 소녀를 황태자가 애정 어린 눈길로 바라보자 여인의 시선 역시 슈리아에게로 옮겨졌다. 후드 아래로 드러난 고운 입매를 살피듯이 바라보던 그녀는 묘한 웃음을 띠며 입을 열었다.

"맛있지요? 정말 잘 드시네. 그런데…… 여동생이신가 봐요. 정말 사이좋은 남매네요. 오빠분이 이렇게 챙겨 다니는 일은 흔치 않은데."

황태자와 키 차이도 꽤 나는 데다가 망토를 걸쳤다고는 하나 슈리아에게선 아직 어린 티가 묻어났으므로 그렇게 생각할 만도 하다.

그러나 그러한 이해의 시선을 넘어서 둘의 관계를 근거 없이 단정 짓는 말의 내용, 깔보는 듯한 뉘앙스를 풍기는 음성과 은근슬쩍 강조하는 가슴골은 무언의 취지를 짐작하게 하기에 충분했다.

다른 암컷을 견제하는 태도를 취하는 것을 보아하니 그녀는 황태자에게 잠깐 홀린 정도가 아니라 첫눈에 반한 것으로 추정되었다.

다만 초월자라거나 슈리아를 비정상적으로 애호하고 있다는 그의 특수성을 배제하고 생각하더라도 예쁘장한 여종업원에 불과한 그녀가 황태자를 넘본다는 것은 상당히 현실성 없는 일이었다.

다른 건 상관없지만, 황태자에게 후한 인심을 베풂으로써 잠시나마 제게 저조한 기분을 누리게 한 것이 마음에 걸렸다. 빵을 모두 씹어 삼킨 뒤 슈리아는 남은 종이 쪼가리를 내밀며 여상하게 말했다.

"교제하는 사이예요."

똑 부러지는 음성에 여인이 솔직하게 질투심이 드러난 얼굴로 종이를 받아 들었다. 순식간에 여인의 눈빛에 적개심이 이글거렸다.

슈리아는 잠시 승리자처럼 그녀를 거만하게 응시했다. 어차피 후드에 가려 보이지 않겠지만 분위기상 느껴지긴 할 것이다. 충분히 패배감을 심어 준 뒤 슈리아는 곧바로 황태자를 향해 고개를 돌리며 물었다.

"이만 갈까요?"

유난히 상냥하게 나온 물음에 기묘한 눈으로 소녀의 행각을 바라보고 있던 황태자는 즉시 고개를 끄덕였다.

“혹시.”

가게를 벗어나며 황태자가 기대를 담아 입을 열었다. 반면 슈리아는 그가 아닌 그의 손에 들린 빵을 쳐다보고 있었다. 제가 하나를 다 해치울 동안 황태자는 그것에 입도 대지 않았다. 그가 먹고 싶어서 찾아온 곳이 아니었던가.

음식물을 들고 다니는 모양새가 썩 보기 좋지 않다고 생각한 슈리아는 바로 지적에 나섰다.

“안 드실 건가요?”

빨리 먹어 치우라고 독촉의 시선을 건네자 황태자는 손에 들린 빵을 내려다보았다. 한숨을 내쉰 그는 무어라 생각했는지 그것을 주저 없이 슈리아에게 내밀었다.

여전히 맛있는 냄새를 풍기는 빵과 그의 얼굴을 번갈아 보며 슈리아는 의구심을 품고 물었다.

“드시려고 산 게 아니었어요?”

“그대에게 맛보여 주고 싶었을 뿐이야.”

감동을 유발할 만한 발언을 내밀면서도 황태자는 무심한 낯을 하고 있었다. 환심을 사기 위해 맛있는 음식을 파는 곳을 사전 조사라도 한 것일까.

그렇다 한들 여기까지 찾아왔으면 맛을 볼 만도 한데 애초부터 주문도 하나였던 걸 보면 정말로 먹을 생각이 없었던 것 같다. 늘 최고의 솜씨로 차려 낸 산해진미를 먹는 그에게 이런 길거리 음식은 내키지 않는 것일지도 모른다.

황족이랍시고 결벽증이라도 있나? 슈리아는 아니꼽게 생각하며 빵을 받아 들었다. 그리고 손에 힘을 주어 그것을 두 쪽으로 쪼갰다. 제 몫의 절반을 잘라 내미는 소녀의 입가에는 어느덧 다정한 미소가 떠올라 있었다.

"여기까지 왔으니까, 렌도 드세요."

누군 아무거나 먹겠거니 싶어서 이런 시장통에서 사서 먹이려 드는 건가. 아무리 그의 시녀 노릇을 했다지만, 황태자는 종종 저를 너무 무시했다.

슈리아의 태도는 겉보기에는 부드러워 보였지만 실제로는 강경한 분위기를 풍겼고 황태자는 제게 내밀어진 **빵** 반쪽을 힐끗 보고 단호하게 거부했다.

"난 괜찮으니 그대가 먹어. 배가 고팠던 것 같은데."

게걸스럽게 해치웠다고 비난이라도 하려는 건가? 슈리아의 눈에 살얼음이 내려앉았다. 거부하듯 아예 고개를 돌려 옆얼굴을 보이는 까탈스러운 행태에 정말 강제로라도 먹이고 싶어진다. 그건 꽤 강렬한 충동이었다.

슈리아는 작정하고 손을 올려 밀어붙이듯이 그의 입가에 반토막난 **빵**을 가져다 댔다. 황태자가 눈썹을 치켜 올리며 의미 모를 기색을 내비치자 슈리아는 분명한 어조로 말했다.

"같이 와서 샀으면 함께 먹어야지요. 어서 드세요, 팔이 아파요."

자녀에게 편식을 허락지 않는 양육자처럼 물러섬 없는 태세였다. 황태자는 결국 마지못한 양 고개를 숙이며 입을 벌렸다.

워낙 작은 크기였기 때문에 그는 한입에 빵을 받아 삼켰다. 그 와중에 손끝에 입술이 닿자 어쩐지 찜찜한 기분이 든다. 슈리아는 그가 음식물을 목 뒤로 넘기는 것을 면밀히 확인하며 자신의 몫을 먹었다.

아까보다 맛이 덜한 걸 보니 역시 단 음식은 소량을 먹어야 가장 맛있게 느낄 수 있는 것 같다.

주변에서 왠지 모를 휘파람 소리가 들려왔지만 소기의 목적을 달성했다는 것에 만족 중인 슈리아는 의식하지 못했다.

"맛있군."

슬쩍 미소를 띤 채 입가를 쓸며 황태자가 묻지도 않은 소감을 말해 온다. 배부른 맹수처럼 나른한 빛으로 물든 흡족한 낯에는 흥분 어린 만족감이 스며있다. 그 표정이 감상을 관통하듯 꿰뚫으며 불현듯 깨달음이 스쳤다.

슈리아는 그제야 자신의 행동을 재고해 보았다. 다정한 미소를 지으며 빵을 반으로 갈라 직접 입에 넣어 주는 그 일련의 과정이 타인의 눈에 어떻게 비쳤을까 생각하니…….

이가 악물렸다.

슈리아는 진절머리 치지 않기 위해서 제 모든 신체적 통제력을 일깨워야만 했다. 구체적인 연상을 하고 싶지 않아도 지나치게 잘 돌아가는 머리는 애정 행각이라고밖에 표현할 수 없는 선명한 그림을 그려 냈다.

그 결과, 피부가 간지럽다 못해 전신에 오소소 소름이 돋았다. 무심코 눈을 돌리다 떠나온 가게의 여종업원이 파르르 떨고 있는 것을 목격한 슈리아는 우월감에 힘입어 조금 전의 행동을 정당화할 수 있었다. 이건 저 여자에게 보여 주기 위함이다.

그러나 어떤 사유를 붙인다고 해도 이 순간 쏟아지는 짓궂은 시선이며 휘파람 소리는 참아 낼 수 있는 종류가 아니었다. 지나친 외부 자극으로 제가 선을 넘어 폭발하기 이전에 어디로든 몸을 피해야겠다는 위기감까지 들었다.

"어서 출발하지요."

돌연 정색하고 말해 오는 슈리아에게 황태자가 거슬리도록 짙어진 눈으로 그러지, 라고 짧게 속삭였다.

이후 슈리아가 워낙 도망치듯 앞장서서 그를 이끌었기에 이전의 상황과는 반대로 황태자가 거의 따라오는 모양새가 되었다.

시장을 빠져나가는데 갑자기 주머니를 열고 싶은 마음이 들었는지 황태자가 색색의 장신구 같은 것들을 팔고 있는 노점을 돌아볼 것을 권해 왔다. 불쾌한 감정에 시달리고 있던 슈리아는 냉담하게 쏘아붙였다.

"전 이런 너저분한 곳에서 늘어놓고 파는 물건들은 가지고 싶지 않아요."

희고 따스한 감상이 파랗게 얼어붙은 음성에 깨어져 나간다. 황태자는 끌려가던 손에 힘을 주었다.

그는 변덕스럽다는 단어를 붙일 만치 순식간에 기분의 저조해진 슈리아를 깨달았다. 오늘따라 이상하리만치 예민하게 구는 소녀에게 의혹을 실은 말끝이 향했다.

"이번에는 무엇 때문에 그러는 건가."

"……몸이 좋지 않아서요."

제가 보인 간지러운 행각에 대해 다시 생각해 보니 못 이기겠어서라는, 명확한 이유가 있었지만 슈리아는 차마 말하지 못했다. 어쩐지 입 밖에 내면 그가 웃음이라도 흘릴 것 같았기 때문이다.

그리하여 전혀 다른 사유를 들이밀자 황태자의 표정에 미세한 변화가 일어났다. 무언가 짐작 가는 게 있는 양 표정을 굳힌 황태자가 차분하게 할 말을 털어놓았다.

"내가 미처, 알지 못했군. 여긴 잠깐 들른 것뿐이니 쉴 수 있는 곳으로 이동하지."

다급히 납득하고 걸음을 내딛는 품새에 이번에는 슈리아에게 의구심이 솟구쳤다. 뭐라고 생각했길래 저렇게 구는 거지? 지병이 있다는 헛소문이라도 들었나.

"원한다면 업어 주지."

슈리아는 도리질 치면서도 지병에 대한 생각에 좀 더 깊이 파고들었다.

체력은 좀 부실하지만 원체 건강한 몸이었고 아픈 내색을 한 것도 아니라서 아무리 생각해도 제게는 그가 병이 있으리라 예측할 만한 구석이 없었다. 귀족 영애들이 으레 겪는 빈혈이 있는 것도 아니고…… 잠깐.

빈혈이라고 하니 자연스레 연상되는 상황이 있었다. 원래는 어지럼증도 없고 신체적으로 건강한 소녀라고 해도 피할 수 없이 몸 상태가 악화되는 때는 있기 마련이었다. 신분과 지위를 떠나 거의 모든 여성에게 주기적으로 찾아오는 평등한 시간.

설마 이 녀석, 그걸 떠올린 건가? 미처 생각 못 했다는 듯이 말하는 것 하며 구체적인 언급을 피하는 태도. 곱씹어 볼수록 설마가 아니라 확신에 가까워진다.

슈리아가 눈을 들자 앞서 걷고 있는 황태자의 등이 보였다. 검사가 아니었기에 살의가 뚜렷이 모습을 드러내지 않았을 뿐이지 살점을 저미는 듯한 싸늘한 눈길로 슈리아는 그를 노려보았다.

그 모양 좋고 반질반질한 뒤통수를 공격하고 싶은 사나운 충동이 불길처럼 독 안에서 솟구쳤다. 뚜껑을 열어젖히고 뛰쳐나오려는 듯이 들썩들썩했다.

그러나 숨을 고르고 인내의 뚜껑 위에 이성의 바위를 올려놓으며 슈리아는 걸음을 재촉했다. 그래, 현재 슈리아는 소녀의 몸이니 무리한 발상도 아니었다. 충분히…… 그렇게 추측할 수 있다. 들끓는 마음과는 별개로 그건 합리적인 가능성이었다.

말없이 걸음을 딛는 조용한 시간이 흐르고 슈리아가 지쳐 갈 무렵 그들은 목적지에 다다랐다.

주점? 슈리아는 빠르게 제 앞에 있는 건물을 관찰했다. 규모는 아르페쥬얼만큼이나 크고 번듯했지만 술잔 표식의 간판이 붙어 있었고, 드나드는 이들의 면면도 그리 품격 있지는 못했다.

부유한 평민이나 귀족들만이 드나드는 곳은 아닌 것처럼 보이고, 아카데미 학생이나 기사 정도의 젊고 지위가 낮은 이들이나 평민들이 좀 비싼 값을 치르고 한잔하는 장소 같았다. 아마 또 그가 아는 유명한 음식점 정도이리라.

황태자가 제도의 명소에 대해 소상히 파악하고 있는 게 당연한 걸까. 슈리아는 그 점을 가늠해 보다가 가장 중요한 질문을 떠올렸다.

여기가 최후의 목적지겠지? 안 그래도 체력이 좋지 않은 데다가 오랜 시간 걸은 탓에 몸이 피로했다. 여기서 나와 또 어딘가로 가겠다고 하면 그땐 정말로 그가 뭐라건 개의치 않고 마차를 부르기로 슈리아는 굳게 결심했다.

"어떻게 오셨습니까."

한 말쑥한 점원이 입구에 들어서는 그들에게 묻자 황태자는 말없이 품에서 검은색 패 같은 것을 꺼내 보였다. 그것을 받아 든 점원은 면밀히 살핀 뒤 다시 돌려주며 급히 허리를 숙였다.

"아, 아, 네, 손님. 어서 오십시오! 안으로 드시지요."

반죽처럼 몸을 둘로 접을 기세로 허리를 굽힌 점원은 그 각도에서 약간만 허리를 들고 연신 굽실거리며 자리를 안내했다.

반응을 보아하니 그 패가 이 주점에서만큼은 신분을 증명하는 역할을 하는 듯했다. 이 새로 온 손님이 황태자라는 것을 알았거나, 적어도 범상치 않은 신분을 지녔음을 아는 것이리라.

그런데 그런 건 챙겨 다니면서 왜 시중인에게도 주는 황궁 신분패는 들고 다니지 않는 거냔 말이다. 슈리아는 그의 부주의를 질책하듯이 되새기며 점원을 따라갔다.

점원이 보이는 과도한 공손함에 잠시 가게 안의 시선들이 쏟아졌지만, 위층으로 안내되어 가면서 그들은 곧 타인의 이목에서 벗어날 수 있었다.

점원이 인도하는 대로 2층의 전망 좋은 방에 들어서는 순간, 푹신한 소파가 먼저 시야에 들어왔다. 황태자에게 이끌려 다니느라 잔뜩 지쳐 있었던 데다가 발도 아팠던 슈리아는 그의 허락도 구하지 않고 멋대로 자리에 풀썩 앉아 버렸다. 보란 듯이 항의하는 것 같은 몸짓이었다.

검은 망토를 입은 손님의 대담한 행동거지에 점원이 몸에 경련이라도 이는 양 움찔거렸지만, 정작 황태자는 무례를 탓하지 않고 맞은편에 앉았다.

그리고 슈리아가 불손함에 가까운 나태를 내보이며 소파에 등을 기대어 휴식을 취하는 사이, 그는 테이블에 놓여 있는 메뉴판을 들여다보았다. 자세히 메뉴판을 살핀 황태자는 그중 몇 가지를 짚어 주문했다.

그의 시녀였던 슈리아는 그런 황태자를 무심히 바라보고만 있었다.

원래 황태자와 함께 레스토랑에서 식사하는 경우라면 그의 의사를 물어 아랫사람인 슈리아가 주문을 해야만 했다.

황궁에서야 황족인 그에게 맞춰 알아서 척척 나온다지만 직접 선택해야 하는 이런 곳에서는 동반인이 그를 대신해서 주문에 신경 써야 하는 것이다. 왜냐하면, 황족인 그가 단계를 거치지 않고 일개 점원과 말을 섞는다는 자체가 예에 어긋나는 것이기 때문이다.

그러한 법도에는 전혀 개의치 않고 손수 음식을 주문하는 한편, 황태자는 슈리아의 의견도 물어보지 않았다.

메뉴가 뭔지 구경도 못 하게 된 슈리아는 그 점에 불만을 느꼈지만 표출하지는 않았다. 아무리 그에게 건방짐이라는 단어를 몸소 시연하고 있다고는 하나 정도라는 것은 알았기 때문에. 다만 맛이 없으면 은근슬쩍 티 내면서 면박을 주리라고 생각은 했다.

도착하고 나니 빵을 미리 먹인 이유를 알겠다. 그 빵집이 유독 맛있는 곳이라는 이유도 있겠지만, 이곳은 아르페쥬얼과 상당히 거리가 있었다. 꽤 걸은 탓에 벌써 소화가 다 되었는지 다시 허기가 졌다.

음식이 나오기 전에 이제는 답답하게 느껴지는 망토를 벗어 낸 슈리아는 엉망이 된 머리카락을 쓸어 넘겼다. 늘 반듯하게만 보이던 소녀의 흐트러진 모습을 황태자가 흥미롭게 바라보았다.

"내가 그대를 고생시킨 모양이군."

낮은 웃음이 거슬리게 와 닿았으므로 슈리아는 미소를 지었다. 슈리아에게 있어 미소란 제 모든 악하고 칼날처럼 날카로운 감정을 온화하게 내보이는 하나의 수단이었다.

"그러니까 앞으로는 이런 식으로 외출하지 않는 게 좋겠어요."

상냥하게 휘어진 눈꼬리며 별 무리처럼 은은한 빛을 머금은 눈동자는 나긋함을 배가시키는 것과는 달리, 목소리에는 음절마다 얼음 결정이 배어 나오는 것처럼 한기가 서렸다.

물론 그런 데 새삼 동요할 황태자가 아니었다. 돌아다니면서 있었던 사소한 즐거움마저 부인하는 듯한 소녀의 발언에 그는 여전히 웃음기를 거두지 않으며 꼬집었다.

"그런 것치고는 아까는 잘 먹지 않았나."

"그건 그거고요, 힘든 건 힘든 거니까요."

가게의 위치를 분명히 기억해 두기까지 한 슈리아였지만 반박은 쉽게 나왔다. 구태여 수고를 거칠 필요 없이 마차를 타고서 인근에 내려 찾아갈 수 있는 곳이었다.

편의를 못 버리며 되뇌는 말에, 체력이 부실하기 짝이 없다는 황태자의 면박이 이어진다.

그렇게 시작된 말다툼은 수평선을 그리듯 감정상으로는 격해지지 않았으나 소모적으로 오갔고, 그 와중에 드디어 주문한 음식이 나왔다.

카트를 밀며 들어선 점원은 후드를 벗은 슈리아를 보고 얼어붙었다. 방 안에 별이 내린 양 눈앞이 훅 밝아지는 아름다운 소녀였다.

그러나 긴장감이 정신을 일깨운 듯 그는 짧은 시간 만에 다시 움직였다. 바삐 식기를 차린 뒤 쟁반을 든 팔이 부러질 듯이 음식이 풍성한, 무게감 있는 접시들을 테이블 위에 하나하나 올려놓았다.

그러면서 점원은 기어들어 가는 음성으로 각 음식에 대해서 설명했지만 하도 웅얼거리다시피 해 거의 들리지 않았다. 슈리아는 제 눈으로 찬찬히 테이블 위를 살펴보았다.

얇게 저민 고기에 풍부한 채소, 그 위에 갈린 과일이 섞인 새콤한 소스가 얹어진 샐러드부터 시작해서 그다음 접시에는 신선한 오일로 볶은 마늘과 조개, 면이 담겨 있었고 색채를 가미하듯 위에 뿌려진 허브와 바닥에 깔린 자작한 국물이 먹음직스러운 향기를 솔솔 풍겼다.

이어서 갓 구운 빵에 연어와 치즈, 채소를 끼워 넣은 샌드위치와 갈색 시럽을 끼얹은 터질 듯이 탱글탱글한 우유 푸딩이 각자의 앞에 놓였다.

신선한 토마토를 뭉개고 볶아서 독특한 풍미의 치즈와 함께 바삭한 과자 위에 얹어 놓은 음식이 마지막으로 차려지자 이제 점원은 음료를 꺼내기 시작했다.

과일 향기가 물씬 풍기는가 싶더니, 꽃잎처럼 선명한 색색의 내용물을 담은 유리병들이 테이블 한쪽에 나열되었다. 둘이서 한두 잔씩만 먹어도 금방 바닥날 만큼 작은 병의 종류는 총 다섯 가지였다.

색은 저마다 달랐지만 무르익은 복숭아처럼 아주 진하고 달콤한 냄새를 풍기는 붉은 과실주에서부터 솔잎처럼 가볍고 청량한 향내를 풍기는 연하늘색 과실주까지 각각이 고유의 맛과 향취를 품은 듯이 보였다.

어떻게 술이라고 생각했느냐면, 주류 특유의 알코올 향내가 물씬 풍겨 왔기 때문이다. 보기에는 분명 먹음직스럽긴 했지만, 별달리 내키지는 않는다. 슈리아는 눈을 살짝 찡그렸다. 아까 주문할 때 무슨 시음 코스를 시키겠다고 말한 듯했는데, 대낮부터 술을 마시게 할 참인가.

불순한 의도를 의심할 수밖에 없는 상황이었다. 냉담한 눈으로 황태자를 바라보았으나 그는 여전히 특유의 결벽적이고 완전한 얼굴을 고수하고 있었다.

마지막으로 카트에서 조심스럽게 열 개의 잔을 꺼내어 다섯 개씩 각자의 앞에 펼쳐 놓은 뒤 술을 종류별로 따라 놓은 점원은 고개를 꾸벅 숙이고 물러났다. 석 잔을 좀 넘는 양의 술이 담기는지 병은 모두 반절 이상 빈 상태였다.

"한 가지를 빼놓고 독하지 않은 것들이니 즐겨 봐. 그대도 곧 성년이지 않나."

술을 그리 즐기지 않는 것으로 알려진 황태자는 그리 말하며 잔 하나를 선택해 들어 올렸고 슈리아는 짧은 갈등 끝에 옅은 노란빛이 도는 잔 하나를 집었다.

황태자가 가볍게 손을 내밀자 두 잔이 맞부딪친다. 챙. 맑은 소리의 여운이 잦아들기도 전에 황태자가 먼저 잔에 입을 가져다 대었고 슈리아 역시 제가 선택한 술을 음미해 보았다.

보기에도 맑아 보였는데 마셔 보니 역시나 물보다 약간 밀도 높은 정도였다.

첫 맛은 우선 톡 쏘는 청량함이 느껴졌고 시면서도 상큼한 맛에 머리가 찌릿했다. 목 넘김은 깔끔했으며 입안에 작은 알갱이 같은 것이 씹혔다. 레몬과 자몽, 파인애플 등의 과일을 갈아 넣고 만든 술 같았다. 마법사 길드에서 파는 시약이라도 넣었는지 지친 몸에 활력이 솟아나는 듯했다.

저도 모르게 만족감을 비췄는지 황태자가 미소를 보였다. 감정적으로 고양될망정 황궁에서는 늘 완벽하게 흐트러짐 없던 그 역시 느긋한 미소를 띠며 비사를 털어놓았다.

"삼대 전 황제께서 암행 도중, 우연히 이곳을 방문하고 대단히 마음에 들어 하셨다더군. 그 후 틈날 때마다 드나들다가, 결국 편의를 위해 주인과 약조를 맺었어. 그 후로 증표가 만들어졌고 그 증표를 가지고 온 이는 이 방으로 안내되었지."

그리고 그 증표는 브리오니아 황족 중 소수에게만 주어지는 것일 터이다. 슈리아가 잔을 만지작거리며 이따가 몇 병 사 갈까 고민하는 사이, 황태자는 손수 음식을 덜어 슈리아 앞에 놓아주었다.

또다시 곧 잡아먹을 암탉을 살찌우듯 음식을 주는 행보를 고수하는 것을 볼 때 그는 슈리아에게 빨리 성숙해지라고 압력을 넣고 있는 것이리라.

하루쯤 많이 먹는다고 갑자기 쑥쑥 자라는 것도 아니고 브리오니아에서 성년이란 엄연히 나이와 생일에 따르는 것인데 참으로 무의미한 행각이었다.

다만 매일같이 그에게 차를 차려 내던 시절이 있었던 터라, 반대로 이렇게 시중을 받는 기분은 나쁘지 않았다.

그가 떠 준 음식들은 하나같이 여름철에 먹기 딱 좋게 산뜻했고 채소는 하나같이 싱싱해서 씹힐 때마다 아작아작 소리를 냈다.

달콤하고 새콤하고 고소하고 쫄깃하고 녹을 듯한 온갖 풍미로 입 안이 젖어 드는 호사에 기분이 나쁘지 않은 정도를 떠나서 살짝 좋아지기까지 했다. 원래 한참 활동을 한 후에 갖는 식사가 꿀맛이지 않은가. 여름철 식사로도 적당했고 술안주로도 적당한 음식들이었다.

과연 입맛이 까다로울 황제가 계속 다시 찾을 만했다. 후한 평가를 마치며 첫 잔에 이어서 달짝지근한 맛이 나는 붉은색 술잔을 비워 낸 슈리아는 다른 잔을 들었다. 황태자가 차분히 만류했다.

"그리 갑자기 마시면 취기가 오를 텐데."

슈리아는 들은 척도 않고 가늠하듯 손에 들린 잔을 들여다보았다.

그리 맑다거나 아름다운 보석 빛깔을 띠진 않았지만 내용물은 예쁜 연갈색이었다. 코에 스미는 향이 좋았다. 향긋하긴 했으나 과일주 같은 향취가 아니라 무겁고 깊이 있게 달달한 향이 났다.

우유에 리큐르Liqueur를 탄 종류이리라. 우유와 섞으면 밀도 높은 맛이 나게 마련이니 도수가 낮고 가벼운 술은 아닐 테고 그렇다면 아무래도 나온 것 중 이게 가장 독한 술이 아닐까, 슈리아는 그리 짐작했다.

살짝 음미해 보자 첫 맛으로는 알코올 향이 올라왔고 그 뒤를 우유의 부드럽고 농밀한 맛이 감쌌다.

달긴 했으나 초콜릿의 쌉싸름한 단맛이나 사탕의 끈적끈적하고 달짝지근한 맛과는 달랐다. 생크림처럼 부드럽고도 풍부하게 밀려들어와 혀를 녹이다 못해 미뢰를 낱낱이 잠식해 왔다.

슈리아는 감탄하며 눈을 깜빡였다. 풍부한 커피 향이 입안 가득 맴돌고 있었다.

북대륙에서는 아무래도 기후 조건상 대체적으로 독한 술을 마시는 터라 아마르잔도 보드카나 위스키를 주로 접했었고 그 외에도 남부지방이나 타 대륙에서 난 와인을 마셔 본 적이 있었다.

그러나 이렇게 도수가 낮고 특색이 있는, 갖가지 술을 놓고 마셔 본 것은 또 처음이다. 슈리아로 태어난 이후에도 나이 탓에 이제야 조금씩 술을 마시게 된 터였다.

한 방울도 남기지 않고 날름 비워 낸 잔을 유심히 응시하는 소녀를 보면, 누구나 그 심정을 간파할 수 있으리라.

슈리아는 방금 마신 술을 무척이나 마음에 들어하고 있었다. 그리고 그 사실을 포착할 만큼 세심한 황태자는 슈리아의 빈 잔을 채워 주며 다정하게 충고했다.

"천천히 마셔."

슈리아는 고개를 끄덕이며 일단 네 번째 잔을 비우는 것을 보류했다. 연달아 석 잔을 마셨더니 약간 취기가 올라오고 있었다. 꽃잎처럼 흰 얼굴이 분홍빛으로 물들며 뺨에 옅은 홍조가 피어올랐다.

반면 황태자는 태연한 신색이었다. 그는 슈리아보다 한층 느린 속도로 이제 두 번째 잔을 음미하고 있었다.

나른함에 젖어 여운을 만끽하는 그 모습이 맹수처럼 강인하고도 아름다워서 무심코 닿은 시선을 머무르게 했다.

그의 재능은 둘째 치고서라도, 아마르잔은 기나긴 생을 살아오면서 단 한 번도 그 같은 이를 본 적이 없었다.

새파란 창공 같은 남자였다. 대리석 같은 손으로 잔을 움켜쥐고 입가에 가져가는 거조에서 기품이 묻어났고 어깨에서 손끝까지 이어지는 선이 지독하게 황족다웠다.

내리깔린 속눈썹은 우아하다는 표현이 어울릴 만큼 길게 뻗었고 반듯한 콧날이 자리한 이목구비는 빚어낸 듯이 아름다웠으며 예리한 빛을 머금은 눈동자는 개벽 같은 청보랏빛이었다.

여유로운 기색을 풍기며 술을 즐기고 있는 그는 실로 전장에서 승리를 거두고 여흥을 즐기는 군신이라 함이 옳다. 실상 모두가 그를 그리 생각하지 않던가.

황태자, 렌카이저는 갓 초월자가 된 아마르잔이라 할지라도 이겨 내기 어려울 고난을 넘어서 눈앞에 신화에서 나온 영웅처럼 당당하게 자리하고 있었다. 그에게 열성적인 데이지가 이 자리에 있었다면 귀 따가운 찬사를 쏟아 냈음 직하다.

그를 바라보고 있자니 약간 오름세를 탔던 기분이 어쩐지 다시 가라앉았다.

소녀는 음식을 깨작거리며 위장을 채워 나갔지만, 그 과정도 그리 도움이 되지는 못했다. 술이 먼저 들어갔던 탓에 이미 위장에 녹아든 취기가 뇌리로 번져 나가는 듯했다.

약간 몽롱한 기분에 잠긴 채로 슈리아는 느슨해진 족쇄를 풀어 헤치며 마음의 빗장을 열듯 속삭였다.

"전하는…… 정말 운이 좋아요."

아주 작고 흐릿하게 나온 음성이었다. 그러나 소란스러운 술집에서 벌레가 기어가는 소리도 포착해 낼 수 있는 황태자는 묘한 기색을 띤 눈으로 소녀를 응시했다.

내가 운이 좋다고? 누군가가 그에게 그런 소리를 했다면 황태자는 기꺼이 그 숨을 끊어 주었을 것이다. 오로지 그에게 어떤 비난을 퍼부어도 베지 못할 소녀의 것이기에 그는 곱씹어 보았다.

술김에 나온 소리지만 진심이라는 게 존재하는지 의심이 가는 상대의 것이라면 허투루 들을 수 있을 리 없다. 그리고 그 발언이란 게 상당히 현실과 거리를 둔 것이라면.

일찍이 모후를 잃고 끊임없이 목숨의 위협을 받아 오며 부친의 외면 속에서 고된 수련으로 무수한 밤을 지새웠던 그다.

아무리 타고난 자질이 뛰어나다고는 하나 십 대에 초월자에 이르는 일은 온몸을 불사르는 노력이 없고는 이룰 수 없음이다. 누군가를 그와 같은 상황에 던져 넣었다면 진작 미쳐 버렸거나 견디지 못하고 죽음을 맞았으리라.

황태자가 겪어 온 삶은, 그의 측근들이 황후에 대한 증오심을 되새기지 않을 수 없을 정도로 각박하고 혹독했다.

물론 생명을 위협당하는 반면, 그는 특별한 출생을 지닌 황태자였고 그 이전에 황족이었으므로 의식주가 갖춰지지 못해 궁핍한 적도 없었고 모든 것이 늘 풍요로웠다.

그러나 그가 단 한 순간도 삶다운 삶을 실감하지 못하고 살아왔다고 한다면.

그것을 누군들 감히 운이 좋다고 표현할 수 있을까. 물론 보는 관점에 따라 달라질 수 있는 문제이긴 했다.

그의 물질적 풍요에만 초점을 맞춘다면 길거리에서 어떤 기회도 가지지 못하고 굶어 죽어 가는 이들은 분명, 그렇게 말할 수도 있으리라.

다만 그 일부에 편중된 시각은 소녀가 중요시하는 무언가를 뜻하는 것이기도 했다.

— 슈리아 아델트.

황태자는 그 이름을 되뇌며 소녀의 과거에 대해 보고받았던 것들을 떠올렸다.

그의 시선에서 보자면 슈리아 역시 운이 나쁘지는 않았다. 일찍이 부모를 여의긴 했지만 위켄하이저 공작부인, 당시의 핀테른 남작부인의 친딸이나 다름없이 사랑받으며 컸고 귀족 영애답게 자라났다.

귀족치고는 모자람 있긴 했을 것이나 평민과는 비할 바 없이 풍요롭게 살았을 테고 무엇보다도 그건 평화로운 삶이었을 것이다.

때로는 비바람을 맞더라도 꺾이지 않을 만큼의 시련이었겠고 그와 엮이기 전에는 목숨까지 위협당할 일도 없었을 터였다.

이슬과 햇빛을 받고 서서히 피어나는 한 송이의 꽃처럼 양육자의 아낌없는 손길을 받으며 곱고 아름답게 자라 왔을 소녀. 그 삶이 황태자에 비해서 부족하다고 말할 수 있을까?

게다가 슈리아 아델트는 그를 만났지 않은가. 황태자와 몰락 귀족 소녀의 결합. 당사자는 그리 내켜하지 않는 듯하다만 세간에서 볼 때는 그야말로 희대의 행운이라 일컬어지는 일이었다. 황태자는 내심 자찬했다.

그러나 그것만으로 설명되지 않는 일도 있었다.

슈리아는 황태자가 소녀를 처음 본 순간부터 오랜 세월, 지독한 삶을 치러 내어 여린 부분은 이미 닳아 없어진 바위처럼 엄혹한 눈빛을 보였다.

오늘 소녀는 길거리에 나다니는 것조차 마치 극빈한 삶에서 탈출해 두 번 다시 그 과거를 돌아보고 싶지 않은 것처럼 격렬한 거부감을 드러냈다.

그리고 지금은 그의 삶 속에서 그가 누리는 물질적인 삶에만 집중한 속내를 보인다. 실제로 살아온 생과 드러난 내면에서 어떻게 그만큼이나 간극이 생겨날 수 있는 것일까, 새삼 의혹이 일었다.

마법사란 원래 그런 존재인가. 어린 시절 아마르잔을 만났기 때문일까. 혹은 본성이 원래 그러한 것일까.

기이한 감정에 사로잡혀 황태자는 자신이 한 말을 잊은 채 머리카락을 만지작거리는 소녀를 응시했다. 그 점이 그를 매혹하였다 해도 불가해함은 여전히 가슴에 남았다.

그가 걸은 길은 이제까지는 난도만 있다 뿐이지 어둠을 헤치고 저 멀리 한 점의 빛을 향해 일직선으로 나아가는 듯이 명확했다.

그러나 슈리아를 앞에 두면 그는 정체 모를 안개 속에서 제가 원하는 것을 찾아내고 끄집어내 손에 쥐어야 하는 난제를 받은 느낌이었다.

잠에 취해 있을 때 그럭저럭 솔직한 대답을 들려주었던 것처럼, 취중에는 좀 더 솔직하게 마음을 털어놓지 않을까. 그러한 생각으로 적절한 질문을 골라내려는데, 어디선가 익숙한 말소리가 들려왔다.

일 층, 그것도 바로 그들이 들어선 입구에서 들려오는 소리였다. 꽤 간격이 있음에도 초월자인 그에게 그 소리는 마치 귓전에서 종이 울리는 것처럼 선명하게 박혀 들었다.

그와 동시에 황태자는 잔을 내려놓고 감각을 집중했다. 느슨한 실처럼 풀어졌던 신경이 팽팽하게 죄어들고 머리카락 한 올이 바닥에 닿는 것도 느낄 수 있을 만큼 예리한 초월자의 감각이 인근의 모든 상황을 감지해 낸다.

사방에 산재한, 소수의 인기척.

수는 적었으나 극도로 단련된 이들이었다. 그들 내부에 숨을 죽이고 있는 스피릿까지 어렵지 않게 감지해 낸 황태자는 눈썹을 치켜 올렸다. 생각지도 못한 방해였다.

— 역시 이것은.

급작스레 돌변한 황태자가 긴장감을 야기하며 술잔을 내려놓자 슈리아는 눈을 깜빡였다. 머리는 어지러웠지만 정신은 아직 멀쩡한 상태였다.

"무슨 일이라도 있나요?"

"……모른 척 가 버렸으면 좋겠지만."

그럴 것 같지는 않군. 새로 등장한 이들의 발끝이 이곳으로 향해 있는 것을 감지한 황태자는 뜻 모를 소리를 냉랭하게 뇌까렸다.

좋은 시간이 끝나 가는 것을 예감한 슈리아는 늦기 전에 또 한 잔의 술잔을 비워 냈다.

이렇듯 태평할 수 있었던 것은 무슨 일이 있더라도 황태자가 홀로 잘 해결하리라는 믿음 덕이었다. 그건 신뢰 차원에서의 믿음이 아니라 황태자가 초월자라는 사실에서 기인한 확신에 가까웠다.

아직 맛보지 못한 두 개의 술잔 중 하나를 입가로 가져가는 그때, 소녀의 귀에도 들릴 만큼 발소리가 가깝게 울렸다.

황태자는 거슬리는 기색을 숨기지 않고 사나운 눈으로 문을 응시하고 있었다. 몽롱한 정신을 일깨우려고 애쓰면서도 슈리아는 망설임 없이 다섯 번째 잔을 비워 냈다.

그리고 잔이 테이블에 놓이는 순간, 노크 소리가 들렸다.

그리 의미 없는 예고였다. 이후 문이 곧장 열렸기 때문이다.

상대의 정체를 알아챔과 동시에 자리에서 일어나며 슈리아는 자신이 너무도 태만하게 손 놓고 있었다는 사실을 깨달았다. 예측하고자 하면 할 수 없는 것도 아니었건만.

하긴 예측했다고 한들 상황이 달라지지는 않았을 것이다. 이런 장소에서 자신보다 까마득히 신분이 높은 이들과 대면했을 때의 행동이란 전적으로 창의성과 위기 대처 능력에 의거하는 것이니.

열린 문 너머로 황제가 걸어 들어오고 있었다. 슈리아는 과거에 그가 외양상 그리 특별난 구석이 없다고 생각했던 것을 취소했다.

평민의 의복을 입었음에도 황제는 역시 황제였다. 그 걸음걸이며 선 자세는 지극히 당당했고 과연 만인을 아래에 둔 자다운 위엄이 풍겨 나왔다.

그를 마주하고 나서야 황태자는 확연하게 날카로운 기색이 드리워진 얼굴로 자리에서 일어섰고 황제가 먼저 입을 열었다.

"내 너를 이런 곳에서 보게 될 줄은⋯⋯."

황제의 시선이 옆으로 옮겨져 뺨이 발갛게 달아오른 은발 소녀에게 머무른다.

"⋯⋯몰랐구나."

슈리아는 그 순간 황제에게 온당한 예를 취해야 할까 갈등하고 있었다. 그들을 안내해 온 점원이 곁에 서 있었던 것이다. 암행 나온 황제의 정체를 공개하는 행태는 지양해야 함이 마땅했다.

상황을 보아하니 점원이 방에 선객이 있다고 고하자 상대가 누구인지 궁금했던 황제가 독촉하여 이 방에 이르게 된 듯싶었다. 곤혹스러운 기색의 이황자가 점원을 제치고 앞으로 나섰다.

"전하."

그는 변명하고 싶은 얼굴로 입술을 깨물었다. 확실히 이 구도는 문제가 있었다. 정적인 이황자와 황제의 조합이라.

슈리아는 황태자를 돌아보았다. 부자간에 술이나 나누러 왔다기엔 이런 은밀한 동반은 정치적으로 해석될 여지가 넘쳐 난다.

황태자는 경고 어린 시선을 숨기지 않으며 무엄한 눈짓으로 부자의 면면을 훑었다. 적진의 상태를 파악하는 지휘관처럼 예리하게 황제와 이황자를 시야에 잡아넣은 황태자는 이윽고 무심한 어조로 답했다.

"떠나려던 참이었습니다. 즐기고 가시기를."

배는 어느 정도 채워졌지만 술은 남았고 음식은 반도 손대지 않은 터였다. 어떤 계산과 판단을 마쳤는지는 짐작할 수 없었으나 황태자가 손목을 잡아끌었기에 슈리아는 따라갈 수밖에 없었다.

슈리아는 황제에게 슬쩍 목례를 취하며 황태자를 따라 자리를 벗어났다. 아니, 벗어나려 했다.

그러나 그들을 제치고 방을 나서 막 떠나려던 순간 황태자는 우뚝 멈춰 섰다.

"전하, 이건……."

이황자가 손을 뻗어 황태자의 팔을 붙잡았던 것이다. 그간 무수한 심적인 고통을 겪어 온 것처럼 초췌한 낯이었다. 그는 창백하게 질린 얼굴로 힘을 주어 말했다.

"오해하지 말아 주십시오. 저는, 그저."

그의 생명줄은 황태자가 쥐고 있는 것이나 다름없으니 황제와 함께하는 것을 목격당한 상황이 우려되지 않을 리 없다.

다만 다름 아닌 그를 감싸 주고도 남을 황제의 앞에서 비굴한 태도는 온당치 못하다는 생각이 든다. 더군다나 딱 꼬집어 말할 수는 없었지만, 이황자의 낯에 서린 두려움은 초식 동물이 느낄 법한 공포와 조금 성격이 달랐다.

이황자의 두려움은 맹수에게 목을 물어뜯길까 두려워하는 종류의 감정은 아니었다. 그건…… 좀 더 사적이고 관계적인 느낌이다.

흡사 미움받는 것을 두려워하는 듯이.

황태자는 입술을 달싹이는 이황자를 흘낏 보고 망설임 없이 그 손을 뿌리쳤다. 그리고 조금도 망설임 없이 슈리아와 함께 그곳을 빠져나왔다.

주점에서 멀어지고도 성큼성큼 걸음을 내딛던 그는 슈리아가 속도를 이기지 못해 비틀거리자 그때야 발길을 멈추었다.

슈리아는 그가 풀어 준 손목을 어루만졌다. 멍은 들지 않았지만 그가 끌어당긴 탓에 체중이 실렸던 터라 뻐근하니 아팠다. 슈리아는 주점을 돌아보며 속삭이듯이 물었다.

"어쩌실 건가요?"

슈리아와 그는 한배를 탄 몸이었다. 슈리아가 그의 행보에 방해가 되지 않는 이상 말해 주지 않을 이유도 없다. 줄곧 침묵을 고수하고 있던 황태자는 무심히 털어놓았다.

"아무것도."

최소한 경고라도 할 줄 알았던 황태자의 응답에 슈리아는 그를 의아하게 올려다보았다. 소녀의 손목을 끌어 올려 살피며 황태자는 찬찬히 설명했다.

"폐하께선 그를 아끼시니 오늘이 처음은 아닐 터. 어차피 다른 의도는 없을 것이다."

그의 동생이라지만 한때 저를 죽음의 문턱에 이르게 했던 황후의 친자와 자신을 적대시하는 부황이 함께 있는 것을 목격하고도 황태자의 낯은 평온하기 그지없었다.

황제의 편애를 두 눈으로도 보았음에도 그는 제가 받는 차별 대우에 대해서 아무런 감상도 느끼지 못하는 것 같았다. 분명 초월자인 그는 이러한 미풍 따위는 아랑곳하지 않을 뿌리 깊은 나무이리라.

"그대가 바라는 대답이 아닐 수도 있지만 나는 아스테어를 어떻게 할 생각이 없어."

황태자는 확고하게 답하며 소녀에게 망토를 입혀 주었다. 이황자가 종내 자신의 편을 든 것을 참작해서 그에게 손을 대지 않겠다는 뜻인가. 아니면?

둔해진 사고로 가늠해 보던 슈리아는 생각을 멈추었다. 황태자가 드디어 자신이 바라던 제의를 꺼내 들었기 때문이다.

"이만 들어가 보겠나."

그 말에 슈리아는 내심 달갑게 여길지언정 딱히 어떤 기색을 보이지는 않았다.

그러나 늘 동요 없이 완전하기만 한 소녀의 표정을 유일하게 읽어 낼 수 있는 황태자는 짧게 웃었다. 승낙의 대답은 들려오지 않았지만, 그는 틀림없이 알아들었다.

이미 결정되어 있던 행선지로 출발하고 나서 얼마 지나지 않아 슈리아는 내딛던 발을 멈추었다.

"왜 그러지."

"좀…… 이상해요."

돌아보는 황태자에게 슈리아는 그렇게 답할 수밖에 없었다. 묵직한 덩어리가 차오르는 것처럼 머릿속이 짓눌렸다.

아까부터 그러하긴 했지만 지금은 아예 어지러워서 다리에 힘도 잘 들어가지 않았다. 짧은 시간 동안 너무 많은 술을 마셨기 때문일까. 몽롱한 와중에도 반듯하던 정신마저 취기에 잠식당하는 듯했다.

"……도리가 없군."

혀를 차는 소리가 들려옴과 동시에 몸이 번쩍 들렸다. 순식간에 허공에 떠 있게 된 슈리아는 바닥에 발이 닿지 않자 저도 모르게 몸부림쳤다.

황태자는 한 손으로 슈리아의 몸을 떠받치며 다른 손으로 슈리아의 손을 인도해 제 어깨를 붙잡게 했다.

"달릴 테니 꽉 잡아."

말이 떨어짐과 동시에 황태자는 땅을 박찼다. 바람이 얼굴에 맞부딪치며 눈이 저절로 감겼다. 온몸이 짓눌리는 속도감이 느껴지고 있었다.

슈리아는 저도 모르게 양팔로 그의 목을 힘껏 끌어안았다. 애초에 상대에 대한 신뢰가 없다면 머리로 자제하지 않는 이상 스스로 안전을 확보하기 위한 행동이 튀어나오기 마련이다.

취기 때문에 사고가 온전하지 않은 슈리아는 지금 제 모습이 어떠한지 상상도 채 하지 못하고 있었다.

그렇게 긴장한 채로 이동하던 어느 순간, 의식이 뚝 끊겼다.

다시 눈을 떴을 때 미세한 진동이 온몸을 울리고 있었다. 다가닥

다가닥. 말발굽 소리가 들려오고 있었다.

마차……인가? 상황을 가늠하듯 눈을 깜빡이던 슈리아가 느릿하게 몸을 일으키자 바로 퉁명스러운 말소리가 들려왔다.

"일어났니?"

"레이첼."

맞은편에 귀족 영애답게 고운 자태로 앉아 있던 레이첼이 슈리아를 못마땅하게 응시하고 있었다. 슈리아가 자리에 바로 앉아 흐트러진 머리카락을 쓸어내리자 레이첼은 뾰족한 음성으로 말했다.

"정말이지, 데이지도 아니고 네가 그럴 줄은 몰랐어! 전하께 안겨 온 너를 보고 내가 얼마나 놀랐는지 아니? 어떻게 귀족 영애가 술에 취해서 잠들어 버릴 수 있어! 상대가 아무리 황태자 전하라지만 술을 권해 오신다고 해도 적당히 사양했어야지!"

역시 잠들어 버렸던가. 이때를 기다렸다는 듯 레이첼은 신이 나서 잔소리를 쏟아 내고 있었다. 어쨌거나 그녀는 신분에 걸맞지 않은, 혹은 교양 없는 행태에 민감했다.

황태자가 술을 주문한 건 사실이었지만 그는 오히려 급하게 마시지 말라고 말렸고, 별생각 없이 벌컥벌컥 술을 들이부은 건 슈리아였다.

명분이 있는 질타였기에 들어 넘기던 슈리아는 레이첼의 잔소리가 슬슬 거슬릴 지경으로 이어지자 반격을 기했다.

"키라트 자작과는 이야기가 잘 되었니?"

"……응."

곧바로 얌전해져서 다소곳하게 입을 다문 레이첼의 뺨에 홍조가 피어났다. 다만 뭔가 걸리는 감이 있는 듯 그녀는 찌푸린 낯으로 내뱉었다.

"저번 일은 마음에 담아 두지 않았다고, 괜찮다고 했어."

"그래? 그와 진전이 좀 있었나 봐."

다시 자신의 조신하지 못한 행태에 화살이 돌아오는 것을 피하려 심드렁하게 묻자 레이첼이 얼굴을 확 일그러뜨리며 소리쳤다.

"몰라! 진짜 이상한 사람이야. 말을 이상하게 한다고! 나더러 아무리 자기가 좋아도 오늘처럼 저택에 막무가내로 뛰어들고 그러는 건, 전하께서도 방문하시고 하니까 업무상 곤란하다고 하지 뭐야? 아니 내가 언제 자길 좋아한다고 했냐고! 난 그냥 사과하러 왔을 뿐인데! 그러니까 그럼 자기가 싫냐는 거야. 그건 또 아니라고 했더니 그럼 좋아하는 거래! 이게 무슨 말도 안 되는 소리야! 내가 따지려고 드니까 갑자기 능구렁이처럼 화제를 돌려서 앞으로는 내 전용 대기실을 마련하도록 집사에게 말해 놓겠대. 그러다가 그에게 저택을 안내받고 다과도 즐기고…… 아무튼 그러고 있는데 네가 온 거지."

슈리아가 황태자에게 끌려다니는 동안, 레이첼은 키라트 자작과 저택에서 편안하고도 즐거운 시간을 보낸 모양이다. 그와 대비되는 상황을 겪어 낸 슈리아는 숙취에서 오는 두통 탓에 기분이 저조해졌다.

"……나는 그렇다 치고, 넌 정말 황태자 전하의 존함도 막 부르고. 전하의 등에 업혀 오질 않나, 깜짝 놀랐어! 게다가 자고 있는 널 전하께서 손수 마차에 누이셨단 말이야. 그리고 내게 네가 혼날지도 모르니까 공작부인께 잘 말씀해 달라고 하셨어. 그러니까 이것 좀 뿌려. 술 냄새 난단 말이야."

곤드레만드레 취해서 돌아온 탕아를 대하듯 레이첼은 코를 막으며 향수병을 건네주었다. 그녀의 태도가 눈에 밟히긴 했지만 성난 세일린의 얼굴을 떠올린 슈리아는 조미료를 치듯 향수를 몸에 솔솔 뿌렸다.

진한 꽃향기가 마차 안에 물씬 퍼져 나간다. 레이첼은 이 기회에 마치 언니라도 된 기분이라도 누리고 싶은 양 충고를 건넸다.

"어쨌든 그렇게 격의 없이 나태한 모습을 보이는 건 옳지 않아. 황태자 전하께선 평생 우아하고 정숙한 귀족 영애들을 보아 오셨을 거라고! 그러다가 네게 질리기라도 하면 어쩔 참이니?"

그냥 자는 모습은 이미 보았는데 취해서 자는 모습을 새삼 본다 한들 무슨 차이가 있겠는가. 그의 등에 구토한 것도 아니고.

물론 슈리아도 찜찜하지 않은 건 아니었다. 그와 한 침대에서 잠든 적이 있어서 그런지 지나치게 방심한 모습을 보였다. 그러한 행태조차 황태자가 제게 해를 끼치지 않을 거라는 판단을 내렸기 때문이긴 하지만.

"너한테 이런 이야기하긴 좀 그렇지만, 오를레앙 공녀는 이 일을 어떻게 생각할지……."

레이첼은 안타까운 표정으로 말끝을 흐렸다. 비록 근래에는 거의 어울리지 못했지만 그녀는 오를레앙 공녀와도 친한 사이였으며, 제도 사교계의 생리도 잘 알고 있으니 공녀가 겪고 있을 고통과 박탈감을 이해할 법했다. 슈리아는 간결하게 답을 주었다.

"그녀도 이미 알고 있었어."

놀란 눈을 하는 레이첼을 외면하고 슈리아는 창밖을 내다보았다.

어느덧 서녘 하늘은 물감이 번지듯 붉게 물들고 있었다. 이 여름 날, 타는 듯한 노을빛이 달군 쇠끝처럼 뜨겁도록 선명하게 눈에 박혀 들었다.

해가 지평선 너머로 사라진다 한들 그 산란하는 낙조마저 한순간에 사라지는 것은 아니다.

……따로 언질하지는 않았지만, 황태자는 아마 당분간 제도를 떠나 있게 될 것이다. 그사이 그가 없는 제도에서 슈리아는 홀로 고난을 버텨 내야만 했다.

오를레앙 공녀가 무얼 하진 않더라도, 그녀의 주변인들이 가만히 있지 않으리라. 소문에 의하면 오를레앙 공작은 제 눈에 넣어도 아프지 않을 고명딸이 내쳐지는 것을 쉬이 납득할 만큼 호락호락한 이가 아니니.

데이지 덕에 이미 고난을 겪어 본 터, 그 과정을 치러 내는 게 그리 어려운 일이 될 것 같진 않지만…….

가장 큰 장애물이라면 역시 이실로테 황녀일까.

불현듯 무언가 놓치고 있다는 생각이 들었지만 곧이어 찾아온 두통이 더 이상의 사고를 할 수 없게 만들었다.

진홍빛 적조로 젖어 들어가는 제도의 정경을 바라보던 슈리아는 감각을 차단하듯 눈을 내리감았다.

……이제 거의 목적지에 도달한 것 같은 느낌이다. 그러나 진정한 목적지까지는 어떻게 이를 수 있을지, 아직은 알 수 없었다.

※

사흘 후, 슈리아는 사교계의 명사 루테인 후작부인의 무도회에 참석하고 있었다.

레이첼이 제 실수를 효과적으로 수습하고 키라트 자작과 순조롭게 관계를 이어 나감에 따라, 자연스레 기분이 좋아진 그녀는 데이지와도 화해한 터였다.

우울한 낯으로 틀어박혔던 데이지는 그간 불가피하게 쌓아 왔던 기운을 분출하듯 한층 발랄하게 떠들며 무도회장을 거닐었다.

이번 사건으로 철저히 레이첼의 편임을 증명했던 셸리도 부쩍 안도한 듯 생글거리며 데이지에게 착 달라붙어 있었다. 거의 항상 데이지와 어울리면서 결국 펀드는 건 어릴 적부터 친구인 레이첼이라니, 어쨌든 그녀도 참 지고지순한 소녀였다.

반면, 일이 잘 해결되었음에도 키라트 자작이 참석할 수 없다는 소식을 듣게 된 레이첼은 오늘 눈에 띄게 새침한 표정을 짓고 있었다.

파트너 신청을 해 온 건 그인데, 어제 갑자기 일이 생겨서 무도회에 참석하지 못하게 되었다고 통보를 해 왔다는 것이다.

레이첼은 자작가에 함께 난입한 일로 슈리아에게 부쩍 친근감을 느끼는 듯 그가 자신을 우습게 보는 건 아니냐고 투덜댔고, 슈리아는 그녀가 원하는 대답을 해 주었다.

즉 황태자의 최측근인 자작은 원체 공사가 다망한 몸이니 그도 어쩔 수 없었을 거라는 뻔한 위로를 건넸다는 이야기다.

그리고 레이첼은 그 뻔한 소리를 위안으로 삼는 모양이었다. '루비? 아니야, 역시 다이아몬드가 좋으려나.' 따위의 말을 중얼거리는 것을 보니 슈리아가 그날 황태자와 아르페쥬얼에 갔다는 이야기를 듣고 질투심에 사로잡혔던 레이첼은 그와 비슷한 방식으로 대가를 받아낼 생각을 하는 것 같았다.

어쨌든 그녀는 아직 키라트 자작과 어떤 사이도 아니지 않나? 슈리아는 그리 생각했지만 레이첼은 키라트 자작부인이 되는 것에 확실히 마음이 기울기 시작한 듯싶었다.

하긴 키라트 자작에게도 레이첼이 나쁜 상대는 아닐 터였다. 제도 명문 귀족 루트비아 백작가의 여식이라면 입지가 빈약한 그에게 유용하기도 할 터이니.

말하다 보니 목이 탔기에 슈리아는 주스 한 잔을 가져와 입안을 적셨다. 무도회의 주최자인 후작부인을 비롯해 몇몇 고위귀족들과 간단히 인사만 나누었을 뿐 슈리아는 제게 접근하는 이들에게 별달리 시달리고 있지는 않았다.

황태자와의 관계가 공식화된 이상 귀족 영식들은 춤 신청을 꺼렸고 여타 귀족들은 좀처럼 슈리아에게 접근하지 못했다. 황태자도 없으니 아직은 간을 보고 있는 것이리라.

또한, 그만큼 오를레앙 공작가에게 밉보이고 싶지 않다는 심리도 작용했겠지.

느긋하게 무도회장을 돌아보고 있는데 옆쪽에서 과하게 활기찬 데이지의 웃음소리가 들려왔다.

문득 슈리아는 며칠 전 보았던 이황자를 떠올렸다.

……황태자는 그를 제거할 생각이 없다고 말했다. 그가 저에게 거짓말할 이유도 없으니 그 말은 단순히 부황을 의식해서 이황자의 처분을 보류하겠다는 뜻이 아니라 정말 후에라도 그를 쳐내지 않겠다는 뜻이리라.

그러한 관용은 그 자신이 초월자인 것에서 비롯한 걸까.

물론 초월자인 황태자라면 누군가에게 목숨을 잃어 황위에 오르지 못하게 되는 상황은 안타레스가 죽은 이상 맞기 어려울 터였다.

블러디나이트는 그런 짓을 할 이가 아니었고 그를 죽일 만한 가장 유력한 이는 여기 이 슈리아, 아마르잔뿐이었다. 황제가 그를 못마땅하게 여기는 것은 사실이나 후계자로 책봉한 이상 더는 어쩔 수 없었다.

만약 황제가 이유 없이 황태자를 끌어내리려 하고, 그 때문에 그가 반역을 꾀한다면 아샤트리아 대공도 관여하지 않을 것이다.

그러고 보니 블러디나이트는 도대체 어디서 무얼 하고 있는 걸까. 슈리아는 꽤 오랜만에 그의 존재를 의식했다.

베헤모트에게 떠나는 그를 뒤쫓으라고 명했는데 블러디나이트가 도중에 추적을 뿌리쳤다. 물론 놈의 벌벌 떠는 행태를 볼 때 제대로 쫓았는지조차 의심이 가긴 하지만…….

블러디나이트는 적어도 제도 내에 머물고 있으리라 추측되었다. 음흉한 술수를 꾸밀 만한 이가 아닐지언정 그리 쉽게 납득하고 물러갈 종자도 아니었다.

그렇다고 해서 인구가 넘치는 제도에서 희생을 감수하고 섣불리 일을 벌이지도 않을 것이니 때가 되면 직접 모습을 드러내리라.

소녀가 잔을 완전히 비워 낸, 정확히 그 순간 누군가가 불쑥 말을 걸어왔다.

"저, 슈리아. 나와 잠깐 이야기 좀 할 수 있을까?"

어쩐지 초조해 보이는 기색의 세라는 대답을 듣기도 전에 슈리아를 이끌었다. 인적 드문 테라스에 도착하고 나자 빗장을 닫아걸어 다른 사람의 출입을 막은 후 강조하듯이 물었다.

"정말, 정말 네가 황태자 전하의 연인인 거니?"

"응, 사실이야."

동요 없는 낯으로 슈리아가 살짝 미소까지 떠올리며 말하자 세라가 호들갑스레 손을 붙잡아 왔다.

"우선 축하해! 퀸른에서 함께 지냈던 때에는 상상도 못 했던 일이지만, 그때나 지금이나 우린 친구잖니. 네가 잘돼서 기뻐."

그간 모른 척했던 것치곤 사교적인 언사를 해 대는 세라의 얼굴에 곧 그늘이 졌다.

"그건 정말로 기쁜데. 음, 상황이 좋지 않아. 오를레앙 공작께서는 대로하셨다고 하고……. 황태자 전하 측의 귀족들도 하나같이 술렁이는 눈치야. 오를레앙 공녀는 쓰러졌대."

"쓰러져?"

"응, 근래 거의 아무것도 먹지 못했나 봐. 알다시피 그녀는 어린 시절부터 황태자비로 내정된 거였잖아. 게다가 그걸 떠나서 그녀는 오랜 세월 전하를 연모해 왔지. 얼마나 충격이 컸을지……. 아, 미안해. 네겐 불쾌하게 들릴 수 있겠지만 상심할 만도 한 일이라고 생각해. 으음, 전에 있었던 일도 그렇거니와 공녀 때문에 이실로테 황녀 저하도 벼르고 계시고. 귀족회의가 소집될지도 모른다는 이야기도 들었어. 아마도 전하의 혼사에 관한 문제 때문이겠지. 메릴린이 누구한테도 말하지 말라고 했는데…… 도통 가만히 있을 수가 있어야지!"

슈리아는 차분히 세라의 말과 표정에서 그녀의 진의를 가늠했다. 그녀의 표정에서 드러난 기쁨과 안쓰러움, 불안감의 감정변화는 어지간히 뛰어난 연기자가 아니라면 흉내 내기 어려운 것이었다.

그리고 세라는 성격상 그렇듯 까다로운 임무를 수행해 낼 이가 못 되었다.

다만, 그녀의 성격을 파악한 이가 있다면 그를 악용할 수도 있었다.

아반튼 후작 영애 메릴린.

그녀는 일단 제가 여태까지 걸어온 오를레앙 공녀라는 패에 좀 더 매달려 볼 생각인 듯싶었다. 이런 이야기를 세라를 통해 흘림으로써 슈리아에게 심리적 압박감을 느끼게 하려는 의도이리라.

이런 방식이 별 효용성이 없음은 지난 경험으로 파악하고도 남았을 텐데. 사교계에서는 알아주는 영애라 하나 슈리아는 단 한 번도 메릴린이 제게 위협이 되리라는 생각을 해 본 적이 없었다.

귀족 영애 따위를 경계하는 자체가 사실 아마르잔의 시각에서 퍽 우스운 일이기도 했거니와 심리전이란 애초에 여리거나 약한 부분이 조금이라도 있는 이들에게나 통용되는 것이다.

그리고 슈리아는 철퇴로 내리쳐도 깨어지지 않을 만큼 지독하게 강인한 심지의 소유자였다.

물론 슈리아에게도 약점이랄 것은 있었다. 양육자인 세일린과 표면상 좋은 관계를 유지해야 할 필요가 있는 제 친구들.

그러나 위켄하이저 공작부인인 세일린을 공격하기는 어려울 것이고 다른 친구들을 건드리는 것은 곧 시그오닐 대공녀를 자극하는 일이었다.

그간 그들이 겪어 왔듯이 데이지는 단순하고도 직설적인 행동과 발언을 일삼음에도 불굴의 의지와 그를 뒷받침하는 배경을 가지고 있어, 결코 무시할 수 없는 상대였다.

슈리아를 제대로 상대하고 싶다면 메릴린은 좀 더 은근하고도 창의적인 방식을 고안해 내야 하리라.

상념에 잠겨 있는 슈리아에게 문득 무언가를 떠올려 낸 세라가 다

급히 말해 왔다.

"참, 너 그거 알아? 글쎄, 네 친척이라는 사람이 이 무도회에 오늘 참석한다고 했는데."

"내 친척? ……달리 들은 바는 없는데."

그러고 보니 아까 루테인 후작부인이 언뜻 말을 건네려는 것 같긴 했다. 하지만 무도회에 무언가 차질이 생겼는지 집사가 말을 걸어오는 통에 어디론가 가 버렸다.

"응, 가문이나 생김새는 잘 모르겠는데…… 중년의 귀부인이고 몰락 귀족이라고 들었어. 원래대로라면 참석하기 어려웠겠지만 너 때문도 있고, 후작부인께 사탕발림을 해서 어찌어찌 발을 들이게 된 모양이야."

세라는 어쩐지 껄끄럽다는 기색을 보였다. 소문을 들어 알 수도 있겠거니와 제도의 사교계에서 입지를 다지거나 성공을 거둔 이들에게 무엇이라도 뜯어내려 달라붙는 친척들은 실제로 무수히 존재하는 부류였다.

제 친척들에 대해서 소상히 파악하고 있진 못했지만, 어렴풋이 짐작이 가는 곳이 있었다. 세일린의 혼인식 때에도 몇몇이 와서 난리를 치고 갔다고 들었는데 개중 하나가 제도에서 연을 잡아 끈덕지게 매달려 볼 참인가 보다.

그 근성 하나만큼은 슈리아도 나쁘지 않게 생각했다.

그러나 세라와 헤어져 음험한 눈길로 물건을 품평하듯 저를 쳐다보는 한 여자를 마주하게 된 슈리아는 그 생각을 고쳐먹었다.

마흔쯤으로 보이는 여자는 가는 눈매와 도드라진 광대뼈가 강퍅한 인상을 주는 날 선 미모의 소유자였다.

빛바랜 잿빛 머리카락은 단정하게 틀어 올려져 있었고 차려입은 드레스는 몰락 귀족치고는 준수한 편이었지만 유행에서 뒤떨어진 태가 났다.

"안녕, 슈리아. 날 기억하니?"

다짜고짜 무례하게 말을 걸어오며 여자는 자신만만한 미소를 보였다. 제게 보이는 자신감을 그리 달갑게 생각하지는 않았지만 슈리아는 찬찬히 고개를 끄덕였다.

슈리아는 분명히 그녀를 기억하고 있었다. 아주 불미스러운 쪽으로.

며칠 전에 황태자에게 꺼내었던 고백이 뇌리에서 맴돌았다.

'키워 준 값을 해야 한다고 절 부유한 귀족에게 팔아넘겨야 한다는 이도 있었구요.'

세일린에게 종종 돈을 꿔 가던 것도 모자라 어느 날 느닷없이 방문한 그녀는 슈리아의 외모를 품평하며 어린 소녀의 면전에서 그런 말을 해 댔다.

격분한 세일린이 그녀를 내쫓자, 그녀는 세일린이 영지를 비운 사이를 틈타 직접 호색한으로 유명한 모 남작을 데려와 슈리아를 선보이기도 했다.

그때 당시에는 두 연놈을 모두 세상에서 지워 버릴까 생각했던 적도 있었다. 물론, 곧바로 달려온 세일린이 그들을 영지 밖으로 내쫓아서 무산되긴 했지만.

그런 주제에 뻔뻔하게 저를 아느냐고 묻다니. 슈리아는 원래 이런 종류의 비인간적이고 제 목적 달성만을 추구하는 인간형에 대해서 호감을 품고 있었지만, 그 보편성을 눈앞의 여자에게까지 적용할 수는 없었다.

제 딸뻘 소녀를 음흉한 눈길로 바라보던 예전의 그 남작 나부랭이가 뇌리에 떠오르자 불쾌감이 치솟았다.

"정말 아름답게 자랐구나. 그간 네가 어찌나 보고 싶었는지 모른단다!"

슈리아의 고갯짓을 긍정의 의미로 받아들였는지 여인이 다정하게 어깨를 짚어 왔다. 그들의 마지막 만남을 기억하자면 어처구니없는 해석이었다.

슈리아가 그녀를 알아보는 듯싶자 눈치만 보던 귀족들이 하나둘씩 다가왔다.

그들은 하나같이 '모리스 부인'이라고 여인을 지칭하며 말을 걸어 왔는데 보아하니 제도에서도 그리 자리가 확고하지 못한 이들이라 제게 말을 걸 적당한 기회를 노리고 있었던 것 같았다.

가진 것 하나 없는 모리스 부인은 슈리아의 친척이라는 명목을 십분 활용해서 그나마 사교계 내에서 친분을 쌓은 것이리라. 그리 오래지 않은 시간을 제도 사교계에서 머물렀으리라고 짐작되는데, 나름대로 말재간이 있는 편으로 보였다.

슈리아는 간략하게 여인에 대한 평가를 마친 뒤 슬쩍 제 가문을 소개해 오는 귀족들을 응시했다.

황태자비도 아니고 그저 황태자의 연인으로 밝혀진 소녀에게 이러한 접근이라. 황제가 총애하는 여인에게나 보일 법한 줄서기였다. 그리고 그것이 입증하는 바는 황태자의 하늘을 찌를 듯한 권세였다.

황제가 정정함에도 일찍부터 그러한 권력을 구가하는 까닭은 그가 승계권 다툼의 승리자였으며 동시에 이변 없이 황위를 물려받을 초월자이기 때문이다.

그렇다 한들 황태자비의 자리에 오를레앙 공녀보다 가까운 이는 없으니 고작 그가 눈길 한 번 준 소녀에게 이 상황은 과도한 감이 있었다.

사실 세라가 언급한 귀족회의며 뭐며 하는 일도 과민반응이었다. 황태자는 아직 오를레앙 공녀가 아닌, 슈리아 아델트를 황태자비로 맞겠다고 선언하지 않았다.

어쩌면 황태자가 누구의 눈치도 보지 않고, 자격이고 뭐고 상관없이 제 옆자리에 원하는 이를 들여앉힐 수 있으리라는 사실은 생각보다 많은 이들이 깨닫고 있는 것인지도 모른다.

그가 황위에 오른다면 아마도 브리오니아 역사상 유례없이 강력한 황권이 성립되리라.

모리스 부인은 승리자의 얼굴로, 다가서는 귀족에게 제 딸인 양 슈리아를 소개하고 있었다. 그간 불가피한 사정이 있어서 돌보지 못했을 뿐 사실 어린 시절 자신이 손수 키워 낸 아이였다고, 그만큼이나 돈독한 사이며 둘도 없이 사랑하는 외종조카라고.

겉보기에 천사처럼 아름답고 고결한 슈리아는 악의나 분노 따위의 감정과 거리가 멀게 느껴졌고 어린 시절에는 특히나 순한 아이였었다. 그러니 이 자리에서 그녀를 매몰차게 외면할 리 없다, 그리 여겼겠지.

그건 중대한 착각이었다. 그러므로 그녀는 제 잘못된 판단의 대가를 치러야만 했다.

"둘도 없이 사랑하는 외종조카라."

나긋하게 흘러나온 음성은 실바람처럼 옅은 웃음기를 담았다. 유리잔에 맺힌 서리처럼 시린 미소가 은은하게 배어났다.

소녀의 낯에 드러난 변화는 흰 꽃잎이 검게 물들듯 선연한 것이어서 그 자리에 있는 모두가 흠칫 말문을 거두었다. 모리스 부인이 굳은 얼굴로 물었다.

"슈, 슈리아, 왜 그러는 거니?"

"그 말을 들으니 저도 기억이 나네요."

가볍게 떨어진 시작이었다.

"오 년 전이었던가, 어린 저를 두고 얼굴만큼은 반반하니 어릴 때 팔아 치우면 비싼 값을 받을 수 있을 거라 하셨었지요."

들뜬 분위기를 순식간에 끌어 내리며 구정물을 맑은 웅덩이에 들이붓는 듯한 언사는 뱀의 윤기 나는 독니처럼 매끄러웠으나 그만치 독을 품고 있었다.

소녀는 어느덧 경멸, 그 외의 단어로 표현하기 어려운 싸늘한 눈으로 눈앞의 친척을 바라보고 있었다.

눈부시게 고운 낯과 시린 은발, 한 점 흐트러짐을 찾아볼 수 없는 우아한 자태며 내려진 팔, 손끝이 자리한 모양. 그 모든 것에서 깊은 향취처럼 배어 나오는 기품이 형언할 수 없는 중압감으로 모리스 부인을 짓눌렀다.

"무, 무슨 오해가 있나 보구나. 내가 언제 그랬니. 네가 어릴 때라 누군가와 착각하는 모양인데……."

"이런, 설마 그리 부인하실 줄은 몰랐어요. 오 년 전, 절 랭컨 남작 앞에 선보이던 당신은 적어도 당당하기라도 했는데."

주위 귀족들이 주춤거리며 물러났다. 일시에 비난 어린 시선이 쏟아졌다. 궁지에 몰린 모리스 부인은 허리를 곧추세웠다.

"그건 세일린이…… 널 골치 아파했기 때문이란다! 너 때문에 재혼하기 어렵다고, 영지 사정도 안 좋고 하니 좀 알아봐 달라고! 그래서…… 난 시키는 대로 했을 뿐이야!"

억지스러운 주장에 선이 고운 입가가 기묘하게 비틀리다 이내 다정한 매무새를 그려 냈다.

"공작부인의 존함을 그리 함부로 부르시다니요. ……그건 그렇다 치고 당신이 한 말에, 책임은 질 수 있는 건가요? 그러니까 내 말은."

한 걸음 다가서자 모리스 부인이 겁에 질린 쥐새끼처럼 몇 발짝 물러섰다. 슈리아는 턱을 치켜들며 나긋하게 속삭였다.

"당신은 지금 위켄하이저 공작부인을 모욕하고 있는 거랍니다."

위켄하이저라는 이름은 일개 몰락 귀족 앞에 들이밀어지기엔 너무도 무거웠다. 이제 완벽히 막다른 절벽에 서게 된 모리스 부인이 하얗게 질린 얼굴로 슈리아를 노려보았다.

그녀가 어떤 변명을 지어내기도 전에, 귀부인 한 명이 수군거리는 손님들을 헤치고 걸어 나온다. 그녀는 모리스 부인을 흘낏 보고 이맛

살을 찌푸렸다.

"이게 대체 무슨 일인가요, 아델트 영애."

"실례를 무릅쓰고 말씀드려요, 후작부인. 이 명성 있는 무도회의 평판에 한참 미달하는 손님 한 명이 있더군요."

"슈리아, 네, 네가 어떻게 내게 이럴 수 있니!"

모리스 부인의 분기 섞인 외침이 뒤를 이었다. 후작부인의 곤혹스러운 시선이 황녀라도 된 양 도도한 태도를 고수하는 슈리아에게 닿았다. 나긋나긋한 목소리는 공손하게 들렸지만, 조심스러운 기색은 느껴지지 않았다.

무도회의 주최자에게 객의 부적절함을 고하면서도 저를 낮추지 않는 것으로 슈리아는 곧 황태자비가 될 제 미래를 암시했다.

그때 문득 저 멀리서 데이지가 까치발을 들고 사람들 머리통 너머로 기웃대고 있는 모습이 보였다.

저토록 경망스러운 행동거지라니! 그간 미루어 놓았던 예절교육을 다시 받도록 대부인에게 잘 말해 봐야겠다고 생각하는 슈리아에게 계산을 마친 후작부인이 점잖게 입을 뗐다.

"……확실히 그래 보이는군요. 내 불찰을 사과하지요, 아델트 영애."

"부인의 무도회는 제도에서도 소문이 자자한데, 격조가 떨어질까 우려되어 말씀드렸어요."

"두 번 다시 이런 일은 없을 거라고 약속드리겠어요. 모쪼록 남은 시간이라도 즐기시기를."

고아한 어조로 말을 맺은 후작부인은 곧바로 엄격한 여주인으로 돌변했다.

"집사."

안주인의 부름에 뒤따라 나온 중년인이 고개를 꾸벅 숙였다.

"모리스 부인을 모셔 가도록 해요."

"예."

집사가 곧바로 다가붙으며 '가시지요.'라고 냉정하게 말하자 모리스 부인은 입술을 잘근잘근 깨물었다. 그러나 슈리아를 죽일 듯이 노려보면서도 그녀는 우선 분기를 누르며 자리를 박찼다. 하긴, 그 외에 그녀가 무얼 할 수 있겠는가. 더 버텨 봐야 질질 끌려가며 망신만 당할 터였다.

사실 이처럼 매정하고 노골적인 박대는 사교계에서 썩 좋게 품평하는 것은 아니었다. 분명 성미가 모질다고 구설수에 오를 것이다. 당연히 뒤에서, 황후에 적합지 못한 인성이라 하여 흠을 잡겠지.

그렇다 해도 앞으로 귀찮게 달라붙는 친척들을 일일이 쳐내느니, 이 정도로 확실한 본보기를 보여 두는 것이 편했다.

황태자가 편견 어린 눈과 흐린 시야를 가져서 저를 곱고 사랑스러운, 그야말로 천사 같은 소녀라 여겼다면 그의 환상에 부응해 주어야 하므로 이렇게 굴지도 못했을 텐데.

그런 점에서 보자면 황태자는 누구보다도 편한 상대였다. 세일린에게조차 감춰 왔던 본성을 한껏 드러낼 수 있는 가장 편한 상대가 제 평생 처음 가져 보는 대적자라니. 그 또한 우스운 일이다.

물론 황태자의 관대함에는 집요한 추궁과 간지러움이라는 대가가 따랐다.

데이지가 발돋움하다 못해 깡충거리는 꼴을 더 봐주기 어려웠으므로 슈리아는 상황이 수습되었음에도 주춤거리는 귀족들을 제치고 미끄러지듯 제 친구들이 있는 곳으로 걸음을 옮겼다.

이대로 적당히 무도회에서 시간을 보내고, 공작저로 돌아가는 것으로 오늘의 일정은 순탄히 종결되리라.

아니, 그렇게 되었을지도 모른다. 슈리아가 그를 발견하지 못했다면, 혹은 그가 자신의 존재를 알리지 않았다면.

슈리아는 발길을 멈추었다. 어느덧 수군거림이 잦아들고 숨죽인 공기가 무도회장 전체를 흐르고 있었다. 쇠를 머금은 대기가 주위를 밀도 높게 감싸는 듯한 기이한 압박감이 폐부를 죄어 온다.

마주하는 것만으로도 심장의 고동조차 멎게 할 수 있을 만치 삼엄하고 위압감 넘치는 시선이 전신을 옭아매었다.

그리하여 슈리아는 경악에 빠져 있는 인파 너머로 지옥에서 타오르는 불꽃을 연상케 하는 암적색 눈으로 가두듯이 저를 응시하고 있는 한 남자를 발견했다.

— 블러디나이트 카르마인.

그토록이나 특징적인 외양을 가지고 있으니, 모두가 어김없이 알아보는 눈치였다.

그가 존재감을 내보이지 않았다면, 필경 슈리아는 그가 그곳에 있다는 것조차 몰랐으리라. 초월자인 그가 은신하고자 한다면 누군들 알 수 있었을까. 그러나 그는 모든 예상을 깨부수고 지독하도록 당당하게, 의외의 장소에서 모습을 드러냈다.

의외의, 뜻밖에, 예상치 못한.

이러한 선상의 단어들은 슈리아가 그리 달갑지 않게 여기는 것들이다.

베헤모트도 전혀 몰랐던 것처럼 고개를 갸웃거리며 이상한 울음을 냈다. 경계는 놈의 소관이었지만, 무능한 시종마를 질책하기에는 상대가 녹록지 못했다.

작은 속삭임들이 일순 찾아들었던 정적을 깨고 무도회장 전체에 다시 파문처럼 퍼져 나가기 시작했다. 바삐 오가는 대화는 온통 혼란한 감정의 색채를 띠고 있었다.

'맙소사 블러디나이트?', '말도 안 돼. 어떻게 그가 이곳에.', '제도에 나타났다는 소문이 사실이었나?', '경비병이라도 불러야 하는 거 아니야?', '그가 날뛴다면 고작 경비병으로 되겠어? 기사단이라도 불러야겠지!', '블러디나이트라니! 오, 신이시여!'

그 와중에 홀로 침착한 마음을 유지하고 있는 슈리아는 군중과 동떨어져 냉담한 눈으로 가늠하듯 카르마인을 살폈다.

그는 원래 입고 있었던 넝마 같은 옷을 벗어 던지고 꽤나 말쑥한 차림새를 하고 있었다. 특유의 광포한 분위기는 어쩔 수 없으나 짐승 같은 몸뚱이가 단정한 예복 안에 감춰지자 암적색 머리카락이며 눈빛에서 풍기는 섬뜩한 야성도 고급스러운 피륙 아래 절도 있게 갈무리되었다.

카르마인은 흡사 전장의 최전방에서 적의 목을 수도 없이 벤 뒤 포상을 받으러 번듯하게 차려입고 온 지휘관쯤으로 보였다. 제도의 사교계에 어울리는 모습은 아니었지만, 특유의 굽힘 없는 태도와 강렬한 외양에 힘입어 그는 누구도 범접할 수 없는 존재로 자리매김하고 있었다.

물론 누군들 감히 초월자를 낮잡아 보겠느냐마는, 그 상징적인 외양을 보고도 그를 알아보지 못하는 자체가 어려운 일이리라.

무슨 꿍꿍이로 이런 장소에 나타났는지는 알 수 없으나, 자신을 향하고 있는 그 눈빛이며 기세는 다분히 의도적이었다.

도발이라도 하겠다는 건가? 슈리아는 걸음의 방향을 바꾸었다. 패배자 앞에서 뒷걸음질 치는 것은 퍽 적성에 맞지 않는 일이었다.

사뿐한 발길이 이내 블러디나이트의 앞에 멈추자 주위 사람들이 급히 숨을 들이켰다. 블러디나이트의 무시무시한 기세 앞에 그의 눈길이 닿는 곳에 있는 소녀를 말리려는 시도는 감히 있지 못했다.

꽃이 만개하듯 화사한 미소가 소녀의 입가에 올라앉았다. 카르마인의 관조 어린 눈길 아래에서 한 자락의 악의도 비치지 않는 무구한 낯으로 슈리아는 상냥하게 인사를 건넸다.

"오랜만에 뵈어요, 블러디나이트."

지난번 일을 의식해서 부러 그의 이름을 부르지 않았지만, 알은척하길 원해서 쳐다보았을 것이니 알은척해 주어야 하지 않겠는가. 그리고 이것이 슈리아 아델트의 방식이었다. 그에게 말했듯, 아마르잔은 이제 없으니.

무르익은 밤의 창가를 적시듯 은물결이 쏟아지고, 순은의 꽃잎이 달빛을 머금고 반짝이는 환영에 사로잡힐 만큼 아름다운 소녀의 미소를 마주하고도 블러디나이트의 시선은 여전히 날카로웠다.

흡사 그 의도된 낯 아래 가려진 싸늘한 본성을 꿰뚫어 보듯이. 아니, 틀림없이 그러하리라.

— 허튼수작 부리지 마라.

그리 말하듯 카르마인의 눈빛이 위험하게 짙어졌다. 하긴, 눈에 보이는 것에 혹해서 상대의 진실한 정체를 잊을 정도로 그는 어리석고 나태한 자가 아니었다.

죽음을 두려워하지 않는 기개만큼이나 카르마인에게는 굳건한 신념과 의지가 있었다.

검사답게 바위로 이루어진 산맥처럼 흔들리지 않고, 무엇도 두려워하지 않고 맹목적이고 무모한 태도를 고수하는 카르마인은 아마르잔에게 맞서지 않는다면 누구에게도 패배하지 않을 만큼 강했다. 그것은 아마르잔과는 또 다른 강함이었다.

세상에서 유일하게 제가 옳다고 여기는 아마르잔은 그 어긋난 방향성이 지극히 거슬렸던 탓에 놈을 짓밟고 비웃었으며 인정하려 들지 않았으나, 한편으로는 그를 인정했기에 살려 두었다.

후회라 할 수는 없었으나 기껏 방생한 놈이 감사를 표하지는 못할 망정 다시 이를 들이미는 꼴이 실로 거슬렸다.

짧고 인상적인 회고에서 다시 현실로 되돌아온 슈리아는 블러디나이트를 잠자코 응시했다.

과거지사를 떠나 마주 선 그들의 모습은 예전과 같은 팽팽한 대치 상황을 야기하지 못했다. 실제가 어떠하건 그 광경은 바라보는 이들의 시각에서 한쪽으로 현저히 기울여져 있었다.

슈리아는 숨결이 닿으면 금세 옅은 물기로 녹아내릴 성에꽃처럼 섬세하고 우아한 소녀였고, 그에 반해 카르마인은 뜨거운 용암이 지글지글 끓는 지옥 같은 활화산에서 내려온 야수였다.

이 무도회가 꽃이 만발한 화원이라 한다면, 가장 미려한 꽃봉오리가 난데없이 등장한 침입자의 발에 짓밟히려 하고 있었다. 제 몸의 반절밖에 되지 않는 자그마한 소녀를 두고 쏟아지는 블러디나이트의 무도한 기세는 그런 연상을 떠올리게 할 여지가 충만했다.

"여긴 어떻게 오셨어요?"

긴장감 어린 분위기에 걸맞지 않는 상냥한 물음이었다. 초대받지 못한 손님이라는 면박을 주려는 의도가 듬뿍 담긴.

딴에는 무도회에 온답시고 예복까지 차려입고 온 모양인데, 땀내 나는 전투에나 어울릴 만한 자가 점잔 빼고 있는 모습이 우스웠다.

그 주제에 무도회라니!

제 조소 어린 감상을 떠나 그의 자격이 문제가 되는 것도 사실이다. 귀족조차도 아닌 블러디나이트는 무도회에 나타나기 애매한 위치였다. 그가 초월자라는 사실은 주최 가문의 격을 높이는 명분이 되기도 하겠지만. 물론 슈리아는 제게 유리한 전자에만 주목하고 있었다.

"아직 할 이야기가 남지 않았던가."

강렬한 눈빛만큼이나 힘이 실린 말이 고막을 파고들었다. 짐승의 으르렁거림과는 다른, 절제된 음성에서는 감정적 격동이 감지되지 않았다. 여전히 그는 예리하고도 냉정했다.

아마르잔과 슈리아라는 두 존재의 선명한 괴리감에 혼란하고, 이해가 되지 않고, 도무지 그 뜻을 짐작할 수도 없었을 것이다. 그러나 그는 자신이 품은 의혹 앞에서 단순무식하고도 공격적인 태도를 버리고 유보를 택했고, 지금 이 순간은 그 유보의 일환이었다. 뒤에서 후작부인의 떨리는 목소리가 들려온다.

"……루테인 후작가의 무도회에 참석해 주신 것에 감사드립니다,

블러디나이트."

물론 카르마인은 그녀의 말에 대구하지 않았다. 심지어 소녀에게 뿌리박고 있는 시선조차 잠시라도 건네지 않았다.

그러나 그것으로 슈리아의 명분은 사라졌다. 소녀는 상냥한 미소를 거두어 내고 여왕처럼 도도한 낯을 보였다.

"저를 따라오세요."

혀끝으로 우아하게 빚어낸 그 말을 끝으로 슈리아는 몸을 돌려 앞장섰다. 발길이 향하는 무도회장의 문까지 썰물처럼 인파가 빠지며 길이 만들어진다.

저편에서 초롱초롱한 눈빛의 데이지가 저를 구해 준 블러디나이트에게 버둥거리며 접근하려는 모습이 보였다. 다만 제시카와 셀리, 베티, 심지어 레이첼까지 합세해서 그녀의 입을 틀어막고 붙잡으며 야만적으로 제지하고 있었기 때문에 데이지는 그녀의 소망을 행동으로 옮기지 못했다.

슈리아는 정신을 흐리는 그 광경에서 재빨리 눈을 떼고 걸음을 재촉했다. 그리고 제 뒤를 따라오는 카르마인의 존재를 실감하며 어떻게 이 상황을 잘 모면할 수 있을까 고심했다.

무도회장에서 충분히 멀어져 후작가의 정원 깊숙한 곳에 들어서기까지 어떤 대화도 오가지 않았다.

그들의 관계는 전쟁에 가까울진대 교교한 달빛이 내리는 정원은 한없이 평화로웠다.

잔조로운 바람이 이따금 가벼운 소리를 내며 나무를 스치고 대기에는 꽃향기와 풀 내음이 서려 있어 고요한 가운데 풀벌레만이 목청을 돋우었다.

발을 멈추고 돌아서자 카르마인이 간격을 좁힌다. 위압적인 기세를 발산하여 산 것들이 모조리 숨죽이게 하는 그는 확실히 이 안온한 정경을 해치는 존재였다.

앞을 가로막고 선 카르마인은 흡사 산처럼 느껴졌다. 월등히 높은 곳에 머리를 둔 그를 까마득히 올려 보아야 함에 불쾌감이 치민 슈리아는 선공을 가했다.

"네겐 머리라는 게 없나? 이런 곳에서, 이런 식으로 날 찾다니."

"부덕을 행하는 바가 아니니 거리낄 이유가 없다."

소녀의 낯에 차디찬 경멸이 감도는 것을 목격하고도 카르마인은 반석처럼 견고하게 선고했다.

"또한, 내가 그대의 위장에 방해가 된다 하여 개의할 이유도 없다."

"아니."

간단한 부인과 동시에 눈보라가 몰아치듯 뼛속까지 파고드는 한기가 입가에 배어들었다.

얼음 결정의 반사광만큼이나 싸늘한 빛을 담은 눈동자는 전율을 느끼게 할 만치 오만했다. 그 오만함은 세상에서 가장 강력한 마법사만이 가질 수 있는 정당한 오만이었다.

"너는 유념해야 할 거야. 내가, 지금 이 순간에도 이 제도를 잿더미로 만들 수 있음을."

나른하게 떨어지는 음성은 일거에 심장을 멎게 하는 스산한 죽음을 품고 있었다.

"널 살려 둔 내 과거의 선택을 당장에라도 바로잡을 수 있는 것처럼, 내가 죽이기로 하면 죽고."

슈리아는 비웃음을 내보이며 고개를 비틀었다. 그 기운 얼굴에 맺힌 조소며 말의 내용은 잔혹했으나 말하는 투 자체는 가벼웠다. 그저 들려주는 듯이.

"내가 없애기로 마음먹으면 그게 무엇이든 사라지지. 그리고 거기서 넌 아무것도 할 수 없어."

슈리아는 입꼬리를 끌어 내리며 냉소적으로 덧붙였다.

"머저리 같은 네놈은 내 지난 경고를 잊은 모양인데, 생각해 보는 게 좋을 거야. 네 경솔한 행동에 얼마나 많은 목숨이 달려 있는지."

충고처럼 건네진 말들은 발음은 제각각이었으나 오로지 하나의 뜻을 품고 있었다. 저에게 간섭하지도, 알은척하지도 말라고.

그러나 숨은 뜻을 간파하고도 남을 카르마인은 수긍하는 기색이 아니었다. 소녀가 내어놓은 그 어떤 도발이나 멸시도 그의 심지를 흔들지는 못한 것으로 보였다. 블러디나이트의 시선은 여전히 말라붙은 핏자국처럼 건조하기만 했다.

"……나는 아마르잔이 지닌 힘을 간과하고 있지 않다. 그러나 그대가 말했듯 아마르잔은 이제 없지."

검사 주제에 말장난이라도 하려는 참인가? 눈썹을 치켜 올리는 슈리아를 앞에 두고 담담한 말이 이어졌다.

"그대를 부른 건 그대의 삶에 관여하기 위함이 아니며, 내가 보아온 바로는 알 수 없는 것이 있었기 때문이다."

짐작하긴 했지만 오늘 하루 지켜본 게 아닌가 보다. 황태자도 그랬거니와 검사들에게는 남을 엿보는 걸 즐긴다는 공통점이라도 있는 것일까. 하나의 가정을 세우며 슈리아는 매몰찬 눈길을 보였다.

어쨌든 슈리아는 열다섯 소녀였고, 성숙한 여인을 훔쳐보는 것도 정당화하기 어려운 일인데 그보다 대상이 어려진다면 음흉한 인상은 한층 강해지는 것이다.

색욕에 무심할 수 있는 초월자적인 특성을 떠나서 그들에게 품은 부정적 감상이 새로운 선입견을 형성하는 데 큰 역할을 하고 있었다. 데이지라는 단 한 명의 예외를 제외한다면 역시 마법사가 가지고 있는 고결함과 우월적인 품성은 부인할 여지가 없었다.

"네가 나에 대해 무엇인들 알까."

얕보는 투가 역력한 속삭임에 답은 즉시 되돌아왔다.

"다시 만난 그대는 예전과 달리 말이 많더군. 그래서 하나 정도는 알 수 있었지."

뭐라고. 소녀의 눈동자에 순간 날카로운 섬광이 스쳤다. 카르마인의 묵묵한 낯짝에서 넌 입만 살았다고 말하는 듯한 비웃음이 엿보였다. 그게 사실이든 아니든, 슈리아가 보기에는 그랬다.

데이지에게서 내숭쟁이라는 폭언을 들었을 때와 비견될 만한 충격이 정신을 강타하고 있었다. 찢어 죽일 듯한 시선을 받으면서도 카르마인은 재수 없도록 굳건한 얼굴로 말을 이었다.

"내가 현재의 삶을 깨는 것을 원치 않는 그대라면…… 나를 죽이면 그뿐이겠지. 그러나 그대는 그렇게 하지 않았다."

모호한 안개 자락을 흩어 내듯 무겁게 밀려드는 음성이 진실에 이르렀다.

"하지 않은 것이 아니라, 못 한 것이지."

슈리아의 차가운 눈동자에 깔린 얇은 빙충은 그 아래 일렁이는 마음을 감추어 냈다.

"과거에 나를 죽이지 않았던 변덕과는 별개로 그럴 수 없는 이유가 있는 게 아닌가. 예컨대 지금의 육체로는 힘을 행사하는 데 제한이 있거나 무리가 따르는 것이지."

"……."

검사 주제에 답지 않은 예리함을 지녔군.

슈리아는 속으로 혀를 찼다. 황태자 역시도 종종 실감하게 하는 것이지만 진실을 꽤 정확하게 짚어 내는 블러디나이트의 예를 마주하며 슈리아는 제가 검사들의 사고 수준을 지나치게 얕보고 있었던 것은 아닐까 생각했다.

대처를 고심하느라 말문이 잦아든 사이 블러디나이트는 또 다른 근거를 댔다.

"또한, 믿기 어려운 일이지만 그대는."

카르마인은 잠시 슈리아를 미심쩍게 응시했다.

"……완전히 귀족 소녀로 보이더군. 초월자인 이조차 의심하지 않을 만큼."

그 말을 할 때 처음으로 카르마인의 표정에 변화라는 것이 생겨났다. 미간에 경련이 일듯 옅은 잔주름이 잡혔다가 사라졌던 것이다.

"그대는 욕망에 충실한 자이니 분명 원하는 것이 있겠지. 나는 그대가 그렇게까지 하면서 슈리아 아델트의 삶을 고수해야 하는 데 특별한 이유가 있다고 생각한다. 안타레스에게 붙잡혀 가고도 그를 죽이지 않고, 끝끝내 인내했던 이유가."

"……."

"그대가 고작 협박에서 그치는 것도 거기에서 기인할 터."

눈을 가늘게 뜬 슈리아는 그의 말에 흥미를 느끼는 것처럼 고개를 기울였다. 더 짖어 보라는 듯이.

"내 말이 틀렸는가."

"내가 대답해야 할 이유가 있을까."

성의 없는 대답이었다. 또한 그의 추론을 확증시켜 주지 않겠다는 의지 표명이기도 했다. 카르마인이 같잖게 들리는 충고를 건네 온다.

"내게 확실한 답을 준다면 그대가 꺼리는 이러한 접근도 더 이상 없겠지."

"……."

블러디나이트는 제 말들을 그러모아 하나의 질문을 내밀었다.

"묻겠는데, 아마르잔인 자신을 버리고 다시 태어나면서까지 그대가 원하는 건 뭐지?"

길고 무게감 어린 정적이 내려앉았다. 빙벽을 둘러친 듯한 방어적인 배제가 소녀의 낯에서 감정을 도려냈다. 같은 공간에 서 있었으나 그들은 순간 완전히 동떨어진 곳에 놓였다.

침묵의 서약을 한 듯이 꾹 다물린 입이 단절감을 배가시킨다. 카르마인이 대답을 기다리는 동안 슈리아의 의식은 이미 아득한 기억 속으로 침잠하고 있었다.

영혼 깊숙이 묻어 둔, 그러나 그 어떤 상흔보다도 깊게 새겨져 결코 잊히지 않을 그때 그 과거, 다시 태어나기로 결정했던 그 순간으로.

이백여 년, 인간의 삶이라 하기엔 유구한 세월을 살아오던 그 어느 날, 아마르잔은 번연히 깨달았다.

드디어 그가 끝에 이르렀음을.

대지의 핵과 맞닿을 만큼, 심해보다도 깊어 이제까지 단 한 번도 채워진 적이 없었던 호수가 마침내 흘러넘칠 날이 도래했다는 것을.

그리하여 아마르잔이라는 한 초월자의 테두리 안에서 모든 것이 완성되었음을.

아이가 모체의 태를 벗어날 시기를 자연히 알듯, 그것은 본능에 가까운 자각이었다. 또한 아주 오랜 세월, 아마르잔이 생의 유일한 소원처럼 열망해 오던 일이었다.

모든 것이 극에 이르러 서서히 차오르던 수위가 마침내 경계선을 넘어 범람하게 되는 그날.

생과 사는 이미 초월한 지 오래, 모든 인간을 발아래 둔 아마르잔은 더 이상 성장할 수 없는 몸이었다. 그 이상의 성장은 인간의 한계를 넘어선 초월자로서도 불가능한 것이다. 이제는 오직 알을 깨고 날아오르듯 인간이라는 종種의 사슬을 벗고 새로이 거듭나는 일만 남았다.

백야가 드리운 설원에서 영원히 지지 않을 태양처럼 서 있던 아마르잔은, 드디어 간절히 고대하던 그 순간을 맞았다.

그는 아이처럼 들떠 있었고 차갑고 오만한 검은 눈에는 열기가 서렸다. 그 어떤 말로도 그 순간의 뼈저린 감격을 표현할 수는 없으리라.

그러나 날개를 달고 솟구치던 환희는 곧 나락으로 떨어지는 듯한 좌절로 변모했다.

실패라니, 어째서?

반문과 동시에 전신의 피가 싸늘하게 식어 떨어져 내렸다. 무엇이 잘못되었는지 알 수 없었다.

거기에는 보이지 않던 벽이 있었고, 그것을…… 넘을 수 없었다. 부술 수 없었다.

그의 호수는 범람하기 직전에 멈추었다. 더 이상 수위가 오르지도 내리지도 않는 동결된 상태로 정지했다.

그의 마법은 세상을 멸망시킬 만큼 이리도 강력한데, 아마르잔은 완벽히 무력해졌다. 무엇도 어찌할 수 없었다.

그 순간 구원처럼 빛이 모습을 드러냈다.

오로라였다.

색을 입힌 유리처럼 맑고 아름다운 빛이 물결인 양 공중에서 녹아내리고 있었다. 그가 즐겨 감상하던 모습과 유사한 태였지만, 무언가 달랐다. 그 어느 때보다 신비로운 빛살이 한데 혼색되는 모습은 범상치 않은 무언가를 내포하고 있었다.

눈앞에 펼쳐진 기현상을 바라보던 그는, 한 가닥의 예지가 내리듯 깨달았다. 그것은 초월적인 세계에서 내려온 전언이었다.

관통하는 듯한 초월적인 직관 아래, 뚜렷한 언어로 구체화된 그것을 아마르잔은 찬찬히 뇌까렸다.

"결여되어 있기 때문에 완전하지 못하다. 완전하지 못하기에 신계에 들 수 없다."

아마르잔의 검은 눈동자가 섬뜩하게 가라앉았다. 그때 그의 심장에 일어난 불길이 형상화되었다면 지옥의 업화처럼 지상을 남김없이 불태우고도 남았으리라.

그러나 아마르잔은 감정에 점령당하지 않았다. 절망과 분노 속에서 몸부림치던 그는 제게 내린 시련에 굴복하기보다는 극복하는 것을 택했다.

그리하여 아마르잔은 그 자리에서 다시 태어나기로 결정했다.

그리고 그 새로운 시작인 슈리아 아렐트는 과거의 인연을 바라보았다. 투명한 남청색을 띠다 야음을 입어 검푸르게 물든 눈동자는 그 안에 정체된 호수처럼 깊었고 아마르잔의 절망처럼 어두웠다.

그러나 그럼에도 그 영혼만큼은 강렬한 빛이 났다. 인간이 가질 수 있는 가장 뜨겁고 눈부신 빛이었다.

작고 여린 소녀의 몸을 입었음에도, 얼음으로 만들어진 듯한 성정을 드러내도, 영혼을 감싼 빛무리가 얇은 장막을 넘어 비치는 듯한 그 혼요는 숨길 수 없었다.

소녀는 제가 다다른 경지를 짐작조차 하지 못할 블러디나이트를 오만한 눈길로 굽어보았다.

자신을 버리면서까지 손에 넣어야만 했던 그 뼈저린 희구는 이제까지 누구에게도, 단 한 번도 입 밖에 내 본 적 없는 것이다.

네까짓 게 그 무게를 알까.

"넌 그걸 알 자격이 없어."

슈리아는 설핏 웃었다.

"누구에게도 그런 자격 따윈 없지."

블러디나이트는 그 가벼운 투에서 온전한 거부를 읽었다. 또한 아마르잔이 다시 태어난 이유가 어쩌면 제 신념과 대치되는 종류의 일이 아니란 것도.

다만 상대는 탐욕스러운 아마르잔이었고, 그에게는 확신이 필요했다.

"그렇다면 내가 계속 그대 앞에 모습을 드러내도 상관없단 말인가."

"곤란해지는 건 네놈일 텐데. 천하의 블러디나이트가 황태자와 염문이 도는 열다섯 살짜리 소녀의 뒤를 졸졸 따라다닌다라. 재미있는 소문이 나겠어?"

입매를 비틀며 내쏜 조롱에 카르마인의 눈가가 미세하게 좁혀 들었다. 슈리아는 던지듯이 말했다.

"좋을 대로 해, 다만."

슈리아는 깔보는 눈으로 카르마인의 전신을 훑었다.

"네놈이 차려입은 꼬락서니가 짐승에다 옷을 만들어 입히는 귀족 여인들의 우스꽝스러운 취미를 보는 것 같군. 어디서 가져다 입은 거지?"

외양상 젊음을 유지하고 있다고는 하나 블러디나이트는 까마득히 오랜 세월을 살아왔다.

그 안에 도사린 정체가 어떠하건 보통은 새파랗게 어린 소녀에게 이런 노골적인 모욕을 듣는다면 태연하기 어려울 것이지만, 카르마인은 그 말을 마지막으로 휙 돌아서 무도회장으로 향하기 시작한 소녀의 등 뒤를 묵묵히 따랐다.

누군가를 해하고자 하는 마음은 강렬하면서도 중독적이다.

썩어 가는 젖은 잎사귀처럼 음습하고 추적한 악의, 증오, 분노. 그
것들이 얼마나 쉽게 자라날 수 있는 것인지 아스테어는 어린 시절부
터 깨닫고 있었다. 그러나 진흙 속에서 연꽃이 피어나듯 그에 물들지
않은 채 자라난 건 그의 천성이었을 것이다.

영명하고 온화하여 부황의 애정을 한 몸에 받는 이황자 아스테어
듀브나크 브리오니아.

만약 모든 것이 처음과 같았다면, 그가 그 이름을 무겁게 여기게
될 날은 영영 오지 않았으리라. 그가 욕심내지 않은 것들을, 그의 주
변 사람들 역시 욕심내지 않았다면.

태어날 때부터 그의 삶은 깨끗이 닦인 길 위에 놓여 있었고, 그 길
을 걸어가는 그 역시도 흠결 없이 곧발랐다. 어린 시절부터 부드러운
성품과 현명한 면모를 드러내었던 그를 주변에서는 성군의 자질을 가
졌다고 조심스럽게 평하곤 했다.

어쩌면 그건 진실과 가까웠으리라.

그러나 그는 이황자였고, 그의 위에는 황후의 적자인 이복형이 있었다.

— 렌카이저 시그오닐 브리오니아.

아주 어린 시절 그는 진정한 의미로 아스테어의 형이었다. 함께 뛰놀고, 함께 배우고, 함께 잠들고 했던.

아스테어가 이 한 살 차의 형을 무척 따른 건 당연한 일이었다. 왜냐하면 그의 추종자들이 입을 모아 칭송하듯이 렌카이저는 어린 시절부터 남다른 존재였으니까. 그리고 아스테어도 한눈에 그걸 알아보았다.

무엇에도 탁월하며, 무엇도 손쉽게 해내는 비범함. 아이답지 않은 냉정한 눈, 소녀처럼 아름다운 외모. 흔히 우월한 형제를 자랑스러워하듯이, 아스테어 역시도 그를 선망했다. 아무것도 몰랐던 어린아이였음에도 본능적으로 그리했다.

후에 생각건대, 타고난 제왕이 있다면 그 새싹은 분명 그런 모습이었으리라. 그 때문에 아스테어는 자신에게 왕의 자질이 있다는 말에 동감하기 어려웠다.

왕의 자질이라면 단연 그쪽이 우위였다. 같이 가르침을 받는 그 무엇에도 렌카이저가 그보다 더욱 뛰어났기에.

평화롭고 소박한 어린 시절이었다.

뇌리에 남은 가장 선명한 기억은, 푸른색과 보랏빛이 섞인 오묘한 색채의 눈이었다. 그 눈으로 렌카이저는 그를 마주하며, 때로는 짓궂게 건드리기도 하고 때로는 옆에서 가만히 책을 읽기도 했다. 아스테어가 그를 너무도 따랐기에, 간혹 귀찮은 듯이 미간을 찡그리긴 했지만, 그는 아스테어를 받아들였다.

아마도 그의 영역에 속한 부하쯤으로 여기지 않았을까.

그 둘의 사이가 형제다웠듯이, 그렇게까지 틀어진 게 이해가 가지 않을 만큼 황후와 그의 모후 역시 사이가 좋았다.

그의 모후는 유순하고 아름다운 후작 영애였다. 궁정 생활을 하기 보단 귀족가의 안주인이 되는 쪽이 걸맞았을 터인데, 황제 부부의 불화설이 도지며 듀브나크 후작의 욕심으로 궁에 들어오게 되었다고 했다. 그녀는 후작의 뜻대로 무탈히 아들을 낳았다.

황제는 눈에 띄게 그들 모자를 편애했고, 특히나 아스테어를 아꼈다. 렌카이저를 향한 황제의 냉대가 눈에 보일 지경이라, 비교가 되는 건 당연한 노릇이었다.

거기에서 헛된 욕심을 품은 자들이 생겨났다. 훗날 돌이켜 보건대, 불행의 전초는 거기에서 비롯되지 않았나 한다.

그리고 황후.

렌카이저의 모후이며, 아스테어와 렌카이저의 놀이를 늘 잔잔한 푸른 눈으로 지켜보곤 했던 그 여인. 어린 시절의 짧은 기억에 미화의 허상이 덧대어진 게 아니라면, 아스테어는 그보다 완벽한 여성을 본 적이 없었다.

흐드러지는 금발이며 얼음 계곡에 고인 물처럼 푸른 눈. 사내들의 환상을 충족할 만한 미인이기도 했지만, 외양을 떠나 아름답고 차분하며 그 자태에 위엄이 묻어나는 여인이었다.

후궁들 간의 기 싸움은 흔한 것이로되 그 모든 이들이 황후 앞에서는 고개를 조아렸다. 황제와 이유 모를 불화를 겪으면서도 그녀는 그려 낸 듯한 황후였다.

일황자를 낳은 이래로 황제의 비켜난 총애며 들어서는 후궁들. 그 모든 게 결코 기분 좋은 일이 아닐 법한데도 황후는 그들 모자에게 언제나 상냥했다.

기품 있고 세련된 황후 앞에 서면 아스테어의 모후도 평범한 후궁에 지나지 않았다. 그렇다고 그녀가 질투하는 일은 없었다. 아스테어가 렌카이저를 따르듯이, 그의 모후 역시도 자애로운 황후를 기꺼이 따랐던 것이다.

그들을 둘러싼 환경이 대립을 부추기거나 내재하고 있을지언정, 실제로 이 황실 가족은 원만하고 화목한 생활을 이어 갔다.

황후가 죽기 전까지는.

황후가 승하할 무렵의 아스테어는 너무도 어렸기에, 자세히 기억나는 건 많지 않다. 그 당시 황후는 악화된 건강으로 거의 공식행사에 참여하지 못했다고 한다. 잔뜩 쇠약해져 있었기에 거동이 편치 않아, 생의 마지막까지 거의 침대에서 보냈다고 들었다.

아스테어의 기억 속에 마지막으로 새겨진 그녀의 낯빛은 죽음을 예감하듯 창백했다. 그러나 그 순간에도 그녀의 푸른 눈은 섬뜩하리만치 선명한 빛을 품고 있었다.

어째서 그때의 황후의 눈빛을 오랜 세월이 지났음에도 뚜렷하게 기억하고 있는지, 아스테어는 알지 못한다.

그날 밤 무언가가 변했던 걸까.

황후가 죽음을 맞기 전날 밤, 그의 모후는 수심 가득한 얼굴로 네살의 아스테어를 이끌고 그녀에게로 갔다. 황후의 부름이었던 것으로 기억한다.

생생히 떠올리기에는 어린 나이였음에도 불구하고, 주위를 맴돌던 스산한 분위기 탓인지 그날의 일은 제법 뚜렷했다.

어스름한 조명만이 드리운 황후의 침실은 고요했다. 황후는 얇은 침의만을 걸친 채 침대에 앉아 있었다. 곱게 다듬은 금발은 어깨 위에서 흐트러져 있었고 두 뺨은 혈색 없이 하얗기만 했다. 식사를 제대로 하지 못해서인지 침대 위로 내어놓은 손목은 부러질 듯이 가늘었다.

그토록 초라하고 꾸미지 않은 모습은 처음이었다. 그러나 그럼에도 그녀는 황후였다. 기품이 흐르는 미소로 황후가 그들을 맞았다.

'어쩜, 이렇게 야위시다니⋯⋯.'

눈물을 흘리며 말을 잇지 못하는 아스테어의 모후에게 황후는 은은한 미소를 띤 채 속삭였다.

'내 수명이 다해 버린 걸 어쩌겠어.'

'그런 말씀 마세요!'

모후의 슬픔이 전염되어 아스테어의 눈에도 눈물이 그렁그렁 맺혀 있었다. 황후는 가만히 손짓하며 그녀에게 말했다.

'내 부탁, 하나 들어주겠어?'

고개를 이리로. 나긋한 지시에 그녀는 황후에게 몸을 기울였다.

'렌카이저를……'

귀에 바짝 대고 속삭였기에, 뒷말은 의미를 알 수 없이 희미하게만 들렸다. 그저 제 남은 아이를 걱정하는 말이었겠거니 생각한다. 그러나 그 순간 기이한 광채가 황후의 눈에 피어올랐다. 그의 모후는 멍한 눈으로 황후를 바라보다가 이내 홀린 듯이 고개를 끄덕였다.

'그러겠어요, 반드시.'

그 직후 그들은 궁으로 돌아갔고 다음 날 황후의 승하 소식이 들려왔다.

장례식에서 아스테어는 황제가 비통해하는 모습을 처음으로 목격했다. 충혈된 눈으로 관을 부여잡고 황후의 이름을 부르짖는 황제의 모습은 놀랍도록 낯설었다. 공식 석상이 아니면 황후를 찾지 않던 그였건만, 잃은 뒤의 후회는 더욱 고통스러웠을 것이다.

그러나 그 와중에도 정작 황후의 적자인 그의 이복형은 이상하리만치 차분했다. 조숙한 그라면 영영 두 번 다시 모후를 볼 수 없단 사실을 알 만도 할 텐데 그는 홀로 남겨진 현실을 감내하듯이 그저 묵묵히 자리를 지켰다.

기실 그와 황후의 관계가 어떠했는지는 알지 못한다. 겉보기로는 그리 단란한 모자간은 아니었다.

그러나 황후의 눈길이 닿는 곳에는 항상 그가 있었고, 모후에게 도통 어리광을 부릴 줄 몰랐던 렌카이저는 그녀가 화사하게 웃으며 손을 내밀면, 그 손을 맞잡곤 했다. 그저 거기가 그의 자리인 듯이.

그리고 이제 그의 자리가 사라졌다. 아스테어는 그날 그의 형에게 다가가 언제나 그랬듯이 그 손을 꼭 잡아 줄 수 없었다. 그의 모후가 흐느껴 울면서도 아스테어의 손을 꼭 잡고 놓아주지 않았기에.

그날 다가서지 못한 작은 틈이 얼마나 큰 균열로 벌어지게 될지, 그때에는 알지 못했다.

한동안 아스테어의 모후는 어딘지 정신을 빼놓은 기색이었다. 얼마 지나지 않아 그녀가 황후로 책봉되고 나서도, 모후는 더 이상 아스테어를 살갑게 보살피지도 보듬어 주지도 않았다. 전 황후의 죽음으로 실의에 잠겨 있었던 것일까.

그러나 그녀의 책봉식에서 오랜만에 일황자와 마주했을 때, 그녀는 처음으로 변한 모습을 보였다. 상냥한 미소를 띤 채 모후를 잃은 어린 황자를 위로하면서도, 모후의 미소는 어딘지 싸늘했다.

아이답지 않은 렌카이저를 어려워할망정, 황후의 친자로서 어여삐 여기려고 했던 그녀였다.

그런데 그 눈빛은.

흡사 거추장스러운 장애물을 보는 듯했다. 한기가 흐르는 시선이 렌카이저를 낱낱이 담아 냈다. 실로 적의를 담아서.

모후가 제 이복형에게 그런 눈길을 보낸 건 처음이었기에, 그 사실은 어린 아스테어의 가슴에 선득하게 와 닿았다. 영민한 이복형 역시도 깨달았던 것 같다. 모후가 변했고, 그로 인해 그들의 관계는 완전히 끝장났다는 것을.

그 이후 아스테어는 렌카이저를 만나지 못했고 듀브나크 후작가의 사람들은 점차 자주 황궁을 드나들었으며, 모후를 찾는 이들도 늘어갔다.

어렸던 아스테어는 갑작스러운 변화를 이해하기 어려웠다. 그러나 그는 칭얼대지 않는 성품이었으므로, 더 이상 이복형과 놀이를 할 수 없게 된 현실을 순순히 받아들였다. 그의 모후는 단 한 번도 그릇된 일을 시킨 적이 없기에, 형을 방해해서는 안 된다는 그 말을 쉽사리 믿었다.

그러나 시간이 흐르고 어느 순간부턴가 그의 이복형 역시 싸늘한 시선을 모후에게, 그리고 아스테어에게 던지기 시작했을 때, 연회에서 그들이 말 한마디 섞지 않고 동떨어진 채 시간을 보낸다는 걸 깨달았을 때.

그 거리감이 파편처럼 가슴을 파고들었다. 바로 곁에 있었는데…… 어떻게 이리 멀어진 것인지 이해가 가지 않았다.

모두가 그의 이목을 가렸기에, 상황은 그가 알지 못하는 곳에서 악화되어 가고 있었다. 외가의 식구들이 렌카이저에게 참살을 당하고, 모후가 그의 목숨을 노렸다는 걸 알게 되었을 때는 이미 늦었다. 갈등의 골은 너무도 깊어져 이미 비극이 뿌리를 내리고 있었다.

아스테어는 그제야 무언가가 완전히 잘못되었음을 깨달았다. 말리고, 애원하고, 매달려도 모후는 매서운 눈으로 오직 아스테어의 모질지 못한 성정을 질책하고 때로는 손찌검을 일삼았다. 모후는 더 이상 아스테어가 알던 유순하고 다정한 어머니가 아니었다.

그녀에게 절대적인 영향력을 펼치던 듀브나크 후작, 외조부의 죽음은 모후에게 타는 듯한 복수심을 피워 주었다. 그들이 얼마나 처참한 죽음을 맞았는지 아스테어도 모르는 바는 아니었다. 하지만 그는 꼬리에 꼬리를 무는 복수를 원치 않았을 뿐이다.

대립은 격화되어 갔다. 모후의 철저한 통제 아래 놓인 그에게 방도는 없었다. 그가 탄 배는 이미 폭풍에 휘말려 있었다. 주위의 모두가 그가 황제가 되기를 원했고, 그들의 바람을 속삭이며 의무로서 짐 지웠다.

거기서 벗어나려는 노력은 모후가 마치 죽을 듯이 굴었기 때문에 무산되었다. 그를 아끼는 부황에게 진실을 토로했다간 그는 모후를 잃게 될 것이었다.

그러나 아스테어가 진작부터 알고 있었듯이 그의 이복형은 군주로서 운명 지어진 자였다. 낮을 불사르는 오로지 단 하나의 태양이었다.

모후는 결국 패배에 가까워지고 있었다. 마침내 그녀는 결국 황후에게는 결코 허락될 수 없는, 흑마법사와의 계약에 손을 뻗었다.

아스테어는 선택해야만 했다.

그리고 그 모든 게 끝난 지금.

······얄팍한 기대라고 해도 좋다. 그러나 아스테어가 그를 도왔다고는 해도 한때 자신을 위협했던 다른 황위 계승권자를 살려 둔 건 이복형에게도 그 어린 날의 잔상이 조금쯤 남아 있었기 때문은 아닐까.

그를 둘러싼 모든 것이 무너져 내렸지만, 아스테어는 죄책감에 시달릴망정 차라리 홀가분했다. 그리고 그가 가진 것들은 애초에 모후가 그에게 준 것이었다. 그는 마지막 순간만을 제외하고는 모후를 위해 살았다.

궁에 고립된 신세를 받아들이며, 평생을 학문을 닦으며 속죄하며 보내겠다고 다짐했는데. 그를 옥죄던 저주가 풀려 버린 듯이, 상황은 놀랍도록 좋은 쪽으로 풀려갔다.

부황의 애정은 여전했고 솔직하고 명랑한 소녀를 만나 이복형의 그늘에 들게 된 아스테어는 무력하기만 했던 자신이 받은 것들이 과하다고 생각했다.

그러면서도 간혹 죽은 듯이 고요한 정적에 잠긴, 모후의 궁을 방문할 때면······ 어김없이 찾아드는 상념이 있었다. 아스테어는 여전히 오랜 의혹을 버리지 못했다.

그녀의 아들마저 등을 돌렸을 때.

모후는 거의 미쳐 있었다. 파멸을 향하는 길 위에서 진주해 가는 그녀를 아스테어는 막지 못했다. 무엇이 그녀를 그렇게까지 만들었을까. 시체조차 남지 못한 제 어머니를 애도하며 아스테어는 떠올렸다.

전 황후가 숨을 거두었던 그 밤. 스산하리만치 요요하게 빛나던 그녀의 눈. 그게 어떤 속삭임이었을까?

······이제는 알 길이 없다.

그녀는 수명이 다해 가고 있었다.

시야는 흐려지고 쇠약해진 몸은 걸음을 떼기조차 어려워져 간다. 죽음을 목전에 두고도 클라우디아는 만족했다.

그녀는 평생을 꿈을 위해 살았다.

무수한 희생의 불길에 더해 마법사이기에 남보다 길었어야 할 제 수명을 장작 삼아 태웠을지라도 미련도 후회도 남지 않는 삶이었다. 그녀의 오랜 꿈은 거의 결실을 보았다.

그러나 그의 아이는 그녀의 꿈을 이루어 주기에는 간절함이 부족했다. 열망이 부족했다. 너무도 많은 것을 가지고 태어났기에.

그녀의 꿈은 그리 간단히 이룰 수 있는 것이 아니었다.

혹독한 대지에서 자라난 나무가 강인하게 뿌리 뻗는 법이니.

그러므로 어린 자식을 남겨 두고 그녀가 마지막으로 해 줄 수 있는 선물은,

'렌카이저를 죽여.'

그 아이가 살아남기 위해 강해질 수 있도록.

그래서 내 꿈을 이뤄 줄 수 있게.

안식을 맞이한 클라우디아의 입가에는 선득한 미소가 자리하고 있었다.

〈3권에서 계속〉

1판 3쇄 찍음 2018년 9월 7일
1판 3쇄 펴냄 2018년 9월 14일

지은이 해 연
펴낸이 정 필
펴낸곳 (주)뿔미디어

출판등록 2002년 9월 11일 (제1081-1-132호)
주소 경기도 부천시 원미구 소향로 17, 303(두성프라자)
전화 032)651-6513 **팩스** 032)651-6094
E-mail bbulmedia@hanmail.net
비북스 http://b-books.co.kr

ISBN 979-11-315-6182-9 04810
ISBN 979-11-315-6180-5 04810 (SET)

※파본은 구입하신 서점에서 교환하여 드립니다.